AtV

Colette Davenat lebt in Antibes, Südfrankreich. Ein langjähriger Aufenthalt in Spanien sowie das intensive Studium von historischen Texten und Memoiren der Zeit weckten ihr Interesse für den lateinamerikanischen Kulturkreis, woraus zwei große Romane über den dramatischen Untergang des Azteken- und des Inkareiches hervorgingen (letzterer unter dem Titel »Die Favoritin« bei AtV).

Ebenfalls bei AtV der Roman über eine junge Französin von 1870: »Die Erbin des Morgenrots«.

Spanien im Sommer 1516. Den jungen Torremayor, Student der Rechte an der Universität Salamanca, zieht Abenteuerlust in die gerade entdeckte Neue Welt. Es locken ihn, wie seine ganze Generation, die Legenden von unberührten, wilden Landschaften, von sagenhaften Reichtümern, goldgepflasterten Städten. Mit seinen beiden Brüdern schifft er sich nach den Antillen ein und schließt sich drei Jahre später dem Eroberungsfeldzug Hernán Cortés' nach Mexico an. Den Wind der Conquista im Herzen und von der Legitimität seiner christlichen Sendung überzeugt, erlebt er die hohe Kultur der Azteken, bevor auch er sie im Namen Gottes und der spanischen Krone zerstört. Der Konflikt, den er in wachsendem Maße dabei empfindet, spitzt sich dramatisch zu, als er der exotisch schönen, rätselhaften Aztekin Xiuxochitl begegnet. Wer ist diese junge Frau, die sich ihm hingibt und ihn doch immer wieder flieht: ein den Göttern bestimmtes Opfer, das zu überleben sucht? Eine Spionin? Eine Prinzessin? Aber sein kastilischer Hochmut wird ihm noch lange den Zugang zu ihrer Seele versperren, und er wird selbst großes Leid erfahren müssen, bis er begreift, daß er sie liebt.

Colette Davenat

Geliebte Aztekin

Roman

Aus dem Französischen
von Monika Buchgeister

Aufbau Taschenbuch Verlag

Die Originalausgabe unter dem Titel
Les Cavaliers du soleil
erschien 1992 bei Presses de la Cité in Paris.

ISBN 3-7466-1709-X

2. Auflage 2001

Einbandgestaltung Preuße & Hülpüsch Grafik Design
unter Verwendung des Gemäldes »Die große Stadt Tenochtitlán« von
Diego Riviera sowie eines Fotos eines Indianerumhanges, AKG Berlin
Druck Elsnerdruck GmbH, Berlin
Printed in Germany

www.aufbau-taschenbuch.de

Vorwort

Ein Jahr nach dem Eroberungszug des Christoph Columbus schenkte Papst Alexander VI., ein Spanier, dem katholischen Königspaar Isabella und Ferdinand alle Inseln und jedes noch zu entdeckende Festland westlich einer Linie, die einhundert spanische Meilen* vor den Kapverden von Pol zu Pol durch den Atlantik verlief, mit der Auflage, die dort ansässige Bevölkerung zum rechten Glauben zu bekehren.

Die Bulle Alexanders VI. begünstigte sein Heimatland so eindeutig, daß in Portugal eine Woge der Entrüstung losbrach. Im Jahre 1494 kam man überein, diese Linie dreihundertachtzig spanische Meilen weiter westlich anzusetzen. Vor dieser Grenze bestand Handlungsfreiheit für die Portugiesen, was es ihnen ermöglichte, sich in Brasilien niederzulassen; hinter der Linie begann das Hoheitsgebiet der Spanier. Ihre Eroberungszüge in diesen westlichen Gewässern stellten demnach weder einen Übergriff noch eine widerrechtliche Besetzung oder unzulässige Gebietsannektierung dar; sie bedeuteten die Inbesitznahme von Gütern, die der päpstliche Schiedsspruch der spanischen Krone zugesprochen hatte, wie auch die Durchsetzung des christlichen Glaubens in diesen Gebieten einem neuerlichen Kreuzzug glich. Solche Empfindungen beflügelten die Konquistadoren, als sie – ebenso stolz wie arm – voller Tatendrang in die Neue Welt aufbrachen, in dem glühenden Bestreben, den Ruhm Gottes wie auch des Königs zu mehren, und beseelt von Träumen von Reichtum und Ehre.

Ganz unabhängig vom moralischen Urteil über die Konquistadoren und von unserer großen Anteilnahme am Schick-

* Eine spanische Meile entspricht etwa 5,6 km. Diese Entfernung ist gemeint, wenn im folgenden von einer Meile gesprochen wird.

sal jenes tapferen Volkes, auf das sie stießen, müssen wir in die Zeit eintauchen, um die einzigartige Heldengeschichte nacherleben zu können, die dieser Roman erzählt. Aus heutiger Sicht kann die Beurteilung einer Epoche und der Mentalität von Menschen, deren Gebräuche und Gesetze sich so sehr von den unseren unterscheiden, schwerlich objektiv sein. Sklaverei und Folter waren damals erlaubt und verbreitet. Und wenn die Menschen dem Leben der anderen keinen besonderen Wert beimaßen, so galt das auch für ihr eigenes. Der Tod schreckte sie weniger als das ungewisse Schicksal ihrer Seele. Der gesellschaftliche Fortschritt und die zunehmende Annehmlichkeit des Lebens scheinen dieses Verhältnis umgekehrt zu haben. Trotz allem, das Verlangen bleibt. Allein die Methoden, es zu stillen, sind andere geworden.

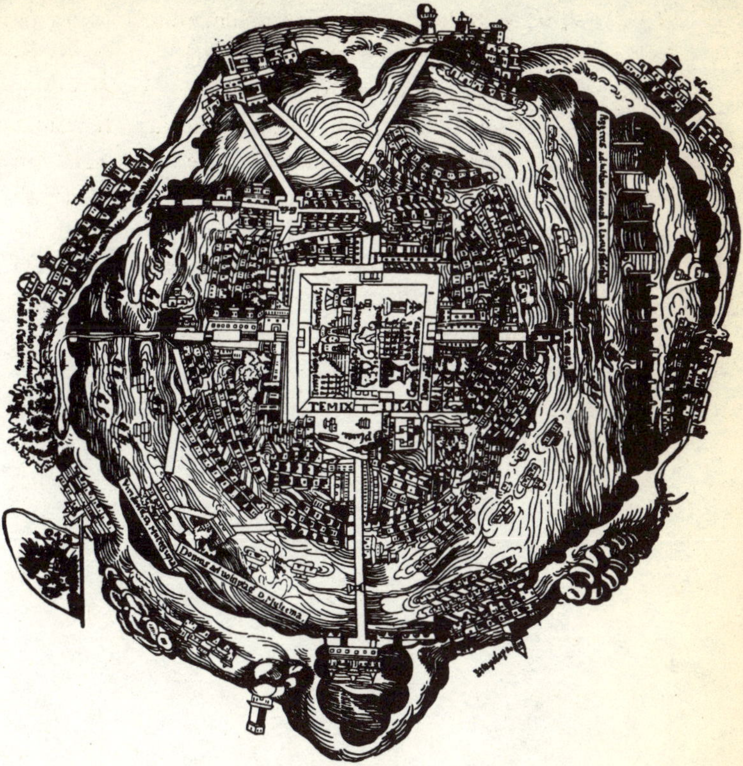

Die Stadt Mexico um 1540,
nach einem Hernán Cortés zugeschriebenem Plan.

PROLOG

Die Zelle war sechs Schritt lang und fünf Schritt breit. Das war das Schlimmste: diese engen Mauern um ihn herum, wie ein Käfig. So lange hatte die Welt für ihn keine Grenzen gehabt!

Ein doppeltes Eisengitter versperrte das schmale Fenster, dessen oberer Querbalken die Decke berührte. Um ein wenig Weite vor den Augen zu haben und das Tageslicht zu sehen, mußte man ein paar Stufen hinaufsteigen.

Torremayor vermaß den Ausblick, der sich ihm bot.

Jenseits der Festungsmauer erstreckte sich die spanische Hochebene. Kein Vogel, kein Baum, kein Strauch. Nicht einmal einer dieser kleinen, lächerlich herausgeputzten Esel mit ihren roten Bommeln und den Schellen, die die Weinschläuche vom Dorf hertrugen. Erstarrt und schweigend lag die ockerfarbene Landschaft da.

Torremayor wandte sich ab und stieg die Stufen wieder hinunter.

Seine breiten Schultern und seine Größe waren immer noch beeindruckend. Er mußte einmal sehr schön gewesen sein. Nun durchfurchten tiefe Falten sein von der Sonne so oft verbranntes Gesicht, weiße Stellen sprenkelten seinen Bart, und auch in dem streng geschnittenen Haar schimmerten silberne Strähnen. Seine Farbe, ein glühendes Rot, war verblaßt.

Er ging zum Tisch, legte seine Hand flach auf den Stapel Blätter, die er zu einem Paket aufgetürmt hatte, das nun sorgfältig von einem violetten Band zusammengehalten wurde.

Der Notar hatte gesagt: »Exzellenz, wenn Ihr Eure Rehabilitation erlangen wollt, so sehe ich nur einen einzigen Weg: Vertraut auf Eure Erinnerung und nicht so sehr auf Vermittler, die sich im allgemeinen nur dann nachdrücklich für Euch verwenden, wenn es ihren eigenen Interessen nützt. Verfaßt einen genauen Bericht Eures Lebens und der großen Taten, die Ihr im Dienste Gottes und unseres Königs vollbracht habt. Scheut Euch nicht, Euch zu Eurem edlen Wesen zu bekennen, sagt alles. Mit Eurem Einverständnis werden wir den Bericht danach überarbeiten und in eine angemessene Form bringen. Ich verbürge mich dafür, daß er zu Seiner Majestät gelangt. Ihr königlicher Scharfblick wird dem Bericht die richtige Wertschätzung entgegenbringen und Euch Gerechtigkeit widerfahren lassen.«

Monat um Monat war mit der Arbeit an diesem Tisch vergangen, fast zwei Ries Papier hatte er vollgeschrieben.

Und welche Gefühle bei diesen Erinnerungen!

Alles war nun hier verzeichnet, das Blut und der Ruhm, das Gold und die Tränen. Und *sie*, die kostbare Blume, ihr Duft nach Heliotrop, Vanille und Magnolie, ihre seidigen Bänder, kostbaren Federn, einzigartigen Perlen, Jade, Türkis … Torremayor seufzte. Warum kamen ihm immer wieder all diese Worte in den Sinn, wenn er an sie dachte? Ins Kastilische übersetzt, war ihre unergründliche Bedeutung dahin.

Er zog die Augenbrauen zusammen.

Hatte er womöglich doch zuviel Leidenschaft und intime Einzelheiten in seinen Bericht gelegt? War es denn notwendig, so viel von ihr zu erzählen? Würde dies nicht sogar die Anschuldigungen mehren, die man gegen ihn vorbrachte? Aber war das ein redliches Porträt, welches den Soldaten in seiner vollen Rüstung und mit erhobener Lanze zeigte? Unter dieser Rüstung schlug ein Herz, das Herz eines Mannes mit all seinem Verlangen und seinem Verzagen!

Und doch, manche Abschnitte …

Torremayor setzte sich nieder, löste das Band, das die Blätter zusammenhielt. Bevor der Notar nun Einblick in den Text nahm und ihn korrigierte, war es vielleicht besser, ihn noch einmal zu lesen, sich zu vergewissern, daß seine Feder nicht ins Unschickliche abgeglitten war.

Und er begann zu lesen.

BERICHT MEINES LEBENS

von

Cristóbal Valdés Quintero de Torremayor, Gouverneur und Generalkapitän von Las Vegas del Oro, ergebener Diener und Untertan des Höchsten und Mächtigsten Kaisers, Karls V., erlauchten Herrschers und Königs von Spanien.

TRINIDAD

Geboren bin ich in der Estremadura, einer der schönsten Provinzen unserer spanischen Lande. Viele der Eroberer stammen aus dieser Gegend. Vielleicht sind es die Umrisse der Landschaft, die rauhen, menschenleeren Weiten, aus denen Berge aufragen und sich in wellenförmig aufeinanderfolgenden Ketten am Horizont verlieren, so wie die Dünung in einem vom Unwetter aufgepeitschten Meer sich zu schäumenden Kronen aufwirft. Wenn nicht die Armut, so treiben vielleicht solche Umrisse zum Abenteuer.

Mein Vater hieß Luis Valdés Pellejo, meine Mutter Doña Catalina Quintero Núñez. Beide waren Hidalgos und stammten aus vornehmen und angesehenen Familien. Zu den ersten Dingen, die mein Vater mir zeigte, gehörte unser Wappen, das in den Stein über der Tür unseres Hauses gemeißelt war. Und kaum war ich der ersten Worte mächtig, ließ er mich schwören, mich seiner stets würdig zu erweisen. Ich weiß nicht, ob mir die Tragweite dieses Schwurs klar war, aber ich glaube, ihn niemals gebrochen zu haben.

Im Jahre 1511 starb meine Mutter. Ich war fünfzehn Jahre alt. Mein Vater schickte mich nach Salamanca. Er hatte an der Rückeroberung unseres Landes teilgenommen, hatte unter dem Banner unserer Heiligen Königin Isabella gegen die Mauren gekämpft. Alles, was ihm dieser Kampf eingebracht hatte, war ein von Schmerzen gepeinigter Körper und ein Husten, der ihn im Winter an die Ofenbank fesselte, wo er in kaltem Schweiß zitterte. Daher hatte er beschlossen, daß ich einen anderen Weg als den der Waffen einschlagen sollte, und er schrieb mich an der Universität von Salamanca ein, wo ich Recht studieren sollte.

Ich kannte bisher nur unser Dorf und das Kloster der Benediktinermönche, die meine Erziehung und auch die meines jüngeren Bruders Rodrigo übernommen hatten.

Nun kam ich in Salamanca an und war geblendet.

Eine solche Vielzahl von Kirchen. Die geringste von ihnen hätte die unsrige in einem ihrer Seitenschiffe verschlungen. Unmengen von Gold, Fresken und Statuen, herrschaftlichen Gebäuden, großartig angeordneten Gärten, und alles so voller Leben! Meine Augen konnten es nicht fassen. Erstarren ließ mich jedoch in der Frühe des darauffolgenden Tages die Ankunft einiger meiner Kommilitonen an der Hohen Schule der Rechte: Sie kamen zu Pferd, eskortiert von ihren Pagen, von ihren Lakaien und Fackelträgern, in einem solchen Pomp und einem solchen Lichtermeer, wie ich es noch nie zuvor gesehen hatte. Selbst die Auferstehungsprozession an Ostern, bei der unser Dorf sich wirklich verausgabte, bot nichts dergleichen. Ich entdeckte, daß ich arm war.

Wir hatten zwar nur eine Dienerin, aber ich besaß zwei starke Fäuste. Ich erhielt fast unverzüglich Gelegenheit, das unter Beweis zu stellen. Das aufgesetzte Gehabe, mit dem ich meine neue Studentenkleidung trug, weckte die Aufmerksamkeit der älteren Semester und es kam zu ersten Spötteleien. Ich nahm sie hin, das gehörte sich so. Als mir jedoch einer von ihnen meinen Umhang entriß und ein anderer sich meiner Kappe bemächtigte und auf sie spuckte, stieg mir das Blut in den Kopf. Die wunderbare viereckige Form meiner Kappe mit ihren vier verzierten Spitzen, die mich so sehr mit Stolz erfüllte, war für immer dahin. Aber die Schikanen hatten hiermit ein Ende, auch wenn sie traditionsgemäß mehrere Tage zu dauern hatten. Und meine Fäuste erlangten Berühmtheit. Der Wille zu siegen bedeutet alles, wenn man nichts hat. Das war die erste Erkenntnis, die ich an der Universität erwarb.

Mein Vater war mit dem Besitzer einer Pension einig geworden, so daß ich ein Dach über dem Kopf hatte und zu essen bekam. Aber nach drei Wochen klarer Suppe und knausrig abgezählter Kichererbsen kam ich zu dem Schluß, daß es dumm sei, aus lauter Stolz Hungers sterben zu wollen, und ich fügte mich in das Los, dort ein wenig Geld zu verdienen, wo es viel gab, nämlich bei meinen begüterten Kommilitonen.

Wie viele andere wurde ich zum ... ja, heraus mit dem Wort! ... zum Hausdiener dieser jungen Herrschaften. Ich ging auf den Markt, um Lachs oder Aal zu kaufen, woran sie sich abends labten, ich ging zum Schankwirt, zum Zuckerbäcker und zum Krapfenhändler, ich striegelte die Pferde und wachste ihr Geschirr, ich bürstete ihr Wams, überbrachte Liebesbriefchen und Blumensträuße.

Da bei dieser Art von Beziehungen jede Seite der anderen eine gehörige Portion Verachtung entgegenbrachte, beschloß ich bald, diese niedrigen Dienste hinter mir zu lassen, und wurde Dichter. Das Versemachen ging mir recht leicht von der Hand. Meine Werke schmeichelten der Eitelkeit jener, die dafür bezahlten, sich ihre Schöpfer nennen zu dürfen, und verkauften sich gut. Mein Hunger konnte endlich gestillt werden.

Jedoch ist der Mensch so geschaffen, daß ihm, sobald ein Bedürfnis befriedigt ist, ein anderes in den Sinn kommt.

Der Wunsch nach einer Frau begann mich zu quälen. Durch das Besingen der Liebe mit all ihren Wonnen packte mich die Neugierde, ich wollte mehr wissen. Ich war groß, gut gebaut und versuchte mein Glück mit der gleichen Erregung und Angst wie ein Soldat, der in seine erste Schlacht zieht. Der Feind ergab sich. Es war nur eine dicke Hausmagd mit großen, hängenden Brüsten und verbrauchtem Schoß, die aber die Lust auf andere Frauen in mir weckte, die noch besser beieinander waren und nicht so ohne alle Umstände eingenommen werden konnten.

Die Tür unserer Pension wurde um sieben Uhr abends geschlossen. Aber nachdem der Wirt die Lichter gelöscht und seinen Rundgang beendet hatte, fanden wir stets ein Fenster, um hinauszugelangen. Wir waren zu mehreren unterwegs, unter unserem Umhang trugen wir einen Dolch oder einen Degen. Nicht selten kam es bei Begegnungen mit Katalanen oder Personen, die aus Aragon, Léon oder Valencia stammten, zu Zwistigkeiten. Es ist bekannt, daß man sich in unseren spanischen Landen untereinander wenig schätzt, es zählt allein die Provinz, aus der man selber kommt.

Bei einem dieser Streifzüge wählte ich als Signal zum Sammeln jenen Ruf, mit dem einer meiner Vorfahren, der einst den hohen, über unser Dorf hinausragenden Festungsturm besaß, die Seinen gegen die Mauren zusammenbrachte: »Torremayor! Torremayor!« Dieser Ruf wurde für uns zum Synonym des Sieges, und bald nannten meine Kameraden mich nur noch so. Als ich zu den Inseln aufbrach, fügte ich ihn meinem Vatersnamen hinzu, und am Ende blieb mir Torremayor erhalten. Unter diesem Namen habe ich mich ausgezeichnet, unter ihm bin ich weithin bekannt.

Zu unseren Zerstreuungen zählte vor allem das Spiel, seien es nun Karten oder Knöchelchen. Eines Nachts bot mir ein Student, der nichts mehr setzen konnte, für fünf Maravedí seine *Amadís de Gaula* an. Ich las das Buch in einem Zuge durch. Noch nie hatte mich etwas so sehr bewegt. Gewiß hatte auch ich mich, wie alle jungen Männer edler Herkunft, zum Träumen verleiten lassen von den Heldentaten der Unseren gegen die Mauren und von den Reichtümern, die manchen Familien dadurch im Laufe der Jahrhunderte zugefallen waren. Aber *Amadís* verlieh diesen Träumen plötzlich eine märchenhafte Wendung und beflügelte meine Phantasie dermaßen, daß sie mich auf goldgepflasterte, edelsteingesäumte Wege führte, über die Monster und Chimären wachten, welche ich mit einem Säbelhieb in Stücke schlug.

Wer konnte schon beweisen, daß es diese Berge von Gold, Diamanten, Rubinen, Smaragden, die den Roman übersäten und tausend Irrlichter in meinem Kopf anzündeten, nicht wirklich gab? Wer konnte beteuern, daß nicht irgendwo Wesen lebten, die vielleicht anders aussahen als wir, aber nur darauf warteten, daß wir ihnen den wahren Glauben brachten? Wer konnte mit Sicherheit zu mir sagen: »Du bist verrückt, schlag dir diese Hirngespinste aus dem Kopf?« Niemand! Es gab noch so viele Horizonte, die ihr Geheimnis hüteten, seit Admiral Columbus vier Jahre vor meiner Geburt an die Gestade der Westindischen Inseln gelangt war. Alles konnte man vermuten, alles fürchten und alles erhoffen. Ein großes Verlangen wurde in mir geweckt.

Mein Handel mit Gedichten weitete sich aus. Die Bücher waren teuer, und ich besaß nichts Wertvolles, was ich beim Buchhändler hinterlegen konnte, um Kredit zu erhalten. Nur dank der flammenden Worte, wie sie mir der in die schöne Prinzessin Oriana verliebte Held Amadís eingab, konnte ich diesen neuerlichen Hunger stillen, und ich verschlang den *Cid*, Marco Polos *Wunder der Welt* und viele Ritterromane, die der gute Mann mir verschaffte.

Neben dem Verfassen der Gedichte, solcher Lektüre und den Streifzügen meiner Gedanken blieb nur wenig Raum für das Studium. Dennoch brachte ich es so weit, daß ich das Lateinische korrekt sprechen und schreiben konnte, nicht zuletzt dank meiner Begeisterung für Julius Cäsar, der durch seine herausragenden Taten Platz in meiner Heldengalerie fand. Doch bei dem Hochmut, der mir auch damals schon eigen war, zweifelte ich zu jener Zeit nicht daran, daß wir mit unseren großen Taten die seinen aufwiegen würden.

Nach drei Jahren verließ ich Salamanca.

Es schien mir unnütz und unanständig, meinen Vater noch länger für Kosten aufkommen zu lassen, die seine Mittel überstiegen. In meiner jugendlichen Unentschlossenheit hatte ich es akzeptiert, daß er meine Zukunft plante. Nun aber erfüllte mich die Vorstellung, nach dem Bakkalaureat irgendeinem mittelmäßigen Herrn am Hofe zu dienen, mit Abscheu. Mir war klargeworden, wofür ich bestimmt war und was ich wollte: Abenteuer erleben, den Fuß auf jungfräulichen Boden setzen,

Ruhm erwerben und ganz nebenher auch noch Wohlstand. Das Gold war bei meinem ehrgeizigen Vorhaben nur das Symbol der Macht, die zu erstreben jeden jungen Mann blind werden läßt für Gefahren und Eitelkeit.

Das aber mußte ich nun meinem Vater erklären. Und ich muß gestehen, daß ich zwar bereit war, es mit Unwettern, Ungeheuern zu Wasser und zu Lande, und was meine Gedanken mir noch an schrecklichen Visionen eingaben, aufzunehmen, daß aber mein Heldenmut mit jedem Schritt, der mich meinem Elternhaus näher brachte, mehr ins Wanken geriet.

Mein Vater lag zu Bett. Sein Aussehen beunruhigte mich. So sagte ich nichts.

Von Joaquina, unserer Dienerin, erfuhr ich, daß der Husten nicht mehr aufhörte. Gleichwohl bezeichnete der Arzt seinen Zustand nicht als besorgniserregend. Die warme Sommersonne würde ihm Linderung bringen, so meinte er. Ich erfuhr auch, daß mein Vater, der vor anderen nicht gern hinfällig erscheinen mochte, meinen Bruder Rodrigo zu Tante Luisa, einer Schwester unserer Mutter, nach Madrid geschickt hatte.

Dennoch schien er recht glücklich darüber zu sein, mich wiederzusehen, und machte mir keinerlei Vorwürfe, als ich ihm erklärte, daß ich meine Studien nicht fortzusetzen gedächte.

»Ich zwinge dich nicht, mein Sohn. Handle so, wie dein Gewissen es dir vorgibt.«

Das war eine Ermutigung weiterzusprechen. Ich wagte es jedoch nicht und beschloß, die Ausführung meiner Pläne bis zu seiner Genesung hinauszuschieben.

Aber wie klein erschien mir alles hier! Das Dorf, unser Haus ... Abgesehen von dem Wappen, das seine Fassade zierte, einigen Möbelstücken und der Ehrerbietung, mit der man es umgab, unterschied es sich im Grunde nicht von den anderen Häusern des Dorfes. Ein großer Hinterhof bildete die Verlängerung des Eßraums, und in der oberen Etage lagen zwei Schlafräume. Eine stille Ehrbarkeit war zu spüren, wenn man das Haus betrat, und es roch nach dem *puchero*, der jeden

Sonntag im Ofen vor sich hin köchelte. Unsere Dienerin verlängerte ihn unermüdlich, so daß wir uns zum Ende der Woche eher mit einer durch Reismehl angedickten Bouillon stärkten denn mit Fleisch. Einst war ich diese Sparsamkeit gewohnt gewesen. Jetzt stieß ich mich an ihr, und sie machte mich traurig.

So floh ich. Absalon, der kupferfarbene Fuchs meines Vaters, gierte genau wie ich nach Weite. Wir galoppierten bis an den Fuß der Berge, durchquerten karge Weiden mit Olivenbäumen, Rosmarin- und Thymiansträuchern. Einige davon gehörten uns. Mein Vater war ein ausgezeichneter Reiter. Er hatte mir eine gute Reithaltung beigebracht, und ich war bestrebt, sie im Hinblick auf die Zukunft zu vervollkommnen.

Mein Entschluß geriet nicht ins Wanken, im Gegenteil, aber ich konnte mich nicht überwinden, ihm davon zu erzählen, und er fragte mich auch nicht, als ob er etwas ahnte und durch sein Schweigen die wenige uns gemeinsam verbleibende Zeit zu verlängern suchte. Es beschämte mich, ihm Schwächen zu zeigen. In den darauffolgenden Monaten wurde ich sehr viel reifer, und oft ist mir der Gedanke gekommen, daß Gott, der alles lenkt, mir diese Zeit des Wartens und des Schmerzes zu meinem Wohl auferlegt hat.

Als ich es einmal nicht mehr aushielt, verschwand ich unter dem Vorwand einer kurzen Reise nach Salamanca, ritt jedoch weiter bis nach Sevilla.

Ich kam wie geblendet zurück.

Meine Träume hatten endlich konkrete Nahrung erhalten. Mit eigenen Augen hatte ich auf dem Guadalquivir die auslaufenden Schiffe gesehen und auch solche, die in ihren aufgeblähten weißen Segeln das Licht der Neuen Welt mit sich brachten. Ich sah stolze Männer an Land kommen, Kapitäne, Steuermänner, Soldaten und andere, die in kostbaren Samt gekleidet waren, die Schultern mit goldenen Epauletten geschmückt; mit unvergleichlicher Miene betraten sie das Festland, es gab keinen Zweifel, das waren Eroberer. Ich sah folgsame Herden von Indios, die man durch die Straßen führte. Sie waren mit Federn geschmückt und für diesen Anlaß mit Gold behängt, und wie alle übrigen Schaulustigen sah auch ich nur diesen goldenen Schimmer auf ihrer braunen Haut und die prächtigen Farben der Federn. Auch einen Mann in Ketten erblickte ich, doch ich wandte mich rasch ab. Die Beweise des Erfolges, die mein Wesen mit schmerzhafter Ungeduld in sich aufsaugte, waren die einzigen Bilder, die ich mitzunehmen wünschte. Ich wußte nicht, daß auch ich eines Tages an der gleichen Stelle an Land gehen würde, die Füße in Ketten. Aber hätte ich es gewußt, es hätte nichts geändert. Ich habe Augenblicke erlebt, wie sie nur wenigen Menschen beschieden sind, und ein jeder von ihnen ist den Preis wert, den ich später dafür bezahlen mußte.

Im Dezember schlachteten wir wie gewohnt ein Schwein. Das gab Anlaß zu großer Freude. Das ganze Dorf kam und half Joaquina das Fleisch zu verarbeiten; es wurde in Salz eingelegt und lieferte uns so bis zum nächsten Weihnachtsfest die besten unserer Mahlzeiten. Nach getaner Arbeit wurde aus Eingeweiden und Innereien ein Festschmaus zubereitet. Mit der Gesundheit meines Vaters schien es aufwärtszugehen. Er ging selbst zu der *bodega*, um einen prallgefüllten Weinschlauch zu holen. Ich sehe ihn noch vor mir, wie er den Becher hebt, um mit der ihm eigenen ritterlichen Würde, die durch keine Gefühlsregung wie Lachen, Wut oder Tränen erschüttert werden konnte, auf das Wohl der Anwesenden zu trinken. Das ist die letzte glückliche Erinnerung, die ich an ihn habe. Und ebenso habe ich noch den Geschmack von Pech und Harz auf der Zunge, den der Schlauch dem Wein verlieh.

Ende Januar starb Seine Katholische Majestät, König Ferdinand von Aragonien. Die ungeheure Aufgabe, unser gewaltiges Reich zu führen, fiel seinem Enkelsohn zu, der damals sechzehn Jahre zählte und in Flandern erzogen worden war. Es hieß, er sei unserer Sprache nicht mächtig. Solche Nachrichten machten meinen Vater sehr betroffen. Wie hätte er ahnen können, welchen Ruhm unser geliebter Herrscher Karl V. über unsere spanischen Lande bringen würde.

Im August schickte ich einen Boten zu meinem Bruder Rodrigo nach Madrid. Aber er kam zu spät. Unser Vater war am frühen Morgen gestorben. Wegen der Hitze und der Fliegen trugen wir ihn noch am selben Nachmittag zu Grabe.

Nun waren wir mit unserem Schmerz allein, Rodrigo und ich, und natürlich die arme Joaquina, die ihre Hände nur noch dazu benutzte, sich die Tränen zu trocknen.

Die Jahre in der Stadt hatten meinen Bruder verändert. Ich hatte einen schüchternen Burschen in Erinnerung, von kleiner und dicklicher Statur, nun stand ein strahlender junger Mann vor mir, hochgewachsen, sehr schön, sehr blond, in schwarzen Samt und sauberes Leinen gekleidet, neben dem ich mich in meinem abgeschabten Wams und meinen alten Stiefeln wie ein Lump ausnahm.

Er stand ratlos herum und wiederholte unablässig die Worte: »Bruder, was soll nun aus uns werden?« Er biß sich auf die Lippen und betrachtete entsetzt unsere bescheidene Behausung, die unseren ganzen Besitz darstellte, abgesehen von einem bißchen Brachland, einem Pferd, fünf Schweinen, zwanzig Schafen, ein paar Weinstöcken und etwa dreißig Olivenbäumen.

Am nächsten Tag gestand er mir stockend, daß er nach Madrid zurückkehren wolle, wenn ich nichts gegen seinen Wunsch einzuwenden hätte. Unsere Tante Luisa hatte einen reichen Kaufmann geheiratet, die Ehe war kinderlos, sie warteten nur darauf, ihn wieder bei sich aufzunehmen. Er war mein Bruder, gleiches Blut floß in unseren Adern, ich liebte ihn. Der Gedanke, daß er mich verlassen sollte, um von der Barmherzigkeit eines Menschen zu leben, dessen Geschäfte mir recht armselig erschienen, brachte mein Blut in Wallung. Ich dachte nicht weiter nach, enthüllte ihm meine Pläne und kam zu dem Schluß: »Bruder, du kommst mit mir.« Rodrigos Augen strahlten. Ich hätte ihm auch von den Leiden, den

Entbehrungen und Gefahren erzählen sollen, die auf uns warteten, aber wie hätte ich das vermocht? Sie kamen mir nicht in den Sinn.

* * *

So traf ich die Vorbereitungen für unsere Abreise.

Den Ertrag der Trauben- und der Olivenernte trat ich für fünf Jahre ab, die Schweine verkaufte ich, und schließlich fügte ich mich auch darein, mich von unserem Pferd Absalon zu trennen. Ich brachte es nach Mérida, der nächstgelegenen Stadt, wo ich einen guten Preis dafür erhielt, den mir bei uns niemand hätte bieten können. Traurig kehrte ich in unser Dorf zurück und verfluchte die Zwänge, die einen Menschen zu einer solch niederen Handlung nötigen.

Im Haus wartete Sebastián, der »Bastard«, auf mich. So nannte man ihn, weil seine Mutter Josefa niemals einen Ehemann gehabt hatte. Im Dorf sprach zwar niemand darüber, aber alle kannten Sebastiáns Vater, es war der meine.

»Señorito, es heißt, Ihr reist ab. Nehmt mich mit.«

»Dich mitnehmen!«

»Ich bin stark, ich habe kräftige Beine, ich könnte Euch nützlich sein.«

»Weißt du überhaupt, wohin ich gehe?«

»Ins Land des Goldes, sagt man.«

»Und hat man dir auch gesagt, wo das liegt? Man muß über viele Meere fahren ...«

»Nehmt mich mit.«

Auch wenn ich schon manches Mal gedacht hatte, daß mein Vater aus Rücksicht auf meine Mutter seinen Samen an einem anderen Ort hätte lassen können, so hegte ich doch keinen Groll gegen diesen Burschen mit seinen groben Zügen und seinem dichten schwarzen Haar. Ich erkannte mich in ihm nicht wieder, nur die Größe, die breiten Schultern und die stahlblauen Augen hatte unser gemeinsamer Erzeuger uns beiden vermacht. Und ich sagte mir, daß ein entschlossener Mann, der an harte

Arbeit gewöhnt war und von dem ich mir treue Dienste erwarten durfte, eine beträchtliche Unterstützung bedeuten würde.

»Also wenn du willst, kannst du mitkommen. Ich bin nicht reich, das weißt du. Aber wir werden mit dem Eigner des Schiffes, mit dem wir auslaufen, einen Preis für deine Überfahrt aushandeln, in Anbetracht der Dienste, die du ihm erweisen kannst.«

Mit dieser Abmachung war die Sache für Sebastián erledigt, und wortlos ging er davon.

Rodrigo schien verärgert.

»Dieses Tier! Ich begreife dich nicht. Und ihn genausowenig. Was erhofft er sich davon?«

»Was alle sich erhoffen, die unser Land verlassen, und was auch wir uns erhoffen.«

»Wie kannst du das vergleichen!«

Ich unterbrach ihn.

»Hör zu, Bruder. Ich bin der Ältere, und ich treffe die Entscheidungen. Laß uns nicht streiten.«

Rodrigo zuckte die Schultern.

»Außerdem können wir uns einen Diener gar nicht leisten!«

Es war ein Fehler von mir, ihn wegen solcher mißgünstigen Erwägungen nicht zu rügen.

Wir verließen unser Dorf Anfang November. Die Berge lagen blau in der Morgendämmerung. Joaquina stand, in ihren schwarzen Wollschal gehüllt, in der Tür und schluchzte. Ich umarmte sie und warf einen letzten Blick auf das Haus. Rodrigo und Sebastián waren bereits vorausgegangen. Wir begaben uns noch einmal zum Friedhof, dann machten wir uns auf den Weg.

Ich erinnere mich, daß wir an jenem Morgen auf Maultiertreiber aus Segovia trafen. Einer von ihnen betrachtete mich mit meinem Helm auf dem Kopf, dem Panzer, dem Halsschutz, den Schulterstücken. Er hielt sein Tier an und fragte mich, gegen wen ich in den Krieg zöge.

Es muß in der Tat seltsam ausgesehen haben, wie ich mit

meinen Sandalen an den Füßen und in schäbigen Beinkleidern durch den Sand stapfte, den Oberkörper hingegen gerüstet wie ein Ritter, die Lanze hoch erhoben.

»Wir fahren nach Westindien, mein Freund«, kam Rodrigo mir zuvor. »Unser Rüstzeug, das Ihr hier seht, hat bereits schwere Kämpfe gegen die Mauren durchgestanden. Es gehörte unserem Vater, und mein Bruder beabsichtigt nun, diese ehrenhafte Tradition fortzusetzen.«

Der Maultiertreiber lachte.

»Mir scheint nur, ihr guten Leute, daß der Beruf des Soldaten nicht gerade reich macht. Seht zu, daß er euch diesmal wenigstens ein Pferd einbringt!«

Er sollte mir viel mehr als das einbringen, ein Landgut, fast so groß wie eine Provinz, auf dem Tausende von Leuten arbeiteten, um meine Einkünfte zu mehren, einen Palast, eine zahlreiche Dienerschaft – und doch, würde ich heute dieses Gefängnis verlassen, so geschähe es zu Fuß, ich würde marschieren wie einst. Der Maultiertreiber lag richtig mit seinem Spott. Wer Herz und Nieren hat, gibt selten einen guten Schatzmeister ab.

Am Abend bezogen wir in der Hütte eines Schäfers Quartier. Erleichtert entledigte ich mich meiner Kriegsausrüstung. Mein Fleisch brannte, wo das Metall gescheuert hatte. Ich war das Gewicht des stählernen Panzers noch nicht gewohnt, der mir später zur zweiten Haut werden sollte.

Unser Abendmahl bestand aus Brot, Käse, Zwiebeln und jungem Wein. Der schien den schweigsamen Sebastián förmlich aufzutauen. Er zog eine dreisaitige Gitarre aus dem Futtersack, in dem er unsere Vorräte verstaut hatte, und nachdem er sie wortlos gestimmt hatte, begann er zu spielen. Wo hatte er das gelernt? Wir wußten es nicht. Lästigen Fragen schenkte Sebastián keine Beachtung. Wir blieben lange am Feuer sitzen. Rodrigos schöne Stimme begleitete die Klänge der Gitarre. Ich lauschte und fühlte mich wohl. Es gibt Augenblicke im Leben, die kein Ereignis prägt, die aber durch ihre Schönheit im Gedächtnis bleiben. Ich erinnere mich noch genau an den scharfen Geruch, den das modrige Heu verströmte, und an das Gefühl von Frieden in meinem Innern.

Wir brauchten sechs Tage bis Sevilla.

Nachdem wir ein Zimmer in der Nähe des Hafens gemietet hatten, eilten wir zur *Casa de Contratación*, die im ehemaligen maurischen Zeughaus ansässig war. Sie kontrollierte alles, was nach Westindien fuhr oder von dort zurückkam. Die Richter der *Casa* entschieden über die moralische Befähigung der Personen, die sich einschiffen wollten, sie beurteilten das Können der Steuermänner und den Zustand der Schiffe, sie gestatteten oder verwehrten die Einschiffung, begutachteten die Waren, klärten strittige Fälle in puncto Handel und Navigation, und sie waren es auch, die den königlichen Schatz verwalteten, einen auf alles Gold, auf Edelsteine und Färbemittel erhobenen Tribut zugunsten der Krone.

Um uns herum herrschte das emsige Treiben eines Bienenstocks. Mein Herz schlug wild. Aber ein Schreiber riet uns gleichmütig: »Kommt im Frühjahr wieder, meine Herren. Im Winter fahren nicht viele Schiffe, und die auslaufbereiten sind schon voll vom Kiel bis zur Brücke.«

Ich hätte mir am liebsten in die Faust gebissen, aber ich verbarg meine Wut und meine Verwirrung. Ich war der Älteste, der Anführer, ich hatte die Situation zu meistern.

Wer Mühen nicht scheut, findet in einem Hafen immer Gelegenheit, sich ein paar Maravedí zu verdienen. Waren ein- oder ausladen, eine Schiffswandung scheuern, Fässer ausspülen – all diese Arbeiten begeisterten uns zwar nicht gerade, aber sie ersparten es uns, Diener zu sein, und außerdem härteten wir unsere Körper dabei ab, was uns später noch sehr nützlich sein sollte. Abends gingen wir in die Schenken.

In Sevilla sind die Mädchen so hübsch und einfach zu haben … und auch so eifrig, einem das Geld aus der Tasche zu ziehen! Sebastián, der bisher nur seine Ziegen liebkost hatte, verschlang sie mit den Augen. Einmal gab ich ihm einen Real aus unserer Geldbörse und schickte ihn los, seine Neugierde und sein Verlangen zu befriedigen. Aber am nächsten Tag schien er nur noch gieriger. Er nahm seine Gitarre mit in die Schenken, da ihm sein Spiel freie Getränke einbrachte. Der Wein stieg ihm zu Kopf, und sein aufbrausendes Naturell brachte uns so manche handfeste Prügelei ein; aber wir waren alle drei recht schlagkräftig, und so blieb eine einschüchternde Wirkung auf unsere Gegner nicht aus.

Wenn Rodrigo nicht gerade mit seinen ausschweifenden Liebesabenteuern prahlte, widmete er sich dem Spielen. Knöchelchen, Pikett, Abwerfen, er spielte alles. Er besaß Geschick, das Glück war ihm hold, und seine Gewinne besserten unsere Verpflegung auf. Ich selbst zog es vor, den Gesprächen zu folgen. Sie kreisten alle um ein Thema: Gold. Das Gold, das man in den Territorien der Neuen Welt zusammenraffte, und ob man sich nun in Lustschlössern, Schlachthöfen oder in den besseren Vierteln der Stadt bewegte, beim Weitergeben solcher Nachrichten wurden aus den Goldkörnern rasch Klumpen und schließlich wassermelonengroße Brocken, ebenso wie jeder Konquistador als Krösus oder Sklavenhändler geschildert wurde. So wurden unsere bereits vollbrachten und noch zu vollbringenden großen Taten in der Neuen Welt aus recht niederen Beweggründen diskutiert, aber ich unterließ es, mit jemandem darüber zu reden, denn Abenteuerlust und die Bereitschaft zu dienen, so dachte ich voll Überzeugung, sind Dinge, die man nicht lehren kann. Und ich ließ diesen Kleingeistern und Rohlingen ihre phantastischen Streifzüge und gönnte ihnen das Licht, das sie auf diesem Weg in ihre tristen Nächte brachten.

* * *

Am sechzehnten Februar des Jahres 1516, nachdem wir unsere Seele Gott und der Heiligen Jungfrau befohlen hatten, stachen wir endlich in See.

Unser Boot gehörte zu einem Verband von sechs Schiffen, von denen drei nach Hispaniola* segelten, die drei anderen nach Kuba. Diese beiden großen Inseln teilten sich die Schätze des Westlichen Meeres. Ich hatte mich für die Insel Kuba entschieden, denn dort lebte der Sohn von einem Freund meines Vaters, ein gewisser Hernán Cortés. Allem Anschein nach war er ein reicher Grundbesitzer, und ich nahm an, er könne uns weiterhelfen.

Als ich durch einen der Seeleute erfuhr, daß eine Verwandte des Gouverneurs von Kuba an Bord wäre, setzte ich alles daran, mir ihre Gunst zu erwerben. Sie reiste in Begleitung zweier ihrer Nichten, die Edelmännern der Insel versprochen waren.

Es war nicht leicht, die Señora Velázquez anzusprechen. Der Schiffseigner hatte ihr die Kajüte auf dem Vorderdeck zur Verfügung gestellt, und diese verließ sie nur zu kurzen Spaziergängen auf Deck, wenn das Wetter es zuließ. Die beiden Fräulein folgten mit kleinen Schritten und in sehr aufrechter Haltung, jener unvergleichlichen Gangart der Sevillanerinnen. Sie waren außerordentlich hübsch, taufrisch wie Blumen in ihren Kleidern aus raschelnder Seide. Rodrigo war wie im Fieber. Er fühlte sich durch diese eleganten Geschöpfe an seine früheren Erfolge in Madrid erinnert und prahlte mit seinen einstigen Eroberungen, obgleich ich den Verdacht hegte, daß diese von zweifelhaftem Ruf gewesen waren, denn junge Mädchen werden bei uns so streng bewacht, daß bereits die geringste Berührung eine wahre Meisterleistung ist. Die Erregung meines Bruders machte mich etwas gereizt, gleichzeitig aber zählte ich auch auf sein gepflegtes Aussehen, seinen gut geschnittenen Rock, seine Seidenstrümpfe und Schnallenschuhe, um die Aufmerksamkeit der Dame auf uns zu lenken.

Das Schiff ging in La Gomera vor Anker, um so viel Obst und Trinkwasser wie möglich aufzunehmen. Wir legten wieder

* Das heutige Haiti.

ab, passierten die Insel El Hierro, und schon kurz darauf brach das Unwetter los. Die Seeleute pferchten uns mit allen anderen Passagieren in den Schiffsrumpf, schlossen die Luken, und wir waren in dem Gestank gefangen, den die Eingeweide des Schiffes verströmten.

Der arme Segler ächzte in all seinen Fugen unter dem doppelten Ansturm des Meeres und des Windes. Die ebenfalls bei uns untergebrachten, an Riemen festgebundenen Pferde kamen schier um vor Angst. Und auch unser Heldenmut geriet gehörig ins Wanken. Dann kam der Augenblick, da die Besatzung zu uns herabstieg und verkündete, daß das Schiff zu schwer beladen sei und wir unsere Kleidung, den Wein und das Wasser über Bord werfen müßten. Die Wehklagen der Auswandererfamilien, die sich auf den Inseln niederlassen wollten, steigerten sich und mit ihnen der pestartige Geruch, der aufkommt, wenn die Würde schwindet und nur noch die Angst herrscht. Ich schlug vor, einen Rosenkranz zu beten. Unser Schicksal lag in Gottes Hand. Ich weigerte mich zu glauben, daß Er ein – auch für Ihn – so unrühmliches und sinnloses Ende unseres Abenteuers dulden würde ... Da ließ der Wind plötzlich nach, die Tränen der Frauen und Kinder versiegten, die Matrosen öffneten die Luken, und wir gelangten wieder an Deck. Mit der frischen Luft kehrten auch die Lebensgeister wieder.

Am darauffolgenden Tag war der Himmel vollkommen klar. Unvermutet trafen wir auf Señora Velázquez und ihre Nichten während ihres Spaziergangs. Rodrigo mit seinem gebürsteten Rock flüsterte mir zu: »Geh hin, sprich sie an!« Und ich wagte es. Ich trat vor, verbeugte mich, nannte meinen Namen und erkundigte mich in höflicher Form nach ihrem Wohlergehen. Die beiden Fräulein lächelten. Sie waren noch ein wenig bläßlich. Das Unwetter hatte ihren empfindlichen Mägen zugesetzt. Die Señora dankte mir kühl und ging weiter.

Die Tage vergingen.

Ich weiß nicht, auf welchem Wege, aber Rodrigo hatte die Vornamen der Fräulein in Erfahrung gebracht: Isabella und

Ana Franca. »Ana Franca!« seufzte er. »Ist das nicht entzückend? Hast du ihren Schönheitsfleck gesehen? Was würde ich darum geben, wenn ich ihn küssen dürfte!« Ich lächelte spöttisch, denn ich schätzte eher die reifen Frauen und Umarmungen ohne Umschweife. Vielleicht nahm ich mich auch deshalb vor der Liebe nicht in acht, als sie nahte, und war ihr dann so wehrlos ausgeliefert.

Das Schiff erreichte die ersten kleineren Inseln des Westlichen Meeres.

Bei wunderschönem Wetter wurden die Beiboote ins Wasser gelassen. Es war eine Wonne, wieder festen Boden unter den Füßen zu spüren. Wir nutzten die Zeit, um unsere Hemden zu waschen, die in der Sonne und in dem lauen Wind binnen kürzester Zeit wieder trocken waren. Wir kehrten gerade zum Strand zurück, als wir einen lauten Schrei vernahmen.

Señora Velázquez lag ausgestreckt auf dem Boden, und vor lauter Respekt standen alle wie gelähmt um sie herum. Ich ließ mich davon nicht beirren, stützte sie und half ihr auf die Füße. Da stieß sie noch einen Schrei aus. Ich setzte sie nieder. Der Schiffseigner gab einem Seemann den Befehl, an Bord zurückzukehren und den Barbier zu holen, damit er sie zur Ader lasse. Sie hatte in der Tat einen hochroten Kopf und sah recht häßlich aus.

Sebastián an meiner Seite murmelte: »Diese Seeleute haben überhaupt keine Ahnung. Sie hat sich den Fuß verrenkt. Er muß nur mit dem richtigen Handgriff wieder eingerenkt werden.«

»Und das könntest du?«

»Bei den Frauen im Dorf habe ich es oft gemacht, aber bei der Señora …«

»Na, dann stell dir vor, du wärst in unserem Dorf! Diese Frau ist auch nicht anders gebaut als die Frauen bei uns.«

Ich schob ihn vor.

»Señora, dieser Bursche ist in seiner Gegend als Kurpfuscher bekannt. Wenn Ihr ihm gestattet …«

Auf diesem Wege erlangte ich die Gunst der Señora Velázquez. Noch am gleichen Abend lud sie mich und meinen Bruder in ihre Kabine auf dem Vorderdeck ein.

Es blieben mir noch zehn Tage, um mir bereits im Vorfeld einen Zugang zu Diego Velázquez, dem Gouverneur von Kuba, zu erwirken. Ich nutzte die Zeit eifrig, und meine Angelegenheiten ließen sich günstig an, ich hatte die Vorzüge unserer Familie hervorgehoben, und unsere Absichten weckten Wohlgefallen. Rodrigo strahlte. Ich ermunterte ihn bei seinem Treiben, denn sein weltmännisches Benehmen erfüllte mich jetzt mit Stolz, ahnte ich doch nicht, was sich unter meinen Blicken zusammenbraute.

Im purpurnen Licht des Sonnenuntergangs sah ich in der Ferne die schwarzen Umrisse der Insel Hispaniola schimmern, die wir bereits passiert hatten. Ich dachte daran, daß wir binnen kurzer Zeit das Ziel unserer Reise erreichen würden, von dem ich nun fast fünf Jahre geträumt hatte, als ich Rodrigos Worte vernahm:

»Sie hat es mir versprochen, verstehst du.«

»Wer hat dir was versprochen?«

»So hör mir doch einmal zu! Sobald wir Kuba erreicht haben, wird Ana Franca alles ihrer Tante erzählen. Sie will sich nicht mehr mit dem dicken Grundbesitzer vermählen, für den man sie bestimmt hat. Sie liebt mich, und sie wird warten, bis wir zu Reichtum gekommen sind ...«

»Und wann hat sie dir das alles gesagt?«

Er bemerkte nicht einmal meinen Tonfall, so sehr riß ihn seine eigene Begeisterung mit.

»Wir schreiben uns. Sie schreibt mir Briefe, und ich antworte ihr. Sie ist ebenso gut wie schön ...«

»Und dumm obendrein.«

»Wie bitte?«

»Ja, dumm«, wiederholte ich, rasend vor Wut. »Und du hättest einen gehörigen Tadel verdient. Was denkst du dir dabei, ein junges Mädchen zu verführen, dir einen Spaß daraus zu machen, eine vom Gouverneur arrangierte Hochzeit zu Fall zu bringen! Wo hast du deinen Verstand gelassen? Willst du, daß man uns von der Insel jagt? Hast du vor, unsere Pläne zu zerstören, unsere gesamte Zukunft? Schau dich doch an, schau uns an! Sind wir vielleicht eine geeignete Partie für solche Herrschaften? Werde endlich erwachsen! Dann werden wir weitersehen!«

Ich hielt inne. Er erschien mir so jung mit seinen scharlachroten Wangen und der kindlichen Wut, die seinen Blick verfinsterte.

»Ach, Bruder, vergiß sie. Wir haben große Aufgaben vor uns.«

An diesem Punkt entstand der erste Riß in unserer Beziehung. Ana Francas Unbesonnenheit hatte ihm Ziele vorgegaukelt, die nicht die meinen waren.

Kaum hatten wir angelegt, umringte eine Schar vornehm gekleideter Personen Señora Velázquez und ihre Nichten. Erleichtert sah ich sie davonziehen. Rodrigos Stimmung war düster, er preßte die Lippen aufeinander, hielt die Augen niedergeschlagen. Aber ich beschloß, seine Verfassung nicht weiter zu beachten, und machte mich gemeinsam mit ihm und Sebastián auf die Suche nach einer Schenke.

Obwohl Santiago del Puerto die Hauptstadt von Kuba war, schien die Stadt nicht sehr groß zu sein. Die Straßen waren in gutem Zustand, einige Steinhäuser waren hübsch hergerichtet, aber die meisten Gebäude waren aus Holz und stellten nichts Besonderes dar. In der Ferne zeichneten sich hohe Berge ab, die bis zu ihren Gipfeln bewaldet waren. Eine üppig wuchernde Vegetation überzog die Erde mit ihrem satten Grün bis in die hintersten Winkel. Die Hitze war drückend, wir schwitzten in unseren Röcken. In der Schenke bestellten wir einen Krug Wein, es wimmelte von Fliegen. Der Wein kam aus Spanien, wie alles, was es hier gab, außer dem Gemüse, den Indios und dem Gold, wie der Wirt uns aufklärte. Über den unverschämten Preis seines Weins sagte er allerdings nichts.

Rodrigo und ich ließen Sebastián vor dem leeren Krug warten und begaben uns, nachdem wir uns Gesicht und Bart an einem Brunnen erfrischt hatten, eilig zum Haus des Gouverneurs.

Am Eingang zog ich den Brief hervor, den mir Señora Velázquez gegeben hatte. Man bat uns um Geduld. Die Halle war mit Teppichen, Wandbehängen und funkelndem Silberzeug geschmückt. Voller Befriedigung begann ich sie zu zählen. Damals hatte ich die naive Vorstellung, daß Reichtum auf den Westindischen Inseln nur durch Ehre oder Kampf erlangt werden könne, und dieser Überfluß bestätigte in meinen Augen die herausragenden Eigenschaften jenes Mannes, von dem unsere Zukunft abhing.

Schließlich führte man uns zu Diego Velázquez.

Wir küßten die Hand des Gouverneurs. Seine gewaltige, in blauvioletten, goldverzierten Samt gehüllte Körpermasse preßte sich mühevoll in den Rahmen eines Sessels. Jedoch taten weder die Leibesfülle noch das Alter der bemerkenswerten Schönheit seiner Gesichtszüge Abbruch, sondern verliehen ihnen im Gegenteil eine zufriedene Würde.

Der Brief der Señora legte ihm die Beweggründe unserer Reise dar, und so kam er unverzüglich zum Kern der Sache. In liebenswürdigen Worten gab er seinem Bedauern darüber Ausdruck, daß wir nicht früher angekommen waren, denn im Februar hätte sich eine Expedition aufgemacht, um die Breiten vor Honduras zu erkunden.

»Sollte einer der Eigner ein Schiff ausrüsten, um auf den benachbarten Inseln Beute zu machen oder Sklaven einzufangen, so werde ich an Euch denken.« Mit diesen Worten kam er zum Schluß.

Ich trat mit einer leichten Verbeugung vor. »Exzellenz, mein Bruder und ich sind nicht hierhergekommen, um Sklavenhandel zu betreiben.«

Er lächelte.

»Am Anfang kann man sich nicht unbedingt alles so aussuchen, wie man es sich vorstellt, mein junger Freund. Wir haben nicht genug Indios hier auf Kuba. Ihr werdet sehen, was ich bereits geschaffen habe: schöne Städte, Häfen, gewaltige Ländereien. Für den Aufbau und die Erschließung aber bedarf es vieler Arbeitskräfte. Gleiches gilt für die Förderung des Goldes aus den Minen. Und die Indios dieser Gegenden haben stets in den Tag hinein gelebt, ohne sich um eine Verbesserung ihrer Verhältnisse zu bemühen. Die Arbeit widerstrebt ihnen, sie sind träge und anfällig. Wir haben Verluste.«

Vielleicht spürte er, daß mich seine Probleme mit den Indios nur mäßig interessierten.

»Meine Cousine, die Señora Velázquez teilt mir in ihrem Brief mit, daß sie Euch zu Dank verpflichtet sei und darum würde auch ich mich gern ... Unsere Insel braucht mutige Männer. Sobald es ein freies Stück Land gibt mit kräftigen Indios, soll es das Eure sein. Es ist eine Freude zu erleben, wie hier alles unter dem Himmel gedeiht, man kann bereits sehr reich werden, wenn man nur eine gute Schweineherde besitzt.«

»Exzellenz, wir wissen Eure Bemühungen zu schätzen, aber wir haben unser Land nicht verlassen, um hier Schweinezucht zu betreiben.«

»Ach, diese Jugend! Ich war einst wie Ihr: das Herz größer als die ganze Welt! Man will alles, und zwar sofort ... Also gut, Señores. Wenn es sich so verhält, kann ich im Augenblick nichts für Euch tun. Wenn Ihr nur auf Entdeckungszüge aus seid, so kommt von Zeit zu Zeit vorbei und erkundigt Euch bei einem meiner Sekretare, man wird Euch auf dem laufenden halten.«

Es blieb uns nichts weiter übrig, als uns zurückzuziehen, aber in der Not kam mir wie bisher immer meine Kühnheit zu Hilfe.

»Wir danken Eurer Exzellenz für Euer Wohlwollen. Jedoch müssen wir auch in der Zeit des Wartens auf eine Expedition von irgend etwas leben. Ich habe drei Jahre lang an der Universität von Salamanca studiert, ich spreche und schreibe

Latein und bin außerdem des Rechts kundig. Verfügen Euer Exzellenz nicht über eine Stellung für einen Mann, dessen Ergebenheit Euch von vornherein gewiß ist?«

Nach einer weiteren abschlägigen Antwort zogen wir uns zum Ausgang zurück. Mit jedem Schritt schmolzen meine hochtrabenden Überlegungen dahin. Da rief mich Diego Velázquez zurück.

»Die Witwe eines alten Freundes, Señora Pizarral, sucht jemanden, der ihren Schriftwechsel führt. Sie lebt in Trinidad, wo sie eine Reihe schöner Indiodörfer besitzt. Empfehlt mich ihr. Sie wird Euch aufnehmen und auch eine Anstellung für Euren Bruder finden.«

Die Aussicht, unter den Anweisungen einer zänkischen alten Witwe auf Papier herumzukratzen erheiterte mich nicht, aber da ich meine Ungeduld im Zaume halten mußte und unser Lebensunterhalt verdient sein wollte, war es mir am Ende lieber, dies fernab von Santiago zu tun. An der Universität hatte ich verschiedene Liebeshändel mitbekommen, die allesamt in Skandalen endeten, und ich fürchtete, Rodrigo könnte hier erneut mit der kleinen Ana Franca anbändeln, um so mehr, als unsere müßige Armut uns ohnehin zu allen möglichen Torheiten geneigt machte.

Bevor ich mich für Trinidad entschied, beschloß ich, Hernán Cortés einen Besuch abzustatten.

Ich habe bereits erwähnt, daß er aus der Estremadura stammte, aus Medellin, um genau zu sein. Dieser Ort liegt nur fünf Meilen von unserem Dorf entfernt, und die Beziehungen, die mein Vater zu dem seinen unterhalten hatte, ließen mich hoffen, daß er uns unterstützen würde, falls er von einer dem Gouverneur noch nicht bekannten Entdeckungsfahrt hören sollte.

Ich begriff aber sehr schnell, daß auch diese Hoffnung vergebens war.

Hernán Cortés lebte mit seiner jungen Gemahlin auf einem herrlichen Landgut in der Nähe von Santiago. Ich fand ihn mit seinen landwirtschaftlichen Arbeiten beschäftigt, für die ich nur Geringschätzung übrighatte, ich, der ich Großes im Sinne hatte. Diese Geisteshaltung und auch meine Jugend hinderten mich daran, die Willenskraft, den Scharfsinn und den Ehrgeiz wahrzunehmen, die schon in seinen Zügen liegen mußten; mir offenbarte sich nur sein gelassener Ernst.

Als er mir gestand, noch nie an einer Expedition teilgenommen zu haben, konnte ich mein Erstaunen nicht verbergen.

»Señor«, sagte er, »jeder Mann lenkt sein Schicksal selbst, und ich setze das meine nur für eine ernste Sache aufs Spiel. Als ich auf die Inseln kam, war ich neunzehn Jahre alt. Heute bin ich zweiunddreißig, und es ist mir noch kein Vorhaben untergekommen, das mich vollständig überzeugt hätte, so wie mir auch noch niemand begegnet ist, der es mir wert gewesen wäre, mit ihm zu gehen. Glaubt mir, es bedarf größerer Kraft, dem Abenteuer zu widerstehen als sich darauf einzulassen. Ihr scheint intelligent zu sein. Bedenkt also meinen Rat. Heute kann ich Euch nichts Besseres bieten, aber vielleicht sehen wir uns wieder.«

Das hielt ich für unwahrscheinlich.

Ich war fest entschlossen, mit dem nächsten Schiff, das auf Erkundungsfahrt ging, auszulaufen und diese Insel hinter mir zu lassen, wo mir der Erwerb von Reichtum zu sehr nach Verzicht roch.

* * *

Der gerissene Schankwirt zog mir für Mahlzeit und Übernachtung eine Summe aus der Tasche, von der wir in Sevilla eine ganze Woche hätten leben können, aber durch seine Vermittlung wurden wir schließlich mit einem Händler der Stadt einig. Der Mann war auf dem Weg nach Trinidad, um dort eine Ladung gesponnene Baumwolle zu verkaufen. Er war damit einverstanden, uns für dreizehn Piaster Gold an Bord seiner *canoa* zu nehmen, einer Art Boot, gefertigt aus einem ausgehöhlten Baumstamm, das die Bewohner dieser Gegenden benutzen, um die Küstengewässer zu befahren. Wir waren noch keine vierundzwanzig Stunden in Santiago, und schon schmolz unser ohnehin spärliches Guthaben auf erschrekkende Weise dahin. Alles war hier so furchtbar kostspielig!

Trinidad liegt an der Westküste, auf halber Strecke zwischen Santiago und Puerto de Carenas. Wir benötigten zwölf Tage, um dorthin zu gelangen, teils ruderten wir, teils segelten wir, und mußten viel Wasser schöpfen. Der Hafen lag eine Meile von der Stadt entfernt. Unser Händler geleitete uns noch vor das Haus der Señora Pizarral, wo er uns sogleich verließ. Er schien die Dame zu fürchten, deren aufbrausendes Temperament, wie er sagte, ebenso unvorhersehbar sei wie ein Unwetter. Das nahm uns nicht gerade für sie ein, und ich rechnete damit, eine energische Frau anzutreffen, der im Lauf ihrer Witwenschaft Barthaare gewachsen waren. Wie hatte ich mich getäuscht. Leonor Pizarral war eine zarte Erscheinung und noch recht jung. Sie hatte herrliches kupferblondes Haar, blasse Haut, eine spitze Nase, einen zierlichen Mund und einen Blick ... Als ihr Blick den meinen traf, wußte ich sogleich, daß meine Nächte nicht einsam sein würden.

Wir handelten die Bedingungen aus. Ihre Kleinlichkeit darin war nahezu kränkend, aber Leonor Pizarral fügte eilig hinzu, daß mein Bruder und ich mit ihr gemeinsam speisen würden und sich auch für Sebastián eine Arbeit bei den Pferden finden würde, was die Frage seines Auskommens löste.

In ihrem Gefolge durchquerten wir die große Halle, über der in Höhe des oberen Stockwerks eine hölzerne Galerie verlief. Wir kamen in einen Innenhof mit einem Brunnen, den irdene Krüge zierten, wie wir sie in der Estremadura haben. Ganz hinten lagen die Pferdeställe. Ich bewunderte die Schönheit ihrer Pferde, aber der Zustand der Stallungen war bestürzend. Leonor Pizarral erklärte uns, daß auch die Androhung schlimmster Strafen es nicht vermochte, den Indios die Furcht vor den Pferden zu nehmen. Ein Schwarzer tauchte auf. Es war der erste, den ich sah, denn zu jener Zeit brachte man noch recht wenige aus Afrika hierher.

»Ich habe drei Schwarze«, sagte Leonor, »diesen hier und zwei Frauen. Denn für die Arbeiten im Haus taugen die Indios nicht viel, aber die Schwarzen sind teuer.«

Sie befahl ihm, uns unsere Schlafstätte zu zeigen. Es war ein großes, weißgetünchtes Zimmer über den Pferdeställen. Neben den Strohsäcken befand sich dort eine Truhe, auf der ein mit grünen Straußenfedern geschmückter Männerhut lag. Der Schwarze nahm ihn mit.

Nach den Informationen, die ich von ihr selbst und von anderen erhielt, war Leonor Pizarral im Jahre 1509 im Gefolge der Vizekönigin der Westindischen Inseln nach Hispaniola gekommen. Sie war damals keine taufrischen fünfzehn Jahre mehr alt und besaß auch keine Mitgift. Aber sie stammte aus einer guten Familie und hatte genügend Verstand und Temperament, um einen Mann dort zu treffen, wo er am verwundbarsten ist. Ein Freund von Diego Velázquez heiratete sie. Drei Jahre später traten die beiden Gleichgesinnten die Eroberung Kubas an, das seit seiner Entdeckung im Jahre 1492 seltsamerweise nicht weiter beachtet worden war. Leonors Ehemann steckte sich dort ein riesiges Landgut ab. Er war ein Jahr vor unserer Ankunft gestorben. Sein Testament begünstigte seine Frau gegenüber den Kindern, die aus einer früheren Verbindung stammten. Diese Kinder lebten zwar in Madrid, hatten aber die Verfügungen angefochten. Es kam zu einem erbitterten Kampf, den Leonor über alle Meere hinweg führte, indem sie Petitionen und Gesuche an alle angesehenen Personen des Hofes richtete, mit denen ihre Familie bekannt war.

Und in diesen umfangreichen Briefwechsel sollte ich mich nun vertiefen.

* * *

Eine Woche später kam Alonso, Leonors Bruder, und mit ihm sein Sohn Diego. Obgleich ich noch nicht ahnen konnte, welch verhängnisvollen Einfluß letzterer auf mich haben sollte, verspürte ich instinktiv eine Abneigung gegen ihn. Dabei hatte er nicht einmal etwas Unangenehmes an sich. Er sah gut aus und strotzte vor Gesundheit. Die Familie der Pizarrals besaß Goldminen in der Nähe von Santiago, zahlreiche Indiodörfer, mehrere Landgüter, mit anderen Worten all das, was hierzulande das Ziel jeglichen Ehrgeizes ausmachte, und das ließen sie die anderen auch spüren.

Die von Alonso geführte Unterhaltung kreiste recht bald um das Thema Frauen, und nach dem Essen wurde sein Ton zunehmend lockerer. Daß ein solches Gespräch im Beisein einer Frau geführt wurde und Leonor Pizarral sich gar noch einmischte, mißfiel mir außerordentlich. Aber meine Verlegenheit amüsierte Alonso nur.

»Mein Freund, ich möchte Euch einen Rat geben«, sagte er zu mir. »Laßt die Finger von den Indiofrauen. Unsere Soldaten bedienen sich ihrer weidlich, denn sie geben sich hin wie junge Ziegen und kosten nichts, aber man holt sich eine Drüsenentzündung, und das ist eine verdammt häßliche Krankheit, die Euch dahinsiechen läßt.«

Er verbeugte sich leicht. » Leonor, mit deiner Erlaubnis ...«

Wir ließen Rodrigo und Diego Pizarral allein, die in eine angeregte Unterhaltung vertieft waren.

Es war das erste Mal seit unserem Streit wegen der kleinen Ana Franca, daß mein Bruder eine Art Begeisterung an den Tag legte. Zufrieden darüber, wurde ich redselig und vertraute mich Alonso Pizarral an. Bei einem Spaziergang durch die Stadt ließ ich ihn meine Pläne wissen. Ich hatte geglaubt, er ruhe sich auf seinem Gold aus, aber ich täuschte mich. Er verkündete mir, daß er an mehreren Expeditionen teilgenommen hätte und sehr wohl bereit sei, erneut in See zu stechen. Meine Meinung über ihn besserte sich erheblich.

Wir gelangten zu einem Haus, das von üppig blühenden Stauden umgeben war. Alonso stieß das Gartentor auf und klopfte an die Tür. Es erschien eine Indiofrau in dem landesüblichen Baumwollkleid, das bis zu den Schenkeln reicht und *nagua* genannt wird. Sie geleitete uns in die Vorhalle und verschwand. Die Wände des Raums waren in rötlichem Ocker gestrichen und tauchten die prunkvollen Möbel, die Polsterkissen und die durchwirkten Teppiche in ein warmes, schmeichelndes Licht. Eine stattliche und schöne Frau kam auf uns zu. Alonso stellte uns vor. Sie hieß Celestina.

Die Indiofrau brachte auf einem Tablett spanischen Wein in silbernen Bechern. Wir tranken auf das Wohl der Pizarrals, auf meine Ankunft und auf Sevilla, denn von dort stammte Celestina. Als sie hörte, daß ich mehrere Monate dort gelebt hatte, wollte sie Näheres wissen. So kam ich ins Erzählen. Und ein Mann ist kein Mann, wenn er nicht zu all seinen Taten steht. Es erschien mir keineswegs entwürdigend, als Lastenträger gearbeitet zu haben, um mir meine Reise zu verdienen. Für mich war das, wenn auch auf etwas seltsame Weise, bereits Teil meines Dienstes für Gott und den König, und ich sprach es aus, wie ich es dachte. Aber der Wein begann bereits seine Wirkung zu tun, und so mögen meine Ausführungen reichlich geckenhaft und lächerlich geraten sein.

Als Alonso sich erhob, flüsterte er Celestina etwas ins Ohr. Sie lachte. So konnte ich sie endlich ungehindert beobachten. Zwischen ihren vollen Lippen blitzten kräftige weiße Zähne. Unter ihrem granatfarbenen Samtkleid erahnte man einen hingebungsvollen Körper, und das Beben ihres beim Lachen zurückgeworfenen Halses brachte mein Blut in Wallung. Es war lange her, seit ich das letzte Mal eine Frau in den Armen gehalten hatte.

Sie verließen das Zimmer. Alonso umarmte sie. Er war klein und gedrungen. Aber ohne zu bedenken, was für ein Paar sie abgaben, drängte sie sich auf jene schmeichelnde Weise an ihn, die den Dirnen eigen ist.

Ich trank weiter. Ich war wütend und steigerte mich immer mehr in meine Wut hinein.

Als Celestina wiederkam, trug sie lediglich ein langes Hemd und ein Negligé darüber. Die tiefschwarzen lockigen Haare fielen ihr offen über die Schultern.

Alonso sagte zu mir: »Mein Freund, würdet Ihr den Weg noch zurückfinden? Bleibt hier. Ihr seid eingeladen.«

Das Angebot war liebenswürdig, aber ich empfand es wie eine Herausforderung, mir schien, als legte er mir diese herrliche Frau in die Arme, wie man einem Bedürftigen eine Handvoll Gold hinwirft, um ihn gleichermaßen zu blenden und zu demütigen.

»Ich danke Euch, Señor, aber ich bin es gewohnt, für ein Vergnügen selbst zu bezahlen.«

Er lächelte, wechselte einen Blick mit Celestina und ging hinaus.

»Das war weder besonders freundlich noch geschickt, mein Kleiner«, sagte sie, »du hast den Herrn verärgert.«

Sie schüttelte sich vor Lachen, bevor sie mir die Hand hinstreckte: »Komm!«

Ihr Körper war üppig und fest, ihre Haut sehr blaß, sehr weich, und sie duftete herrlich. Ich glaube, jeder von uns war mit dem anderen zufrieden.

Sie weckte mich bei Sonnenaufgang.

»Du mußt gehen«, sagte sie.

Mein Stolz zerbröckelte.

»Hör mir zu, ich habe nicht das Vermögen des Señor Pizarral, aber sage mir ...«

Celestina unterbrach mich mit ihrem offenen, fröhlichen Lachen, das ihr einen unwiderstehlichen Charme verlieh.

»Ich bin teuer, mein Lieber, viel zu teuer für dich. Wenn ich nichts von dir verlangt habe, so deshalb, weil du mir auch nichts schuldest.«

»Aber ...«

»Stell dir vor, auch ich gönne mir bisweilen ein Vergnügen. Und meine Liebhaber sind selten jung und schön.«

Sie breitete meine Kleidung auf dem Bett aus.

»Zieh dich an, oder willst du unseren Ruf aufs Spiel setzen? Und wenn du magst, dann komm wieder. Wenn die Fackel unterm Portal brennt, bin ich allein.«

Ich erzählte Rodrigo von dieser Nacht und schwärmte in solchen Tönen von Celestina, daß er sie unbedingt kennenlernen wollte. Dieses Interesse erschien mir als günstige Fügung. Ich betrachtete meinen gutaussehenden Bruder und dachte in aller Unschuld, daß auch er Celestina erfreuen würde.

Eines Abends gingen wir zu ihr, und sie empfing uns. Ich erinnere mich genau an ihr grünes Kleid, den weißen Schleier und die mit Gold verzierte Korallenkette. Wir unterhielten uns angeregt. Rodrigo besaß jenen Wortwitz, den die Frauen lieben, der mir aber vollkommen abgeht. Celestina lachte. Ich glaubte, die Fäden ausreichend gesponnen zu haben, und leerte meinen Becher Wein.

»Celestina, ich muß heute noch einen Brief beenden, der morgen früh nach Santiago gehen soll. Darf ich dir meinen Bruder anvertrauen? Der junge Mann würde mich umbringen, wenn ich ihm zu so früher Stunde deine Gesellschaft entzöge!«

Celestinas Verhalten verblüffte mich.

Sie stieß ihren Sessel zurück, eilte zur Tür und riß sie auf.

»Hinaus!« sagte sie. »Verschwinde, und laß dich niemals wieder bei mir blicken, du Trampel. Wenn man keine drei Maravedí besitzt, mein Kleiner, und umsonst mit einer Dirne schläft, so sollte man zumindest das Feingefühl besitzen, sie als Dame zu behandeln.«

Später haben Celestina und ich uns oft über diese Szene amüsiert, aber in dem Augenblick selbst zitterte ich vor Wut genau wie sie.

Rodrigo ging als erster hinaus. Ich hielt auf der Schwelle inne.

»Solltest du wieder einmal mit einem Burschen meines Alters zusammensein, so nenn ihn nicht ›mein Kleiner‹, das macht dich nicht gerade jünger«, schleuderte ich ihr entgegen. Sie warf die Tür hinter mir ins Schloß.

Die Schreiben, die Leonor Pizarral nach Madrid, Toledo oder Valladolid schickte, waren je nach ihrer Laune in drohendem oder schmeichelndem Ton gehalten und füllten zahllose Blätter. Ich hatte mehr vom Unterricht meiner Lehrer in Salamanca behalten, als ich glaubte, und meine juristischen Kenntnisse erlaubten mir, ihr einige Ratschläge zu geben.

Anfangs kopierte Rodrigo meine Texte in seiner schönen Schrift, aber Leonor richtete es so ein, daß er beim Notar von Trinidad unterkam, was unsere Geldbörse recht gut füllte, ohne die ihrige zu schmälern.

Sie besaß die Klugheit, die Entschlossenheit und die Energie, die man normalerweise nur bei Männern findet. Frühmorgens sattelte Sebastián ein Pferd für den Ausritt auf ihr Gut. Zwei Wochen nach unserer Ankunft dann bat sie mich um meine Begleitung, und dies wurde zu einer täglichen Gewohnheit.

Wir ritten in gestrecktem Galopp die Küste entlang. Die dichten Wiesen reichten mit ihrem satten Grün bis zum Wasser. Dann besichtigten wir die riesigen, mit Rohrzucker, Baumwolle und Yucca bepflanzten Felder; aus den gemahlenen Wurzeln der Yuccapflanze wird das Maniokbrot gemacht. Saubohnen, grüne Bohnen, Kartoffeln und Mais wurden auf kleineren Parzellen angebaut. Alle diese Gemüse kamen auch bei Leonor auf den Tisch, und ich fand sie vorzüglich. Am Waldrand lagen die Indiodörfer. Die Männer arbeiteten nackt in den Feldern, und außer mir nahm offensichtlich niemand Anstoß daran.

»Aber es sind doch Tiere!« meinte Leonor.

Und ich bin überzeugt, das sagte sie nicht, um die Art und Weise zu rechtfertigen, in der sie sie behandelte; sie glaubte es wohl tatsächlich.

Hätte man denn diesen Wesen nicht den Anstand beibringen können, der mit unserem Glauben so zwingend einhergeht? Aber zweifellos sorgte sich Leonor mehr um ihren Gewinn als um das Evangelium und ihre Verpflichtung, die Indios im christlichen Glauben zu unterweisen.

Außerdem begriff ich bald, daß die Nacktheit sie erregte.

Beim Anblick dieser armen Teufel, die arglos ihren stolzen Oberkörper darboten, röteten sich ihre blassen Wangen unter dem Musselin, mit dem sie sich vor der Sonne schützte.

Daher bildete ich mir nicht allzuviel darauf ein, als ich zu ihrem Liebhaber wurde.

Die Initiative ergriff Leonor während eines unserer Ausritte. Sie hatte sich im Streit mit einem der Dorfältesten erhitzt. Wir kehrten an den Strand zurück. Unvermittelt hielt sie ihr Pferd an und stieg ab. Sie legte sich ins Gras nieder, schob ihren Rock mit beiden Händen bis zur Taille hoch und begann zu lachen: »Nun, worauf wartest du?«

Sie brauchte es nicht noch einmal zu wiederholen.

Von nun an kam ich voll und ganz auf meine Kosten.

* * *

An einem Sommermorgen trieb ich mich im Hafen herum, als zwei Soldaten in einem Kanu anlegten. An ihrer Haltung und ihrem Akzent erkannte ich, daß sie aus der Estremadura stammten, und so sprach ich sie an.

Ich erfuhr, daß die im vergangenen Februar aufgebrochene Expedition nach Kuba zurückgekehrt sei. Wie sie mir erzählten, waren ihre Boote von den Winden an ein unbekanntes Ufer abgetrieben worden. Die dort ansässigen Indios lebten in richtigen Häusern und bauten Mais und Yucca an. Daher rührte auch der Name, den die Kapitäne diesem Landstrich gegeben hatten: Yucatán. Die Indios waren ihnen äußerst feindselig begegnet, so daß die Expedition die Hälfte ihrer Leute verloren hatte. Juan Pastrano und Pedro Sánchez, so hießen die beiden Soldaten, fügten hinzu, ein wenig Gold habe man auch gefunden, was dem Gouverneur Diego Velázquez sicherlich Anreiz genug wäre, eine weitere Flotte auszurüsten.

Diese Nachricht erregte mich. Um die Angelegenheit weiter zu erörtern, hätte ich nicht gezögert, meine beiden übel zugerichteten Kämpfer mit ihren blutgetränkten Verbänden unverzüglich zu Leonor mitzunehmen. Sie wurden jedoch, wie sie sagten, von einer Indiofrau erwartet, und so ließ ich davon ab. Nach solchen Gefahren und Strapazen würde ihnen eine Frau andere Annehmlichkeiten bereiten können als ich. Bevor sich unsere Wege trennten, versprachen wir einander, an der nächsten Expedition gemeinsam teilzunehmen.

Ich kehrte nach Trinidad zurück.

Gerade als ich an Celestinas Haus vorbeikam, trat sie zufällig aus der Tür.

Seit jenem besagten Abend, als sie mich hinausgeworfen hatte, waren wir uns mehrmals begegnet, ohne einander jedoch zu beachten.

Heute, an einem solchen Freudentag, wandte ich mich zu ihr um. »Sieh mal einer an«, sagte sie, »hast du zur Höflichkeit zurückgefunden!«

»Celestina, ich schwöre Euch, ich wollte Euch nie beleidigen. Vergebt mir.«

»Du scheinst mir recht fröhlich zu sein für einen Reumütigen. Was ist geschehen? Hat dir unser Gouverneur eine *encomienda** bewilligt?

»Weit mehr!«

Sie öffnete die Tür.

»Komm herein. Drinnen spricht es sich besser ...«

Am nächsten Morgen empfing mich Leonor mit wüsten Beschimpfungen. Ich entgegnete ihr, daß es vollkommen überflüssig sei, mich davonjagen zu wollen, ich sei ohnehin gerade dabei aufzubrechen. Dann unterrichtete ich sie von dem Vorgefallenen und von meiner Absicht, mich nach Santiago zu begeben, um Diego Velázquez die Hand zu küssen und weitere Erkundigungen einzuholen. Leonors Wut nahm eine andere Wendung. Aber als sie merkte, daß mich nichts von meinem Entschluß abbringen konnte, beruhigte sie sich schließlich.

* (span.) Übertragung von Grund und Boden sowie den darauf lebenden Indios mit der Auflage, die Indios im christlichen Glauben zu unterweisen.

Am Ende stellte sie mir sogar ein Pferd, mit dem ich mich nach Santiago aufmachte.

Am fünften April des Jahres 1518 brach ich zu meiner ersten Expedition auf.

Rodrigo und Sebastián hatten mich bis nach Matanzas begleitet, wo sich die Schiffe versammelten. Ihre Enttäuschung trübte den Augenblick, den ich so sehr herbeigesehnt hatte. Ich hatte in der Tat geglaubt, daß ein Mann, der in die Dienste des Königs tritt, diese Ehre mit seiner ganzen Kraft und im schlimmsten Fall mit seinem Leben hinreichend bezahlt. Dem war aber nicht so. Zwar oblagen die Kosten für den Kauf oder das Chartern der Schiffe sowie deren Ausrüstung den Organisatoren der Expedition – in diesem Fall also Diego Velázquez und einigen Auserwählten –, aber jeder Soldat war verpflichtet, für seine Kleidung zu sorgen und sich mit Waffen, Lebensmitteln und anderen wichtigen Dingen zu versehen. Nun besaß ich als einziger von uns dreien Panzer und Rüstung, und das geringste Schwert kostete auf Kuba 20 Pesos, das waren 10000 Maravedí! So hatte ich mich darein gefügt, Rodrigo und Sebastián zurückzulassen, und versprach ihnen, mit genügend Gold wiederzukommen, damit wir uns beim nächsten Mal nicht zu trennen brauchten.

Die Flotte bestand aus vier Schiffen. Kommandant war ein gewisser Juan de Grijalva, ein Verwandter des Gouverneurs, der in Trinidad lebte und Besitzer einer großen Encomienda war.

Mit großer Freude sah ich Juan Pastrano und Pedro Sánchez wieder, die bei der Entdeckung Yucatáns dabeigewesen waren, und wir schlossen uns anderen Soldaten aus der Estremadura an. Bei den kleinen Gefechten in den Straßen von Salamanca hatte ich gelernt, daß es immer von Vorteil ist, sich mit Leuten aus der gleichen Provinz zusammenzutun.

Über diese Expedition werde ich mich nicht weiter verbreiten.

Wie auch die vorherige war sie nur ein Vorspiel für die große Conquista. Es scheint mir unangebracht, zweimal die gleichen Orte zu beschreiben, da auch letztere hier begann. Ich möchte jedoch erwähnen, daß ich eine Erfahrung machte, die mir später äußerst nützlich war.

Wir brachten aus Yucatán eine reiche Beute an goldenen Geschmeiden und Schmuckstücken mit, von denen auch ich meinen bescheidenen Anteil erhielt.

Das Gold und zahlreiche Anzeichen sprachen dafür, daß hinter den Ufern, die wir nur flüchtig betreten hatten, unermeßlich reiche, von Indios dichtbesiedelte Gebiete lagen. Diese Aussichten bewogen Diego Velázquez, eine dritte Expedition großen Stils vorzubereiten.

So kam es, daß die Gnade Gottes, die Launen der Winde und die Begierde des Gouverneurs es mir vergönnten, an einem der ruhmvollsten Abenteuer teilzunehmen, das Menschen je vollbracht haben.

Unterdessen kehrte ich nach Trinidad zurück, ich war glücklich, hinkte aber leicht. Alle hatten wir Pfeile und Steingeschosse abbekommen, und diejenigen, die den furchtbaren, beidarmig geschwungenen Holzkeulen der Indios nicht auszuweichen vermochten, konnten sich nicht mehr mit uns freuen. Ich hatte auf die Ratschläge der Veteranen gehört und eine indianische Salbe auf meine Wunden gestrichen. Das einzige, was mir noch mehrere Monate lang blieb, war ein steifer linker Oberschenkel.

Auch Sebastián zog bei meiner Rückkehr ein Bein nach. Nach ein paar Worten wurde mir klar, daß er die Ursache für sein Leiden nicht preisgeben wollte. Celestina besorgte mir das Wasser des Tonkabaums, der auf Hispaniola wächst und dessen zu Puder gemahlener Splint aufgebrüht eingenommen wird, da er auf wundersame Weise jene Krankheiten heilt, die die Männer sich bei den Frauen der Inseln holen und die bis in unser Heimatland Verbreitung gefunden haben – wie man sagt, durch die Mannschaft des Admirals Columbus. Sebastiáns Leistengeschwulste verschwanden, und er verzichtete fortan auf die Indiofrauen, denn ich schwor ihm, daß ich ihn bei unserem Aufbruch nicht mitnehmen würde, wenn er sich auch nur noch mit einer einzigen einließe.

Der Zeitpunkt stand noch nicht genau fest. Diego Velázquez versetzte mich mit der Wahl seines Generalkapitäns in Erstaunen.

Hernán Cortés hatte während der kurzen Unterhaltung, die wir bei unserer Ankunft geführt hatten, auf mich den Eindruck eines friedliebenden Grundbesitzers gemacht, der mit seinen Gütern eng verbunden ist; er schien mir keineswegs ein Mann der Eroberungen zu sein. Dennoch sah ich in dieser Entscheidung ein gutes Vorzeichen: Er stammte aus der Estremadura, sein Vater hatte den meinigen gekannt, ich konnte darauf hoffen, daß er mir ein besonderes Wohlwollen entgegenbrachte.

Die beiden Pizarrals, Vater und Sohn, stießen ebenfalls zu uns.

Alonso Pizarral sollte Befehlshaber eines Schiffes sein, aber diese Gunst schätzte er durchaus nicht. Er trachtete mit allen Mitteln nach der Position von Cortés, und nachdem sie ihm nicht zuteil geworden war, erging er sich in boshaften Reden über ihn. Rodrigo vertraute mir an, Diego Velázquez habe die Pizarrals und auch andere so eingesetzt, daß sie unseren Generalkapitän überwachen konnten. Derlei Machenschaften mißfielen mir, und ich wies meinen Bruder an, sich herauszuhalten.

Ein Soldat, der nur noch ein Bein hatte und nach Spanien zurückkehren wollte, verkaufte mir einen Panzer und einen Helm für Rodrigo. Für Sebastián erstand ich einen drei Finger dick gewebten Waffenrock, der ihm bis zu den Waden reichte. Diese mit Baumwolle gepolsterte und mit dickem Zwirn gesteppte Schutzkleidung erwies sich als äußerst wirksam gegen Pfeile. Ich kaufte auch jedem ein Schwert, eine Lanze und einen lederbesetzten metallenen Rundschild.

Außerdem versah ich mich mit Glasperlenketten, kleinen Spiegeln, Tamburinglöckchen aus Messing sowie mit Nadeln, die die Indios gern gegen ihr Gold eintauschten, weil man immer für wertvoll hält, was man nicht besitzt.

Als die zehn in Santiago vereinigten Schiffe in den Hafen einliefen, waren wir bereit. Ganz Trinidad geleitete Cortés zum Haus von Juan de Grijalva, dessen Gast er war. Wir blieben draußen und sahen zu, wie die Diener seine prächtige goldbestickte Fahne aufzogen, auf deren schwarzem Samt ein rotes Kreuz zu sehen war und die folgende lateinische Inschrift: »Brüder, laßt uns dem Zeichen des Kreuzes im wahrhaften Glauben folgen. Es wird uns den Sieg bringen.« Mit lauter Stimme übersetzte ich sie für die Menge. Viele Männer, unter ihnen auch so mancher Schelm, waren zu Tränen gerührt; noch in den verkommensten Herzen entfaltete die Liebe zu Gott eine ungeahnte Macht.

An jenem Tag zogen Ausrufer durch die Stadt, die allen, die sich verpflichteten, mit Cortés zu ziehen, ganz gleich, wo er sie hinführte, Reichtum und Indios verhießen.

Wir gehörten zu den ersten, die anmusterten.

Schnell verbreitete sich das Gerücht, daß einige Männer Pferde mitnehmen würden.

Von da an hatte ich nur noch einen Gedanken: Auch ich wollte ein Pferd besitzen, das ich mit Rodrigo teilen würde. Die Überlegenheit eines Reiters gegenüber einem Fußsoldaten bedarf keiner Erläuterung, und ich wollte zu den Besten gehören.

Die Rede war von ungefähr fünfzehn Pferden. Diese geringe Zahl im Vergleich zu unserer großen Schar fand ihre Erklärung in dem hiesigen Preis für ein Pferd, allein sehr reiche Grundbesitzer wie die Pizarrals waren in der Lage, Pferde zu erwerben. Die große Mehrheit der Ankömmlinge, Hidalgos und einfache Leute, hatten bereits wie wir ihre letzten Pesos für die Ausrüstung gelassen oder sich sogar im Hinblick auf bessere Zeiten Geld geliehen. Trotz allem gingen mir die Sieg verheißenden Bilder nicht aus dem Kopf, in denen ich mich in funkelndem Stahl auf meinem Reitpferd dahersprengen sah. Ein Pferd mußte her! Ich war vollkommen besessen von dieser Idee und konnte mich kaum auf den Briefwechsel konzentrieren, den ich für Leonor noch abschließen sollte.

Obwohl ich sie bei meiner Einstellung darüber unterrichtet hatte, daß meine Arbeit für sie zeitlich begrenzt sein würde, konnte sie meine bevorstehende Abreise nur schwer hinnehmen. Es kam häufig zu Streitereien. Dabei ließ sie sich bisweilen zu Seufzern und zärtlichen Worten hinreißen, die ich von ihr nicht gewohnt war und die mich in Verlegenheit brachten, denn bisher hatte ich an unserer Beziehung vor allem die Aufrichtigkeit geschätzt, die uns davon abhielt, von so etwas wie Liebe zu reden, wo es doch keine gab.

Eine Woche nach der Ankunft von Cortés erfuhren wir, daß der Aufbruch unmittelbar bevorstünde. Mein Herz machte einen Freudensprung, ich vergaß meinen Stolz und ging zu ihr.

Zu wiederholten Malen hatte ich ihr meinen Kummer angedeutet, in der vagen Hoffnung, sie könnte mir eines ihrer Pferde leihen. Wozu brauchte sie fünf Pferde im Stall, wo sie doch nur eines reiten konnte, und noch dazu immer das gleiche? Doch nie schien sie es begriffen zu haben. Nun sprach ich sie ohne Umschweife darauf an.

Sie stand vor einem Spiegel und schmückte ihr Haar mit Perlen. Sie wandte sich um.

»Dir ein Pferd leihen? Kannst du mir sagen, warum ich dir ein Pferd leihen sollte? Damit du dich fern von mir in deiner Zufriedenheit sonnst? Du bist nichts weiter als ein Egoist wie alle Männer, außer meinem Gatten, den Gott zu sich gerufen hat! Der sorgte sich sogar noch um mein Glück, als er nicht mehr unter uns weilte.«

»Leonor ...«

Sie trat zu mir, die Spitzen ihrer Korsage berührten meinen Panzer.

»Bleib hier«, sagte sie. »Monseñor Fonseca, der Bischof von Burgos, hat mir seine Unterstützung zugesagt. Sein Einfluß ist groß. Ich werde meinen Prozeß gewinnen, und dann brauche ich einen Mann auf diesem Gut. Du wirst reich sein.«

»Es zählt nicht der Reichtum allein.«

Sie lächelte spöttisch.

»Was denn sonst? Der Ruhm? Ist es das, was dir den Kopf verdreht? Wie viele sind schon aufgebrochen wie du, und an wie viele erinnert man sich noch? Seit Admiral Columbus kann man sie an einer Hand abzählen! Was das ganze Fußvolk angeht ... Welche Ehre bedeutet es für dich, auf heidnischem Boden zu verfaulen oder krank, verkrüppelt und lahm zurückzukehren, ärmer denn je zuvor? Ist es das, was du begehrst? Sei nicht dumm, bleib hier, du wirst es nicht bereuen.«

Ich war zu jung und zu aufgebracht, um in Leonors Worten etwas anderes zu vernehmen als den Geiz und die Härte, die ich von ihr kannte. Ich wich zur Tür zurück. Sie schrie mich an: »Für nichts bekommst du auch nichts. Wenn du ein Pferd willst, dann regle es auch selbst! Bring mir 150 Pesos, und ich verkaufe dir eines, sogar mit Sattel!«

Ich stürzte die Treppen hinunter.

In der großen Halle waren viele Menschen. Die Pizarrals hatten sich hier eingerichtet und empfingen all die Bekannten, die herbeieilten und sich unter das Kommando Alonsos stellten. Ich hatte keine Lust auf diese Gespräche und eilte hinaus.

Draußen raschelten die Palmenblätter im Wind. Auch die Straßen waren erfüllt von Lachen und Gesang. Die ganze Stadt war vom Fieber ergriffen. Die Soldaten, die nicht am Hafen waren, gingen spazieren. Einer begegnete mir, der ein Schwein an einer Leine spazierenführte. Andere jagten Indiofrauen hinterher. Diese waren immer bereit, ihr Hemd zu heben und zu zeigen, was sich darunter verbarg. Die Indios haben eine andere Vorstellung von Gut und Böse als wir. Und noch heute, nachdem ich so Schönes und Schreckliches bei ihnen erlebt habe, bleibt mir ihr Verhalten in vieler Hinsicht ein Geheimnis …

Ich kam an dem Haus vorbei, in dem Cortés residierte. Drei Pferde stampften dort ungeduldig unter der Aufsicht eines Dieners. Dieser Anblick machte mich rasend. Ich gelangte zu Celestina. Ihre Indiofrau sagte mir, sie sei beschäftigt. Daran zweifelte ich nicht; die Männer strömten nach Trinidad, und jeder, der es sich leisten konnte, drängte zu ihrer Tür. Aber die Worte der Indiofrau erinnerten mich so unverhüllt an die Herkunft ihres Goldes, daß ich unter weiteren Flüchen auf Leonor Pizarral beinahe fortgegangen wäre, ohne auch nur einen Gedanken daran, daß diese ihr Vermögen letztlich auf die gleiche Weise erworben hatte wie Celestina. Doch zwischen einer Dirne und einer Dame gibt es Grenzen, über die ich mich aufgrund meiner Erziehung damals noch nicht hinwegsetzen konnte.

Ich wartete. Endlich verschwand die betreffende Person. Celestina empfing mich. Sie lag im Bett, mit zerwühltem Haar und geröteten Wangen, ihr weißer Hals erhob sich aus einem Meer von Spitzen. In Anbetracht meines Anliegens fand ich die Situation etwas unpassend. Sie klopfte auf das zerwühlte Bettzeug. »Komm her … Was hast du? Was machst du für ein Gesicht?« Ihr Lachen war wie eine Welle der Erkenntnis, ich warf meine dummen Vorurteile über Bord und erzählte ihr alles, ohne daß sie mich mit einem Wort unterbrach.

Als ich geendet hatte, bat sie mich, ihr den Morgenmantel zu reichen, sie erhob sich vom Bett und ging zu einer großen eisenbeschlagenen Holztruhe, aus der sie eine Metallkassette hervorholte. Sie kehrte zum Bett zurück, setzte sich mit der Kassette auf den Knien neben mich und nestelte eine Kette hervor, die sie stets um den Hals trug. Mit dem kleinen Schlüssel, der an ihr hing, öffnete sie die Kassette. Ich bat sie innezuhalten.

»Celestina, ich möchte, daß diese Leihgabe …«

»Ich verleihe niemals etwas. Nimm, was du brauchst, und wir reden nicht mehr darüber.«

»Ganz bestimmt nicht! Wir werden die Angelegenheit so regeln, wie es sich gehört, ganz offiziell beim Notar. Und wir werden Zinsen festlegen.«

»Willst du, daß ganz Trinidad es erfährt …«

Celestina unterbrach sich und sah mich prüfend an.

»Aber natürlich! Das ist es, was du willst! Ein Mann nimmt kein Geld von einer Hure, nicht wahr? Durch einen Notar wird es eine Geschäftsbeziehung, man wird nicht mehr sagen können … Sag, Torremayor, quält dich dein Gewissen, oder sorgst du dich um deinen guten Ruf?«

Ich setzte eine möglichst würdevolle Miene auf.

»Du verstehst nicht, was ich meine. Nehmen wir einmal an, ich sterbe …«

Sie bekreuzigte sich.

»Allmächtiger Herr! Sag so etwas nicht!«

»Wenn ich sterbe, hast du ein Beweismittel in der Hand. Wir besitzen Land in der Estremadura.«

»Dein Land ist mir gleich!«

»Celestina, ich werde dir ewig Dank wissen, und doch ziehe ich diesen Weg vor.«

Ich bestand darauf, sie gab nach und kleidete sich an.

Beim Notar übertrug sie mir die Summe, die ich ihr bei meiner Rückkehr um ein Viertel vermehrt zurückzugeben hätte. Das war eine reichlich kühne Einschätzung meiner zukünftigen Erfolge, und das sagte sie mir auch. Wir fingen wieder an zu streiten. Aber da Celestina ebenso gütig wie klug war, willigte sie am Ende ein, um mich in meinem Stolz nicht zu kränken.

Ich kehrte zu Leonor zurück.

Die Zeit für das Abendessen nahte. Die beiden Schwarzen hatten Tische im Hof aufgestellt, Leinentücher über die Bretter gebreitet und die Gedecke angeordnet. Leonor überwachte ihr Silberbesteck. Ich bat sie, mir einen Augenblick zu gewähren. Wir begaben uns in den kleinen Raum, in dem ich arbeitete. Ich legte die 150 Pesos auf den Tisch. Ich hatte gehofft, mich an ihrer Verwirrung weiden zu können, wurde aber enttäuscht. Schweigend zählte sie die Münzen, eine nach der anderen, dann warf sie mir einen kalten Blick zu.

»Du kannst den Braunen nehmen oder den Apfelschimmel.«

* * *

Am nächsten Morgen glaubte ich meinen Augen nicht zu trauen, als ich Rodrigo erblickte, der auf einer wendigen grauen Stute heranritt.

»Bruder!« schrie er mir entgegen, »unser Pferd, hier ist es!« Er stahl mir die Freude, die ich ihm hatte bereiten wollen. Ich sagte nichts und lauschte seinen Erklärungen.

»Gestern abend war ich im Hafen. Die Soldaten spielten. Ich setzte ein paar Maravedí. Da kam ein Mann von der Insel auf dieser Stute vorbeigeritten. Wir kamen ins Gespräch, es war ein kleiner Grundbesitzer, der sich hatte anwerben lassen und nun einen Brustpanzer suchte. Ich sagte ihm, daß er in ganz Trinidad keinen finden würde ... Er schien mir so verloren, daß – sei mir nicht böse, Bruder! – um es kurz zu machen, ich habe ihm vorgeschlagen, meinen Panzer gegen seine Stute zu setzen. Schon gut, ich weiß, daß ein Panzer immer noch besser ist als gar nichts, aber ich spürte, daß mir das Glück hold sein würde, und außerdem, diese wunderschöne Stute ...! Das Lustigste ist, der Mann hatte einen Wanst wie ein Mutterschwein und hätte schwerlich meinen Panzer seinem Umfang anpassen können. Aber ich habe mich natürlich gehütet, ihm über diesen Punkt die Augen zu öffnen! Bei den Waffen, da muß man schon Bescheid wissen!«

Er lachte so sehr, daß ich nicht mit ihm schimpfen mochte. Der Befehl zum Aufbruch erging am darauffolgenden Tag.

Alle Reiter und etwa fünfzig Fußsoldaten, zu denen auch Sebastián zählte, rückten auf dem Landweg vor, während der Großteil unseres Heeres die Schiffe bestieg. In San Cristóbal von Havanna, also an der Südküste der Insel, wollten wir wieder zusammentreffen.

Die Einwohner Trinidads wohnten unserem Aufbruch bei. Celestina schwenkte ihr Taschentuch. Jeder Reiter mochte sich in der Hoffnung wiegen, die Geste sei für ihn bestimmt. Doch ich wußte, daß ihr Abschiedsgruß allein mir galt: Eine Frau verachtet diejenigen, denen sie sich für Geld hingibt.

VERA CRUZ

Am zehnten Februar des Jahres 1519 setzten wir, nachdem wir die Messe gelesen hatten, die Segel in Richtung Yucatán.

Unsere Flotte war gut ausgestattet und ziemlich groß. Sie bestand aus elf Schiffen, wir waren 508 Soldaten, zu denen die Steuermänner, die führenden Mannschaftsmitglieder und die Matrosen – insgesamt 109 an der Zahl – hinzukamen. Außerdem waren noch die königlichen Offiziere und der Notar an Bord. Wir verfügten über zehn Kanonen aus Bronze, vier Falkonette, dreizehn Musketen, Arkebusen, Armbruste sowie über Kanonenkugeln, Schießpulver, Pfeile und ausreichend Lanzen. Die Artilleriegeschütze waren mit Wein und Essig geputzt worden, ganz wie es sich gehört. Wir hatten große Vorräte an Schweinefleisch und an Brot aus Maniokmehl – und wir hatten unsere sechzehn Pferde bei uns.

Die beiden unsrigen standen neben denen der Pizarrals. Auf ihren Wunsch hatten wir auf dem Schiff angeheuert, das sich unter Alonsos Kommando befand. Ich stieg oft in den Laderaum hinunter, um die Futterraufen mit Heu zu füllen, unsere Tiere zu beruhigen und die Riemen zu kontrollieren, die unter ihren Bäuchen entlanggeführt waren, damit sie nicht allzusehr hin und her schaukelten. Da wir keine Harnische fur die Pferde besaßen, hatte ich in San Cristóbal, wo es Baumwolle im Überfluß gab, eine Art Schutzmantel aus verstärktem Leinen zuschneiden lassen, jenem Material, aus dem auch Sebastiáns Waffenhemd bestand. Auf diese Weise sollten Kopf, Brust und Kruppe im Falle eines Angriffs geschützt werden. In ihrem Aufzug sahen sie wie Ungeheuer aus, aber was zählte Eleganz im Vergleich zu Wirksamkeit, lag mir doch das Leben dieser Tiere kaum weniger am Herzen als mein eigenes.

Und meine Gedanken? Sie waren denen meiner Gefährten sicher sehr ähnlich. Zwar trug uns die Strömung gleich Strohhalmen dahin, unsere Hoffnung jedoch war über alles erhaben.

Bei der Einteilung des Heeres hatte es sich ergeben, daß ich von meinen Leuten aus der Estremadura getrennt wurde.

Wenn man es recht bedenkt, lichtete die Flotte ihre Anker überstürzt. Es hieß, Diego Velázquez habe plötzlich ein Mißtrauen gegen die Absichten seines Generalkapitäns gefaßt und einen Beauftragten nach San Cristóbal geschickt, um unseren Aufbruch zu verhindern, Cortés festzunehmen und ihn in sicherer Verwahrung nach Santiago zurückzubringen. Es lief jedoch nicht so, wie der Gouverneur es gern gesehen hätte. Nach dem, was die Pizarrals erzählten, hatte Cortés es verstanden, die Verwandten und Freunde von Diego Velázquez zu beschwatzen. Viele von ihnen besaßen keinerlei Reichtümer und waren es müde, von Velázquez' Versprechungen zu leben, so daß sie es vorzogen, Cortés zu folgen. Mag sein, daß Alonso Pizarral, der das alles ja nun besaß, erneut von seinem Hunger nach Abenteuern getrieben wurde; ich vermutete jedoch, daß er vorhatte, Cortés bei der ersten sich bietenden Gelegenheit den Oberbefehl zu entreißen, sich des Ertrages der Expedition zu bemächtigen, um die Gunst Seiner Majestät und einen seinem Vermögen zuträglichen Titel zu erringen. Wer von den beiden würde sich als Anführer behaupten? Ich kannte Cortés kaum und Pizarral nicht viel besser. So beschloß ich, mich zurückzuhalten. Während Rodrigo den Pizarrals den Hof machte, was mir im Augenblick nicht schaden konnte, hielt ich mich gemeinsam mit Sebastián unter den Soldaten auf.

Regungslos hielt dieser den Beutel umklammert, in dem er sein Instrument aufbewahrte, außerdem Zwiebeln, eine Phiole mit einem rosmarinhaltigen Balsam, Öl, Salz und Wein, den er vom Pfarrer unseres Dorfes hatte segnen lassen und der seiner Meinung nach die verschiedensten Leiden zu heilen vermochte. Sein Blick ging ins Weite. Sein Gesicht mit der ledernen Haut und dem selten einmal gestutzten Bart verriet nichts über seine Empfindungen. Aber ich hatte nach und nach gelernt, Sebastiáns Schweigsamkeit zu deuten, und ahnte, daß er von der gleichen Spannung und dem gleichen Hochgefühl beseelt war wie ich.

Wir hatten dem Abendgebet gelauscht, das von den Schiffsjungen gesungen wurde, die Küsten Kubas waren verschwunden, das Meer färbte sich rosa, bevor es schließlich schwarz wurde, und ich dachte an all diejenigen, die die Wege der Conquista vor mir gegangen, die wie wir ausgezogen waren, ohne zu wissen wohin und wofür, auf der Suche nach Wundern. Für manche ist das Wunder durch Gottes Gnade wahr geworden. Ich selbst kann schwören, daß ich dies mehr als einmal gesehen habe! Ist nicht allein die Tatsache ein Wunder, daß man mit dem Leben davongekommen ist? Allerdings hat man solcherart Wunder kaum im Sinn, wenn man im Aufbruch begriffen ist ...

Das Wetter war zunächst günstig, veränderte sich dann aber schlagartig. Das kommt in den Breiten der Westindischen Inseln während dieser Jahreszeit häufig vor. Ein Unwetter riß die ganze Flotte auseinander, und wir verloren das Kapitänsschiff aus den Augen.

Angstschweiß trat mir auf die Stirn. Ich fürchtete weniger den Tod als das Sterben. Ergebenheit und Demut waren mir damals vollkommen fremd.

Wie ein Schiffbrüchiger, der seine ganze Kraft auf umherschwimmende Wrackteile richtet, versuchte ich, meine Gedanken auf etwas Festes zu lenken. Während dieses ungeheure Meer sich gegen unser armes Schiff warf, zog ich vor meinem geistigen Auge die Konturen der wenigen Gebiete nach, die uns bereits bekannt waren: Panama und Kolumbien im Süden, die zusammen die Terra Ferma genannt wurden, die Küsten Floridas im Norden, im Zentrum schließlich die Inseln, von denen wir kamen und in deren Westen, fast gegenüber von Kuba, die Spitze Yucatáns liegt, zu der wir mit Gottes Hilfe trotz aller Naturgewalten gesund und wohlbehalten gelangen wollten! Und ich ahnte, daß in den unbekannten Gefilden westlich davon mein Königreich auf mich wartete. Wie konnte ich es angesichts einer solchen Verheißung ergeben hinnehmen, mein Leben als Fraß für die Fische zu beenden?

Vor Cozumel, einer kleinen felsigen und bewaldeten Insel, konnten wir uns endlich wieder zusammenschließen. Nur ein etwa vier Meilen breiter Meeresarm trennte uns noch von Yucatán.

Auf dieses Unwetter folgte das nächste, nun allerdings in der Person von Cortés. Er erfuhr, daß seine Anordnungen mißachtet worden waren, daß die Besatzung eines der Schiffe an Land gegangen war und Angst und Schrecken unter den Indios verbreitet hatte. Sie hatten einen Tempel geplündert, zwei Männer und eine Frau entführt, darüber hinaus waren etwa vierzig Hühner gestohlen worden, die – das nebenbei – mit ihrem reichen und saftigen Fleisch nicht mit unseren kastilischen Hennen zu vergleichen sind.*

Cortés' Zorn richtete sich gegen den Steuermann, den er in Ketten legen ließ, und den Kapitän jenes Schiffes, Pedro de Alvarado, von dem noch die Rede sein wird, da sein heißblütiges Temperament öfter mit ihm durchging und uns in großes Unglück stürzte.

Cortés befahl, das Geraubte zurückzugeben und die Indios freizulassen. Seine Geste bewegte ihre Stammesgenossen, denen die Flucht gelungen war, zur Rückkehr. Im Austausch für die bereits verzehrten Hühner schenkte er ihnen Glasperlen und Messingglöckchen.

Diese Begebenheit erwähne ich, weil Cortés sich hier so verhielt, wie er es während der gesamten Conquista zu tun pflegte: Er bemühte sich, die Regionen, die wir in Besitz nehmen wollten, durch Überzeugung zu befrieden. Heute lastet auf uns der Vorwurf der Grausamkeit. Dagegen verwahre ich

* Bei den Hühnern, die die Spanier entdeckten, handelte es sich um Puten, das einzige Geflügel, das in diesen Gegenden gehalten wurde.

mich. Die Grausamkeit war weder Bestandteil von Cortés' Charakter noch gehörte sie zu seinen Plänen. Dafür war er viel zu scharfsinnig und geschickt. Daß ein Sieg mit Tod und Vernichtung einherging, war für ihn stets nur die vom Feind erzwungene äußerste Lösung. Was uns hingegen betrifft, seine Soldaten ... Aber gab es denn irgendwo und irgendwann schon einmal ein Heer von Kriegern, die am eigenen Leib unbeschreibliche Leiden und Entbehrungen erdulden mußten und sich dann wie Heilige verhielten? Man zeige mir ein einziges!

Um es kurz zu machen, die Haltung unseres Generalkapitäns und seine wohlüberlegten Worte in Cozumel beeindruckten mich tief. Ich begriff, daß Cortés eine Entschlossenheit und einen Weitblick besaß, die über die gewöhnlichen Begierden eines Diego Velázquez weit hinausreichten. Seit dem Augenblick war für mich die Entscheidung zwischen Pizarral und Cortés gefallen.

In Cozumel errichteten wir unser erstes Kreuz; und hier nahmen wir auch einen Spanier auf, der vor acht Jahren an dieser Küste gestrandet war und nun als Sklave eines Kaziken dort lebte. Nachdem wir Lösegeld für ihn bezahlt hatten, wurde er uns übergeben. Er trug sein Haar schwarz und straff nach landesüblicher Sitte und glich seinen dortigen Herren äußerlich so sehr, daß wir ihn erst als einen der Unseren erkannten, als wir hörten, wie er stammelte: »Mein Gott, Heilige Maria von Sevilla!« Aguilar, so hieß er, fand rasch zum richtigen Gebrauch unserer Sprache zurück, und da er die Sprache der Tabasco-Indianer beherrschte, erschien er uns bald wie vom Himmel gesandt.

Wir steuerten weiter in Richtung Westen, allerdings bewegten wir uns aus Furcht vor den Felsenriffen und Klippen, die dieser Küste vorgelagert sind, nur bei Tageslicht. Die Landschaft war von überwältigender Schönheit: ein weißer Sandstrand säumte sie, hinter ihm drängten sich dichte Wälder und Palmengewächse. Der Schatten dieser hoch aufragenden Vegetation warf einen grünen Schimmer in das Blau des Meeres und ließ es türkisfarben erscheinen.

Ich zeigte Rodrigo und Sebastián die Stellen, wo wir bei meiner ersten Expedition an Land gegangen waren und Kämpfe bestanden hatten. Als wir an den Fluß Tabasco gelangten, beschrieb ich ihnen die Stadt, die eine halbe Meile landeinwärts lag. Es war eine schöne Stadt mit richtigen Steinhäusern. Ich rühmte auch die Freundlichkeit ihrer Bewohner, aber diesmal wurde uns ein gänzlich anderer Empfang zuteil.

Der in der Flußmündung angeschwemmte Sand machte es unmöglich, sie mit den Schiffen zu passieren. Wir ließen die Beiboote zu Wasser. Mangrovenbäume säumten die Ufer. In ihrem weitverzweigten, hoch aufragenden Wurzelgehölz, das riesigen Spinnenbeinen gleich ineinander verflochten war, sah man Indios hin und her huschen. Ihre Feindseligkeit war offensichtlich. Wir fuhren aber dennoch weiter, bis uns kurz darauf eine große Ansammlung von Kriegern erwartete.

Über Aguilar ließ ihnen Cortés unsere freundlichen Absichten kundtun. Das änderte ihre Gesinnung jedoch nicht. Ein erster Pfeilhagel ging auf uns nieder. Wir zogen uns zurück und schlugen unser Lager auf einer Sandbank auf. Am darauffolgenden Morgen erblickten wir in der Dämmerung eine Vielzahl von Booten, in denen sich ein Heer von Kriegern drängte. Ihre Gesichter waren mit schwarzer, weißer und roter Farbe bemalt, die Männer trugen Hemden aus schwerer Baumwolle, und sie waren gut gerüstet mit Pfeil und Bogen, mit Keulen, Schleudern und jenen nur beidhändig zu schwingenden schrecklichen Speeren, deren rasiermesserscharfe Obsidianklingen selbst ein Pferd mit einem Schlag enthaupten können. Ich erwähne das, weil ich es später mit eigenen Augen gesehen habe.

Vom Fluß aus ließ Cortés ihnen ein neuerliches Gesuch überbringen, diesmal durch Diego de Godoy, den königlichen Notar. Er sollte die Erlaubnis erwirken, frisches Wasser aufzunehmen. Außerdem wollten wir sie friedlich über unseren Gott und unseren Herrscher belehren, die ja zugleich die ihren waren, auch wenn die Indios dies noch nicht wußten. Es würde demnach auf sie zurückfallen, wenn es zum Blutvergießen käme.

Die Antwort war die gleiche wie am Vorabend. Unmengen von Pfeilen und Steinen hagelten auf uns nieder, und unter dem gellenden Geheul der Indios, dem fürchterlichen Lärm ihrer Trommeln, Meeresmuscheln und Knochenflöten begann der Kampf.

Der Fluß war an dieser Stelle ein einziger Sumpf. Innerhalb kürzester Zeit waren wir alle aus unseren Kanus gesprungen und standen bis zur Hüfte in Wasser und Schlamm. Auf dem glitschigen Untergrund kämpften wir mühsam Mann gegen Mann. Der Niederlage bedrohlich nahe, trieb uns doch unser unbändiger Siegeswille voran. Der Heldenmut der Indios stand dem unseren in nichts nach, als wir aber die Arkebusen abfeuerten, erschraken sie und zogen sich in ihre Stadt zurück, die wir bald darauf einnahmen. Wir fanden dort nur wenige Lebensmittel und noch weniger Gold, denn in weiser Voraussicht hatten sie ihre Familien und ihre Schätze in Sicherheit gebracht, bevor sie selbst den Rückzug antraten.

Wenig später nahm Cortés vor seinen auf dem großen Platz der Stadt versammelten Soldaten im Namen Seiner Majestät feierlich Besitz von diesem Grund und Boden. Er untermauerte seine Worte durch drei tiefe Kerben, die er mit seinem Degen in einen mächtigen Baumstamm ritzte. Der königliche Notar besiegelte den Vertrag, und wir applaudierten. Alonso Pizarral und die Anhänger von Diego Velázquez schienen mir jedoch äußerst unzufrieden darüber, daß Cortés bei seiner Kundgebung nur in seinem eigenen Namen gesprochen hatte, den des Gouverneurs aber, den er doch angeblich repräsentierte, nicht einmal erwähnt hatte. Ich sah den mürrischen Ausdruck ihrer Gesichter neben unseren freudestrahlenden, und ich ahnte, daß uns schwere Auseinandersetzungen bevorstanden.

Unser Nachtlager schlugen wir in einem Tempel auf.

Ich hatte unsere tapferen Leute aus der Estremadura schließlich wiedergefunden. Sebastián und ich machten uns daran, einige der Schwerverwundeten mit allem, was wir zur Hand hatten, zu versorgen, das heißt mit ein wenig Öl und Stoffstreifen, die der Barbier uns überließ. Uns selber plagten nur kleinere Blessuren – und die rechtschaffene Erschöpfung nach einem glücklich verlaufenen Kampf.

Der nächste Tag brachte uns weniger Glück. Es kam zu Scharmützeln, und wir begruben unsere ersten Toten. Von einem Gefangenen hörten wir, daß die Kaziken der größten umliegenden Dörfer für den nächsten Tag einen größeren Angriff planten. Deshalb ordnete Cortés an, sechs Kanonen und die Pferde auszuladen. Diese Nachricht versetzte mich in Begeisterung. Ich hoffte, mich bei dieser Gelegenheit endlich auszeichnen zu können.

Die armen Tiere konnten sich kaum auf den Beinen halten, als wir sie aus dem Laderaum herausführten, aber nach ein wenig Auslauf erlangten sie ihre Beweglichkeit wieder.

Rodrigos Gesicht war vor Freude gerötet. Hoch zu Roß tänzelte er auf seiner Stute um die Pizarrals herum. Es ärgerte mich zu sehen, wie er seinen Stolz auf so unwesentliche Dinge zu befriedigen suchte. Ich glaube, daß ein Mann vor allem mit sich selbst einig sein muß und nicht auf Äußerlichkeiten oder die Meinung anderer achten sollte. Daher fuhr ich ihn barsch an, er solle sich seine Kunststückchen sparen, da sie seine Stute unnötig Kraft kosteten.

Der folgende Tag war der 25. März, der Tag der Heiligen Jungfrau Maria. Wir hörten die Messe, dann brachen dreizehn von Cortés ausgewählte Reiter, zu denen auch wir zählten, bei der ersten Morgendämmerung gemeinsam mit ihm auf in die Wälder. Unsere von der Artillerie geschützte Infanterie erwartete indessen den Ansturm der Indios.

Wir gerieten in sumpfiges Gelände und kamen nur äußerst mühsam voran. In dem feuchten, drückenden Halbdunkel vernahmen wir das Getöse einer gewaltigen Schlacht; die Schreie der Unsrigen, das furchterregende Gekreische unserer Gegner, die Donnerschläge der Kanonen drangen zu uns. Ich war außer mir vor Verzweiflung, in diesem Morast festzustecken, so nah und doch so hilflos! Da entdeckte ich einen trockenen Pfad, gab meinem Pferd die Sporen und stürmte voran, bis ich in gestrecktem Galopp aus dem Wald hinausfand.

Bis zum Horizont waren Indios in Kriegsbemalung zu sehen. In dieser wirren Menge (später schätzten wir, daß auf einen Spanier wohl dreihundert Indios kamen) gelang es mir nur mit Mühe, unsere Soldaten ausfindig zu machen. Allein das helle Glitzern ihrer Schwerter in der Sonne gab sie zu erkennen. Das Blut pochte mir in den Schläfen, der Angriff begann. Die schlimmsten Verwünschungen hallten um mich her, Pfeile zischten vorüber, Steine prallten gegen meinen Panzer, aber nichts von alledem nahm ich wahr, ich sah nur die dämonenhaften Gesichter, die vor mir herumtanzten, und stieß meine Lanze nach ihnen. Ich hatte nur noch einen Gedanken, ich wollte mir einen Weg durch diese Massen von Leibern bahnen, um wieder bei meinen Gefährten zu sein, und dachte nicht daran, daß dies kein Mensch allein vollbringen könnte. Zum Glück erklang mit einemmal hinter mir ein kräftiges »Santiago! Santiago!«, und mit dem Erscheinen von Cortés und seinen Reitern löste sich das Getümmel auf. Panik griff um sich, die feindlichen Reihen brachen auseinander, zerstreuten sich, und bald tat sich nur noch Leere vor der Spitze meiner Lanze auf. Ich wäre den Feinden weiter gefolgt, aber ein Befehl von Cortés hielt mich zurück.

Ich wandte mich um und sah Rodrigo. Er kniete neben seiner gestürzten Stute am Boden. Ich versetzte ihr den Todesstoß und half meinem Bruder auf. Er weinte bitterlich.

In den darauffolgenden Tagen erschienen die Kaziken von Tabasco, um sich zu unterwerfen.

Sie hatten ehrenhaft gekämpft, und Cortés empfing sie huldvoll. Er nahm ihre Goldgeschenke entgegen, auch wenn diese recht kärglich waren: vier Diademe, ein paar Schmuckstücke, zwei ebenfalls aus Gold gearbeitete Masken und Sandalen, wie sie selbst sie trugen, außerdem reichlich grob gewebte Stoffe.

Da Cortés darauf aus war, seinem König eine reiche Ausbeute zu Füßen zu legen – denn wie wir alle ist ein König stets auf die Mehrung seines Reichtums bedacht –, erkundigte er sich, woher dieses Gold komme. Aus Mexico, antwortete ein Kazike. Es war das erste Mal, daß wir diesen Namen hörten, aber wir schenkten ihm weit weniger Beachtung als den zwanzig Frauen, die ebenfalls zu den Geschenken zählten. In ihren leuchtendbunten Röcken und ihren mit Blumen und Federn geschmückten Haaren standen sie verlockend vor uns.

Cortés machte sich die Situation zunutze, indem er verkündete, daß unser Glaube es uns verböte, Frauen einer anderen Religion anzurühren, und so wurden sie mit ihrem Einverständnis unverzüglich getauft. Die Zeremonie fand vor einem Altar statt, den die Indios nach unseren Anweisungen eilig errichteten und mit Blätterwerk schmückten. Sie waren nun bemüht, uns in jeder Hinsicht zufriedenzustellen.

Die jungen Christinnen wurden unter den tapfersten Hauptleuten verteilt, und auch ich fand dabei glücklicherweise Berücksichtigung. Es wäre eine Lüge, zu behaupten, meine Indiofrau sei schön gewesen. Aber der Sieg verblendet einen Mann, ich nahm mir wenig Zeit, sie genau zu betrachten. Es war meine erste Indiofrau, ihre Haut schien mir glatt wie eine Aprikose. Es wäre eine Beleidigung gewesen, uns Frauen zu schenken, die bereits von anderen Männern genommen worden waren, und so war auch sie noch Jungfrau, schien aber keineswegs erschreckt und empfing mich mit einer sinnlichen Unbefangenheit. Die leidige Erinnerung an Leonors Launen und all ihre heftigen Ausbrüche machte mich empfänglich für die Sanftheit und Folgsamkeit dieses Indiomädchens. Ihr angenehmer Duft und ihre kleinen spitzen Brüste betörten mich, und ich verbrachte die ganze Nacht mit ihr. Ich hätte auch gern Rodrigo teilhaben lassen, da ich aber die hiesigen Gebräuche nicht kannte, nahm ich Abstand davon.

Seit dem Tod seiner Stute war mein Bruder verzweifelt. Vergeblich suchte ich ihn aufzumuntern: »Du lebst, Bruder, das ist die Hauptsache! Wir werden uns mein Pferd teilen.« Nichts linderte seine Niedergeschlagenheit außer einigen Wutausbrüchen gegenüber Sebastián.

Dieser hatte in der Schlacht ein halbes Ohr verloren und behauptete, ohne mich hätte er sein ganzes Leben gelassen, denn erst als er mich aus den Wäldern auftauchen sah, seien seine Kräfte zurückgekehrt.

»Ich glaubte, es sei der heilige Jakob selbst«, beteuerte er immer wieder, »so hell und strahlend war der Lichtschein, der Euch umgab! Es war mir, als würde ich etwas Himmlisches sehen!«

Die Vorstellung, mein Handeln sei von göttlichem Beistand begleitet und verklärt, schmeichelte mir außerordentlich, zumal auch andere Soldaten wie Sebastián dachten. Aber Rodrigo fuhr ihm barsch über den Mund: »Einfaltspinsel! Was für ein Stumpfsinn! Es war nichts weiter als die Sonne, die sich auf seinem Küraß spiegelte!«

Sebastián sagte nichts dazu, holte seine Gitarre hervor, die er stets ängstlich bewachte, und begann zu spielen. Die Musik milderte seine Verschlossenheit und besänftigte seine Gefühle. Aber auch das erzürnte Rodrigo, der gewollt hätte, daß das gesamte Feldlager um seine Stute trauerte.

Am Palmsonntag segelten wir weiter. Bis zum Donnerstag vor Ostern hatten wir den Hafen von San Juan de Ulúa erreicht. Dieser Name stammte von unserer ersten Expedition, die von hier aus zurückgekehrt war.

Alles, was nun kam, war also neu für mich. Cortés hatte einige Soldaten, die bereits an Grijalvas Expedition teilgenommen hatten, zu sich auf das Kapitänsschiff gebeten, und ich schilderte ihm gerade, mit welchem Entsetzen wir entdeckt hatten, daß in dieser Gegend Menschenopfer dargebracht wurden, als zwei große Boote auf unser Schiff zusteuerten.

Die Indios kamen an Bord. Sie machten einen völlig anderen Eindruck als die, die wir hinter uns gelassen hatten. Aus ihrer beträchtlichen Zahl ragten fünf edle, in prachtvoll gefärbte Seidengewänder gehüllte Gestalten heraus. In ihren kühnen Zügen lag Besonnenheit.

Da Aguilar, unser Dolmetscher, sie nicht verstand, mußten wir eine der Frauen zu Rate ziehen, die uns die Kaziken geschenkt hatten. Malinche, so war ihr Name, beherrschte zugleich die Sprache der Fremden und jene der Tabasco-Gegend; sie übersetzte die Worte der Fremden für Aguilar, und dieser übertrug sie uns ins Spanische. So verfuhren wir bei all unseren weiteren Verhandlungen mit den Mexica, bis ich schließlich selbst in der Lage war, das *nahuatl* zu verstehen.

Als diese edlen Indios verstanden hatten, daß Cortés unser Anführer war, warfen sie sich nieder und baten um die Erlaubnis, seiner Größe zu huldigen, was Cortés ihnen freundlich gewährte, ohne genau zu wissen, worin diese Huldigung bestehen würde. Sie erhoben sich und öffneten die großen geflochtenen Truhen, die ihre Träger auf das Schiff gebracht hatten, um Cortés zu schmücken.

Wir schauten zu und konnten kaum fassen, was sich unseren Augen bot.

Zunächst setzten sie Cortés eine mit Türkisen verzierte Schlangenmaske auf den Kopf, dann legten sie ihm einen mit Federn verstärkten, wunderschön gearbeiteten Leibrock an. Es folgten Ohrringe und ein schweres Jadegeschmeide, in dessen Mitte eine Goldscheibe funkelte. In seine Hände gaben sie einen mit Gold und Perlmutt besetzten Schild, der mit den gleichen buschigen grüngoldenen Federn gesäumt war, wie sie in den Leibrock gewebt waren. Auf seinem Rücken befestigten sie eine Art Spiegel, auf dem riesige Türkise prangten. Um seine Knöchel schlangen sie Ketten aus Jade und Goldperlen, und vor seine Füße legten sie schließlich Sandalen aus feinstem Leder mit Sohlen aus Obsidian.

In dieser Aufmachung glich unser Generalkapitän, der unter der Fülle und dem Gewicht des ganzen Zierats wie gelähmt dasaß, einem Götzenbild. Wie versteinert sahen wir ihn an.

Die Indios warfen sich erneut zu Boden, zogen drei weitere prächtige Schmuckstücke aus ihren Truhen und brachten sie ihm dar. Sie verkündeten, dies alles sei ein Geschenk ihres Herrschers Motecuhzoma, des *tlatoani* von Mexico.

Cortés verlieh nun seinem Wunsch Ausdruck, diesen Herrscher kennenzulernen, aber ihre Antworten blieben ausweichend, und statt weiterer Auskünfte machten sie sich mit ihrem Gefolge, den leeren Truhen und einigen Glasperlenketten, die man ihnen geschenkt hatte, in aller Eile davon.

Am nächsten Tag schlugen wir am Strand unser Lager auf. Die Gegend war eben, Sand und Schilf umgaben uns. Im Hinterland jedoch gedieh eine vielfältige Vegetation, die bis an hohe, schneebedeckte Gipfel heranreichte. Während ich mit Sebastián unsere Hütte errichtete, schweifte mein Blick immer wieder dorthin. Meine Einbildungskraft und unsere Verblendung durch Motecuhzomas Geschenke ließen die Gebirgskette wie ein gewaltiges steinernes Ungeheuer erscheinen, das mit seiner Masse den Zugang zum Land der Wunder versperrte. Nun wußten wir es: der Weg des Goldes führte dort hinüber – eine Herausforderung für uns nichtige Geschöpfe und für die Unerschrockenheit unserer Herzen.

Wieder tauchten Indios bei uns auf. Sie brachten uns Hühner, Eier, Maiskuchen, Wild, Gemüse, Blumen, verschiedenes Obst, malvenfarbene und rote Süßkartoffeln, Annonas, Breiäpfel, Guaven, Avocados, Johannisbrot, weiße, gelbe und rote Kaktusfeigen und viele andere köstliche Früchte, deren Namen uns unbekannt sind.

Sie waren uns dabei behilflich, unsere Hütten fertigzustellen, sie brachten Reisig und spannten Stoffbahnen darüber. Wir waren ihnen sehr dankbar dafür, denn selbst wir, die wir die kraftvolle Sonne Spaniens gewohnt waren, litten unter der drückenden Hitze und den Insektenschwärmen, die uns umflirrten.

Ich machte mir ihre Gutmütigkeit zunutze und tauschte Messingglöckchen und einfache rote Mützen gegen Schmuckstücke aus purem Gold. Rodrigo tat es mir gleich. Sebastián brauchte zum Tausch nichts anderes als seine Gitarrenmusik. Der Umgang mit diesen Menschen, die ebenso selten lächelten wie er, schien ihm sehr zu behagen.

Bei Einbruch der Nacht herrschte fröhliche Stimmung in unserem Lager. Große Feuer leuchteten weithin, der Duft von geröstetem Fleisch lag in der Luft, und der Überfluß an eßbaren Köstlichkeiten sowie ein Getränk, das die Indios *octli* nannten, hatten so manchen Soldaten trunken gemacht. Ich mußte Sebastián heftig zusetzen, um ihn von den Indiofrauen fernzuhalten, denn es war uns offiziell verboten, sie anzurühren. Ich zerrte ihn zu unserer Hütte, besuchte rasch noch meine Tabascanerin und schlief ein.

Am Heiligen Osterfest beehrten uns der Statthalter der Provinz, Teuhtile, und einige andere vornehme Indios mit ihrem Besuch. Wir entzückten sie mit einem prunkvollen Reiteraufzug am Strand, obendrein ließ Cortés die Geschütze abfeuern. Da sie noch nie zuvor Pferde gesehen und Kanonen gehört hatten, beeindruckte sie das dargebotene Schauspiel zutiefst. Gewiß erstatteten sie dem Tlatoani von Mexico – was wir für gewöhnlich mit »Herrscher« übersetzen – unverzüglich Bericht hiervon, denn in der darauffolgenden Woche erschien, wie wir erhofft hatten, ein Gesandter von ihm.

Seine Ankunft deutete sich bereits früh durch eine gewaltige Staubwolke an, die den Horizont bis zu den Bergen verschleierte. Als er mit seinem Gefolge dann tatsächlich nahte, wurde uns klar, daß dies alles Bisherige in den Schatten stellen würde.

Der Gesandte befand sich in Begleitung des Statthalters Teuhtile, und Hunderte von Dienern und Sklaven eskortierten ihn. Sie waren weiß gekleidet, wie es sich bei den Mexica für die einfachen Menschen gehörte, aber im Vergleich zu uns wirkten sie dennoch sehr festlich. Das kümmerte uns nicht; Seite an Seite drängten wir uns in unserer Neugierde um die Ankömmlinge und verschlangen den Gesandten Motecuhzomas mit unseren Augen.

Er trug einen aufwendig gearbeiteten, auf der rechten Schulter gerafften Mantel, dessen Muster in blauen Wasserstrudeln tanzende Seemuscheln zeigte. Der Meeresgischt gleich verlief um sie herum ein Flaum aus weißen Federn. Es war ein schöner Mann mit edlen Gesichtszügen; seine geölten schwarzen Haare waren auf dem Kopf zu einer glatten Rolle hochgesteckt und wurden von einem Golddiadem gehalten, von dem buschige Federquasten herabbaumelten. Wo unsere Augen auch hinschauten, überall auf seiner braunen Haut prangten Gold und Perlen. Außer den Ohrringen und dem Nasenschmuck trug er Smaragde in der durchlöcherten Kinnhaut unterhalb der Lippe. Ketten, Reifen und Beinharnisch aus Gold reichten vom Knöchel bis zum Knie. Und auch seine Sandalen waren mit Goldverzierungen versehen. In seiner linken Hand hielt er einen Fliegenwedel, in seiner rechten einen Blumenstrauß, was für einen Augenblick unsere Aufmerksamkeit fesselte. Wir Spanier wären doch eher gestorben, als mit Blumen in der Hand herumzuspazieren wie eine Frau. Aber ich muß zugeben, daß diese Zierde seiner stattlichen Männlichkeit in keiner Weise Abbruch tat.

Gemeinsam mit Teuhtile verneigte er sich vor Cortés, und sie »aßen den Boden«, wie es in der Sprache der Azteken heißt, sie berührten mit einem Finger den Boden und führten diesen Finger dann als Zeichen der Huldigung an die Lippen. Sklaven reichten ihnen daraufhin Räucherschalen mit Kohlenglut und einem Geruchsstoff, den wir für Weihrauch hielten. Es war jedoch Kopalharz, das sie abbrannten. Die beiden Würdenträger nahmen zur rechten und zur linken Seite unseres Generalkapitäns Platz, bevor die Gastgeschenke dargeboten wurden, die in diesem Land jeder Unterredung vorausgehen.

Und wieder kann ich nur sagen, daß alles, was wir bisher gesehen hatten, noch einmal übertroffen wurde. Starr vor Staunen sahen wir zu, wie die Sklaven ihre großen Körbe auftaten. Der Inhalt, den die an der Expedition beteiligten königlichen Offiziere verzeichneten, um unserem Herrscher den Quint* zu sichern, hat sich meinem Gedächtnis eingeprägt.

Die Sklaven schwankten unter dem Gewicht ihrer Gaben. Als erstes holten sie eine Goldscheibe von der Größe eines Wagenrads hervor, die wie eine Sonne glänzte, das Gegenstück dazu war eine silberne Scheibe, die noch größer und schwerer war und den Mond darstellen sollte. Beide waren mit kostbaren Gravierungen versehen, wir aber waren wie Kinder und hatten nur Augen für alles, was glänzte! Dann kam ein achtteiliges Goldgeschmeide, das 183 Smaragde, 232 Granate und 27 Goldperlen enthielt; ein goldenes, mit Perlen verziertes Zepter; eine Unmenge aus Gold gegossener oder geformter Tiere, Vögel, Fische, Hirschkühe, Enten und andere; zwei riesige Goldmuscheln, ein goldenes Krokodil, Kopfschmuck, Tiaren, Federbüsche, Fächer, Fliegenwedel, alles aus Gold und Federn; schließlich noch zehn weitere Goldketten mit Anhängern, zwölf Goldpfeile mit Bögen, zwei schöne Richterstäbe aus feinem Gold – Gold, Gold und nochmals Gold, besetzt mit Perlen, Amethysten, Opalen, Korallen, Perlmutt. Unermüdlich schöpften die Sklaven aus ihren Körben und häuften sie auf die vor Cortés' Thron ausgebreiteten Matten. Mit jedem neuen Gegenstand wuchs unsere Erregung, bis wir fast trunken waren.

Ich war alles andere als ein Kunstkenner, und die meisten meiner Gefährten waren es ebensowenig, später aber erfuhr ich, daß der Maler und Graphiker Albrecht Dürer zugegen war, als Seine Majestät Karl V. diese Geschenke erhielt, ohne daß auch nur eine Goldperle fehlte. Dürer soll voller Bewunderung ausgerufen haben, daß ihn in seinem ganzen Leben noch nichts in eine solche Begeisterung versetzt hätte.

* Der königliche Quint war der fünfte Teil von jedem Tribut und jeder Beute, der vor der weiteren Teilung dem König abgetreten werden mußte.

Für uns ungeschlachte und mittellose Hungerleider aber, die wir damals waren, zählte nur das Gold. Wie hätte es uns verblüfft zu erfahren, daß den Indios die grüngoldenen Federn des *quetzal* weit mehr bedeuteten ebenso wie die Türkise und das *chalchihuitl*, ein hellgrüner Jadeit, den sie unter allen Edelsteinen am meisten schätzten.

Der Anblick eines bis an den Rand mit Goldkörnern gefüllten Helms versetzte uns in ganz besonderes Entzücken: Er gab uns die Gewißheit, daß das Gold bei ihnen im Rohzustand vorhanden war. Auch Cortés mußte das in diesem Augenblick gedacht haben. Als er aber dem Botschafter seinen Wunsch wiederholen ließ, dem Herrscher Motecuhzoma persönlich zu danken und ihn über unseren Glauben und den allmächtigen Souverän, der uns regierte, zu unterrichten, stieß er auf höfliche, aber unmißverständliche Ablehnung. Man bat uns, das nicht mehr zu erwähnen.

Der Zauber des Goldes löste sich, die Worte brachten mich in die Wirklichkeit zurück. Es war in der Tat ein Zeichen der Naivität oder der Überheblichkeit der Mexica, Reichtümer vor uns auszubreiten, wie sie nur ungezügelte Vorstellungskraft sich ausmalen konnte. Denn nun, da wir vermuten durften, daß es hier noch weit mehr Schätze gab, fruchtbare Ländereien und gut regierte Königreiche – wie konnten sie da annehmen, wir würden uns mit dem begnügen, was für sie zweifellos nur ein Almosen war!

Nach dieser Prozession des Goldes wurde die Messe zelebriert. Die Würdenträger wohnten ihr höflich bei. Danach wollten sie es uns unbedingt gleichtun und brachten ihren religiösen Gebräuchen entsprechend einige junge Menschen herbei, die nun zu unseren Ehren geopfert werden sollten. Cortés widersetzte sich diesem Vorhaben mit allem Nachdruck, und die jungen Menschen verschwanden. Nun wurde uns ein reiches Festmahl aufgetischt. Das Gold hatte unseren Heißhunger geweckt, und wir machten uns über die Speisen her, bis alles vertilgt war.

Der mexikanische Gesandte und Teuhtile schickten sich an zurückzukehren. Wir überreichten ihnen zwei Hemden aus holländischem Leinen und blaue Glasperlen, die wie Diamanten geschliffen waren. Diese armseligen Gaben ergänzte Cortés um einen buntverzierten Glasbecher aus Florenz, drei weitere Hemden sowie kleinere Gegenstände, die alle für Motecuhzoma bestimmt waren. Er trug dem Gesandten auf, seinem Herrscher zu übermitteln, daß wir zu unserem Souverän nicht zurückkehren konnten, ohne ihm begegnet zu sein, und nun auf eine günstigere Antwort hofften.

Aber die Antwort, die Teuhtile überbrachte, fiel genauso ablehnend aus wie zuvor, und auch neuerliche Geschenke konnten nicht über die versteckte Drohung hinwegtäuschen, die darin lag.

Bereits am nächsten Tag verschwanden die Indios, die für die Verpflegung unseres Lagers gesorgt hatten. Die Vorräte an Hühnern, Mais und Gemüse waren rasch aufgebraucht, unser Maniokbrot schimmelte, und wir waren gezwungen, den Seeleuten unser eingetauschtes Gold zu überlassen, damit sie zum Fischfang ausfuhren.

Diese abrupte Änderung unserer Lage und die Möglichkeit eines Angriffs durch Motecuhzoma schürten die Gelüste, die wir insgeheim hegten.

Die Stimmung im Lager verschlechterte sich weiter, als Alonso Pizarral und seine Freunde es für angebracht hielten, die kleinen Geschäfte, die wir mit den Indios trieben, genauer ins Auge zu fassen. Sie forderten Cortés auf, einen Schatzmeister zu bestimmen, damit auch nicht ein Goldkörnchen dem königlichen Quint entginge. Diego Velázquez habe die Expedition schließlich nicht auf den Weg geschickt, damit die Soldaten den größten Teil für sich einstrichen. Zähneknirschend fügte sich Cortés. Als echter Anführer wußte er, daß man bei großen Anforderungen an die Soldaten gut daran tut, ihnen Kleinigkeiten zu gewähren. Der Schatzmeister wurde unter den Getreuen von Velázquez ausgewählt, was den Unmut über deren Gebaren weiter wachsen ließ. So wie ich Cortés kenne, bin ich überzeugt, daß er diese Entscheidung reiflich bedacht hatte.

Ich war entschlossen, Rodrigo die Leviten zu lesen. Es erboste mich zunehmend, wie sehr er die Pizarrals hofierte und darüber die Soldaten ohne Hab und Gut aus dem Blick verlor, zu denen auch wir nun einmal zählten.

Eine Viertelmeile von unserem Lager entfernt hatten wir eine kleine Bucht entdeckt, die wir häufig aufsuchten, um nach Einbruch der Nacht durch ein Bad den Schweiß des Tages abzustreifen und für ein oder zwei Stunden den unbarmherzigen Angriffen der Insekten zu entgehen, die uns jeden Morgen zerschlagen aufwachen ließen.

An jenem Abend gingen wir den Pfad entlang, der sich durch unzählige Schritte bereits in das Schilf gegraben hatte. Mein Bruder hing in Gedanken vermutlich wieder seiner toten Stute nach, während ich mir die Worte zurechtlegte, mit denen ich ihn zur Vernunft bringen wollte.

Als wir zu der Bucht kamen, vernahm ich ein Plätschern im Wasser, das anders klang als das uns schon vertraut gewordene Rauschen des Meeres. Rodrigo und Sebastián hatten es ebenfalls wahrgenommen, denn wir hielten inne und duckten uns alle drei, bevor wir durch das Schilf spähten.

Eine Gestalt erhob sich aus dem Wasser. Es war eine Frau. Sie war so nackt, wie Gott sie geschaffen hatte. Als sie aus dem Wasser stieg, rannen im Schein des Mondes die Tropfen an ihr herunter.

Dieser Augenblick offenbarte mir, was reine Schönheit ist. Nie zuvor war mir so vollkommene Harmonie begegnet, und niemals wieder habe ich sie bei einer anderen Frau gefunden. Das Sternenlicht umspielte ihren bernsteinfarbenen Körper, so daß er wie in Gold getaucht erschien, einer makellosen Statue gleich, aber ihre anmutigen Bewegungen hauchten der

Statue Leben ein, und da ich nur ein Mann war, begehrte ich sie mit jeder Faser meines Leibes. Sie wrang ihre langen schwarzen Haare aus und begann sie zu flechten. Jede ihrer Bewegungen glich einem Gesang, der sich in die reine, schweigende Nacht erhob. Wie oft habe ich mich seither gefragt, was geschehen wäre, wenn ich sie ohne Rodrigo und Sebastián getroffen hätte. Und was diese ihrerseits getan hätten, wenn wir uns nicht gegenseitig daran gehindert hätten, unserem Verlangen nachzugeben.

Sie ging ein paar Schritte, hob ihre auf dem Sand liegende Kleidung auf und wickelte einen weißen Stoff um ihre Hüften, der ihr bis zu den Knöcheln reichte. Sie befestigte ihn mit einem Gürtel und schlüpfte in ein weißes, fließendes Hemd. Nun war sie nur noch eine gewöhnliche Indiofrau in *cueitl* und *huipilli* – obwohl die Frauen auch oft die Brüste frei ließen –, aber der Teufel hatte sein Werk vollbracht und brauchte uns nicht noch mehr in Versuchung zu führen.

Wir standen auf.

Sie erblickte uns, ließ den Beutel fallen, den sie in den Händen hielt, und warf sich vor uns auf den Boden. Es wollte mir scheinen, als habe sie sich ganz besonders mir zugewandt. Ich half ihr auf.

In ihren Augen lag ein dunkler Glanz. Aber sie senkte sogleich den Blick und erging sich in Erklärungen, von denen ich nichts verstand. Ich begriff, daß sie nicht aus der Gegend war, denn ich kannte mittlerweile ein paar Worte in der Sprache der hier ansässigen Indios. Sie schien von einer großen Furcht ergriffen.

»Diese Frau hat Angst«, sagte ich, »sie versucht uns irgend etwas zu sagen.«

Wir kamen überein, sie mit ins Lager zu nehmen.

Vor Cortés »aß sie die Erde«, bevor sie demütig auf die Fragen der Dolmetscher antwortete, ganz so wie es ihrem Volk eigen ist. Wie oft haben wir, die wir es nicht gewohnt sind, uns kleiner zu machen, als wir sind, uns davon in die Irre führen lassen!

Malinche und Aguilar teilten uns mit, daß die Indiofrau aus

einer Nachbarstadt von Tenochtitlan stamme, der Hauptstadt Motecuhzomas, daß sie zu dem jährlichen Tribut von jungen Männern und Frauen zählte, die ihre Stadt dem Herrscher zu leisten hatte, und daß sie mit der gleichen Bestimmung auch zum Gefolge des mexikanischen Gesandten gehörte, nämlich den fremden »Göttern« geopfert zu werden. Unser Abscheu hatte die Zeremonie verhindert, sie hatte die Gunst der Stunde zur Flucht genutzt und sich versteckt, bis sich ein geeigneter Moment böte, unseren Schutz zu erflehen.

Wenn Cortés seine Gleichstellung mit den Göttern überraschte, so zeigte er es nicht, er versicherte die Flehende unseres Wohlwollens und sagte zu mir: »Unser Herrgott schickt uns diese Kreatur, Torremayor. Bewahrt sie vor allem Übel!«

Welcher Mann hätte sich nicht danach gesehnt, solch unbegreifliche Schönheit in seine Obhut zu nehmen!

Ich willigte ohne zu zögern ein, erinnerte ich mich doch noch an die Geopferten, die wir in San Juan de Ulúa in ihrem Blut schwimmend, mit geöffneter Brust und herausgerissenem Herzen entdeckt hatten. Der Gedanke, daß dieser Körper, dessen Bild meine verzückten Augen immer noch vor sich sahen, das gleiche Schicksal erfahren sollte, ließ mich schaudern.

Wir gingen zu unserer Hütte.

Die Tabascanerin saß davor und stocherte im feuchten Holz des Feuers. Der Rauch sollte die Mücken fernhalten. Wir traten ein. Die Indiofrau trat hinter uns ein und setzte sich in einer Ecke auf ihre Fersen.

»Was für ein Juwel!« murmelte Rodrigo.

»Bruder«, sagte ich.

Er wandte sich um.

»Du hast nicht zufällig vor, sie für dich zu reservieren?«

Ich mochte weder seinen Tonfall noch seinen Blick.

»Cortés hat sie mir anvertraut«, gab ich trocken zur Antwort.

»Er hat sie dir anvertraut, weil du es so dargestellt hast, als hättest du allein sie gefunden.«

»Ich bin der Ältere, und …«

Rodrigo fiel mir ins Wort: »Ich weiß. Du wiederholst es oft genug. Es ist so einfach, der Ältere zu sein! Man bestimmt alles, man hält das Geld unter Verschluß, man hat ein Pferd, Frauen, man gesteht sich selbst alles zu und den anderen nichts!«

»Rodrigo!«

»Ich habe die Indiofrau im gleichen Augenblick gesehen wie du. Hier zählt der Vorteil des Alters nicht. Sie gehört mir genauso wie dir.«

Ich hatte mich darauf eingestellt, mein Pferd mit ihm zu teilen, obwohl es mein kostbarster Besitz war, ich hätte ihm gerne Celestinas Gunst zuteil werden lassen, ich hätte mein Leben für ihn gegeben, aber diese Frau ... Begreift doch! Ich wußte nur zu gut, was er empfand. Bereits die Vorstellung versetzte meinen Kopf und meine Lenden in Aufruhr. Ich mußte mich beherrschen, um ihn nicht zu schlagen.

»Hör zu«, sagte ich zu ihm, »ich habe dir vor unserem Aufbruch gesagt, daß ich bestimme. Du hast zu gehorchen. Und so wird es bleiben, ob es dir nun paßt oder nicht. Ich verbiete dir, sie anzurühren!«

Er trat auf mich zu. Wir starrten uns an wie zwei wilde Stiere. Es juckte mich in den Fäusten, und, Gott möge mir verzeihen, ich wartete voller Ungeduld darauf, daß er zum ersten Schlag ausholte, um auf diesem Wege das unbändige Verlangen, das ich nach dieser Frau verspürte, ein wenig loszuwerden.

Aber er zuckte plötzlich mit den Schultern, grinste, ging rückwärts hinaus, wobei er die Tabascanerin, die uns durch die Öffnung beobachtete, zur Seite stieß.

Zu Sebastián sagte ich: »Laß niemanden an sie heran.«

Dann ging ich meinerseits hinaus. Nicht für eine Sekunde kam mir der Gedanke, daß Sebastián der Indiofrau gegenüber die gleichen Rechte haben könnte wie wir.

Vor dem Zelt Alonso Pizarrals herrschte der allabendliche Aufruhr, denn er hielt Hof wie ein Monarch. Die schwarzen Diener, die er aus Kuba mitgebracht hatte, eilten von Gruppe zu Gruppe und schenkten Wein in die Becher. Ich sah Rodrigo unter ihnen und ging zum Meer hinab.

Lange Zeit blieb ich im Wasser, aber es vermochte die Schmach nicht hinwegzuspülen, die ich empfand.

Als ich zu unserer Hütte zurückkam, saß Sebastián unbeweglich in der Nähe des Feuers.

Drinnen schlief die Tabascanerin. Die Indiofrau hatte sich nicht gerührt. Sie sah mich an. Ihre großen Augen leuchteten im Dämmerlicht. Ich wählte die gegenüberliegende Ecke, rollte mein Wams zu einer Kugel zusammen, schob es unter meinen Nacken und versuchte zu schlafen. In diesem Augenblick haßte ich sie.

Rodrigo weckte mich. Er schien der Verzweiflung nahe, seine Züge waren verzerrt, farblos die Lippen. Da mir zunächst unser Streit vom Vorabend in den Sinn kam, richtete ich mich auf und umarmte ihn.

»Ach, Bruder, laß uns nicht mehr streiten.«

Er wich zurück. Tränen strömten ihm übers Gesicht.

»Töte mich!« rief er. »Ich bin ein Elender!«

Nach und nach wurde mir bewußt, daß diese auffällige Reue nicht zum sonstigen Auftreten meines Bruders paßte, und Angst ergriff mich.

»Was hast du getan?« fragte ich ihn.

Er hatte gespielt, hatte nach und nach alle goldenen Schmuckstücke, die wir den Indios abgeluchst hatten, gesetzt und verloren. Das war jedoch noch nicht das Schlimmste. Alles Weitere mußte ich ihm mühsam, von Schluchzern unterbrochen, Stück für Stück entreißen …

Er war dem Irrtum vieler Spieler verfallen und hatte sich darauf versteift, seine Pechsträhne zu besiegen, ihr seinen Willen aufzuzwingen, da er doch schon dem meinen nicht hatte entgehen können – dies sagte er zwar nicht, aber ich erriet die Rolle, die ich bei diesem fatalen Eigensinn spielte; und als er nichts mehr besaß als seinen Brustpanzer, der aber für Diego

Pizarral ohne Interesse war, setzte er meinen Braunen gegen den Roten von Diego.

»Verstehst du denn nicht, wenn ich gewonnen hätte, besäßen wir jetzt jeder ein Pferd.«

So aber hatten wir keines mehr.

Die Indiofrau saß in einer Ecke, sie hielt ihren Oberkörper sehr aufrecht, war sorgfältig gekämmt und kaute irgend etwas aus ihrem Beutel.

»Nimm dich zusammen!« mahnte ich meinen Bruder. »Man weint nicht vor einer Frau.«

Im weiteren Verlauf des Morgens ließ Cortés mich zu sich rufen. Die Geschichte meines Bruders machte im Lager die Runde. Ein scharfer Tadel wurde mir zuteil. Aber Cortés' Vorhaltungen schmerzten mich weit weniger als die Belobigungen, mit denen er sie umgab. Denn statt Trost zu spenden, führten sie mir in aller Klarheit vor Augen, was ich hätte erlangen können und was ich verloren hatte.

»An der Probe erkennt man den Stoff. Ihr habt das Zeug zu einem Hauptmann, Torremayor. Aber ein Anführer schafft als erstes Ordnung bei den Seinen. Ihr wart mein bester Reiter. Was nutzt mir ein Reiter ohne Pferd? Ich müßte Euch in Ketten legen lassen, Euch und Euren Bruder!«

Er ging in seinem Zelt auf und ab.

Dann blieb er plötzlich vor mir stehen, zog einen seiner Ringe vom Finger und reichte ihn mir.

»Nehmt«, sagte er. »Bietet ihn Diego Pizarral an, und verlangt Euer Pferd zurück.«

Mir fehlten die Worte, um mich zu verteidigen. Nur ein paar armselige Dankesworte kamen mir über die Lippen. Ich küßte ihm die Hand und lief eilig zu den Pizarrals.

Diegos Empfang war kalt.

»Es tut mir leid für Rodrigo, aber Spiel ist Spiel. Ich hatte ihn gewarnt. Er hätte nicht weitermachen müssen. Ich behalte das Tier. Der Ring ist schön, aber das Pferd ist zehnmal mehr wert. Es wäre also ein schlechtes Geschäft.«

»Ihr habt Euren Roten«, sagte ich.

»Nehmen wir an, er tut sich etwas zuleide oder kommt im Kampf um. In unserer Lage wiegt kein Gold der Welt ein Pferd auf, das wißt Ihr.«

»Und ein Reiter mehr oder weniger würde im Falle eines Angriffs viel ausmachen, das wißt auch Ihr, Diego.«

»Gegen hundert- oder hundertfünfzigtausend Mexica? Meint Ihr wirklich, mein Lieber?«

»Ihr weigert Euch also?«

»Ich dachte, ich hätte mich klar ausgedrückt.«

Ich musterte seine lange blonde Haarpracht, seine hübschen, wenn auch faden Züge. Sein längliches Gesicht und sein Hals wirkten mittlerweile etwas aufgedunsen. Noch zehn Jahre und seine Verfressenheit würde aus ihm einen Fettsack gemacht haben. Dann würde er so aussehen, wie er in seinem Wesen war: wie ein genußsüchtiges Schwein. Am liebsten hätte ich ihm das ins Gesicht geschrien, ihn angespuckt oder sonst etwas getan, um ihn aus der Ruhe zu bringen, so daß sich mir die Möglichkeit bot, ihn zu erschlagen. Hätte ich diesem Trieb nachgegeben, so wäre ich heute hier nicht gefangen.

»Betet zu Gott, daß Ihr niemals meine Hilfe braucht«, riet ich ihm und wandte mich um.

Am Nachmittag des gleichen Tages war ich zur Wache eingeteilt. Schwermütig stand ich auf meinem Posten, als erneut Indios auftauchten.

Sie waren zu fünft, ihr Auftreten war freundlich, auch wenn ihr Lächeln durch die großen Löcher in ihren Lippen entstellt wurde. Dort hingen in Gold eingefaßte, dicke blaue Steine. Die Männer gehörten nicht zum Stamm der Azteken oder Mexica, aber zwei von ihnen waren des Nahuatl mächtig, das im gesamten Reich Motecuhzomas gesprochen wird, und so konnten wir uns dank der Dolmetscher verständigen.

Diese Indios waren Totonaken. Sie kamen aus Cempoala,

einer Stadt, die sich ihren Gesten zufolge nördlich von unserem Lager befinden mußte.

Sie entschuldigten ihr spätes Kommen mit ihrer Furcht, den Mexica zu begegnen. Anscheinend mußten auch sie Motecuhzoma Tribut zahlen, denn bereits sein Name ließ sie vor Schreck erstarren ... Hier möchte ich gerne eine Anmerkung zum Namen Motecuhzomas einfügen. Er wird von den Chronisten in vielfältiger Weise verunstaltet. Wir, als die ersten, die der Welt der Weißen von ihm erzählten, sagten: Montezuma. Das lag in den Schwierigkeiten begründet, die wir mit der indianischen Intonation hatten. Da ich aber seitdem das Nahuatl erlernt habe, schreibe ich den Namen so, wie ihn die Mexica aussprechen.

Cortés versprach, dem Kaziken von Cempoala einen Besuch abzustatten. Wichtig waren jedoch vor allem die Schlüsse, die wir daraus zogen. Wir folgerten, daß es in diesem Land Bevölkerungsgruppen gab, die unter der Tyrannei Motecuhzomas zu leiden hatten und deshalb für ein Bündnis mit uns empfänglich sein mußten. Sie könnten uns zu Hilfe kommen, wenn sich eine Auseinandersetzung mit dem Herrscher abzeichnete. Diese Erkenntnis war von entscheidender Bedeutung.

»Aber wie denkst du darüber?« fragte Rodrigo. »Wenn sich diese Gruppen bisher nicht erhoben haben, so spricht das für die Stärke der Mexica. Weiter vorzurücken, diese Berge zu überqueren, wäre Wahnsinn. Wir haben Kranke, Verletzte, die Lebensmittel sind knapp, und wir sind nur eine Handvoll Leute gegenüber einem Feind, der Legion ist, wie es scheint! Es wäre klüger, nach Kuba zurückzukehren, Diego Velázquez das Gold zu zeigen, das wir erbeutet haben, und mit einer weitaus schlagkräftigeren Flotte wiederzukommen ... Im übrigen, was uns beide angeht, so haben wir keine Pferde mehr, was können wir hier noch ausrichten?«

»Aha! Die Pferde! Deshalb also willst du davonlaufen! Wenn wir nun zurückkehren, so sag mir doch, wovon kaufen wir uns neue? Ich könnte nicht einmal Celestina die Zinsen zurückbezahlen, die ich ihr schulde! Ich bitte dich, Bruder, schlag dir diese Gedanken aus dem Kopf. Wir haben keine Pferde mehr, aber wir sind nicht die einzigen. Zehn Reittiere für fünfhundert Mann, da müssen eben einige zu Fuß gehen. Und diejenigen, die kein Pferd haben, müssen sich damit abfinden. Der Vergangenheit nachzutrauern nützt nichts für die Zukunft. Denk lieber nach. Wenn auf den Inseln erst bekannt wird, wieviel Gold Cortés mitbringt, werden so viele Menschen hierherströmen, daß man kaum noch mit einem anständigen Beuteanteil rechnen kann. Zurückzukehren ist nur für diejenigen von Nutzen, die bereits Indiodörfer und Goldminen in Kuba besitzen!«

»Die Pizarrals haben mir gesagt, daß sie sich bei Diego Velázquez für uns einsetzen wollen.«

»Eher würde ich sterben, als irgend etwas von diesen Hundesöhnen anzunehmen!« brüllte ich.

Sebastián tauchte auf und teilte uns mit, daß die Armee sich am nächsten Tag wieder einschiffen werde. Die Ausrufer waren dabei, die Neuigkeit im ganzen Lager zu verbreiten.

»Sind wir nur hierhergekommen, um wieder zurückzufahren?« fragte er.

»Warte doch ab! Wir sind ja noch nicht weg!«

Ich eilte zu Cortés, denn alles in mir sträubte sich gegen die Vorstellung, unser Generalkapitän könnte ein Mann sein, der sich dem Willen eines anderen beugte – Gott und unseren König ausgenommen. Das genau sagte ich ihm.

»Ich bin überzeugt, Torremayor, daß Ihr recht habt. Es kommt mich hart an, so viele tapfere Männer zu einem solch waghalsigen Unternehmen überredet zu haben, damit sich Velázquez am Ende die Taschen vollstopft. Ein jeder von Euch hat sich für seine Ausrüstung verschuldet, und ich selbst habe mehr in diese Expedition hineingesteckt, als ich mein eigen nennen kann. Aber was wollt Ihr, ich handle im Auftrag von Diego Velázquez, und er repräsentiert die königliche Autorität. So kann ich seinen Anweisungen nicht zuwiderhandeln, und die lauteten, Gold bei den Indios zu erbeuten und zurückzukehren. Nun haben wir genügend Gold, um ihn zufriedenzustellen, ihn schon!«

»Aber als wir in Trinidad angeheuert haben, habt Ihr da nicht weit mehr versprochen? War nicht die Rede davon, daß wir das eroberte Land dann auch besiedeln würden?«

»Kann ich auf Eure Ergebenheit zählen, Torremayor?«

»Ihr beleidigt mich mit Eurer Frage, Exzellenz!«

Er lächelte.

Ich sehe ihn wieder vor mir, schmal und aufrecht in seinem schwarzledernen, mit goldenen Fransen besetzten Wams. Seine Haare trug er recht lang, so wie wir alle damals, der kurze schwarze Bart umrahmte ein scharf geschnittenes Gesicht, dessen Züge aber fast immer durch einen freundlichen Ausdruck gemildert wurden. Seine Beine waren wie bei jedem guten Reiter leicht gekrümmt. Er war zu jenem Zeitpunkt vierunddreißig Jahre alt, elf Jahre älter als ich. Heute kommt mir das reichlich jung vor, aber damals erschien mir dieser Unterschied gewaltig!

»Ihr habt in Salamanca studiert«, sagte er »Ihr müßtet also unser altes Kommunalrecht kennen, das es uns gestattet, einen Ort zu wählen, dort eine Stadt zu gründen und in einer demokratischen Wahl die Stadträte zu bestimmen. Einige Eurer Begleiter haben mir dies angetragen und machen sich anheischig, mir in dieser Vertretung solche Vollmachten zuzugestehen, daß ich mich von Velázquez lösen könnte. Dann wäre es uns auch möglich, unseren Weg fortzusetzen. Ich befinde mich jedoch in einer heiklen Lage. Mache ich mich selbst zum wirklichen Befehlshaber, so bedeutet dies den offenen Widerstand gegen Velázquez. Seine Spione im Lager sind zahlreich, seine Verwandten und Freunde ebenfalls, und er genießt großes Ansehen bei Hofe.«

Sofort sah ich die Lösung, die er mir durch seine Ausführungen angedeutet hatte.

»Was nun, wenn eine Mehrheit von uns Euch dazu aufforderte?« ereiferte ich mich. »Steht es uns nicht ebenso zu, unsere Meinung zu äußern, wie den Pizarrals und ihren Freunden? Unser Leben zählt genauso wie das ihre. Wenn wir es nun in Eure Hände legen und weiterziehen wollen, anstatt mit unseren Schulden und Verletzungen zurückzukehren, armseliger als je zuvor ... Ich für meinen Teil gebe Euch mein Wort für die Leute aus der Estremadura. Sie werden auf mich hören.«

So kamen wir also zusammen, wir armen, besitzlosen Soldaten, die wir uns von Gott Wunder und von unserem Heldenmut ein besseres Los versprachen. In aller Öffentlichkeit erklärten wir Cortés, daß wir in dieser reichen und fruchtbaren Gegend bleiben wollten mit der Absicht, den Ruhm unseres Königs und des heiligen Glaubens zu mehren, verhehlten aber nicht, daß wir auch unsere eigene Lage verbessern wollten, denn der Mensch ißt nun einmal lieber gebratene Tauben als trockenes Brot.

Cortés lauschte unserem Ersuchen mit strenger Miene, was jedoch die Anhänger von Velázquez kaum zu täuschen vermochte. Sie ahnten sehr wohl das abgekartete Spiel und kochten innerlich vor Wut, da sie kein Mittel fanden, es aufzudecken. So kam es zur Gründung von Villa Rica de la Vera Cruz.

Unverzüglich wurden durch eine Wahl die Dorfrichter und die *regidores* bestimmt. Cortés erschien vor ihnen. Sie ließen sich die Befehle zeigen, die er von Velázquez erhalten hatte, und erklärten sie für nichtig. Folglich wurde Cortés seiner Funktionen enthoben.

Nun hatten wir also keinen Anführer mehr ... Aber gab es denn einen, der auch nur im entferntesten an jenen heranreichte, den wir gerade entlassen hatten? Cortés wurde also zum Oberbefehlshaber und Generalkapitän ernannt. Der schlaue Fuchs ließ sich nun sogar bitten, bis er akzeptierte, was er selbst eingefädelt hatte. Schließlich kam es so weit, daß wir ihm ein Fünftel der zukünftigen Goldschätze nach Abzug des königlichen Quints zugestanden. Was würde wohl noch für uns bleiben, wenn erst einmal Seine Majestät, Cortés, seine Hauptleute und seine Reiter ihren Teil abgezweigt hätten? In unserem Freudentaumel darüber, daß wir unsere Fesseln an Kuba gelöst hatten und unseren Träumen ein Stück näher waren, dachten wir nicht daran.

* * *

Unsere Mägen waren leer, unsere Haut von Insekten zerfressen.

Cortés beschloß, unser Lager um etwa zwölf Meilen zu verlegen. Eines unserer Schiffe war die Küste hinaufgefahren und hatte einen guten Ankergrund entdeckt. Dort gab es Flüsse und reichlich Holz und Steine zum Bauen.

Wir begaben uns auf dem Landweg dorthin, wobei wir gleichzeitig dem Kaziken von Cempoala einen Besuch abstatten wollten.

Ich hatte das Gefühl, in meinem Panzer zu verbrennen. Dem Fußsoldaten, der ich nun geworden war, erschien der Weg überaus beschwerlich.

Bisher hatte unsere Welt nur aus Sand und Schilf bestanden, nun gelangten wir zu Ebenen, die von kleinen Wasserläufen durchzogen waren. Hier und dort zeigte sich die anmutige Silhouette eines fliehenden Damhirsches oder einer Hirschkuh. Ich bedauerte es, kein Pferd mehr zu haben, um ihnen nachzusetzen. Ein paar schöne geröstete Fleischstücke hätten wir gut vertragen können. Beim bloßen Gedanken daran lief mir das Wasser im Mund zusammen. Die Dörfer, durch die wir kamen, waren verlassen. Nur auf den Tod stießen wir, noch nicht getrocknetes Blut färbte die Mauern der Tempel rot, Menschenopfer lagen mit geöffneter Brust herum. Voller Entsetzen betrachteten wir diese Szenerie und vergaßen unseren Hunger.

Die tiefgrünen Weiten wurden von Hügeln überragt, deren Hänge uns immer steiler erschienen, je mehr wir uns Cempoala näherten. Unsere kleine Armee schob sich durch die Ebenen wie eine riesige Schlange mit stählernem Kopf, das waren unsere Reiter. Ich beneidete Sebastián in seinem luftigen gepolsterten Baumwollhemd. Er marschierte zu meiner Linken, neben ihm die Tabascanerin. Ab und zu sprang sie zu einem Strauch, pflückte Beeren und reichte sie ihm. Sebastián nahm diese Gaben und auch das schüchterne Lächeln huldvoll an. Mit seiner Gitarre hatte er das Mädchen erobert. Als ich es bemerkte, überließ ich sie ihm. Er hatte zweifellos mehr Vergnügen an ihr als ich in meiner gegenwärtigen Lage.

Die Indiofrau lief hinter uns.

Wie soll ich erklären, was im Kopf eines Mannes vorgeht! Seit dem Streit mit meinem Bruder hatte ich ihr keine Beachtung geschenkt. Heute glaube ich, daß niemals dieses unbändige Gefühl für sie in mir erwacht wäre, das weder all die Jahre noch das Unheil zu ersticken vermochten, wenn ich meinem natürlichen Verlangen sofort nachgegeben hätte ... Ich schenkte der Frau keine Beachtung, habe ich gesagt, aber es war mir unmöglich, ihre Schönheit nicht zu bemerken.

Während unsere Kleidung unter dem Dreck, dem Staub und der salzigen Gischt zunehmend verkrustete, glich sie in ihrem weißen Huipilli, dessen Farbe sie auf unergründliche Weise zu erhalten verstand, einer Blume. Dennoch litt auch sie, das sah ich. Während der Ruhepausen suchte sie ein Wasserfleckchen, wo sie ihre geschundenen Füße badete und mit einer Paste einrieb, die sie aus ihrem Beutel hervorholte. Dann trank sie ein paar Schluck eines selbstgebrauten Getränks und erhob sich, um schweigend den Aufbruch abzuwarten. Manchmal suchten ihre Augen die meinen. Ich konnte ihren Blick nicht ertragen und wandte mich ab. Doch anstatt ihr auszuweichen, hätte ich mich lieber fragen sollen, warum eine Indiofrau niedriger Herkunft – darauf ließ ihre Kleidung schließen –, die es gewohnt sein mußte, barfuß zu gehen, unser Marschieren so schlecht ertrug. Aber noch stellte ich mir keine Fragen.

Kurz vor Cempoala empfingen uns zwanzig Edelleute der Stadt. Jeder von ihnen trug einen großen, wundervollen Blumenstrauß. Es sah so aus, als hätten sie ein ganzes Blumenbeet geschnitten, um es uns mit offenen Armen darzubringen.

Die Blumensträuße waren für Cortés und seine Reiter bestimmt, ebenso die rosafleischigen Ananasfrüchte mit ihrem köstlichen, kräftigen Aroma. Ich stand nahe genug, um ihren Duft wahrzunehmen, mehr wurde mir nicht zuteil. Aber der freundliche Empfang ließ baldige Festlichkeiten ahnen.

Cempoala versetzte uns in Erstaunen.

Niemals zuvor hatten wir in diesem Land eine so reich ausgestattete Siedlung gesehen. Die Straßen waren vorbildlich angelegt. Manche Unterkünfte wären reicher spanischer Edelleute durchaus würdig gewesen, sie waren geräumig und durch schöne Innenhöfe auch luftig gestaltet. Gärten und Obstplantagen schlossen sich an. Die frischgetünchten Fassaden, die terrassenförmig angelegten Dächer und die vielen Blumen erinnerten uns Spanier an die südlichen Städte unseres Landes. Voller Rührung betrachteten wir diese Landschaft und dankten Gott, daß er unsere Schritte so wohl geleitet hatte.

Die Bewohner säumten die Straßen und geleiteten uns zu unseren Unterkünften. Ich erhielt mit den Meinen einen großen ebenerdigen Raum, vor dem sich Grünflächen erstreckten. Kahle, weißgetünchte Wände empfingen uns. Einige Matten lagen auf dem Boden, sonst war nur noch eine Weidentruhe vorhanden.

Beim Betreten des Raumes befiel uns zunächst der Gedanke, die Eigentümer hielten uns für Diebe und hätten deshalb die Einrichtung entfernt. Das war ein Irrtum. Matten und Truhen sind die wesentlichen Einrichtungsgegenstände der hier lebenden Indios. Bei den Wohlhabenden kamen, wie wir später entdeckten, niedrige Tische, sorgfältig bemalte Wandschirme und Sessel ohne Armlehnen und Füße hinzu, und die Matten waren bisweilen mit leichten Baldachinen überspannt, das Beiwerk mit Goldintarsien, Federn und anderen edlen Materialien geschmückt.

Unsere Indiofrau ging alsbald zum Brunnen und füllte einen Tonkrug mit frischem Wasser. Es erzürnte mich, in welchem Maße sie mit sich selbst beschäftigt war. Auch die Tabascanerin achtete auf ihre Sauberkeit, widmete sich der Körperpflege aber in bescheidenerem Umfang. Nachdem wir uns erfrischt hatten, gingen wir zu dem Quartier von Cortés und überließen die beiden sich selbst.

Über den Innenhof des ihm zugewiesenen Hauses und auch über die umliegenden Höfe eilten Indiofrauen, die Federn und Blumen in den geflochtenen Haaren trugen und Röcke in einem wunderschönen, lebhaften Blau. Sie brachten gekochte Hühner herbei, Maissuppe, Kuchen und große Körbe voller Pflaumen. Ausgehungert stürzten wir uns auf diese Köstlichkeiten.

Als wir uns sattgegessen hatten, hielt der Kazike von Cempoala in Begleitung zweier Würdenträger seinen Einzug. Ein voller Magen macht die Menschen gefügig. Das wußte auch er. Er war so dick, daß er sich kaum bewegen konnte, und seine Gesichtszüge waren durch das Gewicht der an den Ohren, der Nase und den Lippen hängenden Geschmeide verzerrt. Aber den Geschmack der Totonaken kannten wir bereits, uns fiel vor allem seine Freundlichkeit auf und seine außergewöhnliche Leibesfülle, die unter einem wundervoll gearbeiteten Baumwollmantel dahinwogte.

Es wurden die üblichen Begrüßungen und Umarmungen zwischen den Anführern zelebriert, dann begann Cortés über Aguilar und Malinche von unserem Glauben und unserem illustren Herrscher zu sprechen, aber den Kaziken quälten näherliegende Sorgen. Mitten in der Rede warf er den Namen Motecuhzomas in den Raum, Seufzer traten an die Stelle seines Lächelns, die majestätische Fülle seines kupferfarbenen Gesichts legte sich in Falten, sein Strahlen fiel in sich zusammen. Gramerfüllt schüttelte er seine Hängebacken, seinen Schmuck, sein vierfaches Kinn und hob zu einer ausführlichen Klagerede an.

Das Mitleid trieb uns Tränen in die Augen, als er von den Plünderungen, den Vergewaltigungen, dem Morden der mexikanischen Steuereintreiber erzählte. Zu diesen niederträchtigen Verbrechen kamen die jungen Leute, die mitgeschleppt wurden, um ihrer verfluchten Religion geopfert zu werden. Die maßlosen Abgaben trieben die Region, die Motecuhzoma vor kurzem unterworfen hatte, in den Ruin. Meine Tränen versiegten jedoch schnell, und ich dankte Gott für die Weisheit, mit der er unsere Geschicke hier unten lenkte. Gab Er uns doch diese Verbrechen und diese Tyrannei als Argumente in die Hand, um den Kaziken zu überzeugen, daß er sich mit uns verbündete … Ich ahnte nicht, daß Spanier eines Tages in diesem schönen, befriedeten Land die gleichen Schandtaten wie die Mexica vollbringen würden, ja schlimmere noch.

Ich kehrte allein zu unserer Unterkunft zurück.

Die Tabascanerin war mit Sebastián unterwegs, und Rodrigo traf ich ebenfalls nicht an, vermutlich hatte er sich mit einer der Frauen, die uns bedienten, eingelassen. Die Frauen von Cempoala schienen recht bereitwillig zu sein. Auf meinem Weg kam ich an Gärten vorbei, aus denen heftiges Stöhnen zu mir drang, das mit dem des Kaziken nicht viel zu tun hatte.

Ich trat ein.

Eine harzige Fackel aus Tannenholz erleuchtete einen Teil des Raums. In einer auf dem Boden stehenden Schale schwammen große perlmuttfarbene Blüten, die im Schein der Fackel schimmerten. Ich betrachtete erstaunt diese Blumen und fragte mich, wer sie dorthin gestellt haben mochte, als die Indiofrau aus dem Schatten trat.

Sie trug einen anderen Huipilli als bisher. Dieser hier war tief ausgeschnitten und reich bestickt. Außerdem trug sie kristallene Ohrgehänge, die verführerisch schillerten. Ihre Haare waren nicht zu Zöpfen geflochten, sondern fielen offen herab. Ihr voller Mund hatte die kräftige Farbe der Blüte des Granatapfelbaums, als wäre er gerade eben heftig geküßt worden. Ihre

Augen glänzten. Sie war so schön, so unbeschreiblich schön! Ich beherrsche die Kunst nicht, solche Schönheit in Worten wiederzugeben. Und versucht man es doch, klingt alles so schwach, so nichtssagend ... So kann ich nur sagen, daß all mein Verstand dahinschmolz und ich sie in meine Arme schloß.

Während meiner Studienjahre in Salamanca hatte es mich immer belustigt, wenn einige begüterte Kameraden die feinsinnigen Liebeskünste ihrer Mätressen rühmten. Es schien mir recht armselig um ihre Männlichkeit bestellt zu sein, wenn sie solcher Kunstgriffe bedurften, um etwas zu erreichen, das ich mir ohne derlei Umstände verschafft hatte. Zu so törichten Urteilen führt der Neid: Nur zu oft straft man mit Verachtung, was einem selbst versagt ist.

In dieser Nacht wurde mir klar, daß meine bisherigen Vergnügungen kaum über die schlichte Befriedigung animalischer Gelüste hinausgegangen waren.

Wie geschickt waren ihre zarten Hände, wie sanft ihre glühenden Lippen, wie geschmeidig bewegte sie ihren seidigen, duftenden Körper. Ich versank in einem Strudel aus Suchen und Finden, Zurückweisung und Hingabe ... bis plötzlich der Liebestaumel ihre Lenden erbeben ließ! Noch der alte Mann, der ich heute bin, erschauert, wenn er nur daran denkt.

Danach stand sie auf, holte ein mit einem Deckel aus Schildpatt verschlossenes Gefäß, rührte den Inhalt mit einem langen goldenen Löffel, goß ihn in eine Schale und reichte sie mir. Es war eine Art Schaum, der angenehm nach allerlei Gewürzen schmeckte. Sie bedeutete mir, ihn solange im Mund zu behalten, bis er sich verflüssigte. Nachdem ich dieses Getränk zu mir genommen hatte, fühlte ich mich wie neugeboren.

Nach der vierten Schale vernahm ich ihre Worte:

»Ist mein Herr glücklich?«

Ich war so trunken vor Wonne, daß der Widerhall ihrer Worte erst allmählich zu meinem Geist vordrang.

Der Rausch ließ nach, ich richtete mich auf, sah sie an, wie sie mit der Schale in der Hand neben mir kniete.

»Du sprichst unsere Sprache?«

»Ein wenig.«

»Warum hast du das nicht früher gesagt?«

»Ich war nur ein Stein für meinen Herrn. Steine sprechen nicht.«

Ich beherrschte mich, denn durch Drängen würde ich nichts von ihr erfahren.

»Wie heißt du?« fragte ich sie.

»Xiuxochitl.«

Mir blutet das Herz, wenn ich diesen Namen jetzt niederschreibe.

Das indianische X wird »ch« ausgesprochen. Xiuxochitl ... In der lauen Nacht von Cempoala klang es wie das Plätschern einer Quelle, wie das sanfte Rascheln von Blättern, wie die Liebesklage einer Turteltaube. Selbst nachdem sie bei ihrer Taufe einen christlichen Namen erhalten hatte, blieb sie für mich Xiuxochitl, die türkisfarbene Blüte.

Der Morgen graute. Begierig auf ihre Erklärungen, wollte ich dennoch vermeiden, daß Rodrigo oder Sebastián sie nackt sähen. Wir kleideten uns an und ließen uns auf einer Matte nieder. Dann begann sie ihren Bericht.

Ihr Wortschatz war begrenzt, aber meine Vorstellungskraft und ihre Gesten kamen mir zu Hilfe, so daß ich die einzelnen Stücke zusammenfügen konnte.

Immer wiederholte ich ihre Aussagen, um mich zu vergewissern, daß ich sie auch richtig verstanden hatte.

»Dein Vater hat beim Spielen verloren und konnte seine Schulden nicht bezahlen. Deshalb hat er dich als Sklavin seinem Gegner verkauft, einem reichen *pochteca*, war es so?«

Sie nickte, und sie schien das ganz natürlich zu finden. Ich meinte, selbst der übelste Schurke von Sevilla hätte sich einem solchen Handel widersetzt, und fand es abscheulich, seine Schulden auf eine solche Weise zu begleichen. Das war falsch. Es ist stets falsch, Sitten zu verurteilen, wenn man die größeren Zusammenhänge nicht kennt.

»Was ist ein Pochteca?« fragte ich.

Sie erklärte mir, daß die Pochteca in gewisser Weise fahrende Händler seien, die das Land von Norden nach Süden und von Osten nach Westen durchstreiften, um die mexikanischen Edelstein- und Federhändler mit Gold, erlesenen Federn, mit Jade, Türkisen, Schildpatt, Perlmutt, Jaguarfellen usw. zu versehen. Aus diesen Materialien wurden Federschmuck und Geschmeide hergestellt, durch die Krieger und Edelleute sich in ihrem Aussehen von dem gemeinen Mann abhoben. Das brachte den Pochteca zahlreiche Vorrechte ein, so daß sie eine eigene Klasse mit besonderen Vergünstigungen bildeten, die ich ein wenig mit unserem Bürgertum vergleichen möchte. Kann man sich aber einen Bürger von Toledo oder Madrid vorstellen, wie er mit einer Karawane von Trägern durch die Lande zieht, mit der Lanze in der Hand, bereit zum Kampf gegen wilde Tiere und unberechenbare Wegelagerer?

Ich ließ die Sache auf sich beruhen, behielt sie aber im Gedächtnis, um Cortés davon zu berichten, denn sie vermittelte einen genauen Eindruck davon, wie umfassend das Reich von Mexico organisiert war und wie wenig wir bisher davon wußten.

»Erzähl weiter!« sagte ich.

Einmal – den Zeitpunkt konnte sie mir nicht genau nennen, aber es schien mir noch nicht sehr lange her zu sein – brachte der besagte Pochteca heimlich ein seltsames Wesen mit ins Dorf. Seine Haut war hell, die Haare gelb und die Augen blau. Er hatte es hier, an dieser Küste, in einem gestrandeten Boot entdeckt.

Es war ein männliches Wesen, in dem kaum noch Leben war. Der Pochteca vertraute es Xiuxochitl an: Er wollte es Motecuhzoma darbringen, der die Besonderheiten der Natur schätzte und sie in einem eigens zu diesem Zweck errichteten Palast sammelte. Xiuxochitl hatte also den Schiffbrüchigen so gut sie es vermochte gepflegt. Als sie bemerkte, daß er Laute von sich gab, die man für Worte halten konnte, war sie bestrebt, sie zu behalten und seine Sprache zu erlernen. Zwischen ihr und dem Kranken entwickelte sich ein freundschaftliches Verhältnis, aber trotz all ihrer Bemühungen siechte er dahin und starb wenige Monate später. Der Pochteca bestrafte Xiuxochitl für ihr Versagen damit, daß er sie als Tribut für Motecuhzoma abgab.

Beim Gedanken an jenen unglückseligen Landsmann dankte ich Gott, daß er ihn hatte sterben lassen … So war es ihm erspart geblieben, in einem Palast von Monstern sein Ende zu finden! Gänsehaut überlief mich. Und auch diesmal beobachtete ich, daß Xiuxochitl diese Scheußlichkeit mit heiterer Miene aussprach. Was ging in diesen Indios vor? Wie sollten wir jemals unsere Denkweise mit der ihren in Einklang bringen?

Plötzlich hatte ich genug davon, ihr zuzuhören. Ich erhob mich, und da wir noch am gleichen Tag Cempoala verlassen wollten, beschloß ich, Cortés unverzüglich zu informieren. Xiuxochitl legte ich nahe, alles, was sie mir erzählt hatte, für sich zu behalten. Wieder hielt sie den Blick gesenkt und neigte ihren Kopf. Ihr Gesicht blieb unbewegt wie eine Maske.

Cortés hielt es für richtig, die Angelegenheit nicht im Lager zu verbreiten. Und eine geflohene Sklavin konnte man schließlich auch nicht als Dolmetscherin einsetzen.

»Habt Ihr wenigstens Spaß mit ihr?« fragte er.

Ich muß errötet sein, denn er begann zu lachen.

»Es empfiehlt sich stets, das Angenehme mit dem Nützlichen zu verbinden, mein Sohn! Ich wünsche, daß Ihr das Nahuatl erlernt. Es wird außerordentlich wichtig sein, mit den Mexica in ihrer Sprache reden zu können, wenn wir auf ihr Gebiet vordringen.«

Mit zwiespältigen Gefühlen willigte ich ein. Ich ahnte nicht, welch entscheidende Wendung mein Leben dadurch nehmen sollte.

* * *

In diesen Gegenden besitzt die Bevölkerung weder Zugtiere noch Fuhrwerke, so daß auch die Straßen nur einfachen Pfaden gleichen.

Der freundliche Kazike von Cempoala erleichterte unser Fortkommen beträchtlich, indem er uns vierhundert Träger zur Verfügung stellte, die sich die Ausrüstung des Heeres und auch unser Gepäck aufluden.

Wir hatten einen Platz für unser neues Lager festgelegt. Die Schiffe mit einem Großteil der Artillerie an Bord sollten auf gleicher Höhe Anker werfen und dort auf uns warten. In der Nähe lag die kleine Stadt Quiahuitzlan, in die wir ungehindert einmarschierten. Der furchteinflößende Ruf unserer Pferde und Kanonen war uns vorausgeeilt und hatte die Einwohner zur Flucht bewogen. Wir hätten allerdings einige Mühe gehabt, sie zu vertreiben, denn Quiahuitzlan lag auf einem Hügel, umgeben von Felsen, die mächtiger waren als die Schutzmauern einer Festung. Die Mittagssonne prallte auf meinen Panzer, mein Mund war ausgetrocknet, mein Körper schweißüberströmt.

Im Zentrum der Stadt fanden wir etwa fünfzehn Würdenträger und Priester, die sich in einen Tempel geflüchtet hatten.

Die Priesterkaste ist so eng mit den zukünftigen Ereignissen der Conquista verknüpft, daß ich nicht umhin kann, einige Erläuterungen einzuschieben.

Während die Indios ihre alltägliche Körperpflege mit einer Sorgfalt betreiben, wie sie in spanischen Dörfern höchstens am Palmsonntag üblich ist, waren ihre Priester, deren Aussehen von der Spitze Yucatáns bis nach Mexico keine wesentlichen Unterschiede aufwies, die abstoßende und gräßliche Verkörperung der Dämonen*, die sie verehrten. In Nahuatl heißt Blut »kostbares Wasser«. Und anderes Wasser kennen die Priester im Grunde nicht, da sie mit der Entscheidung für das Priesterdasein das Gelübde ablegen, sich nicht mehr zu waschen. Nun stelle man sich den Gestank vor, den ihre weiten, schwarzen, mönchsähnlichen Gewänder verströmten, wenn sie mit ganzer Wucht in menschliches Fleisch hieben

* Die Spanier glaubten tatsächlich an die Existenz mexikanischer Götter, denen sie dämonische Mächte zuschrieben.

oder sich selbst bei ihren gotteslästerlichen Ritualen fürchterliche Verletzungen zufügten. Selbst ein Ziegenbock hätte das Weite gesucht! Zu diesem Bild paßte ihre Haarpracht, die niemals mit dem Messer eines Barbiers in Berührung gekommen war und in zerzausten klebrigen Strähnen vom Kopf abstand, blutverkrustet wie die anderen Körperteile auch. Als wir zu Beginn der Conquista einige ihrer Opfer fanden, die noch rücklings auf einem Opferstein lagen, und uns die Angst befiel, auch wir könnten in ihre Klauen geraten, tröstete ich mich mit dem Gedanken, daß ich erstickt wäre, bevor sie mir die Brust aufschlitzten; aber seither hatte ich manche Gelegenheit, zu erfahren, daß man selbst dem abscheulichsten Geruch, dem schlimmsten Entsetzen widersteht!

Die Priester von Quiahuitzlan räucherten uns mit ihrem Kopalrauch ein, während die Würdenträger sich für den armseligen Empfang entschuldigten. Wir antworteten höflich auf diese Gunstbezeigungen. Während wir so unsere Aufwartung machten, holte uns der Kazike von Cempoala ein, der uns in seiner Sänfte gefolgt war. Sogleich begann er über die Mexica zu stöhnen, und ich fragte mich, wie wir seine so tief sitzende Angst wohl zu unserem Vorteil nutzen könnten, als sich eine Möglichkeit auftat.

Mehrere vornehme Bürger von Cempoala liefen herbei und meldeten, daß fünf Steuereintreiber Motecuhzomas im Anzug seien. Panik griff um sich. Man ließ uns stehen, wir zählten nicht mehr. Schnell! Ein Saal, Blättergirlanden, Blumensträuße, köstliche Speisen mußten für diese Herren herangeschafft werden, und vor allem Kakao, das Getränk der reichen Mexica schlechthin. In ihm erkannte ich jenes wieder, das Xiuxochitl mir angeboten hatte.

Kaum waren die Wachteln gerupft und gebraten, der Hühnereintopf und die Maiskuchen zubereitet, die Obstbäume geschüttelt, die kostbaren Kakaobohnen zermahlen, da waren die Steuereintreiber auch schon da.

Sie bahnten sich einen Weg durch die Menge, beachteten

uns dabei nicht, so als wären wir ihrer Blicke nicht würdig. Mit all ihrem Gold, ihren Federbüschen und ihren *tilmatli*, die scharlachrot, blau und gelb gemustert waren, glichen sie märchenhaften, wunderschönen Vögeln, die in ihrer Überheblichkeit nach jedem schnappen, der es wagt, sich ihnen in den Weg zu stellen. Hinter ihnen schleppte sich unser Kazike, umgeben von Sklaven, die mit großen Fächern die Fliegen von ihm fernhielten.

Der Unglückselige ahnte bereits, daß seine Gastfreundlichkeit uns gegenüber ihn beide Augen kosten konnte. Es war ein entwürdigendes Schauspiel und brachte uns furchtbar auf, diesen liebenswürdigen Gastgeber nun in eine zitternde Fettmasse verwandelt zu sehen, nur weil fünf Halunken daherkamen. Wir hüteten uns jedoch, die prächtigen, mit Edelsteinen befestigten Hauben, zu denen ihre Haare aufgetürmt waren, anzurühren. Wir hatten einen anderen Plan.

Während sie sich ihrem Festschmaus hingaben, ließen wir den Kaziken zu uns bitten.

»Hochedler Herr«, sagte Cortés, »fürchtet nichts mehr. Ihr steht jetzt unter dem Schutz unseres Gebieters. Werft diese Mexica in den Kerker und zeigt ihnen Eure Stärke, die zugleich die unsere ist. Unseren Pferden und unseren Feuerwaffen haben sie nichts entgegenzusetzen, außer der Reue für ihre Schandtaten.«

Die Kühnheit, die wir dem Ärmsten abverlangten, versetzte ihn in noch größeren Schrecken als die Forderungen seiner Peiniger. Unsere Hartnäckigkeit trug jedoch den Sieg davon, und er gab den Befehl, die Steuereintreiber an Pfähle zu ketten.

Ich glaube, das war der Augenblick, von dem an die Totonaken uns für Götter hielten. In ihrem Denken begannen höhere Kräfte dort, wo einer wagte, dem Willen Motecuhzomas zu trotzen.

Das lag jedoch nicht in der Absicht von Cortés.

Wie ich schon gesagt habe, ging er lieber mit Geschick als mit Gewalt zu Werke. Deshalb brachte er den durch seine

Heldentat ermutigten Kaziken davon ab, die Gefangenen ohne weiteren Aufschub zu opfern. Nach Einbruch der Nacht befreite ich mit einigen anderen die Mexica, versteckte sie auf einem unserer Schiffe, das sie wenige Tage später an ihre Gestade zurückbrachte, wo sie ihrem Herrn von unserer freundlichen Gesinnung berichten sollten.

Das Entsetzen der Totonaken war groß, als sie am darauffolgenden Morgen entdeckten, daß die Mexica entkommen waren. Um sich vor den Vergeltungsmaßnahmen Motecuhzomas zu schützen, blieb ihnen nichts anderes übrig, als ein Treuebekenntnis auf Seine Majestät abzulegen. An die dreißig kleinere Städte, die Cempoala unterstanden, taten es ihnen gleich; alles wurde ordnungsgemäß auf Papier festgehalten und unter den Augen des Notars unterzeichnet. So war es uns gelungen, ohne Verluste und Blutvergießen eine reiche Provinz für unsere Krone in Besitz zu nehmen. Hinzu kamen Tausende von Kriegern, die uns nun bei unserem Vorhaben zur Seite standen, falls der Herrscher von Mexico die Bekundungen unserer freundlichen Absichten unbeachtet ließe.

Ich gestehe, daß ich unserem Kaziken sehr gern zu Hilfe eilte, während ich seine Gefangenen nur ungern befreite. Ich bin für politische Finessen nicht geschaffen, ich ziehe es vor, geradlinig zu handeln, und diese Eigenschaft werde ich niemals ablegen, auch wenn sie mich ruiniert und sogar in dieses Gefängnis gebracht hat.

Unsere Stadt, Villa Rica de la Vera Cruz, hatte einen Namen, einen Rat, aber auch nicht ein Gebäude aus Lehmziegeln verwies darauf.

Wir beschlossen, daß es dafür nun Zeit sei, und wählten einen Ort ungefähr eine halbe Meile von Quiahuitzlan entfernt.

Pläne wurden gezeichnet: in der Mitte sollte die Kirche stehen, dann das Rathaus, das Gefängnis, die Rüstkammer, der Schlachthof – all die Gebäude, die für das Leben einer Gemeinschaft von Bedeutung sind.

Darüber hinaus beschlossen wir, eine Befestigungsmauer zu bauen. Voller Eifer machten wir uns an die Arbeit, vom einfachen Soldaten bis hin zu Cortés selbst. Das galt jedoch nicht für die Anhänger von Velázquez. Zwar mußten auch sie sich an diesen groben Arbeiten beteiligen, aber jeder neue Stein, jeder gebrannte Ziegel, jedes errichtete Gebälk und jedes gedeckte Dach war für sie Wasser auf eine Mühle, die sich in die falsche Richtung drehte.

Das dachte auch Rodrigo. Aber ich achtete kaum auf seine Gesinnung.

Während ich den ganzen Tag über in der fürchterlichen Sonne arbeitete, räkelte sich Xiuxochitl auf einem Lager aus Blattwerk in der Hütte, die ich für uns beide gebaut hatte.

Sie konnte Stunde um Stunde verbringen, ohne etwas zu sagen, ohne sich zu bewegen. Sie zog sich in ein unzugängliches Leben zurück, aus dem sie mit trägem Wohlbefinden verträumt wieder auftauchte. Erst sehr viel später wurde mir klar, daß sie diese meditative Erschlaffung durch Drogen erreichte. In der üppigen Vegetation dieses Landes wachsen die Träume in unmittelbarer Reichweite: Stauden, Blumen, Gräser, Pilze, Wurzeln, Körner … Die Indios verwenden sie auf mannigfaltige Weise: um bei Festen oder Gelagen aus ihrer gewöhnlichen Zurückhaltung auszubrechen oder um sich in innere Rauschzustände zurückzuziehen. Der Gebrauch der Drogen folgt uralten Regeln, und es ist fraglich, ob er verderblicher ist als das Trinken bei uns. Jahre später wurde ich Zeuge der verheerenden Schäden, die der Genuß des Octli (eines gegorenen Safts aus dem Fleisch der Agaven) bei den Indios anrichtete, als sie in ihrer Verzweiflung Zuflucht zu ihm nahmen. Während die Gesetze der Mexica diesen Genuß im allgemeinen untersagten, verboten ihn die unseren nicht.

Die übrigen Frauen bereiteten Nahrung zu, wuschen unsere Kleidung, besserten sie aus und bekräftigten uns in unserem Arbeitseifer. Sie waren zahlreich, denn viele Totonaken halfen uns beim Bau unserer Stadt. Xiuxochitl hingegen beschränkte sich darauf, die Blätter ihres Lagers zu erneuern und Blumensträuße zusammenzustellen, die alsbald verwelkten, da keine Schalen oder Vasen vorhanden waren. War sie hungrig, so stellte sie sich vor eine der Frauen und deutete mit dem Finger auf den Maiskolben oder das Hähnchenfleisch, die diese in der Glut rösteten, und schon reichte man es ihr. Die unterwürfige Angst, die sie bei ihren Gefährtinnen hervorrief, ihr Benehmen, ihre Gesten paßten ebensowenig wie ihr tiefgründiger Blick zu dem Bild, das ich von einer Sklavin hatte. Sie war gewiß nicht als Sklavin geboren worden, aber ihr Vater konnte nicht sehr reich gewesen sein, sonst hätte er seine Tochter nicht auf diese Art und Weise verkauft! Und doch, ich hätte schwören können, daß Xiuxochitls Hände niemals derbe Stoffe berührt hatten …

Obwohl es nicht gerade taktvoll war, fragte ich sie eines Abends, wie viele Liebhaber sie bereits gehabt hätte.

»Eine Frau ist Jungfrau nur beim ersten Mal. Danach hört man auf zu zählen.«

Und wenn sie dann ihre Arme über ihrem Huipilli kreuzte und die Augen niederschlug, wußte ich, daß weitere Fragen vergeblich waren.

Ich bat sie auch, mir von Mexico zu erzählen, der Hauptstadt des Reiches.

Sie seufzte, verwies auf ihre weibliche Einfalt, ihr Unwissen und Unvermögen, etwas so Wunderbares wiedergeben zu können. Ich spürte, daß sie log, und beharrte wütend darauf.

»Dort liegt die Heimat der Jaguar-Ritter und der Adler-Ritter«, sagte sie, »und niemand kann diese mächtigen Krieger besiegen.«

Um den Hals trug ich eine Kette mit einem Goldtaler, der meiner Mutter gehört hatte und auf dem die Heilige Jungfrau mit dem Gotteskind darstellt war.

Sie betrachtete ihn aufmerksam.

»Eure Herren machen also auch Schmuck aus dem Gold?«

»Warum sollten wir das nicht tun?«

»Wenn man euch die Schmuckstücke darbietet, so betrachtet ihr sie nicht, sondern schätzt sie nach ihrem Gewicht. Ihr wiegt sie mit euren großen Händen, man sagt sogar, daß ihr das Gold eßt, um seine Kraft zu erlangen. Das ist der Grund, weshalb eure Herren das Gold haben wollen. Ihre Augen funkeln beim Anblick des Goldes, weil sie es essen wollen, um stark zu sein!«

Ich lachte. Sie jedoch nicht. Sie war nicht traurig und auch nicht heiter.

»Jeder wird mit seinem *tonalli* geboren. Das Schicksal ist vorherbestimmt, man kann es nicht ändern«, sagte sie.

»Trotzdem bist du aber geflohen. Wärest du nicht zu uns gekommen, wärest du nun bereits geopfert. Du siehst also, man kann sein Tonalli ändern.«

»Vielleicht stand in meinem Tonalli, daß ich dir begegnen würde«, antwortete sie.

Das machte mich seltsamerweise glücklich.

Sie betrachtete wieder den Taler.

»Wer ist das?«

»Das Jesuskind und seine glückselige Mutter, unsere Heilige Jungfrau.«

Ich begann ihr die Herrlichkeit unserer Religion auseinanderzusetzen und schilderte ihr, welche Kraft und welche Freude wir aus unserem Glauben schöpften.

Als wir nach Cempoala zurückkehrten, erklärte sie sich einverstanden damit, getauft zu werden. Außer ihr wurden noch einige andere getauft, darunter acht edle junge Frauen, die der Kazike Cortés zum Geschenk gemacht hatte. Und ich in meiner Unschuld freute mich, sie Gott zugeführt zu haben!

Cortés mußte sich wohl oder übel dareinschicken, die Nichte des Kaziken zu sich zu nehmen, die sehr häßlich war. Alonso Pizarral erhielt ebenfalls eine – sehr hübsche – Frau. Sie trug einen wunderschönen gewebten Umhang in leuchtenden Farben, wie ihn die Totonaken herstellen, und ein herrliches

Geschmeide aus purem Gold. Es dauerte nicht lange, bis sie schwanger wurde, was den Wünschen der Indios aus Cempoala durchaus entsprach. Bald hatten auch wir begriffen, daß das Geschenk der Frauen, das wir mit dem blinden Dünkel des Siegers entgegengenommen hatten, nur einem Zweck diente: Das indianische Volk sollte von den übernatürlichen Kräften befruchtet werden, die man uns andichtete. Die Mischung des Blutes brachte sehr schöne und kräftige Kinder hervor, die die Väter ihren legitimen Kindern gleichsetzten, ja oft sogar vorzogen, da sie die Frucht der Lust und des Ruhmes waren. Manche von ihnen verbanden sich später durch Heirat mit großen und vornehmen Familien Spaniens.

Unser Werk der Befriedung schritt außerhalb des Lagers weit besser voran als innerhalb, wo die Zwistigkeiten weiter schwelten.

Eines Nachmittags polierte ich gerade meinen Panzer, als ein Soldat, den wir Morueco nannten, weil er so krauses und wolliges Haar wie ein Schafbock hatte, mir sein Reittier anbot.

Da mein Mißtrauen offenkundig war – welcher Reiter könnte beabsichtigen, sich von seinem Pferd zu trennen! –, erklärte Morueco mir, daß er zusammen mit sieben anderen Soldaten nach Kuba zurückkehren wolle.

Es sei doch Wahnsinn, sagte er, mit sowenig Leuten weiter in ein Land vordringen zu wollen, wo die Indios zu Hunderttausenden lauerten, anscheinend sehr gut bewaffnet waren und sich uns gegenüber so abweisend verhielten. Er für seinen Teil zöge es vor, sich auf den Inseln niederzulassen, als von Pfeilen durchlöchert, von einer Lanze aufgespießt oder gar mit herausgerissenem Herzen zu enden.

Angesichts meiner Verwunderung über seine kühnen Worte fügte Morueco hinzu, daß er und seine Gefährten Cortés von ihren Absichten unterrichtet hätten.

»Wir haben den Hauptmann an sein Versprechen erinnert,

jeden ziehen zu lassen, der es wünscht. Wir brechen also mit seiner Zustimmung auf, er hat uns sogar ein Boot gegeben und Maniokbrot, einen Schlauch Öl und Lebensmittel … Was ist nun, Señor Torremayor, wollt Ihr meinen Hannibal oder nicht? Er ist ein guter und schöner Hengst, flink wie eine Gazelle und mutig wie ein Löwe! Es fällt mir schwer, ihn zu verkaufen, aber hier werde ich dreimal soviel für ihn bekommen wie auf Kuba, wo ich mir dann ein wenig Land von dem Geld kaufen kann.«

Und hätte sein Tier Schweinsohren, krumme Beine und einen Hängebauch gehabt, ich hätte den Handel ohne jegliches Zögern abgeschlossen, aus Angst, er könnte einen besseren Käufer finden. Ich war tatsächlich nicht der erste, dem er dieses Geschäft vorschlug, aber kaum einer von uns verfügte noch über größere Geldsummen. Das galt nicht für einige Anhänger von Diego Velázquez, aber diese waren der gleichen Ansicht wie Morueco und legten keinen sonderlichen Wert darauf, zum jetzigen Zeitpunkt ein Reittier zu erstehen – was ich freilich so genau nicht wußte. So reichte ich ihm denn, ohne zu feilschen, den Ring, den mir Cortés überlassen hatte, in der Überzeugung, ihn gut verwendet zu haben.

Trunken vor Freude zog ich mit besagtem Hannibal durch das Lager, Rodrigo auf der Kruppe, meine Gefährten aus der Estremadura wie in einem Triumphzug hinterher. Ich gönnte mir das Vergnügen, vor dem Zelt der Pizarrals vorbeizuziehen. Diego sah mich. Ich erwiderte seinen ironischen Blick, aber meine Begeisterung kühlte ab.

Wozu brauchte ich ein Pferd, wenn wir aus Mangel an Leuten auf unser Vorhaben verzichten mußten? Es fiel mir wie Schuppen von den Augen, daß dies unmittelbar drohte. Weitere Soldaten würden Moruecos Beispiel folgen. Unsere kleine Armee würde bald einem ausgehöhlten, blutleeren Körper gleichen!

Ich machte kehrt.

Wir fanden uns bei Cortés ein und verlangten als seine

getreuen Gefolgsleute mit allem Nachdruck, diesen den militärischen Gesetzen zuwiderlaufenden Aufbruch zu verhindern. Ein Soldat dürfe weder seinen Befehlshaber noch seine Fahne verlassen, vor allem dann nicht, wenn Gefahr im Verzug sei. Und das war ja genau der Grund, den Morueco angeführt hatte, um sich davonzumachen. Wir forderten neben einem Verbot im vorliegenden Fall die Todesstrafe für weitere derartige Vorhaben.

Nachdem Cortés sich hatte bitten lassen, wie er es gerne tat, wenn er nicht offen zeigen wollte, daß ihm ein Ersuchen gerade recht kam, zog er seine Einwilligung zurück, und man stoppte das Schiff, das sich anschickte, die Anker zu lichten.

Kaum war Morueco wieder an Land, erklärte er mir, daß unser Handel nun seine Gültigkeit verloren habe! Da man ihn zwang hierzubleiben, wollte er seinen Hannibal zurück. Ich weigerte mich. Ich hatte bezahlt, noch dazu gut bezahlt, Hannibal gehörte mir. Außerdem verdiente ein Deserteur, der seine Gefährten für ein Dasein als Bauer auf den Inseln im Stich lassen wollte, kein Pferd! Das warf ich ihm an den Kopf, da mich sein Starrsinn erzürnte. Als die Umstehenden auch noch applaudierten, zog Morueco seinen Dolch, ich den meinen, und der Streit wäre übel ausgegangen, wenn nicht Cortés, der den Lärm vernommen hatte, aufgetaucht wäre. Er rügte uns beide, aber Hannibal blieb in meinem Besitz.

Ich beschloß den Abend in der Gesellschaft meiner Landsleute. Wir waren sehr zufrieden mit uns. Heute finde ich es eher traurig, daß die Menschen so große Schwierigkeiten haben, sich zu verständigen. Wie viele große, heldenhafte Unternehmungen sind an der niedrigen Gesinnung einiger weniger gescheitert! Aber wenn man jung ist, hat man nur sein Ziel vor Augen.

Als ich zu meiner Hütte zurückkehrte, sang ich vor mich hin. Ich band mein kostbares Tier an einem Baum fest. Die Nacht war klar, der Mond schien hell, ich lachte in die Sterne. Benommen von der Freude und dem wenigen Wein, den ich getrunken hatte, trat ich ein und fand die Hütte leer. Aber soweit ich mich erinnere, streckte ich mich ohne weiteres Nachdenken auf das Lager und schlief sofort ein.

Am nächsten Morgen bemerkte ich, daß Xiuxochitl ihren Beutel mitgenommen hatte. Alles, was von ihr geblieben war, waren Sträuße aus getrockneten Blumen, die an den Wänden hingen. Ich beschloß, niemandem davon zu erzählen.

Rodrigo tauchte auf.

Wir gingen zusammen auf die Felder hinaus, um Hannibal zu erproben. Morueco hatte nicht gelogen. Es war ein gutes Pferd, es hatte einen schnellen Schritt und ein feuriges Temperament. Bis zu unserer Rückkehr gelang es mir, ruhig zu bleiben, denn ich war sicher, daß sie nun dasein würde.

Als ich sie nicht fand, geriet ich in Zorn. Sollte ein Soldat sie ... Ich beschimpfte sie mit allen möglichen Namen, besudelte ihren schönen Körper mit lasterhaften Bildern, wie ich sie mir schlimmer nicht ausmalen konnte, und hielt mich nur mühsam zurück, ihr nachzuspüren oder gar wie ein vor Eifersucht Rasender jede Hütte nach ihr zu durchsuchen.

Diese Vorstellung beschämte mich dann doch. Ich hatte mir ein neues Pferd beschafft, die Welt und die Zukunft taten sich vor mir auf, was kümmerte mich da eine Frau?

In den Ritterromanen, die ich in Salamanca verschlungen hatte, trugen die Helden stets das Bild einer Frau in ihren Gedanken, aber Xiuxochitl war nicht die blonde Prinzessin Oriana, das Symbol der höchsten weiblichen Tugenden. Sie war nur eine Sklavin, das Spielzeug eines gemeinen Pochteca und vielleicht auch noch anderer Männer, weiter nichts!

Meine Besonnenheit kehrte zurück, ich fühlte mich außerordentlich erleichtert. Der Verstand eines Mannes wird zum Sumpf, wenn er einer Frau gestattet, sich dort einzunisten. Ich warf ihre Blumensträuße fort, verstreute mit Fußtritten die Blätter ihres Lagers und beschloß, am Abend mein Gepäck in die von Rodrigo, Sebastián und der Tabascanerin bewohnte Hütte zu bringen. Dann machte ich mich auf den Weg nach

Vera Cruz, wo wir die letzten Schießscharten in die Festungsmauer einfügen wollten.

Jedoch, als ich mein Pferd losband, bedauerte ich, daß sie mich nicht auf ihm sitzen sah. Ich verscheuchte diesen Gedanken, und ebenso wollte ich mir nicht vorstellen, was ich empfände, wenn ich ihr mit einem anderen Mann begegnete.

Als ich zurückkam, hatte sie ihr Lager wieder hergerichtet, kauerte darauf und war damit beschäftigt, ihre Haare zu flechten.

Ich faßte sie an den Armen und zog sie hoch.

»Wo warst du?«

»Möge mein Herr mich doch anhören«, sagte sie.

Ich ließ sie los.

Sie klammerte sich an mein Wams und hob ihren dunklen Blick zu mir.

»Er sieht die Blumen nicht, mein Herr, er sieht sie nicht. Ich bin durch den Wald gelaufen, ich habe Blumen gepflückt … Ach! Wie schön sie sind, die Blumen in diesen Wäldern! Ich bin gelaufen, habe Blumen gepflückt. Und dann kam der Abend, kam die Nacht, die Herrscherin der Welt! Dann konnten meine Beine nicht mehr gehen, ich verlor meine Blumen und preßte meine Lippen in den Staub …«

»Wovor hattest du Angst?« fragte ich, wobei ich wie von selbst den Sinn dieser Wendung erschloß.

Ihre Augen glichen mit einemmal zwei schwarzen Löchern.

»Wenn die Dunkelheit die Sonne verschlingt, weiß man nie, ob sie tatsächlich wiederkehrt, so daß die Erde erneut in ihrem Licht erstrahlt. Jeder Tag könnte der letzte sein. Du weißt es nicht, niemand weiß es. Heute morgen aber war die Sonne da, sie zeigte mir den Weg.«

Ich hätte schwören können, daß sie log.

»Zeig mir deine Füße«, verlangte ich.

Sie setzte sich.

Ich nahm einen ihrer kleinen Füße in meine Hände und

prüfte ihn. Sie hatte eine Paste aufgetragen, aber es bestand kein Zweifel, sie war gelaufen, viel gelaufen.

»Du bist nicht verärgert?«

Sie wühlte in ihrem Beutel.

»Schau, ich habe dir Maiskolben mitgebracht. Möchte er, daß ich sie ihm zubereite, möchte er geröstete Maiskolben, mein Herr?«

»Könntest du denn überhaupt ein Feuer anmachen?« fragte ich sie.

Darauf verließ ich würdevoll die Hütte.

* * *

Wir kamen überein, zwei Vertreter unserer Stadt nach Spanien zu entsenden, um unserem König einen Brief zu überbringen, den ich mit einigen anderen verfaßt hatte. Wir wollten Seine Majestät von den bereits vollbrachten Anstrengungen unterrichten und dabei nichts verschweigen, weder die niedrige Gesinnung von Diego Velázquez, noch die Abänderung seiner ursprünglichen Pläne und die Ernennung von Hernán Cortés zu unserem Generalkapitän. Neben diesem Bericht sollte der König alles Gold, alle Edelsteine und Federn, die kostbaren Stoffe, die die Indios uns geschenkt hatten, sowie die prächtigen Gaben Motecuhzomas erhalten. Wir hofften, Seine Majestät auf diesem Wege zu erfreuen und ihre Gunst für unser Vorhaben zu erwerben, indem wir eine kleine Auswahl der Reichtümer vorführten, die man erwarten konnte.

Wir behielten nichts von der Beute für uns, nicht das geringste Körnchen Gold. Allerdings hätte jeder das Recht gehabt, seinen Anteil einzufordern. Wir organisierten eine Abstimmung, an der sich jeder Soldat beteiligen mußte. Einige ließen das ihnen Zustehende nur murrend fahren, aber keiner wagte, es offen zu bekennen.

Am sechsundzwanzigsten Juli des Jahres 1519 stach das Schiff in See, an Bord die Wunderdinge, die ganz Europa in

Erstaunen setzen sollten. Es waren auch sechs Indios auf dem Schiff, vier junge Männer und zwei junge Frauen, die wir aus Holzkäfigen befreit hatten, in denen sie der Kazike von Cempoala mästete, um sie dann hinzuschlachten und als köstliche Speise zubereiten zu lassen. Voller Entsetzen hatten wir als einen Brauch dieser Gegenden entdecken müssen, daß das Fleisch der Opfer durchaus vom Altar auf die Speisetafel gelangen konnte ... Es fragt sich allerdings, ob unseren jungen Passagieren ein besseres Los beschieden war durch ihre Verfrachtung in eine fremde Welt, wo sie wie Affen oder Bären zur Schau gestellt wurden. Heute bin ich davon überzeugt, daß sie wohl das Opfermesser vorgezogen hätten, denn das hätte für sie gewissermaßen ein natürliches Ende bedeutet. Damals aber kannte ich die indianische Gedankenwelt noch nicht und war froh, daß wir solche Barbarei vereitelt hatten, ohne auch nur im entferntesten zu ahnen, daß wir selbst sie in dem Augenblick begingen.

Die Beharrlichkeit, mit der Motecuhzoma uns den Zugang zu seinem Reich verwehrte, schürte unsere Einbildungskraft. Traumbilder von Gold verfolgten uns unablässig und ersetzten den Rausch des Weins, dessen Vorräte sich dem Ende zuneigten. Was hatten wir bis jetzt schon davongetragen außer Verletzungen, Krankheiten, Fieberkrämpfen und Unmengen von Insektenstichen, so daß uns der ganze Körper brannte?

Die Anhänger von Diego Velázquez hatten es mit dem Aufbruch ebenso eilig wie wir, schauten jedoch in die entgegengesetzte Richtung.

An einem Nachmittag kurz vor der Vesper suchte Rodrigo mich auf.

»Nimm dein Pferd. Laß uns so tun, als ob es Auslauf brauche. Ich muß mit dir reden.«

In einiger Entfernung vom Lager stiegen wir ab, und er sagte zu mir: »Schwöre mir beim Gedenken an unseren Vater, daß niemand erfahren wird, woher du weißt, was ich dir sagen werde.«

Seine Miene beunruhigte mich, und so schwor ich.

»Ein paar Soldaten haben vor, sich heute nacht eines der Schiffe zu bemächtigen und nach Kuba zurückzukehren.«

»Wer genau?«

Er nannte sie mir. Unter ihnen waren auch einige der Getreuen Pizarrals.

»Woher weißt du das?«

Er antwortete nicht, sein Blick wich dem meinen aus.

»Woher weißt du das?« wiederholte ich.

»Ich war bei den Pizarrals.«

»Du bist zu den Pizarrals gegangen!« schrie ich. »Nach allem, was Diego, dieser Hurensohn, uns angetan hat!«

»Ich bitte dich, Bruder. Diego hat nichts getan. Ich habe gespielt, ich habe verloren. Es war mein Fehler, nicht der seine.«

»Du verteidigst ihn auch noch!«

»Es ist Wahnsinn, nach Mexico gehen zu wollen. Ihr seid verrückt. Wenn wir uns dorthin aufmachen, werden wir alle umkommen. Ich will nicht sterben, und ich will nicht, daß du stirbst. Ich versichere dir, wenn ich es könnte, würde ich dich mit Gewalt auf dieses Schiff schaffen und selbst auch mitfahren!«

»Warum erzählst du mir das alles dann noch? Warum verrätst du deine Freunde, warum schiffst du dich nicht mit ihnen ein?«

Ich packte ihn am Arm.

»Sag, war es das? Hast du beschlossen, dich mit ihnen davonzumachen?«

Rodrigo riß sich los.

»Du bist es, den ich nicht verraten kann! Das müßte dir doch reichen, oder? Behalte deine Predigten für dich. Was die Pizarrals betrifft ... Sie haben wenigstens gesunden Menschenverstand!«

»Sie sind vor allem reich, sie haben Sklaven und all das, was wir nicht haben. Der Wohlstand verzärtelt einen Mann. Große Taten vollbringen nur diejenigen, die nichts oder nur wenig besitzen. Schau dir Velázquez an! Einst ein stolzer Soldat! Und heute? Er hat soviel Gold verschlungen, daß sein Wanst ihm auf den Knien hängt und ihn an seinen Stuhl fesselt!

»Auch Cortés ist wohlhabend.«

»Cortés? Er hat alles, was er besaß, auf diese Expedition gesetzt! Für ihn kommt es auf ihren Erfolg ebenso an wie für uns, sogar noch mehr! Denk doch ein wenig nach, Rodrigo ...«

»Denk nach, denk nach! Unaufhörlich predigst du mir das, als wärst du der einzige, der nachdenkt! Stell dir vor, auch ich denke nach, und ich denke ...«

Ich schnitt ihm das Wort ab.

»Warum erweisen dir die Pizarrals solche Liebenswürdigkeiten, was glaubst du? Wegen deines schönen Aussehens oder weil du so unterhaltsam bist? Alles, was sie wollen, ist, uns zu entzweien, weil sie mich hassen.«

Rodrigo grinste höhnisch.

»Glaubst du nicht, daß du dir jetzt ein bißchen zuviel Bedeutung beimißt?«

»Die werde ich haben«, sagte ich, »ich werde sie haben, aber du wirst nur daran teilhaben, wenn du bei mir bleibst.«

Rodrigo eilte davon. Ich hätte ihm nachlaufen, ihn bei den Schultern packen sollen. ›Es tut mir leid, Bruder, ich bin ein Narr! Du bist ebenso wertvoll wie ich.‹ Das hätte ich ihm sagen sollen, aber ich verharrte regungslos, steif wie eine im Boden aufgepflanzte Lanze.

Er drehte sich noch einmal um.

»Denk daran, was du geschworen hast«, sagte er. »Sieh zu, wie du mit allem fertig wirst, mich geht es nichts mehr an.«

Ich wurde damit fertig.

Unter den Abtrünnigen, die er mir genannt hatte, befand sich einer, der nicht zum Klüngel der Pizarrals gehörte und dem ich einige Male zu Hilfe gekommen war. Er war ein braver Soldat, aber nicht besonders schlau. Er bewachte unsere Vorräte an Maniokbrot. Man konnte sich leicht die Gründe zusammenreimen, mit denen er zur Rückkehr überredet worden war. Ich suchte ihn auf und stellte ihn vor die Wahl: Entweder verriete er selbst auf der Stelle das Komplott, oder ich würde es tun. Es gab nicht viel zu bedenken zwischen der Nachsicht, mit der er im Falle eines Geständnisses rechnen konnte, und dem Strick, der sonst auf ihn wartete. Hinzu kam, daß ihn als Ehrenmann ohnehin sein schlechtes Gewissen plagte. Ich verließ ihn mit der Zusicherung meines Schweigens und versprach ihm vollen Ausgleich für seine Reue … Ein paar Wochen später sollte er durch einen Pfeil sterben, der ihm bei der großen Schlacht gegen die Krieger von Tlaxcala ins Ohr drang.

Cortés war also gewarnt und ließ die Segel, den Kompaß und das Steuer des Schiffes entfernen. Die Soldaten wurden festgenommen. Sie gestanden, daß sie den Befehl hatten, nach ihrer Ankunft in Kuba Diego Velázquez zu informieren, damit dieser Mittel und Wege fände, unser Schiff auf seinem Weg nach Spanien aufzuhalten und die Schätze und den Brief an Seine Majestät in seinen Besitz zu bringen. Zwei von ihnen wurden gehängt, zwei andere ausgepeitscht, dem Steuermann wurden beide Füße abgeschlagen.

Von wem erhielten sie diese verbrecherischen Anweisungen? Die Namen machten im Lager die Runde, aber Cortés ließ die Rechtsprechung hierbei bewenden, und auch ich werde in dieser Angelegenheit nichts auf Spiel setzen. Allerdings hätte ich es durchaus begrüßt, wenn den Pizarrals die Strafe des Steuermanns zuteil geworden wären: Der Kopf, der befiehlt, trägt mehr Schuld als der Arm, der ihm gehorcht. Ich tröstete mich damit, daß Rodrigo aus der Sache lernen würde. Aber wie blind ist man in der Einschätzung der Menschen, die man liebt!

* * *

Ich weiß nicht, wer zuerst daran dachte, aber bald wurde es vielen von uns klar: Die Schiffe, die uns hergebracht hatten, eben diese Schiffe stellten jetzt eine große Gefahr für unser Unternehmen dar.

Was geschehen war, würde wieder geschehen, und vielleicht

würde es uns beim nächsten Mal nicht gelingen, die Deserteure am Auslaufen zu hindern. Unsere kleine Armee brauchte aber jeden Mann, um weiter ins Unbekannte vorzustoßen. Das brachte uns auf den Gedanken, daß die hundert Seeleute, die hier zurückbleiben müßten, um die Schiffe zu warten und zu bewachen, eine echte Verstärkung im Falle eines Angriffs wären.

So reifte der Entschluß, die Schiffe zu versenken.

Cortés legte den Steuermännern die Gründe dar, fügte eine beträchtliche Summe Gold hinzu, und die Entscheidung war gefallen.

Am nächsten Tag teilten die Steuermänner unserem Generalkapitän in unserer Anwesenheit offiziell mit, daß die Schiffe durch Würmer stark zerfressen und deshalb nicht mehr seetüchtig seien.

Ein solches Stichwort verstand Cortés hervorragend aufzugreifen. Er faßte die Situation zusammen, und wie vereinbart erklärten wir als seine Gefolgsleute, daß es keine andere Lösung gäbe, als die Schiffe auf Grund zu setzen. Nachdem wir Anker, Seile, Segel und alles andere, was uns noch nützlich sein konnte, abmontiert hatten, schritten wir zur Tat.

Die Sache löste neuen Unmut aus. Damit hatten wir gerechnet und sogar einen Aufstand befürchtet. Aber unser Hunger nach Eroberungen war so unersättlich, daß wir zu allem eher bereit waren als zu verzichten – selbst das Blut unserer eigenen Leute hätten wir vergossen.

Glücklicherweise stellte Cortés hier erneut Fähigkeiten unter Beweis, die einen wahren Anführer auszeichnen. Ein anderer hätte die Situation zu beschönigen versucht. Er hatte dafür nur Verachtung übrig und appellierte statt dessen an unseren Wagemut. Er führte uns vor Augen, daß uns nunmehr zwei Wege offenstanden: der Sieg oder der Tod. Er verglich uns mit den Soldaten Julius Cäsars beim Überschreiten des Rubicon. Er flößte Stolz ein, wo Angst und Schrecken herrschten. Und das letzte verbliebene Schiff bot er denjenigen an, die angesichts der Gefahr das Entsetzen gepackt hatte.

Seit unserem Streit hatte ich mit Rodrigo keine drei Worte gewechselt, nun nahm ich ihn beiseite und sagte zu ihm:

»Bruder, fahr zurück, wenn du willst. Dein Leben gehört dir. Es würde mich sehr betrüben, aber ich will auf keinen Fall, daß du uns gegen deinen Willen folgst.«

»Damit man sagt, daß mir der Mut fehlt und ich neben euch anderen wie ein Feigling dastehe?«

Nicht einer bestieg das Schiff, und so versenkten wir auch dieses letzte.

* * *

In dieser Nacht ging ich zum Strand hinunter. Ich hatte Sebastián gebeten, seine Gitarre dorthin mitzubringen. Er spielte, und ich hörte ihm lange zu. Ich war wie im Fieber, mein Schädel dröhnte.

Als ich aufwachte, war Sebastián verschwunden.

In der heraufziehenden Morgendämmerung glänzte das Meer hell und rosig. Ich erhob mich und schüttelte den Sand aus meiner zerknitterten Kleidung wie ein Hund, der sein Fell in Ordnung bringt. Als ich mich umwandte, stieg vor meinen Augen wieder diese gewaltige Landschaft auf.

Welches Schicksal Gott mir auch zugedacht hatte, es lag hinter dieser herrlichen Gebirgskette mit ihren weißen, schneebedeckten Gipfeln und den grünen Matten davor. Wie würden wir Mexico erreichen? Ich hatte nicht die geringste Vorstellung. Wir besaßen keinerlei Karte, wir waren fünfhundert Mann gegen Millionen von Indios, wir konnten nun auf keine fremde Hilfe mehr hoffen. Nicht einmal die moralische Unterstützung unseres Königs besaßen wir, da er den Namen Cortés bisher noch nicht kannte. Wir wußten nur eins: Jetzt gab es keine Rückkehr mehr, jetzt mußten wir diese Gebirgskette überqueren oder den Tod dabei finden – den Tod, der vielleicht auch dahinter noch auf uns wartete. Doch je mehr ich die Gefahren ins Auge faßte, desto mehr stieg mein Stolz. Selbst heute empfinde ich ihn noch ebenso.

DIE MAUER VON TLAXCALA

Am sechzehnten August des Jahres 1519 brachen wir auf.

Einhundert Soldaten und einen Offizier ließen wir zum Schutz von Vera Cruz zurück. Wir waren etwa vierhundert Mann, darunter dreizehn Reiter.

Tausend *tlamemes* hatte der Kazike von Cempoala uns zum Tragen der Geschütze zur Verfügung gestellt. Außerdem wurden wir von fünfundvierzig Indios begleitet, die unter den Würdenträgern und den besten Kriegern Cempoalas ausgewählt worden waren. Sie sollten uns als Ortskundige zur Seite stehen, aber auch die Loyalität des Kaziken garantieren und damit die Sicherheit unserer Stadt.

Hinzu kamen die Frauen, die man uns zum Geschenk gemacht hatte – je nach ihrem Rang und ihrem Aussehen als Gefährtin oder Dienerin – und schließlich noch die Indios aus Kuba sowie einige Schwarze, die die Reichsten unter uns als Diener mitgenommen hatten.

Je höher wir stiegen, desto undurchdringlicher wurde die Vegetation. Ich habe den Weg mehrmals zurückgelegt und habe noch das ungestüme, dichte Grün der Wälder vor Augen, die auf dieser Seite der Berge ihre gewaltigen Äste emporrecken, Tonkabäume, Granatapfelbäume, Magnolien, Flaschenkürbisbäume, Mahagonibäume, verschiedene Palmenarten, grüne Eichen, die in diesen Breiten gewaltige Ausmaße erreichen und Reichtum bedeuten, da ihr Holz kostbar ist. Und Blumen, Schmetterlinge, Vögel, Tukane, Wellensittiche, Papageien, Kolibris, deren leuchtende Farben durch das Blattwerk schimmern! Aber damals blieb uns die Anmut dieser Vogelschwärme, die Herrlichkeit dieser Pflanzenwelt verborgen. Wir sahen um uns nur ein Dickicht von Gräsern, Pflanzen und turmhoch aufragenden Bäumen, durch die sich schmale Pfade schlängelten, auf denen wir vorwärts kletterten. Immer auf der Hut vor einem etwaigen Angriff der Mexica, betrachteten wir dieses unentwirrbare Grün haßerfüllt und voller Argwohn. Die Insekten waren eine Plage. Wir hatten geglaubt, sie mit dem Verlassen der Küste loszuwerden, aber sie nisteten sich weiterhin in unserer Kleidung ein und labten sich an unserem Blut. Und der Schweiß, der uns aus allen Poren rann, steigerte ihre Angriffslust noch.

Hinzu kam der Durst. Es gab Wasser, aber es floß tief unten in steil abfallenden Schluchten, so daß es Wahnsinn und verlorene Zeit gewesen wäre, es heraufzuholen. Wir waren viel zu ungeduldig, um unsere Träume im Zaum halten zu können, sie eilten uns leichtfüßig davon, während wir uns den Weg erkämpfen mußten.

Die drei ersten Nächte verbrachten wir in Dörfern, die den Indios aus Cempoala freundlich gesonnen waren und uns zuvorkommend aufnahmen.

Am zweiten Abend lud Alonso Pizarral mich abends mit anderen Gästen in sein Zelt ein. Ich konnte nicht ablehnen. Vor dem Aufbruch hatte er mir jovial angeboten: »Schließen wir Frieden, Torremayor!« Ich hatte ihm in gleichem Ton geantwortet: »Befanden wir uns im Krieg, Señor?« Ich wollte mir auf keinen Fall eine Blöße geben und mißtraute seinen Schmeicheleien. Aber wie sollte ich ihm die Zähne zeigen, wo er sich ganz offensichtlich mit Cortés wieder ausgesöhnt hatte? Und schließlich tat ich es auch meinem Bruder zuliebe, da ich dachte, er würde mir diese Geste hoch anrechnen.

Wir waren Tag und Nacht auf der Hut, behielten unsere Kleidung am Leib, die Waffen in Reichweite, die Sandalen an den Füßen.

Solch harte Regeln schränkten unsere Beziehungen zu den Frauen sehr ein, soweit man eine abbekommen hatte. Ich verbrachte meine Abendstunden damit, meine spärlichen Kenntnisse des Nahuatl zu verbessern. Nun, da wir nach Mexico vorrückten, hatte ich den Ehrgeiz, mich bis zu unserer Ankunft in Xiuxochitls Sprache ebensogut ausdrücken zu können wie sie sich in meiner.

»Ihr werdet nicht dorthin gelangen«, sagte Xiuxochitl. »Morgen oder übermorgen wird Motecuhzoma seine mächtigen Krieger schicken, und ihr werdet alle vernichtet werden. Warum seid ihr nicht auf euren schwimmenden Häusern zurückgekehrt?«

»Wärest du denn mit mir gekommen?«

Sie senkte den Blick.

»Du bist der Herr, ich bin nur eine Sklavin.«

Es hätte mich weniger berührt, wenn sie mir eine Gefühlsregung offenbart hätte. So sind die Männer nun einmal: immer wollen sie besitzen. Aber alles, dessen man sich sicher ist, büßt seinen Reiz und seinen Wert allmählich ein.

Wir kletterten immer weiter bergauf, bis wir endlich einen Paß erreichten, von dem aus sich eine endlose Hochebene vor uns ausbreitete.

Der Boden war mit einer grobkörnigen Asche bedeckt. Und vom gleichen leblosen, düsteren Grau war das Geröll, das hier und da herumlag. Über dieser Mondlandschaft lastete schwer ein bleierner Himmel, dessen fahles Licht die Wüstenei vervollkommnete.

Unsägliches Entsetzen packte uns, als wir uns schließlich vorwagten.

Kaum hatten wir die Hochebene erreicht, erfaßte uns der Wind, der mit der Eiseskälte des ewigen Schnees von den Bergen herabwehte, mit dem Ungestüm eines Orkans. Ich muß gestehen, in dem Augenblick meinte ich, alle Dämonen der Hölle samt ihrem Gefolge von Verdammten hätten sich verbündet, um uns den Weg zu versperren. Ich begann zu zittern, meine Zähne klapperten, und auch dies hielt ich für ein Zeichen meiner Angst.

Dann wollten die Pferde nicht mehr weiter. Wie die anderen Reiter stieg ich ab und zog mein Tier am Zaumzeug vorwärts. Tränen schossen mir in die Augen, die der eisige Hauch alsbald trocknete. In meinem Panzer wie in einem Schraubstock gefangen, fühlte ich, wie mein Körper allmählich erstarrte. Ich taumelte wie ein Greis. Einmal wandte ich mich um. Vergeblich versuchte ich, in der jämmerlichen Schar, die sich hinter den Pferden vorwärtsquälte, die Meinen auszumachen. Da ergriff mich der Wind von der Seite, zog mich in seinen Wirbel, und hätte ich mich nicht an Hannibals Mähne geklammert, so hätte er mich samt meiner stählernen Last zu Boden geschleudert. Von nun an beschränkte ich mich darauf, einen Fuß vor den anderen zu setzen und nur flach zu atmen.

So schleppten wir uns über die verfluchte Ebene vorwärts ...

Der Himmel verfinsterte sich immer weiter, bis mit einem Schlag ein Unwetter losbrach und Regen und Hagel auf uns niederprasselten. Erst mit Anbruch der Nacht ließ der Wind nach, und wir hielten an.

Ich rief laut nach Rodrigo und Sebastián und irrte suchend im Dunkel umher. Schließlich fand ich sie mit der Tabascanerin, Juan Pastrano und anderen Gefährten aus der Estremadura, die ich in Trinidad kennengelernt hatte.

Ich fragte: »Und die Indiofrau?«

Sebastián trat zur Seite. Ich erkannte die Umrisse einer weißen Gestalt, die auf dem Boden lag.

»Sie will sich nicht mehr bewegen. Sie wird sterben«, sagte er.

Ich befahl ihm, mir aus meinem Panzer zu helfen, was er tastend und mit steifgefrorenen Fingern tat, und dabei schrie er, ich sei verrückt. Ich brüllte zurück, daß er schweigen und sich beeilen solle. Meine fürchterlichen Schimpfworte wage ich nicht zu wiederholen ... Ich streifte mein Wams ab, hob Xiuxochitl hoch und wickelte sie in das Kleidungsstück ein, dann umschloß ich sie mit meinen Armen und küßte ihren Mund, um ihr das bißchen Wärme zu geben, das in jedem Menschen bleibt, solange er noch lebt. Ihr Herz hatte nicht mehr Kraft als das eines Vögelchens. In diesem Augenblick, als ich sie so sanft und wehrlos an mich preßte und sie mir ganz ausgeliefert war, begann ich sie zu lieben. Aber das wußte ich damals nicht.

Wir verbrachten die Nacht, indem wir uns aneinanderschmiegten und gegenseitig wärmten. Wir bebten vor Kälte, hatten nichts zu essen, nichts zu trinken. Erst der Schlaf betäubte unsere Nöte.

Bei Tagesanbruch erging der Befehl zum Aufbruch. Xiuxochitl kauerte noch immer in meinen Armen und schlief. Ich weckte sie. Sie erinnerte sich an nichts. Nun schien sie munterer als wir zu sein. Sie wühlte in ihrem Quersack und brachte drei Maiskolben zum Vorschein, die wir in fünf Teile teilten und roh hinunterschlangen. Dann überließ ich sie wieder der Obhut Sebastiáns und begab mich zu den Reitern.

Wir setzten unseren Weg fort.

Drei von Alonso Pizarrals Indios, die, wie in Kuba üblich, vollkommen nackt waren, brachen zusammen und starben. Sie konnten den brutalen Gegensatz zwischen den tropischen Temperaturen, die uns seit Monaten ausgelaugt hatten, und der Eiseskälte, die in diesen Höhen herrschte, nicht verkraften. Einigen unserer Gefährten war letztlich das gleiche Los beschieden, ein Lungenleiden raffte sie im Laufe des Jahres dahin.

Zwei weitere Tage verstrichen. Die wenigen Lebensmittel wurden unter uns aufgeteilt, die Wasservorräte gingen zu Ende.

Doch endlich lichtete sich die bleierne Schwere des Himmels, ein bläulicher Schimmer färbte den Horizont, und wir erreichten das Ende der Hochebene. Ein plötzlicher Felsabsturz tat sich auf, unter uns lag eine liebliche, sonnige Landschaft, durch die sich kleine Wasserrinnsale schlängelten. Unsere verzückten Augen sahen den silbernen Glanz des Wassers, sahen Gärten mit reichbehangenen Obstbäumen, wohlangelegte Pflanzungen, das satte Grün der Wiesen.

Kälte und Erschöpfung hatten unsere Glieder taub werden lassen, aber wir entdeckten einen Abstieg und gelangten nach einiger Zeit zu den Feldern hinunter. Unsere Führer aus Cempoala teilten uns mit, daß wir hier das Anahuac betraten, das Reich Motecuhzomas.

Ich trieb mein Pferd bis zum nächsten Bach, wo wir Seite an Seite tranken.

Der nun folgende Marsch führte uns durch ausgedehnte Agavenpflanzungen, die in voller Blüte standen, die Blätter wie bläuliche Schwerter zum Horizont gereckt. Wir entdeckten zahlreiche Gemüsesorten, die uns unbekannt waren, wie Bohnen, Tomaten, Paprika und Piment, die heute in den edelsten Häusern Spaniens zu finden sind. Ich erinnere mich noch gut, wie mir nach dem ersten ahnungslosen Biß in eine Pfefferschote der Schweiß auf die Stirn trat und der Mund brannte. Da aber die Mexica alle Speisen damit würzen, gewöhnte ich mich schließlich daran. Und heute erscheint mir jedes Gericht ohne *chilli* – so lautet die indianische Bezeichnung – reichlich fade. Der Reiz dieses anregenden Feuers an meinem Gaumen kommt einer Liebkosung gleich, und es ist der einzige Genuß, den mir Gottes Gnade auch hier noch gewährt.

Auf unserem Weg nach Mexico, wo wir hinstrebten wie in das Land unserer Träume und Hoffnungen, blieben uns solche Köstlichkeiten natürlich verborgen. Wir aßen allein, um unseren Hunger zu stillen und unsere Kräfte zu erhalten.

Wir schlugen unser Lager in Städten auf, deren Kaziken Vasallen Motecuhzomas waren. Da ihnen ebensowenig wie uns klar war, zu welcher Haltung sich ihr Gebieter uns gegenüber entschlossen hatte, empfingen sie uns recht abweisend. Ihre Städte waren wohlhabend und sehr schön, schöner noch als Cempoala. Es gab große steinerne Häuser, und manche darunter waren so stark befestigt, daß wir sie schwer hätten einnehmen können. Doch auch hier versetzten unsere Pferde und unsere Artillerie die Einwohner in ehrfürchtiges Staunen.

Als wir in ihre Städte einmarschierten, wurden wir auf der Stelle mit der furchtbaren Religion konfrontiert, der sie huldigten. Überall sahen wir ihre Tempel oder *teocalli.* Sie waren pyramidenförmig gebaut, Stufen führten zu dem abgestumpften Gipfel empor, auf dem sich blutüberströmt der *techcatl*, der quadratische Opferstein erhob. Je weiter wir vordrangen, desto unübersehbarer waren die Anzeichen für Gebräuche, die jegliches Vorstellungsvermögen überstiegen. Menschliche Schädel wurden zur Schau gestellt, ganze Reihen abgeschlagener Köpfe hingen an Querbalken, Berge von Knochen türmten sich, abgelöstes Fleisch lagerte in riesigen Kesseln, und dieses Schauspiel fand bei jeder Zeremonie aufs neue statt ...

Wir brannten darauf, bei diesen Dämonen aufzuräumen, das Kreuz zu errichten und Unserer Heiligen Jungfrau in Ehren den Weg zu bereiten, wie wir es in Cempoala getan hatten. Aber Pater Olmedo, Cortés' Kaplan, widersetzte sich unserem Vorhaben, da er diese Wesen noch nicht für würdig befand, den heiligen Glauben zu empfangen; und er meinte, die Bekehrung zu Gott müsse durch Liebe und nicht durch Zwang geschehen.

Xiuxochitl betrachtete diese verabscheuungswürdigen Schaustücke mit einer Gelassenheit, die mich erschütterte und erschreckte.

Eines Tages fragte ich sie: »Du bist doch eine Frau, ist dir dies alles nicht zuwider, dieses Blut, diese Verbrechen, diese ganze Schlächterei?«

Ruhig sah sie mich an.

»Du redest, aber du weißt nichts. Wir, wir wissen. Die Sonne muß zu essen und zu trinken bekommen, man muß ihr den Tisch bereiten, sonst wird sie stehenbleiben, die Sonne. Die Welt wird in Dunkelheit versinken, und die Maispflanzen, der Salbei, der Amarant, alle Pflanzen werden verderben, und auch wir werden untergehen.«

»Mit all diesen geopferten Leben wollen die Indios sich also ihr eigenes Leben sichern!«

»Was bedeuten wir schon! Was bedeutet ein einziges Leben! Es geht darum, daß alles sich weiterbewegt ... Hör mir zu, vielleicht wirst du dann verstehen. Am Ursprung aller Zeiten gab es ein Götterpaar, Ometecuhtli, den Herrn der Zweiheit, und Omeciuatl, die Herrin der Zweiheit. Von ihnen stammen alle anderen Götter ab, und diese haben dann unsere Erde erschaffen. Aber angesichts der furchtbaren Dunkelheit, die sie umgab, kamen die Götter zusammen und beratschlagten. Wer sollte es auf sich nehmen, die Welt zu erhellen? Zwei der Götter opferten sich. Einer von ihnen war ein kleiner, schmächtiger, mit Schwären bedeckter Gott, der nichts besaß außer seinem Mut. Er stürzte sich als erster in die Feuersbrunst, die ihn verschlang. Er wurde zu Tonatiuh, der Sonne. Der zweite Gott war herrlich und glücklich, strahlte als Gestirn aber weniger und wurde deshalb zum Mond. Doch als Tonatiuh seinen glanzvollen Thron erreicht hatte, blieb er unbeweglich. Das beunruhigte die Götter. Sie schickten einen Boten zu Tonatiuh und ließen fragen: ›Was fehlt dem Herrn?‹ Und Tonatiuh antwortete: ›Ich brauche euer Blut.‹ So opferten sich alle Götter, und aus ihrem Tod entstand die Bewegung. Die Sonne nahm ihren Lauf auf, die zarten Maispflanzen grünten, das Getreide wuchs, die Bäume trugen Früchte, das Leben pflanzte sich fort. Verstehst du? Wenn Tonatiuh seinen Tisch nicht reich gedeckt und seinen Becher nicht gefüllt findet, ist es um die Welt geschehen. Wie aber läßt sich sein Hunger und sein Durst ermessen? Ob er wohl genug hat? Jeden Abend packt uns die Angst, sie bedrückt unsere Herzen: Wird sie morgen noch da sein, unsere herrliche Sonne? Verstehst du nun?«

»Ich verstehe vor allem«, sagte ich streng, »daß du all diesen Unsinn nicht länger glauben solltest, den euch die Dämonen eingeben. Du hast dich aus freien Stücken zur Taufe entschlossen, du bist nun Christin, und unser Gott fordert Liebe, kein Blut.«

Xiuxochitl zog die zierlichen Flügel ihrer kleinen, ebenmäßig geschwungenen Nase kraus.

»Ihr seid die Herren, aber ihr seid ziemlich arm, ihr sprecht stets nur von einem Gott. Wir, wir haben viele ... Ach! Wir haben so unzählig viele Götter, daß eine ganze Nacht nicht ausreichte, um sie dir zu nennen! Jeder von ihnen teilt seine Wohltaten aus. Die einen stärken unser Denkvermögen, die anderen spenden uns Kraft und lindern unsere Schwächen. Jeden neuen Gott, selbst den eines Feindes, begrüßen und ehren wir. Warum sollte ich also nicht auch den deinen ehren? In Mexico-Tenochtitlan gibt es sogar eigens einen Tempel für sie, für die Götter, die nicht die unseren sind.«

Diese Antwort schmetterte mich nieder. Ich suchte nach einem treffenden Gegenschlag.

»Du sagst, daß die Sonne Blut braucht«, ereiferte ich mich, »du hältst eure gräßlichen Gebräuche für notwendig, aber selber bist du geflohen, um nicht geopfert zu werden! Wir hingegen sind bereit, aus freien Stücken zu sterben, damit unser Glaube erstrahlt. Du heißt den Tod gut, aber nur den der anderen, und ich wette, die anderen denken ebenso wie du.«

»Du weißt nichts«, sagte sie. »Ich handle, wie ich handeln muß. Ich habe kein Recht zu bestimmen.«

»Wer denn?«

»Vielleicht dein Gott? Wiederholst du nicht ständig, daß er alles bestimmt?«

Damit kehrte sie mir den Rücken und ging wieder zu der Tabascanerin, die sie mittlerweile wie eine Dienerin behandelte, worüber dieses arme und einfältige Wesen allerdings glücklich zu sein schien.

Meine Beunruhigung legte sich nicht. Ich fragte mich, was sich hinter den Worten Xiuxochitls verbarg und was sie selbst zu verbergen hatte. Wieder meldeten sich meine Zweifel. Einmal durchsuchte ich den Inhalt ihres Beutels, während sie im Fluß schwamm. Außer dem bestickten Huipilli, den sie in der Nacht von Cempoala getragen hatte, sowie den kostbaren Kakaobohnen, dem schönen Gefäß mit dem Deckel aus Schildpatt und dem goldenen Löffel, womit sie das Getränk zubereitet hatte, fand ich einige Beutel mit verschiedenen Pudern und mir unbekannten Kräutern. Dazwischen ertastete ich ganz unten Goldkörner und Chalchihuitl, den von den Indios so sehr geschätzten Jade. Wie sie mir selbst erzählt hatte, war der Stein so kostbar, daß nur die Reichsten davon besaßen. Außerdem steckte im Saum ihres Huipilli noch ein Obsidianmesser, dessen feine Klinge so scharf wie ein Rasiermesser war und dessen Schaft mit Perlmutt, Türkisen und Perlen reich verziert war. Woher, von wem stammten diese überaus wertvollen Gegenstände? Hatte sie sie ihrem Pochteca gestohlen, bevor er beschloß, sie zu opfern? Aber ihre rasche Auffassungsgabe – eifersüchtig mußte ich ihre Fortschritte in unserer Sprache seit Cempoala anerkennen –, ihre Anmut, ihre Haltung und die Eleganz, mit der sie ihre schlichten Kleidungsstücke wie königliche Gewänder erscheinen ließ – woher hatte sie das alles? Solche Eigenschaften konnte sie bei einem Händler nicht erworben haben, ebensowenig ihre betörenden Liebeskünste.

Derlei Gedanken stürzten mich in solche Verwirrung, daß ich schon daran dachte, Cortés zu Rate zu ziehen. Dann wieder hieß ich mich einen Dummkopf. Heute jedoch glaube ich, daß mich nicht so sehr die Furcht zurückhielt, mich in den Augen von Cortés lächerlich zu machen, als vielmehr die Sorge, seine Aufmerksamkeit könnte auf ihre Schönheit gelenkt werden.

Hätte ich gesprochen, bevor wir das Gebiet der Tlaxcalteken erreichten, wäre mein ganzes Leben anders verlaufen. Noch war Zeit. Xiuxochitl hätte ich vermutlich nach einiger Zeit vergessen, und ich hätte, nach Spanien zurückgekehrt, ein wohlhabendes junges Mädchen aus gutem Hause geheiratet. Nach der Conquista konnte ich darauf Anspruch erheben ... Aber ich habe es nicht getan, und ich bereue es nicht.

Es gab zwei Wege, um in das Tal von Mexico zu gelangen. Einer führte über Cholula, eine große Stadt, die Motecuhzoma sich untertan gemacht hatte; der andere über Tlaxcala, eine kleine

Republik, die von aztekischem Territorium eingeschlossen war, sich aber bisher den Mexica noch nicht unterworfen hatte.

Die Kaziken dieser Gegend priesen die Freundlichkeit der Einwohner von Cholula und schlugen vor, über diese Stadt zu ziehen. Die Indios aus Cempoala hingegen lobten die Vorzüge der Tlaxcalteken, deren tiefer Haß auf die Mexica für uns von entscheidender Bedeutung werden könnte. So folgten wir den Ratschlägen der Indios aus Cempoala.

Vier von ihnen wurden als Abgesandte nach Tlaxcala geschickt. Wir sahen ihnen nach, wie sie sich in würdevollen und ruhigen Schritten am Fluß entlang entfernten, die ihrer besonderen Stellung entsprachen. Sie trugen Insignien, die in dieser Welt Hochachtung gebieten und sie als Botschafter auswiesen: einen vor der Brust mit einem Band festgeknoteten Baumwollumhang, einen Pfeil in der rechten Hand, dessen Spitze zum Boden zeigte, und einen kleinen Rundschild in der linken Hand. Als Geschenke hatten sie einen Degen bei sich, eine Armbrust und einen roten Filzhut aus Flandern. Wir hatten auch einen Brief verfaßt, den die Tlaxcalteken selbstverständlich nicht lesen konnten, aber seine geheimnisvollen Zeichen sollten der Aura des Göttlichen, die uns vorauseilte, weitere Nahrung geben.

Wir warteten.

Nachdem sie auch zwei Tage später noch nicht zurückgekehrt waren, beschlossen wir, ihnen zu folgen. Und das sagte ich Xiuxochitl.

Seit die Entscheidung zugunsten Tlaxcalas gefallen war, war es schwer, ihr ein paar Worte zu entlocken. Dieser plötzliche Wandel beunruhigte mich.

Jetzt stand sie auf und griff nach meiner Hand, was für sie eine ganz außergewöhnliche Geste war.

»Geh nicht dorthin«, sagte sie. »Ich habe es im Traum gesehen. Die Tlaxcalteken werden euch töten.«

Ich zuckte mit den Schultern.

»Und wenn du den Tlaxcalteken entkommst, so wirst du

doch niemals den heldenhaften Kriegern der Mexica entkommen, ihre Zahl ist größer als die der Blätter eines Waldes. Sie sind Adler, Jaguar, Wolf, Schlange, sie ...«

»Schweig«, fuhr ich sie an. »Der Krieg ist nichts für Frauen. Und außerdem wollen wir keinen Krieg.«

Sie ließ meine Hand los.

»Ich habe dich gewarnt. Wenn du in Fesseln liegst, wenn du zum Opferstein hinaufsteigst ...«

Ich musterte sie scharf.

»Du willst doch nicht behaupten, daß sie ihre Gefangenen ...«

Xiuxochitl senkte den Kopf.

»Es gibt keine schöneren Gaben für die Götter, als ihnen einen lebendigen, heldenhaften Feind darzubringen; das ist das Ziel eines jeden Kriegers. Gelingt es ihm, sogar vier darzubringen, steigt der Krieger zum Hauptmann auf. Das bedeutet eine sehr große Ehre für ihn und seine Familie, und er kann hohe Rangstufen erreichen. Das gilt für alle Krieger gleichermaßen. Kehrt aber ein Krieger zwei- oder dreimal ohne einen Gefangenen aus dem Kampf zurück, so schickt man ihn wieder auf sein Feld. Er ist dann ein Nichts und führt ein Leben in Schande. Niemals wird er das Recht erhalten, sich mit Gold, Edelsteinen oder einem federbesetzten Tilmatli zu schmücken. Er wird stets weiß gekleidet sein und darf nur eine einzige Frau haben. Dieses Los muß er ertragen ... Und ihr Herren, was macht ihr mit euren Gefangenen?«

Ich sagte mit grimmiger Stimme:

»Wir machen Erdwürmer aus ihnen und werfen sie den Hühnern zum Fraß vor.«

»Uah! Du machst dich über mich lustig!« sagte sie. »Das könnten nur die Götter. Und ihr seid keine Götter. Man sagt, daß ihr welche seid, aber ich weiß, daß ihr es nicht seid, und wenn die Mexica das erst begriffen haben, wird es Nacht um euch werden.«

In dem Moment tauchte Rodrigo auf.

»Bruder, gibst du mir dein Pferd?«

Ich hatte es ihm versprochen. Aber die Aussicht, mich zu Fuß auf den Weg zu machen, besserte meine Laune nicht. Daß Xiuxochitl mich zu einem einfachen Sterblichen erklärte, verletzte mich in meiner Männlichkeit. Bedeutete ich ihr nicht mehr als die Indios, die sie vor mir in ihren Armen gehalten hatten? In meiner Eitelkeit hörte ich nur dies aus ihren Worten heraus und dachte nicht weiter darüber nach. Erst sehr viel später begriff ich, daß sie mich auf die Gefahr aufmerksam machen wollte und ehrlich versuchte, mich davor zu bewahren. Warum? Ihr Herz war so voller Widersprüche, daß ich mich niemals in ihm auskannte!

Alles war schließlich zum Aufbruch bereit, und auch ich hatte mich beim Fußvolk eingereiht, als Cortés mich antreten ließ.

»Torremayor, ich will, daß Ihr an meiner Seite bleibt. Sagt Eurem Bruder ...«

Rodrigo stieg von dem Pferd und reichte mir die Zügel. Das Blut war ihm vor Zorn in den Kopf gestiegen, und seine Augen funkelten böse.

»Das wirst du mir bezahlen!« murmelte er.

Wortlos ließ ich ihn gehen.

* * *

So ritten wir, Cortés, vier andere Reiter und ich an der Spitze und unsere kleine Armee eine halbe Meile hinter uns, als plötzlich die Mauer vor uns auftauchte.

Es war ein großartiges Bauwerk aus unregelmäßigen, genau zusammengefügten Steinen, das sich über eine Länge von mehr als zwei Meilen erstreckte und das Tal von einer Bergkette zur anderen abriegelte. Wir schätzten sie auf zehn Fuß Höhe und zwanzig Fuß Breite. Auf der Mauer verlief eine mächtige Brüstung, von der aus ein Angriff bequem zurückgeschlagen werden konnte. Es gab nur einen einzigen Durchgang, genau in der Mitte des Bauwerks, wo sich die beiden Mauerteile nicht ganz berührten und einen schmalen, halbmondförmigen Durchgang freiließen. Auf der anderen Seite lag die Republik Tlaxcala.

Das bedrohliche Aussehen dieser Befestigung beeindruckte uns wohl, hielt uns aber nicht auf. Wir warteten auf das Hauptheer und schritten hindurch. Der *alférez* ging mit hocherhobener Fahne voran. Im gleißenden Sonnenlicht blitzten die goldenen Stickereien und das Scharlachrot des Kreuzes.

Auf Weisung von Cortés begab ich mich auf Erkundung und machte ungefähr fünfzehn Indios aus. Ihr kriegerisches Aussehen gab mir bereits Aufschluß über den Empfang, der uns bevorstand. Ich machte kehrt, um unseren Befehlshaber zu unterrichten, dann preschte ich erneut nach vorn, um sie auseinanderzutreiben. Als sie mit ihren gezückten Obsidianspeeren auf mich zustürzten, erwischte ich zwei von ihnen mit meiner Lanze. Dann kamen andere hinzu, und ich zog mich in unsere Reihen zurück.

Als es zum Gefecht kam, brachen die Indios in spitzes, schrilles Kampfgeschrei aus; ihre Zahl war mittlerweile auf mehrere tausend angewachsen, alle waren bemalt und mit Federn geschmückt. Zum Glück fand der Kampf in einem lichten Gehölz statt, so daß unsere Pferde auch hier ihre Wirkung taten.

Xiuxochitls Erzählungen trieben mich an, und ich mähte alles nieder, was sich mir bot. Während dieses hitzigen Angriffs töteten die Tlaxcalteken zwei unserer Pferde, eines davon war der Fuchs von Diego Pizarral, den ich gemeinsam mit ein paar anderen aus der Meute befreien konnte, die sich mit Gebrüll auf ihn stürzte. In diesem Augenblick vergaß ich meinen Groll und sah in ihm nur noch den Waffengefährten in Gefahr. Ich hätte zweifellos besser daran getan, ihn seinem Schicksal zu überlassen und den Fuchs zu retten. Der Tod eines Pferdes bedeutete für unsere Expedition einen beträchtlichen Verlust, der von Diego hingegen hätte mir sehr viel Unglück erspart.

Der Feind zog sich zurück – was sehr bezeichnend ist für die Indios: Zu Beginn des Kampfes gehen sie sehr schnell zum Angriff über, scheint ihnen der Ausgang des Kampfes dann ungewiß, ziehen sie sich ebensoschnell wieder zurück.

Wir errichteten unser Lager am Ufer eines Baches. Vier Schwerverletzte hatten wir unter uns, um die sich der Barbier und der Wundarzt bemühten. Unsere eigenen Wunden mußten wir mit unseren spärlichen Mitteln selbst versorgen.

Das Blut klebte an meinen Beinkleidern. Wieder einmal trauerte ich den Langschäftern, Beinschienen, Knieschienen und Schnabelschuhen nach, die zur Rüstung meines Vaters gehört hatten. Jahrelang hatten sie auf unserem Speicher gelegen und waren so sehr gerostet, daß ich mich nicht mit ihnen hatte abgeben wollen.

»Wenn wir in Mexico sind«, erklärte ich darum, »werde ich mir goldene Beinschienen fertigen lassen, solche wie sie der aztekische Gesandte trug.«

Rodrigo lachte höhnisch.

»Warte, bis wir da sind!«

»Und ich werde dicke Goldketten tragen«, sagte Sebastián, »und Ohrringe.«

Ich stieß ihn in die Rippen.

»Du solltest zuerst einmal deine Mähne bändigen und deinen Bart schneiden, wenn du den Weibern gefallen willst.«

Als Xiuxochitl mich erblickte, meinte sie: »Ihr Herren, ihr besitzt Pferde und Feuertrompeten, aber wie pflegt ihr euch? Wir haben verschiedene Puder und Salben. Wenn du willst ...«

»Ich habe bessere Heilmittel als die einer Frau.«

Mit Sebastián schleppte ich den Leichnam eines dicken Indios herbei. Ich ritzte seinen Bauch auf und schnitt den Speck in Scheiben, die wir auf unsere Wunden legten.

Wir waren hungrig. In einem verlassenen Dorf entdeckten wir kleine, nackte Hunde, die die Einheimischen halten, um sich von ihnen zu ernähren. Sie geben als Ragout mit Tomaten und Chilli ein durchaus ansprechendes Essen ab.

Maisfladen und Kürbisscheiben, von der Tabascanerin zubereitet, rundeten die Mahlzeit ab. Wir hatten die Tafel gerade beendet, als unsere indianischen Emissäre wieder auftauchten.

Ihr betrübtes Aussehen verriet uns, daß sie keine erfreulichen Nachrichten brachten. Die Tlaxcalteken hatten das in allen Ländern stillschweigend geltende Gesetz, die Unversehrtheit von Botschaftern zu wahren, mißachtet, sie hatten sie grob behandelt, gepeinigt, gefangengesetzt und hätten sie zweifelsohne auch umgebracht, wenn die Ärmsten nicht hätten fliehen können.

Ihrem vom Schrecken geprägten Bericht entnahmen wir, daß die Götter Tlaxcalas sich in aller Würde auf das große Gelage vorbereiteten, das unsere Herzen und unser Blut abgeben würden, und die Einwohner der Stadt setzten bereits die Brühe an, in der unser Fleisch und auch das unserer unglückseligen Verbündeten sieden sollte.

Es fiel mir schwer, solche Bilder zu verscheuchen. Hatte ich vielleicht zu gierig gegessen? Der Magen drehte sich mir um.

Am nächsten Morgen erschien die Armee Tlaxcalas, sie brach in die Landschaft ein wie ein Strom, der über die Ufer tritt und Federn und Banner mit sich führt.

Mein Pferd war gesattelt, ich schwang mich hinauf.

Cortés war immer noch bemüht, die Regeln einzuhalten. Er schickte drei Gefangene mit Friedensangeboten, aber sie wurden mit einem Pfeilhagel empfangen. Da stürzten wir los. Sie wichen zurück. Wir setzten ihnen arglos nach, noch witterten wir die Falle nicht, wir erkannten sie erst, als wir in eine dichtbewachsene Schlucht geraten waren. Ein stehendes Gewässer und steil aufragende Wände machten jedes Manöver der Pferde und der Artillerie unmöglich. In großer Erregung stürzten wir weiter, um aus der Schlucht hinauszugelangen.

Als sie sich vor mir öffnete, riß ich die Augen auf.

Ein Tal lag vor mir, an das sich weite Ebenen anschlossen, und in diesem Tal, in diesen Ebenen drängten sich die Indios wie Ähren auf einem Getreidefeld. Es waren Tausende und aber Tausende. Sie tanzten, schrien, schlugen auf ihre Schilde und Trommeln, veranstalteten ein Spektakel, das jeden Hexensabbat in den Schatten stellte.

Die gräßliche Vorstellung, daß sie uns bereits als Gefangene betrachteten, als Opfer, die demnächst ihre Teller füllen würden, und die Angst, die entsetzliche Angst vor einem solchen Ende entfesselten unsere Kräfte und unseren Mut.

Wir stellten uns dicht nebeneinander, die Fußsoldaten bildeten mit ihren Rundschilden hinter uns eine lückenlose Front, wir Reiter versuchten nach vorn zu preschen, und endlich gelang es uns, in der Menschenmenge einen genügend großen Platz freizustemmen, um die Geschütze zu zünden. Unsere Kanonen spuckten Donner und Blitz, Rauchschwaden stiegen auf. Von diesen Eindrücken überwältigt und angesichts der Verluste durch Waffen, gegen die sie machtlos waren, verließ die Tlaxcalteken ihr Kampfesmut. Samt ihren Toten und Verletzten traten sie den Rückzug an.

Mein Blick irrte suchend durch unsere Reihen, ich hatte Rodrigo immer noch nicht gefunden, als Sebastián auftauchte.

»Euer Bruder ...«

Der Atem stockte mir.

»Ist er ...«

»Nein, aber schwer verletzt.«

Ich reichte ihm mein Pferd, rannte los, stieß Soldaten beiseite, stolperte wie ein Verrückter über die von unserem Ansturm aufgewühlte Erde.

Einige unserer Landsleute umringten ihn, darunter auch Juan Pastrano und Pedro Sánchez. Er rührte sich nicht, schaute mich an, ohne mich zu sehen. Ich hielt ihn für tot, fiel auf die Knie und fühlte seinen Puls. Ich dankte Gott, als ich ihn fand. Er schlug schwach, aber er schlug. »Sei ruhig, mein Bruder«, murmelte ich immer wieder, als könnte er mich hören. Ich sah, daß er eine klaffende Wunde am Bein hatte, erhob mich und rannte davon, um den Arzt von Cortés, Doktor Ojeda, zu suchen. Juan Pastrano, klein und dick, mühte sich ab, um mit mir Schritt zu halten und mir zu erklären, was sich zugetragen hatte.

»Ein Wurfspieß war es. Ihr wißt schon, die Wurfspieße, an denen diese Hundesöhne einen Lederriemen befestigen, so daß sie ihn nach dem Wurf wieder zurückziehen können. So einer war es. Beim Herausziehen verursachen diese Geräte üble Verletzungen. Er blutete wie ein Schwein. Wir haben ihm die Wunde abgebunden, mehr konnten wir nicht tun.«

Doktor Ojeda war dabei, einen Verletzten zu nähen, dem die Gedärme heraushingen. Zwei Soldaten hielten den armen Mann fest. Man hatte ihm einen Zipfel seines Hemdes in den Mund gestopft. Die Adern an seinem Hals sprangen wie Stränge hervor, so groß war seine Anstrengung, einen Schrei auszustoßen.

»Ich kann mich nicht zerteilen, Señor Torremayor«, sagte Ojeda zu mir, »Ihr seht ja selbst …«

»Doktor, es geht um das Leben meines Bruders!«

»Mein Freund, bei allen Männern, die auf mich warten, geht es um ihr Leben.«

»Doktor!«

Er gab dem Barbier ein Zeichen, seine Stelle einzunehmen und folgte mir.

Als wir Rodrigo erreichten, war er wieder zu sich gekommen und stöhnte.

Ojeda schob uns beiseite.

Ich schwitzte vor Angst und litt Höllenqualen … Weniger peinigend wäre es gewesen, wenn ich ihm seine Schmerzen hätte abnehmen können!

Ojeda erhob sich.

»Du bist noch einmal davongekommen. Ich schicke den Barbier zu dir, sobald er Zeit hat. Wenn die Wunde erst gereinigt und genäht ist, wird dein Bein dich weniger quälen.«

»Doktor«, sagte Rodrigo, »mein Kopf hat auch etwas abbekommen. Als ich gefallen bin …«

»Für den Kopf kann ich nichts tun, mein Lieber. Versuch an etwas Heiteres zu denken, und bete ein Ave Maria. Das ist die beste Medizin.«

Wir lagerten auf einer Anhöhe in der Nähe eines Wäldchens. Von dort konnten wir das Tal genau überblicken. Sebastián half mir, Rodrigo unter ein paar Äste zu betten, die wir zusammengesteckt hatten. Er machte ein Feuer, die Tabascanerin ging Wasser holen, ich wusch meinem Bruder das Gesicht und gab ihm zu trinken. Ich lief hin und her, grübelte, wie ich ihm außerdem noch Erleichterung verschaffen könnte. Es war jedoch so, wie der Wundarzt gesagt hatte. Man konnte nichts anderes tun, als auf seine Jugend, seine kräftige Konstitution und die Güte des Allmächtigen zu vertrauen. Dennoch kam ich nicht zur Ruhe.

Einige unserer Gefährten fanden sich bei uns ein. Sie hatten in einem nahe gelegenen Dorf, dessen Bewohner geflohen waren, reichlich Nahrung gefunden und brieten nun Hühner, rösteten Maiskolben, und zu dem Festschmaus wollten sie uns einladen.

Ich sagte zu Sebastián: »Geh du hin. Geh schon. Sie haben sich wacker geschlagen und es redlich verdient, daß du ihnen mit deiner Gitarre aufspielst.«

Sebastián nahm sein Instrument und ging, die Tabascanerin trippelte hinter ihm her. Rodrigo war eingeschlafen. Unruhig warf er sich hin und her, winselte vor Schmerzen. Seine blonde Mähne triefte vor Schweiß, seine Fäuste waren geballt.

Xiuxochitl beobachtete uns verstohlen.

Ich betrachtete sie, wie sie in ihrem weißen Huipilli mit anmutig untergeschlagenen Beinen auf dem Boden saß wie eine abgeschnittene Magnolienblüte, und sann darüber nach, wie wenig diese rauhe, kriegerische Atmosphäre ihrem zarten Wesen entsprach. Warum blieb sie bei uns? Aus Angst vor ihrem Volk oder meinetwegen? Wie verführerisch war der Gedanke, daß die Zurückhaltung ihres Volkes, ihr stolzer Charakter und die Fremdartigkeit der Umstände sie vielleicht daran hinderten, die Schwäche einzugestehen, die sie neben mir verspürte. Welcher Mann hätte sich an meiner Stelle nicht darin gefallen, solche Gedanken zu hegen! Überließ sie sich doch meinen Liebkosungen mit einer Hingabe, die mich erglühen ließ.

Solche Gefühle in Worte zu fassen war mir fremd und ist mir bis heute fremd geblieben, denn nie wieder habe ich eine Frau gefunden, mit der ich hätte zusammenbleiben wollen. So klangen denn auch meine Worte recht unbeholfen:

»Wenn wir in Mexico sind, werde ich dir die schönsten Huipilli und Schmuck aus Türkisen und Perlen schenken und alles, was du willst. Du brauchst nur …«

Sie unterbrach mich.

»Dein Bruder fiebert, er leidet. Ihr bewegt euch wie der Wind, ihr Herren. Ihr wirbelt große Staubwolken auf, wenn ihr hinter dem Gold herlauft, aber wenn ihr fallt, habt ihr nicht einmal einen Stock, um wieder aufzustehen. Das Bein deines Bruders wird verfaulen. Es wird ihm den Knochen zerfressen, das Blut vergiften, und wenn man es nicht abschlägt, so werden seine Augen und sein Mund voller Erde sein.«

»Was sagst du da!«

Sie stand auf und beugte sich über Rodrigo.

»Der Verband ist schmutzig, und an den Rändern der Wunde bildet sich Eiter. Bei der Hitze morgen wird man es bereits riechen. Wenn der Krieger seinen Wurfspeer herauszieht, zerreißt der Knochensplitter das Fleisch, und wenn es sich dann wieder schließt, bleiben Schmutz und Exkremente darin zurück. Man muß sie waschen und immer wieder waschen … Was hat man ihm auf die Wunde gestrichen?«

»Alles, was man auf eine Wunde tut: Öl, Wein. Außerdem fand der Barbier noch einen Rest Terpentinöl.«

Xiuxochitl schüttelte den Kopf.

»Solche Verletzungen werden mit Obsidianpuder behandelt. Danach springen unsere großen verletzten Krieger wieder wie die Hirsche davon!«

»Willst du etwa behaupten, daß du mehr weißt als der Wundarzt?« sagte ich.

Da zog sie sich zurück und hockte sich auf ihre Fersen.

Einer von Cortés' Dienern kam und teilte mir mit, daß unser Befehlshaber mich gemeinsam mit den Hauptleuten an seinem Tisch sehen wolle. Diese Ehrbezeigung konnte ich schwerlich ablehnen. Und wie sollte ich auch die Angst erklären, die mir der Zustand meines Bruders einflößte? Diese Männer hatten heute alle ihr Leben aufs Spiel gesetzt, für sie waren Leid und Tod untrennbar mit dem Soldatendasein verbunden. Das war auch für mich nicht anders, aber hier ging es ja nicht um mich.

So ließ ich Rodrigo in Xiuxochitls Obhut und eilte davon.

Wir redeten lange über die feindselige Haltung von Tlaxcala und über die ungünstige Wendung, die die Dinge damit nahmen. So wurde es spät, bis ich zurückkehrte.

Rodrigo war wach. Das Fieber verlieh ihm ein trügerisch gesundes Aussehen, aber seine Stimme erschreckte mich.

»Bruder, Bruder. Mein Bein brennt wie Feuer. Ich bitte dich, ich bitte dich ...«

Als er sich aufzurichten suchte, stieß er einen lauten Schrei aus.

»Bruder, sag, man wird mir doch nicht das Bein abnehmen? Ich werde mich umbringen, hörst du, ich werde mich umbringen!«

In meinen Seelenqualen sah ich plötzlich den Zug der Amputierten vorbeiziehen, wie er manchmal die Schiffe in Sevilla verlassen hatte; ihnen fehlte ein Arm oder ein Bein, manchmal beides, aus den stolzen Soldaten von einst hatte der Zufall in einer Schlacht halbe Männer gemacht, denen nur noch Neugierde oder Mitleid zuteil wurde. Und zu diesen Hinfälligen sollte Rodrigo gehören! Entsetzen packte mich, ich lechzte nach beruhigender Sicherheit, stotterte ein paar Worte der Tröstung und stürzte nach draußen ... dort hielt ich inne. Wozu den Wundarzt holen? Öl, Terpentinessenz und Gebete, das war die gleiche Behandlung, die die Krüppel in Sevilla erfahren hatten!

Ich kehrte zu Rodrigo zurück.

Er fragte mich: »Bruder, wo bist du gewesen?«

»Ich habe nachgedacht.«

Und ich wandte mich an Xiuxochitl.

»Glaubst du, daß die Indios aus Cempoala den Obsidianpuder, den du so rühmst, haben?«

»Ich habe ihn«, sagte sie, »und ich habe auch Weidenrinde gegen das Fieber und die Schmerzen. Aber der Herr hat kein Vertrauen, und was gut für uns ist, ist euer unwürdig.«

Das war mir zuviel. Ich trat an sie heran und riß sie grob hoch.

»Du hast behauptet, daß dieser Puder Heilung bringt. Nun kannst du es beweisen. Mach meinen Bruder gesund, wenn nicht, so reiße ich dir, so wahr ich Torremayor heiße, das Herz aus dem Leibe!«

»Wenn die Männer Angst haben, so kochen und schäumen sie vor Wut!« sagte sie sanft. »Bring mir frische Tücher.«

* * *

Am nächsten Morgen schickten wir zwei Tlaxcalteken, die wir gefangengenommen hatten, mit neuen Friedensangeboten los. Wir wollten jedoch verhindern, daß uns diese Geste als Zaghaftigkeit ausgelegt würde. Deshalb zogen wir in das Tal hinunter und brannten einige Dörfer nieder. Mit vierhundert gefangenen Indios, Männern und Frauen, machten wir uns auf den Rückweg.

Am darauffolgenden Tag kehrten die Boten zurück.

Sie hatten Xicotencatl, den Oberbefehlshaber der tlaxcaltekischen Armee getroffen. Er war zudem der Sohn eines der vier Tlatoani, die Tlaxcala regierten. Xicotencatl ließ uns mitteilen, daß er nichts dagegen hätte, wenn wir uns Tlaxcala ergeben würden: Alles war vorbereitet, man erwartete uns, um unsere Leiber in Stücke zu reißen und den Göttern zu opfern. Außer dieser liebenswürdigen Einladung erfuhren wir, daß er beschlossen hatte, uns am nächsten Tag mit mehr als fünfzigtausend Kriegern anzugreifen.

Auch wenn unsere Unternehmung ohnehin ein ungeheures Wagnis war, besaß doch jeder von uns soviel Verstand, daß ihn diese Nachricht in Bestürzung versetzte. Wir waren bereits geschwächt durch den langen Marsch; Hitze, Kälte, das Fieber, die Krankheiten, eine oft unzureichende Nahrung und die zurückliegenden Kämpfe hatten ein übriges getan. Was konnten wir selbst mit unseren Pferden und Artilleriegeschützen gegen diese Übermacht ausrichten? Sie würden uns zermalmen und dann verschlingen, und es schien, als sei dies Gottes Wille. Deshalb bereiteten wir uns angemessen auf unseren Tod vor. Unsere beiden Geistlichen, Pater Olmedo und Pater Juan Díaz, nahmen die ganze Nacht über die Beichte ab und suchten zu diesem Zweck auch die Verletzten auf, denen kaum ein besseres Los beschieden sein würde.

Die Dämmerung brach an.

Vom Rand des Hügels aus sah ich, wie sich die Schatten nach und nach aus der Nacht lösten. Plötzlich brach wie ein himmlischer Leib ein rosafarbener Schein zwischen den Gipfeln hindurch und stieg langsam empor, tauchte das Tal in ein strahlendes Licht und hob den Nebel über dem Fluß. Mit dem Glitzern des Wasserlaufs zwischen dem Grün der Wiesen und dem Blau der Agavenfelder erwachte die ganze Landschaft zu prachtvollem Leben. Selbst die bewaldeten Berghänge gerieten in Bewegung, als ganze Vogelschwärme aufbrachen, um sich Blütenblättern gleich in die Weite zu zerstreuen. Die Luft schien mir erfüllt von besonderen, süßen, köstlichen Düften. Dabei war es nichts anderes als der Geruch der fruchtbaren, vom Schlaf noch feuchten Erde, den ich jeden Morgen atmete …

Am Abend zuvor hatte die Tabascanerin einem kleinen Hund das Fell abgezogen, den Sebastián und ich als Braten verzehrten. Aus einem gepolsterten Stoff, den ich bei einem

Indio aus Cempoala gegen einen Spiegel eingetauscht hatte, schnitt sie uns Streifen, die wir um unsere Hosenbeine wickelten, da diese nur noch aus Lumpen bestanden.

In der Hütte wartete Rodrigo auf mich. Der Sud der Weidenrinde hatte das Fieber gesenkt und die Schmerzen gelindert. Die Wunde sah gut aus, aber wie konnte ich mich über diese Besserung freuen, die er Xiuxochitls Pflege verdankte, wußte ich doch, daß uns noch Schlimmeres bevorstand!

»Bruder …«, stammelte ich und kam nicht weiter.

Er legte die Hand auf den Knauf seines Schwertes.

»Sei beruhigt, lebend kriegen sie mich nicht.«

Ich beugte mich über ihn, umarmte ihn und eilte nach draußen. Beim Verlassen der Hütte bedeutete ich Xiuxochitl, mir zu folgen.

»Wenn wir die Schlacht verlieren, so bleib nicht bei meinem Bruder. Rette dich, versteck dich. Wenn die Tlaxcalteken dich bei ihm finden …«

Sie legte ihre Hand auf meinen Arm.

»Wenn der Tod kommt, dann kommt er.«

Sebastián brachte mir mein geharnischtes Pferd. Ich saß auf, wir eilten zu Cortés, und alle nahmen ihre Stellung ein, die Reiter an der Spitze, dann die Armbrustschützen, die Arkebusier, die Artillerie und dahinter das Fußvolk samt den Verletzten, die sich noch auf den Beinen halten konnten, denn es gibt kein schlimmeres Schicksal für einen Soldaten, als darniederliegend zu sterben.

Wir brachen auf, da wir es vorzogen, dem Feind in der Ebene zu begegnen. Das abschüssige Gelände hier oben sowie die umliegenden Schluchten waren für unsere Manöver äußerst ungeeignet.

Nach einer Viertelmeile stießen unsere Heere aufeinander. Seither habe ich mir diese Begegnung oft vor Augen geführt. Die muskulösen nackten Körper der unzähligen Krieger müssen einen grandiosen Anblick geboten haben. Sie waren lediglich mit dem *maxtlatl* bekleidet, jenem Tuch, das um die

Hüfte gewunden wird. Ihre bronzefarbene Haut war in leuchtenden Farben bemalt. Im strahlenden Licht der Sonne schimmerte das seidige Geflecht der Federn auf den Rundschilden der Anführer, das Gold und die Edelsteine auf den Helmen und Standarten, deren Prunk und Glanz die Stellung und die Verdienste eines jeden anzeigten. Als wir ihnen jedoch gegenüberstanden, sah ich das alles nicht, ich sah nur eine bebende Masse, die sich lückenlos bis zum Horizont ausbreitete, ihr Gebrüll schlug mir entgegen, ein höllischer Lärm ließ die Ebene erzittern. Zumindest erweckte das Dröhnen der Trommeln, das Gewimmer der Muscheln und das Kreischen der Holz- und Knochenflöten bei mir diesen Eindruck.

Wir rückten weiter vor.

Sogleich verdunkelte sich der Himmel unter Tausenden von Pfeilen und Wurfgeschossen; der Raum, der uns noch von den Tlaxcalteken trennte, war übersät davon. Wir näherten uns soweit, daß sie in Reichweite unserer Artillerie gerieten. Wir brachten Kanonen und Arkebusen in Stellung, und in überwältigendem Einklang feuerten wir sie ab.

Angesichts der zerfetzten, verstümmelten und zerschmetterten Leiber, die augenblicklich den Boden bedeckten, waren die Indios wie versteinert. Die Überraschung ließ ihr Geschrei ersterben, der Schrecken lähmte ihren Arm. Das war kein Kampf, wie sie ihn kannten. Wir nahmen dem Krieg den Reiz des Spiels und vor allem seine letzte Bestimmung. Das Gemetzel, das jede große Schlacht mit sich bringt, gehörte für sie an einen anderen Ort, es gehörte als feierliche, heilige Handlung auf die Spitze des Teocalli, wo es durch das Opfermesser der Priester und zum Gefallen der Götter vollzogen wurde.

Ihr Verhalten war uns unverständlich und fremd, und da man sich in einer bedrängten Lage an jeden Hoffnungsschimmer klammert, beglückwünschten wir uns zu der gelungenen Wirkung und träumten bereits von einer Kapitulation unserer Gegner, als sie plötzlich und in einem einzigen Ansturm über uns herfielen. Wir waren nur noch eine Handvoll Ameisen unter der Tatze eines Bären. Unsere vollkommene Einheit, bisher einer unserer größten Vorzüge gegenüber einer Armee, deren ungeordnete Vielfalt sie verletzlich machte, brach auseinander, wir wurden zerstreut, und jeder einzelne sah sich einer unbezwingbaren Übermacht gegenüber.

Da vollzog sich eine Wendung in mir.

Als ich mich im Angesicht des Todes in dieser brodelnden Woge rasender Leiber niederduckte vor all den Pfeilen und Wurfspießen, verlor der Tod seine Bedeutung, ganz einfach, weil ich nicht mehr an ihn dachte. Die Wut, die die angreifende Menge beherrschte, sprang auf mich über und berauschte mich. Ich hörte, wie ich ihr Geschrei mit ebenso barbarischem Geheul erwiderte. Meinem Pferd gab ich die Sporen, trieb es an und stieß mit meiner Lanze nach allem, was sich mir bot. Jetzt wußte ich, was ich wollte. Ich wollte den indianischen Krieger töten, der meinen Bruder verletzt und damit gezwungen hatte, an ein erbärmliches Lager gefesselt darauf zu warten, daß ein anderer Indio kam und ihn im Triumph nach Tlaxcala schleppte, um den Durst der Götter zu stillen. Beiden jagte ich nach, dem einen, weil er Rodrigo verletzt hatte, dem anderen, weil er ihn einem Martyrium zuführte. Und da keiner von beiden ein Gesicht für mich hatte, wollte ich sie alle vernichten! Ich setzte mein grausames Werk fort, heulte und stieß meinem Pferd in die Seiten, ich hieb in haßverzerrte Gesichter, bis sie gespalten oder zerfetzt unter die Hufe meines Tieres sanken, bevor die nächsten sich zeigten. Ich fühlte eine so unbändige Kraft in mir, daß ich mich für unbesiegbar hielt.

Ich hatte sogar – sie mögen es mir verzeihen – meine Gefährten vergessen. Da tauchte plötzlich eine reiterlose Stute auf, die von zwanzig bis dreißig Kriegern mit ungeheurem Gebrüll bedrängt wurde. Auch Hannibal als echter Hengst hatte sie bereits gewittert. Er bäumte sich auf und wieherte ungestüm, seine Vorderbeine sausten durch die Luft. Ich zwang ihn mit meinen Beinen und Knien wie in einen Schraubstock, bis das Entsetzen der anderen uns einen Freiraum verschafft hatte.

Dann ließ ich ihm seinen Willen, und während meine brennende Kehle tierische Schreie ausstieß, meine Hände wild herumfuchtelten, bewegten wir uns auf die Stute zu. Dreimal bäumte sich mein Pferd noch unter mir auf, und dreimal wehrte ich den Ansturm der Krieger dadurch ab. Die wildgewordene Stute drehte sich nun um sich selbst, als sei ein Schwarm Wespen hinter ihr her, und beschrieb dabei mit ihrem Ausschlagen einen Kreis, den die Tlaxcalteken trotz ihrer Tapferkeit nicht zu durchbrechen wagten. Ich überlegte, was ich noch tun könnte, um sie zu retten, ohne mein eigenes Pferd in Gefahr zu bringen, als ich das Waffenhemd eines der Unseren erblickte.

An seiner Größe – keiner außer ihm war so groß wie ich – und an der schwarzen lockigen Mähne, die unter dem Helm hervorquoll, erkannte ich Sebastián.

Ich weiß nicht, durch welche Kühnheit es ihm gelungen war, zu Fuß und nur mit seinem Schwert bewaffnet fast die Hälfte der Ebene zu durchqueren, aber er war da, schlug blindlings drauflos, bahnte sich den Weg wie von einer göttlichen Kraft geleitet. Und dann sah ich, wie er, die Erschlagenen als Sprungbrett nutzend, zu einem gewaltigen Satz ausholte, die Mähne der Stute packte, sich auf sie schwang und sie fortlenkte, unheimlich schnell und geschickt. In diesem Augenblick hatte ich keinen anderen Gedanken, als zu ihm zu gelangen.

Als ich auf gleicher Höhe mit ihm war, warf er mir einen kurzen Blick zu, und ich sah voller Erstaunen, daß Sebastián lachte.

Er lachte!

Wir feuerten uns nun gegenseitig mit unseren Schreien an, wir waren zu zweit und dabei doch so einig in unserem Stolz und unserem Willen, daß uns ein Hochgefühl beflügelte. Und da unsere Aktion die Aufmerksamkeit des Feindes auf sich lenkte, gelang es anderen Reitern, zu denen auch Cortés gehörte, zu uns aufzuschließen. Die Fußsoldaten folgten, und wir konnten uns neu formieren.

Nachdem ich mich nun nicht mehr durch meinen Blutrausch vorwärtspeitschen mußte, kehrte mein Verstand zurück, und ich erwog unsere Chancen. Die Tlaxcalteken schienen das gleiche zu tun; da sie alles darangesetzt hatten, uns auseinanderzutreiben, stürzte sie der Anblick unserer neuformierten Geschlossenheit in Verwirrung. Wie ich bereits sagte, hatten wir nicht die gleiche Art, Krieg zu führen. Hätten sie uns alle zu töten versucht und sich nicht darauf versteift, uns bei lebendigem Leibe zu fangen, wäre nicht einer der Unsrigen aus dieser Schlacht zurückgekehrt.

Ein Anführer nach dem anderen zog sich mit seinen Kriegern aus der Ebene zurück, und wir hinderten sie nicht daran, ihre Toten und Verletzten mitzunehmen, denn unsere Kräfte waren dahin, der Sieg aber gehörte uns.

Erst im Lager stieg ich von meinem Pferd. Sein Baumwollumhang war voller Blut, aber Hannibal war unverletzt, und auch ich war mit ein paar Schürfwunden davongekommen. Meine baumwollenen Beinschienen hatten sich aufs trefflichste bewährt.

Sebastiáns Miene verriet noch immer die gleiche strahlende Freude, die ich zuvor schon an ihm gesehen hatte.

»Sebastián, Sebastián!« sagte ich. »Das wußte ich ja gar nicht. Wer hat dich so gut reiten gelehrt?«

»Euer Vater«, sagte er. »Als Ihr in Salamanca wart, habe ich Absalon jeden Tag geritten.«

»Mein Vater ...«

Rührung ergriff mich. Mein Vater wäre heute zufrieden mit mir gewesen. Und auch zufrieden mit diesem Burschen, der mein Bruder war, was ich heute zum erstenmal voller Stolz empfand.

»Ach Sebastián, Sebastián!« rief ich. Und ohne ein weiteres Wort fielen wir uns als Brüder in die Arme.

Dieser Tag, der fünfte September des Jahres 1519, war ein großer Tag für die Conquista, und für uns war es außerdem der Tag, an dem unsere Freundschaft begann. Dafür danke ich Gott ebenso wie für seinen himmlischen Beistand, ohne den ich nichts vermochte hätte.

* * *

Am Dreiundzwanzigsten desselben Monats zogen wir in Tlaxcala ein. Wie süß erschien uns der Frieden nach den harten Kämpfen, die wir ausgefochten hatten! Auf den sechs Meilen, die unser Lager von der Hauptstadt trennten, empfingen uns die Tlaxcalteken, Männer, Frauen und Kinder, nunmehr Vasallen der spanischen Krone, mit Jubel. Über einem doppelten Spalier brauner Köpfe bot sich uns eine strahlende Landschaft, deren Boden sachkundig bestellt war. In den Gärten gediehen aufs prächtigste all jene schönen Früchte, die wir inzwischen kennengelernt hatten und die wir um so mehr begehrten, als Staub und Hitze unsre Kehlen ausgedörrt hatten.

Als wir den Stadtrand erreichten, kannte die Begeisterung und Neugierde der Indios beim Anblick unserer Pferde und stählernen Rüstungen keine Grenzen mehr, wir meinten, zu ersticken. Wer hätte geglaubt, daß wir uns zwei Wochen zuvor noch gegenseitig umbringen wollten?

Dennoch blieben wir auf der Hut, als wir die Befestigungsanlagen der Stadt bewunderten. Ihre Ausmaße waren erstaunlich, einige andalusische Soldaten meinten, sie überträfen sogar die von Granada, als Königin Isabella die Mauren vertrieb. Wir erfuhren, daß die kleine Republik Tlaxcala 150 000 Familien zählte, was Größe und Bedeutung dieser Stadt erklärte. Da alle Bewohner auf den Straßen unterwegs waren oder von den Dächern Blumen zu uns hinunterwarfen, hatte unsere Armee einige Mühe zusammenzubleiben.

Wir Reiter wurden mit prächtigen Sträußen bedacht, ich selbst erhielt gleich mehrere zum Geschenk, vielleicht geschah dies wegen des Federbusches, den ich in jenem ersten siegreichen Kampf erbeutet hatte. Die Tlaxcalteken zeigten auf ihn und schrien: »Ollintzin! Ollintzin!«, aber ich wußte nicht, was es bedeutete.

Vor uns schritten die Würdenträger und die Priester in ihren dunklen, mit Schädeln und Knochen geschmückten Gewändern. In all ihrem Schmutz und ihrer Häßlichkeit fielen besonders ihre zerfetzten Ohren auf, von denen das Blut frischer

Verstümmelungen herabtropfte, die sie sich vermutlich zugefügt hatten, um den Zorn ihrer Götter zu besänftigen, die über den Einzug unserer heiligen Religion in eine Kultstätte ihrer Schandtaten erzürnt waren. Wie üblich hatten sie uns beim Überschreiten der Stadtgrenze ein großes Rauchopfer bereitet und schwenkten den ganzen Weg über ihre mit Kohlenglut und Kopal gefüllten irdenen Weihrauchschalen. Kleine Steinchen klimperten darin wie eine leise Musik inmitten der tosenden Menge.

In diesem Festzug erreichten wir den Wohnsitz von Xicotencatl dem Älteren, dem Vater des Generalkapitäns der tlaxcaltekischen Armee, der uns so heftigen Widerstand geleistet hatte, und wir stiegen ab.

Der alte Xicotencatl war fast blind und fuhr uns mit den Händen tastend übers Gesicht. Dabei hielt er bei meinem Bart inne, fand ihn weich und seidig wie eine Handvoll Baumwollflocken. Malinche und Aguilar übersetzten dies sehr zum Vergnügen von Cortés und seinen Hauptleuten.

Man hatte uns Unterkünfte in Gebäuden neben einem großen Teocalli hergerichtet. Jeder Reiter erhielt ein Zimmer für sich. Dieser Vorzug steigerte mein Wohlbefinden, es war lange her, daß ich ein Dach über dem Kopf und eine saubere Matte zum Schlafen gehabt hatte, und ich nutzte dies unverzüglich, um mit Xiuxochitl die Nacht zu verbringen.

Nach der großen Schlacht hatte Cortés mich mehrere Male beauftragt, aufständische Dörfer zu unterwerfen. Jedesmal kamen danach etwa fünfzig Indios in unser Lager. Sie überreichten uns Gaben wie Hühner und wunderschönen Federschmuck, und sie machten uns Friedensangebote; das eigentliche Ziel dieser Freundlichkeiten war jedoch, uns in Sicherheit zu wiegen, um unsere Verteidigungsmittel ausfindig zu machen. Dank unserer Freunde aus Cempoala kamen wir ihnen auf die Schliche. Cortés ließ ihnen die Hände abschlagen und schickte sie zu Xicotencatl, dem Sohn, zurück. Aber es bedurfte noch einer weiteren Nacht, in der sehr viel Blut vergossen wurde, um die tlaxcaltekischen Anführer von unserer Unverletzlichkeit zu überzeugen und zur Aufgabe zu bringen.

Cortés hatte darauf bestanden, daß ich den in Nahuatl geführten Unterhandlungen beiwohnte. So befand ich mich gerade bei den Tlatoani von Tlaxcala, als sechs Abgesandte von Motecuhzoma erschienen, die ein prächtiges Goldgeschenk mit sich brachten und von zweihundert Sklaven begleitet waren, die sie bedienten.

In unserem erbärmlichen Lager, in dem wir wie Wilde hausten, gingen die Gesandten ein und aus, wir wurden umworben wie die Mächtigen dieser Welt! Auf der einen Seite versprachen uns die Mexica einen gewaltigen jährlichen Tribut an Gold, Silber, Edelsteinen, Perlen, Baumwolle, Sklaven, wenn wir umkehrten, denn Motecuhzoma weigerte sich noch immer, mit uns zusammenzutreffen; auf der anderen Seite drängten uns die Tlaxcalteken vorwärts, flehten uns an, ihre Hauptstadt durch unsere Gegenwart zu ehren, »aßen die Erde« und vergossen dicke Tränen der Reue über ihr zurückliegendes Verhalten, da sie nun begriffen hatten, daß uns kein Freundschaftsversprechen an den Herrscher von Mexico band, wie sie zunächst angenommen hatten.

Cortés hatte diese Unterhandlungen in die Länge gezogen, um seiner Entscheidung mehr Gewicht zu verleihen, und das Ergebnis war das Fest, das man uns an diesem Tag bereitet hatte.

Die mexikanischen Gesandten hatten wir bei uns behalten, und wir waren sicher, das hatte Motecuhzoma bereits erfahren, wie er auch von unserem Bündnis mit den tlaxcaltekischen Kriegern wissen mußte, deren Haß auf Mexico ihrer Tapferkeit in nichts nachstand, weshalb sie für uns so ungeheuer wichtig waren. Wir hofften, daß diese Umstände den Herrscher der Mexica zu einer versöhnlicheren Haltung bewegen würden.

Im Augenblick jedoch waren mir derlei politische Erwägungen fern. Ich atmete den süßen Duft Xiuxochitls, strich ihr über die langen schwarzen Haare, die sie in unseren zärtlichen Stunden stets offen trug.

Sanft entzog sie sich meiner Umarmung und hockte sich am Ende der Matte auf ihre Fersen.

»Weißt du, wie die Tlaxcalteken dich nennen?« fragte sie.

»Sie haben mir einen Namen gegeben?«

»Ja. Ollintzin.«

»Ach! Das ist es also. Ich habe in der Tat gehört, wie sie ...«

»Weißt du, was das bedeutet?«

»Nach dem, was du mir beigebracht hast, bezeichnet *ollin* den Gummi, der aus einem Baum gewonnen wird, der in der Gegend von Tabasco wächst. Aber ich sehe keinen Zusammenhang ...«

»Ollin gehört auch zu den Zeichen unseres heiligen Kalenders, mit denen die Priester das Schicksal eines jeden von uns bestimmen. Ollin ist das Symbol für das Leben. Es ist Ausdruck von Bewegung, der Bewegung des Balls, der Bewegung der Sonne, der Welt, es ist die Energie, ohne die nichts existiert, nichts sich bewegt. Aber die Bewegung verzehrt sich selbst. Sie ist früher oder später selbst dem Untergang geweiht, und so ist Ollin auch das Symbol des Todes. Dieses Zeichen trägt Leben und Tod zugleich in sich.«

»Wir tragen alle das Leben wie den Tod in uns; der Tod ist nur eine Fortsetzung des Lebens.«

»Aber nicht jeder Mann, o Ollintzin, besitzt deine Kraft, und genau sie wird es sein, die dich zerstört, nachdem du jene zerstört hast, die dich umgeben.«

Ihr Tonfall verstimmte mich.

»Könntest du nicht hin und wieder versuchen, mir etwas Freundliches zu sagen?«

Ein flüchtiges Lächeln huschte über ihr Gesicht.

»So bist du auch ein richtiger Mann! Ist es in eurem Land auch so, daß die Männer denken, die Frauen sollten den Mund nur auftun, um ihnen zu schmeicheln?«

»Ich verlange nicht, daß du mir schmeichelst. Aber ich kannte schon Frauen, die manch Angenehmes an mir fanden und mich dies auch wissen ließen.«

»Wirklich? Und du möchtest, daß ich, eine einfache Sklavin ...«

Ihre Augen funkelten, und zum erstenmal entdeckte ich so etwas wie Heiterkeit in ihrem Blick. Das rührte mich, und ein großes Verlangen nach ihr erfaßte mich.

»Das willst du wirklich?« wiederholte sie. »Stell dir vor, ich müßte dich meinem Volk beschreiben, ich würde sagen, daß die Götter dir die Federn des Adlers und die Kraft des Jaguars verliehen haben, ich würde sagen, daß deine Augen wie flüssige Saphire strahlen und dein rotgoldenes Haar wie die Sonne schimmert, wenn sie untergeht. Ich würde sagen, daß niemals zuvor ein so schön gebauter Mann in unsere Gegenden gekommen ist ...«

»Hör auf«, sagte ich glückselig und schloß sie in meine Arme.

Sie machte sich lachend los.

Ach, dieses Lachen! Es sprudelte hervor und füllte den Raum wie ein Schwall frischen Quellwassers!

»Das alles würde ich zu den Meinen sagen ... Aber zu dir als meinem Herrn sage ich: ›Geh ins Bad, wasch dich, nur ein sauberer Körper läßt einen Mann erstrahlen.‹ Und ihr weißen Männer ... Aih! Unsere Nasenflügel beben, wenn ihr erscheint!«

Ich stand auf, richtetet meine Kleider, nahm meinen Helm, meinen Degen und ging hinaus. Wäre ich geblieben, so hätte ich ihr das Lachen im Halse erstickt.

Ich schlief bei Rodrigo und Sebastián.

Am darauffolgenden Morgen zogen wir in voller Rüstung, wie Cortés es angeordnet hatte, durch die Straßen von Tlaxcala. Ich nahm die ersten Huldigungen der Bevölkerung entgegen, und der Name »Ollintzin«, mit dem man mich ehrfürchtig begrüßte, hallte aufs angenehmste in meinen Ohren. Vergessen waren die finsteren Weissagungen von Xiuxochitl.

»Ollintzin, Ollintzin! Warum nennen sie dich so?« fragte Rodrigo.

Mit der Heilung seines Beines war auch seine Verdrossenheit wiedergekehrt. Es schmerzt mich, von meinem Bruder sagen zu müssen, daß die Aufmerksamkeiten, die mir zuteil wurden, ihn verärgerten.

»Das Wort *ollin* bezeichnet Energie«, sagte ich. »Und hängt man die Endung *tzin* an ein Wort, so drückt dies Hochachtung aus.«

Rodrigo grinste höhnisch.

»Sieh dich vor, Bruder, du bist auf dem besten Wege, ein Prachtstück in ihrem Ragout abzugeben.«

Ich erwiderte nichts darauf, ging umher und begutachtete die Waren, die auf dem Platz feilgeboten wurden: frisches Gemüse, Süßwasserfische, Wild und Früchte, und gleich daneben feinziselierter Goldschmuck, herrliche Federmosaiken und Töpferwaren, die sich in ihrer Kunstfertigkeit mit jenen messen konnten, die in Sevilla die reich verzierten Häuserfassaden neben der Kathedrale schmücken. Käufer und Schaulustige schlenderten umher. Alle waren weiß gekleidet, die meisten Frauen gingen mit nackter Brust, und auch wenn es nicht immer nur junge Körper waren, die sich uns da zeigten, war Sebastián doch fasziniert von diesem Schauspiel und streunte herum wie eine läufige Hündin.

Ein Händler hielt uns auf und bot mir hartnäckig einen Schmuck an. Seine Züge waren feist, wie häufig bei Indios reiferen Alters, wenn die Natur ihnen nicht jenes scharfe und etwas überheblich wirkende Profil verleiht, das ich bei so vielen Kriegern bewundert hatte. Was der Händler feilbot, war nicht besonders kostbar, aber es waren einige hübsche Kupferarbeiten darunter; um ihn nicht zu kränken, erstand ich ein Paar Ohrringe und dankte ihm zu seiner Verblüffung in Nahuatl.

Die Ohrringe legte ich in die Hände der Tabascanerin.

»Behältst du sie nicht für deine Indiofrau?« fragte Rodrigo.

»Nein.«

»Ich hätte ihr gern eine Kleinigkeit gekauft, denn sie hat mich wie ein Engel gepflegt, aber wovon soll ich etwas kaufen? Wir sind doch heute noch ärmer als bei unserem Aufbruch von Trinidad!«

»Warte, bis wir in Mexico sind.«

»Mexico! Ihr seid verrückt, Cortés und du! Und ich bin nicht der einzige, der das sagt. Wenn man bedenkt, was wir bereits hinter uns bringen mußten, um nur hierher zu gelangen! Und im Vergleich zu Motecuhzomas Reich ist Tlaxcala eine Zecke auf dem Rücken eines Stieres.«

Wir kamen am Haus eines Barbiers vorüber. Das Gesicht des jungen Indios war durch einen deformierten Mund entstellt. Als er uns hereinbat, wollte ich seine Einladung zunächst ablehnen.

»Was sagt er denn?« wollte Rodrigo wissen.

»Daß es eine Ehre für ihn wäre …«

»Na, dann!«

Um jeder Heimtücke vorzubeugen, knieten wir uns nebeneinander auf eine Matte, und der Barbier wusch unsere Haare mit lauwarmem Wasser und einer stark schäumenden Seife. Er ließ erst von uns ab, als das zunächst von Staub und Erde braunrot gefärbte Wasser klar aus unseren Haaren floß.

Meinen Bart schnitt ich mir selbst, da mir seine Unerfahrenheit nicht geheuer war. Außer den Alten, die sich am Kinn einen kleinen Bartflecken stehenlassen, tragen die Indios keinen Bart. Bei uns gilt ein kräftiger Bart als Zeichen besonderer Männlichkeit. Vielleicht treibt der spärliche Bartwuchs der Indios sie zu so schändlichen Praktiken wie der Sodomie. Diese Frage nahm ich mir vor Xiuxochitl einmal zu stellen, um sie zu demütigen.

Als wir wieder hinaustraten, wallten Rodrigos Locken wie Gold unter seinem Helm hervor und zogen fast ebensoviele Blicke auf sich wie mein Federbusch.

»Bruder«, sagte ich, »es ist eine Sünde, so schön zu sein.«

»Bei Gott, Bruder, dann sündigen wir beide.«

Wir brachen beide in Lachen aus.

Warum nur wurden die Augenblicke, in denen wir uns einander so nahe fühlten, immer seltener?

Kaum hatten wir unsere Quartiere erreicht, da drängte eine große Menge blumengeschmückter Indiofrauen auf den Platz zwischen unseren Gebäuden und dem Teocalli. Wir erfuhren, daß es sich um dreihundert Unglückliche handelte, die geopfert werden sollten. Die Tlatoani hatten ihnen inzwischen eine andere Bestimmung zugedacht, sie sollten uns zur Zerstreuung dienen.

Sie trugen alle einen Cueitl, der ihnen von der Hüfte bis zu den Fesseln reichte und ihre Vorzüge ahnen ließ. Ein Ansturm auf die jungen Mädchen brach los. Sie lächelten. Die begeisterten Umarmungen unserer kleinen Armee mußten ihnen sehr süß erscheinen gegenüber den Obsidianmessern, der Enthauptung, Zerstückelung und den anderen Formen der Opferung, denen sie entkommen waren.

Rodrigo und Sebastián stürzten sich in das Gedränge. Rasch hatten sie ihre Wahl getroffen und führten zwei hübsche zarte Mädchen, die einander glichen wie zwei Frühlingsknospen desselben Zweigs, zu unseren Unterkünften. Ich schickte mich gerade an, es ihnen gleichzutun, denn der würzige Duft, den all diese braune Haut verströmte, verfehlte seine Wirkung nicht. Aber ein Soldat trat auf mich zu: Cortés erwartete mich bei Xicotencatl. So verzichtete ich auf das Vergnügen und eilte zu meiner Pflicht.

Zugegen waren die vier Tlatoani: Xicotencatl, Maxixcatzin, Tlehuexolotzin und Citlalpopocatzin. Ihre alten, durch die Hitze gegerbten Gesichter waren mit einem Netz unzähliger Falten überzogen, aber ihr Körper unter den reichbestickten Tilmatli bewahrte noch immer die aufrechte Haltung, Ausdruck einer Würde, die ihnen allein gehört und uns immer fremd bleiben wird, denn wir werden von unseren Gefühlen beherrscht, sie dagegen hält das Denken zurück. Cortés hielt ein Bild unserer Heiligen Jungfrau in den Händen und meinte zu mir: »Ich habe versucht, ihnen die Schönheiten unserer Religion zu vermitteln, aber Pater Olmedo hat recht, es ist noch zu früh. Ihnen erscheint der Teufel wie ein Wohltäter. Der alte Xicotencatl spricht sehr weise und hat mir in seiner Rede nicht verborgen, daß die Priester und das Volk eine solche Änderung nicht hinnehmen würden. Es braucht Zeit, Torremayor ... Nun aber wollen die Tlatoani mir und meinen Hauptleuten fünf junge Mädchen von edlem Geblüt schenken, unter ihnen sogar eine Tochter von Xicotencatl und eine andere von Maxixcatzin. Ich habe ihm erklärt, daß wir genau wie sie religiöse Vorschriften haben, und daß die unseren es uns verbieten, diese jungen Mädchen zu Gespielinnen zu nehmen, wenn sie nicht getauft sind. Aber die Tlaxcalteken sind so sehr darauf bedacht, daß ihre Frauen Kinder von uns gebären, daß Xicotencatl nachgegeben hat. Man stellt uns einen Tempel zur Verfügung. Richtet alles so, daß sie von der Zeremonie beeindruckt werden. Der Glaube entsteht oft genug durch die Augen, wenn man ihn nicht in die Wiege gelegt bekam.«

In Begleitung eines Kriegers begab ich mich also zum Teocalli. Unter der Lippe trug er einen Schmuck in Form eines Vogels, der ebenso wie seine Geschmeide aus Meeresmuscheln und seine Goldringe an den Fesseln seine hohe Stellung verrieten. Vielleicht waren wir im Verlauf der zurückliegenden Gefechte aufeinandergetroffen, vielleicht stammte sogar eine der Narben an meinen Beinen von seinem Speer oder eine der Schnittwunden in seinem Gesicht von meiner Lanze. Aber unter Soldaten gilt die Achtung dem Mutigen, und ich bin überzeugt, daß der Gedanke an die vergangenen Kämpfe ihn ebenso wie mich um so wohlwollender auf die Freundschaft blicken ließ, die uns heute verband.

Die Götzenbilder waren vom Teocalli entfernt worden. Sklaven kratzten die letzten Reste einer blutigen Schicht von den Mauern. Das herabfließende Wasser färbte sich in einem schwärzlichen Purpurrot. Dann wurden die Mauern geweißt, und als alles in makelloser Klarheit erstrahlte, brachten die Frauen Zweige und Blattwerk herbei. Der hölzerne Altar, den die Zimmerleute der Armee am Vorabend gebaut hatten, wurde aufgestellt und mit weißen Tüchern bezogen. Ich erinnerte mich an die rührende Sorgfalt, mit der meine Mutter die bescheidene Kirche unseres Dorfes zu Ostern immer geschmückt hatte, und ließ Zierbögen auf den Stoff nähen und große Blumengebinde in Vasen stellen. Es gab sicherlich prachtvollere Wohnstätten für unsere Heilige Jungfrau, aber die schweren Prüfungen, die hinter uns lagen, waren, so dachte ich, ein hinreichender Ersatz für Seide, Gold, Skulpturen und Holzschnitzereien, die uns hier nicht zur Verfügung standen.

Es war spät, als ich in unser Quartier zurückkehrte.

In den Soldatenunterkünften herrschte noch reges Treiben. In das Gelächter mischte sich Liebesgeflüster und lustvolles Stöhnen. Ich nahm eine Fackel und trat in unseren Raum.

Xiuxochitl schlief. Ich betrachtete sie. Eine sanfte Woge ergriff mich, als ich sie so überraschte, wie sie auf ihrem ausgebreiteten wundervollen Haar ruhte. Der Schlaf entspannte ihren Mund, der immer so rasch Worte fand, um mich zu kränken. Sie seufzte leise und bewegte sich. Ein matter Widerschein des flackernden Lichts schimmerte auf ihrem bernsteinfarbenen Körper. Der Mann aber ist nun einmal so beschaffen, daß er, anstatt die zarte Anmut des Augenblicks festzuhalten, nur sein ungeduldiges Verlangen stillen will. Ich begehrte sie, wollte sie heiß und leidenschaftlich in meinen Armen halten.

Ich machte die Fackel fest.

Da entdeckte ich Flecken an der Wand, die wie Blut aussahen. Ich ging näher. Es war tatsächlich Blut, frisches Blut.

Ich rüttelte Xiuxochitl wach. Obwohl ich keine Spur einer Verletzung an ihr sehen konnte, fürchtete ich, daß ... Kopflos, wie ich war, wußte ich nicht einmal, was ich fürchtete.

Sie richtete sich auf, verharrte schweigend gegenüber meinem Geschrei, wühlte dann in ihrem Beutel und warf ein kleines Bündel Tücher vor mich hin. Zwei Wachteln und ihre abgeschlagenen Köpfe kamen zum Vorschein.

»Ich habe die Götter befragt«, sagte sie.

»Du hast ...! Aber ...«

So ruhig ich konnte, sagte ich zu ihr: »Du bist Christin, unsere Religion verbietet Tieropfer, du darfst nicht ... Laß diesen Unsinn mit deinen Dämonen, hörst du! Ich will dich nie wieder dabei antreffen ...«

Ich packte sie bei den Schultern. Wie willenlos stand sie da, ihr Kopf wurde hin und her geworfen. Auch die Trägheit ist eine Form des Widerstands, sogar eine besonders üble, denn sie gibt einem keine Angriffsfläche. Ich wurde wütend und brüllte:

»So sag doch etwas!«

»Würdest du deinen Glauben, in dem deine Eltern und dein Volk dich von Geburt an erzogen haben, vergessen, nur weil jemand daherkommt und behauptet, sein Glaube wäre besser? Wer gibt dir das Recht zu einer solchen Behauptung? Wer erlaubt dir, meine Götter zu beleidigen? Ist es dein Gott, oder sind es die unsrigen, die die Erde erwärmen, den Mais gedeihen lassen, über die Winde, die Jahreszeiten und unser Leben bestimmen? Hast du einen Beweis für das, was du vorbringst, Herr, mein Herr?«

»Unser Glaube ist eine reine, fröhliche Flamme, die die Seele erleuchtet, er bedeutet Liebe und Glück. Bei euch sehe ich nichts als Blut, Gemetzel, Grausamkeit und Furcht. Wie kann man zögern zwischen dem erhabenen Zuspruch Gottes und der Angst, in der euch ein Brauch gefangenhält, der nur aus teuflischer Barbarei besteht? Gibt es denn überhaupt ein Zögern, wenn man die Wahl hat zwischen dem Frieden und der Qual?«

»Du urteilst, wie du es verstehst. Aber wenn dein Gott ein Gott der Liebe ist, wie du vorgibst, warum kommt er dann mit

Kanonen und Feuerrohren daher? Auch er braucht Blut, um seinen Weg weiterzugehen, viel Blut!«

Ich wollte ihr die gebührende Antwort geben, als sie sich plötzlich an mich schmiegte.

»Du bist so stark, und doch zittere ich ... Für dich habe ich die Götter befragt. Sei nicht böse. Ich werde es nicht wieder tun, ich will nur, was du willst.«

Noch nie war sie so weit gegangen in ihren Worten. Das bewegte mich, und ich glaubte ihr.

* * *

Die fünf jungen Mädchen wurden in Sänften zum Teocalli getragen, auf dem wir unsere Kirche eingerichtet hatten. Ihre Haare waren mit Blumen besteckt, ihre Hemden mit bunten Säumen verziert, um die Fesseln trugen sie goldene Geschmeide und rote Federn. Wenn es sie auch mit Stolz erfüllte, daß die Wahl auf sie gefallen war, in ihrem Schoß den spanischen Samen auszutragen, so verbargen sie es hinter einem bescheidenen Auftreten: Sie bewegten sich mit kleinen, fast gleitenden Schritten, die Augen halb geschlossen. Jede von ihnen hatte eine Dienerin im Gefolge, und alle waren ausnehmend hübsch.

In Gegenwart der höchsten Würdenträger wurde die Messe zelebriert, und bis auf die Soldaten, die die Pferde und die Geschütze zu bewachen hatten, wohnte auch unsere gesamte Armee der Zeremonie bei. Was mögen die Indios dabei empfunden haben? Die grausamen Forderungen ihrer Religion, der grandiose Pomp und die blutdürstige Gewalt der Opferungen standen in krassem Gegensatz zu der stillen Anbetung, die wir rauhen Männer einem schlichten Holzkreuz und dem lieblichen Bild einer Frau entgegenbrachten, die ein kleines Kind an ihren Busen drückt.

Nach der Messe wurde die Taufe vollzogen.

Ich machte mir keine Illusionen darüber, was das Sakrament

bei den fünf Jungfrauen vollbringen könnte. Für sie war es einfach nur eine andere Heiratszeremonie als die ihnen vertraute. Und wenn ein Herzklopfen sich unter ihrer unschuldigen Brust regte, so sicherlich nur in Erwartung ihrer kraftvollen zukünftigen Gefährten, was für alle jungen Bräute dieser Welt gilt.

Cortés trat zur Tochter von Xicotencatl, die nun Doña Luisa hieß, nahm ihre Hand und legte sie in die von Pedro de Alvarado*, seinem Leutnant. Auf die gleiche Weise vergab er drei weitere Mädchen an drei unserer Hauptleute, zu denen auch Diego Pizarral gehörte. Ich bedauerte das arme Kind, das man ihm zugedacht hatte, denn Pizarral stand in dem Ruf, brutal und grob mit Frauen umzugehen, da wurde plötzlich auch mein Name aufgerufen. Ich glaubte mich verhört zu haben, aber schon gaben meine Gefährten mir den Weg frei, und ich trat vor. Verwirrt nahm ich ein kleines Gesicht mit niedergeschlagenen Augen wahr, tat einen weiteren Schritt, fühlte zarte Finger in meiner Hand und vernahm die Stimme von Cortés: »Doña Maria ist die Eure, Señor Torremayor! Ehrt sie, wie Gott es bestimmt.«

Auf diese Weise erfuhr ich von meiner Beförderung in den Rang eines Hauptmanns.

Es folgte ein Festmahl, das bis zum Abend dauerte, und es wurde aufgetischt, was die Republik Tlaxcala am Erlesensten zu bieten hatte: Wildschwein, Reh, Fasan, Rebhuhn, in Teig gebackene Hühner, fein gewürzte Ragouts und Unmengen von *tunas* oder Barbarie-Feigen, die gerade reif waren, aber ich erinnere mich an nichts. Eine Flut von Bildern drängte sich in meinem Kopf und nahm mir den Appetit. Wild durcheinander sah ich meine Ankunft in Salamanca, meinen ersten Streit auf

* Aus dieser Verbindung stammt eine Tochter, Doña Leonor, die später Ehefrau eines Cousins des Fürsten von Albuquerque wurde und damit zu einer der vornehmsten spanischen Familien gehörte. In dieser Hinsicht hegten die Spanier keinerlei rassische Vorurteile gegenüber den Indiofrauen vornehmer Herkunft.

dem Hof der Universität, dann wieder das letzte Weihnachtsfest mit meinem Vater in unserem Dorf, dann Sevilla, das mühsam verdiente Geld, die Seefahrt, meine Begegnung mit Diego Velázquez, den Besuch bei Cortés ... Hätte ich das geahnt! Möge Gott mir meinen Hochmut vergeben, ich war erst dreiundzwanzig Jahre und schon Hauptmann!

Bei Einbruch der Nacht geleitete uns ein großer Festzug zu einem der Häuser von Maxixcatzin, dem Vater von Doña Maria.

Hinter dem Haus lagen Gärten, in denen die Soldaten nächtigten, die Cortés zu meiner Wache bestimmt hatte. Wir traten ein, der Raum war für uns vorbereitet: Es gab Pflanzen und Blumen und ein weiches Lager aus übereinandergelegten Matten. Mein abschätzender Blick bestätigte mir, daß die Ausstattung meiner gehobenen Stellung entsprach.

Auf der weißen Wand erschienen die Umrisse der kleinen Doña Maria wie die einer Holzstatue. Stumm, mit eingezogenen Schultern stand sie da und wartete. Kein Begehren zwang mich zur Eile, ich hatte noch nie besonderes Gefallen an zu jungem Blut gefunden, ich fürchtete ihre Verlegenheit, ihre Schreie, ihre Tränen, ihren Widerwillen, und ich war auch schon so trunken von Gefühlen, daß ich mich lieber allein auf diesen Matten ausgestreckt hätte, um meinen Triumph zu genießen – allein oder mit Xiuxochitl. Aber nicht mit diesem Kind! Jedoch war mir auch klar, daß sie von edler Herkunft war, daß es nichts an ihr auszusetzen gab und ich es mir schuldig war, sie gut zu behandeln. Ich löste die Blumen und die Federn aus ihrem Haar und sprach in ihrer Sprache mit ihr. Ich glaube, das war für sie die angenehmste Überraschung dieser ersten Nacht.

Am nächsten Morgen gingen wir durch die Gärten, um Maxixcatzin zu begrüßen. Der alte Mann empfing uns im Kreise seiner Kinder, seiner Hauptfrau und zwanzig weiterer Frauen, von denen einige kaum älter als die kleine Maria waren. Alle waren mit Goldschmuck behängt und trugen Hemden, die ihre Oberkörper bedeckten.

Maxixcatzin bedachte mich mit einer überschwenglichen Rede, von der ich nicht viel verstand außer dem Wunsch, daß mein Samen auf fruchtbaren Boden gefallen sein möge. Angesichts seiner reichen Nachkommenschaft hatte Maxixcatzin seinen Garten in der Tat gut bestellt! Er schenkte mir drei kleine Fische aus Gold sowie einen Ballen Stoff aus Agavefasern, wobei er sich für die Dürftigkeit seiner Geschenke entschuldigte, was ihm Gelegenheit gab, mit der seinem Volk eigenen Beredsamkeit über Motecuhzoma und die Mexica herzufallen, die die Grenzen Tlaxcalas blockierten. Seine Klagen verlängerten den Besuch um gute zwei Stunden.

In einer Atempause, die er einlegte, gab ich vor, einige Befehle erteilen zu müssen, und stahl mich eilig davon wie ein alter Ehemann, der seine Fesseln abschüttelt.

Von Sebastián erfuhr ich, daß Xiuxochitl verschwunden war.

Die Tabascanerin hatte ihren Raum am Vorabend leer vorgefunden.

Xiuxochitl hatte nur ihren Duft zurückgelassen, eine süßliche Mischung aus Heliotrop und Vanille. Noch beunruhigte mich das nicht. Wie unmerklich wandelt sich Stolz in Überheblichkeit. Ich hielt sie für eifersüchtig auf die kleine Maria und sah in ihrer Abwesenheit nur einen ihrer launenhaften Einfälle.

Nachmittags kamen wir mit den Tlatoani zusammen. Sie bestätigten die Beschreibung, die uns die Kaziken von Mexico-Tenochtitlan, der Hauptstadt des aztekischen Reiches geliefert hatten, und ergänzten sie um weitere Einzelheiten. Es mußte eine gewaltige, inmitten eines Sees errichtete Stadt sein, die durch Dammstraßen mit dem Festland verbunden war. Diese Straßen, so hieß es, waren immer wieder von Zugbrücken unterbrochen, so daß die Stadt im Fall eines Angriffs uneinnehmbar war. Die Tlatoani waren über unser kühnes Vorhaben entsetzt und rühmten Motecuhzoma, dessen Herrschaft sich über achtunddreißig Provinzen ausdehnte, die er unterworfen hatte und die ihm nun tributpflichtig waren.

Als wir unserem Erstaunen Ausdruck verliehen, daß ein so kleines Land wie das ihre einer solchen Übermacht hatte standhalten können, lautete die einmütige Antwort, dies ginge auf den »Blumenkrieg« zurück.

Den Blumenkrieg?

Da Cortés befürchtete, die Erklärungen der Tlatoani könnten sich endlos hinziehen, bat er Malinche um Hilfe.

Der Blumenkrieg, so erklärte sie uns, ginge auf ein früheres Abkommen zwischen den Mexica und den Tlaxcalteken zurück. Die Götter sollten mit der Opferung von tapferen feindlichen Kriegern besänftigt werden, aber diese Speise war um so kostbarer geworden, als es durch Motecuhzomas Herrschaft über die umliegenden Landstriche schwierig wurde, Nachschub zu beschaffen. Ohne weitere Eroberungszüge gab es kaum noch Gefangene! Um diesen Notstand zu beheben, richteten Mexica und Tlaxcalteken zu festen Zeiten kämpferische Auseinandersetzungen ein, bei denen sie die Zahl der Gefangenen von vornherein festlegten. War sie erreicht, wurde der Kampf abgebrochen. Auf diesem Weg hatte jede Seite genug Opfergefangene gemacht, die nun zu den Teocalli geschleppt und den Messern der Priester dargebracht wurden, um so den Lauf der Jahreszeiten und das Fortbestehen der Welt zu sichern.

Ich lauschte Malinches Erläuterungen.

Seit der Gründung von Vera Cruz war sie die Geliebte von Cortés und wurde von unserer Armee sehr umschmeichelt. Sie war schön und intelligent, aber ich mochte sie nicht. Auch wenn es zu unseren Gunsten geschah, verriet sie doch jeden Tag aufs neue ihr eigenes Volk, belehrte uns über seine Stärken und Schwächen, half uns, sein Mißtrauen und seine Feindseligkeit abzubauen, da ihr die indianische Denkweise vertraut war und sie damit umzugehen verstand. Es fiel mir schwer, meine Abneigung gegen ein solches Verhalten zu überwinden; für mich ist jeder, der sein Land verrät, ein Vatermörder.

Sie war feinfühlig und klug genug, um dies zu spüren, und

es kam ihr zudem sehr ungelegen, daß ich mich mit den Anführern in Nahuatl verständigen konnte, wodurch sie selbst an Wichtigkeit einbüßte. Gleichwohl machten wir gute Miene zum bösen Spiel, wollten wir uns doch beide nicht die Gunst von Cortés verscherzen.

Begleitet von Maxixcatzin, brach ich auf, um die zweite Nacht mit der kleinen Doña Maria zu verbringen.

Das Mädchen schien ihre Schüchternheit abgelegt zu haben. Sie plapperte unentwegt, streichelte meine Hände, meinen Bart. Ich bemühte mich redlich, ihre Aufmerksamkeiten zu erwidern, war jedoch mit meinen Gedanken woanders. Sebastián sollte mir Bescheid geben, wenn Xiuxochitl wieder auftauchte. Da ich ihn aber nicht gesehen hatte, war sie offensichtlich noch nicht wieder zurück. Langsam wurde ich unruhig.

Maria saß auf meinen Knien, ihr schweres Haar umgab sie wie ein Cueitl und reichte ihr bis zu den Knöcheln hinab. Plötzlich sprang sie auf und hob zwei Matten von unserem Lager hoch. Federn und ein Stück Jade lagen dort versteckt. Ich lächelte, denn die Indios bezeichnen Kinder gern als »kostbare Federn« oder als »Juwel«. Ich verstand die Anspielung und bemühte mich, sie und auch ihren Herrn Vater zufriedenzustellen.

Im Morgengrauen tauchte ein Soldat bei uns auf: Cortés verlangte mich dringend zu sprechen. Ich streifte mein Wams über, legte die Waffen an und folgte dem Soldaten. Auf dem Weg stellte ich die schlimmsten Vermutungen an: Ein Angriff der Mexica? Ein Abfall der Tlaxcalteken? In unserer Situation mußten wir mit allem rechnen.

Cortés fieberte und empfing mich an seinem Bett.

»Torremayor, tlaxcaltekische Krieger haben Eure Indiofrau aufgegriffen, als sie die Grenze in Richtung Mexico überschreiten wollte. Sie behaupten, sie sei eine Spionin.«

»Eine Spionin!«

Ich wiederholte es langsam, um nicht die Fassung zu verlieren.

»Motecuhzoma hat seine Spione offenbar überall. Ich verstehe jedoch nicht, wie ihr Auftrag lautete. Was sollte sie in Erfahrung bringen? Jeder kennt unsere Truppenstärke und auch die Zahl unserer Pferde, unserer Kanonen. Unsere Absichten sind ohnehin klar.«

»Vielleicht wollte sie einfach nur zu den Ihren zurückkehren, die im Tal von Mexico leben. Eure Exzellenz möge sich daran erinnern, sie war Teil eines Tributs, der zur Opferung vorgesehen war. Nachdem nun ein paar Monate verstrichen sind, wird sie geglaubt haben, die Gefahr sei vorüber ...«

»Die Tlaxcalteken haben Jade bei ihr gefunden, der Motecuhzomas Zeichen trug. Diese Frau hat uns ein Märchen aufgetischt und uns alle getäuscht.«

»Wo ist sie?«

»Sie wurde nach Tlaxcala zurückgebracht. Der alte Xicotencatl hat mir vorgeschlagen, sie uns zu überlassen, damit wir sie richten. Da sich aber mexikanische Botschafter in der Stadt befinden, ziehe ich es vor, dies von den Tlatoani selbst erledigen zu lassen. Sie werden morgen früh beraten. Ich habe sie gebeten, diskret vorzugehen, welche Exekution auch immer sie wählen.«

»Ich möchte sie sehen.«

Cortés warf mir einen prüfenden Blick zu.

»Versucht Euch zu erinnern. Hat sie niemals etwas gesagt oder getan, was Euch seltsam vorkam, vor allem im Hinblick auf das, was wir jetzt von ihr wissen?«

»Sklavin oder Spionin, sie war für mich einfach eine Frau«, sagte ich. »Abgesehen davon hat sie mir mit viel gutem Willen ihre Sprache beigebracht ... Hat sie gestanden?«

»Sie hat nur folgenden Satz gesagt: ›Gibt es irgend etwas, das der *uey tlatoani* nicht weiß?‹ Ihr kennt diese Menschen, sie sprechen meist nicht einmal unter der Folter.«

»Man hat sie gefoltert?«

Ob meine Stimme in diesem Fall so fest klang, wie ich es wünschte, vermag ich nicht zu sagen.

»Das scheint nicht üblich zu sein. Eine Opferung hingegen

schienen sie in Erwägung zu ziehen. Ich habe Xicotencatl aufgefordert, darauf zu verzichten. Ich kann zwar für den Augenblick diese Greuel nicht unterbinden, aber ich lasse nicht zu, daß sie an jemandem vollzogen werden, über den ich zu bestimmen habe. Sollen sie sie hängen, ihr die Kehle durchschneiden – ein Spion hat jeden Tod verdient! Aber diese Greuel will ich nicht ... Wenn Ihr Euch zu ihr begeben würdet ... Geht zu ihr, Torremayor. Vielleicht vertraut sie sich Euch an. Es kann wichtig sein zu wissen, warum Motecuhzoma sie zu uns geschickt hat.«

Man hatte sie in einen Holzkäfig gesperrt, in dem normalerweise die Opfer gemästet wurden.

Ich trat an den Käfig, erblickte sie ... und hatte nur noch den einen Gedanken, sie hier herauszuholen, an den Stäben zu rütteln, die sie von mir trennten.

»Xiuxochitl!« rief ich.

Ihr auf die Mauer gerichteter Blick sah über mich hinweg.

Durch die Stäbe hindurch berührte ich ihre Schulter.

»Xiuxochitl...«

»Geh weg.«

Ich zog meine Hand zurück.

»Sie werden dich umbringen«, sagte ich.

»Die Stunde des Todes beginnt bei der Geburt. Ich habe sie erwartet.«

»Niemand will sterben!« empörte ich mich.

Sie wandte mir einen Blick zu, in dem nichts als Verachtung lag.

»Warum bist du gekommen? Damit ich mich erniedrige, damit ich dich anflehe, mich zu retten? Du gehörst nicht zu meinem Volk, du bis niemals mein Herr gewesen, du bist nichts. Laß mich in Ruhe.«

Ich hielt meinen Zorn im Zaum.

»Wenn du mir sagst, mit welcher Absicht du in unser Lager kamst, werde ich mit Cortés sprechen, er ...«

»Laß mich. Ich will nichts von dir, ich hasse euch alle, euch, eure Pferde, eure Kanonen, eure Feuerrohre! Ihr bringt Unordnung in unsere Ordnung. Ihr wolltet unser Leben ändern, unsere Religion zerstören, unseren Herzen Gewalt antun, alle werdet ihr untergehen! Aber dort, wo ich sein werde, werde ich lachen. Ihr werdet Asche sein und Staub, ich aber Licht.«

»Was erzählst du da!«

»Die Wahrheit. Die mutigen Krieger, die im Kampf oder unter dem Obsidianmesser des Feindes sterben, steigen zum Himmel auf, in das Sonnenhaus. Sie wenden sich nach Osten und helfen unserem Vater, der Sonne, aus der Dunkelheit aufzusteigen. Sie erfreuen ihn durch ihr Kampfgeschrei und treiben ihn auf den Zenit. Dort warten in der wärmenden Glut die im Krieg oder im Kindbett gestorbenen Frauen. Sie treten nun an die Stelle der Krieger und übernehmen, wie Gottheiten geschmückt und gewappnet, die Sonne aus den Händen der Krieger und geleiten sie auf einer mit grünen Federn gesäumten Trage hinab zu ihrem Untergang. Zu diesen Frauen werde auch ich gehören. Bedeutet es nicht ein ungeheures Glück, am Himmel zu strahlen, statt in den *mictlan* einzugehen?«

»Den Mictlan?«

»Siehst du! Du verurteilst unsere Religion und weißt doch nichts über sie. Ich weiß bei weitem mehr über deine! Alles, was nicht von euch kommt, verachtet ihr Spanier, als sei es ein Auswurf … Der Mictlan ist jenes Totenreich, in dem wir fast alle enden – außer den Ertrunkenen, den Aussätzigen, den Wassersüchtigen und den vom Blitz Erschlagenen. Diese gelangen in die blumenreichen Gärten von Tlaloc, dem Gott des Regens und des Wassers … Der Mictlan bedeutet das Nichts, aber davor liegt eine lange Zeit gefährlicher Prüfungen. Und im Mictlan gibt es keinen Unterschied zwischen Herrschenden und Armen. Mein Tod als Kriegerin unter dem Messer dieser Hunde von Tlaxcalteken verheißt mir also ein süßes Geschick …«

Ich unterbrach sie. Diese heidnischen Hirngespinste über das Jenseits entsetzten mich, so kamen wir nicht weiter.

»Wer bist du?«

Xiuxochitl warf den Kopf zurück.

Ihr Antlitz, wie in dunkles Gold gemeißelt, strahlte vor Heiterkeit. Mit ebendiesem Ausdruck würde sie sich auch dem Opfermesser darbieten, durchfuhr es mich, und dieser Gedanke trieb mir den Schweiß auf die Stirn. Ihre Brust hob sich, sie blieb jedoch auf ihren Fersen hocken. Der Käfig war so eng, daß sie keine andere Haltung einnehmen konnte, aber sie wirkte genauso zufrieden wie auf einem samtenen Kissen.

Dann richtete sie ihren Blick wieder auf mich.

»Du bist stark, und du bist schwach«, sagte sie. »Du ziehst in den Krieg ohne zu zittern, aber du zitterst um eine Frau, die nichts für dich bedeutet. Würde mein Tod dein Leben verändern, Ollintzin?«

»Wer bist du?« wiederholte ich.

»Ich stamme aus Mexico, und mehr wirst du nicht erfahren, weder du noch diese stinkenden Hunde von Tlaxcalteken, die es lediglich wert sind, bei unseren Festmahlen aufgetischt zu werden. Aber ich will dir sagen, warum ich geduldet habe, daß du mich anrührst, denn du wirst dich dessen nicht rühmen ... In der alten Stadt Tula lebte einst ein sehr schöner, sehr frommer und hochverehrter Priesterkönig. Er hieß Quetzalcoatl. In seinen Palästen gab es Säle, die ganz mit Gold und Türkisen ausgelegt waren, andere mit Korallen und kostbaren Federn. Unter seiner Herrschaft wuchs und gedieh alles. Die Baumwolle wuchs bereits in den herrlichsten Farben am Strauch, die Maiskolben waren so groß, daß man sie kaum mit beiden Armen halten konnte, und die Untertanen Quetzalcoatls litten weder Hunger noch Kälte. Niemand stellte kunstvollere Arbeiten aus Gold und Jade her als die Handwerker in Tula, denn Quetzalcoatl schätzte das Schöne. Aber der Überfluß verdirbt die Menschen, das Laster greift um sich, und so nahte auch hier der Zerfall. Quetzalcoatl beschloß fortzugehen. Er floh nach Osten, entfachte am Ufer eine riesige Glut und stürzte sich in die Flammen. So wurde er zum Herrn des Roten Hauses der Morgenröte. Seither strahlt er als Gott wie ein Juwel am Himmel. Aber vor seinem Aufbruch kündigte er seine Wiederkehr an. Auf dem gleichen Weg würde er zurückkehren, so sagte er, in einem Schilfrohr-Jahr unseres Sonnenkalenders, und sein Zepter wieder ergreifen ... Oh, was bist du ungeduldig! Hör mir zu! Seit mehreren Jahren bereits kündigen unheilvolle Zeichen einen Umsturz unserer Welt an. Angst erfüllt unsere Herzen. Und nun taucht ihr auf, ihr, die Herren des Blitzes, ihr habt eine helle Haut, einen Bart, ihr seht so aus, wie Quetzalcoatl dargestellt wird, ihr kommt aus östlicher Richtung, wie er vorhergesagt hat, und in einem Schilfrohr-Jahr, wie er es auch vorhergesagt hat. Deshalb wurde Motecuhzoma, mein Herr, von Zweifeln ergriffen. Seid ihr Götter, oder seid ihr es nicht? Er schickt euch kostbaren Schmuck, und er schickt Zauberer, er befragt die Wahrsager: Soll er vor den Göttern die Erde essen, soll er ihnen seine Macht überlassen und als Wurm sein Dasein fristen oder gar zu Staub vergehen? Er weiß es nicht, er gerät in Angst und Schrecken, er ißt nicht mehr, er schläft nicht mehr, er, der große Motecuhzoma. In seiner Bedrängnis kommt ihm eine Idee: Die Götter werden sich auch Frauen gegenüber anders verhalten als gewöhnliche Männer, sie werden entweder schrecklich oder herrlich sein. Darum also schickt er mich los, und du gibst mir die Antwort. Nein, ihr seid keine Götter!«

Es war nicht der Augenblick, um Schlußfolgerungen aus dieser sagenhaften Deutung unserer Ankunft zu ziehen. Außerdem mußte ich mich beherrschen, um über ihre wenig schmeichelhafte Einschätzung hinwegzugehen.

»Und als du die Antwort hattest«, fragte ich, »warum bist du da nicht zurückgegangen?«

»Erinnere dich. Bis Cempoala hattest du mich nicht angerührt. Danach war es zu spät.«

»Zu spät?«

»Als wir in Vera Cruz waren, habe ich mich nicht im Wald verlaufen, wie ich dir gesagt habe. Ich wollte die Sklaven treffen, die mich auf ihrem Rücken von Mexico hierher getragen hatten, damit sie mich zurückbrächten – denn das ist die schnellste Art, sich in diesen Gegenden fortzubewegen. Und ich traf sie an der vereinbarten Stelle, aber sie waren tot, ermordet. Seit Cempoala zu euren Verbündeten zählt, ist es nicht ratsam, in dieser Provinz als Mexica aufzutauchen! So habe ich mich in Geduld geübt, denn ihr seid noch der beste Schutz, den ich bekommen konnte.«

»Aber warum hast du nicht, nachdem wir diese furchtbare Hochebene hinter uns gelassen hatten und in das Anahuac kamen, warum hast du da von den Kaziken, die ja Untertanen deines Gebieters sind, nicht eine Eskorte verlangt?«

Ein Lächeln glitt über ihre Lippen, um sofort wieder zu verlöschen.

»Möchtest du gern hören, daß ich jetzt sage: um bei dir zu bleiben? Es wäre leicht, dich dies glauben zu machen, ihr seid so eitel. Ihr seid ja so eitel, ihr Herren des Blitzes. Ihr nehmt eine Frau, ihre Augen werden für euch zum Spiegel eurer Heldentaten, und je mehr euch diese Augen belügen, desto wohler fühlt ihr euch! Geh jetzt, ich habe genug geredet. Meine Zeit gehört mir.«

Sie senkte ihre Lider. Ihr Gesicht glich wieder einer Maske, sie zog sich zurück, war bereits woanders, ich hatte sie verloren.

Wie aber kann man etwas verlieren, das man nie besessen hat? Ihre Zärtlichkeit, ihre Sehnsucht, ihre Anmut… Beinahe hatte ich mich dem trügerischen Schluß hingegeben, daß diese körperlichen Dinge eine Bindung verrieten, die zuzugeben ihr widerstrebte. Wie gern hatte ich ihre Küsse für Liebesschwüre gehalten. Ich armer Verblendeter! Nun wußte ich die Wahrheit. Aber warum täuschte sie mich nicht auch weiterhin? Warum zog sie es vor, mich auf den Boden der Tatsachen zurückzuholen, als sei dies die höchste Befriedigung, die sie erlangen konnte, anstatt sich von mir helfen zu lassen?

In einem furchtbaren Zustand der Verwirrung, Demütigung und Wut begann ich sie zu beschimpfen. Ich glaube, sie hörte mich nicht einmal. Vielleicht hätte ich einfach sagen sollen, daß ich sie liebte ... aber das wußte ich nicht. In meinem Herzen wehte der Wind der Conquista, und ich dachte nicht im entferntesten daran, einer Frau einen Platz darin einzuräumen, schon gar nicht einer solchen Frau! Xiuxochitl mußte erst aus meinem Leben verschwinden, und viele andere dramatische Ereignisse mußten eintreten, bevor sie zu mir zurückkehrte und ich mir endlich eingestand, was sie mir bedeutete. Damals war die Liebe für mich noch etwas sehr Keusches, sehr Reines, fern allem fleischlichen Verlangen, und jede Frau, die daran Gefallen fand, war nichts anderes als eine Hure.

Genau das sagte ich ihr auch, und zwar in weit weniger gewählten Worten.

Ich ging fort, ohne daß sie mich noch einmal angesehen hätte.

Cortés teilte mir am Abend mit, daß sie in der Morgendämmerung hingerichtet werden sollte. Ich beauftragte Sebastián, mir einen Krug Octli zu bringen und gemeinsam tranken wir, bis ich umfiel.

Am frühen Morgen weckte er mich, indem er mir einen Eimer kaltes Wasser ins Gesicht schüttete.

»Sie ist geflohen«, sagte er. »Ihr Käfig war leer, der Wärter ermordet.«

Ich stand auf, trocknete mein Gesicht und dankte Gott.

* * *

Am dreizehnten Oktober brachen wir von Tlaxcala in Richtung Cholula auf.

Daß unsere Wahl auf diese Stadt fiel, in deren Nähe sich mexikanische Krieger aufhalten sollten, bestürzte die Tlatoani ebenso wie die Hartnäckigkeit, mit der wir eine Begegnung mit Motecuhzoma erzwingen wollten. Sie waren im übrigen nicht die einzigen, die unser Vorhaben mißbilligten, aber ihre Argumente erschienen mir ehrlicher als die der Anhänger von Velázquez.

Alonso Pizarral nahm mich beiseite.

»Torremayor, Ihr genießt das Vertrauen von Cortés ... Ja, ja mein Freund, nur keine falsche Bescheidenheit, Eure Beförderung beweist es! Unter uns gesagt, hat der Mann den Verstand verloren? Der Ehrgeiz treibt ihn, sein letztes Pulver zu verschießen. Mag er selbst den Scheiterhaufen besteigen ... Leider aber werden wir, wenn wir ihm folgen, alle mit ihm gebraten werden! Wir haben bereits achtundfünfzig Mann verloren, das ist ein Achtel unserer ganzen Armee. Was wird wohl übrigbleiben, wenn Motecuhzoma Hunderttausende seiner Krieger auf uns hetzt? Ihr seid jung, eine glänzende Zukunft steht Euch bevor, es wäre dumm, sie aufs Spiel zu setzen. Laßt uns nach Vera Cruz zurückkehren, ein Schiff bauen und dann mit der Unterstützung Kubas, mit unseren Kenntnissen über das Land und seine Bewohner und mit neuen Truppen wieder hierherkommen ...«

Ohne allzugroßen Respekt fiel ich ihm ins Wort.

»Ich bin anderer Meinung, Señor. So paradox es klingen mag, ich glaube, daß unsere Stärke gerade in unserer kleinen Zahl liegt. Es ist unsere geringe Truppenstärke, die uns Bewunderung einbringt und unsere Gegner das Fürchten lehrt. Niemals zuvor haben Männer ähnliches vollbracht! Jetzt zurückgehen? Damit würden wir uns in das breite Heer der Sterblichen einreihen und unseren Heiligenschein mit Füßen treten! Unsere Verbündeten würden von uns abfallen, und wir wären alle ausgelöscht, bevor wir Vera Cruz überhaupt erreicht hätten.«

Ich fügte noch hinzu, daß es für mich, da ich arm und verschuldet war, ohnehin keinen anderen Ausweg gab, als bis zum Ende weiterzugehen, und daß dies für viele meiner Gefährten ebenfalls zutraf. Der Glaube, die Ehre und die Not würden uns leiten.

Zu diesen naheliegenden Beweggründen kam für mich noch ein weiterer hinzu: Die Tlaxcalteken hatten Xiuxochitl nicht wieder gefangen, demnach war es ihr gelungen, nach Mexico-Tenochtitlan zurückzukehren. Nur dort hatte ich die Chance, sie wiederzufinden. Und ich wollte sie wiederfinden! Wer hatte ihr bei der Flucht geholfen? Ein Indio aus dem Gefolge der mexikanischen Gesandten? Ein Spanier? Wer war ein solches Riskio eingegangen, und zu welchem Zweck? Und welche Stellung nahm sie bei Motecuhzoma ein? Wer war Xiuxochitl? Wie brennende Dornen peinigten mich diese Fragen. Kommt eine Frau ins Spiel, so vermag der Mann, auch wenn er Großes vorhat, die Augen nicht von ihr abzuwenden.

Cholula liegt ungefähr dreißig Meilen von Mexico entfernt. Um zahllose Teocalli sind mehr als zwanzigtausend Häuser erbaut. Wir hatten uns daran gewöhnt, in diesen unbekannten Weiten Städte zu entdecken, die mit unseren spanischen Städten vergleichbar waren, diese hier jedoch übertraf alles Bisherige.

Die cholultekischen Kaziken kamen uns entgegen. Sie trugen weich fallende, reichbestickte Gewänder, die an die herrlichen weiten Umhänge der Mauren erinnerten. Auf ihre Bitte hin ließen wir die fünftausend tlaxcaltekischen Krieger, die sich uns angeschlossen hatten, vor den Stadtmauern zurück. Dieses Anliegen schien uns verständlich, und auch wir wollten Zusammenstöße zwischen Einheimischen und Tlaxcalteken verhindern. So zogen wir nur mit unseren Indios aus Cempoala und den mexikanischen Gesandten in die weiße Stadt ein. Diesen letzten war es sicher sehr angenehm, den Boden eines Verbündeten zu betreten, denn Cholula war von Mexico unterworfen worden. Wir wurden mit einem großen Fest empfangen, Kopalrauchwolken stiegen auf, Musik ertönte, und ein Blumenregen geleitete uns zu unseren geräumigen Unterkünften, wo uns köstliche Speisen erwarteten.

Drei Tage lang wurden wir sehr liebenswürdig behandelt.

Jeder Wunsch wurde uns erfüllt, das Lager war gut, das Essen reichlich. Die Kaziken hatten uns sogar ihre Absicht kundgetan, sich unserem König zu unterwerfen. Die eindringlichen Warnungen unserer Freunde, der Tlatoani, schrieben wir im wesentlichen dem Haß zu, den sie gegen Cholula hegten. Das änderte sich, als erneut Abgesandte Motecuhzomas eintrafen und die Botschaft überbrachten, unser Näherkommen mißfalle ihrem Gebieter, er ersuche uns, nicht weiter vorzudringen.

Diese Warnung hatte Folgen. Wir erhielten keine Lebensmittel mehr, nur Wasser und Holz für unsere Feuerstellen. Darüber hinaus bemerkten wir, daß sehr wenig Frauen und Kinder zu sehen waren. Das war ein schlechtes Zeichen. Bereiten sich die Indios auf einen Kampf vor, so tragen sie stets Sorge, daß zuvor ihre Familien und ihre Habseligkeiten in Sicherheit gebracht werden.

Im Morgengrauen machte ich mich mit Sebastián, Rodrigo und einigen Indios aus Cempoala auf, und wir zogen durch die Stadt. Unseren Indios waren die Listen ihres Volkes besser vertraut, und alsbald entdeckten sie auch verborgene, mit Pfählen gespickte Gruben in den Hauptverkehrswegen, die unsere Pferde aufhalten sollten. Hinter den Brüstungen auf den Dächern türmten sich Steine und verschiedene Wurfgeschosse, die unserer Armee zugedacht waren. Und außerhalb der Stadt konnten wir eine starke mexikanische Armee ausmachen.

Alles wies darauf hin, daß wir in eine Falle geraten waren. Noch waren wir unschlüssig, wie wir uns am besten verhalten sollten, da führte Malinche die Frau eines cholultekischen Kriegers zu uns, deren Gunst sie erworben hatte; und sie bestätigte unsere Befürchtungen.

Sofort kamen wir zusammen, beratschlagten und flehten zu Gott, uns in unserer ausweglosen Lage nicht allein zu lassen.

Folgende Beschlüsse wurden gefaßt: Jeder Rückzug würde unseren Ruf schädigen und uns der Vernichtung preisgeben; eine rasche und schlagkräftige Vorgehensweise unsererseits würde hingegen unser Ansehen bei den Mexica feindlich gesinnten Provinzen mehren und eine vermeintlich verhängnisvolle Lage zu unseren Gunsten wenden.

So beschlossen wir, der Überraschung zuvorzukommen, die Cholula uns bereiten wollte.

Cortés ließ die Kaziken kommen und verkündete ihnen, daß wir am nächsten Tag aufbrechen würden. Um diese Absicht glaubhafter erscheinen zu lassen, forderte er überdies eine Anzahl Träger an. Die Nacht war lang.

Ich schlief nicht, ich behielt meine volle Rüstung an, mein Pferd stand gesattelt und gezäumt an meiner Seite. Obwohl man uns versichert hatte, daß die Kaziken uns gemeinsam mit den Mexica erst bei unserem Auszug aus Cholua angreifen wollten, befürchteten wir, daß es schon während der Nacht zu einem Aufstand der Einwohner kommen könnte, gegen den unsere in freiem Gelände so erprobten Manöver wirkungslos bleiben würden. Sollten die Cholulteken unser Quartier angreifen und uns daraus vertreiben, würden unsere Pferde auf den Pfählen aufgespießt, die Leute in der Stadt würden sich auf uns stürzen, die Mexica obendrein, und trotz allem Heldenmut: bei der Aussicht, auf einem Opferstein zu enden, krampfte sich mein Magen zusammen. Ich lauschte auf das geringste Geräusch, doch abgesehen von dem allgemeinen Rauschen, das auch nachts über jeder großen Stadt liegt, war nichts zu hören außer den dumpfen Tönen der Muscheln und dem Geschrei der Priester, das von der Höhe der Teocalli herab den Lauf der Zeit skandierte.

Am frühen Morgen bezogen wir Position. Ein Teil der Soldaten stellte sich entlang der Mauern in dem großen Hof auf, in dem wir untergebracht waren. Pflöcke schützten die Ausgänge, und die verbleibenden Truppen wurden mit den Kanonen außerhalb des Mauerrings postiert, um die Zugänge zu schützen.

Die Kaziken erschienen mit Gold und Blumen geschmückt in farbenprächtiger Kleidung, um uns zu verabschieden. Eine auffallend große Zahl Tlamemes begleitete sie; uns war sofort klar, daß es sich hier um Krieger und nicht um Träger handelte, und gemeine Schadenfreude erfüllte uns bei dem Gedanken, welchen Preis sie für ihren Frevel bezahlen würden.

Ohne Umschweife brachte Cortés seine Beschuldigungen gegenüber den Kaziken vor und führte ihnen vor Augen, daß wir bis in alle Einzelheiten über die Verschwörung unterrichtet waren, die sie geplant hatten. Wäre ihnen die Sonne vor die Füße gerollt, ihr Erstaunen hätte nicht größer sein können. In ihrer Bestürzung versuchten sie nicht einmal zu leugnen. Sie brachen zusammen, beschuldigten Motecuhzoma und flehten um Vergebung, die wir ihnen aber nicht gewähren wollten. Ganz gleich welche Rolle der Höchste Tlatoani von Mexico spielte, wir mußten ein Exempel statuieren, die Zukunft unserer Expedition stand auf dem Spiel. Der Schuß einer Arkebuse war das vereinbarte Signal. Keiner der im Hof befindlichen Cholulteken kam davon.

Die darauffolgende Schlacht in den Straßen geriet zu einem fürchterlichen Gemetzel. Die Tlaxcalteken, die in der Nähe lagerten, tauchten beim Lärm der Kanonen auf und besannen sich auf ihren Haß. Erst nach fünf Stunden gelang es uns, die wir bereits Nachsicht üben und das Flehen der Cholulteken erhören wollten, unsere blutdürstigen Verbündeten zu bändigen und die Ordnung wiederherzustellen. Anschließend plünderten die Soldaten, wie es das Kriegsrecht erlaubt, die Stadt. Dabei entdeckten wir Lederhalsbänder mit langen Ketten, an denen wir nach Mexico hätten verschleppt werden sollen, um dort geopfert zu werden. Es fanden sich auch zahlreiche große Tonkrüge, in denen Würzmischungen aus Salz, Knoblauch und Tomaten nur auf unser Fleisch warteten, um es mürbe zu machen und ihm den rechten Geschmack zu verleihen.

Ich weise ausdrücklich darauf hin, daß es gemäß unseren Befehlen trotz aller Grausamkeiten zu keiner einzigen Vergewaltigung kam, und Frauen und Kinder von den Greueltaten verschont blieben.

Später hat man uns manche Vorgehensweise zum Vorwurf gemacht, zu der wir in gewissen Situationen gezwungen waren.

Ich betone *später*, denn im Herbst des Jahres 1519 wußte in Spanien keiner, was wir taten, wo wir waren und nicht einmal, wer wir waren. Aber als wir dieses herrliche Land, das wir Neu-Spanien nannten, für Gott und unseren König unterworfen hatten, als Gold, Silber, Edelsteine, Perlen, Baumwolle und die ganze Vielfalt der Erzeugnisse dieses so fruchtbaren Bodens in unsere Heimat gelangten, war man angesichts dieser materiellen Beweise gewillt, unsere Taten anzuerkennen. Dieses Ansehen rief Neid und Mißgunst hervor, und es gab viele, die unser Vorgehen anprangerten, um den Ruhm zu schmälern, der für den Großteil unserer Soldaten letztlich der einzige Verdienst blieb, wenn sie nicht im Kampf fielen, von Krankheiten dahingerafft wurden oder in den Bäuchen der Indios endeten.

Diese Verleumder wußten nichts von den außergewöhnlichen Zusammenhängen, in denen wir uns bewegten. Sie urteilten, um zu verurteilen! Oft waren es bei Hofe sehr angesehene Personen, und Unterstützung von ebendieser Seite ist uns auch stets versagt geblieben. Keiner von uns gehörte zu den erlauchten Familien, die das Privileg besitzen, sich Gehör zu verschaffen, und so konnte auch keiner von uns geltend machen, daß die Kriege in Europa nicht anders verlaufen und beim Plündern der Städte immer wieder Schändlichkeiten vorkommen, die wir niemals begangen haben.

Mit Wölfen wurden wir verglichen, und die Indios mit den unschuldigen Lämmern. Hat man jemals Lämmer gesehen, die sich in Strömen von Blut suhlten? Dagegen verwahre ich mich. Wir sind ausgezogen, um jene Landstriche in Besitz zu nehmen, die der Heilige Vater, Alexander VI., Spanien zugesprochen hatte, um das Licht des wahren Glaubens dorthin zu bringen, den Ruhm unseres Königs zu mehren und auch um persönlichen Gewinn daraus zu ziehen, wie jeder Mann es erhofft, wenn er das einzige, was er besitzt, aufs Spiel setzt, nämlich sein Leben. Aber unsere Absichten waren niemals kriegerisch. Im übrigen möchte ich denjenigen, die nicht soviel Anstand oder Herz besitzen, um mir zu glauben, wenigstens durch die kalte Sprache der Logik zu verstehen geben, daß uns ganz einfach die Mittel dazu fehlten. Wir waren zahlenmäßig so unglaublich unterlegen, daß wir stets danach trachten mußten, Auseinandersetzungen zu vermeiden und friedliche Verhandlungen zu führen. Wenn die Indios Krieg wollten, haben wir ihn geführt, allein schon, um zu überleben. Und wir achteten ihren Mut, wie sie den unseren achteten.

Erst der Frieden hat den Geist der Conquista verdorben. Wir hatten das Feld mit unseren Schwertern bestellt, hatten es mit unserem Schweiß und unserem Blut begossen, die Saat ging auf, und nachdem ihre teuflischen Praktiken einmal ausgerottet waren, hätten wir in fruchtbarem Einvernehmen mit den Indios leben, die besten ihrer und unserer Eigenschaften zu einem Ganzen verbinden können. Wir achteten sie, wir streichelten die Kinder, die ihre Töchter ausgetragen hatten und die unsere beiden Rassen bereits vereinten. Dann aber machten sich in Spanien andere Männer auf den Weg hierher. Was wußten sie von den Menschen in Tabasco, den Totonaken, den Tlaxcalteken, den Mexica? Sie haben das Getreide niedergewalzt, das Korn verdorben, Verzweiflung gesät, und das alles aus bloßer, maßloser Gier. Solange ich lebe, werde ich das nicht hinnehmen können, selbst wenn ich dafür noch einmal hierher zurückkehren müßte, in dieses Gefängnis, und aus denselben Gründen.

DIE STADT DER WUNDER

Der Weg von Cholula nach Mexico führt über die Sierra, deren Bergrücken zwischen Kiefernwäldern schroff aufragen, bis man auf eine sanft gewellte Hochebene gelangt, die sich zwischen zwei gewaltigen und wunderschönen Bergketten erstreckt. In makelloser Reinheit glänzt der Schnee auf diesen Felsmassen. Die Indios nennen das linke Gebirge Popocatepetl, »den rauchenden Berg«, das rechte sehen sie als seine Gemahlin, Iztaccihuatl, »die weiße Herrin«. Beiden begegnen sie mit religiöser Furcht. Unser Glaube verbot uns zwar, wie die Indios zu denken, daß hier die Geister der Toten hausten, aber wir waren nicht minder beeindruckt von den Rauchsäulen, die, gewaltigen Türmen gleich, vom Popocatepetl in den Himmel stiegen. Das Feuer, das unter dem Eispanzer in den Eingeweiden des Ungetüms lodern mußte, wärmte die Luft jedoch nicht: es war so kalt, daß uns die Worte auf den Lippen gefroren.

Mein Pferd strauchelte bei jedem Tritt und sank in einer dicken, schneebedeckten Schicht feiner Asche ein. Alle paar Schritte mußten wir innehalten. In der eisigen Höhenluft* wurde das Marschieren zur Qual, besonders für die Verletzten. Abgesehen von den Frauen hatten wir alle irgendeine Blessur aus der Schlacht von Cholula davongetragen. Was mich betraf, so hatte mir ein großer, von einem der Dächer herabgeschleuderter Stein das Schlüsselbein gebrochen. Seit kurzem konnte ich zwar meine Schulter wieder bewegen, ich war jedoch noch nicht wieder ganz bei Kräften.

Cholula lag befriedet hinter uns. Es war uns gelungen, Tlaxcalteken und Cholulteken miteinander zu versöhnen, indem wir die hinterhältigen Manöver Motecuhzomas aufdeckten,

* Die Höhe beträgt ungefähr 4000 m.

die ihren Zwist jahrelang angefacht hatten. Beim Verlassen der Stadt galt unser letzter Blick dem riesigen, weithin sichtbaren Kreuz, das wir auf dem Gipfel des größten, nun zur Kirche gewordenen Teocalli errichtet hatten. Wir hofften, daß sein Glanz, eher als Predigten, die Seelen der Indios den Dämonen entreißen würde.

Auch wenn unser Erfolg viele kleine Städte der Umgebung zur Unterwerfung bewogen hatte, wußten wir noch immer nicht, welchen Empfang uns Motecuhzoma bereiten würde. Seit der Schlacht tauchten immer wieder Abgesandte von ihm auf. Die zuletzt gekommenen versicherten uns im Widerspruch zu ihren Vorgängern, daß ihr Gebieter uns freundlich empfangen würde. Doch es wäre töricht gewesen, dieser Botschaft zu trauen!

Daher hatten wir auch nicht die Route eingeschlagen, die die von Motecuhzoma geschickten Führer uns empfohlen hatten, sondern diesen Weg auf uns genommen, der für uns Männer ebenso beschwerlich war wie für die Pferde und den Transport der Artillerie. Wir glaubten, die Mexica würden nicht damit rechnen, daß wir uns einer solchen Gefahr aussetzten.

Tiefe Schluchten führten in das Becken von Mexico hinunter. Hinter uns fuhr der Wind in die Pfade, die wir zwischen den Abgründen und den steil aufragenden Bergen eingeschlagen hatten, und trieb uns vorwärts wie ein Schäferhund seine Herde. Eine recht jämmerliche Herde, die allein durch den Willen zum Überleben auf den Beinen gehalten wurde! Bisweilen drückte uns ein Windstoß mit solcher Kraft an die Felsen, daß wir zitternd abwarteten, ob er vorüberziehen oder uns packen und mit sich in den Abgrund reißen würde.

Der Tag neigte sich seinem Ende zu. Schneeflocken tanzten wie Schmetterlinge um uns herum, doch nichts war weiter von einer Frühlingslandschaft entfernt als diese dichten, finsteren Schatten vor uns. Wir schlugen unser Lager auf, so gut wir konnten. Die Indios sammelten Holz und machten Feuer. Die Frauen bereiteten Hühner, Fladen und Maisbrei zu.

Die Sänften der kleinen Doña Maria sowie der vier anderen jungen Frauen aus Tlaxcala ließ ich in eine Felsnische bringen, die wir mit einem notdürftigen Dach aus Zweigen versahen. Auch wenn das ihrem Stand nicht entsprach, eine bequemere Unterbringung war unter den gegebenen Umständen nicht möglich. Die Erschöpfung hatte Marias kindliche Rundungen schwinden lassen, aber sie fügte sich und klagte nicht. Ich vertraute sie ihrer Dienerin an und stieg den Abhang wieder hinauf, geleitet vom Licht der Feuerstellen und den schwachen Klängen der Gitarre. Auf dem Weg zu Cortés und den Hauptleuten ging ich bei Sebastián vorbei, der mit unseren Gefährten aus der Estremadura zusammensaß.

Er wollte die Gitarre aus den Händen legen, aber ich bedeutete ihm weiterzuspielen. Sein Gesicht war von den dunklen Barthaaren verdeckt, nur seine Augen leuchteten im Schein des Feuers. Auf der dicken Goldkette, die er mehrfach um seinen Arm gewunden hatte wie eine Feuerschlange, tanzten Lichtreflexe. Sie stammte aus Cholula, wo er sie bei der Plünderung der Stadt an sich genommen hatte. Mit einemmal fiel mir auf, wie edel seine Züge waren.

Die Tabascanerin und Atototl, eine junge Indiofrau, die ihm seit Tlaxcala folgte, boten mir Hühnerfleisch und mit Chilli gewürzten Mais an. Sebastián packte die Gitarre in seinen Beutel. Sogleich machten die beiden Frauen sich eifrig daran, Maiskugeln für ihn zu formen. Er verschlang sie, wischte sich die Finger am Cueitl von Atototl ab, die gluckste und sich wieder auf ihre Fersen hockte, mit jener Geschmeidigkeit und Anmut, die alle Indiofrauen besitzen, bevor das Alter sich bemerkbar macht. Ihr langes, schweres Haar hatte sich gelöst, und als sie es wieder zusammenband, glaubte ich für einen Augenblick Xiuxochitl vor mir zu sehen.

Auf dem Rückweg kam ich bei Rodrigo und Diego Pizarral vorbei.

Seit Cholula hatte mein Bruder einen ungeheuren Frauenverschleiß. In allen Städten und Dörfern, durch die wir kamen, wurden uns Frauen geschenkt, wobei ich als Hauptmann besonders großzügig bedacht wurde. Rodrigo war der Nutznießer dieser Freigebigkeit, denn es war mir unmöglich, die Frauen zurückzuweisen, ohne die Kaziken zu beleidigen, aber sie ließen mich kalt. Es schien mir reichlich leichtfertig, unter den gegebenen Umständen meine Zeit mit derlei Ausschweifungen zu vergeuden. So zumindest erklärte ich mir den geringen Reiz, den diese Frauen auf mich ausübten …

Am frühen Morgen löschten die Indios die Glut in den Feuerstellen, und wir brachen auf.

Wir kamen nur sehr langsam voran. Der Schnee erschwerte uns den Weg, aber noch weitaus gefährlicher waren für unsere Pferde die Eiskrusten, die an einigen Stellen den Fels überzogen. Ein falscher Tritt, und wir wären in Schluchten gestürzt, deren Tiefe wir nur erahnen konnten. Die Natur schien sich mit den Mexica verbündet zu haben, so sehr häuften sich die Hindernisse auf unserem Weg.

Wir hatten gerade drei große, vom Blitz getroffene Bäume, die nun ineinander verkeilt wie eine Barrikade unseren Weg versperrten, in die Schlucht hinuntergeworfen, als sich plötzlich hinter einer Biegung der Sierra der Horizont auftat und wir sie erblickten.

In der Ferne, inmitten einer unermeßlichen Wasserfläche, die von hohen Bergen umgeben war, erstreckte sich eine Stadt.

Noch heute werden meine Augen feucht, wenn ich mich an diesen Augenblick erinnere, und heute wie damals empfinde ich eine tiefe Dankbarkeit gegenüber Gott, denn das schlimmste Unglück schmälert nicht diesen unvergleichlichen Moment, den Er mir vergönnte.

Wir sahen nur die weiße, mit Gold bestäubte Stadt in der Mitte der blauen Fläche. Wasser und Firmament verschmolzen ihr Azur und ihren Glanz, so daß ich mich in meiner äußersten Verwirrung fragte, ob diese Stadt sich aus dem Wasser erhob oder am Himmel schwebte.

Wir waren stehengeblieben. Mein Herz schlug mir bis zum

Halse. War das eine wunderbare Erscheinung, die der Allmächtige uns schickte, um unsere schwindenden Kräfte zu stärken? Oder ein Trugbild, das Erschöpfung und Höhe uns vorgaukelten? Aber die mexikanischen Führer wiesen mit dem Arm dorthin und riefen voller Stolz: »Mexico-Tenochtitlan! Mexico-Tenochtitlan!« Da begriff ich, daß wahrlich kein Blendwerk aus Amadís' Ritterbuch meine Phantasie narrte. Wir hatten die Stadt der Wunder gefunden!

Mit verschleiertem Blick betrachtete ich die Stadt, ihre ungeheuren Ausmaße, ihre zahlreichen, schlanken Türme, die sich wie Pfeile in den Himmel reckten. Auf der Lagune glitten Tausende kleiner Boote über das Wasser und hauchten der erhabenen, ruhigen Landschaft Leben ein. Mein Blick schweifte zu den Ufern und ich entdeckte weitere Städte, die ebenso weiß, aber kleiner waren, sowie farbenfrohe Gärten, die ich selbst aus dieser Entfernung als kräftige Farbstriche auf dem üppigen Grün ausmachen konnte, welches das Gewässer umgab.

Was soll ich noch sagen? Das Gedächtnis bewahrt die Bilder, wie aber soll ich wiedergeben, was meine Seele beflügelte? Ich müßte all die Jahre abschütteln, die auf meinen Schultern lasten, ich müßte die Zeit löschen und wieder zu dem Mann werden, der ich einmal war, so jung und stolz, mit seinen durch Kämpfe, Ängste und Erschöpfung gesteigerten Gefühlen, dem sich all diese Wunder mit einem einzigen Blick darboten! Die Worte, die ich heute mit zitternder Feder zu Papier bringe, bleiben dagegen blaß und farblos, sie reichen nicht im entferntesten an meine einzigartige Erinnerung heran …

Unbeweglich verharrte ich, die Ausrufe einiger Veteranen des Italienkrieges klangen zu mir herüber. Sie beteuerten, niemals zuvor in Spanien oder anderswo eine Stadt von vergleichbarer Größe gesehen zu haben. Und ich dachte daran, daß nach einem solchen Anblick der Tod getrost kommen könnte – ein flüchtiger Gedanke freilich, denn jeder Mann hängt am Leben, der aber genau das Hochgefühl traf, das mich beschwingte. Da ging ein Raunen durch unsere Reihen und riß mich aus dieser Verzückung.

Ich drehte mich um und sah, wie Rodrigo vortrat.

Auch er trug eine dicke Goldkette an seinem Arm. Während ich bei Sebastián aufgrund seiner Armut, die mit der unseren nicht vergleichbar war, über diese Prahlerei hinwegsehen konnte, versetzte sie mich bei meinem Bruder in Wut. Ich gestand sie ihm jedoch zu, in der Hoffnung, dieses Spielzeug würde seine Stimmung aufbessern.

Er streifte mein Pferd, ging auf Cortés zu und blieb, den blonden Kopf erhoben, vor ihm stehen.

»Exzellenz«, sagte er mit seiner schönen klaren Stimme, »ich möchte Euch im Namen meiner Gefährten, deren Zahl beträchtlich ist, mit allem Respekt, den wir Euch schulden, bitten, nicht weiterzumarschieren. Seht diese großartige Stadt und all die übrigen Siedlungen. Wir zählen nicht genug Männer, wir werden alle sterben.«

In unserer kleinen Armee herrschte Redefreiheit. Jeder Soldat durfte gegenüber unserem Generalkapitän seine Ansicht äußern, und darüber war ich froh, denn ich hielt es für gerecht und richtig. Aber Rodrigos Mahnung verschlug mir die Sprache. Wie konnte er es wagen? Ich schämte mich für ihn, für mich. Ich schrie ihn an und hätte in meinem Zorn alle angeschrien, deren Stimmen sich nun erhoben, um die Worte meines Bruders zu unterstützen, wenn Cortés nicht dazwischengegangen wäre, um zu verhindern, daß die Situation sich zuspitzte.

»Laßt es gut sein, Torremayor. Auch die Tapfersten werden manchmal von Zweifeln gepackt.«

Ich habe bereits darauf hingewiesen, daß meine Beredsamkeit nur für einfache Situationen taugt, und meine Offenheit mir stets geschadet hat. Gleichgesinnte könnte ich davon überzeugen, mir in die Hölle zu folgen, aber die anderen ... Schmeicheln, wenn mir nach Schlagen zumute ist, das vermag ich nicht.

Cortés konnte das. Er verstand es, Stolz und Erwartungen zu wecken.

Die Nacht verbrachten wir in Quauhtechcatl, einer Station für fahrende Händler. Dort bekamen wir Verpflegung und Unterkünfte für unser Nachtlager.

Ich aß mit Cortés und den anderen Hauptleuten zu Abend. Pizarral gab seit meinem unbeherrschten Auftritt vor, mich nicht zu sehen, was ich ihm ohne Mühe gleichtat. Wir beschlossen die Mahlzeit mit geröstetem, in Honig gewendetem Mais, als ich Juan Pastranos runde Gestalt wie ein Weinfaß zwischen den hohen Zedern auf dem Abhang herankugeln sah. Schon von fern machte er mir Zeichen. Ich entschuldigte mich und eilte zu ihm.

»Señor«, sagte er, »kommt schnell. Euer Bruder und Sebastián …«

Zu viert versuchten wir, sie auseinanderzubringen. Rodrigo hatte eine gespaltene Lippe und ein geschwollenes Auge. Sebastián tropfte das Blut aus der Nase. Ich schickte die anderen fort.

»Ich will nicht wissen, warum ihr euch schlagt«, sagte ich, »aber ich warne euch, beim nächsten Mal lasse ich euch beide in Ketten legen.«

»Er hat schlecht über meine Mutter geredet«, sagte Sebastián.

»Er hat angefangen!« schrie Rodrigo. »Er hat gesagt, daß ich nichts tauge gegen dich, daß ich ein Feigling bin! Aber was weißt denn du von Mut, du Tier? Mut besteht darin, einer Gefahr ins Auge zu sehen, derer man sich bewußt ist! Mut heißt kämpfen, auch wenn man Angst hat! Und wer hat denn keine Angst? Nur Idioten wie du, du Bastard, die nichts im Kopf haben! In unserem Dorf warst du nichts weiter als ein Betteljunge, der die Ziegen hütete, hier hältst du dich nun für … Das wird dir viel nutzen, wenn du tot bist!«

Ich fiel ihm ins Wort.

»Rodrigo, ich verbiete dir …«

Er drehte sich zu mir.

»Das hat nun ein Ende, Bruder. Du wirst mir gar nichts mehr verbieten. Ich denke, was ich will, und ich tue, was ich will. Du willst mich nach deinem Vorbild zurechtschleifen, aber ich lasse das nicht zu. Mir sind die Vergnügungen des Lebens lieber als die Traumbilder des Ruhms. Du … Im Grunde bist du genauso naiv wie dieser Bastard, du gehst dorthin, wo Cortés dich hinführt, und er, er folgt dir nach.«

»Ich verbiete dir …!«

»Noch immer? Siehst du, du kannst es nicht lassen, es wird immer so bleiben, daß du befiehlst, und deshalb ziehst du Sebastián mir vor.«

»Du weißt nicht, was du sagst!«

»Ich sage, wie es ist. Wenn man deine Vorstellungen und deine Regeln ablehnt, so versuchst du nicht einmal zu verstehen. Du duldest keine Widerrede, du verurteilst … Nehmen wir die Indiofrau! Sie gehörte dir, es war verboten, sie anzurühren. Aber als sie dir entkommen war, hast du sie den Tlaxcalteken überlassen, diesen Wilden!«

Er hielt inne, zuckte mit den Schultern, hob seinen Helm auf und ging humpelnd davon.

Ich lief ihm nach.

»Ich liebe dich, Bruder. Für Sebastián empfinde ich lediglich Freundschaft.«

Rodrigo maß mich mit einem kalten, harten Blick von Mann zu Mann.

»Liebe mich weniger, und wir werden uns besser verstehen.«

* * *

Motecuhzoma schien bereit, uns seine goldenen Tore aufzutun.

Nachdem wir stattliche Eichen-, Maulbeerfeigen- und Zedernwälder durchquert, ausgedehnte Mais- und Agavenpflanzungen hinter uns gelassen hatten ebenso wie Obstgärten und blumenbedeckte Felder, die nur um ihrer schillernden Farben und ihres Duftes willen angelegt worden waren, gelangten wir schließlich an das Ufer der Lagune.

In Ayotzinco am Chalco-See, einem der Seen der Lagune, empfing uns Cacamatzin, ein Neffe Motecuhzomas.

Der Prinz erwies uns alle erdenklichen Ehren, versuchte aber ein letztes Mal, uns von unserem Vorhaben abzubringen. Er warnte uns vor den Schwierigkeiten, denen wir uns durch ein weiteres Vorrücken aussetzen würden. Die Stadt Mexico sei nicht in der Lage, die Bedürfnisse solcher Herren zu befriedigen, wie wir es waren. Was für ein Hohn! Arme Hidalgos, arme Bauern waren wir, arme Schlucker, wir hatten unseren dürren Boden aufgegeben, dessen jährlicher Ertrag nicht einmal die drei großen Perlen aufgewogen hätte, die Cacamatzin Cortés überreicht hatte. Wir bestaunten die Sänfte, in der er erschienen war. Die Einlegearbeiten aus Blattgold, Smaragden, Türkisen, Saphiren formten herrliche Landschaften auf dem edlen Holz. Die hier auf einer einfachen Sänfte verschwendeten Reichtümer ließen auf ungeahnte Schätze schließen, wie wir sie uns in unseren kühnsten Träumen nicht ausgemalt hatten.

Das Funkeln all dieser Edelsteine brachte unsere Augen zum Glänzen, wir zogen am Ufer entlang von Stadt zu Stadt und staunten immer wieder über die solide, geschickte und elegante Bauweise der Häuser. Die meisten standen auf Pfählen im Wasser. Wir erreichten schließlich Iztapalapan, die letzte Station vor Mexico-Tenochtitlan.

Fürst Cuitlahuac, ein Bruder Motecuhzomas, führte uns durch seine Stadt.

Unsere Bewunderung war grenzenlos. Uns schwindelte. Wie konnte es solche Schönheit überhaupt geben? Mit welchem Palast in unserer Heimat ließen sich diese Paläste aus weißen Natursteinen vergleichen? Mit welchen königlichen Gemächern diese Hallen mit ihren zedernholzgetäfelten

Decken, ihren kostbaren Fresken und schimmernden Wandbehängen aus dichten Federn? Blumenreiche Innenhöfe taten sich auf, wo das Plätschern des Wassers und das Gezwitscher in den Volieren miteinander wetteiferten! Hatte Europa jemals einen ähnlich heiteren, ähnlich kunstfertig komponierten Park gesehen, der einen solchen Sinnenrausch auszulösen vermochte wie die Gärten, in die uns Cuitlahuac führte!

Ich wandelte unter duftenden schattenspendenden Zweigen, in entzückenden Alleen, die von orangefarbenen Lilien, Gladiolen, purpurnen und violetten Fuchsien, Stechapfelpalmen mit scharlachroten Trompeten und Goldregen gesäumt waren, ich ging an Wasserbecken entlang, die mit Stuck und Malereien verziert waren. Seerosen mit perlmuttschimmernden Blüten glitten sanft auf ihnen dahin, ich lauschte dem ergötzenden Gesang der unzähligen Vögel, und daß Gott uns solche Gefilde hatte entdecken lassen, war mir ein weiteres Zeichen seiner unermeßlichen Güte.

Die Fürsten schenkten Cortés Gold, reich bestickte Tilmatli und Frauen. Auch ich nahm eine von ihnen. Ob sie schön oder häßlich war, weiß ich nicht mehr, da ich ihr kaum Aufmerksamkeit schenkte. Ich erinnere mich nur noch, daß ich sie kurz darauf fortschickte, da ich an nichts anderes mehr denken konnte als daran, daß wir am nächsten Tag Mexico erreichen würden.

Achter November 1519. Das Fort von Xoloc beherrschte den Zugang zur größten der in die Stadt führenden Straßen. Es war von zwei Türmen flankiert und hatte zwei Tore: durch das eine trat man ein, durch das andere hinaus. Unzählige prunkvoll gekleidete Krieger und Würdenträger beobachteten uns, und es dauerte seine Zeit, bis wir durch das Tor ziehen konnten, da jeder »die Erde aß« und uns seine Ehrerbietung bekundete.

Die schöne, ganz gerade gezogene Heerstraße führte mitten durch das Wasser. Sie war ungefähr eine Meile lang und so breit, daß acht Pferde nebeneinander gehen konnten. Der Schnee der hohen Berge funkelte am stahlblauen Himmel, und auf dem Wasser wimmelte es von Booten, deren Insassen uns beobachteten. Andere bevölkerten die Dachterrassen ihrer Häuser und die Stufen der Teocalli, die überall entlang der Straße aufragten.

Cortés ritt auf seinem Fuchs vorweg, vier Reiter folgten ihm, darunter ich. Dahinter kam der Fähnrich, der kühn unsere Standarte schwenkte, ihr Kreuz und die prachtvollen Stickereien nach allen Seiten zeigte. Es schlossen sich die Fußsoldaten an, mit ihren Rundschilden auf der Schulter, und zwischen den beiden Reihen der übrigen Reiter kamen die Armbruste, Arkebusen, die Artillerie, die restlichen Truppen, Frauen, Ausrüstung, die Indios aus Kuba und die Schwarzen. Den Schluß bildeten unsere viertausend Tlaxcalteken und die Krieger der verschiedenen Dörfer, die wir seit Cholula unterworfen hatten. Sie alle trugen Kriegsbemalung, tanzten, vollführten die wildesten Verrenkungen und machten einen ohrenbetäubenden Lärm. Unsere Helme, unsere Rüstung, die Bögen, die Kanonen, das Geschirr der Pferde, die Schellen an ihren Brustriemen, der kleinste Panzerring, das kleinste Kettenglied, das kleinste Metallstück, alles war blankgeputzt worden und strahlte in der kräftigen Sonne wie ein Abglanz des Stolzes, der in unseren Herzen brannte. Stolz ist eine Sünde, aber mit welch einer ungestümen Lust sündigten wir an jenem Tag!

Niemals zuvor hatten Menschen gewagt, was wir wagten, und vielleicht würde niemand wieder es wagen. Das sagte ich mir immer wieder mit erhobenem Kinn, stolzem Blick, zugleich aber bangen Herzens. Wie leicht ist es, sich in eine Schlacht zu stürzen, ein reines Wagnis, in dem der eine sein Leben verliert, der andere es davonträgt. Der Kopf ist berauscht, der Körper folgt ihm nach. Etwas völlig anderes war es jedoch, im Gleichschritt durch diese Menge zu marschieren, hinein in jene Stadt, die durch ihre Grausamkeit das ganze Land beherrschte und uns vielleicht vernichten wollte. Wir waren nicht willkommen, das spürten wir bereits, und der schweigende Empfang bestätigte es. Neugierde allein hatte die Mexica aus ihren Häusern getrieben, und nur die Furcht, wir könnten mehr als Menschen sein, hielt sie davon ab, sich auf uns zu stürzen. Wie lange würde es dauern, bis ihre Zweifel sich zerstreuten? Wann würden sie begreifen, daß wir trotz unserer zwölf Pferde und unserer Kanonen bei einem Verhältnis von einem gegen tausend* nicht mehr wogen als eine Maus im Rachen eines Tigers? Das sagte mir mein Verstand. Aber ganz ohne Wahnsinn bleibt der Mensch gewöhnlich, und wir waren doch schon so weit gekommen, so kurz vor dem Ziel ... Nichts und niemand hätte mich zurückhalten können, und ich bin sicher, daß alle so dachten wie ich.

Wir passierten eine Brücke, die, wie ich bemerkte, so gebaut war, daß die Planken leicht entfernt werden konnten. Waren wir erst einmal in Mexico, so hing es allein von Motecuhzomas Willen ab, ob wir seine Gefangenen wurden ...

Mit einemmal wurden meine Gedanken in eine andere Richtung gelenkt.

Ein festlicher Zug bewegte sich auf uns zu. Und wieder verfiel ich dem rauschhaften Zauber jener Tage, der den klaren Verstand umnebelt.

Vornehme Adlige kamen uns entgegen, auf deren Gewändern sich Gold und bunte Farben zu prächtigen Ornamenten fügten. In ihren Armen trugen sie Kürbisflaschen und Vasen voller Blüten – Heliotrop, Sonnenblumen, Magnolien – und auch ganze Blumenketten aus kleinen weißen und gelben Blüten. Sie blieben stehen und traten beiseite. Auch wir hielten an.

Eine Sänfte aus Gold und Silber erschien, ihr Baldachin kräuselte sich im sanften Lufthauch.

Vor der schwankenden Trage fegten Adlige und ihre Sklaven den Boden, benetzten ihn mit duftenden Essenzen und brei-

* Man schätzt die damalige Bevölkerung von Mexico auf 500000 Einwohner.

teten hastig goldene Matten aus, die sie mit Blumen bestreuten; in einer einzigen Woge verneigte sich die Menge.

Die Sänfte hielt an, der Wind legte sich, und selbst der Atem der Menge und das Plätschern des Wassers schienen stillzustehen.

Cortés stieg von seinem Fuchs, Motecuhzoma zerdrückte die Blütenblätter unter seinen goldenen Sohlen, und sie gingen aufeinander zu, der weiße Mann und der Indio.

Von meinem Pferd aus konnte ich dieses Ereignis im Gegensatz zu vielen meiner Gefährten sehr gut beobachten.

Er, dessen Namen wir so oft aus schreckensbleichen Lippen vernommen hatten, war ein hochgewachsener Mann von ungefähr vierzig Jahren mit einem schmalen Gesicht, feinen Zügen, einer hoch aufgeschossenen Gestalt und einer recht hellen Haut. Da die gelassene und erhabene Haltung ein Privileg ist, das fast jeder Indio bei seiner Geburt erhält, unterschied ihn eigentlich nichts von den anderen Adligen, außer der blendenden Pracht seines über und über mit Perlen, Smaragden und Chalchihuitl bestickten Tilmatli, seiner Sandalen und seines hoch aufragenden Kopfschmucks aus Quetzalfedern, die ihm bis auf die Schultern reichten.

Motecuhzoma ließ sich zunächst eine Blumenkette reichen, die er Cortés um den Hals legte, dies wiederholte er mit einem Geschmeide aus roten Muscheln, an denen acht außerordentlich schöne und schwere Goldperlen hingen. Cortés seinerseits nahm seine nach Moschus duftende Halskette ab, die aus Perlen und geschliffenen Glassteinen bestand, und überreichte sie ihm.

Dann wurden mit Hilfe der Dolmetscher Höflichkeiten ausgetauscht.

Unser General brachte zum Ausdruck, wie sehr es ihn beglücke, endlich dem großen Motecuhzoma zu begegnen. Dieser verkündete in der so bilderreichen Sprache der Azteken, daß er ihm seinen Thron von nun an überlassen werde. Diese Worte erinnerten mich an die üblichen Floskeln, mit denen wir daheim jeden Fremden, der zum ersten Mal die Schwelle unseres Hauses überschreitet, begrüßen: ›Unser Haus ist das Eure‹, ohne daß der Besucher tatsächlich mehr Gebrauch davon machen sollte, als der Anstand es zuläßt.

Ergriffen ließ sich Cortés durch diese Höflichkeit hinreißen, die Arme auszubreiten. Weiter kam er nicht. Die Fürsten Cacamatzin und Cuitlahuac traten dazwischen und wehrten seine Geste ab. Auf ihren kupferfarbenen Gesichtern lag Entsetzen, und Malinche erklärte eilig, daß es einer Schändung gleichkomme, Motecuhzoma zu berühren. Es war nur eine kurze Szene, aber sie bewegte mich zutiefst. Der eine Schritt, den Cortés nicht hatte tun können, schien mir plötzlich so unendlich weit und abgrundtief wie die Meere, die unser beider Länder trennen. Und ich erinnerte mich, wo ich dieses Gefühl schon einmal verspürt hatte: in Tlaxcala, vor dem Käfig, in dem Xiuxochitl eingesperrt war, als ich sie verließ.

Motecuhzoma beauftragte Cuitlahuac mit unserer Unterbringung und zog sich in seine Sänfte zurück.

Die Verehrung hatte die Menge erstarren lassen. Nach dem Aufbruch ihres Gebieters ergoß sich ein Menschenstrom auf die Straße, der weiter anschwoll, als wir die Stadt erreichten.

Niemals habe ich eine Stadt wie diese gesehen. Wasser umgab sie von allen Seiten. Die Wege waren zur Hälfte gepflastert, zur Hälfte Kanäle. Die Straßenzüge, deren ganzes Leben sich offenbar in den dahinterliegenden Gärten und Innenhöfen abspielte, gaben nur weiße, schweigende, mit einer einzigen Tür versehene Fassaden preis. Zu jeder Tür führte ein schmaler Steg. Ich fragte mich, ob sich Xiuxochitl in einem dieser Häuser verbarg und uns, hinter der Brüstung eines dieser Dächer versteckt, vorbeiziehen sah.

Wir passierten eine Vielzahl von Brücken, bevor wir auf einen großen Platz kamen. Im Norden war er von einer Mauer begrenzt, in die riesige Schlangenköpfe eingemeißelt waren. Dahinter erhoben sich die pyramidenförmigen Bauten mehrerer großer Teocalli. Auf der Südseite floß ein breiter Kanal, auf den beiden anderen Seiten erstreckten sich Paläste aus behauenen Steinquadern, die von Blumenterrassen umgeben waren. Einer dieser Paläste, derjenige des Herrschers Axayacatl, Motecuhzomas Vater, war für uns bestimmt. Um seine Größe zu beschreiben, genügt die Tatsache, daß unsere ganze Armee und die Frauen bequem dort unterkamen. Unsere Indios verteilten sich in den angrenzenden Gärten.

Die Hallen waren frisch geweißt worden. Bunte, bilderreiche Federmotive verliehen den Mauern Farbe. Über den Schlafmatten hingen zierliche Baldachine. In Kohlebecken brannte Glut, was wir nach den äußerst kalten Nächten der letzten Monate besonders schätzten.

Ich traf Rodrigo.

Seit Quauhtechcatl hatten wir kein Wort mehr gewechselt. Nun sprach er mich mit freudiger Miene an, als hätte er unseren Streit vergessen. Das bunte Treiben gab ihm sein Kindergesicht zurück.

»Ist es nicht unerhört sich vorzustellen, daß man bei uns nichts von der Existenz einer solchen Stadt weiß und vielleicht noch lange Zeit nicht gewußt hätte!«

Ich verzichtete darauf, ihm zu erwidern, daß wir sie niemals entdeckt hätten, wenn wir auf ihn und seine Freunde, die Pizarrals, gehört hätten.

Wir Hauptleute teilten die Quartiere untereinander auf, stellten Wachposten an den Ausgängen auf, brachten die Artillerie an günstige Stellen und forderten die Männer zu unbedingter Disziplin und Wachsamkeit auf. Bevor ich mich zu dem Festmahl begab, das für uns bereitet war, stutzte ich mir den Bart.

Motecuhzomas Palast war im selben Viertel erbaut und glich einer Stadt in der Stadt. Zwanzig Tore boten Einlaß zu Wasser und zu Lande. Die Wohnstätte des Herrschers bestand aus einer Unzahl von Gebäuden. Manche waren dem Sitz der Regierung, den Tribunalen, dem Kriegsrat vorbehalten, in anderen wurden die Finanzen abgewickelt, türmten sich die Tributzahlungen, die den Staatsschatz ausmachten, wieder andere bargen riesige Vorräte an Korn, Mais oder Bohnen für den Fall einer großen Dürre. Sogar Gefängnisse gab es. Viele Gebäude sollten für Annehmlichkeit, Gastfreundschaft und Vergnügen sorgen. Wir zählten mehr als einhundert Schlafgemächer, ebensoviele Waschräume mit großen Becken, in denen die Bewohner baden konnten.

In diesem Teil der Lagune war das Wasser salzhaltig. Deshalb leitete man das notwendige Süßwasser aus einer Quelle auf dem Festland über einen Aquädukt hierher. Im Palast des Uey Tlatoani sprudelte es perlend und plätschernd in den mit Stauden, Pflanzen und wunderschönen tropischen Blumen geschmückten Innenhöfen.

Nur ein Künstler könnte die Ausstattung des Palastes angemessen beschreiben. Ich kann nur erwähnen, daß Gold, Silber, Perlmutt, Korallen, Schildpatt, Türkise, Jade, Amethyste, Opale, kostbare Pelze, prächtige Federn und Baumwolle, die im Tal von Mexico ebensofein gesponnen wird wie unsere Seide, häufig benutzt wurden, um Mauern, Wandschirme, Hocker und niedrige Tische zu veredeln. Wände und Böden waren aus Marmor, Jaspis oder Porphyr, die Decken aus edlen, wunderschön gearbeiteten Hölzern wie Zeder, Zypresse und Palme.

Wie die Mauren besaß Motecuhzoma sehr viele Frauen. Wie die Mauren hatten er und seine Untertanen eine Vorliebe für Gärten. Ich überlasse es der Vorstellungskraft jedes einzelnen, sie sich auszumalen, und werde nur über das sprechen, was mich am meisten in Erstaunen versetzte: die riesigen Wasserbecken mit Unmengen von Fischen, die allein zum Erhalt einer unglaublichen Vielfalt an Wasservögeln bestimmt waren. Dreihundert Diener waren mit ihrer Unterhaltung beauftragt. Marmorne Spazierwege umrahmten die Wasserbecken. Darüber lagen wie frei schwebend die fragilen und kunstreich gebauten Pavillons, in denen Motecuhzoma und seine Frauen an Sommerabenden saßen, den Vögeln zuschauten, die kühle Luft genossen und den bezaubernden Duft der Blumen und Gräser atmeten, den der leichte Windhauch zu ihnen emportrug.

Zu diesem Paradies gehörte ein Palast, der nur den Vögeln vorbehalten war. Es war eine außergewöhnliche, großartige Voliere aus Holz und zartem Bambus zur Aufzucht seltener Arten. Federkünstler stellten vor Ort den Putz her, mit dem der Uey Tlatoani sich zu schmücken liebte. Die Federn wurden den Vögeln zu bestimmten Zeiten ausgerissen und nach ihrem Glanz und ihren leuchtenden Farben ausgesucht. Der *xiuhtototl* oder Türkisvogel, der *tlauhquechol* oder rote Löffelreiher und der Quetzal mit seinem grüngoldenen Schimmer gehörten zu den besonders geschätzten Vögeln. Es gab auch einen Palast, in dem Jaguare, Schakale, Füchse und alle möglichen Arten von Schlangen gehalten wurden. Und da das Wunderbare an das Monströse grenzt, gab es auch ein Gebäude, in dem furchterregende Wesen lebten, halb Mensch und halb Tier, deren Andersartigkeit das Märchenhafte dieses Reiches noch hervorhob.

Diese Dinge erfuhr ich erst nach und nach. Jede Entdeckung verblüffte mich aufs neue. Nach allem, was ich in Spanien gelesen und erzählt bekommen hatte, waren unsere Landsleute sehr geschickt darin, unseren Ruhm und unsere Größe zu mehren, aber dieses Streben nach dem Schönen, diese Sorge um das ausgefeilteste Detail an jedem noch so kleinen Beiwerk, gab es das auch bei uns? Vielleicht waren meine Kenntnisse des Nahuatl schuld daran, daß meine Neugierde schwer zu stillen war und ich mich den Mexica so nahe fühlte. Meinen Gefährten gegenüber ließ ich mir nichts anmerken, aber bisweilen fühlte ich mich reichlich plump vor unseren Gastgebern, und ich hatte Mühe, meine Verwirrung zu verbergen!

* * *

Am nächsten Morgen polierten wir unsere stählernen Rüstungen und Cortés, drei Hauptleute und ich statteten Motecuhzoma einen Besuch ab. Fünf Soldaten waren als Vertretung unserer Armee mitgekommen.

Von den Adligen und Ministern verlangte er, daß sie, um seinen Rang hervorzuheben, einen schlichten Umhang aus Agavefasern über ihre reiche Festkleidung warfen und barfuß gingen, wenn sie sich an ihn wandten, was sie selbst dann nur zitternd wagten. Uns gegenüber jedoch gab er sich bescheiden und sanftmütig. Er empfing uns in Begleitung mehrerer Würdenträger in einem weiträumigen Saal, in dem Springbrunnen plätscherten. Er saß auf einem *icpalli*, einem niedrigen Sessel mit hoher Rückenlehne, der mit einem Jaguarfell bezogen und mit Gold beschlagen war. Wir nahmen auf Matten Platz.

Er begann mit der Erklärung, daß ein Irrtum seiner Vasallen schuld sei an dem Widerstand gegen unser Vordringen. Sie hätten uns als blutdürstige Götter beschrieben, während er jetzt sehr wohl sähe, daß wir Menschen aus Fleisch und Blut seien wie er selbst. Was sollten wir aus einer solchen Rede schließen, da wir am eigenen Leibe erfahren hatten, daß er ein Meister der Verstellung war? Ich sah darin das Eingreifen von Xiuxochitl.

Nun richtete er seinen Blick auf mich.

»Ollintzin«, sagte er.

Ich erhob mich und verneigte mich.

War der Beiname, den mir die Indios verliehen hatten, mir so schnell vorausgeeilt, wie es hierzulande üblich ist, oder war auch dies das Werk Xiuxochitls?

Dann fragte er mich:

»Bist auch du ein Untertan dieses großen Königs, von dem dein Anführer spricht?«

»Das bin ich, Herr, mein Herr, Herr der Menschen.«

Ich sprach in Nahuatl und benutzte die Wendung, die seinem Rang angemessen war, was ihn zu entzücken schien.

Wie gewohnt überhäufte er uns mit Geschenken: Goldketten und Baumwollstoffe für jeden, fünf junge Mädchen, Töchter seiner Zweitfrauen, für Cortés und uns, seine vier Hauptleute.

Wir nahmen Abstand davon, die Taufe zu verlangen. Bei den ersten Worten, die Cortés über unsere Religion verlor, hatte Motecuhzoma ihn unterbrochen: Er hatte seine Götter, wir die unseren, *amen!*

Ich führte mein Geschenk, die junge Quiauhxochitl, »Regenblume«, königlichen Blutes, zu der kleinen Doña Maria, die gemeinsam mit ihren Freundinnen und Dienerinnen einen Raum bewohnte. So sehr Tlaxcalteken und Mexica sich verabscheuten, Frauen untereinander verstehen sich immer. Mit ihrem kindlichen Übermut, der sie so reizend machte, vertraute Maria Quiauhxochitl unverzüglich an, daß ein Juwel von mir in ihrem Bauch schlummerte, mit anderen Worten, daß sie schwanger sei. Ich überließ sie ihrem weiblichen Getuschel.

Seit ich in Mexico war, gab es nur eine einzige Frau, die mein Blut in Wallung brachte, und es war mir gleich, daß andere Männer sie besessen hatten und sie mich getäuscht hatte! Mein Stolz war inzwischen so unerschütterlich, daß dies alles mich nicht kümmerte.

Vier Tage lang verließen wir den Palast des Axayacatl nicht.

Während dieser Zeit hatte ich viel Muße, um an Xiuxochitl zu denken. Kein Hinweis erleichterte meine Nachforschungen. Nur ihren Namen kannte ich und ihre strahlende Schönheit. Dennoch wollte ich nicht aufgeben und beschloß, auf den Zufall hoffend, die Stadt zu durchkämmen, sobald mir dies möglich wäre.

Ziel unseres ersten Ausgangs sollte der große Teocalli sein. Welchen Widerwillen Motecuhzoma auch empfunden haben mag, er bot sich uns als Führer an. Zweifellos wollte er sich persönlich davon überzeugen, daß wir die Geister nicht beleidigten.

An jenem Morgen verließen also wir Reiter und eine beträchtliche Anzahl von Soldaten den Palast Axayacatls. Einige Würdenträger sollten uns den Weg weisen, der in den Norden der Stadt führte. Mit einem Male fanden wir uns auf einem von Torgängen umgebenen Platz. Als ich damals, vor Jahren, von der Universität nach Hause gekommen war, hatte ich Joaquina, unserer Dienerin, beteuert, daß unser ganzes Dorf auf dem Platz von Salamanca unterkommen würde. Sie hatte mir nicht geglaubt. Vielleicht war es auch ein bißchen übertrieben, aber ich bin sicher, daß auf dem Markt von Tlatelolco, auf dem wir standen, nicht ein, sondern zwei Dörfer Platz gefunden hätten.

Wir gerieten in ein reges Treiben, das gleichwohl streng reglementiert war. Jeder besorgte seine Geschäfte an dem ihm zugewiesenen Standort, wie Bienen in den Waben eines Bienenstocks. Die Augen gingen uns über, überwältigt von so vielen Anreizen: Gold- und Silberzeug, Jadefiguren, Schmuck, Obsidian- und Pyritspiegel, gegerbte Felle, ausgestopfte Raubvögel, die selbst Schnabel und Krallen aufwiesen, Stoffe, bestickte Gürtel und Kleidungsstücke, Kopal, Gummi, Cochenille, Indigo, Bauholz, Seile, kupferne Beile, Papier aus Rinde und Agavefasern, schönes Geschirr aus gebranntem Ton, Sklaven, die mit ledernen Halsbändern an lange Stangen gebunden waren, und eine Unmenge an Nahrungsmitteln, bunte Landschaften aus Früchten und Gemüsen, Pflaumen, Guaven, Avocados, Ananas, Tomaten, Paprika, Maiskolben, Kürbisse, Bohnen, Melonen, Amarant, Salbei, Lakritzwurzel, außerdem Wildvögel wie Wachteln, Tauben, Täubchen sowie Kaninchen, Hasen, Enten und Wildbret von Wildschweinen und Rehen, Nahrungsmittel aus dem Wasser der Lagune wie Frösche, Krebse, Süßwassergarnelen und die Erzeugnisse des Meeres wie Krabben, Austern, Schildkröten. Die Waren nahmen kein Ende und ich bräuchte einige Seiten, wenn ich sie alle einzeln erwähnen und ihre hervorragende Qualität und besondere Vielfalt rühmen wollte.

Wir kamen nur langsam voran, denn wir wollten auf jeden Fall vermeiden, daß diese schöne Ordnung Schaden nähme. Ich beobachtete eine alte Indiofrau, wie sie *tamales* zubereitete, ein köstliches Gericht, das aus einem mit Chilli gewürzten Maismehlfladen besteht, der mit Fleisch oder Früchten gefüllt wird. Dann wird er in ein grünes Maisblatt gerollt und in einem Topf mit Kräutern bedeckt und geschmort.

Das Wasser lief mir im Munde zusammen. Ich bedauerte, nicht ein paar Kakaobohnen oder einen mit Goldstaub gefüllten Federkiel zu besitzen – das waren landesübliche Zahlungsmittel, denn Geld war hier unbekannt. Da fühlte ich plötzlich, wie ich an meinen Beinkleidern gezogen wurde. Ich wandte mich nach rechts. Ein Arm streckte sich mir entgegen, und ich vernahm eine Stimme, die in Nahuatl sagte: »Nimm.« Ich beugte mich nieder, griff automatisch nach der Hand und hörte nur noch »heute abend, wenn es dunkel ist, am großen Kanal«. Auf meiner Handfläche schimmerte ein kristallener Ohrring in Form einer Ente. Ich stand ein paar Sekunden wie erstarrt, dann blickte ich mich rasch nach allen Seiten um.

Neben der Alten, die ihre Tamales verkaufte, zog ein Obsidianschleifer, der einen gewaltigen Steinblock bearbeitete, die Aufmerksamkeit der Schaulustigen auf sich. Aber wie sollte ich einen Indio von einem anderen unterscheiden? Von dem, der mir die Kristallente übergeben hatte, hatte ich nichts als eine schwarze Mähne und einen weißen Tilmatli gesehen. Allein vor dem Obsidianschleifer standen jedoch zwanzig weißgekleidete Indios, auf dem ganzen Platz mochten dreißigtausend sein!

Wir verließen den Markt.

Während mein Pferd den anderen folgte, hing ich meinen Erinnerungen nach …

Diese Nacht von Cempoala! Noch immer atme ich den Duft der Magnolienblüten, in den sich der harzige Rauch der Fackel mischt, und Xiuxochitl erscheint vor mir, ihr wunderbar anmutiges Gesicht und ihr wallendes, dunkles Haar, in dem die kristallenen Ohrgehänge wie zwei Sterne funkelten …

Wir überquerten einen riesigen gepflasterten Platz, dessen Steine wie Marmor glänzten, dann erhob sich der große Teocalli von Tlatelolco vor uns, ein imposanter Steinbau, der sich senkrecht der Sonne entgegenreckte.

Wir begannen hinaufzusteigen.

Die oben abgeflachte Pyramide* gliederte sich in vier Ebenen, die nach oben hin kleiner wurden, so daß am Rand jeweils eine schmale Terrasse frei blieb. Eine steile Treppe führte zu der ersten Terrasse, um die man einmal halb herumgehen mußte, bis man zu einer zweiten Treppe kam. So erklomm man die zweite Terrasse, die um die dritte Ebene herumführte. Auf diese Weise ging man jeweils um das Gebäude herum und stieg über Treppen zur nächsten Terrasse. Man konnte sich gut vorstellen, daß der Zug der prachtvoll geschmückten Opfer, der sich bei großen religiösen Prozessionen begleitet von Tanz und Gesang im gleißenden Sonnenlicht langsam und feierlich dort hinaufwand, ein grandioses Spektakel bot. An jenem Tag aber dachte ich nicht an diese Dinge. Wie in einem Traum stieg ich bis auf die vierte Terrasse hinauf, erst dort oben fühlte ich, wie meine Knie vor Anstrengung zitterten und kam wieder zu mir.

Zu unseren Füßen lag Mexico, ein Werk von Menschenhand und zugleich ein Fabelwesen, eingefaßt vom glitzernden Blau der Kanäle, deren Verästelungen wie ein Netz über dem strahlend weißen Grund lagen. Die drei Dammstraßen, die die Stadt mit dem Festland verbanden, zogen sich schnurgerade über das Wasser. Im Süden die von Iztapalapan, über die wir auch gekommen waren, im Osten die von Tlacopan und im Norden die von Tepeyac. Nachdem wir unserer Begeisterung Herr geworden waren, verharrten wir schweigend, zählten die Brükken, die im Falle ihrer Zerstörung innerhalb weniger Augenblicke aus der Stadt eine Insel machen würden, und zählten die vielen Teocalli mit ihren mächtigen Einfassungen, die das Ausmaß von Befestigungsmauern hatten. Diese strategischen Gegebenheiten zeichneten sich vor unseren Augen ab wie auf einer Landkarte. Erst jetzt wurde uns klar, in welch heikler Situation wir uns befanden und wie gefährlich uns diese so täuschend friedliche Schönheit der Seen werden konnte.

* Die Basis des Teocalli von Tlatelolco maß 110 m^2, zu der ungefähr 45 m^2 großen Spitze führten 114 Stufen.

Zwei Schritte von uns entfernt stand der große Opferstein aus Jaspis mit seiner gewölbten Oberfläche, auf der die Priester ihre Opfer darbrachten – ein Ritual, das sie erst vor kurzem vollzogen haben mußten, denn der Stein war noch feucht von frischem Blut. Auch dies trug nicht zu unserer Beruhigung bei.

Trotz allem verkündete Cortés, dessen Glaube bisweilen seinen Verstand mit sich riß, daß dieser Teocalli sehr gut für den Bau unserer Kirche geeignet sei, und daß er Motecuhzoma demnächst um Erlaubnis bitten wolle. Glücklicherweise riet Gott ihm in Gestalt des Paters Olmedo von diesem unklugen Vorhaben ab. So äußerten wir lediglich den Wunsch, die beiden Heiligtümer zu besichtigen, die auf der obersten Terrasse standen.

Das erste beherbergte Huitzilopochtli, den »Kolibri des Südens«, Gott der Sonne und Schutzgott der Azteken.

Seine Statue thronte über einer Art holzverkleidetem Altar. Das von Gold, Edelsteinen und Perlen überfrachtete Gesicht trug furchteinflößende Züge. Um seinen Körper wanden sich goldene Schlangen, den Hals schmückte eine Kette von goldenen und silbernen Herzen, die ohne Unterlaß daran erinnerten, welches Geschenk ihm das liebste war. Daneben lagen drei menschliche Herzen, die noch dampften. Die Kohlebecken schwelten, aber der Kopalrauch reichte nicht aus, um den widerlichen Gestank des Blutes zu überdecken, mit dem die Statue und das gesamte Innere der Heiligen Stätte besudelt war.

Von Ekel ergriffen, betraten wir das zweite Heiligtum.

Hier regierte Tezcatlipoca, »Rauchender Spiegel«, der Gott des Nordens, der Nacht und des nächtlichen Windes, der als Schutzpatron der jungen Krieger verehrt wird. Der »Jüngling«, wie Tezcatlipoca von diesen liebevoll genannt wird, ist unsichtbar, sieht selbst aber alles. Der Legende zufolge war er es, der den sagenumwobenen Quetzalcoatl aus der verzauberten Stadt Tula vertrieb. Er hielt einen Schild, der wie ein Spiegel glänzte und war mit ebensoviel Gold und Schmuck bestückt wie sein Bruder. Auch er schien lebendigen Geschenken nicht abgeneigt zu sein, denn auf seinem Altar lagen in einer goldenen Opferschale fünf blutige Herzen.

An diesen verfluchten, übelriechenden Stätten herrschte ein ständiges Kommen und Gehen der Priester. Ihre schwarzen Gewänder wehten hinter ihnen her, ihre Haare standen in klebrigen Strähnen empor, ihre langen Fingernägel waren gerötet von dem schändlichen Handwerk, das sie ausübten, und ich wußte nicht, wer schrecklicher war, diese Wesen aus Fleisch und Blut oder die bluttriefenden steinernen Dämonen.

Wir hatten das Gefühl zu ersticken und gingen nach draußen.

Wie köstlich rein war die Luft. Die Sonne, die hier eine unvergleichliche Helligkeit verbreitet, schien mit ihrer ganzen Kraft auf diese glorreiche Stadt nieder. In Richtung Iztapalapan entdeckte ich große grüne, blumengesprenkelte Flecken, die gemächlich dahinglitten. Ein Würdenträger erklärte mir, daß es sich tatsächlich um Gärten handelte, Weidenflöße mit fruchtbarem Schlamm aus den Sümpfen, den die Mexica als Saatgrund benutzten und bestellten wie zu den Zeiten, als Mexico noch ein armseliges Eiland war und man dem Wasser den fehlenden Boden abgewinnen mußte.

Ich befand mich in einem Zustand äußerster Verwirrung.

Wie ließen sich die beiden Seiten, die die Mexica uns darboten, miteinander in Einklang bringen? Wie paßte ihre Liebe zu Blumen, ihr erlesener Geschmack, die feinsinnige Komposition ihrer Werke zu der Faszination des Blutes, zu den barbarischen Schlächtereien? Ich verstand es nicht, und verstehe es auch heute kaum. Gott allein versteht, Er beurteilt jeden nach seiner Eigentümlichkeit.

Erst beim Hinabsteigen, als ich die zweite Terrasse betrat, kam mir eine Frage in den Sinn, auf die ich bisher nicht gekommen war: Warum ließ mich Xiuxochitl rufen?

* * *

Ich zog nur Sebastián ins Vertrauen und richtete es so ein, daß er zur Wache an einer der Pforten eingeteilt war.

Das Wasser des Kanals war so dickflüssig wie schwarzes Öl. Kaum war ich dort, näherte sich eine von zwei Indios geruderte Barke und legte an. Ich stieg ein. Einer der Indios bat mich mit vielen Höflichkeitsbezeigungen, mich auf den Boden der Barke zu kauern, dann warf er einen dunklen Stoff über mich. Anfangs versuchte ich noch, den Weg auszumachen, aber in der Dunkelheit sehen alle Kanäle gleich aus, und da die Barke immer wieder abbog, mußte ich es bald aufgeben. Die Unruhe, die ich seit dem Morgen verdrängt hatte, brach nun hervor. Als die Barke anlegte, fühlte ich mich dem Ersticken nahe, wie ein Fisch, der angebissen hat und nun an der Angel geradewegs in den Korb des Fischers gezogen wird. Ich verfluchte meine Unvorsichtigkeit.

Wir befanden uns unter einem auf Pfählen gebauten Haus. Die Indios öffneten eine Falltür. Ich zog mich ins Innere herauf, und die Klappe schloß sich hinter mir.

Eine kleine Öllampe spendete dürftiges Licht. Die ungebrannten Ziegelsteine, das schlichte Mobiliar, das nur aus einer Weidentruhe und zwei Matten bestand, unter denen jeweils der Boden leicht erhöht war, verrieten den niedrigen Stand der Bewohner und schürten meine Ängste. Xiuxochitl stellte ich mir ganz und gar nicht in einer so armseligen Umgebung vor … In der Tat, das wurde mir plötzlich klar, hatte ich sie mir stets nur in einem Palast vorgestellt! Ich zog meinen Degen. Es gab zwei Öffnungen, eine führte vermutlich in den Hof und Garten, den selbst das bescheidenste Wohnhaus in Mexico besitzt, die andere war mit einem Baumwollvorhang verhängt.

Auf diese ging ich zu. Da erschien sie.

Die Angst war noch nicht von mir gewichen, deshalb fuhr ich sie barsch an: »Warum hast du mich rufen lassen?«

»Warum bist du gekommen, Ollintzin?«

Sie kam auf mich zu, legte ihre Hände flach auf mein Wams.

Als sie in den spärlichen Lichtschein trat, sah ich, daß sie einen prachtvollen, mit Flammen bestickten Huipilli trug. Ihre geflochtenen Haare glichen einem mit Perlen und Smaragden beschlagenen Helm.

Sie sagte: »Herr, mein Herr, steck deinen Degen weg. Was hat ein so mächtiger Krieger von einer schwachen Frau zu befürchten?«

Ich steckte den Degen weg.

Sie schob mich in den anderen Raum. Reiche Wandschirme aus Federn verkleideten die Mauern, farblich aufeinander abgestimmte Matten bedeckten den Boden, ein niedriger Tisch war mit goldenem Geschirr gedeckt. In einer Schale mitten auf dem Tisch lagen Magnolienblüten. Mir war, als trüge mich ein Zauberwind davon.

»Warum hast du mich rufen lassen?« wiederholte ich starrsinnig meine Frage, als könnte sie mir Halt geben, denn ich spürte bereits, wie mein Widerstand dahinschmolz.

Sie stellte sich auf Zehenspitzen und nahm mir meinen Helm ab. Dann preßte sie sich an mich. Ihr Parfum und der Duft der Blumen betörten mich ... Ich war nur ein Mann, und ich begehrte sie mehr als ich je eine Frau begehrt hatte. So beschloß ich, daß ihre Antwort warten könne. Ich hatte schließlich lange genug auf diesen Augenblick gewartet.

Später, nachdem ich mein Begehren gestillt hatte, schlug Xiuxochitl mir vor, ein Dampfbad zu nehmen. Ich folgte ihr in den Hof. Ich war wie Wachs in ihren kleinen Händen.

Wir schlichen zu dem *temazcalli*, so heißt das kleine halbrunde Gebäude, das im Leben der Mexikaner eine wichtige Rolle spielt. Es dient gleichermaßen zur Wäsche, zu religiösen Reinigungen, zum Gebären und zur Behandlung verschiedener Krankheiten. Das hatte Xiuxochitl mir erzählt, als ich mit ihr Nahuatl lernte, aber wie fern schienen mir diese Unterrichtsstunden nun. Welche Macht hatte ich damals über sie besessen! Ich mußte fast kriechen, um in das Temazcalli hineinzugelangen, denn die Öffnung war nicht auf meine Größe zugeschnitten. Innen herrschte eine brütende Hitze. Xiuxochitl goß einen Krug mit Wasser über die Steine der einen Wand, die durch einen außenliegenden Holzofen erhitzt wurden. Das Wasser verdampfte sofort, Dunst hüllte mich ein und nahm mir den Atem. Sie ergriff ein Reisigbündel und eine Art Seife und begann mich zu striegeln wie ein Pferd. Meine Haut wurde rot wie die eines gekochten Krebses, aber auch samtweich.

Danach kehrten wir ins Haus zurück.

Ich fühlte mich überglücklich. In meinem Körper breitete sich ein ungeahntes Wohlgefühl aus. Niemals war er mir zugleich so stark und so leicht vorgekommen, geschmeidig wie Seide.

Aus einer Truhe zog sie einen Tilmatli hervor, faltete den rechteckigen Stoff auseinander und zeigte mir, wie man ihn mit seinen beiden Enden über der rechten Schulter knotet und vorne zurechtzieht, so daß beim Niedersetzen der ganze Körper verdeckt ist wie von einem Zelt. Ich erinnere mich noch heute an den unglaublich weichen Stoff, der meine nach Kräutern duftende Haut umschmeichelte.

Dieser Tilmatli war aus Hasenhaar gewoben und schimmerte in prächtigen rotbraunen Farbtönen. Die Vorderseite zeigte das Gesicht eines Dämons in einem silbernen, mit kleinen weißen Federn gesäumten Kreis. Um den Kreis herum flatterten Schmetterlinge mit Flügeln aus Federn in leuchtenden Farben.

Sie lächelte, als ich sie auf dieses unheilvolle Porträt aufmerksam machte, das meine Brust zierte.

»Du bist doch selbst ein Dämon«, sagte sie.

Ich war so glückselig, daß ich darin ein Kompliment sah.

Wir speisten zu Abend.

Ich war sehr hungrig und kostete von allem: Frösche in Pimentsauce, verschiedene Fische, einmal mit gelbem Piment zubereitet, dann wieder mit einer Sauce aus geschälten Kürbiskernen oder mit kleinen sauren Früchten angerichtet, mit Schnecken gefüllte Tamales, grüne Bohnen, süße Kartoffeln, gebratener Fasan, stark gewürzte Wildragouts, die sicher nicht sie selbst zubereitet hatte, wurden auf kleinen Feuerstellen warmgehalten.

Danach wuschen wir uns die Finger und den Mund, obwohl ich diese Reinlichkeit nach unserem Besuch des Temazcalli für überflüssig hielt. Zum Abschluß genossen wir Kakao mit Honig und Vanille. Xiuxochitl entzündete für mich ein »rauchendes Schilfrohr«. Ich war neugierig auf dieses fremdartige Utensil, das die Händler auf dem Markt von Tlatelolco verkauften. Es war ein mit Gold verziertes zylinderförmiges Schilfrohr, in dem eine Mischung aus Holzkohle, Amberbaum und einem Kraut namens *tabaco* brannte. Man zog die Luft an dem einen Ende ein, der Rauch entwich am anderen.

Hatte das rauchende Schilfrohr die Eigenschaft, denjenigen ihren Verstand zurückzugeben, die ihn verloren hatten? Mir fiel plötzlich wieder ein, daß diese Frau mir noch Erklärungen schuldete.

»Wohnst du in diesem Haus?«

»Nein.«

»Wo wohnst du?«

»Heute Nacht hier.«

»Das habe ich nicht gefragt.«

»Herr, mein Herr, frag mich nicht.«

»Das ist unerhört«, rief ich aus, »ich habe ein Recht ...«

»Du bist mein Gast, Ollintzin. Deshalb erlaube ich mir, dich darauf hinzuweisen, daß du lediglich die Rechte hast, die ich dir zugestehe. Und es liegt nicht in meiner Absicht, dir von mir zu erzählen.«

Ich legte das rauchende Schilf nieder und erhob mich.

»Ich gehe.«

»Du wirst dich schwertun, den Weg zu finden.«

»Ich werde ihn finden.«

Ich riß den Tilmatli herunter und warf ihn vor ihre Füße.

Sie rührte sich nicht, sagte lediglich mit ausdrucksloser Stimme: »Hast du bedacht, daß die Straßen unserer Stadt für jemanden deines Volkes nicht gerade sicher sind?«

»Soll das eine Drohung sein?«

»Ich bin lediglich besorgt, Herr. Wäre das denn vernünftig, nach all den Kämpfen und einem so schweren Weg? Die Deinen brauchen dich. Warum diese Neugierde gegenüber einer schwachen und armen Frau?«

»Spiel mir nicht die Ahnungslose! Du bist allem Anschein nach weder schwach … noch arm. Und trotz aller Demut, die man euch eintrichtert, ist es dein Stolz, der dich leitet und verzehrt.«

»Wie wenig du uns kennst!«

»Wie sollte ich dich denn auch kennen? Was weiß ich von dir? Du hast mir stets ein falsches Gesicht gezeigt. Und mit deinem Schweigen fährst du fort, mich zu belügen. Du willst mich auch jetzt hintergehen.«

»Ich habe dir mit allem gedient, was dir angenehm war, und ich habe dir niemals geschadet … Ich bitte dich, Ollintzin, nimm wieder Platz, verdirb den Augenblick nicht.«

»Wer hat dich in Tlaxcala befreit? Ich wollte dich retten. Warum hast du die Hilfe eines anderen angenommen, die meine aber zurückgewiesen?«

»Ihr Herren, ihr fordert stets eine Erklärung für alles. Weiß man denn immer, warum man etwas tut, warum man es nicht tut? Hast du denn eine Erklärung für alles, was du tust?«

Ich dachte, daß ich in der Tat nicht die geringste für mein Hiersein vorzuweisen hatte – fern unserer Unterkünfte, mit einer Spionin Motecuhzomas, die Cortés und die Tlaxcalteken zum Tode verurteilt hatten. Mit einer Frau, die uns zu nichts nütze sein konnte, und zu der ich dennoch haltlos geeilt war, um meine beschämende Sinnenlust zu befriedigen.

»War Motecuhzoma damit zufrieden, wie du deinen Auftrag ausgeführt hast?« fragte ich. »Hat er dich belohnt?«

»Schweig, sprich nicht weiter.«

Sie warf die Tücher ab, die sie bedeckten, stand auf und legte ihre kühlen Arme um meinen Hals. Ihre vom Bad noch feuchten Haare verströmten einen betörenden Duft, ich spürte ihren Atem auf meiner Haut, ihre Brüste, spürte, wie sie ihr Bein zwischen meine Beine schob, von neuem war mein Körper in Leidenschaft entbrannt, und ich konnte keinen klaren Gedanken mehr fassen.

So verbrachten wir die Nacht.

Bei Anbruch der Dämmerung sagte sie zu mir: »Die Barke kommt gleich.« Ich schlüpfte in meine Beinkleider und mein Wams. Sie zog mich nach draußen bis zu dem kleinen hölzernen Steg. Die Umgebung war in einen weißen Dunst getaucht, der zugleich vom Himmel niederzugehen und von der Lagune aufzusteigen schien.

»Sieh nur«, sagte sie, »die Geister der Nacht sind gewichen. Es wird ein schöner Tag werden ... Herr, mein Herr, du und die Deinen, ihr müßt die Stadt verlassen. Die Träume und die Vorzeichen lügen nicht. Wenn ihr bleibt, wird sehr viel Blut fließen, und kein Blut, das den Göttern gefällt.«

»Wir haben nichts Böses vor.«

»Die Träume lügen nicht.«

»Sie lügen nicht?« rief ich, »Du hast mir geweissagt, daß die Tlaxcalteken uns vernichten werden, daß eure Krieger uns hindern würden, das Tal zu erreichen, es sei denn in Fesseln, um auf dem Opferstein zu enden! Und nun sind wir trotzdem in deiner Stadt. Gestern bin ich auf dem großen Teocalli gewesen, und ich bin wieder herabgestiegen mitsamt dem Herzen in meiner Brust! Die Stadt verlassen? Wir werden sie verlassen, wenn wir euch davon überzeugt haben, eure schändlichen Heiligtümer zu säubern, wenn eure Götzen zerstört sind und das Kreuz errichtet ist!«

»Warum beleidigst du unsere Götter? Beleidige ich etwa deinen Gott? Es muß ein sehr eifersüchtiger Gott sein, daß er keine anderen duldet.«

»Ich verbiete dir, so zu reden!«

»So hör doch, hör mir zu. Ich habe bei euch gelebt, ich habe euch beobachtet. Ich weiß, was euch, die Herren des Blitzes, dazu bringt, gewaltige Staubwolken aufzuwirbeln, ich weiß, was euch mehr bedeutet als euer Leben, es ist …«

»Unser Seelenheil.«

»Das Gold. Wegen des Goldes seid ihr gekommen, und ich kann euch welches verschaffen. Ach, ihr könnt soviel bekommen, daß ihr es essen könnt, bis ihr daran erstickt!«

»Ich habe dir gesagt, daß wir kein Gold essen! … Welches Gold?«

»Vielleicht eßt ihr es nicht, aber ihr verschlingt es mit euren Gedanken, und aufgedunsen seid ihr durch eure Gier wie von einer verdorbenen Nahrung. Nehmt es deshalb und zieht weiter.«

»Von welchem Gold sprichst du?«

»Motecuhzoma hat von seinem Vater, dem verehrten Axayacatl, nach dessen Tod einen gewaltigen Schatz geerbt. Er hat ihn an einem geheimen Ort hinterlegt, ich kenne das Versteck.«

»Warum kennst du es?«

»Reicht es nicht, daß ich es dir verrate?«

Gerüchte über einen solchen Schatz waren in der Tat bis zu uns gedrungen. Wo aber war die Falle? Mit Sicherheit gab es eine. Ich forschte in Xiuxochitls Augen. Sie waren kalt und blank, wie zwei von den Jahrhunderten glattgeschliffene schwarze Steine.

»Du würdest uns das Versteck verraten?« wiederholte ich. »Das verstehe ich nicht. Du bist auf Befehl Motecuhzomas von Mexico bis in unser Lager gekommen, du hast seinetwegen Gefahren auf dich genommen, die dir schrecklich erscheinen mußten … Warum hast du das eigentlich getan, und wie konnte er so etwas von einer Frau wie dir verlangen? Auch das übersteigt mein Vorstellungsvermögen, aber daß du ihn jetzt verrätst …«

»Es geht nicht um Verrat, Ollintzin, sondern um unsere

Verteidigung. Wenn ihr das Gold habt, wird euch euer Leben so viel wert sein, daß ihr es retten wollt; ihr werdet von hier fortgehen, um euren Reichtum zu genießen … Hör zu, hör gut zu, das Gold befindet sich dort, wo ihr seid, im Palast von Axayacatl …«

Ich hörte ihr zu.

Allmählich glaubte ich ihr, ich weiß nicht, weshalb, vielleicht lag es an den genauen Angaben, die sie mir machte. Ich geriet in fiebrige Erregung. Bald hatte ich nur noch einen Gedanken: Ich wollte zu Cortés und ihm alles erzählen.

Sie ergriff meine Hand.

»Das Boot ist da.«

Wir traten zurück ins Haus.

»Wann werde ich dich wiedersehen?« fragte ich sie.

»Wir werden uns nicht wiedersehen.«

Ich fuhr auf.

»Wie!«

»Wir werden uns nicht wiedersehen.«

Sie legte den Kopf zur Seite.

»Ihr werdet das Gold bekommen und werdet verschwinden. Dein Leben ist nicht hier, Ollintzin.«

Ich lachte, außer mir vor Wut.

»Eines hast du nicht bedacht. Das Gold bedeutet uns viel, aber nicht soviel wie Glaube und Ehre. Dieses Land gehört unserem Herrscher …«

»In wessen Namen?«

»Im Namen Gottes, des Allmächtigen!«

»Es war nicht dein Gott, der die Unseren einst in dieses Tal führte, damit sie zu Wohlstand kamen und ihre Kinder zu dem wurden, was wir heute sind. Es war Huitzilopochtli. Dein Gott ist nur ein armer kleiner Gott, der nichts, aber auch gar nichts besitzt, denn sonst müßtet ihr nicht hierherkommen und uns berauben!«

»Erst wenn ein Kreuz auf allen Teocalli erstrahlt«, schrie ich, »erst dann, und nicht früher, werden wir von hier fortgehen.

Und wenn ich Lust habe, dich wiederzusehen, so werde ich dich finden, auch wenn ich diese Stadt Haus für Haus auseinandernehmen muß!«

Sie zuckte mit den Schultern.

»Ihr redet und redet, ihr Herren, und es ist, als würdet ihr in den Wind blasen ... Du magst so denken, und mit dir vielleicht noch andere, aber wieder andere werden, wenn sie das Gold haben, anders denken. Sie werden es mitnehmen wollen, das Gold, und sie werden mit ihren Schnäbeln hacken und ihre Krallen zeigen ... erinnere dich gut daran, Ollintzin, das Geschenk, das ich dir mache, bringt Verderben!«

Jemand klopfte gegen die Falltür.

Ich faßte sie am Arm und riß sie grob zu mir herum.

»Was du mir über das Gold anvertraut hast, hättest du mir ebensogut gestern abend sagen und mich danach wegschicken können. Warum hast du mich über Nacht hierbehalten?«

Ihre Gesichtszüge wurden starr. Mit einem Mal blickte ich in das Gesicht einer Toten. Ich rief: »Xiuxochitl!« Ihre Lippen bewegten sich.

»Immer fragen, immer wissen wollen«, murmelte sie. »Gib dich mit dem zufrieden, was die Götter dir geben. Weißt du, was sie dir morgen zuteil werden lassen?«

Sie riß sich los, bückte sich und hob die Türklappe.

* * *

Wieder im Palast, eilte ich in den Saal, den Xiuxochitl mir beschrieben hatte. Er war leer. Zufälligerweise hatten wir mit der Zustimmung Motecuhzomas beschlossen, ihn zu unserer Kapelle zu machen.

Ich untersuchte die Wände. Tatsächlich war die Kalk- und Mörtelschicht der einen Wand frischer als die der drei anderen. Was mochte sich dahinter befinden?

Ich beschloß, mein nächtliches Abenteuer für mich zu behalten.

Erwiesen sich die Enthüllungen Xiuxochitls als falsch, so würde man sich über mich lustig machen, darüber hinaus würde mir die Eskapade, die ich ohnehin nur äußerst ungern preisgegeben hätte, einen scharfen Verweis einbringen. Hätte sie jedoch die Wahrheit gesagt, so würde Motecuhzoma dies früher oder später erfahren, und seine Rache würde die Verräterin treffen – obwohl sie selbst dies weit weniger zu kümmern schien als mich!

Ich war jedoch zu aufgeregt und ungeduldig, um über ihr sonderbares Verhalten nachzugrübeln, und begab mich unverzüglich zu Cortés, setzte ihm auseinander, mir sei bei der Suche nach der besten Stelle für unseren Altar aufgefallen, daß hinter einer der Mauern des Saales ein Geheimgang oder ein Versteck verborgen sein könnte.

Unser Zimmermann wurde gerufen und machte sich sogleich an die Arbeit. Er riß die Kalk- und Zementschicht herunter. Dahinter wurde eine von Steinen versperrte Öffnung sichtbar, die er freilegen ließ.

Mein Herz schlug heftig.

»Laßt uns sehen, ob Ihr den richtigen Riecher hattet, Torremayor«, sagte Cortés.

Er nahm sich eine Fackel und ging hinein. Pedro de Alvarado, Alonso Pizarral und ich folgten ihm.

Die Fackeln flackerten empor, und tausend funkelnde Lichter tanzten vor unseren Augen. Für ein paar Sekunden blendete uns der Glanz des Goldes. Der Raum war übervoll davon. Gold in allen möglichen Formen, Staub, Körner, Blätter, Scheiben. Schwere Platten, Vasen, Schalen, Becher, Schilde, Helme aus purem Gold. Und Schmuckwerk, Geschmeide, Ketten, Broschen, Ohrgehänge, Ringe, Armbänder, Fesselreifen, Nasen- und Lippenschmuck, Brustharnische, Messerschäfte, Beinschienen … In den Ecken häuften sich große, ungeschliffene Edelsteine, deren himmelblaues, meergrünes oder blutrotes Funkeln sich mit dem Glanz des Goldes vereinigte.

Wer hatte jemals solche Mengen von Schätzen auf einem Haufen gesehen!

Mir schwirrte der Kopf, ich konnte keine Worte finden. Wir gingen schweigend umher, mit trockenem Mund, irrem Blick. Wir hoben Gegenstände auf und schätzten ihr Gewicht. Ein jeder von ihnen war so wertvoll, daß er gleich mehreren von uns ewigen Wohlstand beschert hätte. Es gab auch wunderschöne Kleidungsstücke für Frauen, Stoffe aus Hasenhaar, Berge von herrlichen Federn, die den Mexica zweifellos teurer waren als all das Gold, aber wir schoben sie mit eiligen Händen beiseite, um nachzusehen, ob nicht noch weiteres Gold hinter ihnen verborgen wäre. Wie wahr es ist, daß die Menschen in ihrer Habgier unersättlich sind.

Wir gingen zurück.

Ungern ließen Alvarado und Pizarral die Juwelen fahren, auf die sie bereits ein Auge geworfen hatten.

Cortés bestimmte, daß der Schatz der Armee gezeigt, danach aber die Wand wieder errichtet werden sollte, ohne daß das geringste entwendet würde. Ich war anderer Meinung. Die Worte Xiuxochitls klangen mir noch im Ohr. Es wäre besser gewesen, das Geheimnis bis zu unserem Aufbruch aus Mexico zu wahren. Eine solche Menge Gold konnte nur einen unheilvollen Einfluß auf die Gemüter haben.

»Die Soldaten haben es verdient«, sagte Cortés. »So werden sie die Gewißheit haben, daß ich meine Versprechen halte und daß sie bei ihrer Rückkehr nach Kastilien ein schönes Leben erwartet. Unter uns, meine Herren, ich habe die Absicht, dem Herrscher der Mexica unsere Entdeckung mitzuteilen. Man stiehlt einem Freund nicht seinen Besitz, auch wenn dieser von zweifelhafter Lauterkeit ist. Eine Gabe aus seiner Hand anzunehmen bedeutet hingegen Höflichkeit – und glaubt mir, ich werde ihn dazu bringen, uns den Schatz anzubieten.«

Genau das tat er in der darauffolgenden Woche.

So besichtigten unsere Soldaten begleitet von ihren Hauptleuten in kleinen Gruppen den Schatz, die Augen gingen ihnen über, und ihre Herzen waren voller Hoffnung. Dann wurde die Öffnung wieder zugemauert und getüncht.

Nachdem wir von Motecuhzoma die Erlaubnis erwirkt hatten, wurde die Kapelle in drei Tagen fertiggestellt und vor der schön verputzten Wand unser Altar errichtet, auf dem das Kreuz und das Bild unserer Heiligen Jungfrau thronten.

Messen konnten nicht gefeiert werden, da uns der Wein fehlte. Unsere Reserven waren nach den Kämpfen um Tlaxcala aufgezehrt worden, wo sie zur Versorgung der vielen Verletzten gedient hatten. Wir kamen jedoch zur Stunde des Angelus dort zusammen. Allerdings bin ich sicher, daß das Wissen um so viel Gold in unmittelbarer Nähe die Andacht von einigen edelmütigen Soldaten beeinträchtigte.

In den Quartieren brodelte es.

Als ich Sebastián darüber befragte, erklärte er mir, daß wir keinen Grund mehr hätten, uns länger in diesem Land aufzuhalten, und es nur noch darum ginge, das Gold zu nehmen und zu verschwinden.

»Du also auch!« sagte ich. »Du warst doch stets dafür, weiterzumachen, und unsere Aufgabe ist noch nicht beendet.«

»Was man hat, kann einem keiner mehr nehmen! Wer aber weiß, ob wir es behalten können? Was nutzt mir das Gold, wenn ich sterbe? Ich habe genug gegeben für den König und für unseren Herrgott, ich will nun in die Estremadura zurückkehren und mein Schloß wachsen sehen.«

»Dein Schloß!« griff Rodrigo seine Worte auf. »Du solltest dir einmal klarmachen, du Dummkopf, daß für uns, wenn erst einmal der Quint des Königs, der Quint von Cortés und der Anteil der Hauptleute und Reiter abgezweigt ist, nicht einmal so viel übrig bleibt, daß wir uns ein Pferd leisten können … Ein Schloß! Von uns dreien wird allein mein edler Bruder Wohlstand erlangen. Aber was soll's, ich bin ganz deiner Meinung, dieses ganze Wasser um uns herum läßt mich nichts Gutes ahnen.«

* * *

Eine Woche waren wir nun in Mexico.

Da kamen zwei Tlaxcalteken in die Stadt und überbrachten uns eine besorgniserregende Botschaft. Vier unserer Männer, die wir in Vera Cruz zurückgelassen hatten, waren von den Mexica in eine Falle gelockt und zwei von ihnen waren umgebracht worden. Bei dem anschließenden Scharmützel waren zehn Spanier, unter ihnen auch der Hauptmann, ums Leben gekommen.

Diese erste Niederlage erfüllte uns mit großem Mitgefühl für unsere toten Landsleute und wachsender Besorgnis hinsichtlich unseres eigenen Schicksals.

Wir berieten, was zu tun sei. Wollten wir uns weiterhin in Mexico behaupten, so mußten wir unsere Position durch eine Demonstration unserer Stärke festigen.

Wir bemerkten bereits, daß der Eifer der einheimischen Haushofmeister, die für unsere Verpflegung zu sorgen hatten, nachließ. Was sollten wir tun, wenn Motecuhzoma auf den Gedanken kam, uns auszuhungern? Seine List, die er so gewandt hinter Wohlwollen und Großzügigkeit verbarg, ließ alle Befürchtungen zu ... Mit unseren Soldaten verhielt es sich nicht anders. Die Angst und der für ungeschliffene Gemüter so verderbliche Müßiggang konnten zu Ausschreitungen führen, die kaum zu kontrollieren wären. Und schließlich stellten auch unsere wilden tlaxcaltekischen Freunde kein geringes Problem dar: Sie flößten den Mexica solchen Haß ein, daß ein Aufstand der Bevölkerung, die uns von Anfang an feindselig gegenübergestanden hatte, jederzeit losbrechen konnte.

Da Wagemut uns stets zum Ziel geführt hatte, beschlossen wir gemeinsam, uns Motecuhzomas zu bemächtigen.

Wir sahen keine andere Lösung, die in ähnlicher Weise unsere Sicherheit garantiert und jene beschwichtigt hätte, die das Lager abbrechen und das tückische Wasser samt dieser Stadt, deren Boden unter unseren Füßen immer stärker schwankte, hinter sich lassen wollten.

Wir verbrachten die Nacht mit Gebeten und erflehten

Gottes Beistand. Ich erinnere mich noch daran, wie ich auf den Steinen kniete und das Blut in meinen Schläfen pochte, wie immer, wenn eine große Gefahr unmittelbar bevorstand. Mit der Ausführung dieses kühnen Schlages setzten wir alles aufs Spiel: alle bisherigen Erfolge, die Zukunft und unser Leben.

Am Morgen kündigten wir wie üblich unseren Besuch bei Motecuhzoma an. Eine starke Truppe verteilte sich im Hof des Palastes von Axayacatl und um ihn herum. Cortés machte sich mit uns, seinen Hauptleuten, den Dolmetschern und etwa dreißig Soldaten auf den Weg. Wir trugen unsere komplette Rüstung, aber da wir immer so auftraten, hegte der Herrscher kein Mißtrauen, als er uns zu sich bitten ließ. Unsere Soldaten, unter ihnen auch Rodrigo und Sebastián, warteten vor dem Audienzsaal.

Motecuhzoma trug einen leuchtenden Tilmatli mit geometrischen Mustern in Blau, Grün, Rot und Gold. Er empfing uns in unbeschwerter Stimmung. Zahlreiche Geschenke eröffneten die Unterredung. Ich erhielt herrliche goldene Beinschienen und nichts hätte mir zu einem anderen Zeitpunkt größere Freude bereiten können. Nun aber war mir recht unbehaglich zumute, da ich daran denken mußte, wie ich ihm seine Großzügigkeit vergelten würde.

Cortés' Worte, mit denen er das tragische Ende unserer Gefährten beklagte, brachten meine Gedanken auf den Boden der Tatsachen zurück.

»Die mir überbrachte Botschaft bezichtigt Euer Gnaden dieses Frevels«, sagte er, »aber ich kann mir nicht vorstellen, daß ein Fürst eine solche Schandtat veranlaßt. Daher möchte ich Euer Gnaden bitten, denjenigen herbeizuschaffen, der diese verbrecherische Handlung zu verantworten hat. Es wurde mir bedeutet, daß es sich um einen Eurer Gouverneure handelt, den Herrn Quauhpopoca.«

Motecuhzoma war sichtbar erleichtert, daß Cortés ihm nichts anzulasten schien und unser Zorn sich gegen einen anderen richtete. Er zog einen Schmuckreifen vom Handgelenk und übergab dieses königliche Siegel einem seiner Höflinge, damit man besagten Quauhpopoca, »Rauchender Adler«, ohne Aufschub aus seiner Provinz nördlich von Vera Cruz herbrächte. Damit war es aber noch nicht getan. Das Schlimmste stand uns und ihm noch bevor.

Nachdem Cortés seinen Dank bekundet hatte, fuhr er in bekümmertem Ton fort.

Selbstverständlich zweifele er nicht an der Unschuld des Herrschers, doch müsse er auch seinen Gebieter, den großen König jenseits der Meere, von ihr überzeugen, und die beste Bürgschaft für seinen guten Willen, die Motecuhzoma uns gewähren könne, bestehe darin, sich mit uns in unseren Palast zu begeben, bis die Angelegenheit geklärt sei.

Eine bessere Begründung war uns nicht eingefallen, um unser eigentliches Vorhaben zu bemänteln, aber ihre Fadenscheinigkeit entging dem in Listen bewanderten Motecuhzoma nicht. Er durchschaute unsere Absichten sofort und gab uns das in seinem verletzten Stolz unverblümt zu verstehen.

Vier Stunden währte die nun folgende Diskussion. Motecuhzoma weigerte sich zuzustimmen, Cortés beharrte mit der ihm eigenen Sanftmut und Unnachgiebigkeit auf seinem Standpunkt.

Wir hörten zu und fürchteten jeden Augenblick, daß Motecuhzoma seine Wachen rufen könnte und es zu einem allgemeinen Gemetzel käme, dem keiner von uns entkommen würde.

Plötzlich griff einer der Unseren, den die Angst übermannte, nach seinem Degen und rief, daß dies vertane Zeit sei und man mit dem Indio, falls er sich weiterhin so starrsinnig zeige, kurzen Prozeß machen müsse. Motecuhzoma brauchte keinen Dolmetscher, um die drohende Gebärde zu verstehen. Er schaute mich an. Seine Verblüffung rührte mich. Ich ergriff das Wort.

»Herr, mein Herr, Herr der Menschen«, sagte ich in

Nahuatl, »ich beschwöre dich, folge uns. Wir werden dich so in Ehren halten, wie du es in deinem Palast gewohnt bist. Auf diesem Weg entschärfst du die von den Deinen begangene Beleidigung, bis sie gesühnt ist.«

Malinche tat ein übriges. Sie beschönigte nichts und redete mit der für Überläufer so charakteristischen Härte: Falls er sich weiterhin widersetze, würde das sein Ende bedeuten.

Da ergab sich Motecuhzoma.

Man hat ihm Feigheit vorgeworfen. Ich glaube aber, er spürte in diesem Moment, daß sein Schicksal dem von so vielen bösen Vorzeichen angedeuteten bitteren Ende entgegenging, und verzichtete deshalb darauf, weiter alles zu versuchen, um es abzuwenden. Das entspricht der Denkweise der Indios.

Seine Sänfte wurde gebracht.

Die Würdenträger halfen ihm hinein und legten mit unterwürfigen Gebärden die Falten seines Tilmatli zurecht. Sein Gesicht war starr wie Marmor. Die Würdenträger hoben die Sänfte auf ihre Schultern. Sie gingen barfuß, Tränen standen in ihren Augen. Wir folgten ihnen nach.

So machten wir den Uey Tlatoani von Mexico zu einem Gefangenen in seinem eigenen Palast, inmitten seiner Krieger und unzähliger Diener, während wir doch nur so wenige waren. Die Erinnerung an diese Heldentat weckt in mir jedoch nicht den geringsten Anflug von Stolz. Es ist leichter, einen Mann zu töten als seiner Demütigung beizuwohnen.

Wir rückten in unseren Quartieren zusammen, damit unser Gast die seinem Rang angemessenen Annehmlichkeiten genießen konnte.

Seine Frauen, sein Mobiliar, die Becken für seine Bäder, seine Garderobe, deren Umfang unser Vorstellungsvermögen überstieg, seine Dienerschaft, seine Ratgeber, seine Hofnarren, seine Sänger, seine Musiker, seine Schneider, seine Goldschmiede, alles wurde nach seinen Vorstellungen und zu seinem Wohlbefinden arrangiert. Er hielt weiterhin Hof, gab Befehle, fällte Urteile, empfing seine Tributzahlungen, und seine Höflinge mußten wie zuvor ihre Kleidung unter einem schlichten Tilmatli aus Agavefasern verbergen, wenn sie bei ihm vorsprachen. Es hatte also lediglich den Anschein, er hätte den Palast gewechselt ... Waren aber die von seinen Köchen zubereiteten dreißig Gerichte so schmackhaft wie zuvor? Duftete der Kakao, der ihm jederzeit in massivgoldenen Tassen gereicht wurde, so köstlich wie zuvor? Besaßen seine Frauen, selbst wenn er Rauschmittel zu sich nahm, noch den gleichen Reiz? Spendete ihm sein Spaziergang auch hier die gleiche Ruhe? Ich bezweifle es. Obwohl ihm daran gelegen war, freundlich zu wirken, seinen Höflingen und dem ganzen Volk zu versichern, er sei aus freien Stücken bei uns und fände großen Gefallen daran, unsere Gebräuche kennenzulernen, ließen die verstärkten Wachposten an den Eingängen und die Truppen, die Tag und Nacht die Palastmauern sicherten, kaum einen Zweifel an seinem gegenwärtigen Status, und das war ihm klar.

Da Motecuhzoma mir gewogen war, beauftragte Cortés mich mit seiner Bewachung. Ich verbrachte daher den ganzen Tag im Vorzimmer seiner Gemächer mit einer Handvoll meiner Gefährten aus der Estremadura.

Ließ er mich rufen – was recht häufig vorkam – so übertrug ich meine Befugnisse an Sebastián. Da ich argwöhnte, Rodrigo könne hierüber in Zorn geraten, hatte ich ihm eine wichtige Aufgabe an einem anderen Ort übertragen. Er bewachte und versorgte mein Pferd. Das tat er mit großem Eifer: Ausgiebig exerzierte er mit Hannibal auf dem Hof des Palastes und gab dabei eine glänzende Figur ab, was ihn in eine gehobene Stimmung versetzte. Cortés hatte einmal zu mir gesagt: Um zu befehlen, muß man zunächst einmal Herr im eigenen Haus sein. Das verstand ich nun.

Hinter seinen Wandschirmen aus Federn, Gold und Perlmutt richtete sich Motecuhzoma in seiner Gefangenschaft ein.

Im Gegenzug gewannen wir immer mehr Vertrauen in unsere Stärke. So waren die Machtverhältnisse auch, als Quauhpopoca mit seinem Sohn und fünfzehn seiner Häuptlinge, die an den hinterhältigen Kämpfen gegen die Spanier in Vera Cruz teilgenommen hatten, Mexico erreichte. Mit dem fürstlichen Pomp und der überwältigenden Farbenpracht, die jeden Aufmarsch aztekischer Adliger begleiten, zogen sie äußerst überheblich in den Palasthof ein. Sie verließen ihn nur noch, um bei lebendigem Leibe verbrannt zu werden, wie es unser Recht verlangte. Nur einer fehlte bei dem eilig durchgeführten Prozeß: der, der den Befehl gegeben hatte.

Die Hinrichtung fand vor dem Palast statt.

Es war nicht leicht, einen Scheiterhaufen für eine so große Zahl Verurteilter zu errichten. Wir kamen auf die Idee, mit Motecuhzomas Erlaubnis die hölzernen Waffen – Pfeile, Bögen, Lanzen, Keulen – zu verfeuern, die wir bei unserer Besichtigung des großen Teocalli von Tlatelolco in Nebengebäuden entdeckt hatten. Das beeindruckte die Gemüter und entwaffnete so manchen Arm! Nicht weniger als fünfhundert Wagenladungen wurden herangeschafft. Die anwesende Bevölkerung verharrte in völligem Schweigen, und auch den gepeinigten Verurteilten entwich kein Laut der Klage.

Während der Hinrichtung ließ Cortés Motecuhzoma in Ketten legen.

Ich hatte dagegen protestiert. Selbst der Tod schien mir würdiger für einen Herrscher als diese Behandlung.

»Mein Sohn«, sagte Cortés, »es steht Eurer Jugend an, nur das Äußerste im Blick zu haben. Soll ich ihn das Schicksal seiner Untergebenen teilen lassen? Er hätte es verdient, aber wir brauchen ihn, um dieses Land einzunehmen. Ihn freisprechen? Er muß jetzt und für immer verstehen, wer hier der König ist.«

Nachdem Motecuhzoma in Fesseln gelegt war, verließ Cortés den Raum. Ich hingegen mußte bleiben. Diesen Mann, der seine Untergebenen befehligte wie ein Gott auf Erden, nun in seiner Schmach versteinert daliegen zu sehen war für mich ein schlimmeres Schauspiel als die Hinrichtung. Seine Diener vergossen Tränen der Verzweiflung. Ich schaute zu, schwankte zwischen Mitleid und Verachtung, aber keines von beiden milderte mein Unbehagen.

Heute, wo ich die Denkweise dieser Menschen, die nichts so empfinden wie wir, besser verstehe, vermute ich, daß Motecuhzoma in diesem erniedrigenden Augenblick eine bittere Lust dabei verspürte, sich so weit in jene dunklen Sümpfe hinabgezogen zu sehen, in die seine Seele ihn geführt hatte.

Kaum war das Urteil vollstreckt, erschien Cortés, nahm ihm persönlich die Fesseln ab, schmeichelte ihm mit schönen Worten und umarmte ihn.

Von nun an war Motecuhzoma wie eine unterwürfige Frau in den Händen unseres Generalkapitäns, der sich ja gut auf so etwas verstand.

Es begann eine Zeit der Ruhe und des Überflusses für uns.

Die Erinnerung an Sebastián, der seine Ziegen auf unsere dürren Weiden in der Estremadura führte, eine Kruste trockenes Brot und ein paar Oliven in seinem Säckel, und einsamen Herzens in eine armselige Zukunft blickte, konnte ich nur schwer mit der herrlichen Gestalt in Einklang bringen, die ich nun vor Augen hatte. Seine Frauen umhegten ihn, seine Sklaven bedienten ihn, er trug einen sauberen Bart, Ringe, Geschmeide, Armreife, und dieses Gewicht des Goldes paßte zu dem Selbstvertrauen, das er erworben hatte als Herr unter Herren, als die wir uns alle hier fühlten.

In dem bis zu unserer Ankunft verlassenen Palast herrschte reges Treiben.

Damals hatte ich keinen Blick dafür, aber es muß ein außergewöhnliches Schauspiel gewesen sein – das Durcheinander unserer Rüstungen, der Überwürfe, der in prächtigen Farben schimmernden aztekischen Tilmatli und der zahllosen bestickten weißen Huipilli. Jeder Soldat besaß seine eigenen Frauen und zwei Sklaven, wie Motecuhzoma es verfügt hatte.

Unsere Gruppe war im Vorzimmer des Herrschers untergebracht. Deshalb kamen wir recht häufig mit ihm zusammen, was uns besondere Vergünstigungen einbrachte und insbesondere mir, der ich in seiner Sprache mit ihm reden konnte. Manchmal fragte ich mich, ob er mich durch seine Geschenke träge machen wollte – die Möglichkeit seiner Flucht zwang uns zu ständiger Wachsamkeit –, aber es entsprach wohl einfach seiner großzügigen Natur. Außerdem konnte er uns auf diesem Weg den Respekt vergelten, den wir ihm entgegenbrachten – eine der wenigen Freiheiten, die er noch hatte.

Als er bemerkte, daß ich die Beinschienen nicht trug, die er mir kurz vor seiner Festnahme geschenkt hatte, sprach er mich darauf an. Ich wurde rot. Er insistierte nicht, zwei Tage später erhielt ich jedoch ein weiteres Paar wunderschöner goldener Beinschienen, die genau nach meinen Maßen gearbeitet waren und meine Beine vom Knöchel bis zu den Knien schützten.

»Trage sie, Ollintzin«, sagte er zu mir, »trage sie. Sie werden uns an deine Eigenschaften des Adlers und des Jaguars erinnern, an nichts weiter.«

Bei unseren Begegnungen brannte mir der Name Xiuxochitls auf den Lippen, aber ich wagte nicht, ihn auszusprechen.

Es war sinnlos, sie zu suchen, sie zu finden wäre schwieriger gewesen, als ganz Mexico zu erobern. Nachdem ich mir das eingestanden hatte, redete ich mir wie jeder unglücklich liebende Mann ein, daß eine Frau wie die andere ist und es recht töricht wäre, wie ein Mönch zu leben, wenn man es wie ein Fürst haben kann.

Ich bekam also vier neue Frauen, allesamt Töchter aztekischer Würdenträger und ihrer zahlreichen Zweitfrauen oder Konkubinen, welche das Gesetz den Männern zugestand. Diesem unehelichen Stand haftete nichts Verächtliches an, wie dies bei uns der Fall ist. Natürlich war es so, daß die Kinder der Hauptfrau die Güter des Vaters erbten, wenn sie es verdienten, aber auch die übrigen Kinder erhielten großzügige Zuwendungen, wenn sie sich ihrer würdig erwiesen. Die Würde! Von ihr allein hängen in dieser Gesellschaft Reichtum und Ehre ab, und dies scheint mir ein bewundernswerter Grundsatz zu sein. Käme er in unserem Land zum Tragen, so fänden sich so manche junge Herren edler Herkunft als Bettler auf der Straße wieder, anstatt überflüssigerweise den Hof des Königs zu bevölkern!

Die vier Frauen stellten sich nach und nach bei mir ein. Sie waren blutjung, brachten ihr Gefolge mit, Körbe voller Schmuck und vor allem das kostbare Geschenk ihrer Unberührtheit, dem ich unter den gegebenen Umständen wahrlich die Erfahrung einer reifen Frau vorgezogen hätte. Quiauhxochitl, die Tochter Motecuhzomas, und meine kleine Maria, die allmählich hübsche Rundungen bekam, führten sie herum und klärten sie über die besonderen Gebräuche der Spanier auf. Meine helle Haut, meine roten Haare, mein lebhaftes Wesen, das sich so sehr von den sparsamen Gefühlsregungen der Azteken abhob, all dies versetzte sie in großes Erstaunen. Ich bemühte mich, keine zu vernachlässigen, aber mein Zartgefühl lohnte sich kaum, denn alle vier ähnelten sich sehr in der ergebenen Folgsamkeit ihres zarten Alters. Bei dieser Haltung fehlte dem Genuß aber leider die rechte Würze, und ich fühlte mich eher als Ehemann denn als stolzer Liebhaber, wenn ich sie verließ, um meinen Dienst wieder aufzunehmen.

Eines Tages sagte Motecuhzoma zu mir: »Ich habe eine Überraschung für dich, Ollintzin.«

Den ganzen Nachmittag über war ich seltsam erregt, hoffte ich doch – so hartnäckig sind Träume und Wünsche –, daß es sich um Xiuxochitl handeln möge.

Die Überraschung trat in Gestalt eines zierlichen und reizenden Geschöpfs mit langen offenen Haaren auf mich zu. Sie trug einen schlichten Huipilli und einen weißen Cueitl, aber mit welch einer Anmut hatte sie den Stoff um ihre runden Hüften geschlungen, welche Herausforderung lag in ihren schwarzen Augen! Ockerfarbene Schminke vergoldete ihren bernsteinfarbenen Teint, sie kaute ein *tzictli,* wobei ihre mit Cochenille rotgefärbten Zähne wie Kastagnetten aufeinanderschlugen. Sie hieß Xocot und war *auiani*.

Es mag seltsam anmuten, Liebesdienste mit dem wichtigen Thema der Bildung zu verbinden, aber ich muß darauf zu sprechen kommen, um zu erklären, welche gesellschaftliche Stellung Xocot einnahm.

Während in Spanien Ausbildung und Studium den Wohlhabenden vorbehalten sind, waren in Mexico alle dazu verpflichtet. Je nach Beruf, Funktion und Stand schrieben die Eltern ihre Kinder in den *calmecac* oder den *telpochcalli* ein.

Im Calmecac fanden die Kinder der Würdenträger und auch die Kinder der Händler Aufnahme. Die Strenge, das Fasten, das Beten und die Selbstkasteiung formten die Seelen dieser Heranwachsenden, die zum Priesterdasein oder zu hohen Funktionen im Staatswesen vorgesehen waren. Die Mädchen übten sich in der Dichtkunst, in Handarbeiten und Schönheitspflege, bis sie verheiratet wurden, manche von ihnen traten auch in religiöse Dienste.

Die weniger gut Situierten besuchten den Telpochcalli. Hier herrschten militärische Umgangsformen, die rauhen Sitten und niederen Tätigkeiten sollten unerschrockene Krieger hervorbringen. Hier zählten Mut und Stärke, durch die selbst ein Bursche niedriger Herkunft es eines Tages zum Hauptmann bringen und schließlich auch einen Adelstitel erringen konnte. Der Zucht des Calmecac stand im Telpochcalli eine lärmende Zügellosigkeit gegenüber. Man war jedoch darauf bedacht, die Ausschweifungen der hitzigen jungen Männer unter Kontrolle zu halten. Deshalb wurden ihnen Kurtisanen zur Verfügung gestellt. Die Aufgabe dieser Frauen bestand darin, schön und heiter zu sein, gewandt in der Liebe und kundig im Gesang und Tanz, denn es gehörte auch zu ihren Pflichten, die Krieger bei großen religiösen Zeremonien zu begleiten. Diese Beschreibung trifft, glaube ich, recht gut auf Xocot zu.

Sie war so anmutig und zerbrechlich wie ein Schmetterling. Sie kam oft zu mir. Wir verbrachten viele Stunden gemeinsam in den Gärten des Palastes von Axayacatl. Wir plauderten und lachten, mein Nahuatl verbesserte sich zusehends. Bei ihr war ich so entspannt, wie es ein Mann in meiner Situation sich nur wünschen konnte. Allerdings gelang es ihren weiblichen Reizen nicht, Xiuxochitl aus meinen Gedanken oder meinem Herzen zu verdrängen.

Eines Tages konnte ich mich nicht mehr beherrschen und fragte sie: »Kennst du vielleicht eine außerordentlich schöne Frau mit Namen Xiuxochitl?«

Die Frauen schätzen es nicht, wenn man Augen für ein anderes Gesicht als das ihre hat, und so verdunkelten sich auch die reizenden Züge Xocots:

»Nein«, sagte sie trocken, »warum?«

»Man hat mir von ihr erzählt. Da dachte ich, daß vielleicht unter deinen Gefährtinnen …«

»Nein«, wiederholte sie.

Sie begann wild auf ihrem Tzictli herumzukauen, ein Zeichen, daß sie ungeduldig war oder nachdachte.

»Ist diese Person eine einfache Frau, oder gehört sie zu einem Herrn?«

»Das weiß ich nicht.«

»Deine Zunge summt wie die Biene, Ollintzin, aber sie weiß nicht, wie man Honig macht! Ich kenne niemanden … außer der Dame Xiuxochitl.«

»Wer ist sie?«

»Eine Zweitfrau von Atlixcatzin, einem sehr ehrenwerten Herrn von Texcoco am Rande der Lagune. Die Dame Xiuxochitl war die Lieblingsfrau dieses Herrn, die Dichter besangen ihre vollkommene Schönheit, ihre Bildung, sie übte sich im übrigen selbst in der Dichtkunst …«

»War, sagst du?«

»Sie ist tot, die Dichter beweinen sie noch immer.«

Ich unterbrach Xocot.

»Wenn sie tot ist, ist sie nicht die, die ich meine.«

Und mit ungeheurer Sehnsucht dachte ich an ihren Körper, der in meiner Umarmung zu einer lodernden Flamme wurde.

* * *

Der Weg, den Motecuhzoma gewählt hatte, mußte schließlich zur Unterwerfung führen, die wir von ihm erwartet hatten: Das Reich von Mexico wurde zum Lehen der spanischen Krone.

Die Zeremonie fand im Palast vor unserem königlichen Notar und in Anwesenheit der Statthalter der verschiedenen Provinzen statt. Es war sehr bewegend. Obwohl wir durch so viele Leiden hindurchgegangen waren, fühlten wir doch als Ehrenmänner den Schmerz, den wir den Mexica zufügen mußten.

Als Motecuhzoma mit seiner Rede geendet hatte, waren die tapferen Gesichter der Indios tränenüberströmt, und auch wir konnten unsere Tränen nicht zurückhalten.

Die neuen Vasallen schickten alsbald ihren Tribut als Beweis der Ergebenheit. Da ein Soldat nicht nur von seinem Stolz und seinen Heldentaten leben kann, forderte die Armee lautstark die Teilung.

Man ließ Goldschmiede aus dem Viertel von Tlatelolco kommen, um die größten Stücke der von überall eintreffenden Goldmengen zu teilen. Das Gold wurde zu Barren eingeschmolzen und mit dem königlichen Siegel versehen. Hier sahen wir uns einem ganz simplen Problem gegenüber: wie sollte das Gold gewogen werden?

Es mag gerade in einer so trefflich verwalteten Gesellschaft seltsam anmuten, aber die Mexica besaßen weder Waagen noch Gewichte. Wir mußten diese also herstellen, bevor es unter Aufsicht der königlichen Offiziere zur Aufteilung kam. Nach Abnahme des Quints für Seine Majestät genehmigte Cortés sich den fünften Teil der verbleibenden Güter sowie die

Summe, die ihn die Expedition gekostet hatte. Er vergaß auch nicht die Vorauszahlungen, die Diego Velázquez geleistet hatte. Dann erhielten wir Hauptleute und Reiter unseren Anteil und zuletzt die Soldaten.

Eine gewisse Empörung über die Art der Verteilung blieb nicht aus. Nachdem die Männer die unerhörten Schätze überwältigt bestaunt hatten, erschien ihnen das, was sie nun in Händen hielten, recht klein und dürftig.

Rodrigo hatte zwar schon von den Geschenken Motecuhzomas profitiert, aber ich überließ ihm ein Fünftel meines Anteils, um seinen Zorn zu besänftigen. Umsonst! Noch in der gleichen Stunde setzte er das Gold beim Spiel und verlor alles.

In den darauffolgenden Tagen wechselte das Gold von einem Quartier zum anderen, je nachdem, wem das Glück bei den Karten oder Knöchelchen hold war. Nicht wenige Soldaten erwachten mit leeren Taschen aus ihrem Rausch und hatten nun den Eindruck, noch ärmer zu sein als zuvor. Unzufriedenheit kam auf.

Schließlich brodelte es so sehr in unserer Armee, daß Cortés auf sein Fünftel verzichtete.

Unserem König hatten wir einen weiteren Thron verschafft, aber der Allmächtige hatte hier noch keine Bleibe gefunden.

Daß die Dämonen uns von den Gipfeln der Teocalli mit ihrem Hohn überschütteten und dort weiterhin ihren Nachschub an Opfern verschlangen, quälte uns. Cortés wurde nicht müde zu wiederholen: »Señores! Diese Schandtaten müssen ein Ende haben. Eines Tages werde ich auf den großen Tempel hinaufsteigen und diese Suhle säubern. Das Volk der Mexica darf nicht Untertan Spaniens sein und zugleich Diener des Satans!«

Wer hätte nicht begrüßt, das Licht Christi dort erstrahlen zu sehen, wo bislang die Schrecken der Hölle herrschten! Trotzdem war ich der Meinung, daß es dafür Zeit brauchte. Die Meinung unseres Generals gründete sich auf Aussagen, die ihm die Dolmetscher mehr oder weniger verzerrt übersetzten; ich aber kannte die Azteken besser und hatte bemerkt, wie unglaublich tief sie in ihrer Religion verwurzelt waren und daß ihnen dies alles weit mehr bedeutete als die materiellen Güter, die sie uns widerstandslos überlassen hatten.

Eines Morgens befand ich mich gerade bei Motecuhzoma, als Sebastián erschien. Ich ging zu ihm, und er flüsterte mir zu: »Er hat es getan.«

»Was? Wer hat was getan?«

»Cortés. Er hat in dem großen Tempel, nicht in dem von Tlatelolco, sondern in dem gegenüber dem Palast, vor den Augen der Priester ihre Götzenbilder zerstört! Die Soldaten reinigen die Opferstätten, und wir werden die Bilder der Heiligen Jungfrau und des heiligen Christopherus dort aufstellen.«

»Möge Gott sie schützen und uns auch!« sagte ich.

Als Motecuhzoma davon erfuhr, zog er sich mit seinen Vertrauten und Priestern zurück und verwehrte mir den Zutritt zu seinen Gemächern. Erst am nächsten Tag sah ich ihn wieder.

Vier junge, schöne Indiofrauen waren mit den Vorbereitungen für seine Mahlzeit beschäftigt. Sie breiteten weiße Decken über den Tisch, ordneten Blumen an und brachten die Wasserschalen für die Finger herbei.

Er kauerte auf seinem Icpalli, nur die Stickereien aus Gold und Smaragden auf seiner Kleidung schienen seinen Körper aufrecht zu halten. Er schien zu frösteln. Ein Kohlebecken mit wohlriechenden Rinden wurde angefacht, liebliche Düfte stiegen hinter einem golddurchwirkten Wandschirm auf, auf dem die häßliche Fratze von Huitzilopochtli prangte. Genau seine Statue hatte Cortés am Tag zuvor vom Gipfel des großen Teocalli hinabgestoßen.

Motecuhzoma hielt seinen Blick gesenkt und sprach mit Grabesstimme.

»Ollintzin«, sagte er zu mir »die Götter haben gesprochen. Sie haben sich entschieden. Sie weigern sich, dort zu bleiben, wo euer Gott ist. Und was sind wir ohne sie? Also werden wir euch alle töten müssen. Sag deinem Herrn, daß er fortgehen soll, geht alle fort, sonst kann ich mein Volk nicht länger zurückhalten, und selbst wenn ich es könnte, würde ich es nicht tun.«

Wir versprachen, das Land zu verlassen, und erwirkten einen Aufschub. Arbeitskräfte wurden uns zur Verfügung gestellt, die unsere Zimmerleute nach Vera Cruz begleiteten, um dort drei Schiffe zu bauen.

Es war ein böses Erwachen.

So wie Cortés, um seinem Gewissen zu folgen, nicht gezögert hatte, in wenigen Minuten zu zerstören, was wir mit viel Blut und Schweiß erreicht hatten, so nahm Motecuhzoma nun unvermittelt Abschied von seiner Politik der Resignation und der Zugeständnisse und entschloß sich, den Glauben seines Volkes mit ganzer Kraft zu verteidigen. Es war ein Kampf der Seelen, in dem es weder um Nutzen, noch um Macht oder sonstige Dinge ging, die die Menschen umtreiben. Das möchte ich an dieser Stelle hervorheben, denn allzuoft hat man uns vorgeworfen, nur an unseren Gewinn gedacht zu haben.

Unser Leben war also wieder in Gefahr. Wir konnten es in den Augen der Sklaven sehen, in den Augen unserer Frauen und auch in denen unserer Kameraden: die Unbeschwertheit des Triumphes war dahin. In unseren Blicken lag erneut die unerbittliche Härte düsterer Zeiten.

Da erreichte uns aus Vera Cruz eine Nachricht, die noch beunruhigender war als alles Bisherige.

Ein gewisser Pánfilo de Narváez war im Auftrag von Diego Velázquez, unserem teuren, durch unseren Erfolg in Vergessenheit geratenen Gouverneur von Kuba, nach San Juan de Ulúa aufgebrochen. Narváez kam an der Spitze einer gewaltigen Flotte von achtzehn Schiffen, neunhundert Mann und einer schlagkräftigen Artillerie, um Rache an Cortés zu üben, ihm das Kommando zu entreißen und uns unseren Besitz zu nehmen.

Bisher hatten wir den Lauf der Ereignisse stets zu unseren

Gunsten entscheiden können, und so wollten wir es auch diesmal tun.

Alvarado und Pizarral blieben zurück, um unsere Güter zu bewachen, das Kostbarste war zweifellos Motecuhzoma selbst. In Anbetracht des aufbrausenden Temperaments des einen und der Falschheit des anderen übertrug ich Sebastián die Aufgabe, meine Beute zu hüten, und trennte mich traurigen Herzens von ihm.

Mit ungefähr zweihundert Soldaten verließen wir Mexico.

Wir hatten nur die Wahl, Narváez zu unterwerfen oder uns zu ergeben. Und es fiel uns im Traume nicht ein, diesen Schakal sich mit unseren Lorbeeren schmücken und sich an unserer Beute bereichern zu lassen. Wie üblich waren wir in der Minderzahl, aber durch unser hartes Leben gestählt und angespornt von der Wut, gelang es uns mit Geschick und Kraft gleich beim ersten Gefecht, Velázquez' Hauptmann niederzuschmettern. Ort des Geschehens war die Stadt Cempoala in der Nähe von Vera Cruz, wo er sein Hauptquartier bezogen hatte. Narváez mußte seinen Hochmut fahrenlassen und büßte zudem durch eine Pfeilspitze sein linkes Auge ein.

Am zwanzigsten Mai des Jahres 1520 ging die Sonne über unserem Triumph auf. Das Leben ist einem dann am teuersten, wenn man es schon fast verloren glaubte.

Wir genossen das Schauspiel, das uns die Soldaten von Narváez boten, als sie an Cortés vorbeizogen, um ihm Gehorsam zu geloben. Da wurde unsere Aufmerksamkeit plötzlich auf eine Gruppe von Frauen gelenkt. Wir glaubten zu träumen: Es waren spanische Frauen! In Kleidern aus Seide! Der Anblick solch feingefältelter Röcke, Halskrausen, Mieder und Volants – dieses ganze in unserer Heimat übliche Beiwerk weiblicher Eleganz – war uns so fremd geworden, daß uns diese Frauen in ihren bei alledem schlichten Kleidern wie für ein Fest geschmückt erschienen.

Wir jubelten ihnen zu und glucksten wie Einfaltspinsel vor Vergnügen.

Da löste sich eine von ihnen aus dem Blütenkranz zarter Farben, schwenkte die Arme und rief: »Torremayor! Torremayor!«

Nun kam Leben in meine vor Müdigkeit schweren Beine! Ich faßte die Frau bei den Schultern, drückte sie an mich und lachte in einem fort.

»Celestina, Celestina ... Oh, Celestina, Celestina! Bist du es? Aber was machst du denn hier?«

Sie machte sich los.

»Warte, und laß dich anschauen, damit ich dich bewundern kann.«

Wir waren in großer Eile von Mexico hierhermarschiert, und nach der Schlacht hatte ich mir nicht einmal die Zeit genommen, meinen Bart zu stutzen. Aber ihr Blick verriet mir, daß ich auch so noch anziehend war. Mit den Federn des Quetzal auf meinem Helm, dem von Motecuhzoma stammenden Geschmeide aus Meeresmuscheln und Goldkörnern sowie seinen Beinschienen bot ich mit Sicherheit einen Anblick, wie er sich ihr auf den Straßen von Trinidad niemals geboten hatte!

»Du siehst blendend aus«, sagte sie, »blendend! Wirklich wie ein Barbarenfürst! Mein Gott, ich hatte ganz vergessen, wie groß du bist!«

»Aber ich, ich erinnere mich an jede Einzelheit von dir, Celestina. Du bist so schön wie eh und je.«

Ringe lagen unter ihren schönen Augen, aber sie strahlten in der gewohnten Heiterkeit. Ihre Formen waren noch ebenso üppig, wie ich sie in Erinnerung hatte.

»Ich bin Hauptmann«, sagte ich.

Celestina lächelte.

»Genau das meinte ich. Die Autorität verleiht einem Mann Größe. Und dein Bruder?«

»Er ist hier, bei mir.«

»Ist er auch gewachsen?«

»Er ist jung«, sagte ich.

Sie lachte ihr volles, wohlklingendes Lachen.

»Wie alt bist denn du, mein großer Hauptmann?«

»Vierundzwanzig. Aber du, Celestina, was machst du bei Narváez' Armee? Dies ist ein Land für Männer, Frauen gehören nicht hierher.«

»Es gibt doch wohl auch Frauen in diesem Land?«

»Natürlich! Aber ich spreche von Frauen wie dir.«

»Wenn man sein erstes Gefecht als kleines Mädchen in den Vororten von Sevilla bestanden hat, dann fürchtet man nichts mehr. Frauen wie ich, mein Lieber, gehen dorthin, wo das Gold ist. Und es scheint, als wären eure Indios nicht mit den armen kubanischen Teufeln zu vergleichen.«

»Wer hat euch das gesagt?« fragte ich sofort. »Von uns ist keiner nach Kuba zurückgekehrt, der davon hätte erzählen können!«

»Du vergißt das Schiff, das ihr letztes Jahr nach Spanien geschickt habt.«

»Unser Schiff mit den Schätzen für Seine Majestät?« rief ich aus. »Sag mir nicht ... Es war ihm strikt verboten, in Kuba vor Anker zu gehen!«

»Nun, wie es scheint, sind diese Anweisungen nicht beachtet worden. Euer Schiff lief im August den Hafen von San Cristóbal de la Habana an, um Schweinefleisch und Maniokbrot aufzunehmen, und einer der Hauptleute zeigte dem Hafenmeister das geladene Gold. Auf diesem Wege wurde es allgemein bekannt. Diego Velázquez war außer sich vor Wut. Hätte er Cortés zu fassen bekommen, er hätte ihn in Stücke gerissen! Er versuchte, das Schiff aufzuhalten, aber es war bereits zu spät. Da beschloß unser Gouverneur, eine Flotte auszurüsten und sich zu holen, was ihm zusteht. Aber eine so große Flotte erfordert monatelange Vorbereitungen, und so legten wir erst im vergangenen März ab ...«

»Darum also geht es Velázquez, um Gold. Gott seis gedankt! Wenn unser Schiff in seine Hände gefallen wäre!«

Celestina unterbrach meine Überlegungen.

»Stimmt es denn? Man erzählt, daß eure Indios in Häusern aus Gold wohnen, daß sie an jedem Zeh Edelsteine tragen und in ihren Nasen Perlen, die größer als Kichererbsen sind?«

»Das ist noch längst nicht alles«, sagte ich. »Aber sicher hat man dir nicht erzählt, daß sie Menschenopfer darbringen, deren Fleisch sie anschließend essen.«

»Du scheinst mir jedenfalls unbeschadet und gut versorgt zu sein!«

»Trotzdem gehörst du nicht hierher.«

»Freust du dich nicht, mich zu sehen?«

»Doch, natürlich, aber ...«

»Na, also! ... Hör mir zu, auf Kuba herrschen die Pocken. Eine narbige Haut würde für mich das Ende bedeuten. Deshalb bin ich mit den anderen Frauen aufgebrochen. Und natürlich wollte ich auch sehen, ob du dein Versprechen hältst. Du hast ja noch eine Schuld bei mir zu begleichen, erinnerst du dich? ... Leonor Pizarral ist übrigens gerade dabei, einen weiteren Sekretär aufzubrauchen.«

Sie lachte wieder.

Dieses erfrischende und wohlklingende Frauenlachen war Musik in meinen Ohren, und ich lachte mit ihr, beglückt von der Erinnerung an eine Zeit, in der ich nichts war, während ich nun mit gutem Grund stolz auf mich sein konnte.

Ich besuchte mit Cortés unseren Freund, den gutmütigen, dicken Kaziken aus Cempoala, der während der Kämpfe der letzten Nacht Verletzungen davongetragen hatte. Dann galt es, einige Probleme zu lösen. Viele unserer Leute hatten den Soldaten von Narváez Degen, Dolche und auch Pferde abgenommen und weigerten sich, alles den rechtmäßigen Eigentümern zurückzugeben, nur weil diese nun unter unserer Fahne marschierten.

Rodrigo klammerte sich an eine schöne, aufgezäumte und gesattelte graue Stute und stampfte vor Wut mit dem Fuß auf.

»Sie gehört mir! Du kannst nicht verlangen, daß ich sie

zurückgebe! Soll man denn nur dazu gut sein, sich umbringen zu lassen! Bei deinem Cortés profitieren nur die Verlierer. Versuch nicht, es zu leugnen, ich weiß, daß er Gold an Narváez' Offiziere verteilt hat.«

»Dir wäre wohl lieber, daß sie ihre Leute gegen uns aufbringen! Sie sind viermal so viele wie wir, und diesmal hilft uns kein Überraschungseffekt. Wir können sie nur mit Ködern auf unsere Seite bringen. Gib die Stute ihrem Eigentümer zurück, Bruder, so lauten die Anweisungen.«

»Das paßt zu dir! Du, du hast ja ein Pferd, und du hast Gold, in Mexico ... Du wolltest mir im übrigen doch dein Pferd leihen, aber ...«

»Ein Hauptmann gibt sein Reittier niemals her.«

»Und wie soll ich es je zum Hauptmann bringen, wenn ich dazu verdammt bin, wie ein Tier hinter dir herzutrotten?«

»Wer Hauptmann werden will, sollte sich zunächst einmal wie ein Mann benehmen!«

Celestina und ihre Gefährtinnen hatten in einem der höhergelegenen Viertel ein von üppigem Blattwerk beschattetes Haus gefunden. Ich kam nachts dorthin. Die betörenden Gerüche dieser südlichen Gefilde weckten meine Erinnerung, das Herz wurde mir schwer, und die schöne lächelnde Frau, die mich empfing, war nicht die, an die ich dachte.

Auf der Schwelle ihres Schlafzimmers blieb ich mit offenem Mund stehen. Der Schatz Axayacatls hatte mich weniger in Erstaunen versetzt als dieses herrliche ausladende Bett, das mitten in dem leeren Zimmer stand. Unsere Augen hatten sich an das Glitzern des Goldes, an die verschwenderischen Reichtümer gewöhnt, aber fünfzehn lange Monate hatten wir auf dem Boden geschlafen und dabei völlig vergessen, wie ein richtiges Bett aussah.

Celestina lachte über mein Erstaunen.

»Erkennst du mein Bett nicht wieder? Unwürdiger, du! Es ist das gleiche wie in Trinidad. Ach, es könnte Geschichten erzählen! Ich habe es bereits als junges Mädchen bekommen. Von einem reichen Händler aus Sevilla, der es gern bequem hatte. Diese Bretter haben mich überallhin begleitet. Von Sevilla nach Hispaniola, von Hispaniola nach Kuba. Ich habe auch meine Stute, meinen Schwarzen und meine Indiofrau mitgebracht … Kannst du mir Träger besorgen für mein Gepäck?«

Ich betrachtete die weißen Bettücher, die spitzenbesetzten Kopfkissen, die weiche, pludrige Steppdecke in ihrer zartblauen Seidenhülle, auf der man wie auf einer Wolke schweben mußte … Unvermittelt schob ich Celestina zur Seite, ging auf das Bett zu und ließ mich hineinfallen.

Erst am nächsten Morgen wurde ich wieder wach und bemühte mich sogleich, meine Unhöflichkeit wiedergutzumachen. Danach kam ich jeden Abend wieder. Wir sprachen viel, oder vielmehr ich sprach. Frauen wie sie verstehen es zuzuhören. Ich beschrieb ihr die großen und wunderbaren Dinge, die wir vollbracht hatten, und erntete bei ihr die Bewunderung, die ich in den Zügen Xiuxochitls vergebens gesucht hatte.

Wir brachten Narváez' Schiffe von San Juan de Ulúa nach Vera Cruz zurück und nahmen ihre Segel, Ruder und Kompasse.

Da Cortés nun über eine stattliche kleine Armee verfügte, sandte er zwei Hauptleute aus, um die umliegenden Regionen zu erkunden. Mich behielt er bei sich und zahlte mir eine so stattliche Summe fur meine Dienste, daß ich einem von Narváez' Soldaten ein Pferd abkaufen konnte, das ich Rodrigo schenkte.

Die erst vor kurzem angekommenen Männer gerieten durch die Erzählungen der Unsrigen in ein regelrechtes Fieber und sahen sich bereits in Mexico einen Teil des Goldes einheimsen, für welches wir so große Entbehrungen hatten hinnehmen müssen. Das brachte uns um so mehr auf, als wir wußten, daß es tatsächlich so kommen würde, denn natürlich war ihre

Präsenz eine Unterstützung, auf die wir nicht verzichten konnten.

Da Celestina sich darauf versteift hatte, uns bei unserem Aufbruch zu folgen, legte ich ihr nahe, früh aufzustehen, weniger Aufwand bei der Morgentoilette zu betreiben und häufiger ihr Pferd zu reiten, da die Straßen von Trinidad mit den unwegsamen Pfaden nach Mexico nicht zu vergleichen seien.

»Mein Bruder hat mehr Zeit als ich«, sagte ich, »er wird dich begleiten und dir die prachtvollen Wälder zeigen, die Cempoala umgeben.«

»Dein Bruder? Gern. Aber warne ihn: daß er mir nicht auf falsche Gedanken kommt. Ich gebe mich und verkaufe mich, wie es mir beliebt.«

Ich lachte.

»Er wird sich hüten. Nachdem er erleben mußte, wie du uns in Trinidad vor die Tür gesetzt hast!«

»Eben deshalb. Ein Bursche wie er erträgt es nicht, zurückgewiesen zu werden, vor allem nicht von einer Frau wie mir.«

»Du magst meinen Bruder nicht.«

»Er ist nicht so aufrichtig und anständig wie du.«

»Er ist jung«, erwiderte ich.

»Aufrichtigkeit und Anstand hat man oder man hat sie nicht«, sagte Celestina. »Übrigens habe ich Diebe gekannt, die hundertmal anständiger waren als brave Bürger! Anstand bedeutet für mich Großherzigkeit und eine gewisse Geradlinigkeit im Handeln.«

»Die Frauen lieben ihn. In Mexico hat er mehr Indiofrauen, als er zufriedenstellen kann.«

»Du auch, nehme ich an?«

»Wir haben alle welche.«

»Lieber Qualität als Quantität. Gefallen dir diese Dunkelhäutigen?«

Ach, diese seidige Zartheit, dieser Duft von Honig, Pfeffer, Vanille und Heliotrop!

Bevor ich an diesem Abend zu Celestina ging, tat ich etwas,

das ich mir seit unserer Ankunft in Cempoala untersagt hatte: ich kehrte in das Haus zurück, in dem ich Xiuxochitl zum erstenmal in meinen Armen gehalten hatte.

Es lag in der Nähe des Teocalli, wo die Schlacht gegen Narváez am schlimmsten getobt hatte, und so waren nur ein paar Mauerreste stehengeblieben. Aber der Brunnen im Hof sprudelte noch, und durch einen Zufall, wie er im Krieg so oft vorkommt, hatten die Kugeln den Krug verschont, mit dem Xiuxochitl das Wasser für ihre Toilette schöpfte. Die große Magnolie war ebenfalls unbeschädigt geblieben. Ihr glänzendes Blattwerk neigte sich bis zum Boden. Ich hob den Tonkrug hoch, roch den süßen Duft der Blumen, ließ meinen Blick über die Ruinen schweifen und kehrte zum Lager zurück.

Zwei von Narváez' Hauptleuten riefen mich zu sich.

Gott weiß, daß ich keinerlei Sympathie für diese Leute hegte, die mich unter anderen Umständen gnadenlos gehängt hätten, aber sie hatten Wein. Ich gesellte mich zu ihnen und trank, um zu vergessen, wie sehr sich ein Mann für eine Frau zum Narren machen kann, danach trank ich weiter und weiter, um mich daran zu erinnern, daß ich jung war, reich, stark und schön, und daß die Welt mir gehörte.

DER WEG VON TLACOPAN

Unsere Armee bestand nun aus ungefähr eintausenddreihundert Spaniern, neunzig Pferden und gut dreißig Kanonen. Außerdem besaßen wir achtzehn Schiffe, aber wir dachten nicht mehr daran, mit ihnen das Land zu verlassen, wie wir es Motecuhzoma versprochen hatten. Wir fühlten uns jetzt so stark, daß wir dem mexikanischen Volk unsere Anwesenheit aufzwingen wollten.

Das Schicksal hatte jedoch beschlossen, uns neue Prüfungen aufzuerlegen, die weit grausamer waren als die bisher überstandenen. Zweifellos wollte Gott uns zu einer Demut zurückführen, die uns fremd geworden war.

Ein Bote überbrachte uns eine Nachricht von Alvarado aus Tenochtitlan. Die Mexica hatten sich erhoben und den Palast Axayacatls umstellt. Es hatte Tote und Verletzte gegeben, die Lebensmittel wurden knapp. Alvarado beschwor uns, ihm zu Hilfe zu eilen, da wir sonst weder ihn noch die zurückgelassenen Schätze mehr vorfinden würden.

Ich machte mir die heftigsten Vorwürfe, Sebastián dort zurückgelassen zu haben, um mein Gold zu bewachen. Was zählte schon das Gold! Es schien mir mit einemmal nebensächlich und erbärmlich ... Läßt Freundschaft sich etwa mit Gold aufwiegen? Meine Angst zeigte mir, wie eng ich mich ihm verbunden fühlte, und ich schwor mir, niemals wieder das Leben derjenigen in Gefahr zu bringen, die ich liebte, ganz gleich um welchen Preis.

Wir beschlossen, unverzüglich nach Mexico aufzubrechen, ohne jedoch Narváez' Soldaten den Ernst der Lage zu offenbaren. Celestina hingegen klärte ich über alles auf, denn es schien mir abwegig, sie unter diesen Umständen mitzunehmen.

Ich stieß jedoch auf jenen weiblichen Starrsinn, gegen den die Vernunft nichts auszurichten vermag.

»Ich werde mit dir gehen.«

»Du bleibst in Vera Cruz!«

»Ich habe Trinidad nicht verlassen, um mit einer Handvoll zerlumpter Soldaten, die seit Ewigkeiten keine weiße Haut mehr berührt haben, in einem elenden Nest zu versauern! ... Torremayor, ich bitte dich. Ich bin stark, ich werde dir keine Last sein. Schließlich ist es mein Leben!«

»Nein. Sobald die Lage sich beruhigt hat, kannst du nachkommen. Oder willst du unbedingt, daß die Indios dir die Kehle durchschneiden und dich zu Ragout verkochen?«

»Ich wette, daß ich ihnen lebend lieber bin und daß, im Gegenteil, ich sie vollkommen roh vernaschen werde!«

»Mir ist wirklich nicht nach Scherzen zumute«, sagte ich.

»Das ist aber manchmal sehr hilfreich ... Torremayor, ich flehe dich an!«

»Nein.«

»Wie du willst. Dann werde ich Cortés um Erlaubnis bitten.«

»Cortés? Versuche es ruhig. Der hat weiß Gott andere Sorgen, er wird dich zum Teufel schicken!«

Ein paar Stunden später erschien Celestina auf ihrer Stute im Lager. Sie trug ihr schönes Kleid aus rotem Samt und hatte die Haare zu einem glänzenden Knoten aufgesteckt. Ihr schwarzer Diener lief vor ihr her. Das Lächeln, das sie unserem Generalkapitän zuwarf, machte mir sofort klar, daß es klüger gewesen wäre, ihr selbst zuzugestehen, was sie nun ohnehin erreichen würde. Cortés bat sie in sein Zelt.

Nach einigen Minuten trat sie wieder heraus und kam auf mich zu.

»Cortés ist einverstanden. Du wirst so freundlich sein und uns Träger für unser Gepäck besorgen. Die anderen Frauen kommen auch mit.«

»Sehr gut«, sagte ich. »Ich hab dich gewarnt, mach mir also

später keine Vorwürfe. Die anderen werden ohne Pferde nicht sehr weit kommen.«

»Eine Frau, mein Lieber, findet immer etwas, worauf sie reiten kann.«

Ich wandte mich ab.

Ich haßte es, wenn sie mich daran erinnerte, was sie war. Und das wußte sie.

Wieder stiegen wir auf gewundenen Pfaden durch die riesigen subtropischen Wälder bergauf und gelangten auf die stürmische Hochebene, wo Xiuxochitl beinahe gestorben wäre. Diesmal ließen wir sie hinter uns, ohne uns um böse Geister, den Wind oder die Kälte zu kümmern, so sehr fürchteten wir, zu spät nach Mexico zu kommen.

Wie beim ersten Mal wurden die Lebensmittel knapp, das Wasser ging aus.

Ich muß zugeben, daß sich unsere spanischen Frauen großartig verhielten. Ihre gute Laune brachte ein wenig Sonne in die kurzen Ruhepausen dieser mühseligen Reise.

Wir erreichten Tlaxcala. Xicotencatl der Ältere und Maxixcatzin, der Vater meiner kleinen Maria, beherbergten uns und gaben uns Nahrungsmittel sowie fünfzehnhundert Krieger zur Verstärkung mit auf den Weg.

Am Johannistag erreichten wir die Ufer der Lagune.

Narváez' Leute waren weniger abgehärtet als wir und hatten auf dem Weg sehr gelitten. Wir hatten ihnen immer wieder vorgeschwärmt, daß wir als Herren empfangen werden würden. Nun machten sie enttäuschte Gesichter, als sie nur verlassene Häuser und leere Höfe sahen. Außerdem erschreckte sie die gewaltige Größe Mexicos und seine ausgesetzte Lage inmitten des Wassers. Sie waren auf Wegen hierhergekommen, die unsere Schwerter bereits geebnet hatten, nur der Hunger nach Gold trieb sie an, und Gott gewährte ihnen nicht die tiefe Ergriffenheit, die uns beim Anblick der herrlichen Stadt erfüllt hatte. Nur die Mühsal, die Gefahr, der immerwährende Kampf gegen sich selbst verleiht der Erfüllung unserer Träume ihren wahren Wert.

Von zwei Boten Alvarados erfuhren wir, daß seit dreizehn Tagen keine Kämpfe mehr stattfanden. Ziemlich genau zu diesem Zeitpunkt mußte Motecuhzoma die Nachricht von unserem Sieg über Narváez erhalten haben. Wir zweifelten nun nicht mehr daran, daß er mit unserer Niederlage gerechnet hatte und den Unseren hier den Garaus machen wollte. Das brachte uns sehr gegen ihn auf. Unsere große Armee zog die Heerstraße entlang.

Weder Blumensträuße noch Würdenträger empfingen uns, auf den weißen Dächern der Häuser oder den Stufen der Teocalli war niemand zu sehen. Der Vergleich mit unserem triumphalen Einzug im letzten November erfüllte mich mit einer bösen Vorahnung.

In Mexico selbst ließen wir die Trompeten blasen, doch die Fanfaren wollten nicht zu dem düsteren Schweigen passen, das über der ausgestorbenen Stadt lag. Beim Überqueren der Brücken blickten wir überall in leblose Straßen. Die Boote auf den Kanälen ließen sich an einer Hand abzählen, ein paar Kanus machten sich mit kraftvollen Ruderschlägen eilig davon.

Als wir jedoch den Palast Axayacatls erreichten, schlug uns ein um so gewaltigeres Freudengeschrei entgegen!

Lange hielt ich Sebastián umschlungen. Sein Bart war voller Läuse, und beim Anblick von Celestina und den anderen Frauen brummte er: »Frauen aus Kastilien! Habt ihr den Verstand verloren?«

»Alles wird gut, mein Freund«, sagte ich heiter. »Nun sind wir stark genug, und Motecuhzoma …«

»Nicht ihn fürchte ich, sondern das Volk. Niemals werden die Mexica uns das Massaker verzeihen! Es ist an allem schuld.«

Ich erschrak.

»Welches Massaker?«

Er zeigte auf Alvarado, der sich mit Cortés besprach.

»Es geschah während des Toxcatl-Festes*. Ich weiß nicht, wie er Cortés die Sache darstellen wird, aber eines ist sicher, hättet Ihr den Oberbefehl gehabt, so wäre es nicht dazu gekommen ...«

Von allen aztekischen Feierlichkeiten war dieses Fest zu Ehren Huitzilopochtlis und Tezcatlipocas das prachtvollste.

Ein Jahr im voraus wählten die Priester unter den Gefangenen einen jungen Mann aus, der zugleich Held und Opfer sein würde. Bei der Wahl wurde auf edle Züge und vollkommenen Körperbau geachtet, damit sein Anblick die Götter erfreute. Dann wurde er ausgebildet: Man lehrte ihn, Blumensträuße mit Anmut zu tragen und an dem rauchenden Schilfrohr zu ziehen, man unterwies ihn in Musik, Gesang und Tanz. Acht prächtig gekleidete Pagen begleiteten ihn bei seinen Spaziergängen, und wenn er blumengekrönt durch die Straßen ging, warfen sich die Menschen vor ihm nieder und verehrten ihn als leibhaftigen Gott, der sich auf seinen Tod vorbereitete, damit der Himmel auch weiterhin Wärme, Wasser und Licht spendete, ohne deren Gleichgewicht die Welt nicht fortbestehen konnte.

Drei Wochen vor dem Fest wurden seine Haare wie die eines Kriegers geschnitten. Vier junge, reizende, in der Liebeskunst bewanderte Mädchen führten ihn dann in die Freuden der Sinnenlust ein ... Am Tag des Festes wurde der Jüngling mit Edelsteinen und leuchtendbunten Federn geschmückt, Goldkörner umgaben seine Fesseln. In dieser märchenhaften Aufmachung erklomm er anmutig und strahlend wie ein Stern die Treppen des Teocalli. Auf jeder Stufe nahm er eine Flöte zur Hand, spielte ein paar Töne und zerbrach sie dann. Jede zerbrochene Flöte stand für eine Zeitspanne, in der er die kost-

* Der Monat Toxcatl entspricht in unserem Kalender der Zeit zwischen dem 23. April und dem 12. Mai. Der Sonnenkalender der Azteken setzte sich aus dreihundertfünfundsechzig Tagen zusammen, die in achtzehn Monate von jeweils zwanzig Tagen aufgeteilt waren. Die übrigen fünf Tage galten als *nemontemi*, unheilvoll, und an ihnen geboren zu werden verhieß nichts Gutes.

barsten Freuden des Lebens genossen hatte. Auf der letzten Stufe ergriffen die Priester ihn, legten ihn über den Opferstein, stießen ihm das Obsidianmesser in die Brust und rissen ihm das Herz heraus.

Da dieser Jüngling die Inkarnation Tezcatlipocas war, hätte Huitzliopochtli darüber eifersüchtig werden können. Daher wurde ein zweiter Jüngling auf die gleiche Weise geopfert, damit jeder der Götter seinen Anteil an Ehrerbietung und Blut bekam.

Bevor wir Mexico verlassen hatten, hatte Motecuhzoma uns um Erlaubnis gebeten, das Fest feiern zu dürfen. In unserer schwierigen Lage gab Cortés seine Zustimmung unter der Bedingung, daß das Opfer lediglich zum Schein dargebracht wurde.

»Sie hatten keineswegs die Absicht, die Burschen zu schonen«, sagte Sebastián, »aber was dann geschehen ist, ist weitaus schlimmer. Die Tänze, die der eigentlichen Zeremonie vorausgehen, begannen auf dem großen Innenhof des Tempels. Ihr könnt Euch die Menschenmenge und den Lärm nicht vorstellen!«

Ich konnte es mir sehr gut vorstellen.

Oft genug hatte Xocot, meine reizende Auiani, mir das Fest in all seiner Pracht ausgemalt, besonders den Anfang, wo sie ihre Rolle spielte …

Allein die Geräuschkulisse ist überwältigend. Dumpf klingen die Schläge der Trommeln, schrill die Töne der Flöten, wimmernd das Heulen der Meeresmuscheln. Zum Rhythmus der heiligen Musik und der Gesänge bewegen sich Tänzer und Tänzerinnen. Xocot und ihre Gefährtinnen bemalen an diesem Festtag ihre hübschen Gesichter mit heller Schminke, sie tragen mit roten Federn besetzte Reifen an Armen und Beinen, reiben wohlriechendes Öl in ihr dichtes Haar, um ihm einen seidigen Glanz zu verleihen. Lange Ketten aus weißem, duftendem Mais zieren ihren Hals. Sie strecken ihre zarten Hände aus und fordern zum Tanz auf: die Priester mit ihren schwarz bemalten Gesichtern und dem Kopfschmuck aus weißen Reiherfedern ebenso wie die großen Krieger, die Adler-Ritter und Jaguar-Ritter in ihrer prunkvollen Kleidung. Goldene und silberne Masken, Adlerschnäbel und bemalte Haut, Diamantensträuße aus Smaragden, Granaten, Opalen mischen sich unter die fließenden Stickereien und die Federbüsche der ebenfalls anwesenden großen Würdenträger. Keusch verschränkte Finger verbinden Tänzerinnen und Tänzer zu einem schillernden, wogenden Reigen. Gold und Edelsteine funkeln, nackte Füße hämmern auf den Boden, und aus glühenden Kohlebecken steigt unablässig der benebelnde Kopalrauch …

»Ich war zur Wache im Vorzimmer Motecuhzomas eingeteilt«, fuhr Sebastián fort. »Sie veranstalteten ein solches Höllenspektakel, daß es bis in den Palast zu hören war. Mit einemmal verstummte die Musik und auch das Dröhnen der Trommeln. Wir hörten entsetzliche Schreie … Später erfuhr ich, daß Alvarado in den Innenhof eingedrungen war, die Ausgänge versperrt hatte und alle Indios, die nicht rechtzeitig entkommen konnten, hatte niedermetzeln lassen. An die tausend, heißt es.«

Mein Hals war wie zugeschnürt, ich dachte an Xocots zarten Körper und rief: »Mein Gott! Warum hat Alvarado denn so etwas getan?«

»Angeblich hatte man ihn vor einer Verschwörung gewarnt. Ihr kennt ihn, er ist so schnell mit der Klinge, daß sein Verstand nicht hinterherkommt! Er hat sich für den Angriff entschieden. Die Antwort der Mexica ließ nicht lange auf sich warten. Jetzt haben sie sich beruhigt, aber Blut schreit nach Blut, und ich befürchte, daß sie nicht eher ruhen werden, als bis sie unseren letzten Mann gefangengenommen oder getötet haben.«

Ein Soldat kam, um mich zu holen. Wir gingen zu Cortés.

»Wo wart Ihr, Torremayor?«

Unser sonst so beherrschter Generalkapitän kochte vor Wut, seine Halsadern traten hervor.

»Exzellenz, Sebastián erklärte mir ...«

»Reden wir nicht weiter davon. Was geschehen ist, ist geschehen ... Motecuhzoma läßt mich rufen. Sagt diesem Hund, daß ich ihn nicht sehen will. Er hat die Märkte schließen lassen, um uns auszuhungern, er schmiedet Ränke und wollte sich anscheinend sogar mit Narváez verbünden, als dieser landete! Er ist ein Schurke, der mit allen sein falsches Spiel treibt, ich lehne es ab, ihn zu sehen! Was glaubt er eigentlich? Als wir Mexico eingenommen haben, waren wir vierhundert, heute sind wir dreimal so viele.«

»Señor«, sagte ich, »er war nie besonders offen, das wissen wir. Bedenkt aber, daß wir, wenn er gewollt hätte, keinen einzigen unserer Gefährten lebend angetroffen hätten.«

»Überbringt ihm, was ich Euch gesagt habe.«

In Motecuhzomas Gemächern herrschte dieselbe aufgebrachte Stimmung, und ich verließ sie nicht weniger besorgt, als ich sie betreten hatte. Zwischen unserem Generalkapitän und dem Uey Tlatoani hatte sich mühsam ein gewisses Verständnis angebahnt, ja sogar ein Hauch von Freundschaft. Auf diesen äußerst fragilen Banden beruhte bisher unsere Sicherheit, nun aber drohten sie zu zerreißen. Und welche Zuversicht Cortés auch zur Schau stellen mochte, die fünfhunderttausend Einwohner Mexicos schienen mir für unsere kleine Armee doch ein recht harter Brocken zu sein!

Nachdenklich ging ich durch das Menschengetümmel in den Gängen des Palastes und stieß dabei immer wieder auf Soldaten von Narváez, die beim Anblick dieser reichverzierten Räume starr vor Staunen stehengeblieben waren. Da sprach mich ein Sklave an:

»Ollintzin?« fragte er.

Ich nickte.

Der Sklave verneigte sich.

»Herrin Xiuxochitl wünscht dich zu sprechen, Herr. Wenn die Priester mit ihren Meeresmuscheln die Mitte der Nacht anzeigen, dann komm zu der kleinen Brücke am östlichen Ausgang. Man wird dich zu ihr führen.«

Angesichts unserer bedrohlichen Lage hielt ich es für notwendig, Cortés zu unterrichten, erwähnte mein erstes Treffen mit Xiuxochitl jedoch nicht.

»Ihr werdet nicht gehen, Torremayor. Nach allem, was während unserer Abwesenheit vorgefallen ist, können wir keinem dieser Indios mehr trauen, und schon gar nicht dieser Frau. Ich will es nicht riskieren, einen meiner Hauptleute zu verlieren.«

Ich führte alle Argumente an, die mir in den Sinn kamen, um ihn zu überzeugen.

Als um Mitternacht das schaurige Heulen der Meereshörner zu vernehmen war, stand ich an der kleinen Brücke.

Wachposten sicherten die Gärten, denn Cortés hatte nicht ausgeschlossen, daß diese Botschaft eine List sein könnte, um in unseren Palast einzudringen. Ich selbst glaubte das nicht. Sebastián saß oben in einem Baum und hielt Ausschau. Als er leise pfiff, wie wir es vereinbart hatten, schlich ich mich nach draußen und schloß das Tor.

Zwei Sklaven erwarteten mich.

»Mit deiner Erlaubnis, Herr«, flüsterten sie.

Ich reichte ihnen meinen Helm, einer von ihnen versteckte ihn in einem Sack, aus dem er zuvor ein großes Stück braunen Stoff gezogen hatte, um mich darin einzuwickeln. Ich glitt mit ihnen in die Dunkelheit.

Wir gingen bis zu einem schmalen Kanal, der zu einem anderen Palast führte, und bestiegen dort ein Boot.

Die Stadt wirkte verlassen.

Gewöhnlich sah man nachts von Zeit zu Zeit Fackelschein, der ein Festmahl von Würdenträgern oder Händlern erahnen ließ, und ein ganzes Heer von Schatten belebte die Dunkelheit mit geheimnisvollen Tätigkeiten. Aber an diesem Abend sah man nichts außer den rotglühenden Feuern der Teocalli und dem Glitzern des zur Lagune hinausströmenden Wassers.

Anders als beim ersten Mal kümmerte es mich nicht, wohin man mich brachte. Ich war angespannt. Xiuxochitls Ruf stand sicher in Verbindung mit dem Toxcatl-Massaker. Da ich sie ein wenig – wie wenig! – kannte, ahnte ich, daß sie versuchen würde, mich dafür auf ihre feinsinnige und grausame Weise bezahlen zu lassen ... Meinem Körper waren solche Überlegungen fern, er bebte vor Ungeduld.

Wir fuhren in Richtung Iztapalapan und erreichten den Stadtrand. Dort legten wir unter einem Pfahlbau an, der demjenigen des ersten Treffens genau glich. Aber alle diese Häuser sehen ähnlich aus: die kleine Holzbrücke, die weißen Wände, auf denen das Flachdach liegt, ein Innenhof, ein Stückchen Erde und dieser üppige Pflanzenwuchs, diese Blumenvielfalt, ohne die, wie ich glaube, die Mexica nicht leben können. Ich erinnere mich daran, daß der süße Duft des Geißblatts sich mit dem etwas fauligen Geruch des Wassers vermengte.

Die Sklaven befreiten mich aus dem Tuch, gaben mir meinen Helm zurück und öffneten die Falltür. Ich bemerkte, daß an einem der Pfähle ein weiteres Boot vertäut lag, in dem ein Sklave wartete.

Es war dasselbe Haus. Ich erkannte die beiden auf den Erhebungen ausgebreiteten Matten wieder. Als ich den hinteren Raum betreten wollte, bewegte sich der Vorhang.

»Xiuxochitl«, sagte ich.

Ein Mann trat ein.

Ich griff nach meinem Degen.

»Du hast nichts zu befürchten, Ollintzin«, sagte er und ließ den Vorhang hinter sich zufallen.

Er ging zu den Matten, bedeutete mir, mich zu setzen, ließ sich mir gegenüber nieder und zog seinen Tilmatli zurecht.

Ich musterte ihn verstohlen.

Er war jung, jünger als ich, schmal, aber kräftig und hatte schöne Gesichtszüge. Gold funkelte in seinem Haar, an seinen Handgelenken und seinen Knöcheln. An der Lippe trug er ein vogelförmiges Schmuckstück aus Gold und Smaragden, auf seinem mit einer großen purpurroten Sonne bestickten Tilmatli lag ein aufwendiges Geschmeide aus Meeresmuscheln. Ich kannte die Azteken mittlerweile gut genug, um zu wissen, daß ich einen mächtigen und ruhmreichen Krieger vor mir hatte. Das milderte zwar nicht die Wut, die ich bei seinem Anblick verspürt hatte, bewog mich jedoch dazu, der aztekischen Sitte gemäß abzuwarten, bis er das Schweigen bräche, was er bald mit langsamer und wohlklingender Stimme tat:

»Ich bin Cuauhtemoc, der Sohn von Ahuitzotl, der vor meinem Cousin Motecuhzoma der Uey Tlatoani von Mexico war. Es war mein Wunsch, dich zu sehen. Es heißt, Ollintzin, daß du tapfer und aufrichtig bist, außerdem verstehst du unsere Sprache.«

»Ein wenig, Herr.«

»Dein Geist und dein Herz werden mich verstehen.«

Lob schmeckt stets wie süßer Wein, wenn es von oben kommt. Trotz meiner Enttäuschung nahm mich dieser edle Prinz schnell für sich ein. Da wurde der Vorhang erneut beiseite geschoben, und Xiuxochitl erschien.

Auf einem Tablett brachte sie zwei goldene Schalen mit Kakao und rauchende Schilfrohre. Sie reichte uns die Schalen, stellte das Tablett auf den Boden, holte sich eine Matte und ließ sich darauf nieder – alles, ohne ein einziges Wort zu sprechen.

Ihr Huipilli und ihr Cueitl waren aus weißer Baumwolle, ihre Haare hatte sie zu Zöpfen geflochten und hochgebunden, aber sie brauchte kein schmückendes Beiwerk. Allein ihre Gegenwart brachte den Raum zum Strahlen.

Cuauhtemoc – »Herabstoßender Adler« – und ich kosteten den Kakao.

Die Azteken haben weder Turmuhren noch Wasser- oder Sonnenuhren – es ist Aufgabe ihrer Priester, den Tag durch die Beobachtung der Sterne einzuteilen –, und die Zeit vergeht für sie im Rhythmus ihres Denkens. So lernen sie bereits im Kindesalter, die Ungeduld zu zähmen. Da ich dazu nie angehalten worden war und außerdem eine natürliche, oft ärgerliche Neigung zur Lebhaftigkeit besaß, fiel es mir schwer, weiter bedächtig an meinem Kakao zu nippen, während Cuauhtemoc nachdenklich den seinen genoß.

Schließlich begann er zu sprechen.

»Die Deinen sind durch die Adlerpforte, die Pforte der Spiegelschlange und durch das Tor der Rohrspitze gekommen. Sie haben die Öffnungen verschlossen, haben den Trommelspielern die Hände abgehackt, haben die Gesänge auf den Lippen unserer Priester zum Schweigen gebracht, sie haben mit ihren Metallklingen die heiligen Worte in den Kehlen unseres Volkes aufgespießt, sie haben die Köpfe abgeschlagen, in das Fleisch gestochen, Bäuche durchbohrt, daß die Eingeweide herausfielen und das Blut sich in Strömen über das Pflaster ergoß, dann haben sie ihre Hände in das Blut getaucht und alles, was glänzte, das Gold, die Edelsteine, den Leichen entrissen. Sie haben alles genommen.«

»Ich empfinde großen Schmerz darüber, Herr«, sagte ich, »aber wart ihr denn uns gegenüber aufrichtig? Hatten wir euch zuvor irgendeinen Schaden zugefügt? Es gab eine Verschwörung, um uns zu töten. Wer würde nicht selbst Gerechtigkeit üben wollen, bevor er sein eigenes Todesurteil spricht?«

»Du verteidigst dein Volk, Ollintzin, aber dein Herz, ist es eins mit deinen Worten?«

Ich antwortete nicht, und er fuhr fort:

»Ich, Cuauhtemoc, ich verteidige das meine, und ich warne dich hiermit: Wenn ihr nicht bei Tagesanbruch die Stadt verlassen habt, werdet ihr alle sterben. Morgen kommt unser Rat zusammen. So wie unsere Gesetze es verlangen, wird Motecuhzoma abgesetzt und ein neuer Uey Tlatoani gewählt werden. Das Volk erstickt an seiner Schmach und verlangt euer Blut. Ihr glaubtet, mit Motecuhzoma auch Mexico eingenommen zu haben, morgen aber wird er nur noch eine hohle Muschel in eurer Hand sein.«

Es fiel mir schwer, Cuauhtemocs Heftigkeit zu mißbilligen,

lag mir doch sein Verhalten sehr viel näher als das Motecuhzomas. Aber wir bewegten uns auf zwei parallel verlaufenden Wegen. Allein unser Stolz und unser Mut waren sich gleich. Da diese Tugenden aber im Dienst entgegengesetzter Interessen standen, war keinerlei Annäherung möglich, im Gegenteil, unsere Ähnlichkeit trieb uns weiter auseinander, und das war uns beiden vollkommen bewußt.

Er fuhr fort: »Höre mir zu, Ollintzin. Höre unsere Geschichte, die Geschichte der Azteken. Zu einer Zeit, an die wir uns nicht mehr erinnern, kamen die Unseren von Norden hierher. Sie kamen von Aztlan, dem Land der weißen Reiher und der wunderbaren Höhlen. Wir waren bereits ein richtiges Volk, und dieses Volk machte sich auf den Weg. An der Spitze gingen die Priester, die auf einer Sänfte Huitzilopochtli trugen, den Gott der Götter. Er war sehr arm und ausgehungert, wie alle, die ihm folgten, Alte, Junge, Männer, Frauen und Kinder. Hin und wieder ließen wir uns nieder, säten Mais, aber nach einigen Ernten befahl der Gott den erneuten Aufbruch, und so zogen wir weiter, immer weiter. Entfernung und Zeit spielten keine Rolle, unsere Füße bluteten, unsere Münder wurden trocken, unsere geliebten Alten starben geschwächt am Wegesrand, Kinder wurden geboren, sie waren der einzige Reichtum unseres Volkes, sie wuchsen heran, wurden ihrerseits alt, andere Kinder wurden geboren und immer noch waren wir unterwegs ... Eines Tages, so hatte der Gott es den Priestern und den Ältesten verkündet, würden wir den Ort finden, und von diesem Ort würden wir, die Azteken, die Welt beherrschen. So kam es. Wir fanden den Ort. Und zwar genau hier, Ollintzin. Und nun vergiß unsere Stadt, ihre Paläste, Teocalli, Straßen und Kanäle, vergiß das alles! Stell dir eine winzige Insel vor, ein paar Felsen und ein wenig Sand, ein Nichts inmitten dieses gewaltigen Sees, erkennbar nur durch einige Stauden weißen Schilfrohrs. Ein einsamer Kaktus blühte jedoch in dieser Dürre, auf ihm saß mit ausgebreiteten Schwingen ein großer Adler, eine Schlange im Schnabel, die er eben fressen wollte ... Bei diesem Anblick brachen die Alten in Tränen aus, warfen ihre Stöcke fort und riefen: ›Schaut alle her! Hier sind die weißen Schilfrohre, hier ist der Adler, hier ist die Schlange, hier sind die Zeichen, hier ist der Ort!‹ Am Festland gab es Fürstentümer, blühende Städte, fruchtbare Felder. Wir baten bescheiden um die Erlaubnis, uns auf der Insel niederlassen zu dürfen. Wer hätte schon auf einer Insel leben wollen? Man überließ sie uns. Wir kamen mit bloßen Händen, hatten nichts, um unseren Gott zu beherbergen, um unsere Stadt zu bauen. Wir verkauften die Erzeugnisse der Lagune an die reichen Anwohner des Tals. Sie waren nicht auf den Gedanken gekommen, sie zu nutzen. Wir verkauften Frösche, Krebse, Wasserschlangen, Wasserflöhe, Weißwürmer, Enten, Schwäne und erhielten Steine und Holz dafür. Nach und nach wuchs Mexico-Tenochtitlan* und damit auch unsere Macht. Die Armut, der lange Weg, die Entbehrungen hatten uns widerstandsfähiger gemacht als eine im Feuer gehärtete Pfeilspitze, wir waren hartnäckiger, listiger, ehrgeiziger als unsere Nachbarn, die ohne Leid durchs Leben gingen; wir eroberten all die Städte, vor denen wir uns verneigt hatten, und auch die Provinzen, die umliegenden Länder, bis Anahuac, das Reich der Mexica, uns gehörte ... Verstehst du jetzt? Mit ihren Händen, durch ihr Leid und mit Hilfe der Götter haben unsere Vorfahren all das hier geschaffen, in diesen Gewässern wurzelt unsere Stärke, hier ist der Same zum Baum geworden, und wer uns dies nehmen wollte, müßte uns alle töten ... Jetzt sage ich dir nur noch, daß ich über meine Mutter von Acamapichtli abstamme, den die Mexica zu ihrem ersten Herrscher wählten, und daß ich der erste sein werde, der euch bekämpft.«

Cuauhtemoc erhob sich. Ich folgte seinem Beispiel.

Er nahm seine Muschelkette und legte sie mir um den Hals.

»Du bist ein stolzer Krieger, Ollintzin. Überzeuge deinen

* Die Gründung von Mexico-Tenochtitlan geht auf das Jahr 1325 zurück. Das Wappen der heutigen Mexikanischen Republik zeigt einen auf einem Kaktus sitzenden Adler, der eine Schlange verschlingt.

Herrn. Brecht auf, bevor ein furchtbares Blutvergießen uns alle entehrt.«

Wir verabschiedeten uns voneinander. Xiuxochitl öffnete die Falltür. Cuauhtemoc verschwand. Ich blieb allein mit ihr zurück.

»Was bedeutet er dir?« fragte ich sie.

»Die Hoffnung unseres Volkes. Tu, was er sagt, sonst werdet ihr alle sterben.«

»Wir werden nicht fortgehen, und wir werden nicht sterben.«

Ich wollte sie in die Arme schließen, aber sie entwich und ging in den anderen Raum. Ich folgte ihr.

In einem Weidenkörbchen schlief ein Kind.

Xiuxochitl neigte sich zu ihm hin.

»Mein Sohn.«

Ich blieb stehen.

So war es immer. Wenn ich am wenigsten damit rechnete, errichtete sie eine Mauer zwischen uns, gegen die ich dann anrannte … Ihr Sohn? Das verstand ich nicht. Niemals hatte sie mir von einem Sohn erzählt!

Ich trat an das Körbchen.

Ich wußte so gut wie nichts über Kinder, aber dieses kam mir winzig klein vor. Es hatte bereits dichtes schwarzes Haar, und seine Haut war hell, sehr hell …

Ich spürte, daß Xiuxochitl mich beobachtete, und sah zu ihr auf.

»Er wurde mehr als einen Monat zu früh geboren, Anfang Mai. Ich glaubte zuerst, er würde sterben, aber er ist kräftig gebaut und sehr stark.«

Meine Knie wurden plötzlich weich.

»Warum hast du mir im November nichts davon gesagt, als ich in dieses Haus kam?«

Sie zuckte die Schultern.

»Warum hätte ich es dir sagen sollen?«

Der Säugling begann zu schreien und öffnete die Augen.

Xiuxochitl nahm ihn hoch, wiegte ihn … meine kostbare Feder, mein Juwel, meine Jade, mein Türkis … zärtlich gurrte sie diese Worte, sanft wie das Liebeslied einer Turteltaube.

Ich betrachtete die Augen des Kindes. Die Iris waren blau, sie glänzten wie Saphire.

»Er hat meine Augen«, sagte ich.

»Du und dein Bruder, ihr habt die gleiche Augenfarbe.«

»Es war die Augenfarbe unseres Vaters«, murmelte ich automatisch.

Ich war ergriffen und äußerst verwirrt, die schöne legendenhafte Erzählung Cuauhtemocs hatte mit ihrer Mischung aus Wunderbarem und Heldenhaftem mein Herz dort berührt, wo es am empfänglichsten war, dann seine Drohungen, daß bald noch mehr Blut fließen würde, … und nun dieser bezaubernde Anblick, dieser Frieden und das Kind … mein Kind!

»Xiuxochitl«, sagte ich, »das Kind ist mein Kind, und ich will es als solches anerkennen.«

Sie lächelte kühl.

»Du hast niemals sehr weit vorausgedacht, Ollintzin. Morgen wirst du fortgehen oder tot sein. Wie willst du im übrigen sicher sein, daß mein Kind dein Sohn ist?«

»Was sagst du da?«

»Schrei nicht, Ollintzin.«

»Du hast selbst gesagt, daß er meine Augen hat! Worauf willst du hinaus? Du zeigst mir dieses Kind, unser Kind, und nun gibst du mir zu verstehen …«

»Schrei nicht. Das ist nicht gut für ein Kind. Es hört die Schreie, trägt sie in sich, und eines Tages spuckt es sie wieder aus. Es wird Feuer und Rauch, und das ist eine große Schande für seine Mutter … Ich habe nicht gesagt, daß er deine Augen hat, ich habe gesagt, daß ihr, dein Bruder und du, die gleiche Augenfarbe habt. Das habe ich gesagt, aber du hast nur Ohren für das, was du selber sagst.«

»Mein Bruder? Was hat mein Bruder …«

Ihre goldenen Lider senkten sich.

»Er wollte mich. Dein Bruder will immer, was du hast, dein Pferd, deine Kraft, deinen Ruhm. Und mich, auch mich wollte er ... Und so weiß ich es nicht. Ist es dein Samen oder ist es seiner? Und was macht das schon? Du wirst bald ein Kleines von deiner Tlaxcaltekin haben, du hast so viele Frauen ...«

»Ich glaube dir nicht, du lügst!« fuhr ich auf.

»Glaube, was du willst. Frage deinen Bruder, frage deinen Gott.«

Hätte sie nicht das Kind im Arm gehabt, so hätte ich sie geschlagen, vielleicht sogar getötet.

»Warum willst du mir weh tun?« fragte ich. »Ich war gut zu dir.«

»Gut?« wiederholte sie. »Du hast mich aus einer Laune heraus genommen, du hast mich benutzt. Das nennst du gut?«

»Ich könnte mich rächen und das Kind mitnehmen.«

»Du könntest«, sagte sie.

Ich wich zurück, trat in den vorderen Raum, hob die Falltür. Das Boot fuhr sogleich unter die Öffnung, und ich sprang hinein.

* * *

Am nächsten Tag, als die Sonne am höchsten stand, begann der Angriff der Mexica.

Zunächst war nur ein undeutliches dumpfes Grollen zu vernehmen. Als es aber immer mehr anschwoll, stürzte ich mit einigen anderen auf die Terrasse des Hauptgebäudes. In den Straßen wimmelte es von Kriegern, eine Flut von Booten ließ den großen Kanal und die angrenzenden Wasserwege ansteigen. Auch auf dem Vorplatz waren sie bereits und drängten sich hinter ihren goldbesetzten Schilden aus Weidenhölzern dicht aneinander, so daß eine Mauer aus Menschen entstand, die immer mächtiger wurde. Auf den Köpfen wirbelten die Federbüsche in tausend Farben wie märchenhafte Vögel.

Wir schlugen Alarm.

In kürzester Zeit befand sich ein jeder auf seinem Posten.

Der Palast des Axayacatl war von einer starken Mauer umgeben. Diese war zwar nicht mit den Befestigungsanlagen unseres Landes vergleichbar, bot aber hinreichenden Schutz gegen einen Gegner, der nur über unzulängliche Mittel verfügte, um sie zu durchbrechen. Die Öffnungen hatten wir von innen für unsere Artillerie genutzt, dreizehn Kanonen waren auf den Feind gerichtet. In den Türmen bezogen die Schützen mit ihren Arkebusen und Armbrusten Stellung.

Die Mexica hatten zwar das Donnern der Kanonen bereits vernommen, als wir Freudenschüsse abfeuerten, aber noch nie hatten sie ihre mörderische Kraft zu spüren bekommen. Die ersten Schüsse mähten die Vorhut nieder und lähmten die Nachfolgenden für einen Augenblick. Dann aber rafften die Krieger sich wieder auf, stiegen über die Körper ihrer Kameraden hinweg und stürmten weiter vor. Die nächsten beiden Salven töteten wieder eine große Zahl, ohne jedoch zu verhindern, daß immer mehr Indios nachkamen, um die blutigen Schneisen zu schließen, die die Kugeln in ihre Reihen geschlagen hatten. Schnell gelangten sie an den Fuß der Mauer und befanden sich damit außer Reichweite unserer Kanonen. Nun gingen Pfeile, Steinschleudern, Speere, Pfähle auf uns nieder wie ein Hagelschauer im Frühling. Es gab viele Verletzte auf unserer Seite, die Pferde scheuten und behinderten unsere Manöver.

Es ist unmöglich, den Höllenlärm und die kreischenden Tierlaute wiederzugeben, die die Mexica ausstießen. Uns schwirrte der Kopf. Genau das war ihr Ziel: In der allgemeinen Bestürzung sollte unsere Verteidigung so weit geschwächt werden, daß sie die Mauer, gegen die sie sich preßten, mit gegenseitiger Hilfe erklettern konnten. Unsere Schützen lagen jedoch bereit, um sie mit ihren Arkebusen und Armbrusten daran zu hindern.

Als sie sahen, daß ihr Vorhaben nicht gelingen wollte, kamen sie auf die Idee, mit harzbeschmierten Brandpfeilen Feuer in unseren Unterkünften zu entfachen. Durch die Holzdecken in mehreren Nebengebäuden des Palastes griff der Brand rasch um sich und erreichte auch das Gebäude der Frauen. Ich war mit einigen Soldaten sogleich zur Stelle. Die Frauen hatten sich bereits in die Gärten geflüchtet. Sie wirkten wie weiße Mandelblüten, die ein Windstoß herabgefegt hatte. Die Frauen der Mexica blieben ruhig, aber die anderen, die uns auf unserem langen Weg hierher geschenkt worden waren, weinten und klagten, denn sie wußten, welche Behandlung sie von den Kriegern zu erwarten hatten.

Ich fand meine kleine Maria fast leblos im Gras liegend. Celestina streichelte ihre Stirn.

»Armes Kind. In ihrem Zustand ...«

Als sie mich sah, richtete sie sich auf, stieß einen lauten Schrei aus und klammerte sich an meine Beine.

»Ollintzin, Ollintzin, die Mexica werden meinen Bauch aufschlitzen. Sie werden mein Juwel herausreißen, meine kostbare Feder, sie werden sie essen und mich, mich werden sie töten und auch essen!«

In solchen Augenblicken nimmt ein Mann das Jammern einer Frau nur als unerträgliches Gekreisch wahr. Daher besänftigte ich sie mit groben Worten und befahl ihr, sich mit ihren tlaxcaltekischen Gefährtinnen in das Hauptgebäude des Palastes zu begeben.

Zu Celestina sagte ich: »Ich hatte dich gewarnt, du hättest nicht kommen sollen.«

»Habe ich mich beklagt?«

Die Soldaten versuchten das Feuer mit Wassereimern zu löschen, aber wir mußten am Ende doch ganze Mauerteile einreißen, um die unversehrten Gebäude abzuschotten und den Brand einzudämmen. Dabei entstand ein Loch in der äußeren Mauer, wo es zu einem furchtbaren Kampf kam.

Bei Einbruch der Nacht zog sich der Feind zurück. Wir schickten die Frauen, um Wasser zu holen. Ich habe bereits gesagt, daß die Lagune an dieser Stelle salzhaltig ist. Deshalb wird das Trinkwasser von einer Gegend namens Chapultepec über einen Aquädukt hergeschafft. Nach dem Toxcatl-Massaker hatten die Mexica die Leitung, die den Palast mit Wasser versorgte, blockiert oder zerstört. Nachdem die Unseren die Vorräte in den Becken aufgebraucht hatten und das Wasser ganz auszugehen drohte, hatten wir im Innenhof des Palastes einen Brunnen gegraben und waren dort auf Süßwasser gestoßen, ein Wunder, wie ich glaubte!

Wir begruben unsere Toten – wir hatten sechs zu beklagen – und kümmerten uns um die etwa achtzig Verletzten. Celestina und die anderen spanischen Frauen boten sich an, sie zu pflegen. Ihr abenteuerliches Leben war uns nun eine große Hilfe: Der Widerwille, den andere Frauen bei der Berührung dieser leidenden Körper empfunden hätten, war ihnen fremd.

Als ich an dem Raum vorbeikam, in dem der Wundarzt am Werk war, erblickte ich Celestina.

Sie hatte ihre schönen Locken unter einer Haube versteckt und einen Tilmatli aus weißer Baumwolle über ihr Kleid gezogen. So kniete sie neben einem unserer Männer und verband seine Wunden. Ich male dieses Bild nicht weiter aus, denn ich werde noch häufig Gelegenheit haben zu zeigen, was du, liebe, geliebte Celestina, mich einfältigen Tor gelehrt hast: daß sich hinter der Sünde oft mehr Herz verbirgt als hinter der dürren Tugend, die man uns von Kindheit an verehren heißt.

In dieser Nacht überlegten wir, wie wir zu einem Gegenstoß ausholen könnten, um den Feind abzuschrecken und einzuschüchtern.

Am Morgen zogen wir mit Handfeuerwaffen und Artillerie los, wir, die Reiter, an der Spitze, und durchpflügten die Masse der Krieger, die in der Morgendämmerung erneut aufgetaucht waren. Aber sobald wir vorrückten, gaben die Mexica nach, zogen sich hinter Barrikaden zurück, formierten sich neu, und kaum hatten wir tausend von ihnen auseinandergetrieben, waren es kurz darauf dreimal so viele. Im Schutz der Brüstungen schleuderten sie riesige Steine von den

Dächern auf uns nieder und brachten uns große Verluste bei. Die Steine waren so schwer, daß sie einen Mann zerschmettern konnten. Wir hatten erwogen, die Häuser in Brand zu setzen, aber ihre Stege wurden angehoben wie Zugbrücken. Um hinüberzugelangen, hätten wir die Pferde ins Wasser treiben müssen, wo wir eine äußerst verletzliche Zielscheibe geboten hätten.

Die Kämpfe währten den ganzen Tag. Betrachtet man nur die Verluste, so gingen wir als Sieger daraus hervor. Was bedeuteten jedoch für die Mexica ein paar hundert oder sogar ein paar tausend Krieger weniger? Wir hatten zehn Tote und etwa sechzig Verletzte zu beklagen, und jeder Ausfall auf unserer Seite war eine zusätzliche Last auf den Schultern der übrigen.

Wir verfielen daher auf den Gedanken, bewegliche Gefechtstürme zu bauen, die Platz für etwa zwanzig Männer boten. Aus dieser Deckung sollten die Schützen ihre Armbruste und Arkebusen unbehelligt abfeuern können.

Während unsere Zimmerleute am darauffolgenden Tag mit ihrer Arbeit begannen, unternahmen die Mexica einen neuen Angriff. Diesmal hatten sie sich mit Leitern ausgerüstet, die sie gegen die Mauer stellten. Wie in einem Alptraum sahen wir diese rasenden Indios die Sprossen emporklettern, der Einsatz unserer Waffen schien sie eher zu vermehren als zu verringern, als würde ihr Haß unentwegt neue Krieger hervorbringen.

Aus den Scharen dichtgedrängter brauner Körper ergossen sich Schmähreden, die selbst den Mutigsten unter uns das Blut in den Adern gefrieren ließen.

Ich für meinen Teil hatte nicht vor, als Leckerbissen auf der Festtafel eines mexikanischen Hauptmanns zu enden. Manche Soldaten fingen bereits an zu murren. Unter uns gab es nur wenige, denen das Herz nicht blutete bei dem Gedanken, Mexico unter diesen Umständen zu verlassen, aber die Soldaten von Narváez, die nicht an der Eroberung teilgehabt, die weder unser Leid noch unser Entzücken durchlebt hatten, scheuten sich nun nicht mehr, uns dafür zu verfluchen, daß wir sie in dieses Tal geführt hatten. Die Mehrzahl von ihnen hatte einen kleinen Besitz auf Kuba. Die Goldgier hatte sie hierhergetrieben, aber nun sehnten sie sich nur noch nach dem Frieden ihres bescheidenen Grund und Bodens.

Cortés erkannte diese Lage und schickte mich mit genauen Anweisungen zu Motecuhzoma.

Ich fand ihn in düsterem Schweigen, aber bei meinen ersten Worten brach seine Wut aus ihm heraus.

»Sprich mir nicht mehr von deinem Herrn! Sterben will ich, und auch ihr werdet sterben. Und das ist nur gerecht, denn eure Machenschaften haben mich hierhergebracht. Wer würde denn noch auf mich hören? Ein anderer befiehlt nun, und das ist mein eigener Bruder Cuitlahuac. Ich werde nicht die geringste Beleidigung mehr hinnehmen.«

»Herr, mein Herr, Herr der Menschen«, sagte ich, »dein Volk liebt dich, und du kannst deine Macht wiedererlangen und ihm viel Leid ersparen. Wir werden Mexico verlassen, wenn die Deinen uns den Weg freigeben. Du hast unser Wort als Spanier.«

Er ließ sich endlos bitten, wiederholte, daß er seine Untertanen kenne, daß wir unsere Schwerter in ihre Wunden gestoßen hätten und sie nun nach hundertfacher Vergeltung schrien. Aber ich schmeichelte ihm mit so süßen und ehrerbietenden Worten, daß er am Ende nachgab, seine Diener rufen ließ und sich auf seinen Auftritt vorbereitete.

Man kämmte sein Haar mit duftendem Öl, setzte ihm seine türkisverzierte goldene Sonnenkrone auf, legte ihm den blaugrünen, ozeanfarbenen Tilmatli über die Schultern. Der prächtige Stoff wurde von einer Jadebrosche zusammengehalten, in seiner herrscherlichen Hand ruhte das goldene Zepter in Form einer Schlange, man zog ihm goldene, mit Perlen und grünen Steinen besetzte Sandalen an die Füße.

Als er sich in diesem Putz, mit den Insignien seiner Macht und mit mehreren Würdenträgern auf der obersten Terrasse des Palastes zeigte, hielten die Mexica im Kampf inne und verneigten sich vor ihm.

Mit mehreren Soldaten befand ich mich zum Schutz an seiner Seite. Als ich die gebändigten, verstummten, ergebenen Krieger sah, wurde mir erstmals klar, wie mächtig dieser Mann vor seiner Gefangennahme durch uns gewesen war und welche Kühnheit wir besessen hatten.

Er begann zu sprechen.

Er sagte den Mexica, daß er ihre Gewalt nicht gutheißen könne, daß wir ihn keineswegs gegen seinen Willen festhielten, sondern im Gegenteil seine Gäste seien und bald fortgehen würden. Er nannte sie Adler und Jaguar, befahl ihnen, ihre Pfeile in die Köcher zurückzustecken und nach Hause zu gehen …

Da richtete sich inmitten der andächtigen Stille, die den Platz beherrschte, ein Mann auf. Er trug Federn, Gold, einen glänzenden Kinnschutz – all jene Zeichen, die einem großen Anführer vorbehalten sind. Es war Cuauhtemoc.

Er stieß einen durchdringenden Schrei aus und unterbrach Motecuhzoma mit seiner wohlklingenden, eindringlichen Stimme:

»O Mexica! Wollt ihr Speichel und Schleim hinnehmen? Schaut ihn an, er wirft seine Augen weg, er wirft seine Zähne weg, er belügt uns. Welche Schmach! Der Herr der Menschen ist nur noch das Weib eines Spaniers! Bestrafen wir ihn!«

Ich sah, wie Cuauhtemoc seinen Bogen spannte und stürzte herbei, um Motecuhzoma mit meinem Schild zu decken, aber eine Flut von Steinen ging bereits auf ihn nieder, er strauchelte und brach blutüberströmt zusammen.

Wir brachten ihn ins Innere des Palastes.

Die Mexica stießen ein schauriges Geheul aus und stoben davon, als seien sie selbst erschrocken über das, was sie gewagt hatten.

Auch unsere Ärzte vermochten ihm nicht zu helfen. Das Volk hatte Motecuhzomas Seele getroffen. Er lehnte Nahrung, Heilmittel und Trost ab und starb kurz darauf.

Sein Ende berührte uns sehr. Obwohl unsere Beziehungen

nicht immer durch Aufrichtigkeit bestimmt gewesen waren, erinnerte sich ein jeder von uns, der ihm einmal begegnet war, an seine Höflichkeit, sein Taktgefühl, seine Großzügigkeit. Nicht nur ich kniete vor seiner sterblichen Hülle nieder und weinte. Auch Cortés und andere Soldaten taten es, und unsere Tränen galten manchen als Heuchelei, doch diese wissen nicht, daß das fühlende Herz sich jenseits der unbarmherzigen Notwendigkeiten dem öffnet, der es zu rühren vermag.

Das war das Ende des großen Motecuhzoma, in dessen Glanz das Anahuac achtzehn Jahre lang erstrahlt war.

Am Nachmittag dieses Tages eroberten wir den großen Teocalli von Huitzilopochtli zurück, der in unmittelbarer Nähe des Palastes lag.

Die Mexica hatten die Götter, deren Statuen Cortés in die Tiefe gestürzt hatte, in die Heiligtümer zurückgebracht und ließen von dieser strategischen Stelle aus alle möglichen Geschosse auf uns niedergehen.

Die Chronisten haben dieses Ereignis hinlänglich beschrieben, aber wie lassen sich in der Abgeschiedenheit eines Zimmers solche Dinge auf Papier wiedergeben? Kann ich nach so langer Zeit, eingesperrt zwischen den Mauern meines Gefängnisses, unseren wunderbaren Eifer in Worte fassen, der uns über die vielen Stufen vorantrieb, von Ebene zu Ebene, bis zum Gipfel des Teocalli*? Ich bin überzeugt, daß nur dank Gottes Hilfe einige von uns die letzte Ebene erreichten. Viele starben, wurden von den herabprasselnden Pfeilen, Geschossen und Steinen die Stufen hinabgerissen. Sogar brennendes Gebälk schleuderten die Mexica von den oberen Stockwerken auf uns herab. Einem Priester gelang es beinahe, mich in den Abgrund zu ziehen, aber seine gräßliche Umklammerung flößte mir einen solchen Abscheu ein, daß mir ungeahnte Kräfte wuchsen und ich mich ihm entwinden konnte, bevor er ins Leere stürzte.

* Der große Teocalli von Tenochtitlan war ungefähr 150 Fuß hoch.

Als wir drei Stunden später wieder herabstiegen, hatten wir den Feind Mann gegen Mann besiegt und die Heiligtümer niedergebrannt. Das Volk, das der Schlacht vom Fuße des Teocalli aus und in Schach gehalten von unseren Indios beigewohnt hatte, machte uns schweigend Platz, und wir kehrten stolz und siegreich ohne weitere Zwischenfälle in unser Quartier zurück.

In diesem Kampf verlor ich den kleinen Finger der linken Hand. Ein Obsidiandolch hatte ihn abgetrennt. Ich blutete fürchterlich. Da der Wundarzt und der Barbier dringendere Fälle zu versorgen hatten, machte Sebastián sich mit einer weißglühenden Klinge ans Werk. Als die Wunde ausgebrannt war, genehmigte ich mir ein paar Becher Octli, die ich bitter nötig hatte.

Mit unseren beweglichen Gefechtstürmen hatten wir keinen sonderlichen Erfolg, und es standen weitere Kämpfe bevor, denn unser Ziel war es, die Heerstraße von Tlacopan einzunehmen, um uns eine Rückzugsmöglichkeit zu sichern. Von den drei Straßen, die Mexico mit dem Festland verbanden, war die von Tlacopan im Westen die kürzeste; dies war für unsere Wahl ausschlaggebend.

Wie wir befürchtet hatten, hatten die Einwohner die Brücken über die acht Gräben zerstört, die die Straße unterbrachen. Wir eroberten einen Graben nach dem anderen zurück und füllten sie, so gut es ging, mit dem Material, das uns die umliegenden niedergebrannten Häuser boten. Am darauffolgenden Tag entdeckten wir jedoch bestürzt, daß die Gräben während der Nacht wieder freigeräumt worden waren und unsere mühseligen, gefahrvollen Anstrengungen umsonst gewesen waren.

Der Kampfesmut der Mexica ließ nicht nach, und auch ihre Mittel schienen unerschöpflich. Bei uns hingegen wurden Munition und Lebensmittel knapp, wir tranken unsauberes Wasser, das uns den Magen verdarb; und wie konnte man den geschwächten und verwundeten Männern immer noch mehr abverlangen? Von Sonnenauf- bis Sonnenuntergang waren wir auf den Beinen und hatten doch ein jeder gegen den Hunger nicht mehr als eine schmale Scheibe Maisbrot, denn darauf war unsere tägliche Ration an Nahrungsmitteln mittlerweile zusammengeschmolzen.

Doch nur durch Hoffnung oder äußerste Verzweiflung wächst der Heldenmut ins Unermeßliche! Wir hegten nun keine Illusionen mehr, uns in Mexico behaupten zu können, klammerten uns aber an die Hoffnung, dem Schlimmsten zu entkommen.

So faßten wir den Entschluß, über die Straße von Tlacopan aus der Stadt zu fliehen, um dann in Tlaxcala wieder zu Kräften zu kommen.

Ich ging zu Celestina.

»Wir verlassen Mexico heute nacht.«

»Heute nacht?«

»In der Regel greifen die Indios nachts nicht an. Außerdem sind sie sehr damit beschäftigt, ihren neuen Herrscher auf den Thron zu bringen. So haben wir eine Chance.«

»Ich nehme an, ihr wißt, was ihr tut.«

Ich musterte sie.

Sie war schmal geworden und wirkte gealtert, aber in ihrem Blick lag die gleiche Lebhaftigkeit wie immer.

»Alles wird gutgehen«, sagte ich. »Du folgst uns mit den Frauen. Die Tlaxcalteken werden euch schützen.«

Celestina wehrte heftig ab.

»Nein«, sagte sie.

»Was soll das heißen, nein?«

»Ich werde mein Leben nicht diesen Wilden anvertrauen! Ich habe ein Pferd und will bei dir bleiben.«

»Celestina! Die Tlaxcalteken sind anständig und ergeben.«

»Sie sind nicht besser als die Mexica, auch sie essen Menschenfleisch. Und die Soldaten haben mir gesagt, sie seien sogar noch wilder.«

»Nur ihren Feinden gegenüber. Aber wir sind ihre Freunde, und sie würden sich eher umbringen lassen, als … Ich würde dich ihnen doch sonst nicht überlassen! Außerdem würde es mich sehr beruhigen, dich in Marias Nähe zu wissen. Sie ist so jung, so schwach, und in ihrem Zustand …«

Celestinas Augen funkelten zornig.

»Ich habe sie nicht in diesen Zustand versetzt. Und komm mir nicht mit Gefühlen. Mir wurde im Leben nicht viel geschenkt, und ich gewähre meine Gunst und meine Hilfe gerade so, wie ich will! Die Kleine ist unter ihren Leuten bestens aufgehoben. Wenn sie unterwegs niederkommt, werden ihre Dienerinnen ihr weitaus nützlicher sein als eine Frau, die sich niemals erlauben konnte, ihren Beruf aufzugeben, um Kinder in die Welt zu setzen. Ich sage es so, wie ich es sehe. Wenn ich sterbe, dann lieber an deiner Seite, als ihr die Hand haltend!«

»Wer spricht denn vom Sterben? Nun sei schon vernünftig. Ich führe unsere Truppen an. Schau dich doch an mit deinen Röcken, ohne Panzer, ohne Schutz! … Du wirst mit den Frauen gehen. Ich weiß nicht, warum ich meine Zeit mit derartigen Streitereien verschwende!«

Sie lief hinter mir her.

»Torremayor, habe ich mich jemals beklagt, habe ich dich jemals verärgert?«

»Nein. Nein, im Gegenteil. Du hast dich ganz hervorragend verhalten, aber …«

»Bitte! Ich sehe tapfer aus, aber ich habe Angst, ich sterbe vor Angst.«

»Wir alle haben Angst.«

»Bei dir hätte ich keine Angst.«

Ich nahm ihre Hand. Sie hatte jene weiche und anmutige Zartheit verloren, die ich in Trinidad so bewundert hatte. Es war eine rauhe Hand, die während der letzten Tage hart gearbeitet hatte …

»Ich bedaure, Celestina, aber es ist zu gefährlich …«

»Das laß mich entscheiden!«

Sie rauschte davon, als hätte ich meine Zustimmung gegeben.

Am Abend wurden Axayacatls Schatz und das Gold der Tributzahlungen in einem Saal des Palastes zusammengetragen.

Uns lag besonders viel daran, diese gewaltigen Reichtümer zu schützen, denn sie sollten dem spanischen Hof von unserem glorreichen Eroberungszug künden.

Feierlich wurde den Offizieren des Königs der fünfte Teil übergeben und dazu acht Pferde und eine starke Wachtruppe zur Verfügung gestellt. Dann wurde der Anteil von Cortés und uns Hauptleuten aufgeladen. Danach war immer noch reichlich Gold da, aber wir konnten keine Pferde mehr erübrigen, um es zu transportieren.

So ließ man die Soldaten hereinkommen, und jeder durfte sich bedienen.

Es war ein ebenso außergewöhnliches wie schreckliches Schauspiel: Im Schein der Fackeln sah man die jämmerlichen, vom endlosen Tagwerk, von schlaflosen Nächten und Hunger ausgezehrten Gestalten, denen nun angesichts des glänzenden Goldes neue Kräfte wuchsen, um sich seiner zu bemächtigen.

Narváez' Leute hatten den Schatz bisher nicht zu sehen bekommen. Ein paar Sekunden verharrten sie in sprachlosem Staunen und trauten ihren Augen nicht, dann stürzten sie sich darauf wie Strandräuber, und beinahe wäre es zum Kampf gekommen. Wer würde am meisten raffen können? Die Blicke schweiften von einem Gegenstand zum anderen, die Hände fuhren zitternd wie im Fieber umher. Kleidungsstücke, Panzer, Waffenhemden, Helme – alles war recht, um das kostbare Metall darin zu sammeln. Die Gier kannte keine Grenzen, denn je mehr man hat, desto schwerer fällt es einem, etwas zurückzulassen. Die Soldaten rissen die Wandbehänge herunter, warfen Platten, Schalen, Tassen, Vasen, Schilde, Becher hinein, einfach alles, was in diesem verhängnisvollen gelben

Glanz schimmerte und ihnen Wohlstand und Glückseligkeit verhieß.

Was mich betrifft, so hatte ich Cortés' Rat befolgt und einige dicke Perlen sowie ein Türkisgeschmeide, das ich in einer Truhe entdeckt hatte, in meinem Wams untergebracht. Gott allein wußte, was diese Nacht uns noch bringen würde!

Ich riet Rodrigo und Sebastián eindringlich, ihre Gier zu zügeln.

Keiner von beiden hörte auf mich.

Sebastiáns Beutel ächzte in seinen Nähten, auf seine Schultern hatte er einen riesigen Ballen geladen, unter dessen Gewicht er schwankte wie ein Greis.

»Trottel!« schimpfte ich ihn. »Wie willst du dich verteidigen, wenn die Mexica hinter uns her sind? Du kommst ja kaum vorwärts!«

Er hob den Kopf, und ich blickte in sein vom Hunger ausgezehrtes und vom Bartwuchs entstelltes Gesicht.

»Laßt mich doch!« rief er. »Ihr, Ihr werdet Eure Barren bekommen, wenn wir dieser Hölle entgehen! Aber ich habe das Gold auch erkämpft und nehme es jetzt mit. Lieber reich krepieren als leben wie ein Bettler!«

Zu Rodrigo sagte ich nichts.

Seit Xiuxochitls Worten fiel es mir schwer, meinem Bruder auch nur in die Augen zu sehen. Hatte er sie besessen? Hatte er mich hintergangen? Er allein wußte die Antwort. Bevor ich ihn fragte, wollte ich jedoch etwas Ordnung in meine Gedanken bringen. Und da jeder Tag neue Schrecknisse brachte, schob ich dies auf. Im Grunde meines Herzens hatte ich Angst vor dem, was er mir sagen würde.

Kurz vor Mitternacht brachen wir auf.

Es regnete. Ein feiner, dichter Regen.

Die Nacht war sehr dunkel, aber der Horizont zeichnete sich schwach ab, als wir uns dem Wasser näherten.

Ich ritt mit zwanzig Reitern an der Spitze. Vierzig Tlamemes trugen die von unseren Zimmerleuten gebaute hölzerne Brücke. Sie wurden von zweihundert Fußsoldaten eskortiert.

Rodrigo ritt zu meiner Linken, Celestina zu meiner Rechten.

Ich weiß nicht, wie sie sich ihre Ausrüstung beschafft hatte, aber ihre Haarpracht war unter einem Helm versteckt, ihre weiblichen Formen unter einem baumwollenen Waffenhemd und unter Beinkleidern, so daß sie eine den Umständen sehr angemessene Erscheinung abgab. Und da jeder von uns ihr in irgendeiner Weise zu Dank verpflichtet war, sagte niemand etwas gegen ihre Anwesenheit in unseren Reihen.

Schweigend und ständig auf der Hut, bewegten wir uns vorwärts.

Beim geringsten Laut, der aus dem Wasser aufstieg, stockte mir der Atem.

Hin und wieder drehte ich mich um, faßte unsere Armee ins Auge, die sich wie ein langer, träger, schlammiger Fluß durch die Stadt schob, und dachte: ›Schneller! Schneller!‹, dann richtete ich meinen Blick auf die Straße, die sich vor uns erstreckte, auf beiden Seiten von dunklem Wasser umgeben.

Mit den Indios zählten wir ungefähr viertausend Mann. Hinzu kamen die Frauen. Wie viele Stunden würden wir benötigen, um diese ganzen Heerscharen, das Gold, die Artillerie und das Gepäck mit Hilfe der hölzernen Brücke über all die Gräben zu schaffen?

Wir erreichten den ersten Graben, ohne daß uns eine Menschenseele bemerkt hätte.

Die Brücke, eine Konstruktion aus Planken und stabilen Wurfseilen wurde in Stellung gebracht.

Zuerst schritt meine Truppe hinüber, es folgte Cortés mit dem Rest der Kavallerie und weiteren Soldaten, dann kamen die Munitionswagen, die zerlegten Kanonen. Da brach plötzlich ein furchtbares Gekreische los.

»Mexica, wacht auf! Unsere Feinde fliehen!«

Noch jetzt, da ich es niederschreibe, gellt mir dieser Schrei in den Ohren. Es war der Schrei einer Frau, deren Gesicht ich niemals sehen werde, aber auch heute beginne ich zu zittern, mein Herz rast, und Schweiß tritt mir aus den Poren, wie damals, als ich ihn vernahm.

Mit einem Schlag wirkte das Wasser der Lagune wie eine vom Unwetter aufgepeitschte See. Von allen Seiten näherten sich die Canoa, während von den Teocalli herab die Priester mit dem Geheul der Meeresmuscheln sowie dem Donner der *tlapanhuehuetl*, der großen heiligen Trommel von Huitzilopochtli, lautstark Alarm schlugen.

Schon sprangen die Mexica aus ihren mit solchem Ungestüm vorwärts getriebenen Booten, daß viele von ihnen an der Böschung zur Straße zerschellten. Schon stürzten sie sich auf uns, brachen mit solcher Überzahl in unsere Reihen, daß wir nicht mehr wußten, wie wir uns verteidigen sollten. Als wir sie angriffen, sprangen sie ins Wasser zurück, während wir Reiter auf unseren Pferden zur Zielscheibe von anderen Kriegern wurden, die uns von den Booten aus mit Pfeilen, Geschossen und Steinen unter Beschuß nahmen. Wieder andere setzten alles daran, unsere Pferde mit Hellebarden zu töten, die sie aus in früheren Kämpfen von uns erbeuteten Schwertern gefertigt hatten.

So zerschlug einer der Krieger die Knie von Rodrigos Stute. Das arme Tier stürzte zu Boden. Ich stieß dem Krieger meine Lanze in die Brust und schrie meinem Bruder zu: »Steig auf Hannibal! Steig auf!« Es widerstrebte ihm, sein mit dem Gold beladenes Tier aufzugeben, aber ich schrie weiter: »Steig auf, oder du wirst sterben!« Da stieg er auf.

Die mir nachfolgenden Reiter hatten mich nun überholt. Wir konnten weder gegen einen Feind kämpfen, der sich zurückzog, noch an Ort und Stelle verharren und somit Gefahr laufen, all unsere Pferde abschlachten zu lassen. Denen hinter uns konnten wir nicht mehr helfen, und so blieb uns nur die Flucht, um vielleicht unser Leben zu retten.

Cortés und Pizarral preschten in vollem Galopp davon.

Auch ich zögerte nicht länger, streifte mit meiner Lanzenspitze die Stute Celestinas, so daß diese vorwärtssprang, und stieß meine Fersen in Hannibals Flanken. Alle gaben wir unseren Tieren die Sporen, durchquerten nacheinander schwimmend die Gräben und töteten, was sich uns in den Weg stellte; aber eine beträchtliche Zahl der Unsrigen blieb auf der Strecke, um uns herum hörten wir Röcheln und Todesschreie.

Als wir das Ufer erreicht hatten, suchte ich nach Sebastián.

Da er unter der Leitung von Cortés mit anderen Soldaten aus der Estremadura den Munitionstransport überwacht hatte, glaubte ich, daß er mit Cortés sicher hinübergelangt sei. Aber plötzlich fiel mir ein, daß es gar keine Munitionswagen mehr zu bewachen gab, da wir sie am zweiten Graben hatten zurücklassen müssen – wäre er unter uns gewesen, hätte Sebastián mich bestimmt gesucht ... Sebastián war also bei den Bedauernswerten, die hinter uns geblieben waren! Ich fühlte mich gelähmt, dann brachte eine wilde Entschlossenheit wieder Leben in mich. Ich rief Rodrigo zu: »Kümmere du dich um mein Pferd, ich gehe Sebastián suchen«, und ließ mich zu Boden gleiten.

Auf meinem Weg zurück stieß ich blindlings zu.

Die Fackeln der Boote tauchten das apokalyptische Szenario in ein rötliches Licht, überall waren Männer zu sehen, die erbittert miteinander kämpften oder bereits niedergeschmettert, aufgeschlitzt, enthauptet in ihrem Blut schwammen, links und rechts brodelte das Wasser wie von dicken Blasen, die tatsächlich aber Köpfe waren. Die Gräben, die uns so viel Mühe und Angst gemacht hatten, stellten inzwischen keinerlei Hindernis mehr dar: Leichen füllten sie aus. Als ich über die ineinander verkeilten Körper hinwegschritt, vernahm ich hier und da undeutliches Klagen und Stöhnen, aber ich blieb nicht stehen. Keiner blieb stehen. Es war, als hätte der Tod uns Übriggebliebenen einen letzten Aufschub gewährt.

Ich traf auf Soldaten, die trotz schwerer Verletzungen weiterrannten, um ans rettende Ufer zu gelangen. Ich rief ihnen zu: »Brüder! Brüder! Habt ihr Sebastián gesehen?« Sie hielten nicht einmal inne – der Schrecken machte sie taub, blind und stumm. So suchte ich allein mit Gottes Beistand weiter, denn was hätte ich ohne Seine schützende Hand schon vermocht?

Und plötzlich sah ich Sebastián vor mir.

Ich erkannte ihn an seinem Beutel. Sein Gesicht war eine einzige Wunde. Aber in diesem Brei aus Fleisch und Blut leuchteten seine Augen, und obwohl er keine Waffen mehr hatte, setzte er sich tapfer gegen zwei Krieger zur Wehr, die ihn an den Rand der Straße und in ihre Canoa zerren wollten, um ihn später lebend ihren Göttern zu opfern, ein Los, das bereits viele von uns getroffen hatte.

Als die beiden Krieger mich erkannten, bemühten sie sich um so heftiger, ihren Gefangenen die Böschung hinunterzuzwingen. Mit ihren Rufen »Ollintzin! Ollintzin!« lockten sie andere Mexica herbei. »Halte aus!« rief ich Sebastián zu und durchtrennte dann mit zwei Schwerthieben die Arme, die ihn umklammerten. Die Krieger brachen zusammen. Sebastián war frei. Aber er strauchelte unter dem Gewicht seines goldgefüllten Sackes, an den er sich krallte, stürzte die Böschung hinunter und fiel ins Wasser.

Ich brüllte:

»Laß den Sack los! Laß ihn los, du Schwachkopf! Du sollst ihn loslassen, Hornochse!«

Ich glaube, ich habe ihn sogar Bastard geheißen, so außer mir war ich.

Glücklicherweise kamen einige unserer Gefährten herbeigelaufen, denen mein wildes Geschrei neuen Mut eingeflößt hatte. Ich überließ es ihnen, uns die Mexica vom Leib zu halten, und sprang die Böschung hinab. Das Wasser reichte Sebastián mittlerweile bis zum Kinn. Seine Beine steckten in dem dichten, schlammigen Grund der Lagune, in den er immer tiefer hineingezogen wurde. Ich packte sein Waffenhemd, und wollte ihn hochziehen, aber sein Gewicht zusammen mit dem Gold war zuviel für meine erlahmenden Kräfte.

Er schrie: »Schert Euch fort. Lieber krepiere ich, als mein Gold hierzulassen!«

Entschlossen riß ich mein Schwert empor.

»So wahr mir Gott helfe, wenn du deinen Sack nicht sofort losläßt, wirst du vor allem einarmig krepieren, das schwöre ich dir!«

Ich erinnere mich nicht daran, wie wir ans Ufer gelangten, aber wir schafften es, und mit uns noch etwa fünfzig Soldaten.

Cortés war ebenfalls die Straße zurückgegangen. Er hatte Alvarado retten können, dessen Schuld es letztlich war, daß unser Triumph nun in einer Katastrophe endete. Aber für den Großteil der Armee, der sich hinter uns befunden hatte, konnten wir nichts mehr tun.

Am Abend nach dieser traurigen Nacht* fanden wir Unterschlupf in einem Teocalli, der auf der Kuppe eines kleinen, mit Eichen und Maulbeerfeigenbäumen bewaldeten Hügels stand. Erst bei dieser Rast begriffen wir allmählich das ganze Ausmaß unseres Unglücks.

Wir waren den ganzen Tag durch die Maisfelder marschiert, wie Tiere trieben uns die Mexica vor sich her, der Regen peitschte unentwegt auf uns nieder, aber das war nichts im Vergleich zum Martyrium der Schwerverletzten, für die wir bei weitem nicht genug Pferde hatten.

Nun, in der relativen Sicherheit der festen Mauern des Teocalli, überblickten wir voller Schmerz unsere Verluste.

Sebastián lag auf dem nackten Steinboden und stöhnte. Celestina hatte sein zerfleischtes Gesicht gewaschen und, da uns weder Leinen noch Öl oder Wein geblieben waren, einen straffen Verband aus Streifen ihres Waffenhemdes angelegt. Ich wagte nicht, mir vorzustellen, wie Sebastiáns Gesicht einmal aussehen würde, aber er lebte, und nur das zählte. Auch

* Die Nacht des 30. Juni 1520 ist als »Noche triste« in die Geschichte Spaniens eingegangen.

Rodrigo war am Leben, und meine kleine Maria, die ich bereits aufgegeben hatte, war von ihren Tlaxcalteken ebenso gerettet worden wie Doña Luisa, die Gespielin von Alvarado, und Malinche.

Aber die vier spanischen Frauen, die arme Tabascanerin, die junge Atototl und die anderen Frauen, die uns folgen wollten, waren tot. Tot oder für den Opfertod vorgesehen waren außerdem fast neunhundert Spanier. Unter ihnen befanden sich viele von Narváez' Soldaten, die der Hunger nach Gold ins Unheil gestürzt hatte. Tot waren über zweitausend der mit uns verbündeten Indios. Tot waren drei Viertel unserer Pferde. Auf dem Grund der Lagune lagen unsere Goldbarren, der Schatz des Axayacatl, all die kostbaren Stücke der Goldschmiedekunst, die Juwelen, die wir Seiner Majestät zugedacht hatten, und ebenso die Artillerie, die Munition, das Schießpulver und unsere übrigen Habseligkeiten.

Mein Blick schweifte über unsere Truppe.

Zerbeulte und zerschlagene Rüstungen, zerfetzte Waffenhemden, gebrochene Knochen, blutende Füße, gemartertes Fleisch, das Schrecklichste aber waren diese grauen, abgestumpften Gesichter, als wären auch unsere Seelen mit all dem vergossenen Blut dahingegangen.

Wir machten Feuer, um unsere Kleidung zu trocknen, versorgten die Verletzten, so gut es ging, und dann legten sich alle nieder, ganz gleich, wo sie gerade waren. Es gab nichts zu essen, aber vermutlich hätte auch niemand die Kraft gehabt, etwas zu sich zu nehmen.

Im Schein der Flammen beobachtete ich, wie die Körper sich nach und nach entspannten und ins Vergessen eintauchten. Ich dachte daran, daß ich niemals mehr die liebe, runde Gestalt von Juan Pastrano sehen würde, ebensowenig wie die vieler anderer Weggefährten, mit denen ich die Ungewißheit der Schlachten und den süßen Honig des Ruhmes geteilt hatte, und ich fing an zu weinen. Ich weinte, bis der Schlaf mich endlich von meinem Schmerz erlöste.

In aller Frühe brachen wir auf. Angespannt und erschöpft wie wir waren, kam es zum Streit zwischen mir und Diego Pizarral. Wie Rodrigo hatte er auf der Heerstraße sein Reittier verloren – meinen schönen Braunen, den er im Spiel gewonnen hatte –, und da sein Vater kein weiteres Ersatzpferd mehr hatte, beanspruchte er leihweise die Stute von Celestina für sich. Als Grund gab er an, im Falle eines Angriffs der Mexica sei ein Mann auf einem Pferd weitaus nützlicher als eine Frau. Dagegen war zweifellos nicht viel einzuwenden, aber ich nahm es ihm sehr übel – wie so vieles, was er tat. Es wäre zur Schlägerei gekommen, wenn Alonso Pizarral nicht dazwischengetreten wäre. Celestina behielt ihre Stute.

»Alonso hat bei allem, was er tut, stets nur den eigenen Vorteil im Sinn«, flüsterte sie mir zu. »Er hat keine Frau mehr und will sich den Weg zu künftigen Vergnügen ebnen. Aber den Männern Lust verkaufen, ohne selbst welche zu empfinden … Danke, nein! Ich habe mit einem Mal das Gefühl, daß das Leben zu kurz ist, um es auf diese Weise zu vergeuden. Außerdem habe ich kein Bett mehr, und hat man denn jemals einen guten Handwerker ohne sein Werkzeug bei der Arbeit gesehen?«

Nicht nur ihr Bett und ihre Koffer waren in dem Aufruhr verlorengegangen, sondern auch ihr Neger, ihre Indiofrau und ihre Gefährtinnen. Diese waren zwar keine engen Vertrauten gewesen, aber sie hatte sich mit ihnen doch über andere Dinge unterhalten können als mit uns Männern. Dennoch war ihr der Mut zu scherzen nicht abhanden gekommen.

Unter der Führung der Tlaxcalteken bewegten wir uns gen Norden. Diese Route verlängerte den Weg nach Tlaxcala beträchtlich, aber die Gegend war kaum besiedelt, und das erschien uns günstig.

Wir kamen nur sehr langsam voran, in der Mitte die Hinkenden, die auf ihren aus Ästen geschnitzten Krücken daherhumpelten, und die Schwerverletzten auf Tragbahren. Sebastián hielt sich heldenhaft. Was mich betraf, so litt ich fürchterlich unter den Schmerzen an meiner linken Hand, die nur noch vier Finger hatte. Sie war steif und schrecklich geschwollen. Celestina hatte mir meinen Schild am Arm festgebunden.

Die kleine Maria wurde von zwei Tlaxcalteken in einer Sänfte getragen. Bei jeder Rast ließ sie mich rufen, umfaßte ihren Bauch, der aussah, als hätte sie eine Wassermelone verschluckt, und fragte mich unter Stöhnen:

»Mein Juwel, meine kostbare Feder ..., Ollintzin, sind wir bald da?«

»Bald, sehr bald«, antwortete ich.

Und ich flehte zum Himmel, daß sie nicht unterwegs niederkommen möge. Ein Kind! Das hätte gerade noch gefehlt!

Ungeachtet all unseres Leids riefen ihre Worte in mir jedesmal die Erinnerung an den schwarzhaarigen und blauäugigen Säugling wach, den ich nur so kurz erblickt hatte ... »Meine kostbare Feder, mein Juwel«, hatte auch Xiuxochitl gesagt. Es waren die gleichen Worte, und doch hatten sie für mich einen völlig anderen Klang.

Es kam zu Scharmützeln mit den Mexica.

Zwei Soldaten und ein Pferd wurden getötet. Rodrigo entging nur mit knapper Not einem tödlichen Pfeil; ein anderer Pfeil kostete Diego Pizarral drei Zähne und entstellte sein hübsches Lächeln. Ich gestehe ohne Gewissensbisse mein Bedauern darüber, daß er seinen Mund im richtigen Augenblick nicht geöffnet hatte. Dann wäre ich ihn für immer los gewesen! Ein Stein traf mich am Schädel. In dem Moment selbst spürte ich nichts, so sehr hatten sich unsere Körper an Schläge gewöhnt, die heftigen Kopfschmerzen setzten erst später ein. Noch heute leide ich darunter, wenn es windig ist und die Böen auf dem Weg, den die kleinen Esel zum Gefängnis heraufkommen, Staub aufwirbeln.

Wir vertilgten das Pferd. Außer den Hufen, der Mähne und den Zähnen ließen wir nichts übrig, denn seit Mexico hatten wir uns nur von rohem Mais und Wurzeln ernährt.

Wir gingen um das Wasser herum und gelangten an die östliche Seite der Lagune. Wir hatten beschlossen, der Hügelkette zu folgen, um uns vom Ufer mit seinen Städten fernzuhalten. Am siebten Juli kamen wir in die Nähe von Otumba.

In der Ferne zeichneten sich bereits die felsigen Umrisse jener Berge ab, die die Grenze zu Tlaxcala bildeten. Trotz der quälenden Ungewißheit über den Empfang, den uns die Tlatoani nach unserer vernichtenden Niederlage bereiten würden, schleppten sich die Hinkenden tapfer die rauhen Pfade hinan.

Plötzlich kehrten unsere Späher zurück und riefen uns zu, daß die Mexica bereits auf uns warteten und den Weg durch die Berge versperrten.

Kurz darauf erblickten wir sie.

Die weißen gepolsterten Baumwollhemden der Krieger füllten das breite Tal bis zu den Berghängen. Über diesem gewaltigen Teppich erhob sich ein Wald aus Spießen und Speeren, hie und da ragten die Kopfputze der Anführer auf, die furchteinflößenden Kriegsmasken der Jaguar-, Wolfs- und Adlerköpfe mit ihren ausladenden Kiefern und riesigen aufgerissenen Schnäbeln, die scheinbar nur darauf warteten, uns zu verschlingen.

Gewiß, wir hatten vor unserem Einzug nach Tlaxcala ungeheuer große Armeen bekämpft und besiegt, aber damals hatten wir unsere Artillerie, das Schießpulver für unsere Arkebusen, frische Pferde, und wir selbst waren im Vollbesitz unserer Kräfte. Was aber vermochten wir heute gegen hundert-, vielleicht sogar hundertfünfzigtausend Mann auszurichten? Wir waren erschöpft, verletzt, ein Häuflein zerlumpter Soldaten, von denen jeder einzelne seine letzte Stunde gekommen glaubte, als das Dröhnen der Trommeln und das schreckliche Gebrüll des Feindes zu uns emporschallte.

Da wir ohnehin keine andere Wahl hatten, beschlossen wir, aufrecht in den Tod zu gehen.

Hat man sich einmal mit dem Schlimmsten abgefunden, so gibt es nichts mehr, was einem Furcht einflößen könnte. Unsere Angst verschwand, unsere Lebensgeister erwachten … So erwuchsen uns ungeahnte Kräfte, als hätte sich alles, was noch an Leben in uns war, zu einem letzten Angriff gesammelt. Es gab nichts mehr aufzusparen, wir gaben alles! Mit unserer Kraft kehrte die Kühnheit wieder, bald vergaßen wir, daß wir uns mit dem Tod abgefunden hatten, dachten nur noch an den Sieg, die Rache für unsere Gefährten und unseren Stolz.

Nachdem wir uns Gott, der Heiligen Jungfrau und dem heiligen Jakob anbefohlen hatten, stürzten wir Reiter in Fünferreihen den Abhang hinunter, drangen mit der ganzen Wucht des Galopps in die heulende Masse ein und zogen breite, blutrote Furchen.

Celestina war mit den Schwerverletzten und den Frauen auf der Anhöhe geblieben und hatte ihre Stute Sebastián zur Verfügung gestellt. Unvorstellbar, was er zitternd vor Fieber und Wut darauf vollbrachte. Mit seinem Kopf, der unter dem Gewirr schmutziger Tücher nicht mehr als solcher zu erkennen war, und seinem daraus hervorlodernden irren Blick sah er noch furchterregender aus als der Feind.

Wir versuchten, die Anführer zu treffen, denn wir wußten inzwischen, daß die Indios Befehle nur von demjenigen annehmen, von dem sie es gewohnt sind. So stürmten wir vorwärts, stürzten uns auf die Krieger, stießen sie mit Schwert und Lanze zurück, um zu den goldenen Helmbüschen und den seidigen Standarten vorzudringen. Angesichts der Panik, die unser brutaler Angriff in den feindlichen Reihen auslöste, wuchsen wir über uns hinaus. Unsere Gegner hatten erwartet, uns wie jämmerliches Geflügel mit ihren Pfeilen und Speeren aufspießen zu können, und waren nun völlig verunsichert, als sie sahen, mit welchen Raubtieren sie es zu tun hatten. Der unbeschreibliche Rausch der Schlacht riß mich nun gänzlich mit sich fort. Es gab kein vorher und kein nachher, es zählte allein der Augenblick grenzenlosen Mutes, mein Arm mit der Lanze in der Hand, meine gegen die Flanken des Pferdes gepreßten Beine und jener innere Gesang, der in mir aufstieg und durch meine Adern strömte.

Hinter uns folgten diejenigen Soldaten, die sich noch aufrecht halten konnten. Sie hatten die Anweisung, in Bauchhöhe zu zielen.

Die Mexica standen uns in ihrem Heldenmut in nichts nach, formierten sich neu und erstickten uns wieder mit ihrer Vielzahl. Ihre Taktik bestand darin, Menschentrauben zu bilden, in denen sie uns einzeln fingen.

Bald fand auch ich mich von diesen Teufeln umzingelt und dachte schon mit Schrecken an den Opferstein – ein Alptraum, der uns alle heimsuchte –, als ich nicht weit von mir entfernt mehrere Banner wehen sah, die eine prachtvolle und hoch aufragende, mit Goldfäden durchwirkte Standarte umgaben. Das mußte der eigentliche Anführer dieser großen Armee sein! Diese Chance vor Augen, brachte ich Hannibal dazu, sich aufzubäumen, was mich einen Moment lang von meinen Angreifern befreite, und sprengte auf jenen herrlichen Krieger zu. Er trug eine kostbare Tunika aus Federn und einen von Gold und grünen Edelsteinen glänzenden Helmbusch. Auch Cortés hatte ihn erspäht. Er kam mir ein paar Sekunden zuvor, seine Lanze traf den Anführer, und dieser fiel tödlich getroffen zu Boden. Verblüfft und bestürzt wich sein Gefolge zurück. Ich wollte gerade vom Pferd steigen, um den Kopfschmuck des Toten aufzuheben und ihn Cortés zu reichen, dem die Beute rechtmäßig zustand, als ein stechender Schmerz meinen Körper durchfuhr.

Ein junger Reiter namens Juan de Salamanca hob an meiner Stelle die Trophäe auf.

Nach dem ersten Schreck spurte ich den Schmerz kaum noch, so groß war die Freude über die günstige Wendung, die die Ereignisse nun nahmen. In diesem Taumel raste ich weiter, bis die Kämpfe ein Ende fanden und die Mexica auseinanderliefen, was nicht lange auf sich warten ließ, denn der Verlust ihres Häuptlings hatte ihnen jeglichen Kampfesmut genommen. Doch als ich von meinem Pferd steigen wollte, hing ich fest. Ein Pfeil war durch meinen Oberschenkel gedrungen und steckte in Hannibals Seite, so daß ich an ihm festgenagelt war.

Wir feierten nun schon seit Stunden. Ich hätte mich gern zurückgezogen, denn mein Bein war völlig gefühllos, aber ich schuldete dem guten Maxixcatzin diese Höflichkeit: Maria zählte zu seinen Lieblingstöchtern.

Die alten Männer und Frauen hatten maßlos Octli getrunken. In diesen Gegenden ist sein Genuß nur den Alten gestattet: Ihre Ausschweifungen können der Gemeinschaft keinen Schaden mehr zufügen, denn ihre beste Zeit liegt bereits weit zurück … Ich hatte den weißen Agavenlikör ebenfalls getrunken, und es fiel mir immer schwerer, ihren endlosen Unterhaltungen zu folgen über die Freuden, die Schwierigkeiten und die Schmerzen – vor allem die Schmerzen –, die Maria nun an der Schwelle zu ihrem Mutterdasein erwarteten.

Um die Wahrheit zu sagen, es grauste mir, wenn ich mir Maria in den Händen dieser Hebamme vorstellte, in einer schlammigen Flüssigkeit liegend wie die weiblichen Tiere im Stall. Ich sehnte das Ende dieses Zustandes herbei, denn die Angst in ihren Augen ging mir nicht aus dem Sinn … Ob Xiuxochitl auch Angst gehabt hatte, als sie ihr zartes Kind zur Welt brachte? Rasch verdrängte ich diesen Gedanken. Ich wollte mir ihren Körper nicht so unförmig, blutbefleckt und krampfverzerrt vorstellen.

Von Zeit zu Zeit kam eine der Zweitfrauen Maxixcatzins herbeigelaufen, damit den Gästen nichts von dem verborgen blieb, was die Hebamme unternahm. So erfuhren wir, daß Marias Bauch auf ihre Massagen nicht reagiert und sie der Kleinen daraufhin einen *ciuapatli*-Aufguß verabreicht hatte, um die Wehen einzuleiten.

Lautes Wehklagen erhob sich unter den weißhaarigen Häuptern, sie beweinten all das Elend, das Maria am Ende ihrer Schwangerschaft hatte ertragen müssen und das sie daran gehindert hatte, den alten Gebräuchen Folge zu leisten, die eine leichte Geburt begünstigen. Und da jeder der Gäste mindestens ein Mitglied seiner Familie in Mexico oder Otumba verloren hatte, ähnelte das Warten bald einer Totenwache.

Die Sklaven trugen Ragouts, Früchte und Octli auf. Den Fleischgerichten begegnete ich mit Vorsicht. Seit wir in Tlaxcala waren, fürchtete ich bei jeder Einladung, daß sich hinter den scharf gewürzten Saucen der Geruch von Menschenfleisch verbergen könnte; in der Ebene von Otumba hatte ich beobachtet, wie viele unserer Tlaxcalteken Körperteile gefallener Feinde als Beute weggeschleppt hatten!

Die Erlösung blieb immer noch aus.

Wäre ich bei Maria gewesen, so hätte ich ihr vielleicht ein wenig von der Kraft und dem Willen geben können, die ihr fehlten. Aber ein Mann mischt sich in diese Dinge nicht ein, und so blieb ich mit meinem steifen Bein sitzen, aß, trank und musterte mit immer verschwommenerem Blick den Helmbusch des mexikanischen Kaziken, der das lederne alte Haupt Maxixcatzins zierte. Cortés hatte ihm die Trophäe überreicht, um ihn ein wenig über den Verlust zweier Söhne hinwegzutrösten, die in Otumba gefallen waren, und ihm für seinen großzügigen Empfang zu danken …

Daß wir in so abgerissenem Zustand in Tlaxcala eintrafen, und so geschunden, machte uns einige Sorge, wußten wir doch, wie sehr das Äußere für die Indios zählt und welche Verachtung sie jedem Zeichen von Schwäche entgegenbringen. Zum Glück war die Nachricht von unserem Sieg uns vorausgeeilt und hatte unsere Niederlage in Mexico in weite Ferne gerückt. So wurde, ganz im Gegenteil, unser Heldenmut gefeiert, der freilich für den Ausgang der Schlacht kaum eine Bedeutung gehabt hatte – aber das wußten sie nicht. Was hätte schon eine Handvoll lahmer Krieger wie wir ohne die Barmherzigkeit Gottes, der in seiner Gnade ein Wunder geschehen ließ, gegen die mexikanische Armee ausrichten können, die sich nach Angaben der Tlaxcalteken auf zweihunderttausend Mann belief!

Aber Maxixcatzin hatte uns sein Haus geöffnet, so daß ich mich auch unverzüglich um meine Verletzung kümmern konnte, um keinesfalls länger als unbedingt erforderlich lahm und nutzlos zu bleiben.

»Finde mir Obsidianpuder und Weidenrinde«, trug ich Rodrigo auf.

»Was soll Obsidianpuder denn nutzen?« hatte Celestina argwöhnisch gefragt.

»Es ist ein aztekisches Heilmittel«, erwiderte Rodrigo. »Als ich vor Tlaxcala verletzt wurde – und glaubt mir, es war eine üble Verletzung, viel gefährlicher als diese hier –, gab mir die Indiofrau davon. Ohne sie hätte man mir das Bein abgenommen.«

»Welche Indiofrau?«

»Die Indiofrau meines Bruders. Ein wunderschönes Geschöpf. Niemals habt Ihr etwas so Schönes gesehen.«

Celestina wandte sich zu mir um.

»Du hast mir nie von ihr erzählt.«

»Wovon?«

»Von dieser Indiofrau. Wo ist sie?«

»Sie ist weg.«

Und als Rodrigo fortfahren wollte, hatte ich ihn unterbrochen: »Beeil dich, bring mir diesen Puder!«

Auch die Wunden meines Pferdes und Sebastiáns Gesicht wurden mit Obsidianpuder behandelt. Würde auf diesen Wülsten und Narben je wieder ein Bart wachsen? ... Eines Mannes Kraft erstrahlt in seinem Bart, und Sebastián war sehr stolz auf den seinen, dem die Indiofrauen in Mexico überdies mit Avocadoöl Glanz verliehen hatten. Ihm galt seine ganze Sorge, neben dem Gedanken, wie er das Vermögen wiedererlangen könnte, das nun auf dem Grund der Lagune lag. Auch sein Instrument war im Wasser untergegangen. Sebastián hatte es durch eine Knochenflöte ersetzt. Und wenn man ihn bat, ein wenig zu spielen, so nutzte er stets die Gelegenheit, die Geschichte ein weiteres Mal zu erzählen ... »Und dann sagte er zu mir: ›Wenn du deinen Sack nicht losläßt, dann wirst du einarmig verrecken!‹« Diese Wendung war als Scherz wie als Drohung für alle Soldaten unserer Armee gleichermaßen gebräuchlich geworden.

Eine der Alten tauchte kreischend auf.

Als auch der Aufguß keine Wirkung zeitigte, hatte die Hebamme beschlossen, zu mächtigeren Mitteln zu greifen und Maria etwas vom Schwanz einer getrockneten Beutelratte zu verabreichen, das in zwei Maß Wasser aufgelöst worden war. Als Mann war es mir untersagt, Fragen zu stellen, aber soweit ich verstehen konnte, besaß dieses Gebräu außerordentliche Kräfte. Noch einmal griff ich zum Octli.

Da kam die Hebamme. Sie war eine furchterregende Erscheinung, groß, mit sehr dunkler Haut, riesigen Nasenlöchern, in denen zwei Rebhuhneier Platz gefunden hätten. Alle verstummten. Sie trat zu Maxixcatzin und seiner Zweitfrau, der Mutter Marias, und beriet sich leise mit ihnen.

Als sie wieder gegangen war, richtete Maxixcatzin das Wort an mich: »Ollintzin, unser kleiner Adler, unsere Taube kämpft ihren letzten Kampf. Bete zu deinem Gott, wir werden zu unseren Göttern beten.«

Später erfuhr ich, daß das Kind bereits in Marias Bauch tot gewesen war und die Hebamme es Stück für Stück herausgeschnitten hatte. Die andere Möglichkeit wäre gewesen, die Gebärende in einen Raum zu sperren, bis die Verwesung ihr Teil beitrug. Die Entscheidung über Art und Dauer der Leiden überließ man den Eltern.

Es war so heiß, daß Maria noch am selben Abend zu Grabe getragen wurde.

Ich sah sie, bevor sie in ihr Leichentuch gehüllt wurde. Die Hebamme und die Dienerinnen hatten sie gewaschen, gekämmt, ihr einen schönen neuen Huipilli und einen mit Federn besetzten Cueitl angelegt. Nun hatte sie wieder ihr sanftes Kindergesicht, die Wimpern ruhten still auf ihren goldenen Wangen. Ich weinte. Was hatte ich diesem Kind, dieser zarten kleinen Blüte gebracht außer Unglück?

Maxixcatzin legte mir die Hand auf die Schulter.

»Weine nicht, Ollintzin. Das Schicksal hat es so bestimmt. Dort, wo sie hingeht, wird sie glücklich sein.«

Maria war getauft worden, so beerdigten wir sie auch nach christlichem Brauch.

Nach den Feierlichkeiten humpelte ich an meinen Krücken zu unserem Quartier zurück. Rodrigo und Sebastián waren bei mir, als Maxixcatzin auf mich zukam.

»Ollintzin, ich danke dir und den Deinen für die Ehre, die ihr meiner geliebten Tochter erwiesen habt. Sie war sehr tapfer in ihrem Kampf als Frau. Heute nacht werden wir dies nach unseren Gebräuchen feiern, wie ihr es bereits nach den euren tatet.«

»Was wollte er damit sagen?« fragte Rodrigo, nachdem er gegangen war.

»Nichts.«

Ich wußte nicht, wie die Gebräuche aussahen, auf die der alte Mann anspielte, aber ich wollte es auch nicht wissen und war erleichtert, daß er mich nicht dazu eingeladen hatte. Ich hatte bereits schwer genug an meinem Kummer zu tragen.

Ich schlief schlecht. Ich träumte von Maria. Sie hing an dem Rücken eines Mannes, der mir ähnelte. Ihre Zöpfe, ihre Arme und Beine baumelten hin und her. Der Mann trug sie fort, während die Hebamme und die Alten sich, mit Schild und Schwert bewaffnet, um die beiden scharten und einen Trupp junger Männer abwehrten. Aber die Männer jagten ihnen nach, einer von ihnen drängte sich bis zu Maria vor und hieb ihr den Mittelfinger der rechten Hand ab. Er schwenkte ihn triumphierend vor meiner Nase, bis ich schweißgebadet hochfuhr.

Am frühen Morgen erschien Alonso Pizarral in Begleitung von Diego bei mir. Sie logierten wie Cortés und Alvarado ebenfalls bei Maxixcatzin. Celestina begrüßte ihn kühl und zog sich zurück. Für Alonso war es gewiß sehr unerfreulich, sie in meinem Zimmer anzutreffen, denn sie hatte ihn bis jetzt stets zurückgewiesen; aber er wahrte seine sanfte Miene, die immer etwas Hinterhältiges ahnen ließ.

»Torremayor«, sagte er, »es ist nötig, daß Ihr eingreift.«

»In welcher Angelegenheit, Señor?«

»In einer sehr unerfreulichen: Doña Maria. Es scheint, als habe man ihr Grab geschändet.«

»Was!«

»Einer meiner Wachposten beobachtete heute nacht, wie ein feierlicher Zug den Garten verließ. In seiner Mitte war ein Indio zu sehen, der den Leichnam einer Frau auf seinem Rücken trug.«

»Auf seinem Rücken«, wiederholte ich. Genau wie in meinem Traum!

Wieder brach mir der Schweiß aus.

Und mit einem Mal erinnerte ich mich, und alles wurde mir klar. Von Xocot, meiner entzückenden Auiani, hatte ich vieles über die aztekischen Bräuche erfahren. Sie hatte mir auch erklärt, wie die Bestattung der im Kindbett gestorbenen Frauen vor sich geht. Ihnen wird ganz besondere Verehrung zuteil, denn man stellt sie sich in ihrem Weiterleben als göttliche Dienerinnen der Sonne vor ... Auch Xiuxochitl hatte mir das erzählt. Und diese Zeremonie glich exakt meinem Alptraum dieser Nacht – so schwer hatte dieser traurige Tag meine Gedanken beschäftigt. Selbst der abgetrennte Finger gehörte dazu. Wie Xocot mir erklärte, galt derjenige, der diesen Talisman an sich brachte, im Kampf als unbesiegbar. Weshalb alle jungen Krieger versuchten, im Verlauf der Bestattungszeremonie den Finger oder ein Haarbüschel der Verstorbenen an sich zu bringen ...

»Mein Soldat folgte dem Zug aus sicherer Entfernung«, fuhr

Alonso Pizarral fort. »Sie haben den Leichnam im Innenhof eines Tempels beerdigt. Krieger bewachen ihn. Wir können diese heidnischen Praktiken nicht dulden, Torremayor, Doña Maria war Christin! Ihre Grabstätte muß geöffnet werden, und wenn sie leer ist, müssen wir die Herausgabe ihrer Leiche fordern. Diese Aufgabe fällt Euch zu.«

Diego stand neben seinem Vater und beobachtete mich. Ich fühlte, wie er innerlich jubelte.

Diego wollte mir beim Aufstehen behilflich sein. Das machte mich noch wütender, und ich griff nach meinen Krücken.

»Ich werde Pater Olmedo um Rat fragen.«

»Aber wie denkt Ihr selbst darüber, mein Freund?« fragte Alonso.

»Ich werde mich seiner Meinung anschließen.«

»Was soll das heißen, Torremayor! So lasse ich Euch nicht davon, sagt mir, was Ihr auf dem Herzen habt. Ich gestehe, daß ich mit etwas mehr Empörung auf Eurer Seite gerechnet habe. Bei solcher Gotteslästerung ...«

Ich musterte ihn, klein, dickbäuchig, selbstgefällig, und mit einem Mal erschien er mir auch dumm.

»Ihr wünscht meine Meinung?« fragte ich. »Nun gut. Tausende von Tlaxcalteken haben in Mexico oder Otumba ihr Leben für uns gelassen. Maxixcatzin und andere Tlatoani haben uns aufgenommen und uns geholfen. Wenn wir sie nun in ihrem Glauben verletzen, wie werden sie sich dann wohl morgen uns gegenüber verhalten? Und was wären wir ohne ihre Unterstützung? Habt Ihr das bedacht?«

»Ihr sprecht als Politiker, mein Lieber. Ich aber spreche als Christ zu Euch.«

»Sehr gut. Dann laßt uns nicht scheinheilig sein. Wir haben Marias Taufe erzwungen. Glaubt Ihr wirklich, daß ein ohne jegliche vorherige Belehrung, ohne eigenen Willen empfangenes Sakrament eine Christin aus ihr gemacht hat? Eine Christin in dem Sinne, wie wir das verstehen? Ich kenne diese Indios besser als Ihr, Señor. Laßt Euch sagen, daß diejenigen, die wir taufen, unseren Gott einfach in die Reihe der von ihnen verehrten Gottheiten aufnehmen, nichts weiter. Im Gegensatz zu unserem Glauben untersagt der ihre keineswegs eine Anhäufung göttlicher Mächte. Je mehr Götter, desto größer der Schutz, so denken sie. Aber auf ihre Religion zu verzichten – das ist undenkbar für sie! Und steht es uns zu, sie dafür zu tadeln? Würden wir auf unsere Religion verzichten? Lieber sterben wir! Nun denken sie aber genauso, das haben sie uns in Mexico schließlich hinreichend bewiesen.«

Alonso Pizarral war erregt.

»Was Ihr da sagt, ist außerordentlich bedenklich, Torremayor! Habt Ihr vergessen, daß wir hierhergekommen sind, um Gott ein neues Königreich zu erobern?«

»Diese Eroberung wird nicht mit dem Degen geleistet werden. Wenn wir als Soldaten unsere Aufgabe siegreich erfüllt haben, wird es den Kirchenmännern obliegen, die kleinen Kinder zu erziehen und ihnen zu zeigen, daß Gott Liebe bedeutet.«

»Ich teile Eure Meinung nicht. Die barbarischen Völker ...«

»Barbaren? Ihr befindet Euch nicht in Kuba, Señor. Diese Indios lassen sich nicht willenlos formen, ihnen werden wir nicht so leicht unser Siegel aufdrücken können. Habt Ihr Euch umgeschaut? Habt Ihr nicht bemerkt, wie durchdacht ihre Bauwerke sind, wie feinsinnig ihre Kunst, wie edel die Dinge, mit denen sie sich umgeben? In einigen Punkten, so scheint mir, sind wir die Barbaren!«

Ich hielt inne. Meine Worte waren schneller gewesen als mein Verstand.

Alonso grinste höhnisch.

»Sieh mal einer an! Ihr scheint sie ja zu lieben, diese Heiden!«

Ich nahm seinen übertrieben freundlichen Ton auf.

»Hat Gott nicht gesagt: ›Liebet einander‹? ... Was nun diese unerfreuliche Angelegenheit angeht, so wird Pater Olmedo entscheiden.«

Der Pater schloß sich meiner Meinung an. Cortés ebenso. Und das Kreuz auf Marias Grab blieb stehen.

Wenn ich heute darüber nachdenke, so erscheint mir dieses Kreuz wie ein Symbol. Seit der Unterricht in der Hand unserer guten Väter liegt, verbreitet sich unsere Religion überall in Neu-Spanien. Aber auch wenn die Indios ihre äußeren Formen angenommen haben, was schlummert auf dem Grund ihrer Seele?

* * *

Seit drei Wochen waren wir nun in Tlaxcala.

Die Verletzten hatten ihre Wunden gepflegt. Aber da das Nichtstun rauhen Männern nicht liegt, kamen erneut Unstimmigkeiten im Lager auf.

Die Veteranen schmerzte die schmachvolle Niederlage und ihr vollkommener Bankrott aufs tiefste, und sie sehnten sich danach, ihre Kühnheit erneut unter Beweis zu stellen und endlich reich zu werden. Jene Soldaten wiederum, die in Kuba bereits Besitz erworben hatten, wollten nur noch dorthin zurückkehren und stellten Cortés die Armseligkeit seiner Armee vor Augen.

Aber wir brauchten uns nicht von ihnen vorrechnen zu lassen, wie es um uns bestellt war! Wir waren ungefähr vierhundert Mann mit fünfzehn Pferden, kaum mehr als bei unserer Ankunft in Mexico, allerdings fehlten uns das Schießpulver und die Artillerie, die bei unseren Manövern eine so entscheidende Rolle gespielt hatten. Diese Zahlen dienten den wohlhabenden Soldaten als Argument, um die Erlaubnis zur Rückkehr einzufordern. Mit Flößen wollten sie heim auf ihre Pflanzungen zu ihren folgsamen Indios.

»Lieber sterben wir einarmig, als daß wir ihnen das erlauben!« ereiferte sich Sebastián.

»Und du, Bruder?« fragte ich Rodrigo.

»Du brauchst doch jemanden, der dich aufsammelt, wenn dir wieder solche Dummheiten wie bei Otumba einfallen.« Er lächelte.

In unserem Unglück hatten wir uns auf unsere Blutsbande

besonnen und fühlten uns wieder als Brüder. Beim Anblick seines schönen, sonnenverbrannten Gesichtes unter der hellblonden Lockenpracht verfluchte ich mich, ihn jemals verdächtigt zu haben, und verfluchte statt seiner nun Xiuxochitl.

Cortés gelang es schließlich, die Verdrossenen zu überzeugen. Er versprach ihnen den Ruhm, der ihnen bisher versagt geblieben war, und das Gold, das sie verloren hatten. So brachen wir auf, um die Provinz Tepeaca zu unterwerfen. Sie liegt zwischen Tlaxcala und Cholula und damit an einer strategisch bedeutsamen Stelle, denn über sie konnten wir die Verbindung zu Vera Cruz sicherstellen.

Zu Zeiten unserer Erfolge hatte uns diese von den Mexica unterworfene Provinz die Treue geschworen. Nach unserem Zusammenbruch hatte sie sich den früheren Herren zugewandt. Diese Unbeständigkeit lieferte uns den Anlaß für unser Vorgehen. Wir besiegten sie in einer einzigen, großen Schlacht, an der auch unsere tlaxcaltekischen Verbündeten teilnahmen. Die Stadt ergab sich bedingungslos, und wir erlangten reiche Kriegsbeute, die unseren Soldaten wieder Mut gab.

Unser Hauptquartier bezogen wir in Tepeaca selbst.

Jeder Hauptmann bekam ein Haus zugeteilt. Meines war ockerfarben gestrichen und verfügte über mehrere Räume. Von der Dachterrasse aus hatte man einen schönen Blick auf die Felder rund um die Stadt.

In Anbetracht der Beziehung, die sich zwischen Celestina und mir entwickelt hatte, schien es mir nur natürlich, daß sie sich als Herrin unseres Hauses um die alltaglichen Dinge kummerte. Sie hatte sich Bruchstücke des Nahuatl angeeignet und kam sehr gut mit den *naborias*, unseren Bediensteten, zurecht.

Ihr erstes Anliegen war es, sich von unseren Zimmerleuten ein Bett bauen zu lassen. Da sie sehr beliebt war, wurde es ein großartiges Möbelstück aus Mahagoniholz, das sie mit mehreren Matratzen auspolsterte. Ich aber zog es oft vor, auf einer schlichten Matte zu schlafen, da mir dieses weiche Lager fremd geworden war.

Ich schätzte Celestinas Ausgeglichenheit und ihre Zurückhaltung. Sie trachtete nicht danach, mehr Platz in meinem Leben einzunehmen, als ich ihr von mir aus zugestand. Niemals nahm sie Anstoß an unserem Soldatengebaren. Sie achtete stets darauf, daß ausreichend Geflügel- und Wildspieße, Früchte und Chilli im Hause waren, daß fertige Tamales, Octli und rauchende Schilfrohre bereitstanden, und ich bin sicher, daß sie sogar Verständnis gezeigt hätte, wenn ich wie Rodrigo und Sebastián Indiofrauen mit ins Haus gebracht hätte. Sie besaß jene milde Nachsicht, die bürgerlich erzogenen Frauen fremd ist.

Sebastián betete sie an, seit sie ihm in Otumba ihre Stute überlassen hatte.

»Was für eine Frau! Ebenso großzügig wie schön!« schwärmte er.

Es stimmte, daß Celestina in einem schlichten weißen Huipilli und mit ihrem glücklichen Gesichtsausdruck sehr viel jünger wirkte, sie hatte eine Anmut gewonnen, die sie in ihren Seidenkleidern nicht besaß. Um sie für den Verlust ihres Gepäcks zu entschädigen, hatte ich ihr das königliche Türkisgeschmeide geschenkt, das aus dem Schatz des Axayacatl stammte. Sie legte es nicht mehr ab, und außer ein paar Blumen, die sie als Zeichen ihrer sevillanischen Herkunft im Haar trug, war es ihr einziger Schmuck.

»Sie ist in Euch verliebt«, bemerkte Sebastián.

Ich widersprach ihm.

»Worauf willst du hinaus! Wir sind gute Freunde. Es sind die besonderen Umstände, unter denen wir hier leben. Im übrigen ist sie frei.«

Den Herbst über unternahmen wir mehrere Erkundungszüge und vertrieben die mexikanischen Krieger aus verschiedenen, von ihnen befehligten Städten und Stellungen in dieser Provinz. Unser Ansehen stieg wie die Sonne am Horizont. Aber niemals würde es seinen Zenit erreichen, niemals unsere eigenen Herzen erheben, solange wir nicht Mexico zurückerobert hätten, und das wußten wir.

Als ich einmal von einem Streifzug zurückkehrte, fand ich Celestina in aufgeregter Betriebsamkeit vor. Sie richtete einen Schuppen her, der an unser Haus grenzte, um einige unserer Verletzten aufzunehmen.

»Du mußt verstehen«, sagte sie und lächelte entschuldigend, »ich habe stets Männer um mich gehabt. Wenn du dich einmal davonmachst, habe ich noch diese hier.«

Neben ihr stand ein hochgewachsener Indio.

»Acamapichtli. Er ist Arzt. Er stammt aus Tepeaca, sein Wissen aber hat er von einem aztekischen Arzt erworben. Er besitzt die Güte, mir helfen zu wollen ... Unsere Heilmittel sind so spärlich, und er kennt so viele Pflanzen samt ihren wohltuenden Wirkungen. Es ist eine richtige Wissenschaft, die überall Nutzen bringen kann. Sogar Schmerzen können auf diesem Weg gelindert werden!«

»Als Rodrigo mit dem Obsidianpulver ankam, warst du noch reichlich mißtrauisch.«

»Inzwischen habe ich das Ergebnis gesehen, mein Lieber. Die meisten unserer verwundeten Soldaten, die mit herkömmlichen Mitteln behandelt wurden, sind Krüppel geblieben, du aber wirkst wie neugeboren. Das hat mir zu denken gegeben.«

Ich hegte den Verdacht, daß ihre plötzliche Begeisterung auch der äußerst angenehmen Erscheinung des besagten Acamapichtli zuzuschreiben war.

Celestinas Anbau wurde ein großer Erfolg, was auch mein Ansehen erhöhte. Selbst für gefährliche Aufträge meldeten sich bei mir mehr Freiwillige als bei jedem anderen Hauptmann, da sie die Gewißheit hatten, gut behandelt und – soweit dies möglich war – rasch geheilt zu werden. Außerdem kostete die Behandlung nichts, während sie beim Wundarzt oder beim Barbier einen Großteil ihrer Beute verschlang, wenn nicht gar alles!

Das Wissen von Acamapichtli und all seine Hexenkünste, über die wir geflissentlich hinwegsahen, vermochten jedoch nichts gegen die Krankheit, die unseren Freund Maxixcatzin niederwarf. Nachdem die Tlaxcalteken uns ihre Symptome beschrieben hatten, konnten wir die in dieser Gegend bisher unbekannte Geißel beim Namen nennen und ihre Herkunft ausmachen: Es waren die Pocken, die Narváez mit seinen Leuten aus Kuba eingeschleppt hatte.

Bald erfuhren wir, daß die furchtbare Seuche in Mexico wütete und die Bevölkerung dahinraffte. Cuitlahuac, der Nachfolger Motecuhzomas, gehörte zu ihren ersten Opfern. Sofort waren meine Gedanken bei Xiuxochitl.

In dieser Nacht schlief ich nicht.

Ich hatte meine Matte auf dem Flachdach ausgerollt, aber der Lärm, den Sebastián und Rodrigo beim Knöchelchen-Spiel veranstalteten, samt den aufmunternden Beifallsrufen ihrer Schar Indiofrauen, wurde mir rasch unerträglich. So stieg ich wieder hinab und streifte durch die Felder.

Es wehte ein beißend kalter Nordwind, meiner Wut aber brachte er keine Kühlung. Warum machte ich mir Sorgen über das Schicksal dieser Frau? Ob sie nun lebte oder nicht, was hatte es für eine Bedeutung! Selbst wenn wir Mexico wieder einnahmen, und das war unser Ziel, selbst wenn uns das Schicksal ein weiteres Mal zusammenführen würde, was hatte ich von ihr zu erwarten? Nichts als Grausamkeiten und Lügen! War es eines Mannes, eines Soldaten würdig, einen Gedanken an diesen weiblichen Dämon, diese Schlange mit ihrem süßen Gift zu verschwenden? Um mich selbst zu bestrafen, zwang ich mich, sie mir von Pusteln übersät, in einem Loch dahinsiechend, als verwesendes Fleisch vorzustellen ... Aber meine Gedanken ließen sich nicht beirren, sie zeigten mir andere Bilder. Es waren die Bilder, die mein Gedächtnis bewahrt hatte. Und schon sah ich sie vor mir, sie hob sich von dem schwarzen eisigen Himmel ab, ich sah ihr zärtliches Gesicht, sie wiegte ihr Kind, ich sah sie vom Schlaf übermannt, so reizvoll, so zerbrechlich, ich sah sie, wie sie ganz bestirnt auf mich zukam, ihr duftendes Haar umfloß sie, ich spürte den Geschmack ihrer Haut auf meinen Lippen, ihre Augen trafen die meinen, und schließlich war da ihr leuchtender, abgrundtiefer, verzückter Blick, wenn wir uns einander hingaben ... Bebend hielt ich inne. Erst nach einer ganzen Weile schritt ich weiter, trat die Erdschollen nieder, lief, bis der schwarze Spiegel, in dem sie mir erschienen war, im Morgengrauen verblaßte.

Von diesem Tag an war ich aufs neue von Xiuxochitl besessen.

Ein bloßer Blumenduft, ein in Nahuatl gesprochenes Wort, eine schmale Taille genügte ... und selbst der Blick auf die scheinbar schwerelosen Hände Acamapichtlis bei seiner Arbeit rief in mir die Erinnerung an ihre geschickten Hände wach, die meinen Bruder gepflegt hatten ...

* * *

Diego Pizarral wurde bei einem Gefecht verletzt. Da er keinen Brustpanzer trug, war ihm ein Speer in die Seite gedrungen.

Der Ruf unseres Arztes brachte uns die zweifelhafte Ehre ein, ihn bei uns aufzunehmen, und ich hätte mich den Bitten seines Vaters schwerlich widersetzen können. Möglicherweise spürte ich auch – ein Mann kann nun einmal nicht aus seiner Haut – eine gewisse Befriedigung darüber, daß die Pizarrals nun in meiner Schuld standen.

Acamapichtli untersuchte die Wunde, erklärte, daß kein lebenswichtiges Organ verletzt sei, zog den Obsidianpuder hervor, verordnete *iztacpatli*, um das Fieber zu senken, und linderte durch magisches Auflegen seiner tabakgetränkten Handflächen Diegos Kopfschmerzen ... Nachdem ich meinen Pflichten als Gastgeber nachgekommen war und den Verletzten in einem unserer besten Zimmer untergebracht hatte, überließ ich ihn der guten Pflege Celestinas. Ich begab mich nach Vera Cruz, wo zwei aus Kuba kommende Schiffe angelegt hatten, die Narváez und seine Truppen mit Lebensmitteln versorgen sollten. Ganz offensichtlich hatte die Nachricht von der Niederlage seines Hauptmanns den Gouverneur Velázquez noch nicht erreicht.

Als ich mit einigen Männern und ein paar zusätzlichen Pferden nach Tepeaca zurückkehrte, sah ich, daß Diego Pizarral schon wieder auf den Beinen war und vor Kraft strotzte wie ein junger Baum. Allerdings fühlte er sich bei uns nun wie zu Hause und machte keine Anstalten, das Feld zu räumen.

»Dein Bruder«, meinte Celestina, »hat darauf bestanden, daß wir ihn hierbehalten.«

Das gefiel mir noch weniger, aber Sebastián stellte sich auf Rodrigos Seite.

»Laßt mir den Vogel noch ein paar Tage. Das Glück ist mir im Augenblick hold, und ich kann ihn bei lebendigem Leibe rupfen.«

Also gab ich nach und ergötzte mich bei dem Gedanken, daß Diegos und Alonsos Gold die Grundmauern für Sebastiáns Luftschloß schaffen sollte. Die ganze Woche über rissen die Knöchelchen-Spiele und die Spiele mit den Indiofrauen nicht ab.

Am Sonntagmorgen wusch ich gerade meinen Bart, als Sebastián eintrat.

»Pizarral ist weg«, sagte er.

Ich schaute auf, Wasser tropfte auf mein Wams.

»Er hätte sich von mir verabschieden können.«

»Er ist heute nacht gegangen. Ihr wart bei Cortés.«

Kein Mensch vermag Sebastiáns Seelenzustand an seiner Miene abzulesen. Selbst beim Lachen behält sein narbenbedecktes, schiefes Gesicht einen unheimlichen Ausdruck. Aber ich kannte ihn gut genug, um einen Schatten in seinen Augen zu entdecken.

»Was ist vorgefallen?« fragte ich.

»Ihr wißt doch, wie es ist, wenn man spielt. Der Vogel hat mit seinem schmutzigen Schnabel nach mir geschnappt, und ich habe ihm eins draufgegeben.«

»Tu nicht so geheimnisvoll, sag schon, was vorgefallen

ist!« fuhr ich ihn an. »Wenn die Pizarrals etwas im Schilde führen ...«

»Ich habe keine Ahnung und erführe es auch nicht eher als Ihr. Es ist so gewesen, wie ich Euch gesagt habe. Er hat Dinge gesagt, die mir nicht gefielen, da habe ich ihn ein wenig hergenommen, und weg war er. Soll er! Diese Pizarrals sind der letzte Dreck!«

Ich trocknete mir das Gesicht und kämmte meinen Bart. Dann ging ich zu Rodrigo.

»Weswegen haben sich Sebastián und Diego gestern abend geprügelt?«

»Wegen nichts. Wir sprachen über Frauen, Diego scherzte, und Sebastián stürzte sich auf ihn. Auf einen Gast! Dieser Bastard glaubt wohl, er könne sich alles erlauben!«

»Das sieht Sebastián gar nicht ähnlich. Er scherzt über dieses Thema genau wie jeder andere auch«, gab ich zu bedenken.

»Es hatte aber nicht den Anschein.«

»Von wem war die Rede?«

»Bruder, wir kommen zu spät zur Messe.«

»Von wem war die Rede?« wiederholte ich. »Von welcher Frau?«

Rodrigo zuckte die Schultern.

»Wenn du darauf bestehst ... von Celestina. Diego erzählte Geschichten aus Trinidad, von Zeiten, wo sie ihre Pflege großzügigeren Patienten zukommen ließ.«

Er lachte.

»Und das amüsiert dich?«

»Hör zu, Bruder«, sagte Rodrigo, »du bist nicht mit Celestina verheiratet, ich ebensowenig. Und es ist für niemanden ein Geheimnis, daß in Trinidad jeder Mann, der die Mittel hatte, in ihrem Bett gelandet ist. Und so wird es noch sein, wenn du ihrer längst überdrüssig bist. Der Preis wird niedriger sein, das ist alles.«

Ich konnte mich nicht beherrschen, meine Faust schlug zu.

Ich musterte meinen am Boden liegenden Bruder und ging hinaus.

Nach der Messe begab ich mich zu dem Haus, in dem die Pizarrals wohnten. Alonso war in Tlaxcala, aber ich suchte nicht nach ihm, sondern nach Diego, den ich in einem der Zimmer fand. Eine vollkommen nackte kleine Indiofrau, ein Kind noch, flüchtete bei meinem Erscheinen von seiner Seite.

Diego erhob sich von der Matte, sein Gesicht war geschwollen.

Ich beugte mich vor und versetzte ihm einen Stoß, der ihn wieder nach hinten warf.

»Mit Ungeziefer schlägt man sich nicht, man zerdrückt es. Ein einziges Wort noch über Celestina, und ich bringe dich um.«

Und schon verließ ich das Haus wieder. Die hochstehende Sonne zeichnete Schattenmuster auf die ockerfarbene Straße. Ich fühlte mich wohler.

Mein Bruder hielt sich drei Tage lang fern. Dann kam er zurück. Keiner von uns erwähnte den Vorfall.

Wir hatten noch immer nicht die geringste Gewißheit darüber, wie Seine Majestät über unser Vorgehen dachte. Wir wußten nicht einmal, wie unser Bericht aufgenommen worden war, den wir ihr im Juli des vergangenen Jahres nach Spanien gesandt hatten, jenen Bericht, dem wir all die Reichtümer und wunderbaren Schätze beigegeben hatten, die Motecuhzomas Boten uns überreicht hatten. Gewißheit besaßen wir nur über eins: Die Freunde und Helfershelfer des Gouverneurs von Kuba setzten Himmel und Erde in Bewegung, um bei Hof gegen uns zu intrigieren.

So faßte Cortés den Entschluß, Seiner Majestät einen Brief zu schreiben, in welchem er in knappen Worten beschrieb, was wir erreicht hatten. Er schilderte kurz und genau unsere bisher vollbrachten Heldentaten. Zwei Ratsmitglieder der im Herbst in der Region von Tepeaca gegründeten Stadt Segura de la Frontera nahmen den Brief mit, als Anfang November ein Schiff in See stach. Zu diesem Schreiben gehörte auch eine Petition, die alle Soldaten als »Bürger Neu-Spaniens« unterzeichnet hatten. Diesen Namen hatte Cortés Seiner Majestät für das von uns eroberte Land vorgeschlagen. Nun brachten wir voller Stolz unseren Wunsch zum Ausdruck, uns hier niederzulassen.

Jedoch würde unserem Ruhm stets ein Makel anhaften, unser Stolz hätte einen schalen Beigeschmack, solange wir Mexico nicht unterworfen hatten.

Mitte Dezember verließen wir darum Tepeaca.

Als wir aufbrachen, hielt Celestina mich zurück.

»Danke«, sagte sie, »danke für diese glückliche Zeit.«

»Ich danke dir, Celestina«, antwortete ich ihr.

Ich mußte sie zur Eile mahnen, denn sie war mit Tränen in den Augen auf der Schwelle des Hauses stehengeblieben, als ahnte sie, daß unsere gegenwärtige Vertrautheit nun ihrem Ende zuging.

Wir glichen nicht im entferntesten dem erbarmungswürdigen, zerlumpten Haufen, der nach der Schlacht von Otumba in Tlaxcala eingezogen war. Unser Herrschaftsbereich hatte sich nun sowohl in östlicher als auch in westlicher Richtung beträchtlich ausgedehnt, was wir in kurzer Zeit durch Siege oder Bündnisse mit Städten erreicht hatten, die bisher Mexico unterstanden und die sich nun von unserer Loyalität gegenüber unseren Freunden überzeugt hatten.

So begleiteten uns jetzt Zehntausende von Indios, und in der Hoffnung auf reiche Beute wetteiferten sie untereinander in ihrer Bemalung und ihrem vielfältigen Schmuck. In den gewaltigen Staubwolken, die unsere Triumphzuge aufwirbelten, dröhnten donnernd die Trommeln, kreischten die Knochenflöten, prangten die Federn und das Gold der Banner, der Abzeichen und Standarten, die man dem Gegner auf dem Schlachtfeld entrissen hatte.

Es folgten lange Reihen von Sklaven, meist Frauen und Kinder, denen man mit rotglühendem Eisen ein K für Krieg auf die Stirn gebrannt hatte. Cortés hatte sich nach der Einnahme von Tepeaca dazu entschlossen.

Über das Sklavendasein hatte ich bisher nicht viel nachgedacht. Es gab auf der Welt freie Wesen und solche, die es nicht waren, genauso wie es Reiche und Arme, Gute und Böse gab. Gott verteilte die Rollen, belohnte oder bestrafte, und ich fühlte mich ihm gegenüber nur für meine Taten verantwortlich. Aber diese Entscheidung ging von unserem Generalkapitän aus, und ich sah mich verpflichtet, sie mitzutragen und durchzuführen. Dabei wurde mir klar, daß ich nicht die Kraft besaß, die ein menschliches Wesen befähigt, ein anderes ohne Bedenken in ein unwürdiges Dasein zu stürzen. Wenn es diese Hunde von Mauren gewesen wären, die uns einst unterjocht hatten …

In aller Eile suchte ich Cortés.

»Exzellenz, ich bin nicht in dieses Land gekommen, um seine Einwohner wie Vieh zu brandmarken, und ich habe nicht den Eindruck, daß unser Ansehen dadurch beträchtlich steigen wird!«

Cortés seufzte auf angesichts einer so warmherzig-naiven Denkart, die sich mit großen, ehrgeizigen Vorhaben schwer vertrug, die ich aber dennoch nie ablegen konnte. Gewiß war sie mir von meinen Vorfahren in die Wiege gelegt worden, denn außer Armut hatte ich nichts von ihnen geerbt!

»Mein Sohn, ist es nicht auch Euer Wunsch, das Kreuz über Mexico strahlen zu sehen? Dann überlaßt mir die Mittel. Ich finde ebensowenig Gefallen an derlei Dingen wie Ihr. Aber ganz gleich, ob die Indios nun Freunde oder Feinde sind, wir müssen sie in Schach halten und ihnen zeigen, daß wir im Falle eines Verrats nicht davor zurückschrecken werden, exemplarische Strafen zu verhängen. Macht mir lieber meine Schwäche zum Vorwurf. Sind nicht alle Heiden, die wir Christen gefangennehmen, zur Sklaverei bestimmt? So ist es nun einmal. Ich habe viel zu lange gewartet. Denkt an das Schicksal unserer in Mexico gefangenen Gefährten, die nach dem Opfertod auch noch verspeist wurden. Denkt an Tepeaca, wo es zu den gleichen Scheußlichkeiten kam! In Anbetracht unserer geringen

Zahl müssen wir uns Respekt verschaffen. Hinzu kommt, daß dies unsere Soldaten ein wenig für das verlorene Gold entschädigen wird. Wir sollten sie bei Laune halten, und sie haben es verdient, ein Tauschgut in Händen zu halten ... Ihr seid in der Tat der einzige, der sich dagegen sträubt. Die Indios praktizieren schließlich selbst die Sklaverei!«

»Mit Verlaub, Exzellenz! Die Art und Weise, wie sie die Sklaverei verstehen, unterscheidet sich sehr von unseren Vorstellungen. Bei ihnen hat ein Sklave die Möglichkeit, Güter zu erwerben, sich freizukaufen, sich durch ein Familienmitglied ersetzen zu lassen, er kann freien Männern vorstehen, er kann eine freie Frau heiraten, und die Kinder von Sklaven werden als freie Menschen geboren. Aus Not verkaufen sich im übrigen viele Indios selbst und entgehen damit ihren Pflichten als Bürger. Aber sie werden behandelt, wie Gott jedes menschliche Wesen zu behandeln gebietet!«

»Vielleicht. Aber wir feiern keinen Festschmaus mit den Leichen unserer Feinde, wir achten die Toten! ... Wie dem auch sei, mein Sohn, nichts hindert Euch daran, Eure Sklaven so zu behandeln, wie es Euch gefällt!«

»Das ist auch meine Absicht, Exzellenz.«

Da es Pflicht war, jeden seiner Sklaven zu brandmarken, verzichtete ich während dieser zweiten Phase der Conquista auf Sklaven und beschränkte mich auf unsere Naborias. Als wir uns später in San Cristóbal niederließen, gestand ich meinen dortigen Sklaven stets jene Privilegien zu, die auch im Reich der Mexica ublich waren.

In Tlaxcala erfuhren wir, daß Cuauhtemoc die Nachfolge von Cuitlahuac als Uey Tlatoani von Mexico angetreten hatte. Die Erinnerung an die Kampfeslust und den Scharfsinn dieses Prinzen sowie seine ungestümen Reden ließen mich ahnen, daß wir auf einen weitaus hartnäckigeren Feind stoßen würden, als es Motecuhzoma jemals gewesen war.

Und dieser Gedanke ergab den nächsten. Wieder fragte ich mich, warum Xiuxochitl Motecuhzoma zugunsten von

Cuauhtemoc verraten hatte. Verriet sie alle, die ihr zu nahe kamen? Würde sie auch Cuauhtemoc verraten? Denn seit wir uns auf dem Weg nach Mexico befanden, war ich, ohne daß ich einen Grund dafür hätte sagen können, fest davon überzeugt, daß sie nicht tot war und daß ich sie wiedersehen würde.

Am achtundzwanzigsten Dezember des Jahres 1520 brachen wir von Tlaxcala auf.

Vorsicht bewog uns, den schwersten und steilsten Weg zu wählen, der sich zwischen den Bergkämmen hindurchwindet. Trotz zahlreicher Sperren aus umgestürzten Bäumen, die die Mexica errichtet hatten, um uns von unserem waghalsigen Vorhaben abzubringen, gelangten wir unbeschadet in die Ebene hinunter.

Der Blick auf Mexico versetzte uns in große Erregung, und quälende Erinnerungen wurden in unseren Herzen wach.

Gebannt starrten wir auf die weiße Stadt, die da fest verankert im blauen Wasser lag. Wir hielten an und schworen wie mit einer Stimme, sie zu erobern oder zu sterben. In Augenblicken von so erhabener Begeisterung denkt niemand tatsächlich daran, daß der Tod nach ihm greifen könnte. Daher erfüllte uns dieser Schwur mit großer Zuversicht, und beschwingt zogen wir hinab durch die herrlichen Eichen- und Zypressenwälder, gefolgt von den kampfbereiten Kriegern, von Naborias und Sklaven.

Nach ein paar Scharmützeln erreichten wir Texcoco.

Die Stadt lag am westlichen Ufer der Lagune, nicht weit von Otumba entfernt. Nach Mexico war sie die zweitwichtigste des Reiches. Die Könige von Texcoco und Tlacopan und der Uey Tlatoani von Mexico hatten lange Zeit eine Art Dreierbund gebildet, der über Anahuac herrschte. Aber die Überlegenheit Mexicos hatte sich durchgesetzt. Texcoco blieb allerdings weiterhin die Hauptstadt des Geistes und der Redekunst. Jedes Jahr wurden hier Dichterwettstreite ausgetragen und bedeutende Preise verliehen. Der gesamte Adel der

Stadt setzte seinen Stolz in diese Kunst, allen voran der verstorbene König Nezaualcoyotl, dessen erlesener Geschmack auch an seinem Palast und in der Gestaltung seiner Gärten erkennbar war.

Wir drangen in diese Gärten ein, aber ich glaube, unsere Augen waren so sehr auf der Hut vor einem Hinterhalt, daß wir keinen Blick hatten für die in herrlichen Marmor eingelassenen spiegelnden Wasserflächen, die verschlungenen Pfade zwischen wohlriechenden Sträuchern, für die seltenen Blumen, die lichtdurchfluteten Wasserspiele, ganz zu schweigen von den mosaikverzierten Wandelgängen, den Terrassen, den von gezackten Steinen gesäumten Treppen, die wir Reiter wie ein Wirbelsturm hinaufjagten, voller Spannung, was wir im Innern der Gebäude wohl vorfinden würden.

Aber wie die Stadt und die Parkanlagen lag auch der Palast schweigend und verlassen da, seine Einrichtung war verschwunden, die Einwohner waren bei der Nachricht unseres Vormarsches geflohen. Von den Dächern konnten wir beobachten, wie ihre Boote sich eilig in Richtung Mexico entfernten.

Wir bezogen unser Quartier. Celestina richtete sich ein. Sie hatte unsere Naborias aus Tepeaca mitgenommen und ließ nun die Einzelteile ihres Bettes herauftragen.

Nach und nach eroberten wir alle Städte an der Lagune.

Das läßt sich zwar in einem Satz niederschreiben, aber wir führten mehrere Monate lang einen erbitterten Krieg. Auch wir hatten Verluste und Verletzte zu beklagen, und so mancher Spanier wurde lebend gefangen, ein Schicksal, das uns weit schlimmer erschien, als getötet zu werden. Unsere indianischen Verbündeten verstanden unsere Strategie nicht und wären am liebsten gleich ins Wasser gesprungen und nach Mexico geschwommen, ohne auch nur im entferntesten an gesicherte Rückzugsmöglichkeiten zu denken. Um ihre Ungeduld zu zähmen, mußten wir darum sogar Brandschatzungen und Plünderungen zulassen. Es kam auch so weit, daß Menschenfleisch der Mexica in großem Umfang verzehrt wurde, aber wir zogen vor, es nicht zur Kenntnis zu nehmen, wir hatten ohnehin nicht genügend Lebensmittel, um alle zu ernähren.

Soweit es mir möglich war, beherzigte ich jedoch die Politik, die Cortés uns während der Anfänge unserer Expedition gelehrt hatte, und bemühte mich, Konflikte zu schlichten, anstatt sie mit Gewalt zu lösen, was von Schaden für alle war.

* * *

Ende Februar erhielt ich von unserem Generalkapitän den Auftrag, den dreizehn Brigantinen entgegenzureiten, mit deren Bau unsere Zimmerleute seit Dezember in Tlaxcala beschäftigt waren.

Wir hatten die schmerzliche Erfahrung machen müssen, daß es zur Einnahme Mexicos unabdingbar war, die umliegenden Gewässer zu beherrschen. Daher hatten wir den großartigen Plan gefaßt, mitten in der Sierra Kriegsschiffe zu bauen und sie dann, in Stücke zerlegt, nach Texcoco zu bringen, wo die Brigantinen wieder zusammengesetzt und zu Wasser gelassen werden sollten.

So machte ich mich mit zweihundert Soldaten auf den Weg zurück in die Berge. Sebastián mußte in Texcoco zurückbleiben. Ein Pfeil war durch seine Sandale gedrungen und hatte ihn so verletzt, daß er hinkte.

Am Abend machten die Indios ein großes Feuer, um die eisige Kälte, die in diesen Höhen herrschte, einigermaßen ertragen zu können – für mich eine Gelegenheit, das Gespräch mit Rodrigo zu suchen. Seit unserem letzten Streit, den Diego Pizarral ausgelöst hatte, verschanzte sich mein Bruder mir gegenüber hinter einer höflichen Zurückhaltung, die an Überheblichkeit grenzte und mich noch mehr gegen ihn aufbrachte.

Schweigend aß er die Rehkeule, das Chilli und die Maissuppe, die man uns brachte, dann erhob er sich.

»Warte«, sagte ich.

»Wenn du erlaubst, ich bin müde.«

»Hör mir zu, Bruder. Man muß im Leben seine Fehler zugeben ...«

Rodrigo fiel mir ins Wort.

»Gilt das für mich oder für dich? Wenn du dich meinst, so hast du recht. Du hättest mich nicht schlagen sollen, ich habe nur die Wahrheit gesagt, aber wenn du die Wahrheit nicht ertragen kannst ... Und du erträgst es nicht, daß Hunderte von Männern vor dir über Celestina hinweggestiegen sind, weil du heuchlerisch und prüde bist!«

»Verschwinde!« schrie ich, »Verschwinde, oder ich mache da weiter, wo ich aufgehört habe!«

Er ging davon, der Schnee knirschte unter seinen Füßen. Nach ein paar Schritten hielt er inne und drehte sich um.

»Ich habe nichts gegen Celestina, das weißt du, auch wenn mir deine Indiofrau besser gefallen hat.«

Seine Worte bohrten sich mir ins Herz.

Ich stand auf.

»Hast du mit ihr geschlafen?« fragte ich ihn.

»Mit wem?«

»Mit Xiuxochitl.«

Rodrigo grinste.

»Diese aztekischen Namen! Ich könnte sie niemals aussprechen.«

Ich zwang mich, ruhig zu bleiben.

»Antworte!«

»Worauf willst du hinaus? Soll ich ja sagen, damit du einen weiteren Grund hast, mir an die Gurgel zu springen? Läßt dich dein Gedächtnis im Stich, Bruder, erinnerst du dich nicht an dein Husarenstück, du hast sie doch für dich reserviert!«

Ein paar Soldaten tauchten auf, um meine Befehle für die Nacht entgegenzunehmen.

Rodrigo verschwand in der Dunkelheit.

Ich atmete auf; länger hätte ich in diesem Ton nicht mit ihm weiterreden können. Vielleicht aber hätte ich es tun sollen.

Denn gerade das Unausgesprochene ist es, was am meisten quält.

Als wir am nächsten Tag den Abstieg auf der anderen Seite der Sierra begannen und damit die Grenze zu Tlaxcala erreichten, erblickten wir den gewaltigen Zug, der die zerlegten Schiffe transportierte.

Er erstreckte sich über eine Länge von mehr als zwei Meilen. Es war ein beeindruckender Anblick.

An der Spitze marschierten die Spanier, gefolgt von annähernd zehntausend tlaxcaltekischen Kriegern, deren Anführer an ihrer stolzen Haarpracht und ihrem Federschmuck, an ihren goldenen und edelsteinbesetzten Diademen zu erkennen waren. Unter ihnen war Xicotencatl, den wir an seinem großen, mit einem weißen Reiher bestickten Banner erkannten, und Chichimecatecuhtli, dessen goldener und silberner Adler in einem Kranz grüner Federn erstrahlte. Dahinter kamen die Träger mit den Schiffsplanken, dann die mit den Rippen, Ankern, Beschlägen, Segeln und Tauen – die gesamte Takelage hatten wir aus Vera Cruz kommen lassen. Den Schluß der Kolonne bildeten weitere zehntausend Tlaxcalteken in der diesem Volk eigenen farbenprächtigen Kleidung. Aus unserer Höhe sahen wir die Rundschilde der Krieger funkeln wie einen goldenen Regen, den Gottes Hand niedergehen ließ, um unser Vorhaben zu segnen.

Zwei Tage später zogen wir unter den Klängen des Horns und der Trommeln in Texcoco ein. Unsere Gefährten jubelten uns zu. Das war der angemessene Lohn für die armen Tlamemes, die einen Marsch von achtzehn Meilen durch ebenes Gelände wie über steile Gebirgspfade hinter sich hatten, den Rücken gebeugt unter ihrem schwerbeladenen Weidengestell, das durch einen Lederriemen um die Stirn festgehalten wurde.

Von der Insel Hispaniola, von der Cortés ein Schiff hatte kommen lassen, war weitere Verstärkung an Männern, Pferden und

Munition eingetroffen. An den rauchenden Gipfeln des Popocatepetl hatten wir Schwefel gesammelt und Schießpulver daraus hergestellt. Die Pinienwälder der Sierra lieferten uns Pech für unsere Brigantinen, die nun in einer zur Werft umgewandelten Vorstadt von Texcoco fertiggestellt wurden. Angesichts der Dinge, die wir bereits vollbracht hatten, der zu uns übergelaufenen Provinzen und der Isolierung Mexicos, fühlten wir uns gut gerüstet für die entscheidende Schlacht, und der Blick auf diese schöne Stadt entfachte unsere Ungeduld und Begierde immer wieder aufs neue.

Eines Abends ließ Cortés mich rufen.

»Torremayor, eine Verschwörung ist gegen uns im Gange. Diesmal ist jedoch nicht mehr die Rede davon, mich zum Verlassen des Landes zu zwingen, man will mich im Gegenteil hier unter die Erde bringen, mich und meine Getreuen. Und das jetzt, wo wir unserem Ziel so nah sind! Die Früchte sind reif, und diese Herren hegen den Plan, sie ohne mich zu pflücken.«

»Wer sind sie? Und wer hat Euch informiert, Señor?«

»Ein Soldat, den sein Gewissen quälte. Er war gerade hier und hat mir alles erzählt. Beim Abendessen sollte mir ein Brief übergeben werden, der angeblich von meinem Vater aus Spanien kommt. Während ich das Siegel erbreche, sollte ich umgebracht werden. Der Drahtzieher ist Antonio de Villafaña, ein Anhänger von Diego Velázquez, unserem verehrten Gouverneur von Kuba. Aber er hat viele Mitläufer, und man braucht mir ihre Namen nicht zu nennen, damit ich weiß, wer zu ihnen zahlt. Diese Verruckten! Sich vorzustellen, sie könnten Mexico einnehmen, wenn sie mich nur ausgeschaltet haben! Kommt. Gehen wir zu Villafaña.«

Auf dem Weg dorthin holte ich Sebastián und einige vertrauenswürdige Soldaten an unsere Seite. Villafaña war in seinem Quartier, Freunde umringten ihn, aber bei unserem Erscheinen verschwanden sie.

»Señor Torremayor, nehmt diesen Mann in Gewahrsam«, sagte Cortés.

Vor Villafaña stand eine Schatulle. Hastig griff er danach. Da ich vermutete, er wolle eine Waffe hervorziehen, stieß ich ihn beiseite und öffnete sie. Ein Papier lag darin, das ich Cortés reichte. Er warf einen Blick darauf, faltete es zusammen und schob es in sein Wams. Zu mir sagte er: »Bringt den Gefangenen in Einzelhaft, und kommt danach zu mir.«

Er wirkte erschöpft, als ich wieder bei ihm war. In der Schlacht von Otumba hatte er eine schwere Kopfverletzung davongetragen, der Wundarzt hatte ihn operieren müssen, und seither plagten ihn heftige Schmerzen. Nachdenklich sagte er: »Torremayor, das Schreiben, das in der Truhe Villafañas lag, enthält eine Liste aller Verschwörer. Es ist noch schlimmer, als ich angenommen habe. Ließe ich sie alle festsetzen, so wäre unsere Armee nur noch halb so groß; selbst verdiente Männer sind darunter, auf die ich nicht verzichten kann. Außerdem hätte es eine verheerende Wirkung auf unsere Indios, wenn wir unseren Zwist offenlegten. Villafaña wird als abschreckendes Beispiel gehängt, und dabei werden wir es bewenden lassen. Diese Bestrafung wird die anderen zum Nachdenken bringen.«

»Exzellenz ...«

»Fragt man Euch – und man wird Euch fragen, denn alle, die auf der Liste stehen, werden durch Villafañas Verhaftung verdammt unruhig geworden sein –, so sagt, daß Villafaña ein Papier in Händen hielt, das er bei unserer Ankunft schnell noch hinuntergeschlungen hat ... Wie würde es sonst aussehen, wenn ich die anderen Schuldigen ungeschoren ließe!«

»Exzellenz«, sagte ich, »diese Elenden verdienen ...«

»Alles liegt in Gottes Hand, mein Sohn! Man erhält hier auf Erden nicht immer, was man verdient. Habe ich das hier etwa verdient?«

Am Abend traf ich Rodrigo auf der Straße; er war in Begleitung zweier Indiofrauen und sprach mich an. Ich erinnere mich noch, daß es regnete.

»Ich habe das mit Villafaña gehört. Was hat Cortés nun mit ihm vor?«

»Er wird gehängt! Und ich bedaure sehr, daß man nicht noch anderen den Strick um den Hals legt!«

»Kennt man denn seine Komplizen nicht? Habt ihr nichts gefunden?«

Ich musterte ihn scharf.

»Was hätten wir denn finden sollen?«

»Was weiß ich. Papiere vielleicht …«

Ganz langsam sagte ich: »Du warst einer von ihnen, nicht wahr? Du gehörtest zu den Verrätern. Gib es zu!«

Rodrigo wandte sich ab.

»Laß mich in Ruhe. Wir stehen hier nicht vor Gericht.«

Ich stürzte mich auf ihn. Wir fielen in den Dreck. Er versuchte mich zu packen, aber ich war größer und kräftiger, außerdem kochte ich vor Wut, und ich glaube, ich hätte ihn mit bloßen Händen umgebracht, wenn er nicht plötzlich »Bruder! Bruder!« geschrien hätte. Da ließ ich von ihm ab und ging davon.

Als der Morgen dämmerte, wurde Villafaña gehängt. Rodrigo reihte sich in die Gefolgschaft von Alonso Pizarral ein.

Ich sagte zu Sebastián: »Schurken gesellen sich zu Schurken.«

Dann befahl ich ihm und auch Celestina, meinen Bruder mir gegenüber nicht mehr zu erwähnen.

Fünf Tage später wurden die Brigantinen zu Wasser gelassen.

Cortés beschloß, dieses Ereignis feierlich zu begehen.

Eine Messe wurde gelesen, und wir gingen zur Kommunion. Dann gruppierten wir uns in unseren besten Kleidern und mit blankgescheuerten Helmen an beiden Ufern des Kanals, der unsere Werft mit der Lagune verband.

Achttausend Indios hatten zwei Monate lang an diesem Durchbruch gegraben; er war eine halbe Meile lang, zwölf Fuß tief und ebenso viele breit. Festes Mauerwerk und Palisaden gaben den Böschungen Halt, Schleusen kontrollierten die in diesen Seen oft heftige Strömung.

Pater Olmedo trat vor, um Gottes Segen für eine unter so

außerordentlichen Bedingungen erbaute Flottille zu erflehen. Die Kanonen wurden abgefeuert, und von den Schüssen der Musketen begleitet glitten die Brigantinen über den Kanal dahin und auf den See von Texcoco hinaus. Es war ein erhebendes Schauspiel. Mit unseren ungeübten Stimmen hoben wir zu einem *Te Deum* an, während die Indios ihrem Staunen mit wildem Geschrei Ausdruck gaben. Nie zuvor hatten sie etwas gesehen, was mit diesen herrlichen schwimmenden Häusern vergleichbar gewesen wäre, deren Segel sich im Wind blähten wie die zitternden weißen Flügel riesiger Vögel.

Danach begutachtete Cortés unsere Armee. Sie hatte sich durch die Ankunft mehrerer Schiffe in Vera Cruz vergrößert; ihre Zahl belief sich jetzt auf 86 Reiter, 118 Bogenschützen und Musketiere sowie ungefähr 700 Fußsoldaten, gut ausgerüstet mit Degen und soliden Rundschilden. Darüber hinaus verfügten wir über drei große eiserne Kanonen, fünfzehn Falkonette aus Bronze und zehn Zentner Schießpulver. Durch solche Unterstützung gestärkt und mehr denn je von dem Wunsch beseelt, seine Leute zusammenzuhalten, hielt Cortés eine Ansprache und argumentierte so geschickt, daß die Soldaten ihren Sieg bereits sicher wähnten und Stolz in ihren Augen aufleuchtete.

Die Leiche Villafañas verweste in Sichtweite, der Geruch schien niemanden zu stören. Ich aber roch ihn, als ich Rodrigo bei Pizarrals Leuten stehen sah. Wie war er nur dort hingeraten? Seinen eigenen Bruder hatte er verraten!

Manchmal dachte ich, ein anderer hätte es vielleicht geschickter angestellt und ihn zu einem Geständnis bewogen, so daß er auf den rechten Weg zurückgefunden hätte. Doch allein der Gedanke erzürnte mich schon so, daß meine Wut wieder aufloderte. Da ich sie ihm gegenüber nicht loswerden konnte, versuchte ich, sie zu zerstreuen, indem ich all meine Energie in den Dienst der nun beginnenden Belagerung Mexicos stellte.

* * *

Ich habe bereits erzählt, daß drei Straßen die Stadt mit dem Festland verbanden, im Süden die Straße, über die wir beim ersten Mal in die Stadt eingedrungen waren, im Westen die Straße von Tlacopan, über die wir geflohen waren, und im Norden die von Tepeyac. Letztere ließen wir offen in der Hoffnung, die Angst möge die Einwohner Mexicos zur Flucht bewegen und den Widerstand der Hauptstadt zusammenschmelzen lassen.

Mich hatte Cortés gemeinsam mit Alvarado nach Tlacopan geschickt, während er selbst die Brigantinen befehligte. Pizarral und die anderen Hauptleute hatte er an wichtige strategische Punkte der südlichen Straße verteilt.

Auf dem Weg nach Tlacopan sollten Alvarado und ich den großen Aquädukt von Chapultepec zerstören.

Es war ein wundervolles Bauwerk aus gemauertem Stein, das äußerst klug konstruiert war. Es zog sich die Hügel entlang, bevor es sich zur Lagune hinabsenkte und so über eine Entfernung von mehr als einer Meile die Becken und Brunnen Mexicos mit Süßwasser speiste. Es umfaßte zwei Rohre aus Steingut, beide mannsdick, von denen stets nur eines in Benutzung war: Während das Wasser durch das eine Rohr lief, wurde das andere gereinigt.

Für die Bevölkerung war diese Versorgung mit Süßwasser lebensnotwendig, weshalb ein ansehnlicher Trupp von Kriegern der Mexica die Quelle bewachte, von der der Aquädukt in die Stadt führte. Es gelang uns, diese Bewachung zu vernichten und die Rohre zu zerstören.

Der Erfolg befriedigte uns so sehr, daß wir uns bei unserer Ankunft in Tlacopan mit unseren Truppen und unseren tlaxcaltekischen Hilfsmannschaften mit solchem Ungestüm auf jene unselige Straße stürzten, auf der so viele der Unsrigen ihr Leben gelassen hatten, als hätten wir vor, Mexico ganz allein einzunehmen.

Gewöhnlich war ich der erste, der sich den gefährlichen Unternehmungen Alvarados widersetzte. Aber an jenem Tag ließ auch ich mich vom Überschwang mitreißen. Die Ernüchterung ließ nicht lange auf sich warten. Ein Haufen Krieger stürmte auf uns zu. Das Schrecklichste war, daß sie uns Arme und Beine ihrer spanischen Opfer entgegenschleuderten und uns schworen, daß uns früher oder später das gleiche Schicksal ereilen würde. Diese Drohung malten sie immer weiter aus, zerstückelten bereits unsere Leiber, die Rümpfe wollten sie wilden Tieren, die Eingeweide Schlangen vorwerfen und die schmackhaftesten Stücke für sich selbst behalten.

Diese Verwünschungen sollten wir nun bei jedem Kampf zu hören bekommen, und all unser Mut konnte die schreckliche Vorstellung nicht aus unseren Herzen vertreiben, am Ende verspeist zu werden.

In der zweiten Junihälfte tauchte Celestina bei uns auf.

»Ich konnte nicht länger in Texcoco bleiben wie eine brave Bürgersfrau in Sevilla, während ihr hier ein lustiges Leben führt. So habe ich den General um eine Eskorte gebeten, und nun bin ich hier.«

Sie hatte Acamapichtli mitgebracht, samt seinen Pudern, Pflastern, Salben, Pflanzen, seinen Jademessern und Zaubersprüchen, und ich hatte nicht den Mut, sie für ihr Kommen zu schelten. Tags zuvor hatten wir gemeinsam mit Cortés und seinen Brigantinen einen Vorstoß unternommen, durch den wir bis zum großen Teocalli von Tenochtitlan, gegenüber dem Axayacatl-Palast, vordringen konnten. Als aber die Mexica sahen, daß wir ihre Götzenbilder und ihre Priester von oben in die Tiefe stürzten, reagierten sie mit ungeheurer Heftigkeit. Es hätte nur wenig gefehlt, und keiner von uns wäre entkommen! Viele aber hatten schwere Verletzungen davongetragen, und wir hatten keine anderen Mittel, uns gegenseitig zu helfen, als ein wenig Öl und ein paar Baumwollfetzen. So wurde Celestina von den Soldaten begeistert empfangen, und unsere Indios begannen sofort, einen Schuppen für sie zu bauen.

Da die Stadt Tlacopan vor der Belagerung zerstört und dem

Erdboden gleichgemacht worden war, sah unser Lager so aus wie während der ersten Monate unserer Expedition. Genaugenommen dienten unsere Hütten vor allem dazu, die Schwerverletzten aufzunehmen sowie die Frauen, Sklaven und Naborias, die mittlerweile jeder Spanier, Offiziere wie einfache Soldaten, bei sich hatte. Aber selbst wenn wir in Palästen gewohnt hätten, hätten wir nichts davon gehabt! Nachts ruderten die Mexica in Booten heran und wagten sich mit ihren pausenlosen Angriffen bis auf die Ufer. Tagsüber versuchten wir, auf der Straße vorwärtszukommen, indem wir ihre Gräben zuschütteten. Aber kaum hatten wir den Rückzug angetreten, begann der Gegner, die Gräben erneut auszuheben.

Cortés zeigte sich jedoch überrascht angesichts der vielen Brücken, die wir eingenommen hatten. Um seine Truppen zu beruhigen, die unser Vorrücken eifersüchtig beobachteten, entschloß er sich zu einer überstürzten Aktion, die um ein Haar für uns alle fatale Folgen gehabt hätte.

Der Tag für den Angriff wurde auf den 30. Juni festgesetzt – ein Datum, das sich düster in unser Gedächtnis eingebrannt hatte, für die Mexica aber ein Freudenfest war, denn auf den Tag genau vor einem Jahr waren wir aus Mexico geflohen. So hatten wir auch die ganze Nacht hindurch gewaltige Feuer auf den Gipfeln der Teocalli lodern sehen. Und kaum graute der Morgen, begannen die Priester, den Jahrestag auf ihre Weise zu feiern. Von unseren Stellungen aus konnten wir starr vor Schrecken verfolgen, wie unsere Gefährten, begleitet von den düsteren Schlägen des Tlapanhuehuetl, zum Techcatl hinaufstiegen. Wir wohnten ihrer Hinrichtung bei, sahen, wie die blitzende Klinge des Obsidianmessers in ihre Brust fuhr, wie ihre Herzen der aufgehenden Sonne entgegengestreckt wurden, die just in diesem Augenblick glühend emporstieg und auch das Wasser der Lagune blutrot färbte.

Nach Rache lechzend brachen wir zum Tianquiztli, dem großen Markt von Tlatelolco auf, wo wir mit Cortés zusammentreffen wollten. Ein Teil unserer Soldaten und der uns begleitenden Indios schüttete die Gräben und Kanäle hinter uns zu, wie wir es uns bei jedem Vorstoß angewöhnt hatten, um unseren Rückzug zu decken.

Doch als wir nach einigen kleineren Scharmützeln den Tianquiztli erreichten, dessen Reichtum uns seit unserer Ankunft in Mexico immer wieder überwältigt hatte ... fanden wir ihn vollkommen leer. Wo war die reiche Ernte der Felder und Gärten geblieben, wo waren die Früchte aus den Wäldern, die Körbe mit den Tamales, das Fleisch, die Fische, die Schalentiere, die auf Zweigen zum Verzehr dargeboten wurden, die Kessel mit Kakao, die großen Stücke Wild, und wo waren das Gold, der Jade, die Türkise, die Perlen, die buschigen Federn, die bestickten Wandschirme, die seidenen Tilmatli, die Töpferwaren, dieses ganze wundervolle Gemisch aus Farben und Gerüchen? Dieser überschäumende Reichtum, der aus allen Richtungen des mexikanischen Reiches hier zusammenströmte, um Menschen zu verköstigen, zu kleiden, zu schmücken und zu erfreuen – wo war all dieser Überfluß geblieben?

Gebannt von der uns entgegenschlagenden Leere des Platzes waren wir stehengeblieben. Unruhe erfaßte Alvarado und mich, als uns bewußt wurde, wie weit wir uns ohne die Unterstützung von Cortés in die Stadt hineingewagt hatten. Seinem Plan zufolge hätte er selbst längst hiersein müssen.

Meine Gedanken überschlugen sich. Ich dachte an Xiuxochitl, erinnerte mich, wie ihr Sklave mich angesprochen hatte. Zu Beginn der Belagerung hatte ich mir noch eingeredet, daß sie sich zeigen würde. Und wäre sie auch in der Absicht gekommen, mir wieder zu schaden, hätte ich es doch sehnlichst gewünscht. Wenn ein Mann eine Frau nicht vergessen kann, klammert er sich sogar an ihren Haß!

Solche Überlegungen gingen mir durch den Kopf, als plötzlich aus allen Zugängen des Tianquiztli Ströme von Mexica hervorstießen, deren fürchterliches Geheul sich anhörte wie Schreie von wilden Tieren, Vögeln und Ungeheuern. Eine von einem Jaguar-Ritter angeführte Gruppe von Kriegern kam uns so nahe, daß sie unsere Pferde beinahe berührten. Der Anführer hatte seinen Körper in das Fell des Tieres einnähen lassen, sein Gesicht schaute aus den aufgerissenen Kiefern der Bestie heraus wie aus einem Helm, an seiner Seite kämpfte ein großer, rotgelb bemalter *iyac*. Sie schleuderten die blutverschmierten Köpfe von fünf Spaniern vor unsere Füße und schrien uns entgegen, dies seien die Köpfe von Cortés und anderen Hauptleuten und bald würden auch unsere Köpfe auf die gleiche Weise rollen.

Dann plötzlich wandte sich der herrlich anzuschauende große Iyac mit aller Kühnheit der Jugend an mich und rief mit funkelnden Augen: »O Ollintzin! Ich, Tlacateotl, schwöre, daß ich dich lebend bekommen und auf den Teocalli führen werde! Ich will sterben, wenn ich diesen Schwur nicht halte!«

Um ihm dabei behilflich zu sein, stieß ich heftig meine Lanze nach ihm. Wendig wie ein Affe wich er dem Stoß aus und trieb sein höhnisches Spiel mit wilden Sprüngen und Fratzen immer weiter. Es wäre Tollheit gewesen, auf diese Herausforderungen einzugehen.

Angesichts der Menge, die auf den Tianquiztli strömte, und unseres Entsetzens über die abgeschlagenen Häupter unserer Mitstreiter ordneten Alvarado und ich den Rückzug an. Und diese Rückkehr nach Tlacopan war ein Weg durch die Hölle. Wir mußten uns gegen die Mexica verteidigen, die unsere Flucht mit teuflischer Energie beseelte, aber vor allem hatten wir mit unserer Verzweiflung zu kämpfen! Diese Köpfe – war der von Cortés wirklich dabeigewesen? Die Angst lähmte unsere Kräfte. Jedoch blieb uns bald keine Zeit mehr für derlei Gedanken, da der Feind uns so sehr bedrängte, daß wir kaum noch in der Lage waren, unsere Waffen einzusetzen. Nur die grauenvolle Angst vor der Gefangenschaft bewahrte uns davor, bis zum letzten Mann aufgerieben zu werden. Von Brücke zu Brücke, unter dem Hagel der Wurfgeschosse, die von den Dächern auf uns niedergingen, im gellenden Mißklang der

Geräusche, die man gehört haben muß, um zu begreifen, welche Bedeutung der Lärm bei den Kämpfen der Indios spielte, erreichten wir schließlich die Straße.

Mit letzter Kraft schleppten wir uns in unser Lager.

Obwohl an meiner schon lädierten Hand und an meinem rechten Bein verletzt, lieh ich mir Celestinas Stute und brach mit Sebastián unverzüglich zum Hauptquartier von Cortés auf.

Die Freude war groß, als wir uns alle lebend wiedertrafen. Auch Cortés hatte mich und Alvarado bereits tot geglaubt, da die Mexica ihm die gleiche Lüge aufgetischt hatten wie uns. Dann aber wurden wir ernst. Wir verglichen die Zahlen unserer Verluste, unserer Verletzten, wir zählten die Männer, die als Gefangene dem sicheren Opfertod geweiht waren, und am Ende berichtete mir Cortés, wie er selbst aus Unachtsamkeit in einem Graben beinahe sein Leben verloren hätte. Da erschien ein Soldat.

»Señor Torremayor, Señor Pizarral schickt mich zu Euch. Er hat gehört, daß Ihr hier seid, und bittet Euch, ihn in seinem Lager aufzusuchen.«

»Was will er von Euch?« fragte Cortés.

»Ich weiß es nicht.«

Aber ich ahnte nichts Gutes. Und der Blick von Alonso Pizarral bestätigte mir mein Gefühl.

»Euer Bruder, Torremayor. Er hat mir zwar verboten, Euch zu unterrichten, aber als ich erfuhr, daß Ihr ganz in der Nähe seid ... Ich habe nur einen Sohn, Ihr habt nur einen Bruder. Ich habe mich darüber hinweggesetzt.«

»Ist er schwer verletzt?«

Alonso schüttelte den Kopf.

»Er hat eine Lungenentzündung. Vor zwei Wochen ist eine Brigantine zwischen die Pfähle geraten, die die Mexica in die Lagune gerammt haben, um unsere Manöver zu erschweren. Rodrigo stand bis zum Hals im Wasser und versuchte bis tief in die Nacht, sie freizubekommen. Ich wollte ihn zurückholen, aber er machte hartnäckig weiter. Mit der Müdigkeit wird die Unterkühlung schließlich zu groß geworden sein ... So zumindest erkläre ich es mir ... Er hat nichts gesagt und hat weitergekämpft, bis er vor drei Tagen zusammenbrach. Ich werde Euch zu ihm begleiten.«

»Was sagt der Arzt?«

»Besser wäre eine Wunde, die man ausschneiden und wieder zusammennähen kann, als ein Leiden, gegen das man nichts vermag. Torremayor, wir haben unsere Meinungsverschiedenheiten gehabt, aber es tut mir aufrichtig leid ...«

Sein Mitgefühl war mir unerträglich.

»Was Doktor Ojeda nicht vermag, wird Acamapichtli vielleicht können. Die aztekische Medizin hat für alles ein Heilmittel. Rodrigo ist kräftig, man stirbt nicht mit zwanzig Jahren an einem bißchen Kälte!«

Das waren starke Worte, aber die Zuversicht verflog, als ich meinen Bruder sah. Ich hatte schon genug von einem unheilvollen Fieber erfaßte Männer im Sterben liegen sehen, um zu wissen, daß seine Züge bereits vom Tod gezeichnet waren. Ich fiel auf die Knie, umschlang seinen bis auf die Knochen ausgezehrten Körper mit meinen Armen und schluchzte, daß meine Tränen ihn benetzten.

Er öffnete die Augen.

»Bruder, Bruder«, murmelte er.

Ach, diese Kinderstimme! Oft noch klingt sie mir in den Ohren wie ein klagendes, fröstelndes Zittern. Dann versinke ich in der Erinnerung an die Freuden, die wir gemeinsam erlebt haben, und zermürbe mich bei dem Gedanken an alles, was wir uns verwehrt haben, und das vor allem quält mich unendlich Ende.

»Sei unbesorgt«, sagte ich. »Sebastián ist mit Celestinas Stute schon auf dem Weg zu Acamapichtli. Mit seinen Teufelskünsten, seinen Pudern und Kräutern wirst du bald wieder bei Kräften sein.«

Aber er hörte mich schon nicht mehr. Ich blieb bei ihm und

lauschte wie betäubt auf seinen Atem. Alonso Pizarral ließ mir etwas zu essen bringen. Ich wies alles zurück. Dann kam Pater Olmedo und schloß mich in die Arme.

»Mein Sohn, es ist Zeit, an die Seele Eures Bruders zu denken.«

Aufgewühlt sah ich zu, wie er Rodrigo mit den Sterbesakramenten versah. Zunächst war auch mir das angemessen erschienen. Jetzt aber wies ich es von mir; ich hatte mich ein wenig an Rodrigos Aussehen gewöhnt und fand, daß es sich nach dem Weggang des Priesters schon gebessert hatte.

So verhielt es sich auch noch, als Sebastián mit Acamapichtli eintraf.

Der Indio warf nur einen kurzen Blick auf meinen Bruder. Ich riß mich zusammen, da ich wußte, daß ich nichts von Acamapichtli erfahren würde, bevor er nicht selbst bereit war zu sprechen.

Er drehte sich um, zog aus einem großen Beutel, den er bei sich trug, ein Gefäß, füllte es mit Wasser, gab eine Handvoll Mais hinein und kauerte sich nieder.

War es ein gutes Zeichen, daß die Körner auf dem Wasser trieben? Ich wußte es nicht. Starr haftete mein Blick auf den Körnern, der Atem stockte mir, als hinge Rodrigos Schicksal von ihrem guten Willen ab.

Einen Augenblick später erhob Acamapichtli sich. Es herrschte noch immer das gleiche lähmende Schweigen, als er aus dem Beutel ein weiteres, sorgfältig verschlossenes Gefäß hervorholte und einen Teil seines Inhalts, der einem gewöhnlichen Maisbrei glich, in einen Napf goß. Darüber zermahlte er dünne Rindenplättchen und vermischte alles miteinander. Dann weckte er Rodrigo, indem er ihm eine pestilenzialische Flüssigkeit unter die Nase hielt, und bat mich, meinem Bruder aufzuhelfen. Ich brachte ihn zum Sitzen, sein Rücken lehnte an meiner Brust, und Acamapichtli flößte ihm mit unendlicher Geduld diesen Brei ein. Danach betteten wir ihn wieder auf sein Lager. Acamapichtli legte ihm die Hände auf, sagte mit monotoner Stimme einen endlosen Zauberspruch daher, in dem es um Tonalli, um grünen Schmerz, um fahlroten Schmerz ging … Unter vielen anderen Worten, deren Bedeutung ich nicht zu verstehen versuchte, kehrten diese ständig wieder. Plötzlich erschrak ich bei dem Gedanken, daß sie Gott beleidigen könnten, wagte aber nicht einzuschreiten – hin und her gerissen zwischen den Grundsätzen unserer Religion und dem verzweifelten Wunsch, nichts unversucht zu lassen, damit Rodrigo am Leben blieb. Am Ende stand für mich fest, daß ich alle Sünde auf mich nehmen würde, falls dies hier Sünde wäre. Mein armer Bruder konnte dafür nicht zur Verantwortung gezogen werden.

Da ließ Acamapichtli die Hände meines Bruders fahren, erhob sich, zog seinen Beutel zusammen und zeigte auf Sebastián.

»Sag ihm, er soll mich ins Lager zurückbringen. Wir haben viele Verletzte, Herrin Celestina wartet auf mich.«

»Aber … das kannst du nicht tun!« schrie ich. »Mein Bruder …«

»Herr, dein Bruder steht unter einem unheilvollen Einfluß. Er hat sein Tonalli verloren. Ich sehe kein Schicksal mehr für ihn in dieser Welt. Aber wer kann schon behaupten, den Willen der Götter zu kennen? Ich lasse dir den Mais hier und auch die Rinde. Wenn die Sonne am höchsten steht, versuchst du ihm noch einmal etwas davon zu geben. Wenn er morgen noch lebt, dann schick einen Soldaten, und ich werde wiederkommen.«

»Acamapichtli, ich will ihn in unser Lager bringen!«

»Der Weg dahin ist weit. Die Mexica sind unterwegs und haben uns bereits angegriffen. Außerdem regnet es. Du würdest sein Ende nur noch beschleunigen.«

»Acamapichtli!«

Er verneigte sich.

»Ich spüre deinen Schmerz, Herr. Aber mit der Geburt beginnt bereits der Tod, und du weißt ebensogut wie ich, daß die

Erde nicht unsere wahrhafte Bleibe ist. Jeder von uns verbringt hier nur eine kurze Weile. Bete zu deinem Gott, nimm es an, und deine Qual wird leichter werden.«

»Ich bringe ihn zurück«, sagte Sebastián, »und komme danach wieder her.«

Doch erst als sie verschwunden waren, begriff ich, daß Rodrigo sterben würde.

Besucher stellten sich ein: Pizarral, Gefährten von Rodrigo, Pater Olmedo. Sie alle gaben mir, wenn auch in anderen Worten, die gleichen Ratschläge wie Acamapichtli. Trost spendete mir das jedoch nicht. Ich versuchte nicht einmal zu beten. Wut und Verzweiflung gärten in mir.

Ich habe noch einmal nachgelesen, was ich über die große Schlacht gegen die Tlaxcalteken schrieb: »Wir bereiteten uns darauf vor, zu sterben …« Heute weiß ich, daß das nicht stimmt. Selbst im Angesicht des Todes gibt der Mensch nicht auf, in seinem Herzen hofft er immer auf ein Wunder. Aber in diesen schweren Stunden wurde mir bewußt, daß es keines geben würde. Gott würde mir meinen Bruder nehmen. Er bestrafte mich für die Härte, die ich ihm gegenüber hatte walten lassen, und gewährte mir nicht einmal den Trost, daß dieses Leben ein heldenhaftes Ende genommen hatte.

Am Morgen kam Rodrigo noch einmal zu Bewußtsein. Er verlangte nach mir.

»Bruder, Bruder, ich muß dir etwas sagen …«

»Sprich nicht. Sag es mir, wenn es dir besser geht.«

Wenig später verschied er.

Wir beerdigten ihn am Fuße einer mächtigen Zeder, in die ich mit meinem Degen ein Kreuz ritzte.

Später ließ ich seine sterblichen Überreste auf mein Gut nach San Cristóbal bringen.

In einem kleinen Magnolienwäldchen liegen dort neben der Kapelle drei Gräber, und drei Namen stehen auf den marmornen Grabsteinen geschrieben. Wenn Gott mir die Gunst gewährt, dieses Gefängnis eines Tages lebend zu verlassen, werde ich dorthin zurückkehren, um zur letzten Ruhe gebettet zu werden neben jenen Menschen, die ich am meisten geliebt habe, auch wenn ich sie durch Stolz und Dummheit ins Unglück getrieben habe.

BLUT UND ASCHE

Die Regenzeit begann.

Wir sperrten die Straße von Tepeyac, und unsere Brigantinen erhielten den Befehl, alle Boote zu verfolgen, die sich noch mit Nahrungsmitteln nach Mexico hineinwagten.

Cuauhtemoc hatte unsere Friedensangebote mehrmals abgelehnt, und so schien uns nun der Hunger das geeignete Mittel, diesen elenden Krieg zu beenden. Durch den Regen verschlechterten sich die Lebensbedingungen von Tag zu Tag. Da der Kampf sich gleichermaßen auf festem Boden wie im Wasser abspielte, waren die Kleider unserer Soldaten Tag und Nacht durchnäßt, unsere Wunden heilten nicht, die kleinste Schramme begann zu eitern. Fieber und Entzündungen, wie sie auch meinem Bruder zum Verhängnis geworden waren, breiteten sich aus.

Mich selbst ängstigten diese Dinge nicht, auch meine Verletzungen kümmerten mich nicht, im Gegenteil, ich suchte den Kampf geradezu, denn nur in ihm vermochte ich meinen inneren Aufruhr zu besänftigen. Ich schonte weder mein Leben noch das der anderen.

Bei unseren Vorstößen bis ins Innere der Stadt traf ich häufig auf Tlacateotl, den jungen Iyac, der mich auf dem Marktplatz so kühn herausgefordert hatte.

»Ich kriege dich, Ollintzin!« schrie er mir entgegen.

»Vorher kriege ich dich, du anmaßender Jüngling!«

Es war wie eine Wette zwischen uns geworden, an der ich schließlich fast Vergnügen fand. Mehrmals entkam ich ihm durch meine Sorglosigkeit nur mit knapper Not; ohne Sebastián wäre er meiner habhaft geworden.

»Was willst du eigentlich? Dich umbringen lassen?« meinte

Celestina eines Morgens. »Hör doch endlich auf, dich für den Tod deines Bruders verantwortlich zu fühlen! Es lag an seinem Charakter, nicht an dir.«

»Man kann leicht urteilen, wenn man nicht betroffen ist. Im übrigen hast du Rodrigo nie gemocht.«

»Dein einziger Fehler war, ihn mit auf die Inseln zu bringen. Er hatte nicht das Format eines Eroberers ... Torremayor, ich bitte dich, ich bitte dich flehentlich! Ich verstehe deinen Schmerz ...«

»Wie könntest du das? Du hast niemals eine Familie gehabt.«

»Auch wenn du es nicht glauben magst, vielleicht hätte ich gern eine gehabt, noch dazu eine so ehrbare wie die deine. Das hätte es mir erspart, mit zwölf Jahren auf der Straße zu stehen und mein Brot selbst zu verdienen! Aber jetzt habe ich euch, dich und Sebastián, ihr seid meine Familie, denk doch ein wenig an mich und an ihn. In seinem Bemühen, dich zu schützen, wird Sebastián noch selbst dran glauben müssen, und ihr werdet beide ins Unglück stürzen.«

»Ich zwinge ihn nicht, meinen Schutzengel zu spielen.«

»Wie böse du bist, wie ungerecht und undankbar! Wie weit willst du noch gehen, Torremayor?«

»Weit genug, um dich nicht mehr anhören zu müssen!« schrie ich ihr ins Gesicht.

Ich war ins Lager gekommen, um eine Nachricht von Cortés entgegenzunehmen. Ich scharte ein paar Männer um mich und brach unverzüglich wieder auf, ohne Sebastián davon in Kenntnis zu setzen, den ich in meiner Wut mit Celestina in einen Topf warf. In gestrecktem Galopp bog ich in die Straße ein.

Das in der Sonne so wunderbar blaue Wasser lag nun in schmutzigem Grau da. Zwei unserer Brigantinen überwachten die Straße von Tepeyac. Dichter Regen fiel.

Plötzlich begannen die Muschelhörner zu dröhnen.

Ich hob meinen Blick zum großen Teocalli von Tenochtitlan und hielt inne.

Der makabre Rundgang, bei dem die Opfer die einzelnen Stufen die Pyramide erklommen, nahm kein Ende. Ganz oben standen, wie Geier anzuschauen in ihren schwarzen Gewändern, die Priester und verrichteten ihr mörderisches Werk. Während die Einwohner der Stadt darbten, feierten die Götter einen Festschmaus. Bei dem fehlgeschlagenen Angriff auf den Tianquiztli hatten die Mexica bei uns achtzehn und im Lager von Cortés mehr als sechzig Spanier gefangengenommen, von unseren treuen indianischen Verbündeten ganz zu schweigen.

In unmittelbarer Nähe des Palastes von Motecuhzoma fand ich Alvarado und unsere Truppe wieder. Sie waren in ein Gefecht mit Kriegern verwickelt, die versuchten, einen gerade von uns eroberten Kanal zurückzugewinnen. So war das in diesem Krieg: wir taten drei Schritte nach vorn, und der Feind zwang uns, zwei davon zurückzunehmen!

Ich ritt zu Alvarado.

Anfangs hatte es ihm wenig behagt, daß Cortés ihm einen Mann zur Seite stellte, einen jüngeren zumal, der sein aufbrausendes Temperament im Blick haben sollte, aber da ich in keiner Weise versuchte, ihn zu mäßigen, ja, ihn an Waghalsigkeit derzeit sogar übertraf, verstanden wir uns prächtig. Pedro de Alvarado wurde später Gouverneur von Guatemala. Er war ein schöner Mann mit einem einnehmenden Wesen. Die Indios bewunderten sein goldblondes Haar und gaben ihm den Beinamen Tonatiuh, die Sonne. Daher sagte er lachend, daß wir beide mit unseren Eigenschaften die Welt in unseren Händen hielten, er, die Sonne, und ich, »Ollintzin«, die Bewegung, durch die das Gestirn erst die Erde beleuchten und erwärmen konnte.

Die Rufe »Tonatiuh!« und »Ollintzin!« hörte man auch jetzt wieder im Kampfgetümmel.

Plötzlich erspähte ich Tlacateotl, meinen Iyac.

Er war allein, bewegte sich die am Kanal entlangführende Straße ein Stück hinauf und beobachtete mich. »Holà! Tlacateotl!« schrie ich, »komm doch zu uns!« Sein Anblick verlieh dem heutigen Tag die nötige Würze. Er antwortete mit einer

Flut von Grimassen und Schimpfwörtern, bevor er gelassen umkehrte. Ich witterte meine Chance, gab meinem Pferd die Sporen und stürmte mit einem Satz nach vorn. Tlacateotl rannte davon, so schnell er konnte. Ich lachte höhnisch und sah den Spaßvogel bereits von meiner Lanze aufgespießt vor mir. Er bog in eine kleine, von Häusern gesäumte Straße. Am Ende der Straße war das Wasser. Tlacateotl stürzte sich in die Fluten.

Ich zögerte ein paar Sekunden.

Die Befehle waren klar und deutlich: sich niemals über einen Kanal hinauswagen, den wir nicht eingenommen hatten. Gleiches galt für einen Graben, der nicht gefüllt war. Doch wenn die Leidenschaft, und sei sie noch so gefährlich, mit einem durchgeht, findet man immer gute Gründe, ihr nachzugeben.

Ich trieb mein Pferd ins Wasser. Tlacateotl schwamm mit kräftigen Zügen davon. In der Mitte des Kanals hielt er plötzlich inne und stieß einen gellenden Pfiff aus. Schon tauchten hinter mir und vor mir Krieger auf. Die einen kamen aus den Häusern und versperrten die Straße, andere rutschten die Böschung auf der gegenüberliegenden Seite hinab und warfen sich ins Wasser, um mich anzugreifen oder vielmehr meine Aufmerksamkeit auf sich zu lenken, denn während ich alle meine Kräfte aufbot, sie abzuwehren, tauchte Tlacateotl in den Kanal hinab, schlängelte sich unter mein Pferd und stieß seinen Dolch in den Bauch des Tieres. Ich hörte Hannibals letzten Seufzer, dachte einen Augenblick daran, Hilfe zu rufen, aber schon kam der Iyac wieder an die Oberfläche, schwang sich geschmeidig wie eine Schlange auf meinen Rücken und erstickte meinen Schrei mit seiner Hand. Dann wurde ich an Armen und Beinen gepackt, vor Wasser triefend ans Ufer geschleppt, gefesselt und niedergeschlagen.

Tlacateotl brachte mich zum Teocalli seines Viertels.

Als ich wieder zu Bewußtsein kam, befand ich mich in einem finsteren, nach Blut stinkenden Loch. Ich war nackt, mein Kopf dröhnte, und ich hatte furchtbaren Durst.

Über mir war eine runde Öffnung zu sehen. Ich begann zu rufen, da erschien der Kopf des Iyac, eine Leiter wurde herabgelassen, und er stieg hinunter. Er löste meine Fesseln. Meine Nacktheit empfand ich als schreckliche Demütigung. Ich stieg vor ihm die Leiter hinauf, dann überquerten wir einen kleinen Hof, in dem Krieger mit ernster Miene umhergingen.

Jedem von ihnen stellte Tlacateotl mich vor:

»Dies ist Ollintzin, *mein vielgeliebter Sohn*.«

Diese Wendung war unter den gegebenen Umständen gebräuchlich, was ich aber nicht wußte. Ich hörte nur Ironie aus seiner Anrede und bedachte ihn mit einem ganzen Schwall von Schimpfworten, die jedoch in den Glückwünschen untergingen, die der ruhmreiche Tlacateotl für meine Gefangennahme erhielt. Mir wurde klar, daß ich noch berühmter war, als ich bisher angenommen hatte. Da Eitelkeit mir aber im Augenblick fern war, steigerte diese Feststellung nur meine Wut darüber, in eine so törichte Falle geraten zu sein, die selbst ein Soldat von Narváez geahnt hätte.

Nach mehreren kleinen Höfen erreichten wir ein bescheidenes Gebäude. Es wurde von einigen Mexica bewacht, deren Lanzen aus unseren Degen zusammengebaut waren. Es regnete noch immer, und ich war noch immer nackt.

Tlacateotl bedeutete mir hineinzugehen.

»Wo sind meine Kleider?« fragte ich.

»Du wirst keine mehr brauchen, mein vielgeliebter Sohn.«

»Du verfluchter Hurensohn!« schrie ich.

Er stieß mich hinein.

Zunächst konnte ich nichts erkennen. Dann gewöhnte ich mich ein wenig an die Dunkelheit und erkannte Schatten entlang der Mauer ... Männer ... drei Spanier, ebenso nackt wie ich.

Ich stürzte zu ihnen: »Brüder, Brüder!«, dann erstarrte ich.

Ihre Haut hing schlaff an ihnen herunter wie ein zu weites Kleidungsstück, aber das Schrecklichste war nicht diese furchtbare Magerkeit, es waren ihre Augen. Wie leere Höhlen lagen sie tief zwischen dem wuchernden Bart, und als mein Blick sie traf, glaubte ich selbst in einen Abgrund zu stürzen. »Brüder, Brüder«, wiederholte ich. Meine angstverzerrte Stimme klang so grell, daß sie einen der drei aus seiner Benommenheit riß, er trat auf mich zu.

Trotz des Widerwillens, den ich dabei empfand, diesen Mann mit den schlaffen Geschlechtsteilen zwischen seinen Beinen zu berühren, ergriff ich seine Hand, wie jedes menschliche Wesen es täte, um ein anderes vor dem Ertrinken zu retten.

»Wer bist du?«

Er sah mich an ... und sah mich noch einmal an.

»Señor Torremayor«, sagte er endlich. »Ihr! Heilige Jungfrau, Mutter Gottes, erbarme dich! ... Ich bin Juan Vallejo, und dieser hier ist Pedro Marqués, und der andere Martin Hernández. Wir waren unter Cortés' Leuten, als sie uns gefangennahmen.«

»Seit wann seid ihr hier?«

»Das weiß ich nicht mehr ... Sie geben uns nichts zu essen. Wir schlafen, wir trinken ... seltsame Getränke, aber sie tun gut, und unser Durst ist groß! Wir waren zu fünft. Gestern haben sie zwei von uns mitgenommen, den kleinen Andrés und Gonzalo Linares ... Sagt, Señor Torremayor, glaubt Ihr, daß sie sie mitgenommen haben, um sie ... um ...«

Er schwieg, seine Augen weiteten sich vor Schrecken, und langsam zog er sich auf seinen Platz an der Mauer zurück.

Ich wurde gewahr, daß ich mit den Zähnen klapperte, aber es war nicht die Kälte. Mit einem Mal hatte ich erfaßt, welches Schicksal mir bevorstand: der Todesmarsch, der Opferstein, das Obsidianmesser! Auch ich, Torremayor, der aus so vielen großen Schlachten siegreich hervorgegangen war, würde nun in den aztekischen Kesseln landen! ... Ich stellte mir das Schauspiel vor, sah meinen abgeschlagenen Kopf aufgereiht zwischen anderen auf dem *tzompantli*, mein Körper fiel die Stufen des Teocalli hinunter, bis er vor den Füßen der Schlächter landete ...

Ich zitterte am ganzen Leib. Ein so erbärmlicher Tod! Und welcher Tod auch immer – ich wollte noch nicht aufhören, Toremayor zu sein, ein törichter Mensch zwar, aber ein aufrechter, tapferer, geachteter Soldat, der noch zu weiteren Kämpfen, zu weiteren wunderbaren Dingen auserkoren war ... Nein! Ich wollte leben, leben! Ganz gleich, ob Tränen oder Freude, ob Leiden oder Gesundheit mein Dasein zeichnen würden, ich wollte diesen Atem bewahren, diesen Funken, der einen Körper von der Verwesung trennt. Leben wollte ich, dieses kostbare Gut festhalten, das Gott mir anvertraut hatte und das ich in meinem Hochmut und meiner Undankbarkeit so achtlos vertan hatte!

Ich fiel auf die Knie, schlug mir auf die Brust und bat um Vergebung.

»Herr, Dein Wille geschehe, und nicht der meine!«

Da der Mensch aber nun einmal nicht aus seiner Haut herauskann, bin ich überzeugt, daß ich auch in meiner Reue die glühende Hoffnung hegte, Gottes allmächtiger Wille möge sich an diesem Tage mit dem meinen decken.

Ich war noch in mein Gebet versunken, als Tlacateotl erschien. Drei andere Krieger begleiteten ihn. Sie brachten Gefäße mit Getränken und füllten sie in Schalen.

»Trink, mein vielgeliebter Sohn!« sagte Tlacateotl.

Nichts erinnerte mehr an den frechen Burschen, mit dem ich diese törichte Wette eingegangen war. In den wenigen Stunden seit meiner Gefangennahme hatten seine Gesten eine salbungsvolle Feierlichkeit angenommen, er bewegte sich so bedächtig, als hafteten Bleisohlen an seinen Füßen. Sein Gesicht war mit Zinnober eingestrichen, die Schläfen durch zwei gelbe Flecken markiert. Eine fast zärtliche Fürsorge lag in seinen Zügen, die ich am liebsten mit meiner Faust zerschmettert hätte.

Ich nahm die Schale, die er mir reichte, roch daran ... und goß den Inhalt auf den Boden.

»Was tust du, o mein ...«

»Gib mir Wasser. Glaubst du, ich kenne eure Gebräuche nicht? Dieses Getränk ist voller betäubender Substanzen!«

»Es enthält nur Säfte von Blumen. Es bringt Freude, Farben und Sonne in die Gedanken desjenigen, der bald auf den Wegen des Obsidiangartens wandeln wird.«

»Erspar mir deine poetischen Ergüsse, gib mir Wasser.«

»Wasser«, wiederholte Tlacateotl. »Du hast unseren Aquädukt von Chapultepec zerstört, und nun willst du Wasser, während unsere geliebten Alten, unsere Kinder, unsere kostbaren Federn, die Juwelen unseres Volkes, eine schlammige Brühe trinken müssen, die ihr Blut zu saurem Schweiß und ihre Ausscheidungen zu einer stinkenden Flüssigkeit werden läßt! … Wasser! Ist dein Durst erst einmal unerträglich, dann wirst du es wie die anderen machen, du wirst trinken!«

Wild entschlossen drehte ich mich zu den Spaniern um und rief: »Brüder, trinkt nicht davon!«, aber sie hatten bereits getrunken. Vermutlich hätten sie auch gar nicht auf mich gehört.

Trotz allem verschaffte es mir eine schwache Befriedigung, die unerschütterliche Ruhe meines Iyac ins Wanken gebracht zu haben.

Bald nachdem Tlacateotl uns verlassen hatte, setzte bei meinen Gefährten die Wirkung der Drogen ein. Die armen ausgemergelten Körper gaben plötzlich lautes Gelächter von sich, sie begannen sich zu verrenken und warfen sich, nur noch Haut und Knochen, vor den Kriegern hin und her. Diese feuerten sie lautstark an und nahmen alsbald an dem gräßlichen Tanz teil. Wie lange das Ganze währte, weiß ich nicht. Ich erbrach die Maiskuchen, die ich morgens in Tlacopan zu mir genommen hatte. Als die Priester dazukamen, fanden Tanz und Gesang ein Ende. Noch immer berauscht, wurden die Unglückseligen mit Harz eingeschmiert. Dann warfen die Krieger sie zu Boden und rollten sie in weißen flaumigen Federn, die Sklaven ausgestreut hatten. Als man sie wieder hochzog, sahen sie aus wie riesige, magere, halb gerupfte Hühner. Wieder mußte ich mich übergeben. Es war nur noch Galle, der bittere Geschmack blieb in meinem Mund haften, mein Herz war wie versteinert.

Da dies die Gefangenen um ihre Fröhlichkeit gebracht hatte, wurden noch einmal Getränke gereicht, und die Priester verbrannten scharf riechende Kräuter unter ihren Nasen.

Da begannen die Tänze aufs neue.

In einer Ecke des Raumes hockend, versuchte ich diesen teuflischen, betäubenden Duftschwaden zu entgehen. Ohnmächtig verfolgte ich das Schauspiel, ich konnte nichts mehr für meine spanischen Landsleute tun und sah sie taumelnd und hüpfend zu ihrer Opferung aufbrechen, ohne daß sie sich noch an meine Gegenwart zu erinnern schienen. Vielleicht hatten sie sogar vollkommen vergessen, was sie erwartete. Vielleicht war es ein guter Rat von Tlacateotl gewesen, und auch ich würde bald nach diesem Zaubertrank greifen, der den grauenhaften Gang in den Tod zu einem Fest machte.

Noch hatte ich mich aber nicht aufgegeben. Ich begann nachzudenken.

Das Grauen machte mich todesmutig, aber Mut allein genügt nicht, um Mauern niederzureißen! Wie konnte ich fliehen? Die einzige Öffnung des Gebäudes wurde von mehreren Kriegern bewacht. Und nackt und ohne Waffen wäre ich nur hinausgelangt, um mich alsbald wieder hier zu finden. Natürlich konnte ich mich von ihren Wurfspeeren aufspießen lassen, um mir den Gang zum Opferstein zu ersparen. Das zog ich jedoch nur als allerletzten Ausweg in Betracht. Es war außerdem eine recht ungewisse Lösung. Die militärische Ausbildung der Azteken zielt darauf ab, den Feind lebend zu fangen, und nicht darauf, ihn zu töten. So beherrschen die Mexica es meisterlich, ihren Gegnern Hiebe zu versetzen, die zwar zur Bewußtlosigkeit, nicht aber zum Tod führen.

Verzweifelt schlug ich mit Fäusten auf die Mauern ein, ich beleidigte meine Wärter, pinkelte sie durch die Öffnung an, was mir eine ordentliche Tracht Prügel einbrachte. Mein Durst wurde immer schlimmer, ich fühlte, wie mein Verstand sich trübte, ich dachte an meinen Bruder, an Sebastián, an Celestina, an Xiuxochitl, an unsere letzte Begegnung …

Plötzlich sprang ich auf, rannte zum Eingang.

»Holt Tlacateotl! Ich habe ihm eine wichtige Mitteilung zu machen.«

Bis zur Dämmerung ließ er mich ungeduldig und voller Bangen warten, dann erschien der Iyac.

»Was wünscht mein vielgeliebter Sohn?«

»Hör mir zu«, sagte ich, »glaubst du, daß ich, Ollintzin, bei den Meinen ein großer Hauptmann, der darüber hinaus im ganzen Reich Anahuac für seinen Heldenmut bekannt ist, mich durch deine Possen hätte einwickeln lassen, glaubst du, daß ein junger Spund wie du den mächtigen Krieger Ollintzin hätte überwältigen können, wenn er es nicht gewollt hätte? Deine Überheblichkeit ist mir Anlaß zu Spott, nichts weiter, junger Tlacateotl! Ich kenne deinen Uey Tlatoani, den Großen Cuauhtemoc. Wir haben gemeinsam Kakao geschlürft, an rauchenden Schilfrohren gezogen, unsere Freundschaft auf unzählige Weisen beschworen. Lauf in den Palast deines Gebieters, sag ihm, daß ich als Abgesandter meines Königs bei ihm vorzusprechen wünsche. Geh, und zwar schnell, du überheblicher Tlacateotl, oder es wird dir leid tun! Die Zukunft deines Volkes hängt davon ab.«

Obwohl die Denkweise der Indios in vieler Hinsicht ein Rätsel für uns bleibt, war es mir ein leichtes, mir vorzustellen, was sich nun hinter der rot geschminkten Stirn meines Iyac abspielte. Die schwersten Kämpfe hat man stets mit sich selbst auszufechten, und so war es auch hier. Zu meinem Glück besaß Tlacateotl ein Gewissen: Einerseits war er von dem Wunsch beseelt, nichts zu sagen und so den ihm zustehenden Ruhm für seine Heldentat einzustreichen, andererseits fühlte er die Verpflichtung, meine Aussagen durch höherstehende Personen überprüfen zu lassen. Und die Loyalität gegenüber den Seinen gewann am Ende die Oberhand.

»Ich werde darüber berichten«, sagte er.

Um ihn noch ein wenig mehr zu beugen, verlangte ich nach Nahrung. Einer der Krieger brachte mir einen kleinen Maiskolben. Doch aus Angst vor ihren Hexenwerken rührte ich ihn nicht an. Dann wartete ich.

Je weiter die Nacht vorrückte, desto mehr schwand meine Zuversicht. Unaufhörlich fiel der Regen. Dies hinderte die Trommeln nicht daran weiterzuschlagen, die Muschelhörner nicht, dem Tod ihr jammerndes Geleit zu geben. Ich stellte mir meine Spanier vor, wie sie nun hingerichtet wurden, und mein Mut sank immer tiefer.

Aber auf einmal füllte sich der Vorplatz mit Leben. Tlacateotl erschien mit einigen seiner Krieger. Man ergriff mich, band mir einen Lendenschurz um, fesselte meine Arme, schnürte meine Knöchel zusammen, warf einen Tilmatli aus Agavefasern über meine Schultern und stieß mich aus meinem Verlies. Der Regen hatte aufgehört.

Fürchtete man, ich könnte mich davonmachen oder meine Leute kämen, um mich zu befreien? Fünfzig bewaffnete Krieger scharten sich um mich. Sklaven erleuchteten mit Fackeln den Weg. Er führte am Palast des Axayacatl vorbei, der nur noch aus Ruinen bestand, seit unsere Soldaten ihn in Brand gesteckt hatten. Gleiches galt für den Vogelpalast Motecuhzomas, dessen zartgliedriger Bau aus Holz und Bambus wie ein Heuschober in Flammen aufgegangen war. Es war ein trauriger Anblick damals, die unzähligen wunderschönen Vögel über dem Brandherd kreisen und dann mit brennenden Flügeln hineinstürzen zu sehen. Heute jedoch hatte ich nur Mitleid mit mir selbst.

Frauen, Kinder, Greise drängten sich auf den Terrassen der Häuser, um unseren Zug vorbeiziehen zu sehen. Im Lichtschein der Fackeln sah ich ihre riesigen Augen in den hohlen Gesichtern. Die Auswirkungen der Belagerung zeigten sich in diesem Teil der Bevölkerung viel deutlicher als bei den Kriegern, die vermutlich alle Nahrungsvorräte erhielten.

Wir kamen nach Tlatelolco, in das nördliche Stadtviertel, wo Cuauhtemocs Palast lag.

Daß der Uey Tlatoani sich bereit erklärt hatte, mich zu empfangen, gab mir Hoffnung. Obwohl Hunger und Durst mich quälten und bei aller Angst, die einem Mann weit mehr zusetzt als die in einer Schlacht empfangenen Hiebe, war es mir gelungen, einen kühlen Kopf zu bewahren, und während des gesamten Weges arbeitete ich an der Rede, die ich ihm halten wollte.

Wir durchquerten den Palasthof und die Gärten und gelangten in die Innenräume. An der Schwelle der kaiserlichen Gemächer blieb Tlacateotl enttäuscht zurück, und ich entschwand mit den Kriegern, die zur persönlichen Wache des Prinzen gehörten.

Ich muß gestehen, ich habe nicht die geringste Erinnerung an die Größe und die Ausstattung der Räume behalten, durch die wir kamen. Ich dachte nur an Cuauhtemoc, der im Augenblick mein Leben in seinen Händen hielt. Als ich ihn sah, blieb mein Blick unverwandt auf ihn gerichtet, ich verneigte mich steif, war ich doch zusammengebunden wie ein Stück Wild, das nur noch aufgespießt werden muß.

»Herr, mein Herr, Herr der Menschen«, murmelte ich.

»O Ollintzin, hat dein Gott oder haben dich die unseren zu mir geführt?«

»Ich fand keinen anderen Weg, Herr, um zu dir vorzudringen«, sagte ich.

Er bewegte sich mit jener Anmut, die mir schon bei unserer ersten Begegnung aufgefallen war, und außerdem bemerkte ich, daß er den Türkis-Nasenschmuck, Zeichen seines hohen Ranges, trug.

Er befahl, meine Fesseln zu lösen.

Dann zogen mir zwei Würdenträger das grobe Kleidungsstück vom Leib und reichten mir einen strahlendblauen Tilmatli, dessen seidiges Gewebe sich wie ein Hasenfell anfühlte. Mein Vertrauen wuchs.

Cuauhtemoc saß auf einem Icpalli mit Lehne, ein glänzendes braunes Fell war darüber gebreitet, Sträuße aus gelben und roten Papageienfedern schmückten ihn. Er bedeutete mir, auf einer vor einem niedrigen Tisch ausgebreiteten Matte Platz zu nehmen.

Junge Indiofrauen traten ein und reichten mir einen goldenen Wasserkrug. Mein Bart hätte wahrlich eine Reinigung gebrauchen können, aber ich tauchte nur meine Finger ein, die sie mit einem weißen Tuch trockneten.

Diese neuerlichen Ehrbezeigungen lösten meine Anspannung zunehmend.

Dann wurden die Speisen aufgetragen.

»Iß, Ollintzin«, sagte Cuauhtemoc, »der Hunger ehrt den, der gibt, und den, der empfängt.«

Zierliche Geschöpfe ordneten auf dem Tisch die ausgesuchtesten Gerichte an: Eier von Wassermücken, Agavenwürmer, hähnchengefüllte Teigtaschen, Enten- und Taubenragout, alles köstlich gewürzt mit Chilli. Um meine brennende Kehle zu besänftigen, füllten sie meinen Becher mit *pinolatl*, einem süßen Getränk aus Maismehl, das mit Kakao und Salbei gemischt wird. Weitere Speisen folgten, Süßkartoffeln, Bohnen in Sauce, mit Früchten gefüllte Tamales, Krebse aus der Lagune, zarte, in Bienenhonig getauchte Maiskolben – ich kann mich gar nicht mehr an alles erinnern. Das Durcheinander meiner Aufzählung läßt ahnen, mit welcher Gier ich über alles herfiel. Ich wagte es jedoch nicht, ihr gänzlich nachzugeben, da es mir ein wenig peinlich war, ein solches Festmahl allein zu mir zu nehmen.

Als ich geendigt hatte, wurde der Tisch freigeräumt und schaumiger, mit Vanille parfümierter Kakao sowie rauchende Schilfrohre wurden gereicht.

Cuauhtemoc hob seinen Becher.

»Du siehst, Ollintzin, trotz eurer Schiffe, die wie nasse Hunde knurrend um uns herumschleichen, fehlt es uns an nichts.«

»Herr«, sagte ich, »die Sonne verdeckt den Schatten.«

Er erwiderte nichts darauf, zog bedächtig an seinem Schilfrohr, was seinem jugendlichen Gesicht sehr viel Würde verlieh.

Da es mir nicht zustand, das Gespräch zu eröffnen, zwang ich mich in meiner Ungeduld dazu, die aufsteigenden Rauchspiralen zu beobachten, bis er fortfuhr.

»Es sind viele Dinge geschehen, Ollintzin, seit unserer letzten Begegnung. Du und die Deinen, ihr wolltet mich nicht verstehen. Die Lagune hat sich rot gefärbt, meine Priester haben die smaragdene Kalebasse mit dem Blut eurer Krieger gefüllt, und dieses kostbare Wasser stillt den Durst des verehrten und gefürchteten Huitzilopochtli. Es fließt und wird weiter fließen.«

Meine Beherrschung schwand. »Herr, mein Herr, ich will nicht über den Krieg mir dir reden, sondern über den Frieden. Die Lage hat sich sehr verändert. Deine Provinzen gehorchen dir nicht länger. Sie sind es müde, einen so schweren Tribut zu zahlen. Sie ziehen unsere Gerechtigkeit der euren vor. Du bist allein in deiner Stadt, o Herr, und das gibt dich und dein Volk dem Untergang preis. Und wenn nicht durch unsere Schlagkraft, dann durch Hunger und Durst. Das erfüllt uns mit großer Trauer. Denn selbst unsere Feindschaft ändert nichts an unserer Achtung für euch und unserem Respekt: Offenbart sich nicht auf dem Schlachtfeld die Größe des Gegners? … Und ich möchte hinzufügen: Die Tatsache, daß ich mich, wenn auch nur in bescheidenem Maße, in eurer Sprache ausdrücken kann, hat mich dein Volk schätzen, ja bewundern gelehrt. Darum bedruckt es mein Herz mehr als jedes andere, dich so unversöhnlich zu sehen. Die Freundschaft ist wie eine wilde Blume, sie wächst dort, wo der Wind ihren Samen hinträgt.«

»Das ist mir nicht unbekannt, Ollintzin. Deshalb bist du hier.«

»Dann weise unseren Frieden nicht länger zurück, Herr! Rette deine schöne Stadt, rette ihre Pracht, rette dein Volk! Beweise, daß du nicht nur tapfer und tugendhaft bist, sondern auch weise! Unsere Bedingungen rühren nicht an deine Ehre.

Du wirst deine Stadt, deine Herrschaft, du wirst alle Schätze behalten, wir verlangen nur, daß du die Oberhoheit unseres Herrschers und Königs anerkennst.«

»Dein General hat mir diese Vorschläge bereits gemacht, und ich habe darüber nachgedacht, in meiner ganzen Unerfahrenheit ernsthaft darüber nachgedacht. Aber andere, die mehr Wissen haben als ich, haben Licht in meine armseligen Gedanken gebracht. Man schenkt Dieben kein Vertrauen, und es stimmt mich traurig, dir das sagen zu müssen, Ollintzin, die Deinen sind Diebe. Du hältst dich für ehrenhaft, aber auch du bist einer. Ihr seid aus den Wolken herabgestiegen, ihr seid auf euren großen, schnaubenden Tieren gekommen, ihr gehört nicht zu unserem Volk, eure Hautfarbe ist eine andere, und dennoch habt ihr verfügt, daß unser Land, unsere Felder, unsere Güter fortan euch gehören sollen und es ein Verbrechen ist, sie zu verteidigen ... Und du willst, daß ich euren Versprechungen glaube? Heute verlangt ihr von uns, daß wir uns eurem Herrscher unterwerfen, morgen eurem Gott, und übermorgen werdet ihr uns ein Brandzeichen aufdrücken. Ihr habt begonnen, und ihr werdet fortfahren. Hat der Wolf seine Beute einmal im Genick gepackt, so läßt er sie nur noch los, um ihr die Knochen zu brechen und sie zu zerfleischen! Wir werden nicht aufgeben. Eher sterben wir, als daß wir unsere Welt aufgeben und als Schatten weiterleben! So lautet der Beschluß unseres Rates, und um dies zu bekräftigen, habe ich geschworen, jeden mit dem Tode zu bestrafen, der künftig in meiner Gegenwart das Wort Frieden auszusprechen wagt.«

Ich brannte darauf, ihm zu sagen, daß wir unserem Herrscher lediglich übergeben wollten, was ihm nach den Entscheidungen Gottes und unseres Heiligen Vaters, des Papstes, zustand, aber der Augenblick schien mir schlecht gewählt für ein Streitgespräch über unsere Religionen. So hielt ich es für ratsam, bei konkreten Dingen zu bleiben.

»Herr, mein Herr«, sagte ich, »alles wird vor dem Notar des Königs vertraglich unterzeichnet. Eure Rechte werden in gehöriger Form festgeschrieben werden, und bei meiner Ehre, ich gebe Euch mein Wort ...«

»Deines, Ollintzin, deines! Deine Gedanken spiegeln nur, was man dich gelehrt hat, aber ich weiß, daß du aufrichtig bist. Aber kannst du dich für die anderen verbürgen? Wo der Mais blüht, wuchert auch das Unkraut! Wir haben nicht die gleichen Gesetze, nicht die gleichen Gebräuche, nicht den gleichen Glauben, wir denken und leben so unterschiedlich. Wenn wir vor euch die Erde essen, wird die Erde bald unsere Knochen essen und unsere Schande trinken ... Außerdem ist die Situation eine andere, als du sie in der Hoffnung, mich zu überzeugen, vorgibst. Einige eurer Verbündeten fallen bereits von euch ab, ein Zeichen dafür, daß sie unserer Macht und unserer Beharrlichkeit mehr Glauben schenken als der euren. Jeden Tag verliert ihr Männer, eure Zahl schrumpft. Eine Belagerung ist für die vor den Mauern genauso schlimm wie für die dahinter. Und auch dein Mut, dein Feuer wird deinen Leuten fehlen.«

Ich erschrak bis in die Eingeweide.

»Herr ...!«

»Ollintzin, niemand ist der Nabel der Welt, aber ein Azteke wird sich stets wendiger auf den Pfaden der List bewegen als du ... Selbst wenn dein Herz diese Angebote ehrlich vorträgt, versuch nicht, mich zu täuschen: Du bist dem jungen Iyac ganz einfach in die Falle gegangen! Ich hege dir gegenüber keinen Haß, im Gegenteil, aber die Götter verlangen dein mutiges Blut, meine Untertanen bejubeln deine Gefangennahme, der Iyac wartet auf seine Belohnung, du mußt sterben, mein Freund! ... Aber um dir meine Achtung zu beweisen, habe ich dir eine große Ehre vorbehalten: du wirst wie unsere mutigsten Krieger an den *quauhtemalacatl* gebunden kämpfen, und ich selbst werde deinem letzten Kampf beiwohnen. Er wird in vier Tagen stattfinden.«

* * *

Da mir ein heldenhaftes Ende zugestanden worden war, brachte man mich nicht in den Teocalli des Stadtviertels zurück, vielmehr wurde ich in einem Nebengebäude des großen Teocalli von Tenochtitlan eingesperrt, unweit der Ruinen des Palasts von Axayacatl, wo ich ein Jahr zuvor Motecuhzoma bewacht hatte. Feine Ironie des Schicksals, über die ich zu anderer Zeit hätte nachdenken mögen, aber jetzt stand mir der Sinn wahrhaftig nicht nach solchen philosophischen Überlegungen.

Da Tlacateotl sehr auf meine sichere Verwahrung bedacht war, sperrte er mich in einen Käfig, gerade so wie ein Geiziger sein Gold in einer Truhe verschließt. Eilig nahm er den Tilmatli von Cuauhtemoc an sich, da derlei Kostbarkeiten ihm bisher gewiß verwehrt geblieben waren.

Nach den Ängsten, die er während meiner Unterredung mit dem Uey Tlatoani ausgestanden hatte, schien ihm nun das Glück wie Öl aus allen Poren zu fließen. Hell strahlte sein schönes, wenn auch etwas flaches Gesicht. In solcher Freude ist man gern bereit zu teilen, und so bot er alle seine Kräfte auf, um mich in eine ausgeglichene Stimmung zu versetzen. Liebevolle Aufmerksamkeiten wurden mir zuteil: Er brachte eine Matte aus seinem Haus, um meine Bleibe wohnlicher zu gestalten, auch Früchte und sogar einen Blumenstrauß trug er herbei. Man kann sich leicht vorstellen, was ich ihm empfahl, damit zu tun.

»Du Hund«, fuhr ich ihn an, »du wirst dich an meinem Fleisch laben. Ich hoffe, du hast gute Zähne, denn ich bin zäh. Welches Stück hättest du denn gern? Meinen Arm oder meinen Schenkel?«

Er schien aufrichtig empört.

»Du mußt wissen, daß, wer Herr eines Gefangenen ist, niemals dessen Fleisch verspeist. Soll ich mein eigenes Fleisch essen? Du bist mein vielgeliebter Sohn, dich zu essen hieße, mich selbst zu essen! Vergiß nicht, Ollintzin, daß dein Blut mein Blut ist, ich also mein Blut den Göttern opfern werde.«

»Was für eine Heuchelei! Du opferst dein Blut, aber meines wird fließen!«

»Heute schmücke ich mein Schild mit deiner Feder. Morgen oder übermorgen wird ein anderer meine Feder an dem seinen befestigen. So gehen wir alle dahin, mein vielgeliebter Sohn!«

»Nenn mich noch einmal so, und ich erwürge dich!« schrie ich, vollkommen vergessend, daß meine Hände gefesselt waren und ein starkes, mit Lederriemen verschnürtes Gitter uns trennte.

Aber so grob und anstößig meine Beleidigungen auch waren, sie taten Tlacateotls Euphorie keinerlei Abbruch. Seine größte Freude war es, die Vorzüge zu überschlagen, die er mit Fug und Recht beanspruchen konnte.

»Man munkelt, daß Cuauhtemoc selbst das Obsidianmesser führen wird, um dich zu ehren … Was meinst du, mein vielgeliebter Sohn, bist du allein nicht soviel wert wie drei andere Krieger?«

»Drei? Ich zähle soviel wie tausend andere, du Ungeziefer! Habe ich euch das in Otumba nicht bewiesen?«

Tlacateotl unterließ es, mich daran zu erinnern, daß er, obwohl ein Ungeziefer, mich schließlich erwischt hatte – zum einen, weil er bewundernswert höflich war, zum anderen, weil eine Herabsetzung meiner Person auf ihn selbst zurückgefallen wäre.

Seine schwarzen Augen funkelten.

»Man wird mich *tequiua* nennen. Ein Tequiua muß vier Krieger gefangen haben. Einen habe ich bereits letztes Jahr auf der Straße von Tlacopan gefangen. Mit dir sind das mindestens vier. Ich werde einen Federbusch tragen, bestickte Tilmatli, ich werde einen Teil des Tributs aus den Provinzen erhalten. Ach! Wenn die jährlichen Tributzahlungen eintreffen – das muß man gesehen haben! Du kannst es dir nicht vorstellen, Ollintzin … Hunderte von Jaguarfellen, Tausende von Hirschledern, mit Goldstaub gefüllte Gefäße, Quetzalfedern und auch rote, blaue, gelbe Federn … so viele Federbüsche, wie

Krebse in der Lagune schwimmen! Truhen, in denen Geschmeide und Schmuckstücke funkeln, Smaragde, Perlen, Türkise, Jade und Bernstein und Säcke voller Kakaobohnen! Dann die Kleider, in denen unsere Frauen und Würdenträger erstrahlen werden, die kupfernen Äxte, die Baumwollballen, die Ladungen Piment, Kopal, die goldenen Schilde, die sich wie Sonnen drehen ...«

»Du Trottel!« meinte ich. »Die Provinzen zahlen euch keinen Tribut mehr. Wir haben sie von eurer Tyrannei befreit, nicht einmal salziges Brot oder einen Napf Honig wirst du bekommen, du wirst bleiben, was du jetzt schon bist: ein toller Aufschneider!«

Tlacateotl sah mich vorwurfsvoll an.

Er schielte leicht, und wenn er sich aufregte, verstärkte sich das.

»Willst du dir nicht den Mund spülen, Ollintzin? Ein anderer an deiner Stelle würde den dir gewährten blumengeschmückten Tod in vollen Zügen genießen! Bedenke, daß du in das Paradies der Krieger eingehen wirst! Jeden Morgen, wenn der Adler des Lichts seine Flügel ausbreitet, wirst du seinen Flug vom Osten bis in den Zenit begleiten, du wirst ihm Kraft geben, wenn du auf deinen Schild schlägst und ihm mit deinen Schreien huldigst. Im Haus der Sonne wirst du im Überfluß weiterleben können. Und in vier Jahren wirst du als Kolibri wieder herabkommen und den duftenden Nektar der schönsten Blumen dieses Landes sammeln.«

»Sich das Herz herausreißen lassen, um als Kolibri zu enden – sag das einmal einem Christen! Du mußt wissen, verfluchter Schurke, daß unser Paradies allen offensteht und ewig währt!«

»Und wo ist es denn, dein Paradies?«

»Im Himmel, wo denn sonst!«

»He, genau das habe ich doch gesagt. Du wirst mit unseren Kriegern zusammensein! ... Aber woher weißt du, daß dein Paradies ewig währt?«

»Weil der Sohn Gottes, unser Herr Jesus Christus, vor langer Zeit auf die Erde kam und es uns gesagt hat.«

»Aber die Kolibris, die habe ich selbst gesehen«, sagte Tlacateotl.

Die Nacht brach herein, und er überließ mich meinen Gedanken. Die aber waren mir so unliebsame Gefährten, daß ich sein Weggehen beinahe bedauerte. Nur an meinem Stolz konnte ich mich aufrichten, aber wenn man allein ist und vor Angst zittert, läßt man den Stolz nur allzuleicht fahren und öffnet niedriger Gesinnung die Tür, die in jedem Menschen schlummert, gewöhnlich aber verborgen bleibt.

Mein Käfig war dazu bestimmt, Indios zu mästen, die kleiner waren als ich, und so wachte ich am nächsten Morgen krumm und zerschlagen auf. Da Tlacateotl darauf brannte, mich am Abend meiner Hinrichtung in blendender Form zu präsentieren, um seine Heldentat zu unterstreichen, beschloß er, mir Auslauf zu gewähren. Er band einen ledernen Riemen um meinen Hals, eine Kette verlängerte das Ganze, dann rief er eine Gruppe von Kriegern zusammen, und wir zogen durch den weitläufigen heiligen Bezirk des großen Teocalli, in dem sich sechzig weitere Tempel erhoben, die jeweils einer bestimmten Gottheit geweiht waren.

Mein Iyac hatte dabei etwas Besonderes im Sinn, unser Weg führte uns schließlich zum Teocalli von Xipe Totec, »Unseres Herrn, des Geschundenen«. Unterwegs hatte er mir erzählt, daß die Priester anläßlich des Festtags von Xipe Totec eine Anzahl Gefangener opferten, ihnen anschließend die Haut abzogen, wie man es in unseren Dörfern mit Hasen zu tun pflegt, und selbst in die noch frischen, bluttriefenden Häute der Opfer hineinschlüpften. Sogar ihre Gesichter würden von dieser zweiten Haut überdeckt, ihre Augen und Münder sähe man durch die Augenhöhlen und Lippen des Toten.

»Verstehst du nun, Ollintzin, sie werden auf diese Weise selbst zu Geopferten.«

Die Haare standen mir zu Berge bei solchen Einzelheiten,

doch mein Grauen wurde alsbald in eine andere Richtung gelenkt: Am Fuße des Teocalli erblickte ich den Quauhtemalacatl. Auf dieser gewaltigen Steinscheibe also würde sich mein eigenes Leben vollenden.

»Fünfzigtausend Männer haben sie damals, zur Zeit von Axayacatl, gebraucht, um den Stein aus den Bergen hierherzubefördern«, sagte Tlacateotl stolz.

Seine Angaben ließen mich kalt. Ich mußte all meine Kraft zusammennehmen, um wenigstens den Anschein von Unerschrockenheit zu wahren.

»Sag mir lieber, du stinkender Kojote, wie die lustige Darbietung aussieht, die mich erwartet.«

Der Iyac ließ sich nicht lange bitten, und ich fasse hier zusammen, was er mir mit beeindruckender Körpersprache und erregter Stimme ausmalte.

Der Verurteilte wird von seinem Gebieter in einem Festzug bis zu der Steinplatte geleitet. Dort erhält er eine Schale voll Octli. Er trinkt sie und steigt hinauf. In der Mitte des Steins ist ein Tau befestigt. Ein Priester knotet es um die Hüften des Verurteilten, dann überreicht er ihm seine Waffen: vier Pfeile aus Pinienholz sowie ein Speer, dessen Schneiden durch Vogelfedern ersetzt wurden. Dann stürzen vier furchterregende Krieger auf ihn zu, zwei von ihnen sind Adler-Ritter, die beiden anderen Jaguar-Ritter. Sie tragen ihre Kostüme und sind mit echten, scharfen Speeren bewaffnet. Der durch das Tau an den Stein gefesselte Verurteilte muß nun mit seinen lächerlichen Holzwaffen gegen diese vier Gegner antreten.

»Und solche Parodie von einem Kampf hältst du für gerecht und ehrenhaft!« empörte ich mich. »Das ist doch widerlich und unwürdig für Männer, die sich mit ihrem Mut brüsten!«

»Du hast nicht verstanden, o vielgeliebter Sohn. Es ist nicht die Aufgabe dieser Krieger, dich zu töten. Sie sollen im Gegenteil deinen Mut ins rechte Licht rücken. Je besser du dich verteidigst und je länger du ausharrst, desto mehr Blut fließt aus deinen Wunden, desto größer wird deine Würde sein. Und übermannt dich am Ende die Erschöpfung, so wird dich das Obsidianmesser erlösen.«

»Gehen wir«, sagte ich. Der Käfig erschien mir mit einem Mal als ein ruhiger Hafen.

Am Nachmittag kam Tlacateotl mit einer gebratenen Wildente und einer Handvoll Chilli wieder.

»Eure Feuertrompeten und eure schwimmenden Häuser erschrecken die Vögel unserer Seen. Meinem Vater ist es gelungen, diesen hier mit seiner Pfeilschleuder zu erlegen. Er ist für dich. Mein Vater schickt ihn dir und segnet dich gleichzeitig für den Wohlstand, den du unserem Haus bringst.«

Mein Magen war leer, und so aß ich die Ente.

Auf der anderen Seite der Stäbe überwachte Tlacateotl äußerst befriedigt meinen Appetit, folgte aber auch der Ente mit gierigen Blicken, so daß ich ihm schließlich ein Stück abgab.

»Du mußt wissen«, sagte er, »wir sind arm, mein Vater ist nur ein *macehualli*.«

»Was macht er?«

»Er bestellt sein Fleckchen Land.«

»Wenn er Besitz hat, könnt ihr nicht so arm sein.«

»Er hat dieses Land von seinem Vater erhalten, der es von dem seinen hatte, aber es gehört uns nicht. Es gehört der Stadt. Jeder Bürger von Mexico-Tenochtitlan, der bei dem Anführer seines Viertels verzeichnet ist, hat das Recht auf ein Stück Land. Bedingung ist, daß er es gut bestellt und mit der Ernte seine Familie ernährt. Vernachlässigt er das Land, so entzieht man es ihm wieder. Er muß dann anderswo etwas pachten und wird noch tiefer sinken … Nur der Krieg verschafft manchen von uns die Möglichkeit, aus dieser Armut herauszutreten und strahlenden Glanz zu erlangen, ganz so wie Goldkörner, die man aus dem Schmutz herausliest. Gelobt sei das Telpochcalli! Als ich acht Jahre alt war, brachte mein Vater mich dorthin. Ich habe die Schule gefegt, ich habe die Gräben und Kanäle gereinigt, ich habe Holz gekarrt und all jene Arbeiten verrichtet, die den Körper straffen wie eine Lanze und ihn härten wie den Fels in den Bergen. Dann haben die Krieger mich gelehrt, ein guter Krieger zu sein. Ich wollte ein guter Krieger sein, und abends geht es lustig zu für die, die im Telpochcalli sind! Nach dem Bad trifft man sich im Haus des Gesangs, man tanzt und singt mit schönen, wohlriechenden Frauen, und wenn man eine bekommt ... Ach, welche Liebkosungen werden einem zuteil! Der Saft fließt aus deinem Stengel wie der Honig aus den Agaven! ... Letztes Jahr habe ich bei meinem ersten Kampf einen dieser Hunde von Tlaxcalteken lebend gefangen. Der arme Cuitlahuac, unser damaliger Uey Tlatoani, hat mich selbst dazu beglückwünscht. Aus seinen Händen empfing ich auch einen Tilmatli mit violetten Streifen und zwei bestickte Schärpen. Was für eine Ehre! Ich habe meinen Körper gelb und mein Gesicht rot angemalt, und in meinem Nacken habe ich jene lange Strähne abrasiert, die wir tragen, solange wir noch keinen Gefangenen gemacht haben. Wie erleichtert war ich, als die Spötteleien der jungen Mädchen ein Ende nahmen, als sie endlich die Augen vor mir niederschlugen! ... Bringst du aber nur einen Gefangenen mit, so schickt man dich nach zwei bis drei Jahren auf dein Feld zurück, und die Hoffnung schwindet. Du wirst ein Macehualli bleiben, niemals wirst du duftenden Kakao trinken können, niemals wirst du dich mit Farben, Federn oder Stickereien schmücken dürfen, niemals wirst du Gold, Smaragde, Bernstein an deiner Nase oder an deinen Lippen tragen, du wirst ein kärgliches Dasein fristen, du wirst, auf deinen Stock gebückt, zur Feldarbeit schleichen, du wirst eine von der Arbeit dahingewelkte Frau haben, dein Stengel wird eintrocknen, und nach dem Tod verschluckt dich das Nichts. Ich aber will, daß meine Kinder einen vornehmen Krieger zum Vater haben, und ich habe es mir mit solcher Inbrunst gewünscht, daß Tezcatlipoca, der Gott der Krieger und Herr der Nacht, der, auch ohne sich zu zeigen, alles weiß, mich erhören mußte. Und er hat mich erhört, unser Jüngling, er hat es so gefügt, daß unsere Wege sich kreuzten! Als ich dich am Tianquiztli sah, sagte ich mir: ›Das ist der Schönste, Stärkste, Tapferste von allen, ihn mußt du kriegen, Tlacateotl! Nimm die höchsten Berge in Angriff, und du wirst die höchsten Gipfel erklimmen!‹ Und so klein, unzulänglich und kümmerlich ich bin, ich habe es gewagt.«

»Und nun«, sagte ich, »bist du glücklich darüber. Du kannst dir aus meiner Haut einen Mantel des Ruhms schneidern.«

»Mein vielgeliebter Sohn ...«

»Hör auf! ... Im Grunde bist du ein anständiger Bursche, Tlacateotl, und ich hege keinen Groll gegen dich. Mit Vergnügen würde ich dich umbringen, um hier herauszukommen, aber ich grolle dir nicht. Du hast deine Aufgabe gutgemacht, ich hingegen habe mich wie ein dummer Esel verhalten.«

Tlacateotls Züge wurden weich.

»Du wirst immer in meinem Herzen sein, Ollintzin. Ich werde ein Haarbüschel von dir an den tragenden Balken unseres schlichten Hauses hängen. Mein Vater hat die Stelle bereits bestimmt. Ja, dort wird es strahlen und rot wie die untergehende Sonne über unserem Festmahl leuchten. Welche Ehre für meine bescheidene Person!«

»Du bist nicht bescheiden, Tlacateotl, du platzt vor Stolz aus allen Nähten, sobald du den Mund aufmachst! ... Welches Festmahl? Du veranstaltest ein Festmahl zum gegenwärtigen Zeitpunkt? Was wirst du auftischen? Ratten, Holzwürmer, Fliegen?«

»Wir haben noch genug Mais, um den *tlacatlaolli* zuzubereiten.«

»Den was?«

Tlacateotl spuckte auf seine restlos abgenagten Entenknochen.

»Ich werde nur den Mais kosten und die Maisbrühe, aber da du gut genährt bist, wird für jeden Gast ein kleines Stück Fleisch abfallen.«

»Geh!« schrie ich. »Geh mir aus den Augen, du Hurensohn!«

Als die Dämmerung hereinbrach, entlockten die Priester dem Schlangenhautbauch der großen heiligen Trommel die ersten dumpfen Klänge. Dann stiegen aus den Seemuscheln die Klagen der Seekühe zum Himmel hinauf, in die sich die grellen Töne der Rohrflöten mischten. Diese schreckliche Musik drang durch alle meine Poren und griff nach meinem Herzen … Sollten dies die letzten Klänge sein, die ich vernahm, während ich, auf dem Steinrad von den Adlern und Jaguaren zerfleischt, blutend zusammenbrach?

Immer wieder setzte mein Verstand aus, und ich verfiel glühenden Gedanken, die meine Angst vertrieben: Ich wähnte mich stark genug, mit meiner wertlosen Waffe und den vier Stöcken die Krieger einen nach dem anderen niederzumetzeln, ich sah mich sogar mit stolzgeschwellter Brust triumphierend auf dem Quauhtemalacatl stehen, von der Menge umjubelt wie die Gladiatoren im alten Rom. Aber solche Hirngespinste waren flüchtig, und sobald sie sich verzogen, kehrte die Angst um so erbarmungsloser zurück.

Warum soll ich es nicht gestehen? Ich fühlte mich so tief gesunken, so elend, daß ich das Ende des Wartens beinahe herbeisehnte. Die letzte Heldentat, nach der ich noch streben konnte, war, ein Bild zu hinterlassen, über das mein Vater nicht hätte erröten müssen.

Mein Vater …

Wäre ich seinem Willen gefolgt, so säße ich heute im Vorzimmer irgendeines bedeutenden Menschen, Rodrigo hätte ein Fräulein aus Madrid geehelicht, und Sebastián würde noch immer seine Ziegen auf die Weide treiben. Er wäre von uns dreien zweifellos der Freieste, da sein einziger Gebieter unser Land, die Estremadura, wäre – rotglühend unter der Sommersonne, brennend und geheimnisvoll wie der Körper einer Frau. Nie wieder würde ich den Geruch trockenen Grases, den Duft von Rosmarin und Oregano atmen.

Ein Gedanke ging mir durch den Kopf: Könnte ich die Zeit zurückdrehen, wäre ich wieder auf der Universität in Salamanca und stünde noch einmal am Scheideweg meines Lebens, was würde ich wählen? Ein friedliches Leben, das mich geruhsam alt werden ließe, oder dieses, das ich geführt hatte und das nun unter dem Opfermesser ein so brutales Ende finden würde?

Ich schwöre, daß Scham mich ergriff, noch bevor ich die Frage zu Ende gedacht hatte! Wie konnte ich mir eine solche Frage stellen? Zögert man denn zwischen dem Außergewöhnlichen und dem Gemeinen, zwischen dem Auserwähltsein und einem gewöhnlichen Schicksal? Gibt es auch nur einen Menschen, der nicht irgendwann einmal davon geträumt hätte, daß sich die herrlichen Tore des Ruhms vor ihm auftun, die mit Gold und Perlen beschlagen sind? Und wie vielen ist dieses Privileg in der Geschichte der Menschheit zuteil geworden? So wenigen …

In diesem Augenblick begann der Boden unter meinem Käfig zu beben. Die Tänze und Gesänge der Krieger begannen. Ich spürte ihre glühende Erregung, ihren heißen Atem, und all meine verklärte Ergebung war dahin.

So sei's denn! Mein Leben war erfüllt gewesen, das konnte mir keiner nehmen, aber noch war ich nicht tot. Die Erinnerung an das, was ich vollbracht hatte, vermochte meine Jugend und meine Kraft nicht länger zu ersticken. Sie schrien mir entgegen, wie schön es wäre, diese vielleicht noch langen Jahre zu erleben, denen ich jetzt so wenig Bedeutung beimaß!

Die Nacht rückte vor, immer wieder schwankte ich zwischen Entsagung, Empörung, Gebeten und Seufzern.

Das Toben steigerte sich weiter, die Schritte hammerten auf den Pflastersteinen der Esplanade, unablässig dröhnten die Trommeln, die Pauken, die Muscheln … Tlacateotl gebärdete sich vermutlich wie toll, plusterte sich auf mit seinen zukünftigen Federn wie ein Hahn. Es war seine Stunde, die meine war vorbei. Wie gern hätte ich ihm den Hals umgedreht!

Der Lärm war so undurchdringlich, daß ich nichts außer diesem Brodeln mehr hörte. Plötzlich aber witterte ich jemanden ganz in meiner Nähe.

Ich sprang auf.

War es ein Tier oder einer dieser aztekischen Dämonen, der mich noch einmal begutachtete, bevor er sich an meinem Blut labte? Schweißgebadet kauerte ich mich in meinem Käfig zusammen.

»Sag nichts, rühr dich nicht«, flüsterte eine Stimme in Nahuatl.

Diese Stimme ... Herr des Himmels, in jedem noch so ohrenbetäubenden Höllenspektakel hätte ich diese Stimme wiedererkannt!

»Bist du es?« fragte ich töricht.

»Sei still!«

Ich riß die Augen auf und sah eine Klinge im Dunkeln aufleuchten, die sich an der Tür des Käfigs zu schaffen machte. Die festgezurrten Riemen wurden gelöst, und kurz darauf öffnete sich knarrend die Tür.

Ich schlüpfte durch den schmalen Spalt, stützte mich auf meine gefesselten Hände und kroch auf Knien weiter. Wie demütigend empfand ich es, so vor ihr zu liegen – ja, selbst hier konnte ich meine männliche Eitelkeit nicht fahrenlassen.

Ihre Hände tasteten nach den meinen, ihr Dolch durchtrennte die Fesseln. Mühsam richtete ich mich auf und rieb meine schmerzenden Knöchel. Starr und wie betäubt blieb ich stehen.

»Schnell«, sagte sie.

»Xiuxochitl ...«

»Schnell! Der Tilmatli!«

Ich hüllte mich in das Kleidungsstück, das sie mir reichte, und stülpte mir außerdem eine struppige Perücke über. Ich tat, was sie sagte, aber mein Denken, das noch kurz zuvor den Tod hingenommen hatte, kam mit dieser neuerlichen Wendung der Dinge nicht zurecht. Es kam zu plötzlich, zu unerwartet ... Es war wie eine Auferstehung von den Toten, und die Dunkelheit tat ein übriges, um den Eindruck des Unwirklichen zu verstärken.

Xiuxochitl hingegen schien die Augen einer Katze zu haben.

»Bleib gebückt, du bist zu groß«, befahl sie. »Und versteck deinen Bart! Wir gehen jetzt hinaus, du hältst dich hinter mir.«

»Xiuxochitl ...«

»Ich war Priesterin an eben diesem Ort. Ich kenne seine Wege und Ausgänge. Glaubst du, ich wäre sonst hierhergekommen? Du redest zuviel, Ollintzin.«

Auf kleinen Gäßchen abseits der Gebäude durchquerten wir das Tempelviertel. Niemand begegnete uns, und wir erreichten die große Mauer. Die berauschte Menge tobte auf der Esplanade, und im Widerschein zahlreicher Feuerstellen sah man die riesigen rotglühenden Schlangenköpfe auf dem Mauerfirst. Wie oft hatte ich diese Mauer betrachtet, als wir im Palast von Axayacatl wohnten. Wir gingen am Schutzwall entlang. Hinter einem Gebäude, in dem Priester wohnen mußten, zog Xiuxochitl mich in einen kleinen Garten. An seinem hinteren Ende stieß sie ein Gatter auf, jenseits davon führte eine Brücke über einen Graben, dann zu einer Straße, wieder zu Brücken und wieder zu Straßen ...

Ich stolperte hinter ihr her, verhüllte mit der Hand meinen Bart, wie ein Greis, der eine geschwollene Backe hat. Wir hielten uns nach Norden, in Richtung des Tlatelolco-Viertels. Nicht ein einziges Mal wandte Xiuxochitl sich um. Ich folgte ihr Schritt für Schritt, mein Schatten verschmolz mit dem ihren.

Ganz langsam kam die Freude über mich, brennend, stark, wie die Trunkenheit, die einen befällt, wenn man mehrere Becher Octli geleert hat. Allmählich kommt der Kopf wieder zu sich, das Blut singt, das Herz geht auf, immer weiter auf, bis man den Eindruck hat, es wolle einem in der Brust zerspringen! Ich war frei, ich würde nicht auf dem steinernen Rad sterben, immerzu wiederholte ich es mir: Du bist frei, du wirst nicht sterben! Etwas anderes konnte ich nicht denken. Hätte nicht ein Körnchen Angst mich zurückgehalten, ich hätte zugleich laut geschluchzt und laut gelacht.

Wir erreichten ein Haus.

Ich trat hinter ihr ein.

»Xiuxochitl …«

Sie drehte sich zu mir um.

Schmal war sie geworden, tiefe Ringe lagen unter ihren schönen Augen. Ihr Blick gab mir Rätsel auf und ließ meinen Überschwang erstarren. Ich wagte nicht, mich ihr zu nähern.

»Beeilen wir uns«, sagte sie. »Ich werde dich mit dem Boot in die Nähe von Tepeyac bringen. Jede Nacht fahren Leute auf die Lagune hinaus in der Hoffnung, etwas Eßbares in den Sümpfen zu finden. Wir schließen uns ihnen an.«

»Xiuxochitl, warum tust du das?«

»Was?«

»Warum hast du mich befreit, warum hilfst du mir?«

»Du mußt dir den Bart abschneiden.«

»Das ist keine Antwort auf meine Frage … Den Bart abschneiden?«

»Ollintzin! Ist es dir lieber, man reißt dir das Herz aus dem Leib? … Warum ich dir geholfen habe? Schneide deinen Bart ab, und ich werde es dir sagen.«

Sie gab mir ein kleines Obsidianmesser, und ich stutzte mir den Bart. Dann rückte sie die Perücke zurecht und musterte mich.

»Komm«, sagte sie.

In der ersten Etage dieses geräumigen, offenbar gut ausgestatteten Hauses schlief das Kind.

Sein kleiner Körper war gewachsen, seine Züge waren klarer geworden, aber es sah zerbrechlich aus und hatte eine fahle Haut.

»Nach eurem Kalender ist er jetzt ein Jahr und zwei Monate alt«, sagte Xiuxochitl. »Das brackige Wasser, das wir trinken, läßt meine Milch sauer werden und zerfrißt seine Eingeweide. Bleibt er noch länger hier, wird er sterben. Die Alten und die kleinen Kinder sterben, sie sind zu schwach und können keinen Widerstand mehr leisten. Du wirst ihn mitnehmen. Eine Hälfte von ihm gehört zu deinem Volk, zu deinem Fleisch, steh ihm bei, zieh ihn auf, letztes Jahr wolltest du ihn haben, jetzt überlasse ich ihn dir.«

»Mein Bruder ist tot«, sagte ich unvermittelt.

»Es ist die Zeit des Todes für viele, alle meine Träume haben darauf hingedeutet. Du aber, du wirst leben, auch das haben die Vorzeichen mir bedeutet, und ich will nicht, daß mein Sohn stirbt.«

»Aber du ...«

»Ich bleibe hier.«

»Eine Mutter trennt sich nicht von ihrem Kind. Liebst du es denn nicht? Weil unser Blut in seinen Adern fließt, weil er spanisches Blut hat, liebst du ihn deshalb nicht?«

»Ich rette dich, ich verrate für ihn mein Volk und meine Götter, ich werde von heute an verflucht sein, und du sagst mir so etwas!«

Es kam kein Wort mehr über ihre Lippen, bis wir in der Barke saßen. Sie hielt den Kleinen in ihren Armen und drückte ihn so fest an sich, daß sie zu einem Wesen verschmolzen.

Es hatte aufgehört zu regnen. Die Nacht lüftete ihre Schleier über Mexico, und der Mond ließ sein rundes, goldenes Auge auf der Stadt ruhen. Die Feierlichkeiten waren immer noch im Gange. Um uns herum glitten kleine Boote durch das schwarze Wasser. Am Bug eines jeden ragte eine Art großer Reiher auf: der auf sein Ruder gestützte Steuermann des Bootes. Unter den Anweisungen von Xiuxochitl bog ich in einen Wald aus Stechginster ein, den schmale Wasserwege durchzogen. Es ging langsam voran, da mir der Umgang mit dem Ruder wenig vertraut war und meine verletzte Hand mich behinderte. Das Ufer kam näher. Bedrückt und wie benommen sah ich zu ihm hin. Wir legten an. Ich sprang an Land und band die Barke an einem Strauch fest.

Xiuxochitl stieg mit dem Kind in ihren Armen aus.

»Wie brav er ist.«

Ich hörte meine Stimme, sie hatte einen fremden, stumpfen Klang.

»Ich habe ihm etwas Betäubendes gegeben.«

Plötzlich liebkoste sie das Kind voller Inbrunst.

»Nopiltze, nocozque, noquetzale …«

Sie wiederholte diese Worte mehrmals wie eine langgedehnte Klage, dann hob sie den Kopf.

»Die Dämmerung ist nicht mehr fern, du mußt aufbrechen. Nimm ihn, Ollintzin, ich vertraue ihn dir an, er ist mein geliebter Sohn, mein Juwel, meine kostbare Feder …«

Tränen flossen ihr über das Gesicht.

Niemals zuvor hatte ich sie weinen sehen.

Ich schloß sie in meine Arme und drückte beide an mich, sie und das Kind.

»Xiuxochitl, er braucht dich, komm mit uns.«

Sie zitterte.

Und da erwachte in mir mit einemmal ein ganz neuer, ungeahnter Wunsch. Er hatte nichts mehr mit jenem egoistischen Verlangen zu tun, das ihre Schönheit geweckt hatte. Es war ein Verlangen des Herzens, es war rein, schmerzlich, heftig und sanft zugleich. Es war das verzweifelte Begehren, sie zu trösten, zu beschützen, sie zu umhegen, das auch mich zittern machte.

»Rette das Kind«, sagte sie. »Die Vorzeichen trügen nicht. Wir werden alle sterben, und unsere Stadt mit uns, denn wir werden uns nicht ergeben. Wie kann ich bei dir weiterleben, wenn ich mein Volk sterben sehe?«

»Was wird es dir nützen? Ist es nicht besser, bei deinem Kind zu sein?«

»Wenn du es nicht verstehst, brauche ich es dir nicht zu erklären.«

»Aber ich liebe dich!« rief ich.

Diese Worte hatte ich noch nie zuvor ausgesprochen. Nun kamen sie wie ein Schrei über meine Lippen und überwältigten und bestürzten mich zugleich.

»Ich liebe dich, Xiuxochitl«, wiederholte ich. »Ich ... ich wußte es bisher nicht, aber jetzt weiß ich es, ich liebe dich, ich ...«

Sie weinte nicht mehr. Sie sah mich nachdenklich und ernst an.

»Weder dein Wille noch der meine können das Schicksal bestimmen. Ich hatte einen Mann, er ist tot. Die Götter haben mich verschont, sie führten mich zu dir, Ollintzin, und für dich habe ich sie beleidigt, und durch dich werde ich sterben.«

»Aber was sagst du da! Ihr Indios ...«

Sie hörte mir nicht mehr zu, liebkoste das Kind ... Nopiltze ... Nocozque ... Noquetzale..., sie reichte es mir, machte eilig die Barke los, glitt ins Wasser, schwang sich in die Barke, richtete sich wieder auf und ergriff das Ruder.

Ich hielt den warmen Körper des Kleinen an mich gedrückt und verharrte unbeweglich, bis ihre Silhouette nur noch ein kleiner Punkt im tiefblauen Licht der Morgendämmerung war.

In Tepeyac überließ man mir ein Waffenhemd, Beinkleider, Sandalen, ein Reiter nahm mich mit auf sein Pferd, und unverzüglich machten wir uns auf den Weg nach Tlacopan.

Verblüffung, Erleichterung, Freudentaumel, als ich im Lager auftauchte.

Die Soldaten drängten zu mir hin, wollten mich berühren. Das Kind schienen sie kaum zu bemerken, so sehr starrten sie auf mich. Ich war wiedergekehrt von einem Ort, von dem es keine Wiederkehr gab! Auf ihren rauhen, verbrannten, aufgesprungenen Gesichtern, die durch Pfeile und Speere gezeichnet und verunstaltet waren, lag etwas wunderbar Sanftes, das die Zeit auslöschte und sie wieder ganz kindlich erscheinen ließ.

Alvarado war einer der ersten, der mich umarmte.

»Mein Freund, mein Freund, wir hatten die Hoffnung aufgegeben ... Aber, sagt, was habt Ihr mit Eurem Bart gemacht?«

Der Kleine schlief noch immer in meinen Armen, während

ich ein wenig unbeholfen dastand. Es war ein bewegender Augenblick, und obgleich ich soviel zu sagen hatte, fand ich nicht die rechten Worte, um meine Gefühle auszudrücken. Plötzlich erblickte ich Celestina und Sebastián. Sie rannten herbei. Celestinas Haarknoten hatte sich gelöst, ihre wehenden Haare fielen ihr bis auf die Hüften hinab. Mit Tränen in den Augen stürzten sie mir entgegen.

»He! Gebt acht auf den Kleinen, ihr erstickt ihn noch!«

Celestina schniefte und steckte ihre Haare wieder fest.

»Erzähl, wie konntest du überhaupt entkommen? ... Und dein Bart! Was hast du mit deinem Bart gemacht? ... Und das Kind, Torremayor! Von wem ist dieses Kind? Wo hast du es aufgelesen?«

Die Droge, die Xiuxochitl ihrem Kind gegeben hatte, ließ anscheinend nach, der Kleine öffnete die Augen und begann zu schreien.

»Aber, er hat ja blaue Augen!« rief Celestina staunend. »Aber ...«

»Glaubt Ihr nicht, daß Ihr Euch um ihn kümmern solltet, Señora Celestina?« fragte Sebastián. »Mit Kindern ist es wie mit Männern, nur eine Frau kann sie beruhigen.«

Er nahm ihn aus meinen Armen und reichte ihn Celestina. Danach ließ er seinen Blick auf mir ruhen.

»Der Gedanke, Euch bei diesen Teufeln zu wissen, hat mich schier um den Verstand gebracht!«

»Sie haben mich einigermaßen gut behandelt«, sagte ich und lachte, und auch die Soldaten, die mich gar nicht hören konnten, lachten mit mir, ohne zu wissen, warum, einfach nur, weil auch ich lachte, weil ich am Leben war, weil es guttat, zu lachen und das Leben in sich zu spüren, da jemand wieder auftauchte, den man bereits für tot gehalten hatte.

Es war ein schöner Morgen. Die Sonne schien. Ein paar weiße Wolkenfetzen fransten den azurblauen Himmel, die Lagune überzog sich mit glitzernden Schuppen ... Und dieses Grün der Bäume, niemals war es mir so satt erschienen, diese reiche Erde unter meinen Füßen, die laue Luft, und all diese tapferen Leute, die mich liebten …

»Brüder!« rief ich und vergaß die ausgestandene Todesangst, »jemand, der fest im Glauben ist, braucht niemals zu verzweifeln, unser Herrgott ist überall!«

Eine Stimme warf ein: »Gelobt sei sein heiliger Name!«, und da fielen wir alle auf die Knie und beteten das Vaterunser, während Celestinas Tränen unaufhaltsam flossen und den Kleinen benetzten, der vor Hunger schrie.

Mit dem Reiter von Tepeyac teilte ich Maisbrühe, Kürbisscheiben und ein dickes Huhn. Ich gab ihm seine Kleidungsstücke zurück und zog ein Wams, Beinkleider und den Brustpanzer meines Bruders über, schwang mich auf Celestinas Stute, und in Begleitung einer starken Eskorte galoppierte ich ohne weitere Verzögerung zu Cortés. Dort wurde mir nochmals ein großer Empfang zuteil. Bis zum frühen Morgen erzählte ich ihm unter vier Augen meine Odyssee, ohne etwas auszulassen. Und in der Freude über meine Rückkehr schenkte mir Cortés einen kupferfarbenen Fuchs als Ersatz für meinen armen Hannibal.

Zwei Tage darauf kam unser General mit Pater Olmedo für eine Dankmesse nach Tlacopan. Wir gingen zur Kommunion, und das Kind, das ich offiziell als meines anerkannt hatte, wurde getauft. Ich gab ihm den Vornamen meines Vaters: Luis. Cortés war der Pate, Celestina die Patin.

Aus Furcht vor etwaigen Spionen Cuauhtemocs, die sich unter unsere Indios geschlichen haben könnten, hatte ich eine falsche Version meiner Rettung in Umlauf gebracht. Ich hatte erzählt, daß ich sie einem Sklaven verdankte, der seit unserem früheren Aufenthalt in Mexico in meiner Schuld stand. Die Soldaten hätten im übrigen jede Erklärung hingenommen, und über das Kind wunderte sich niemand: es gehörte zu dem Wunder dazu.

Sebastián, hinter dessen groben Umgangsformen sich ein

gutes Beobachtungsvermögen verbarg, hatte sofort alles erraten.

»Es ist ihr Sohn, nicht wahr? Er hat Eure Augen, beinahe sogar Eure Hautfarbe, aber er hat ihre Haare, ihre Schönheit.«

Ich hielt es für angebracht, auch Celestina gegenüber offen zu sein.

Außerdem drängte es mich, mich jemandem anzuvertrauen, so sehr stand ich noch unter dem Eindruck des tragischen Abschieds am Ufer von Tepeyac – und wer war dazu besser geeignet als Celestina? Ich erzählte ihr lange von Xiuxochitl, was mir wohltat, wenn es ihr auch Kummer bereiten mußte, aber daran dachte ich im Augenblick nicht einmal. Meine Liebe, die ich so spät entdeckt hatte und die ich nun beweinte, schien mir mit keiner anderen vergleichbar.

»Dann war also sie die Frau, die deinen Bruder gepflegt hat«, sagte sie. »Damals glaubte ich, auch er sei in sie verliebt gewesen.«

Schroff erwiderte ich: »Was stellst du für dumme Überlegungen an! Außerdem war ich damals gar nicht in sie verliebt ... Zumindest glaube ich es nicht. Ach, weißt du ...«

»Ja, ich weiß. Männer wie du leben zu schnell. Sie haben keine Zeit, um auf ihr Herz zu hören, und noch weniger, um auf das der anderen zu hören! ... Die Geschichte dieser Frau ist wirklich seltsam. Spionin, Priesterin, Witwe ... wessen Witwe? Hat sie es dir erzählt?«

»Nein. Wenn du sie kennen würdest! Um nur ein Wort aus ihr herauszubringen ...! Sie ist eine Frau ... eine Frau ... wie sie in ganz Kastilien nicht zu finden ist, sie ist ...«

Ich stockte, seufzte und blickte nach Mexico hinüber.

»Cuauhtemoc wird nicht aufgeben, er wird sich umbringen lassen. So ist er, und so ist auch sie.«

»Torremayor, Acamapichtli hat den Kleinen untersucht. Diese Indios! Wenn ich seine Taten nicht selbst bezeugen könnte! Er hat den Kleinen über ein Becken gehalten und sein Spiegelbild im Wasser beobachtet. Es scheint, daß sein Tonalli gut ist. Ich habe eine Amme gefunden, was nicht leicht war. Die meisten Indiofrauen, die hier bei den Soldaten sind, nehmen betäubende Kräutertränke zu sich, und ihre Schwangerschaften enden in Fehlgeburten. Diese armen Geschöpfe, ich kann sie verstehen … Unter solchen Bedingungen auch noch Kinder am Hals zu haben! Aber kürzlich ist eine junge Frau aus Cholula niedergekommen, die ihr Kind behalten wollte. Sie selbst ist kräftig, dick und hat sehr viel Milch. Ich habe sie in meiner Hütte untergebracht. Der Soldat, dem sie gehört, sträubte sich zunächst, aber als er erfuhr, es sei für deinen Kleinen … Der Zimmermann wird eine Wiege für ihn bauen.«

»Danke«, sagte ich. »Was würde ich nur ohne dich tun?«

»Du würdest sehr gut zurechtkommen. Du bist zwar ein bedeutender Mann, hast aber weniger Ansprüche als der geringste deiner Leute. Du ißt, was du gerade hast, du schläfst, wo du gerade bist, und was deine Kleidung betrifft, so achtest du nicht auf Schmutz, Staub oder Löcher. Du könntest dir aus Kuba oder Haiti wirklich mal ein Wams aus schönem Samt mitbringen lassen.«

»Aber ich habe doch eins, das ich einem der Hauptleute von Narváez abgekauft habe! Ich trug es beim Stapellauf der Brigantinen.«

»Gewiß. Aber der Samt ist nicht mehr sehr neu, und die Ärmel sind viel zu eng. Es gibt nicht viele Männer, die so gebaut sind wie du, Torremayor!«

»Ich finde, es paßt mir.«

»Das ist deine Sache. Aber was den Kleinen angeht, so braucht er jemanden, der sich um ihn kümmert, er braucht mich … Als ich noch ganz jung und unschuldig war, sagte mir eine Alte, die den Mädchen an der Porta de Triana in Sevilla Salben verkaufte, daß die Kinder vom Himmel fallen. Und nun scheint es tatsächlich so, als habe der Himmel beschlossen, mir eines zu schicken! … Und wenn ich bedenke, daß ich das letztlich Alonso Pizarral zu verdanken habe!«

»Pizarral?«

»Hätte er dich nicht eines schönen Abends zu mir geführt, um sich als reicher Herr aufzuspielen, so wäre ich wohl niemals hergekommen.«

»Vielleicht doch.«

»Wegen des Goldes, meinst du?«

»Ach, lassen wir das, Celestina!«

Sie lachte, und ich umarmte sie.

Mein Gott, wie sie mir fehlt!

* * *

Das Schießpulver wurde knapp.

Aber der Zufall wollte es, daß ein Schiff, das sich auf dem Weg nach Florida befand, vor Vera Cruz auf Grund lief, so daß die an Bord befindlichen Munitionsvorräte unverzüglich zu uns geschafft wurden. Wir konnten also zu schlagkräftigen Überfällen auf die Stadt ausholen und unseren verbündeten Indios damit neues Vertrauen einflößen.

Es hatte bereits große Unruhe unter ihnen gegeben. Die zahllosen Opfer, die Huitzilopochtli und Tezcatlipoca verschlangen, und der unbezwingbare Widerstand Cuauhtemocs sowie seine Drohungen gegenüber den ehemaligen Vasallen Mexicos erschreckten sie. Die abgeschlagenen Häupter unserer spanischen Landsleute und unserer Pferde ließ der Uey Tlatoani als Beweis seiner Stärke in die Provinzen schicken, so daß viele Anführer mit ihrem Gefolge abtrünnig geworden waren.

Diese Gegebenheiten und auch die zunehmende Erschöpfung unserer Soldaten bewogen Cortés zu der Entscheidung, die Stadt bei unseren Vorstößen dem Erdboden gleichzumachen. Gräben und Kanäle sollten mit den Trümmern zugeschüttet werden, so daß er freie Hand für seine Manöver gewann. Hinzu kam, daß jedes hinter einer Zugbrücke befindliche Haus auch eine kleine Festung für die Krieger darstellte und für uns eine unwägbare Gefahr.

Diese Aufgabe übertrug er den Tlaxcalteken, die als Zeichen ihrer Freude ihre Bemalung um ein paar Farben bereicherten. Die Zerstörung Mexicos bedeutete für sie die Vernichtung der verhaßten aztekischen Macht. Mir und allen, die die Stadt in ihrem strahlenden Glanz gesehen hatten, blutete das Herz, aber dieser ohne jede Waffenruhe geführte Krieg zermürbte uns, es mußte ein Ende gemacht werden.

Nachdem wir in den letzten Tagen des Monats Juli auf diese Weise weit vorgerückt waren, gelang es Alvarado und mir schließlich, den großen Teocalli von Tlatelolco einzunehmen, und wir steckten seine Heiligtümer in Brand. Weißglühend stand die Flammenkrone über der Pyramide, dichter Rauch stieg zum Himmel auf, so daß es über das gesamte Tal hinweg zu sehen war.

Als die Glut erloschen war, stiegen wir zum Gipfel des Teocalli empor, und durch eine dicke Schicht Asche schreitend sahen wir auf die Stadt hinunter. Für immer werden wir das Bild Mexicos mit all seiner Pracht bewahren, das Motecuhzoma uns von ebendieser Stelle einst gezeigt hatte, und das, was wir jetzt sahen – auch wenn es der Beweis unseres Erfolges war – ließ uns das Herz schwer werden.

Mit Ausnahme des Tlatelolco-Viertels, an dessen Grenze wir Stellung bezogen hatten, sahen wir nur noch eine graue Ebene vor uns, aus der hier und da Trümmer ragten. Als hätte eine Lepra dieses von Menschenhand geschaffene Wunderwerk heimgesucht, sich voller Gier in Lehm, Stein und Mörtel hineingefressen und am Ende alles verschlungen … Nicht einmal das Wasser war geblieben, um mit seinem blauen Glanz ein wenig Leben in diese Verwüstung zu bringen. Auch das hatten wir unter den Trümmern begraben. In den einstigen Parkanlagen wie auch in den kleinsten Gärtchen zeigte sich die Erde nackt: selbst ihre Wurzeln hatte sie hergeben müssen, um den Hunger zu stillen.

Ich fragte mich, wo Xiuxochitl sein mochte. Und ich verfluchte mich: Warum hatte ich sie nicht bewußtlos geschlagen und mit Gewalt fortgeschleppt, warum hatte ich sie dorthin zurückgehen lassen, wo nur noch der Tod wartete? Jetzt hätte ich nicht mehr gezögert! Aber kann man einen wilden Vogel auf seinem Flug aufhalten? Er fliegt dorthin, wo er hinfliegen will. Auch das sagte ich mir.

Tlacateotl sah ich jedoch nicht mehr. Ging er mir aus dem Weg? Hatte meine Flucht Strafmaßnahmen oder Schlimmeres für ihn zur Folge gehabt? Der Charakter eines Menschen ist ein sonderbares Ding: Ich konnte mir nicht verhehlen, daß ich Sympathie für meinen Iyac empfand, ja fast fühlte ich mich ihm gegenüber schuldig, denn ich hatte ihn um all die Ehren gebracht, die mein Opfertod ihm verheißen hatte. Wäre er vor meiner Lanze aufgetaucht, so wäre es mir schwergefallen, ihn niederzustechen. Vermutlich hätte ich es nur dann fertiggebracht, wenn ich mein eigenes Leben nicht anders hätte retten können.

Das Ende von Mexico zeichnete sich ab, aber weder Freude noch Stolz wollte sich bei uns einstellen, es war lediglich das Ende aller Qualen. Strahlend ist ein Sieg nur, wenn er sauber ist, wenn er mit dem blanken Stahl errungen wird. Hier aber würde ein schmutziger Sieg errungen werden, er würde uns über den hingemordeten Leibern Tausender Unschuldiger zufallen.

Nach einer Beratung mit Cortés unternahm ich einen letzten Versuch und richtete mein Wort an die hinter ihren Barrikaden verschanzten Anführer der Mexica, in der Hoffnung, sie bewegen zu können, daß sie Cuauhtemoc überzeugten.

Seit ich ihren Göttern entkommen war, schienen die Krieger bei meinem Anblick in heiligem Schrecken zu erstarren und wagten es nicht mehr, meinen Namen zu grölen. Nun aber sprachen wir miteinander, sie sprachen über ihre Befürchtungen und ich von unserem Wunsch, ihnen durch einen ehrenvollen Frieden entgegenzukommen. Mit keinem Wort kamen sie auf meine Flucht zu sprechen, und ich meinerseits hütete mich, ihren Stolz zu verletzen. Unser Gespräch war offen, fast freundlich. Ich spürte, daß mein Aufenthalt im Teocalli von Tenochtitlan mich ihnen paradoxerweise nähergebracht hatte.

»Heute schmücke ich meinen Schild mit deiner Feder. Morgen oder übermorgen wird ein anderer meine Feder an dem seinen festmachen. So gehen wir alle dahin, mein vielgeliebter Sohn!« Oft kamen mir diese Worte Tlacateotls in den Sinn.

Wie konnte ich die Strafe, die sie uns zudachten, weiterhin für verwerflich halten, da sie sie mit einer solchen Selbstverständlichkeit für sich selbst akzeptierten und sogar noch als Ehre empfanden? Als Christ erzitterte ich vor den satanischen Begierden ihrer Religion, aber als Soldat ... Kann es zwischen Männern, die von der gleichen Tapferkeit beseelt sind, echten Haß überhaupt geben? Die Zeit, zu töten oder zu sterben, war vorbei!

Aber wir warteten vergeblich auf Cuauhtemoc.

In den Straßen von Tlatelolco türmten sich Berge von Leichen. An dieser auffallenden Achtlosigkeit der Azteken, die ihren Toten sonst mit der größten Ehrfurcht begegnen, ermaßen wir das abgrundtiefe Elend der Überlebenden. Und die Wirklichkeit war noch weitaus schlimmer, als wir vermutet hatten. Später entdeckten wir, daß die Bevölkerung sich aus Hunger nicht nur von Eidechsen, Ratten, Würmern, Insekten und anderen Tierchen ernährte, die sie auftreiben konnte, sondern auch Blätter, Rinde, Quecke, Wasserlilien, Lederreste verzehrte und schließlich sogar den Putz von den Mauern kratzte! Mit dem brackigen Wasser, das sie tranken, führte dies ebenso sicher in den Tod wie der Hunger.

Der höllische Gestank und Cuauhtemocs Unbeugsamkeit zwangen uns dazu, den entscheidenden Angriff nicht weiter aufzuschieben.

Am Tag des heiligen Hippolyt, dem dreizehnten August des Jahres 1521, drangen wir in Tlatelolco ein. An jeder Kreuzung hatten wir Spanier postiert, um die Bevölkerung gegen den

Haß unserer Tlaxcalteken zu schützen, aber das hieß, einen anschwellenden Strom eindämmen zu wollen!

Von Anfang an stießen wir auf verzweifelten, erbitterten Widerstand. Von den Dächern ging ein Steinhagel auf uns nieder. Frauen und Kinder hatten sich dort hinter den Brüstungen verschanzt und bewarfen uns pausenlos. Ob Xiuxochitl auch unter ihnen war? Ich sah sie überall und fand sie nirgends ... Dann wurde die erste Kugel abgefeuert, die erste Muskete, Pfeile und Speere zischten durch die Luft. Währenddessen jagten unsere Brigantinen auf der Lagune den Booten hinterher, in denen die Wohlhabenden mit ihren kostbarsten Schätzen fliehen wollten. Auch unzählige Arme wollten sich über das Wasser retten. In Panik stürzten sich viele in die Fluten, aber mit ihren geschwächten Kräften konnten sie sich nur kurze Zeit an der Oberfläche halten. Tausende von ihnen ertranken ... Wir rückten weiter vor. Die Kanäle von Tlatelolco färbten sich blutrot, über die Leichen konnte man sie trockenen Fußes überqueren. Hatten wir uns schon all die letzten Tage in den tiefsten Abgründen des Grauens gewähnt, so wurden wir nun eines Besseren belehrt. Das Viertel war ein einziges Massengrab, die Lagune war übersät mit dahintreibenden Körpern, Häuser brannten, Frauen, Kinder und Alte rannten verstört und schreiend durcheinander, stolperten unter die Hufe unserer Pferde, brachen zusammen und waren von den Toten nicht mehr zu unterscheiden. Wir marschierten über sie hinweg, und wie hätten wir es vermeiden können: vor uns wie hinter uns war alles mit Leichen gepflastert! Auch die Krieger der Mexica marschierten über sie hinweg, versperrten uns dicht aneinandergedrängt den Weg, fielen unter unserem Vorstoß und unter dem Feuer unserer Waffen wie Mauerteile, aber immer noch und immer wieder tauchten andere Krieger auf. Die Lust, uns zu töten und selbst zu sterben, war alles, was diesen tapferen Männern geblieben war.

Endlich hatten wir das Viertel hinter uns gelassen und erreichten das Ufer der Lagune. Zwischen Stechginster und Weiden zeichneten sich armselige, von Grasdächern bedeckte Hütten aus Lehm und Zweigen ab. Ein Großteil der Bevölkerung hatte sich, von unserem Vormarsch zurückgedrängt, hierher geflüchtet. Aber der Anblick unserer Tlaxcalteken weckte eine Panik unter den Menschen, gegen die wir machtlos waren: Viele der Unglücklichen stürzten sich ins Wasser, ganze Familien wurden von den Fluten verschlungen. Es waren Bilder des Grauens, die noch heute nicht aus meiner Erinnerung gelöscht sind. Wir selbst waren verletzt, halb erstickt an dem furchtbaren Gestank und hielten uns nur noch taumelnd aufrecht. Und obgleich wir dem Leiden gegenüber hart geworden waren, überstieg das, was sich uns hier bot und was wir doch selbst ausgelöst hatten, alles, was die menschliche Natur ertragen kann.

Mit einemmal hörten die Krieger der Mexica auf zu kämpfen.

Cortés befahl, das Schießen einzustellen. Wir blieben wachsam, fragten uns, auf welche List sie nun verfallen seien, als ein von dem Kapitän einer Brigantine gesandter Soldat eintraf und die Gefangennahme Cuauhtemocs meldete, den man bei dem Versuch, mit einer Barke das Ufer zu erreichen, gefaßt hatte.

Ob wir in diesem Augenblick begriffen, daß dieser schreckliche Krieg zu Ende war und wir ihn gewonnen hatten? Nichts davon findet sich in meinen Erinnerungen, nichts, nicht einmal ein Hauch von Stolz. Allein das Bild der Stadt taucht in mir auf, wie sie zerstört, zerstückelt, verkohlt in ihrem eigenen Blut dalag.

Von Spaniern eskortiert, traf Cuauhtemoc bei uns ein.

Vielleicht um sich für seine Niederlage oder seine Unbeugsamkeit zu bestrafen, hatte er einen Tilmatli aus schlichter Agavefaser angelegt wie die bedürftigsten seiner Untertanen. Doch auch im Schmerz bewahrte seine Jugend ein ehrfurchtgebietendes Aussehen.

Cortés trat vor.

»Ich habe versucht«, begann Cuauhtemoc, »meine Stadt und meine Untertanen zu verteidigen, und ich bin gescheitert. Aber ich habe mich nicht ergeben, ich komme als Gefangener hierher. Mach also mit mir, was du für richtig hältst.«

Dann legte er mit einer eindringlichen Gebärde seine Hand auf den Dolch unseres Generals und rief: »Töte mich!«

Cortés strich ihm über die Haare, umarmte ihn, lobte seinen Mut und beruhigte ihn hinsichtlich unserer Absichten. Wir waren tief bewegt.

Nun trat ich auf ihn zu.

Die Situation hatte sich in ihr Gegenteil verkehrt. Bei unserer letzten Begegnung in seinem Palast lag mein Leben in seiner Hand. Aber ich verspürte keine Genugtuung, wie auch Cuauhtemoc sie nicht empfunden haben wird, als er mich zum Tode verurteilte.

Ich verneigte mich.

»Herr, mein Herr, Herr der Menschen.«

»Ollintzin«, sagte er.

Dann sagte er nichts mehr, bis wir ihn auf das Dach eines der großen, unversehrt gebliebenen Häuser geführt hatten und auf einem rasch aufgestellten Podest neben Cortés treten ließen.

Ich erhielt den Befehl, die Leute seines Gefolges von seinem Boot zu holen, wo sie unter Bewachung der Brigantine zurückgeblieben waren. Noch im Fortgehen unterwies ich Sebastián in aller Kürze.

»Nimm dir ein paar Soldaten. Durchsucht die Häuser entlang des Ufers. Wenn du Xiuxochitl findest, dann bring sie her. Und wenn es sein muß, mit Gewalt.«

Sebastián bemerkte nichts dazu, wofür ich ihm sehr dankbar war. Genausogut hätte er mich auf die Aussichtslosigkeit hinweisen können, sie zu finden, und auch darauf, daß sie aller Voraussicht nach bereits tot war.

Solche Gedanken bewegten mich, als ich das Ufer erreichte.

Cuauhtemocs Boot lag fest an einem Pfahl vertäut, seine silbernen Behänge und seine Federbüsche wiegten sich sanft: Dieser reiche Schmuck und die Größe des Bootes hatten unsere Brigantine im übrigen auf seine Spur gebracht. Mehrere hohe Würdenträger und Damen saßen darin; ich bat sie in aller Form, mir zu folgen. Die Würdenträger verließen zuerst das Boot. Wie ihr Herrscher waren sie in ihrer Trauer sehr schlicht gekleidet. Im Gegensatz dazu funkelten die Damen vor Geschmeiden, auch wenn sie eine bescheidene Haltung wahrten und ihren Blick gesenkt hielten.

Zunächst half ich der außerordentlich schönen und noch sehr jungen Prinzessin Tecuichpo von Bord, der Tochter Motecuhzomas, die mit Cuitlahuac, dem Nachfolger ihres Vaters, vermählt worden und aus den gleichen politischen Gründen an Cuauhtemoc übergegangen war, als ihr erster Gatte von den Pocken dahingerafft wurde. Das Los dieses Kindes rührte mich, und ich murmelte ein paar Worte des Trostes, als ich mit einemmal taumelte und mitsamt der Prinzessin ins Straucheln geriet.

Am hinteren Ende des Bootes saß Xiuxochitl.

Nur mit Mühe konnte ich in diesem schmalen Antlitz, das die schwere, in Zöpfen hochgesteckte, mit Smaragden, Perlen und Gold geschmückte Haarpracht umgab, jenes Gesicht wiedererkennen, das mich Tag und Nacht verfolgte, und doch war sie es, ja, sie war es!

Vermutlich bin ich meiner Pflicht gegenüber den Damen, die mich noch von ihr trennten, nur sehr schlecht und hastig nachgekommen. Als sie an der Reihe war, erhob sie sich von der Bank, streifte mich mit abwesendem Blick, als hätte sie mich nie zuvor gesehen. Eine Sklavin legte ihr einen glänzenden, mit roten Federn gesäumten Umhang um die Schultern, dann folgte sie mir ohne ein Wort, ohne ein Zeichen. Beim Überqueren des Steges reichte ich ihr meine Hand, und sie legte die ihre hinein. Sie war so mager, so kalt, daß man sie für die Kralle eines Vogels hätte halten können.

Ich suchte nicht nach einer Erklärung dafür, daß sie sich auf dem Boot des Herrschers befand. Wichtig war in diesem Augenblick nur, daß ihre Hand in der meinen lag und daß Gott sie mir wiedergegeben hatte. Was ihr Verhalten mir gegenüber anging … Es würde sich alles regeln lassen, dafür würde ich Sorge tragen. So dachte ich, wähnte mich bereits als der sichere Sieger und vergaß, daß ich bei ihr, ganz gleich unter welchen Umständen, immer der Verlierer gewesen war.

Auf der Terrasse wurde eine Mahlzeit gereicht.

Cortés empfing jede der Damen mit der ihm eigenen Zuvorkommenheit. Er erkannte Xiuxochitl nicht. Wie hätte er auch diese blutleere, geschmückte Frau, die ihn so hochmütig grüßte, mit jenem unglücklichen Mädchen in Verbindung bringen sollen, das in unser Lager gekommen war und unseren Schutz erfleht hatte?

Die Damen nahmen Platz. Xiuxochitl rührte nichts an. Ihre Augen blieben auf den Boden gerichtet. Nicht ein einziges Mal drehte sie sich in meine Richtung.

Cortés bot Cuauhtemoc und seinem Gefolge an, sie mit einer Brigantine nach Coyoacan zu bringen. Diese Stadt lag in der Nähe von Iztapalapan, unweit vom Ufer. Er hatte beschlossen, dort Quartier zu beziehen, und befahl uns Hauptleuten, zu unseren Truppen zurückzukehren.

So verschob ich meine Pläne mit Xiuxochitl auf den nächsten Tag und brach auf, meine Leute zu sammeln.

Stille lag über der Stadt. Eine ergreifende Stille.

Fast drei Monate lang hatten wir uns in einem immerwährenden wahnsinnigen Tosen bewegt: Trommeln, Muscheln, Pauken und Flöten skandierten Tag und Nacht und jede Minute, das Geheul der Mexica und unserer Tlaxcalteken, der Waffenlärm unserer Spanier, das Donnern der Kanonen, das Knallen der Musketen … Ein Gefühl der Leere stellte sich ein. Wir mußten erst wieder lernen, in Frieden zu leben und unsere Stimmen zu senken.

In dieser Nacht tobte ein furchtbares Gewitter über dem Tal. Immer wieder durchzuckten goldglänzende und blutrote Lichter die undurchdringliche Finsternis, die Erde leuchtete auf, erbebte, und die wenigen Teocalli, die noch stehengeblieben waren, stürzten ein, als wollten die Götter, daß nichts von ihnen übrigbliebe.

COYOACAN

Auch am nächsten Tag fand ich keine Möglichkeit, nach Coyoacan aufzubrechen.

Cuauhtemoc hatte Cortés gebeten, der Bevölkerung den Auszug aus der Stadt zu gestatten, und wir mußten diesen Auszug leiten.

Vom frühen Morgen an füllten sich die Straßen mit Mexica. Sie gingen langsam und schweigend, wie in einem Trauerzug. Väter und Mütter trugen ihre Kinder auf dem Rücken, manchmal auch, einem Lumpenbündel gleich, einen Greis oder eine Greisin. Aber es waren ihrer nur noch wenige, denn fast alle Alten waren tot.

Die Frauen versteckten bisweilen Schmuck oder ein paar Goldkörner unter ihren Kleidern. Das war den Soldaten nicht verborgen geblieben, daher nahmen sie die Hemden und Röcke in Augenschein, und war eine Frau jung und hübsch, so nahmen sie auch sie selbst. Viele von ihnen versuchten, sich häßlich zu machen, beschmierten ihr Gesicht mit Dreck und verbargen ihre Formen unter zerrissenen Lumpen. Auch diese List wurde schnell entdeckt. Wir rügten die Soldaten, wenn wir sie bei ihren Schandtaten überraschten, und befahlen ihnen, von den armen Frauen abzulassen, aber was konnten wir schon anderes erwarten von Männern, die solche Entbehrungen, solche Leiden ausgestanden hatten, die gesehen hatten, wie ihre Gefährten geopfert wurden, und beinahe selbst geopfert worden wären? Bisher hatte der Kampf ihr Dasein restlos ausgefüllt. Nun war er zu Ende, der Feind war geschlagen, war allen Gelüsten der Sieger preisgegeben, und diese nahmen sich, was sie für richtig hielten.

Sebastián hatte erneut die Goldgier gepackt, der alle nun wieder verfielen.

»Ihr, Ihr seid Hauptmann, Ihr werdet Euren Teil schon kriegen«, sagte er. »Aber wir! Cortés verspricht viel, und was die Schläge angeht, die wir einstecken müssen, hat er auch recht, aber sonst …!«

Er hatte sich mit ein paar anderen in den Kopf gesetzt, die noch erhaltenen Häuser zu durchsuchen, da er überzeugt war, dort auf allerlei Schätze zu stoßen.

Totenbleich kehrte er von seinem Streifzug zurück.

»Ihr könnt es Euch nicht vorstellen! Überall Leichen, vom Boden bis zur Decke, und viele liegen nicht erst seit gestern da, so weit ist ihre Verwesung bereits fortgeschritten! Wir haben versucht hineinzugelangen, aber der Geruch … Riecht doch! Ich stinke jetzt noch danach!«

Entdeckten die Soldaten in der Menge einen mexikanischen Krieger oder einen jungen Mann, so bemächtigten sie sich seiner und schleppten ihn zu den Feuerstellen, die wir an den Kreuzungen entzündet hatten, um die Toten zu verbrennen, und brannten ihm ein Zeichen auf die Stirn. Empört darüber, beauftragte ich Sebastián und einige meiner Leute aus der Estremadura, die Feuer zu überwachen, was sie nur mit Murren übernahmen, da diese Aufgabe keinen Gewinn versprach.

Als es dämmerte und obwohl die Mexica noch immer wie ein breiter Strom von Schatten über die Heerstraßen dahinzogen, beschlossen wir, in unsere Lager zurückzukehren. Der Geruch des verwesenden Fleisches vergiftete unser Blut, Fieberkrämpfe ergriffen uns, Übelkeit und Schüttelfrost warfen uns nieder, und selbst unsere Haut nahm den Geruch des Todes an.

Auch ich war mit meinen Leuten auf dem Rückweg, als ich auf der Straße von Tlacopan plötzlich einen Mann aus dem Schilf auftauchen sah, einen Indio. Er zog sich die Böschung hoch und stürzte auf mein Pferd zu. Sofort stellten sich ihm zwei Soldaten in den Weg und faßten ihn.

»Ollintzin!« rief der Mann.

Ich betrachtete ihn genauer.

Seine prachtvolle rote und gelbe Bemalung war dahin, seine Knochen traten hervor, aber wie hätte ich meinen Iyac vergessen können!

»Tlacateotl!« rief ich.

Den Soldaten befahl ich, ihn loszulassen.

»Ollintzin, ich habe dich gesucht. Wirst du mir eine Gunst gewähren?«

»Sprich!«

»Ich habe meinen Schwur nicht halten können. Töte mich, und schenke mein Herz den Göttern, da ich ihnen das deine nicht habe schenken können.«

Mein Ton wurde streng.

»Deine Unverschämtheit ist dir geblieben. Du wagst es, mein Herz mit dem deinen gleichzusetzen?«

»Nein, Ollintzin. Gewiß nicht. Wie könnte man das Herz des Adlers mit dem der Kaulquappe vergleichen! Aber ...«

»Also, vergiß das alles. Du hast getan, was du tun mußtest. Wenn mein Gott mich den deinen nehmen konnte, so, weil er allmächtig ist und die deinen nur elende Dämonen sind. Das Gute siegt stets über das Schlechte. Wie habt ihr sie gemästet, und nun siehst du, wohin sie euch gebracht haben!«

»Töte mich«, wiederholte er. »Durch dich bin ich zum Gespött der Meinen geworden. Meine geliebten Eltern, meine Gebieter, meine Gefährten, alle haben sie mich verflucht. Man hat mir die Waffen genommen, mir jede Bemalung untersagt, mich aus dem Telpochcalli verbannt ... Töte mich, ich bitte dich, Ollintzin. Welcher Mann könnte es ertragen, verächtlicher als jeder Auswurf behandelt zu werden!«

»Man hat mir gesagt, daß das Haus der Sonne nur den Kriegern offensteht. Du bist kein Krieger mehr, Tlacateotl. Wenn ich dich töte, wartet auf dich das Nichts.«

Der Blick meines armen Iyac verfinsterte sich.

»Auch hier zu sein«, sagte er, »bedeutet nichts anderes als das Nichts!«

»Hör mir zu«, sagte ich. »So will ich dich nicht mehr reden hören. Es ist würdelos. Wach auf, mein Sohn, der Krieg ist vorbei, und mit ihm sind auch die hehren Absichten der mexikanischen Krieger gestorben! Es bringt dir weder Auszeichnungen noch Reichtum, ein Tequiua zu sein, also gibt es nichts, dem du nachtrauern müßtest.«

»Meiner Ehre, Ollintzin!«

»Laß es niemals zu, daß andere über deine Ehre urteilen. Du hast mehr getan als jeder andere von euch, du hast einen spanischen Hauptmann gefangengenommen, laß die Neider bellen! ... Deinetwegen habe ich die furchtbarsten Augenblicke meines Lebens durchlitten, aber du magst es mir glauben oder nicht, ich bin dir wohlgesonnen, junger Tlacateotl. Komm mit mir, ich stelle dich unter meinen Schutz.«

»Warum solltest du mir helfen? Ich habe deinen Tod gewünscht.«

»Und ich den deinen, mein Freund! Aber der Frieden versöhnt die Mutigen miteinander.«

Iztapalapan war schon vor der Belagerung Mexicos durch Kämpfe stark beschädigt worden, während Coyoacan fast unversehrt geblieben war. Hier hatte Cortés einen der wunderschönen weißen, von schattigen Gärten umringten Paläste zu seinem Wohnsitz erklart, die uns einst in solches Entzücken versetzt hatten. Unverzüglich begab ich mich zu ihm.

Trotz der Probleme, die die neue Situation mit sich brachte, besaß er die Güte, mir zuzuhören, und gab mir freie Hand zu entscheiden.

»Dadurch, daß diese Frau Euch das Leben gerettet hat, hat sie ihre Schuld uns gegenüber beglichen, und doch müßte man wissen, wer sie ist«, sagte er schließlich. Mehr nicht.

Voller Ungeduld ließ ich mich darauf zu Xiuxochitl führen, die wie Cuauhtemoc und sein Gefolge in einem angrenzenden Palast untergebracht war. Ihre Sklavin, eine für eine Indianerin recht große Frau mit sehr dunklem, wenig einnehmendem Gesicht, die ich schon auf dem Boot bei ihr gesehen hatte, führte mich in ihr Zimmer.

Sie lag regungslos auf einer Matte, die Arme neben dem Körper, die Haare waren ordentlich geflochten, sie war so zart und so starr, daß man sie für eine Puppe hätte halten können.

Ich sagte ihren Namen.

Sie antwortete nicht, bewegte sich nicht einmal.

Ich trat zu ihr, beugte mich über sie, nahm ihre Hand und suchte ihren Blick.

»Xiuxochitl, ich bin gekommen, um dich mitzunehmen. Deinem Kind geht es gut. Bald werdet ihr wieder zusammensein.«

Wie schwer ist es, zu jemandem zu sprechen, der einen nicht zu hören scheint!

Ich drehte mich zu der Sklavin um.

»Ist deine Herrin krank?«

»Wenn der Geist nicht mehr leben will, stirbt der Körper.«

»Das ist töricht«, sagte ich. »Ihr fehlt nur gute Nahrung und Ruhe.«

Ich streichelte ihre Hand.

»Eine Frau aus Spanien, eine sehr gute Frau, kümmert sich um deinen Sohn. Sie sind in Texcoco, ich habe eine Sänfte bereitstellen lassen ...«

»Ich werde nicht nach Texcoco gehen! Ihr habt uns ausgelöscht, ihr habt unsere Stadt zerstört, unsere Götter verjagt, ihr seid die Herren, und wir, wir sind eure Sklaven. Mach mit mir, was du willst, aber ich werde nicht nach Texcoco gehen, oder du mußt mich tot dorthin schleifen!«

»So hört doch auf, alle sprecht ihr immerzu vom Tod! Es

wird dir gutgehen in Texcoco, die Luft ist sauber, und es ist ruhig. Hier wimmelt es von Menschen ...«

»Bring mich, wohin du willst, aber ich werde nicht nach Texcoco gehen!«

Ich habe schon manches Mal gesagt, daß die Geduld nicht zu meinen größten Tugenden zählt. Ich kam zu ihr, um ihr eine blühende Zukunft auszumalen – naiv, überheblich und kurzsichtig wie ein Mann, der sich stark fühlt und deshalb auch glaubt, allmächtig über das Glück einer Frau entscheiden zu können, dachte ich mir unsere Zukunft so –, und wurde empfangen wie ein Verbrecher! Zorn erfaßte mich, ich vergaß ihre Schwäche und alles körperliche und seelische Leid, das sie durchgemacht hatte.

»Wie kannst du mir die Schuld an all diesen Greuel geben!« ereiferte ich mich. »Cuauhtemocs Starrsinn ist schuld am Untergang Mexicos, nicht wir. Und was dich angeht, so kennen wir uns nun schon zwei Jahre, und stets hast du so ausgesehen, als würdest du dein Leben zu Grabe tragen! Daß du in unser Lager geschlichen bist, um zu spionieren, daß du dort alles mögliche getrieben und mit mir geschlafen hast, für das alles wirst du hoffentlich nicht auch noch mich verantwortlich machen wollen.«

»Schrei nicht. Nicht dir gebe ich die Schuld daran. Es sind die Umstände.«

»Dann laß uns darüber sprechen, klär mich auf über diese Umstände! Ich habe genug von deiner Schweigsamkeit und deinen Geheimnissen. Sag mir, wer du bist und warum du das alles getan hast ... Dinge, die man von keiner ehrbaren Frau verlangt, Dinge, die unvereinbar scheinen mit der Wertschätzung, die du bei Cuauhtemoc genießt, sag es mir, erklär es mir, und danach werde ich entscheiden, ob ich dich nach Texcoco schicke oder nicht!«

Sie lächelte schwach und ließ sich auf die Matte zurückfallen. Es schien ihr so elend zu sein, daß meine Angst mich nachgiebig werden ließ.

»Vielleicht«, murmelte ich, »gibt es ja noch andere Orte als Texcoco, aber ich lasse dich nicht gehen ...«

Flüsternd sagte Xiuxochitl: »Ollintzin, keiner weiß von dem Kind, außer Cuauhtemoc und Mia.«

»Mia?«

Sie deutete auf die Sklavin.

»Miahuaxiuitl. Sie hat mich aufgezogen.«

»Schämst du dich etwa, ein Kind von einem Spanier zu haben?«

Erneut packte mich die Wut.

»Ich habe mich niemals für irgend etwas geschämt, außer dafür, daß ich die Götter beleidigt habe, als ich dir zur Flucht verhalf!«

Als ich herkam, hatte ich ihr sagen wollen, daß ich sie liebte, mit zärtlichen Worten wollte ich sie gewinnen, wie sie mir den Frauen in Salamanca gegenüber so leicht von den Lippen gekommen waren. Nun aber, wo ich so tief für sie empfand, fiel es mir schwer, dies auszudrücken, und letztlich hatte ich nur mit ihr gestritten!

Ich tröstete mich mit dem Gedanken, daß sich die Wogen wieder glätten würden, wenn Xiuxochitl ihren Sohn erst bei sich hätte, und schickte einen Reiter mit einem Brief für Celestina nach Texcoco, in welchem ich sie bat, sich am nächsten Morgen mit dem Kleinen und unseren Naborias zum Aufbruch bereitzuhalten.

Dann machte ich mich auf die Suche nach einer Unterkunft – oder einem Käfig für meinen schönen Vogel, wie ich heute versucht bin zu schreiben. Denn mit dem Alter habe ich viel von diesem männlichen, sehr kastilischen Hochmut verloren, der uns treibt, die geliebte Frau, wenn wir sie erst einmal besitzen, fernab von fremden Blicken einzusperren. Ja, so war es, ich wollte sie für mich, ganz für mich und nur für mich allein! Aber hat mir Xiuxochitl denn jemals gehört? Manchmal glaube ich es. Meist aber bin ich im Zweifel.

In der Umgebung von Coyoacan lagen am Saum der den Bergen vorgelagerten Wälder zahlreiche schöne Anwesen, Lustschlösser reicher Würdenträger der Mexica. Auf eines davon fiel meine Wahl. Es hatte Opochtzin gehört, einem großen Krieger, der im Kampf gefallen war. Ich beauftragte Tlacateotl, den ich damit spontan zu meinem Verwalter machte, es reinigen und herrichten zu lassen. Er war glücklich, Befehle geben zu können. Celestina würde sich um die Möbel kümmern, denn das Haus war leer. Alles, was irgendeinen Wert besaß, hatten die Soldaten mitgenommen, alles übrige unsere Indios. In jedem Fall aber war klar, daß es sich nur um eine vorübergehende Bleibe handelte, meine Pläne sahen anders aus.

Am Morgen darauf, nachdem wir die Messe gelesen hatten, kehrten wir nach Mexico zurück.

Das Dach, auf dem wir Cuauhtemoc nach seiner Gefangennahme empfangen hatten, war mit prächtigen roten Stoffen verkleidet, Matten lagen auf dem Boden, ein Baldachin mit Seidenfransen bot dem Sessel von Cortés Schutz. Zu seiner Rechten saß Cuauhtemoc, zu seiner Linken die Könige von Tlacopan und Texcoco. Wir Hauptleute sowie die aztekischen Würdenträger saßen auf bereitgestellten Bänken.

Um diesem Treffen einen gewissen Glanz zu verleihen, defilierte die Armee am Haus vorbei, die umliegenden Straßen hatte man gereinigt. Auch die in der Nähe befindlichen Feuer hatte man gelöscht und die Asche der Leichen verstreut.

Kaum war die letzte Abteilung der Soldaten verschwunden, stellte Cortés die Frage, die alle Gemüter bewegte.

»Wo ist das Gold?«

Cuauhtemoc war immer noch in seine armseligen Lumpen gehüllt, wirkte aber gerade in dieser Schlichtheit um so erhabener, denn nichts lenkte das Auge von der tragischen Schönheit seiner königlichen Person ab ... Und auf Cortés' Frage gab Cuauhtemoc seinen Sklaven einen Befehl.

Alsbald türmten sich auf den Matten goldene Scheiben, Goldringe, goldene Beinschienen, goldene Helme, Rüstungen, Brustharnische, Geschmeide, Anhänger, Schmuck und goldene Tafeln der Standarten, an Lederbändern befestigte goldene Schellen für Arme und Fesseln, Gold, viel Gold, und außerdem Türkise, Perlen, Smaragde, Jade und die grünen Federn des Quetzal, die blauen Federn des Türkisvogels, die roten des Löffelreihers ... Aber was das Gold betraf, so hatten wir schon sehr viel mehr gesehen, sehr viel mehr in Händen gehalten, und wir brauchten auch sehr viel mehr, wenn wir die Soldaten zufriedenstellen wollten, die, während eines Banketts am Vorabend durch den Wein redselig geworden, ihre Träume offenbart hatten: Alle sprachen sie vom Gold und seiner Macht, die ihnen Frauen, Schlösser, Ehre einbringen würde.

So kratzte sich Cortés gereizt den Bart und erklärte, dies sei noch nicht alles Gold, man vermisse den Rest.

Der *ciuacoatl*, eine Art oberster Minister des aztekischen Reiches, antwortete schließlich, daß wir im Jahr zuvor schon alles Gold aus dem Palast des Axayacatl mitgenommen hätten, Mexico seitdem keine Tributzahlungen mehr erhalten hätte und es deshalb kein weiteres Gold gäbe.

»Wie!« sagte Cortés. »Und wo ist das Gold, das ihr uns auf der Straße von Tlacopan entrissen habt, und jenes, das in der Lagune versunken ist?«

»Unsere Leute haben nur geborgen, was Ihr hier seht, Herr.«

»Torremayor, sagt diesen Schelmen, daß wir mindestens zweihundert armdicke Barren besaßen und daß ich sie wiederhaben will!«

Ich übersetzte.

»Vielleicht«, sagte der Ciuacoatl, »hat eine Frau sie unter ihrem Rock versteckt. Die Herren werden suchen müssen.«

Da begriffen wir, daß wir nichts weiter erhalten würden.

* * *

In den Monaten nach der Einnahme Mexicos ging es darum, den Frieden zu organisieren.

Ich logierte bei Cortés in Coyoacan, wo auch meine Abteilung untergebracht war. Nur selten hatte ich Gelegenheit, das Haus aufzusuchen, in dem Xiuxochitl, Celestina und der Kleine lebten.

In gewisser Weise war das gut so: Jedesmal kehrte ich verzweifelt oder verbittert von dort zurück.

»Gib ihr Zeit«, sagte Celestina. »Ihr Männer glaubt immer, ihr braucht bloß aufzutauchen ... Denk doch daran, was sie durchgemacht hat!«

Ich dachte vor allem an das, was ich durchmachte, wenn sie sich so gleichgültig mir gegenüber verhielt.

Nur für kurze Augenblicke schien sie aus ihrer Teilnahmslosigkeit zu erwachen. Dann verlangte sie nach ihrem Sohn, umarmte ihn, bedachte ihn mit jenen Kosenamen in Nahuatl, die die Indios ihren Kindern geben und die wie das sanfte Summen eines Bienenstocks klingen. Anschließend übergab sie ihn wieder Celestina, die der Kleine ihr ganz offensichtlich vorzog, was jedoch nicht im mindesten ihre Eifersucht erregte. Sie legte sich auf die Matte zurück und kapselte sich aufs neue von der Außenwelt ab.

Das Haus lag inmitten wundervoller Gärten. Da Celestina von mir wußte, daß Xiuxochitl Blumen leidenschaftlich liebte, hatte sie die Spuren der Verwüstung, die die Soldaten angerichtet hatten, beseitigen lassen. Daturas, Fuchsien, Trichterwinden blühten entlang der Gartenwege, es gab auch Geißblatt, großen, hängenden Goldregen, der mich an meine kleine Maria erinnerte, und Magnolien. Xiuxochitl würdigte sie alle keines Blickes. Manchmal fand ich jedoch in ihrem Zimmer eine flache, mit Wasser gefüllte Schale, in der Magnolienblüten schwammen, die Tlacateotl für sie gepflückt hatte. Dann lag ein Ausdruck auf ihrem Gesicht, den ich nicht begreifen konnte, der mir aber das Herz zerriß. Ach, ich hätte ihr die Sterne vom Himmel herabholen oder etwas anderes Überirdisches vollbringen mögen, um ein kleines Zeichen der Anteilnahme in ihren Augen zu wecken.

Eines Tages schloß ich sie in meine Arme. Sie widersetzte sich nicht, ich war es, der sie wieder losließ.

Was Celestina gegenüber Xiuxochitl empfand, habe ich nie genau erfahren. Aber was auch immer sie fühlte, mit ihrem praktisch veranlagten Verstand konnte sie den düsteren, launenhaften und bilderreichen Windungen dieser Seele nicht folgen. Sie gewöhnte sich jedoch daran, und in gewisser Weise schloß sie Xiuxochitl in ihr Herz. Sehr viel später gestand sie mir während eines vertrauten Gesprächs: »Es ging darum, sie zu akzeptieren oder dich zu verlieren.« Es mag eitel erscheinen, diese Worte von Celestina hier wiederzugeben, denn ihre noch immer blühende Schönheit konnte ihr andere Ziele in Aussicht stellen, aber es war die Wahrheit.

Sobald die letzten Leichen in Mexico beseitigt waren und der Pesthauch sich verzogen hatte, beauftragte Cuauhtemoc auf Cortés' Befehl hin seine Mexica mit der Instandsetzung des Aquädukts von Chapultepec und auch mit dem Bau weiterer Straßen und Brücken, damit die Einwohner zurückkehren konnten.

Wir behielten uns vor, die Gräben und Kanäle von unseren Soldaten ausräumen zu lassen, vor allem die in der Umgebung der Straße von Tlacopan, wo so viele Spanier unter der Last ihres Goldes ertrunken waren. Aber auch dort fanden wir nichts und mußten uns mit dem zufriedengeben, was Cuauhtemoc uns vorgelegt hatte.

Wir beschlossen, den schönsten Gold- und Federschmuck als Beleg für die aztekische Goldschmiedekunst und die Kunst des Federflechtens beiseite zu legen, um ihn später Seiner Majestät zu überreichen. Dann wurde das Gold eingeschmolzen. Es ergab einen Wert von etwa einhundertdreißigtausend

Kastillan*. Unter den Augen von Alderete, unserem Schatzmeister, wurde es den Vereinbarungen entsprechend aufgeteilt: in den königlichen Quint, den Quint für Cortés, den Anteil der Hauptleute, den der Reiter und den der Soldaten.

Ihre Enttäuschung war abgrundtief. Zwar konnte man kaum die Auswüchse gutheißen, zu denen sie führte, aber nur schwerlich konnte man die Soldaten tadeln.

Sebastián tobte.

»Sechzig Pesos für einen Reiter, fünfzig für einen Fußsoldaten! Donner, Blitz und Hurensohn! Fünfzig Pesos, soviel wie ein Degen oder ein halber Umhang in Kuba kostet, das soll mein Lohn für zweieinhalb Jahre sein, wie man sie nicht einmal einem Tier zugemutet hätte! Schaut mich an: ein Ohr weniger, einen Hinkefuß, Schmerzen am ganzen Körper, die mich vor der Zeit altern lassen werden, und mein Gesicht ... Habt Ihr es Euch genau angesehen? Die Mädchen aus unserem Dorf werden schreiend davonlaufen, wenn sie mich sehen! Und als Entschädigung leere Taschen! Sieht so ein Sieger aus?«

»Gib es zu, du hast dir doch hin und wieder etwas Gold in die Tasche gesteckt.«

»Natürlich. Haltet Ihr mich für einen Trottel? Aber bei allem, was ich im Spiel verloren habe, werde ich kaum mehr bezahlen können als die Überfahrt nach Sevilla, vielleicht reicht es sogar noch für zwanzig Ziegen bei uns zu Hause!«

»Mein Lieber«, sagte ich, »du weißt genau, das mit den Ziegen ist für dich vorbei. Wir sind zusammen und werden zusammenbleiben.«

Ich versprach ihm ein Fünftel meines Teils, und er beruhigte sich.

Ich löste auch ein paar Schuldscheine unserer Leute aus der Estremadura ein.

* Ungefähr 600 Kilogramm Gold. Der Kastillan und der Peso hatten den gleichen Wert.

Aber die anderen, all die anderen, die Kredit aufgenommen hatten für eine Armbrust, einen Degen, ein Waffenhemd, eine Halsschiene, einen Helm, Schuhwerk, für all die unabdingbaren Gegenstände, die eine so lange Unternehmung erforderte, ganz abgesehen von den Kosten für den Wundarzt und den Barbier, deren Honorare denen eines Hofarztes gleichkamen – all diese Unglücklichen waren bestürzt. Sie hatten geglaubt, daß all ihre Leiden durch einen Haufen Gold aufgewogen würden, nun sahen sie ihre Hoffnungen dahinfahren, die Gläubiger saßen ihnen im Nacken, sie waren ärmer als beim Aufbruch und ihre mißhandelten Knochen schmerzten in allen Gelenken.

Auf diesem Nährboden gediehen Empörung und Groll, Gerüchte heizten die Stimmung weiter an. Die Soldaten von Narváez, unbeeindruckt von der Bindung, die die gemeinsam vollbrachten Heldentaten zwischen uns und unserem Generalkapitän geschaffen hatten, beschmierten die weißen Mauern des Palastes von Cortés mit wüsten Reimen, beschuldigten ihn, große Mengen Goldes, die Cuauhtemoc ihm heimlich gegeben habe, einbehalten zu haben.

Anfangs verteidigte sich Cortés gegen solche Schmähungen, indem er mit gleichen Waffen zurückschlug, was er weitaus besser beherrschte als die Soldaten. Dann aber spitzten sich die Dinge zu und nahmen eine gefährliche Wendung, als Sulián de Alderete, der Königliche Schatzmeister, sich einmischte. Er war ein Geschöpf Fonsecas, des Bischofs von Burgos, und ein Freund Diego Velázquez', unseres werten Gouverneurs von Kuba, und der Pizarrals. Durch solche Rückendeckung gestärkt, forderte Alderete Cortés auf, Cuauhtemoc der Folter zu unterziehen, um ihm das Geständnis abzuringen, wo er das uns vorenthaltene Gold Motecuhzomas versteckt hatte.

Ich eilte zu Cortés.

Nur mühsam verbargen seine bleichen, ernsten Züge seinen Zorn.

»Diesen edlen Prinzen! Das will ich nicht, Torremayor. Es ist beleidigend, wie Alderete versucht, mich zu dieser Vorgehensweise zu zwingen. Leider wissen wir immer noch nicht, wie Seine Majestät über uns entschieden hat, ich habe Feinde, wie Ihr wißt, und wenn das Gerücht um sich greift … Gold vor der Aufteilung beiseite zu schaffen hieße nicht nur, meine Soldaten zu beleidigen, sondern auch den königlichen Quint zu bestehlen! Diese Beschuldigung wiegt schwer. Ich bin nicht so mächtig, daß ich sie außer acht lassen könnte. Was wir mit unserem Blut und Schweiß erobert haben, kann uns Seine Majestät morgen wieder nehmen, wenn es ihr Wille ist. Schone ich den Azteken, so wird man sagen, ich wolle vermeiden, daß er unter der Folter Geheimnisse preisgibt, die mir schaden könnten.«

»Laßt mich mit ihm sprechen, Exzellenz!«

* * *

Da Cuauhtemoc sich frei bewegen konnte – eine Nachsicht, die man Cortés ebenfalls zum Vorwurf machte –, traf ich ihn erst am Abend an.

Mit der Weitergabe einer Information von Mund zu Mund durch ihre Sklaven verfügten die Indios über eine Form der Nachrichtenübertragung, die erstaunlich schnell funktionierte. Cuauhtemoc war bereits auf dem laufenden und schien weitgehend ungerührt. Sein Leben war mit dem Fall Mexicos zu Ende gegangen, und er gab sich nun, ganz wie es bei Motecuhzoma gewesen war, dem Todesverlangen hin: eine Einstellung, die dieses Volk kennzeichnet, wenn es spürt, daß es sein Schicksal nicht mehr wenden kann.

»Die Götter rächen sich, Ollintzin«, sagte er zu mir. »Ihr seid wegen des Goldes gekommen, aber ihr werdet nicht mehr bekommen, als ihr nun habt. Nur unsere Asche bleibt euch noch und der Grimm darüber, daß diese Schätze irgendwo liegen, ihr aber nie wissen werdet, wo. Vielleicht weiß nicht einmal ich es.«

»Herr, mein Herr. Für dich und dein Volk bedeutet das Gold nur Schönheit und Überfluß. Ich beschwöre dich, treibe unseren General nicht so weit, daß er dich zum Geständnis zwingt! Es ist ein Gedanke, der ihn sehr schmerzt.«

»Erweise mir eine Gunst, Ollintzin.«

»Alles, was in meiner bescheidenen Macht steht ...«

»Ich hatte dir versprochen, deinem Todeskampf beizuwohnen, denn ich zweifelte nicht daran, daß du dich heldenhaft schlagen würdest. Wohne nun dem meinen bei, du wirst nicht enttäuscht sein.«

»Herr«, sagte ich »was du für mich gewählt hattest, war eine Ehre. Aber was du nun selber wählst ...«

Ich suchte nach Worten und fand sie nicht. Einen Herrscher foltern wie einen gemeinen Dieb ...

Cuauhtemoc sah mich an. Seine Augen, einst die strahlende Krönung seines stolzen Gesichts, hatten allen Glanz verloren.

»Ollintzin, Leiden bedeutet immer Ehre für denjenigen, der ihm Widerstand leistet.«

Ich habe versprochen, einen lückenlosen Bericht zu liefern, deshalb werde ich so knapp wie möglich und ohne jeden Kommentar wiedergeben, was dann geschah.

Cuauhtemoc und zwei seiner Vertrauten, der König von Tlacopan und ein anderer Adliger, wurden auf Bänke gebunden. Soldaten bestrichen ihre Hände und Füße mit Öl und hielten dann Brandfackeln an die Gliedmaßen. Das Fleisch begann zu verbrennen. Ein scheußlicher Geruch breitete sich aus.

Sulián de Alderete, der zum Scharfrichter gewordene königliche Schatzmeister, führte das Verhör.

Immer die gleiche Frage: Wo ist das Gold?

Immer die gleiche Antwort: Schweigen.

Blut rann aus dem Mund der aztekischen Fürsten. Ihre Hände und Füße waren nur noch verkohlte Stümpfe. Einer von ihnen starb.

Ich verließ den Raum, rannte zu Cortés und kehrte zurück.

Die Soldaten ölten erneut die glühenden Knochen. Ich

zeigte Alderete den von Cortés unterzeichneten Befehl. Die Tinte war noch feucht. Die Folter wurde abgebrochen. Ich holte Doktor Ojeda herbei.

Während meiner Abwesenheit hatte Cuauhtemoc Alderete ein paar Hinweise gegeben. Man begab sich in seinen Palast. Vom Boden eines Wasserbeckens holte man eine Goldscheibe in Form einer Sonne hervor sowie einige kleinere Gegenstände. Das war alles.

Diese Sonne liegt noch heute wie ein Schatten auf meinen Gedanken.

* * *

Das Leben kehrte in die Stadt zurück.

Wie weiße Flecken zeichneten sich die neuerbauten Häuser ab, die drei großen Straßen führten wieder in beeindruckenden geraden Linien in die Stadt hinein, und über das blaue Wasser der Lagune glitten zahlreich die Pirogen, die Tag und Nacht Baustoffe und Lebensmittel für die Sklaven, Maurer, Zimmerleute und die indianischen Steinmetze herbeischafften.

Cortés wurde zum Baumeister, und wir unterstützten ihn mit unseren Einfällen. Sein Wunsch war es, an der Stelle der ehemaligen Innenstadt eine herrliche Metropole zu erbauen. Er zeichnete Pläne. Das Tlatelolco-Viertel wurde gänzlich den Mexica überlassen, aber in Tenochtitlan behielt sich Cortés den Palast Motecuhzomas und ein ausgedehntes Areal für diejenigen seiner Hauptleute vor, die sich dort niederlassen wollten.

Mit dem Ziel, uns die Indios gewogen zu machen und dem Land zu einer aufblühenden Wirtschaft zu verhelfen, wurde Cuauhtemoc zum Gouverneur von Mexico ernannt – was de facto kaum mehr als ein Ehrenamt darstellte, denn der nun verkrüppelte Prinz zog sich nach Coyoacan zurück. Der Ciuacoatl wurde in seinen weitreichenden ehemaligen Funktionen bestätigt, und sein Einfluß auf das Volk half uns sehr.

Den aztekischen Fürsten wurden ihre Ländereien und die darauf erwirtschafteten Erträge wieder zugestanden, so daß ihr Vertrauen wuchs und sie gleichzeitig an die spanische Krone gebunden wurden.

Eines Morgens tauchte Tlacateotl bei mir auf.

Mein Iyac hatte nicht lange gebraucht, um zu seinem gravitätischen Auftreten zurückzufinden. Großen Anteil daran hatte ein prächtiger Tilmatli, der aus dem reichen Schatz der Abgaben stammte, die ich vor der Belagerung Mexicos aus verschiedenen Städten erhalten hatte.

»Ollintzin, Señora Celestina verlangt nach dir.«

Ich bestieg mein Pferd, nahm Tlacateotl auf die Kruppe und machte mich in großer Unruhe auf den Weg.

»Du bist seit einer Woche nicht mehr hiergewesen. Ich konnte nicht länger warten«, sagte Celestina.

»Was ist los?«

»Sie hat Acamapichtli gebeten, ihr einen *tonalpouhqui* zu bringen. Das scheint eine Art Priester zu sein. Genau habe ich es nicht verstanden. Was den Haushalt, die Heilmittel, die Befehle an die Naborias angeht, so komme ich in ihrer Sprache einigermaßen zurecht, aber was diese gräßliche Religion betrifft ...«

»Ein Tonalpouhqui ist ein Wahrsager, den die Familien bei der Geburt eines Kindes zu Rate ziehen, um sein Schicksal in Erfahrung zu bringen, sein Tonalli. Die Mexica befragen den Tonalpouhqui darüber hinaus bei jedem wichtigen Ereignis wie einer Heirat oder Reise, um den günstigen Zeitpunkt in Erfahrung zu bringen ... Und du sagst, daß Xiuxochitl ... Sollte sie etwa vorhaben fortzugehen, uns zu verlassen?«

Bei diesem Gedanken fühlte ich meine Kräfte schwinden. Mein Gott, ich wollte sie behalten! Sie behalten, selbst abwesend, teilnahmslos, aber sie behalten.

Celestina beobachtete mich.

»Acamapichtli scheint sehr verwirrt zu sein, Torremayor. Es wäre gut, wenn du mit ihm sprächest.«

»Wie geht es ihr?«

»Gestern hat sie nach dem Kleinen verlangt. Weißt du, daß er anfängt, ›Tina‹ zu sagen? Was für ein Schatz! ... Ich habe ihn ihr gebracht. Nach fünf Minuten brachte ihre Sklavin ihn mir zurück. Diese plötzlichen Ausbrüche von Zärtlichkeit erschrecken ein Kind. Er weinte. Sie ißt fast nichts, sagt nichts, starrt an die Decke. Sie macht mir Angst, so können wir nicht weiterleben, Torremayor!«

Acamapichtli hatte seine Körbe mit Medizin und alle seine Gerätschaften in einen kleinen, tief im Garten verborgenen Pavillon gebracht. Unsere Soldaten und auch viele Mexica kannten den Weg dorthin. Seine Apotheke war regelrecht belagert, vor allem kauerten viele Frauen und Kinder dort im Gras. Ich hegte den Verdacht, daß Acamapichtli Nutzen aus seinem steigenden Ansehen zog und den Leuten seines Volkes eine beachtliche Menge Goldkörner abnahm, die den Durchsuchungen der Armee während der Evakuierung Mexicos entgangen waren. Aber unsere Leute behandelte er umsonst, das war zu einer stillschweigenden Übereinkunft geworden.

Sogleich schickte er die junge Frau fort, die er gerade abhörte, verordnete ihr Dampfbäder und Beschwörungen einer mir unbekannten Liebesgöttin.

»Acamapichtli«, sagte ich, »Señora Celestina sagte mir ... Was hat es mit diesem Tonalpouhqui auf sich?«

Er räumte das Gefäß beiseite, das ihm seine Diagnose zugeflustert hatte, und drehte sich zu mir um.

»Wenn eine Person geboren wird, Herr, so strahlt sie, sie ist ein kostbarer Stein, ein makelloses Juwel. Dann aber verstrickt sie sich im Laufe ihres Lebens und gemäß ihrem Tonalli nach und nach in Schlingen und Netze, stürzt in Abgründe. Sie wälzt sich in Abfall und Auswurf, die armselige Person, und eines Tages, ganz tief unten in einer Schlucht, erschrickt sie und schämt sich über ihren Geruch. Mit ihrem ganzen Sein strebt sie danach, neu zu erblühen und zu strahlen wie die Perle oder wie reines Gold. Dann wendet sie sich an einen Tonalpouhqui. Er befragt die heiligen Bücher und setzt einen günstigen Zeitpunkt fest. Ist die Person von hohem Stande, so begibt der Tonalpouhqui sich zu ihr. Die Person ist darauf bedacht, eine neue Matte für den Priester zu besorgen und auch Kopalharz, welches sie in das von ihren Sklaven zu diesem Anlaß entzündete Feuer wirft. Und dort, unter dem Blick von Tezcatlipoca, dem Unsichtbaren, der alles sieht, und unter dem Blick der Göttin Tlazolteotl, die wir auch Tlaelquani, ›die Vertilgerin des Unrats‹, nennen, tut die Person ihr Herz auf. Sie tut es mit großer Reue und Aufrichtigkeit, sie spricht über alles, ihre Schlechtigkeiten, Verfehlungen, Ehebrüche, Verbrechen, vom Anfang bis zum Ende, sie reinigt sich von all ihrem Unrat, sie speit ihn aus. Und über den Tonalpouhqui, der nur das vermittelnde Ohr ist, wäscht und reinigt die Göttin Tlaelquani die arme, zerknirschte Person, gewährt ihr die so heiß ersehnte Vergebung und spricht sie frei.«

»Das gleicht unserer Beichte«, warf ich unwillkürlich ein.

»Ich habe mich kundig gemacht über deine Religion, Herr. In zweierlei Hinsicht unterscheidet sich dieser Akt von dem, was ihr Beichte nennt. Zum einen ist die Person, die sich dem Tonalpouhqui anvertraut, auch vor dem Gesetz der Menschen von ihren Fehlern freigesprochen.* Zum anderen könnt ihr immer wieder Geständnisse ablegen, wenn euer Gewissen euch quält. Das können wir nicht. Uns steht es nur ein einziges Mal zu. Daher nehmen wir gewöhnlich nur dann Zuflucht zur ‚Vertilgerin des Unrats‘, wenn unser Leben sich dem Ende zuneigen will. Ich bin unschlüssig. Es ist eine große Verantwortung, Herr! Die Dame Xiuxochitl ist noch so jung ...«

* Als Mexico christianisiert wurde, erschienen die des Ehebruchs und des Mordes angeklagten Indios zur Beichte, gestanden ihr Verbrechen, taten Buße und verlangten anschließend einen Beichtschein von den Geistlichen, da sie glaubten, auf diese Weise auch mit der Justiz im reinen zu sein, wie es in ihrer früheren Religion der Fall gewesen war.

Auch ich war unschlüssig, und Acamapichtlis Worte hatten meine Zweifel noch größer werden lassen.

Xiuxochitl war getauft. Konnte ich dieses Treiben mit ihren Dämonen dulden und zulassen, daß sie weiterhin ihrem Irrglauben huldigte? Als Christ empörte ich mich, verurteilte diese Machenschaften, aber als Mann, als unglücklich liebender Mann fand ich andere Argumente. Würde sie sich denn unserer Religion zuwenden, wenn ich ihr diese Hilfe verwehrte? Mit Sicherheit nicht! Es war mir außerdem klar, daß ihre Schwermut aus der Seele kam, daß Xiuxochitl sich aus eigenem Willen langsam auf den Tod zubewegte und ich sie verlieren würde, wenn nicht irgendeine äußere Macht, etwas, das meiner Vorstellungswelt fremd war, ihr den Lebenswillen wiedergäbe.

Niemals zuvor hatte ich in einer solchen Schärfe meine Ohnmacht empfunden angesichts der Abgründe, die zwischen uns lagen. Sie hatte sich an Acamapichtli gewandt, nicht an mich. Weil er einer der Ihren war!

»Tu, was die Dame Xiuxochitl von dir verlangt«, sagte ich, »aber vermeide jedes Aufsehen. Und sprich nicht mehr mit mir darüber.«

Einen Monat nach dieser Unterhaltung fand ich das Haus voller Blumensträuße vor.

»Das war sie«, sagte Celestina. »Seit drei Tagen … Du wirst sehen! Eine Auferstehung!«

Ich lief zu ihrem Zimmer.

Mia, ihre Sklavin, kämmte ihr schönes Haar.

Sie hatte einen mit Wasserstrudeln und Muscheln bestickten Tilmatli angelegt. Es war ein Geschenk von mir, das sie aber wie viele andere auch bisher achtlos beiseite gelegt hatte. Sie sah mich an, und ihre Augen waren weich wie Samt.

»Ollintzin«, sagte sie.

Da begriff ich, daß Gott mir in seiner unendlichen Barmherzigkeit den rechten Weg gewiesen hatte, der nicht immer derjenige der Engel ist.

* * *

Cortés überließ es seinen Hauptleuten, sich einen Platz für ihre Niederlassungen in Mexico zu wählen. Alvarado und Pizarral ließen sich Paläste bauen. Andere zogen es vor, sich draußen in dem weiten Land eine Domäne abzustecken. Zu ihnen gehörte auch ich.

Das Tal von Mexico würde für mich auf ewig überschattet bleiben vom Tod meines Bruders und dem Verlust teurer Gefährten. Außerdem war sein Zauber, der mich beim ersten Anblick so sehr gebannt hatte, für immer dahin. Es drängte mich zu anderen Ufern. Und Xiuxochitl lehnte es grundsätzlich ab, in dieser Stadt zu leben.

»Bring mich weit weg von hier«, sagte sie. Ich werde niemals nach Tenochtitlan zurückkehren. Seine Straßen sind mit den Gebeinen meines Volkes gepflastert.«

Ich durchblätterte die Rechnungsbücher Motecuhzomas, die Cortés uns zur Verfügung gestellt hatte, so daß wir uns Aufschluß über die besonders fruchtbaren Gegenden verschaffen konnten, solche, in denen Baumwolle und Kakao gediehen, und andere, wo Gold und Edelmetalle gewonnen wurden ... Ganz nebenbei stellte ich bei meinen Studien fest, daß das Tal von Mexico mit seinem Mais- und Agavenanbau bei weitem das ärmste war, was wieder einmal beweist, daß der wirkliche Reichtum im Willen des Menschen liegt.

Nach mehreren Unterredungen mit dem Generalkapitän entschied ich mich dafür, die Gegend hinter Cuauhnahuac – »Der Adler der Nahuac«, von uns in Cuernavaca umbenannt – zu erkunden, die jenseits der südlichen Vulkankette liegt, nach dem Meer des Südens* zu.

Im April des vergangenen Jahres hatten wir Cuernavaca nach erbittertem Widerstand der Azteken zerstört. Die Schönheit der Stadt und ihre herrliche Lage auf einem wilden bergigen Vorsprung oberhalb fruchtbarer Ebenen hatte mich tief beeindruckt. Ansonsten war mir dieses Gebiet unbekannt, aber bei der Durchsicht der Bücher war ich darauf gestoßen,

* Der Pazifische Ozean.

daß hier vermutlich Zinnminen zu finden waren. Dieses Detail war meinen Gefährten bisher offenbar entgangen.

Am vierundzwanzigsten November des Jahres 1521 umarmten wir unsere Lieben zum letzten Mal, hörten die Messe und gingen zur Kommunion, bevor wir uns von Cortés verabschiedeten und auf den Weg nach Cuernavaca machten. Ich führte eine beachtliche Truppe an: achtzig gut ausgerüstete, kräftige Soldaten aus der Estremadura, gut tausend Tlaxcalteken in der üblichen Kriegsbemalung samt rauschendem Federschmuck und Schellen. Sie waren in der Hoffnung auf neue Beute nach Coyoacan geeilt, sobald sie von meinem Plan gehört hatten, denn es war damit zu rechnen, daß wir auf unserem Weg auf den Widerstand kleinerer Aztekensiedlungen stoßen würden. Neben mir ritt Sebastián auf einem feuerroten Fuchs, den ich ihm gekauft hatte. Ich glaube, es gab in diesem Augenblick keine glücklicheren Menschen als uns beide.

Durch mächtige Wälder gelangten wir auf die felsigen Hochebenen und erreichten Cuernavaca am darauffolgenden Abend.

Hinter Cuernavaca stießen wir auf eine trockene, unfruchtbare Landschaft, doch mir blieb keine Zeit, mich der Enttäuschung hinzugeben, denn wir wurden von mexikanischen Verbänden angegriffen, deren große, teuflisch wilde Krieger uns arg in Bedrängnis brachten. Sie töteten einen meiner Männer und etwa zwanzig Tlaxcalteken. Ich sah dennoch davon ab, ihre Dörfer niederzubrennen, denn es erschien mir wichtiger, Frieden zu schaffen als den Krieg zu verlängern. Die Anführer verpflichteten sich, bei meiner Rückkehr die vereinbarte Tributzahlung bereitzuhalten.

Von ihnen erhielt ich auch wertvolle Hinweise über die Zinnminen. Sie zeigten mir Stücke aus diesem Metall in Form eines T, die ihren Worten zufolge in der benachbarten Provinz Taxco als Zahlungsmittel dienten.

Wir setzten unseren Weg fort.

Ich will die Scharmützel, zu denen es immer wieder kam, nicht im einzelnen beschreiben. Sie erschienen uns wie Insektenstiche gegenüber den gigantischen Kämpfen, die wir durchgestanden hatten, auch wenn bereits ein einziger Pfeil, ein einziger Lanzenhieb ein Leben auszulöschen vermag!

Ich stellte fest, daß mein Ruf mir bis in diese Gegenden vorausgeeilt war. Dieser Umstand sowie meine Kenntnis von Sprache und Gebräuchen der Indios ebneten mir manchen Weg. Wir zogen weiter in Richtung Taxco, kamen durch Täler, die in weite, fruchtbare Ebenen mündeten, ich war hingerissen von diesem strotzenden, satten Grün.

»Hast du je zuvor ein solches Grün gesehen?« fragte ich Sebastián.

»Nein, gewiß nicht. So gutes Land, und so gut bewässert. Hier müßte alles gedeihen, und die Pferde ... Habt Ihr einmal daran gedacht, wieviel Gold wir mit einer Pferdezucht verdienen könnten?«

Die Gegend war dicht besiedelt, aber die Bevölkerung schien friedliebend und arbeitsam zu sein. Es kam lediglich zu einem feindlichen Übergriff, den wir schnell zu unseren Gunsten entschieden.

Als wir den Weg nach Taxco weiter hinaufstiegen, stießen wir auf eine ausgedehnte grüne Lichtung, die auf einem Felsvorsprung über den fruchtbaren Tälern lag, die wir gerade hinter uns gelassen hatten. Zwischen Bäumen und Geröll sprang ein Wasserfall hervor und ergoß sich in einen kleinen grünen See, der von saftigem Gras gesäumt war. Auf der Wasseroberfläche spiegelten sich die wogenden Umrisse der Bäume ringsumher. Es glich einem von Gottes Hand entworfenen Park inmitten der wilden Natur.

Ich blieb stehen. Noch heute schlägt mein Herz höher, wenn ich an die Gefühle denke, die mich damals ergriffen.

Ich sagte zu Sebastián: »Hier zu leben, würde dir das gefallen?«

Er nahm seinen Helm ab, wischte sich den Schweiß aus dem Gesicht.

»Es gibt Wasser, Holz, Steine, und der Ort läßt sich gut schützen. Bei meiner Treu, wenn Ihr ein Eckchen für mich in Eurem Schloß übrig habt …«

»Einen Flügel, mein Freund, einen ganzen Flügel. Du wirst wie ein Fürst mit deinen Indiofrauen untergebracht sein.«

»Und Ihr mit Eurer. Hier wird man sie Euch nicht wegnehmen können!«

* * *

In Coyoacan unterbreitete ich Cortés meine Pläne. Ich bekam ein großes Gebiet im Norden von Taxco zugesprochen und ein starkes ›Depot‹, wie wir es nannten, an Indios. Die Zinnminen weiter südlich fielen der Krone zu, aber ich vermute, daß Cortés selbst Gewinn daraus zog, was mir durchaus angebracht schien. Was hätten wir ohne ihn gemacht?

»Und er, was hätte er ohne uns gemacht?« hielt Sebastián dagegen. »Schaut ihn Euch an! Er schwelgt wie ein König, mit seinen Kellnern, Mundschenken, Lakaien, und wir, seine Soldaten, sind bettelarm!«

»Nun laß es endlich gut sein mit deinen fünfzig Pesos, du Dummkopf! Bettelarm fühlst du dich? Du hast ein Pferd, Frauen, Sklaven … Da kannst du lange suchen, bis du in der Estremadura Hidalgos findest, die so etwas ihr eigen nennen können! Du bist ungerecht. Hättest du lieber einen Anführer, der sich wie ein Grobian aufführt? Seine Herrlichkeit strahlt auf uns zurück. Im übrigen, auch wenn ihr allesamt Mühe habt, das zu begreifen, interessiert Cortés das Gold selbst nicht. Aber man braucht es, um die Schlösser bei Hofe zu schmieren und die Pforten aufzustoßen, die zu Seiner Majestät führen. Nur so wird man unsere Verdienste letztlich anerkennen. Unser Leben und unser Leid kümmert die Beamten und Höflinge herzlich wenig, sie schenken nur dem Beachtung, was glänzt!«

Sobald ich meinen Besitz hatte, besuchte ich die Verantwortlichen der einzelnen Dörfer, überreichte ihnen Geschenke wie Spiegel, Hemden und Glasperlen, die sie dann vor den Ihren zur Schau stellen konnten.

Auf dieser Reise hatte ich fünfzig Soldaten bäuerlicher Herkunft dabei. Da ihnen das himmlische Manna, das sie erhofft hatten, nicht zuteil geworden war, waren sie gern bereit, sich auf meinem Grund niederzulassen. Außer ihnen waren zwei mexikanische Steinmetze, ein spanischer Zimmermann und Sebastián mitgekommen. Er blieb vor Ort, um den Bau des Hauses zu überwachen, dessen Grundrisse ich von Spaniern hatte entwerfen lassen, die mehr von Architektur verstanden als ich, der ich in einem bescheidenen Haus auf dem Lande geboren war. In den Wäldern und Steinbrüchen fand sich reichlich Material, die Indios lieferten die Arbeitskraft. Symbolisch tat ich den ersten Spatenstich. An diesem Tag feierten wir auf der Lichtung mit unseren Kaziken, die uns einige ihrer Töchter schenkten.

Am nächsten Tag machte ich mich nach Taxco auf, um dort die von Cortés benannten Fachleute einzuweisen, damit sie mit der Zinngewinnung beginnen konnten.

Auf unserem Weg in die Stadt entdeckten zwei dieser Leute sichere Anzeichen eines Eisenerzvorkommens auf meinem Land, was mich reicher machte, als ich gehofft hatte, und mich in eine freudige Stimmung versetzte, denn mit Erschrecken hatte ich bemerkt, wieviel Gold ich schon verteilt hatte, um mir gewisse Personen geneigt zu machen.

Im Frühjahr und Sommer des Jahres 1522 reiste ich immer wieder hin und her. Mit jedem Mal wuchs mein Stolz angesichts der Herrlichkeit von *San Cristóbal* – so lautete der Name meines Schutzpatrons, den ich auch Haus und

Gut gegeben hatte in der Hoffnung, er möge ihnen Segen bringen.

Im September beschloß ich, Xiuxochitl mitzunehmen.

Am zweiten Abend machten wir in einer Herberge am Ausgang von Cuernavaca Halt. Das Haus sah abweisend aus. Aber als der Wirt die vornehme, mit Federbüschen geschmückte Sänfte sah und dann das reizende Gesicht hinter den bestickten Vorhängen entdeckte, setzte er seine Leute in Bewegung. In kürzester Zeit hatten Kohlebecken mit duftender Rinde die Feuchtigkeit aus dem Raum vertrieben, Blätter verdeckten die Mauern, und wir erhielten eine anständige Mahlzeit.

Mia, Xiuxochitls Sklavin, holte aus dem Gepäck ihrer Herrin Kakaobohnen. Während sie das Getränk zubereitete, gingen wir hinaus.

Das glühende Rot und Rosa des Sonnenuntergangs war in ein tiefes Blau übergegangen, nur einige purpurne Streifen waren geblieben. Wie Lilienbanner schienen sie sich in den Spitzen der hohen Bäume verfangen zu haben. Ich hatte Xiuxochitls Arm genommen. Wir schlenderten zwischen riesigem Farnkraut dahin. Sie sagte nichts. Ich hatte mich an dieses Schweigen gewöhnt. Ihren leichten Schritt einmütig neben dem meinen zu spüren erfüllte mich mit einem zarten Glücksgefühl.

Kein Tag verging, an dem ich mich nicht dazu beglückwünschte, ihr den Tonalpouhqui gewährt zu haben … Oft fragte ich mich auch, von welchen so schwer auf ihr lastenden Sünden sie sich reingewaschen hatte, aber ich wartete auf den Moment, da sie sie mir von sich aus gestehen würde. Aus Furcht vor einer Ungeschicklichkeit, die sie in ihren Zustand der Apathie zurückversetzen könnte, übte ich mich in Geduld.

Immer noch kam es zu wunderlichen Gefühlsaufwallungen, ihr Verhalten dem Kind gegenüber blieb launenhaft, und abgesehen von unserer Hausgemeinschaft sah sie niemanden, als verweigere sie sich dem Anblick der Besiegten ebenso wie dem der Sieger. Aber sie war wieder gesund, und nach fast zwei Jahren hatten wir zu unserer Liebesbeziehung zurückgefunden. Ich glaube, es war diese körperliche Harmonie, die Xiuxochitl in so köstliche und erhebende Momente zu verwandeln verstand, die sie an mich band. Das sage ich ohne jeden Dünkel, denn was hätte ich darum gegeben, ihr Herz mit der gleichen Kraft rühren zu können …

Plötzlich blieb sie stehen und wies auf den Pfad, der sich rasch hinter den Büschen und steil aufragenden Felsen verlor.

»Das ist der Weg der Pochteca«, sagte sie. »Auf ihm gelangten sie bis zum Meer des Südens. Die Kolonnen der Sklaven folgten beladen mit Decken aus Kaninchenfell, bestickten Kleidern, Schmuckstücken aus Gold, Kristall, Obsidian oder Kupfer, Werkzeugen, Stiletten, Medikamenten, die unsere Händler in den fernen Provinzen gegen Jaguarfelle, Schildkrötenpanzer, Muscheln, Jade, Amber, bunte Federn, Perlen und Smaragde eintauschten, welche sie bei ihrer Rückkehr dann an die großen Krieger und Würdenträger verkauften. Es war ein langer Weg voller Gefahren, Ollintzin! Die Diebe lagen auf der Lauer, die wilden Tiere ebenso. Du siehst, daß die Pochteca auf ihre Weise edle und harte Krieger waren, und der Uey Tlatoani behandelte sie auch so, denn sie trugen zum Ruhm Mexicos bei, indem sie Kenntnisse über die Länder mitbrachten, durch die sie kamen, über deren Einwohner und ihre Gebräuche. Ich erinnere mich noch, daß mein Vater …«

Sie hielt inne und hob den Kopf zu mir.

»Als ich in euer Lager kam, sagte ich, daß ich einem Pochteca gehörte. Das war auch fast die Wahrheit, denn mein Vater war ein Pochteca. Wir führten ein angenehmes, wenn auch bescheidenes Leben. Für einen Pochteca gehört es sich, seine Macht und seinen Reichtum zu verbergen, um diejenigen nicht zu beleidigen, die den ihren durch strahlendere Taten errungen haben. Ein Pochteca tritt bescheiden auf, geht mit gebeugtem Rücken, was ihm die Wertschätzung aller einbringt … Meine Mutter ist jung gestorben. Mia hat mich aufgezogen. Ich habe meinen geliebten Vater verlassen und den Calmecac von Tenochtitlan besucht. Das ist eine große Ehre, und diese Ehre steht den Kindern des Pochteca zu ... Aber vielleicht langweile ich dich?«

Ich wählte meine Worte mit Bedacht und bemühte mich, meine Neugierde zu zügeln, mit der ich so oft ihren Unmut erregt hatte.

»Ich bitte dich, fahre fort«, sagte ich.

»Ein paar Tage nach meiner Geburt brachte meine Mutter mich, wie es üblich ist, zu dem zuständigen Priester des heiligen Bezirks und überreichte ihm die Räucherschale mit dem Kopalharz, damit er meinen Platz im Calmecac vorbereitete. Doch erst im Alter von fünfzehn Jahren legte ich mein Gelübde ab und wurde Priesterin. Dieses Gelübde verpflichtet allerdings nur für einen bestimmten Zeitraum. Die jungen Mädchen verlassen den Teocalli gewöhnlich, wenn sie sich verheiraten oder nach der Zeit, für die ihr Gelübde galt. Manche jedoch weihen ihr ganzes Leben diesem Dasein. Meine Aufgaben waren sehr vielfältig. Ich nähte und stickte Tilmatli für die Götter und die Priester, ich mehrte mein Wissen über unsere Religion, ich verbrannte Kopalharz und sang und tanzte mit meinen Gefährtinnen, den Töchtern adliger Herren und Würdenträger. Ich war schon fast ein Jahr im Calmecac, als wir das Fest des Monats Ochpaniztli feierten. In eurem Kalender ist das die Zeit vom 21. August bis zum 9. September.«

»Ich weiß. Es ist gerade wieder soweit ... Diese Feste, wie werden sie gefeiert? Auch mit Menschenopfern?«

»Ollintzin, man kann nur beurteilen, was man gut kennt. Und selbst dann! Darf man denn über die Götter urteilen? Urteilst du über den deinen? Sie befehlen, wir gehorchen ... Ochpaniztli ist der Monat der Göttinnen der Erde und der Pflanzenwelt. Man opfert eine Frau. Da ich Priesterin der Göttin des Maises war, wurde mein Gesicht bemalt, Arme und Beine wurden mit weißen und roten Federn geschmückt, auf dem

Rücken trug ich sieben mit kostbaren Stoffen zu einem Bund zusammengesteckte Maiskolben. An diesem Tag belohnt der Uey Tlatoani die Krieger, die sich im Verlauf des Jahres hervorgetan haben. Meine Gefährtinnen und ich führten den Zug an, wir sangen und tanzten mit den Priestern. Die Begeisterung war groß, mein Stolz nicht minder. Motecuhzoma bemerkte mich. Am nächsten Tag erschien einer seiner Diener bei meinem Vater. Ich vollendete mein Jahr im Calmecac, danach trat ich in den Palast Motecuhzomas ein. Ich war die einzige Tochter meines Vaters. Er hätte mich lieber mit dem Sohn eines Pochteca verheiratet, denn die Pochteca können ihren Handelsstand nur untereinander weitergeben, aber die erwiesene Gunst war unwiderruflich, der Wille des Uey Tlatoani allmächtig.

Xiuxochitl unterbrach sich:

»Der Kakao wird fertig sein.«

* * *

Spät in der Nacht nahm sie von sich aus die Erzählung wieder auf.

Wir hatten unsere Matten mitgebracht, schöne, weiche Matten aus ausgesuchten, feingewobenen Fasern, die übereinandergeschichtet ein vortreffliches und gesundes Lager abgaben. Ich denke oft daran, wenn ich nun auf meinem ekelerregenden und wurmigen Strohsack liege, der mir hier in meinem Gefängnis als Bettstatt dient … Über Xiuxochitls schönen Körper hatte ich eine Felldecke gebreitet. Sie schien zu schlafen. Ich war einerseits noch mit ihrer Erzählung beschäftigt, andererseits dachte ich an San Cristóbal. Diese Gedanken hielten mich wach.

Plötzlich schlug sie die Decke zurück.

»Möchtest du, daß ich dir ein Gedicht vortrage?«

Von Celestina wußte ich, daß Xiuxochitl in Coyoacan viele Stunden damit verbracht hatte, allein in ihrem Zimmer Gedichte zu rezitieren, aber sie selbst hatte mir niemals davon erzählt, als wäre ich derlei feinsinniger Dinge nicht würdig.

Ich nickte.

Sie warf etwas Rinde in die Kohlenglut und richtete sich auf. Die Fackel an der Wand umgab ihren Körper mit einem goldenen Lichtschein, und ich muß gestehen, daß ich diesem reizenden Schauspiel mehr Aufmerksamkeit schenkte als den Worten, die sie sprach.

Als sie geendet hatte, sagte ich: »Das war sehr schön. Komm zu mir.« Aber sie hockte sich am Fuß der Matte auf ihre Fersen.

»Dieses Gedicht hat mich die Tochter einer Zweitfrau des großen Nezahualpilli gelehrt. Er war der König von Texcoco und ein großer Dichter.«

Bei ihrer Ankunft in Coyoacan hatte sie so heftig auf den Namen Texcoco reagiert, daß ich jetzt mein Vergnügen vergaß und aufhorchte.

»Ach«, sagte ich, »wie hast du sie kennengelernt?«

»Nezahualpilli hatte sie Motecuhzoma geschenkt. Sie war nicht schön, die arme Prinzessin, aber so gebildet und so gut! Motecuhzoma hat sie nie angerührt. Sie wartete. Wir waren viele, und alle waren wir noch Jungfrauen. Wir warteten darauf, daß die Knospe des Herrn aller Menschen für uns erblühen würde! Da ich ohne Bruder aufgewachsen war, hatte mich bis dahin noch kein unreiner Gedanke befleckt. Ich war glatt und rein wie Jade, aber was die Frauen des Palastes erzählten, in deren Schößen sich die königliche Knospe entfaltet hatte, brachte mein Blut in Wallung wie ein Hieb mit Brennesseln. Die gute Prinzessin brachte mich wieder zur Ruhe. Ach! Ihr Mund und ihre Finger waren ebenso wendig wie ihr Geist!«

Ich fuhr auf.

»Wie! Du willst doch wohl nicht sagen ... Zwischen zwei jungen Mädchen!«

»Es ist schön, und man bleibt dabei weiß wie die Federn des Schwans. Meinst du, daß die jungen Mädchen bei euch es nicht auch tun?«

»Ganz und gar nicht! ... Jedenfalls glaube ich es nicht.«

»Du glaubst so manches nicht, Ollintzin. Ich werde deine kastilische Frau fragen.«

»Celestina ... Ich verbiete dir, mit Celestina über solche Dinge zu sprechen.«

»Bei uns ist das auch verboten. Den Frauen droht dafür sogar die Todesstrafe. Die Prinzessin und ich, wir versteckten uns in den Gärten. Danach tat ich Buße, ich fastete, ich stach mich mit den Dornen der Agave. Aber die Zungen um uns herum hielten sich nicht im Zaum, sie sprachen weiter von dem wunderbaren Glück, das die stolze Lanze der Männer zwischen den Schenkeln der süßen geliebten Frauen pflanzt, und wieder breitete sich die Erregung unter meinem Kleid aus ... Zwei Jahre hatte ich bereits hinter den Mauern des Palastes verbracht, da endlich ließ Motecuhzoma mich rufen. Welcher Stolz! Die Sklaven badeten mich, rieben mich am ganzen Körper mit duftendem Öl ein, kleideten mich in einen neuen Huipilli, den ich selbst bestickt hatte, die Prinzessin kämmte mein Haar, ihre Finger vermochten alles! ... Sie flocht es zu Zöpfen, die meine Stirn wie ein Diadem überragten, und besetzte sie mit Perlen. Meine arme Prinzessin, sie weinte. Ach, wie sie weinte! Ich aber war glücklich ... Alles machte mich damals glücklich! ... Ich war glücklich, aber auch voller Ehrfurcht. Vor dem Großen Motecuhzoma aß ich die Erde, ich kroch auf dem Boden, ich zitterte, aber dir, Ollintzin, gestehe ich, daß ich mir auch allerlei ungebührliche Fragen stellte. Meinen Blick hielt ich gesenkt, denn man sagte, daß der Herr der Menschen in den Augen zu lesen vermochte. Vielleicht hätte er Gefallen daran gefunden, in den meinen zu lesen, vielleicht hätte er seine Pläne geändert. Er verkündete mir, daß er mich für Atlixcatzin bestimmt hätte, einen edlen Herrn aus Texcoco, der mit der königlichen Familie verwandt war und mir die Ehre erwies, mich unter seine Zweitfrauen aufzunehmen.«

»Verdiente deine Schönheit nicht den ersten Platz?«

Xiuxochitl lächelte.

»Du mußt wissen, Ollintzin, daß die Hauptfrau häufig Siegel eines Bündnisses und daher nicht unbedingt die am meisten Geliebte ist. Mein Herr liebte mich sehr, und er liebte mich noch mehr, als er in den Genuß all der Feinheiten kam, die mich meine arme Prinzessin gelehrt hatte. Er war nicht mehr jung, aber er fand noch immer großen Gefallen an den Frauen. Mit welchem Schwung pflückte er meine süße Korallenblüte, die ich ihm feucht von zartem Tau, weit geöffnet für die Liebe darbot. Die *teonanaca* taten ein übriges, und ich achtete darauf, daß er sie nicht vergaß!«

»Die was?«

»Die Teonanaca. Das sind kleine Pilze, die in der Gegend von Oaxaca wachsen. Man ißt sie mit einer Honigglasur. Oh, wenn ein Mann das ißt! Ich werde dir welche zubereiten, wenn du möchtest ... auch wenn du sie wirklich nicht brauchst.«

»Danke«, sagte ich.

»Wenn mein Herr davon gegessen hatte, richtete er sich auf wie ein sonnenverwöhnter und regengetränkter Maiskolben. Jeden Tag beehrte er mich, und jeden Tag brachte er mir kostbare Geschenk. Er sagte, daß kein Juwel es aufwiegen könne, wenn eine Frau einem Mann seine Jugend wiedergibt. Es dauerte nicht lange, da ließ er einen kleinen Palast für mich bauen. Seine Gärten, Ollintzin, waren so unglaublich schön!«

»Ich habe die Gärten der Könige von Texcoco gesehen.«

»Aber du hast nicht die aus Gold gegossenen Tiere inmitten der Wasserspiele, der Wandelgänge, der Wäldchen gesehen, die mein Herr von seinen Goldschmieden hatte nachbilden lassen, um sich auf seinen Spaziergängen an allen im Anahuac vorkommenden Arten zu erfreuen. Welch ein Glanz herrschte abends, im Schein der Fackeln! ... Neben meinem Palast hatten die Architekten ein Gartentheater errichtet, mit steinernen Sitzreihen. Dorthin lud mein Herr seine vornehmen Gäste, ich trug ihnen Gedichte vor. Manchmal war ich als Vogel verkleidet, manchmal als Blume oder kostbarer Edelstein. In Texcoco liebt jeder adlige Mann und jede adlige Frau die Dichtkunst, und man hatte die Güte, mir eine besondere Gabe für diese Kunst zuzuerkennen. Mein Herr war von Stolz erfüllt und ich ebenso ... Ach! Glückliche Zeit! Aber Atlixcatzin wurde krank. Seine Ärzte berieten lange und verkündeten – möglicherweise bestochen durch seine Erstfrau und die übrigen Zweitfrauen, die sich in ihrem Haß auf mich einig waren –, daß ein Mann, dessen Barthaare am Kinn wachsen, mit seinem Saft sorgsam umgehen muß und daß er, falls er so weitermachte wie bisher, bald vollkommen ausgetrocknet sein würde. Von da an verzichtete mein Herr auf die Pilze, er wurde trübsinnig und traurig. Ich versuchte, ihm mit neuen Gedichten Trost zu spenden, er blieb mir weiterhin sehr verbunden, aber ich fühlte, wie sehr er litt. Ein edler Herr verträgt es schlechter als ein Armer, wenn man ihm seinen Genuß versagt. Die Armen haben immer nur magere Kost und einen kleinen Magen ... Ich litt mit ihm. Ach! Ich litt so sehr, daß ich schließlich ein Heilmittel gegen mein Leiden suchte.«

»Was verschreiben denn eure Ärzte in solchen Fällen?«

»Wie naiv du manchmal bist, Ollintzin! Ich verstehe nun sehr gut, warum die Männer deines Volkes unsere Frauen so lieben. Die euren müssen so kalt sein wie der Schnee am Popocatepetl oder die Krebse in der Lagune!«

»Unsere Frauen erfreuen sich vor allem an der Lust der Männer.«

»Genau das meine ich ja ... Ärzte! Was können Ärzte für eine arme schwache Frau tun, die mit ihrer Glut allein bleibt? Warum sollte ich zu Ärzten laufen, wo es im Palast von Atlixcatzin von jungen und schönen Männern wimmelte, angefangen bei seinen unzähligen Söhnen?«

»Mit wie vielen hast du geschlafen?«

Xiuxochitl musterte mich voller Erstaunen.

»Zählst du die Becher Octli, die du trinkst, die rauchenden Schilfrohre, die ich dir anzünde? Die kleinen Vergnügungen sind nichts weiter als Urin, Asche, zertretene Blütenblätter, sie hinterlassen keine Spuren in der Erinnerung. Frage ich dich danach, wie viele Frauen du auf deinem Weg genommen und sofort wieder vergessen hast? Sicher erinnerst du dich selbst nicht einmal mehr daran.«

»Was hat das miteinander zu tun? Ein Mann ...«

»Ach! Wie sie sich gleichen, die Männer, ob ihre Haut nun braun oder weiß ist! Unsere Könige und Würdenträger besitzen – aber vermutlich werdet ihr auch das ändern – bisweilen Hunderte von Zweitfrauen. Man sagt, daß Nezahualpilli, der ehemalige König von Texcoco und Vater meiner Prinzessin, mehr als zweitausend besaß. Wir aber, wir armen schwachen Frauen, die die Natur doch so geschaffen hat, daß wir empfangen können, ohne uns zu verbrauchen, wir sollen eurer Meinung nach verkümmern wie schlecht gegossene Pflanzen! Ich frage dich, Ollintzin, kann ein Herr zweitausend Frauen oder auch nur fünfzig befriedigen, wie es sich gehört, noch dazu, wo er immer eine Favoritin hat, der er das Beste seiner Manneskraft reserviert? ... Seit seiner Krankheit behielt mein Herr sein bißchen Saft allein für mich auf. Es brachte mir keine Kühlung, aber seine anderen Zweitfrauen hörten nicht auf zu toben. Ich habe bereits gesagt, daß die Hündinnen mich haßten! Daher beschlossen sie meinen Untergang. Und da sie ebenso eifersüchtig auf die Vergünstigungen der Erstfrau Atlixcatzins waren, schworen sie, ihren Sohn Tlacolyatl, das Lieblingskind meines Herrn, gemeinsam mit mir aus dem Weg zu räumen. Später habe ich erfahren, daß eine der Zweitfrauen Tlacolyatl einredete, ich hegte zärtliche Gefühle für ihn. Obwohl er sehr schuchtern war, schrieb Tlacolyatl ein Gedicht für mich, faßte sich ein Herz und trug es mir eines Abends während meines Spaziergangs in den Gärten vor. Das Gedicht war sehr schön und Tlacolyatl nicht minder. Ich wollte ihm für seine Aufmerksamkeit mit einem anderen Gedicht danken, und so kam er auf mein Bitten am nächsten Abend wieder. Ich hatte die Sklaven fortgeschickt, wir waren allein. Ich kann dir nicht sagen, ob ich seinen Zärtlichkeiten widerstanden hätte, denn plötzlich erschien unser Herr. Diese

Hündinnen von Ehefrauen hatten ihn gewarnt! Sein Zorn war so gewaltig, daß er mich und seinen Sohn sicher auf der Stelle getötet hätte, wenn er nicht die Strafe des Gesetzes gefürchtet hätte.«

»Bei uns kann ein Ehemann, der in seiner Ehre verletzt wurde …«

»Hier muß ein Ehemann, unabhängig von seinem Rang, es den Gerichten überlassen, Recht zu sprechen, ansonsten droht ihm die Todesstrafe.«

»Und wie lautet der Urteilsspruch?«

»Die des Ehebruchs für schuldig befundenen Liebhaber werden öffentlich gesteinigt. Bevor die ersten Steine geworfen werden, wird die Frau jedoch erwürgt. Unsere Gesetze berücksichtigen dabei, daß die armen kleinen Frauen zu schwach sind, um sich den Angriffen eines Mannes zu widersetzen.«

Xiuxochitl erhob sich.

»Soll ich dir das Gedicht, das ich für Tlacolyatl verfaßt habe, vortragen?«

»Was ist aus ihm geworden?«

»Er ist verschwunden. Ich fürchte, daß mein armer Herr das Gesetz gebrochen hat.«

Sie sagte dies in einem Ton, der mich beruhigte. Das folgende Gedicht erschien mir noch schöner als das erste.

Wieder ließ sie sich am Fuße der Matte nieder.

Ich brannte darauf, ihr zu zeigen, wem sie heute gehörte, aber ich beherrschte mich, da ich glaubte, sie würde fortfahren.

Sie seufzte.

»Mein Herz wird schwer, Ollintzin, wenn ich daran denke …«

»An was? An den Tod dieses jungen Mannes?«

»Der Tod bedeutet nichts. Ich spreche von der Schönheit, die in unseren Gedichten aufblüht und singt. Ich habe viele geschrieben. Wem soll ich sie nun weitergeben?«

»Deinem Sohn.«

»Werde ich noch in dieser Welt weilen, wenn er so alt ist, daß er die Harmonie, die Anmut und die Musik der Worte versteht?«

»Sag nicht so etwas!«

»Deine Frau aus Kastilien ...«

»Celestina.«

»Celestina. Sie hat mir einen schönen Gesang aus ihrem Gebetbuch vorgelesen. Ich muß gestehen, Ollintzin, daß ich eure Umgangsformen nicht sehr schätze, aber eure Schrift bewundere ich! Welch unvergleichliches Wunder, die Gesänge, Gedichte, Reden, Weisheiten Wort für Wort festhalten zu können und sie im gleichen Rhythmus über das Papier gleiten zu sehen wie die Stimme, die sich verflüchtigt! Das gestattet unsere Schrift nicht. Alles, was wir lernen, denken und glauben, geben wir auf mündlichem Wege weiter. Natürlich haben auch wir Bücher, aber es sind lediglich Zusammenfassungen, Hinweise, Anmerkungen, die unser Gedächtnis stützen sollen. Ihre bildhafte, aber dichtgedrängte Form vermag nicht die Eleganz, das Erhabene, den verschwenderischen Reichtum und all die feinsinnigen Abstufungen unserer Sprache wiederzugeben ... Das kannst du nicht verstehen, denn du kennst dich in diesen Dingen nicht aus ...«

»Wie du weißt, habe ich an der besten Universität unseres Landes studiert, eine Universität ...«

»Meine Arbeiten sind bescheiden, aber wie gern würde ich ein paar Blumen hinterlassen! Wir, die Mexica, haben das Anahuac erstrahlen sehen wie ein einmaliges Juwel, aber wer wird sich noch daran erinnern, wenn wir verschwunden sind, wer wird davon erzählen können? Wer?«

Trauer erfüllte ihren Blick, und sie sah gequält in die Ferne.

Ich wollte sie an mich ziehen, es schmerzte mich auch, daß sie mich nur für einen rohen Krieger zu halten schien und mir kein Gespür für die Poesie zutraute. Da kam mir plötzlich eine Idee.

»Du sprichst inzwischen so gut Spanisch«, sagte ich.

»Warum lernst du das Schreiben nicht? Dann könntest du deine Gedichte in unsere Sprache übertragen, sie in Heften festhalten, und andere könnten sie lesen.«

»Wir schreiben ganz anders als ihr. Wir haben kein Alphabet, wie ihr es nennt. Wir zeichnen die Worte, indem wir wiedergeben, was das Auge sieht. Wir zeichnen die Formen, die Farben, manchmal auch die Quelle der Geräusche, die das Ohr vernimmt. Oft fassen wir mehrere Gegenstände zusammen, um einen anderen wiederzugeben. Auf die gleiche Art bebildern wir auch unsere Gedanken. Das Zeichen für die Niederlage ist für uns zum Beispiel ein Tempel in Flammen ...«

»Ich weiß, aber du wirst es lernen. Ich kann es dir beibringen. Du würdest es sehr schnell lernen.«

»Du meinst, du willst mich in eurer Schrift unterrichten? Das würdest du tun?«

»Ich würde alles für dich tun«, sagte ich ernst.

»Oh, Ollintzin, Ollintzin!« rief sie aus und stürzte zu mir hin.

Diese Nacht war eine der schönsten meines Lebens.

Endlich hatte ich einen Weg gefunden, sie glücklich zu machen, und sie zeigte mir ihre Freude mit solchem Feuer, daß ich mich am Morgen fühlte wie eine Agave, aus der man allen Saft herausgepreßt hat.

Wenn ich diese Metapher aus dem Nahuatl verwende, so geschieht es aus der Erinnerung heraus, die mein Schreiben beflügelt, aber auch, um zu zeigen, wie anmutig man dort diese Dinge wiedergibt, die wir Weißen meist in grobschlächtige und rohe Worte fassen ... was sich gewiß auch in der Art, sie zu tun, niederschlägt.

* * *

Im Dezember des Jahres 1522 trafen zwei königliche Briefe ein, in denen Seine Majestät unsere Conquista offiziell anerkannte, Cortés sein Verhalten gegenüber Diego Velázquez, dem Gouverneur von Kuba, verzieh und ihn zum Statthalter und Generalkapitän von Neu-Spanien ernannte.

Mehr als drei Jahre lang hatten wir uns jetzt allein auf die Vollmacht der Dorfrichter und *regidores* von Villa Rica de la Vera Cruz, im Grunde also auf unsere eigenen Bestimmungen berufen und in absoluter Unwissenheit darüber gehandelt, wie Seine Majestät in unserer Sache entscheiden würde. Da sein Urteil den unterschiedlichsten Einflüssen unterlag und unser König im entfernten Spanien nur wenig über dieses großartige Land wußte, hatten wir uns auf das Schlimmste gefaßt gemacht. So waren wir sehr erleichtert und dankbar, als wir unsere Verdienste in der Person unseres Generalkapitäns gewürdigt sahen.

Auch eine weniger gute Nachricht drang zu uns: Der königliche Quint der letzten Aufteilung, der solchen Unmut unter den Soldaten hervorgerufen hatte, sowie die Meisterwerke der aztekischen Kunst, die wir Seiner Majestät zugedacht hatten, waren während der Reise nach Spanien von einem französischen Korsaren gestohlen worden. Der Korsar hatte sie seinem König, Franz I., übergeben. Allerdings verbreitete sich gerade dadurch die Kunde von den Schätzen des neuen Königreichs, das wir für unseren Herrscher erobert hatten, in ganz Europa.

SAN CRISTÓBAL

Im folgenden Frühjahr brach ich mit den Meinen nach San Cristóbal auf.

Ein neues Leben begann. Voller Zuversicht sah ich ihm entgegen, denn die Zukunft erschien mir wie die Fortsetzung dieser schönen Gegenwart. Ich sah mich bereits als Patriarch eines Anwesens, dessen Schwelle ich kaum überschritten hatte. Von seinem Glück geblendet, vergißt der Mensch, daß das Leben in Gottes Hand liegt.

Celestina war überwältigt von dem neuen Wohnsitz.

Der Anblick der anmutigen Türmchen zu beiden Seiten, der offenen Galerie im ersten Stockwerk, deren weiße Arkaden das Haupthaus mit den beiden Flügeln aus rotem Stein verbanden, erfüllte auch mein Herz mit Stolz.

Atemlos kletterte Celestina auf das flache, zinnenbewehrte Dach und bewunderte die Landschaft, die auf der einen Seite zu den bewaldeten Bergen anstieg und auf der anderen zu den weitläufigen Äckern und Feldern abfiel, die sich bis zum Horizont erstreckten.

Xiuxochitl hielt den Kleinen an der Hand und schlenderte über den Vorplatz.

»Man könnte das Wasser des Sees bis zu deinem Palast leiten«, sagte sie, »man könnte Becken graben und um sie herum einen großen Blumenhof anlegen.«

Celestina, die die reichen Innenhöfe Sevillas lediglich von außen durch die Gitterstäbe betrachtet hatte, war von dieser Idee begeistert. Es war das erste Mal, das Xiuxochitl von sich aus einen Vorschlag machte. Im allgemeinen beschränkte sie sich darauf, meinen Plänen gleichgültig zuzustimmen.

Ich führte sie zu unseren Räumen.

Bei meiner letzten Reise hatte ich das notwendige Mobiliar hergebracht: Matten, Truhen, niedrige Tische, prächtige aus Federn gewebte Wandbehänge, mit Perlmutt, Opalen und Gold verzierte Paravents sowie einen fürstlichen Icpalli, dessen Sitz und Lehne mit Jaguarfell bespannt waren – all dies waren Geschenke aztekischer Würdenträger, für die ich bei Cortés vermittelt hatte, um sie wieder in den Besitz ihrer Güter zu bringen.

Ich hielt es für besser, Xiuxochitl nicht das schwere und strenge Mobiliar unserer Heimat aufzuzwingen. Im übrigen empfand ich selbst eine Vorliebe für diese Art der Einrichtung. Ihr fremdartiger und kostbarer Reiz, die schmeichelnden Farben und die Entspannung, die sie dem gewährt, der sich ihr anzupassen weiß, erfüllten mich mit Wohlbehagen. Als ich später nach Madrid kam und dort in den vornehmsten Häusern empfangen wurde, erschienen mir diese Orte wenig anheimelnd. Und nun erst, hier in meinem Gefängnis ... Aber um auf Xiuxochitl zurückzukommen, vielleicht war es falsch, vielleicht wäre es besser gewesen, mit ihrer Vergangenheit zu brechen und sie an ein neues Leben zu gewöhnen. Das schreibe ich nun, obwohl ich im Grunde meines Herzens weiß, daß ich sie nicht anders haben wollte, als sie war.

Am Abend kam Sebastián zu uns.

Er wohnte in der Ebene, in der Nähe eines Dorfes, das von großen Weiden umgeben war. Dort hatten wir in einem Bauernhof mit unserer Pferdezucht begonnen. Im Jahr zuvor hatte ich ihn mit einer großen Summe Geldes nach Hispaniola geschickt, um unsere ersten Zuchthengste und Stutfohlen zu kaufen. Als Reiter waren wir einander ebenbürtig, aber Sebastián verstand besser als ich, die Vorzüge oder Mängel eines Pferdes zu beurteilen – vor allem die Mängel, die die gerissenen Händler so gut zu kaschieren wissen.

Fast die ganze Nacht über saßen wir vor unseren Octli-Bechern ins Gespräch vertieft.

Ging es um Pferde, so war Sebastián nicht zu bremsen.

»Die Stuten fohlen im September. Bei all den Leuten, die jetzt, da uns Seine Majestät gewogen ist, von Spanien hierherkommen, werden wir bald reich sein. Wißt Ihr, daß wir einen guten Riecher hatten? Es gibt neue Anordnungen auf den Inseln, die die Einfuhr von Stuten nach Neu-Spanien bei Todesstrafe untersagen. Die Herren von Kuba und Hispaniola wollen sich ihre Geschäfte nicht verderben lassen, aber dadurch wird der Preis für unsere Pferde noch steigen!«

»Siehst du«, scherzte ich, »so kommst du also doch noch zu deinem Schloß in Spanien.«

Sebastián zuckte die Schultern.

»Alles was ich brauche, habe ich hier.«

Früh am Morgen kamen die von mir in den verschiedenen Teilen des Landguts eingesetzten Soldaten, um mir über die Arbeit der Indios und den Erfolg der Aussaat zu berichten. Ich nahm die Zahlen zur Kenntnis und beschränkte mich auf ein paar Vorschläge, die sich eher auf Beobachtungen denn auf Sachkenntnis gründeten, da ich auf unseren dürren Feldern der Estremadura niemals etwas anderes hatte wachsen sehen als Olivenbäume, etwas Wein und jene trockenen, duftenden Kräuterbüschel zwischen den Steinen, die Sebastiáns Ziegen abrupften.

Etwas später tauchte Celestina auf.

»Torremayor, hast du eine Minute Zeit? Ich muß dich sprechen.«

Ich folgte ihr.

»Ich habe die ganze Nacht kein Auge zugetan«, sagte sie. »Weißt du, was ich gemacht habe?«

»Sag es mir.«

»Du hast den Schmuckkasten und die Perle, aber es fehlt das Samtkissen.«

»Könntest du mir das erklären?«

»Du wirst Gäste empfangen müssen. Man wird deine Stellung nicht mehr nach deinen Heldentaten messen, sondern nach dem, was sie dir eingebracht haben. So sind die Leute nun einmal. Du brauchst schöne Möbel, Tapeten, Teppiche, feines Geschirr …«

»Das hat noch Zeit …«

»Torremayor! In diesem Land läßt sich nichts von einem Tag auf den anderen beschaffen, man muß Monate im voraus planen! Ich habe die Nacht damit verbracht, eine Liste aufzustellen. Juan Alvarez wird noch heute nach Vera Cruz aufbrechen, um von dort mit dem nächsten Schiff nach Kuba zu fahren. Dort habe ich meine Lieferanten …«

»Es ist nur so«, erklärte ich, »daß ich die ersten Erträge des Gutes abwarten wollte. Die Pferde haben mich ein Vermögen gekostet. Und ich habe in Hispaniola Erzschürfer und Fachleute angefordert, um die Förderung des Eisenerzes, das Cortés' Leute auf meinem Land entdeckt haben, in Gang zu bringen. Ich fürchte, daß mich all diese Ausgaben für die nächsten Jahre zu einem ziemlich armen Mann machen.«

Celestina tätschelte meinen Arm.

»Mach dir keine Sorgen, die Kosten übernehme ich.«

»Celestina!«

»Ich habe dir niemals davon erzählt, aber auf Kuba habe ich eine stattliche Summe beiseite gelegt, und da ich sie seit drei Jahren nicht mehr angerührt habe …!«

»Das kann ich nicht annehmen.«

Ihre Augen funkelten.

»Warum? Riecht mein Gold etwa immer noch so schmutzig wie zu der Zeit, als du nach Trinidad kamst und mit deinen tugendhaften Prinzipien die Prüderie sämtlicher Bischöfe übertrafst, die den Sündenlohn ebensogern einstecken wie einen anderen?«

Da fiel es mir mit einemmal wieder ein: »Mein Gott! Celestina! Du erinnerst mich an etwas … Ich habe dir noch nicht einmal die Summe zurückgezahlt, die du mir in Trinidad geliehen hattest!«

Sie lachte.

»Dummkopf! Du hast sie mir schon tausendmal vergolten! Ich bitte dich, Torremayor. Verstehst du nicht, auf diese Weise würde ich mich hier ein wenig zu Hause fühlen.«

Gerührt betrachtete ich sie.

»Du bist hier mehr als jede andere zu Hause, meine liebe, liebste Celestina. Und du würdest mich sehr beleidigen, wenn du das nicht glaubtest. Was würde ich ohne dich denn tun?«

»Das sagst du immer ...«

Ich bemerkte einen Hauch von Traurigkeit in ihrer Stimme und unterbrach sie schnell.

»Abgemacht. Ich nehme deinen Vorschlag an. Aber unter einer Bedingung: Du bekommst ein Drittel der Eisenerzproduktion. So wird ein Teil von San Cristóbal dir gehören. Wir werden einen Vertrag abschließen.«

»Du mit deinen Verträgen.«

Sie lachte wieder, und ich umarmte sie.

Am gleichen Tag brach Juan Alvarez nach Vera Cruz auf.

Ich muß noch erklären, wer Juan Alvarez war.

Als ich von meiner wunderschönen Reise mit Xiuxochitl zurückkam, sah ich zu meiner Überraschung besagten Alvarez aus unserem Haus in Coyoacan kommen.

Der Bursche stammte aus der Estremadura, sein Dorf lag nicht weit von dem unseren entfernt. Er gehörte zu meiner Kompanie. Wegen seiner schönen Züge wurde er *el guapo* genannt. In der Schlacht von Otumba hatte er einen Arm verloren. Ich hatte ihn und ein paar andere Soldaten für die Zeit meiner Abwesenheit mit der Aufsicht über die Felder beauftragt – das erklärte jedoch nicht, was er zu so später Stunde in unserem Haus zu suchen hatte.

Celestina ließ sich nicht lange um eine Erklärung bitten.

»Ganz einfach, mein Lieber. Ich habe nicht die Absicht,

schon jetzt zu versauern, lange bevor mich die Altersschwäche dazu zwingt.«

»Willst du etwa sagen ...«

»Erspar mir deine Heiligenmiene! Du bist anderweitig vergeben, so habe ich Abhilfe geschaffen. Juan ist freundlich, keineswegs dumm, kräftig, zuvorkommend, diskret und würde sich eher den anderen Arm abreißen lassen, als dir Schaden zuzufügen. Hätte ich lieber einen deiner Kumpane wählen sollen, der es dann überall hinausposaunt? Es geht nicht um Gefühle, sondern um Gesundheit, Torremayor. Der Körper hat seine Gewohnheiten. Sie zu unterdrücken hieße, sich lebendig zu begraben, und ich versichere dir, so weit bin ich noch lange nicht.«

Fassungslos vor Wut schleuderte ich ihr eine ganz und gar klägliche Überlegung entgegen: »Stört es dich nicht, daß er nur einen Arm hat?«

Ihre Antwort wage ich hier nicht wiederzugeben.

Alvarez war also mein Nachfolger in Celestinas Bett und begleitete uns nach San Cristóbal. Ich muß zugeben, daß er äußerst diskret war. Wäre mir nicht des Morgens hin und wieder eine sehr übernächtigte Celestina begegnet, so hätte ich mich vielleicht tatsächlich für unersetzlich gehalten.

An Weihnachten kam Alvarado zu Besuch, und im darauffolgenden Frühjahr war Cortés für eine Woche unser Gast. Der Generalkapitän bewunderte die Architektur von San Cristóbal. Sie lieferte ihm sogar Anregungen für den Bau seines Palastes in Cuernavaca.

Er wollte alles sehen, unser Gestüt, unsere Felder, die Erzmine, er besichtigte jedes Dorf und zeigte sich befriedigt, überall ein Kreuz vorzufinden.

Im Verlauf des Jahres gelang es mir, fast alle meine Kaziken zum rechten Glauben zu bekehren.

Vermutlich ging es ihnen darum, sich mit dem Gott auszusöhnen, der das Reich von Mexico unterworfen hatte.

Vielleicht lockte sie auch die Aussicht auf ein süßes ewiges Leben, während ihre Religion den meisten von ihnen nur das Nichts verhieß. Aber ihr Götterglaube hatte weiter Bestand. Sie bemäntelten ihn nur mit den schönen Bildern, die ich ihnen ausmalte, und vermengten diese mit dem Wunderbaren und Furchtbaren ihrer Götter. Ich sagte Cortés nichts davon, aber ich glaube – die Heilige Jungfrau möge mir diesen Vergleich verzeihen! – ich glaube, daß sie die Jungfrau Maria mit Coatlicue, der Erdgöttin, verglichen, die auf wunderbare Weise durch eine vom Himmel fallende Federkugel schwanger wurde und so den schrecklichen Huitzilopochtli gebar!

Doch das wichtigste war, daß Christus in diesem Land Einzug hielt und unser Glaube auf die kommenden Generationen Einfluß nehmen konnte. Ich bat Cortés daher, Pater Olmedo zu mir zu schicken, damit er die fast fertige Kapelle segnen und meine Kaziken taufen konnte.

Diese Unterhaltung gab mir Gelegenheit, ihn auch über meine Entscheidung, Xiuxochitl zu heiraten, zu unterrichten.

»Torremayor«, sagte er, »aufgrund unserer Freundschaft gestatte ich mir, Euch abzuraten. Ihr seid achtundzwanzig Jahre alt, ein berühmter Hauptmann, Großgrundbesitzer, und bald werdet Ihr über reichliche Einkünfte verfügen; wollt Ihr Eure Zukunft durch eine – zugegebenermaßen reizende – Frau aufs Spiel setzen? Frauen, mein Sohn, muß man zu nehmen wissen, und zwar mit heißem Blut und kühlem Kopf. Behaltet sie als Geliebte zu Eurem Vergnügen, und sucht Euch woanders eine Ehefrau, die Euch mehr Vorteile bringt. Da Ihr nicht auf die Mitgift schauen müßt, werdet Ihr in den vornehmsten Familien Spaniens eine Jüngste finden, die man Euch gern überläßt und die es Euch ihrerseits danken wird, daß Ihr ihr das Kloster oder einen Graubart erspart. Fürsprecher bei Hofe sind wertvoller als Gold. Bedenkt doch, wie sehr uns bei unserer Unternehmung das Wohlwollen einer hochgestellten Persönlichkeit gefehlt hat! Ihr seid nun einmal nicht der Mann, der sich in Untätigkeit zurückzieht, irgendwann wird es Euch zu neuen Entdeckungen hinziehen, und dann werdet Ihr eine solche Unterstützung brauchen.«

»Exzellenz, ich will sie heiraten«, wiederholte ich.

»Ist sie denn wenigstens eine gute Christin?«

»Ich bemühe mich darum«, sagte ich entschieden.

Am Abend vor seiner Abreise trug Xiuxochitl uns im Innenhof einige ihrer Gedichte vor, die sie ins Spanische übertragen hatte.

Der Widerschein der Fackeln lag über dem Grün der Pflanzen, das Wasser plätscherte sanft und ergoß sich wie eine Decke aus flüssigem Gold von Becken zu Becken.

Xiuxochitl erschien.

Sie trug eine Art grüner Tunika, die mit echten Blumen gesäumt war. Diese waren von einem kräftigen Purpurrot und leuchteten auch in ihrem geflochtenen Haar. Drei anmutige braunhäutige Kinder mit Trommeln folgten ihr. Sie setzten sich nieder und begannen zu spielen ... Von Xiuxochitls Lippen perlten Smaragde, Türkise, Amethyste, Korallen und Jade, mit deren Glanz sich die aztekische Dichtkunst schmückt. Dazu die Blumen, die mit ihrem Denken so untrennbar verbunden sind – Blumen der Liebe, Blumen der Lust, Blumen von schwermütigem und giftigem Duft –, und schließlich der Tod, der seinen schweren, finsteren Mantel über die Zerbrechlichkeit der Tage wirft ...

Als sie geendet hatte, erhob sich Cortés, küßte ihr die Hand und beglückwünschte sie überschwenglich.

»Meine Liebe, Ihr müßt in unseren Palast nach Mexico kommen. Es ist nicht gerecht, Eure Begabungen allein Torremayor vorzubehalten.«

Xiuxochitl entzog ihm ihre Hände.

»Señor, diese Gedichte besingen eine Zeit, die vorbei ist. In Eurer neuen Stadt könnte ich sie nicht in dieser Weise vortragen.«

Damit verließ sie uns.

»Was für ein Glück Euch zuteil wird, Torremayor!« sagte Cortés. »Niemals habe ich etwas Schöneres gesehen! Aber denkt daran, was ich Euch gesagt habe, und heiratet in Spanien.«

Am gleichen Abend bat ich Xiuxochitl, mich zu heiraten.

»Ich weiß, welche Ehre du mir erweist, Ollintzin.«

Ich wich zurück.

»Du lehnst ab?«

»Unsere Wurzeln sind nicht in der gleichen Erde gewachsen.«

»Was heißt das schon! Ich liebe dich.«

Sie näherte sich mir und strich mir leicht über die Wange.

»Du bist gut und großzügig und geduldig mit mir gewesen. Das habe ich dir nicht oft genug gesagt.«

»Es geht nicht um Güte, ich liebe dich.«

»Mußt du mich deswegen heiraten?«

»Wenn bei uns ein Mann eine Frau liebt, dann heiratet er sie.«

»Celestina sagt etwas anderes.«

»Tatsächlich?«

»Sie sagt, daß im allgemeinen, wie bei uns auch, die Eltern die Wahl treffen und daß die Männer in Spanien mehr Liebe für die anderen Frauen empfinden als für diejenige, die sie eingesperrt haben.«

»Wie kannst du nur einen Augenblick lang glauben, daß ich dich heiraten möchte, um dich einzusperren?« rief ich.

Xiuxochitl lächelte.

»Du kennst mich gut genug, um zu wissen, daß es dir nicht gelingen würde.«

»Also? Ich bitte dich, mein Liebling!«

»Es ist gut so, wie es ist. Warum noch mehr verlangen? Die Blume ist schön, wenn sie sich auf ihrem Stiel emporreckt. Wir jedoch haben keine Ruhe, wollen sie pflücken, besitzen, und in unseren Händen welken ihre Blüten. Sie erfreute unsere Augen, sie entzückte uns durch ihren Duft, doch sobald wir sie in den Händen halten, haben wir nichts mehr. Verlang nicht zuviel, Ollintzin.«

Vergeblich bemühte ich all jene Argumente, die Männer vermutlich in solchen Fällen anführen, nichts konnte sie von ihrer Meinung abbringen.

Am dritten Mai des Jahres 1524 erreichten die ersten vom Papst entsendeten spanischen Franziskanermönche Neu-Spanien.

Cortés hatte in seinen Briefen unablässig um geistigen Beistand gebeten, der uns helfen sollte, die unterworfene Bevölkerung zum Christentum zu bekehren. Zwar hatte er mich beauftragt, sie zu empfangen und ihnen als Dolmetscher zu dienen, aber im Grunde halfen ihnen ihr Auftreten, ihre Bescheidenheit und ihre grenzenlose Liebe zu den Menschen mehr als Worte, die Herzen zu gewinnen.

Es waren zwölf, wie die Apostel, und die sich am Wegrand drängenden Indios bestaunten diese hageren Männer Gottes in ihren Kutten, die barfuß und mit gütigem und friedlichem Gesicht auf sie zukamen, während die inzwischen gegossenen Glocken läuteten.

Wir hatten Pferde besorgt, aber sie lehnten diese Bequemlichkeiten ab, und so brauchten wir mehr als einen Monat, um nach Mexico zu gelangen. Die ehrwürdigen Brüder kamen aus dem Staunen nicht mehr heraus angesichts der Blumenpracht dieser Landschaften, der üppigen Märkte und der großen Zahl der Menschen, die sie ihre ungeheure Aufgabe erahnen ließ*. In Mexico wurden sie feierlich empfangen.

* Unsere Kenntnisse über das Leben der Azteken vor der Conquista verdanken wir im wesentlichen den Geistlichen, die mit all ihrer Kraft und manchmal auch gegen die Krone Spaniens darum gekämpft haben, die Identität und Würde dieses Volkes zu bewahren. Vor allem sie haben den Azteken das lateinische Alphabet beigebracht, so daß diese die Laute des Nahuatl übertragen und damit eine Sprache schriftlich festhalten konnten, die bis dahin nur Ideogramme und Symbole gekannt hatte. Deshalb können wir heute von Azteken verfaßte Berichte über die damalige Zeit lesen und in ihren blumigen und bilderreichen Worten die Gefühle erahnen, die sie der siegreichen Macht entgegenbrachten.

Cortés und die Hauptleute kamen ihnen in Begleitung der aztekischen Fürsten und Würdenträger entgegen. Diese sahen mit Bestürzung, wie die Sieger vor den Mönchen niederknieten und einer nach dem anderen ihre staubigen, zerrissenen Kutten küßte. Unsere Demut beeindruckte sie zutiefst. Sie entdeckten neue Züge an uns, sahen uns nun einer höheren Macht ergeben, aus der wir die unsere schöpften. Dieses Schauspiel hatte in den folgenden Monaten aufsehenerregende Bekehrungen zur Folge.

Ende Juni wohnte ich den Treffen bei, die Cortés zum Zwecke der besseren Verständigung zwischen den Franziskanermönchen und den aztekischen Anführern anberaumt hatte. Bevor ich nach Hause zurückkehrte, besuchte ich Acamapichtli, der sich im Tlatelolco-Viertel niedergelassen hatte. Und ich nahm die sterblichen Überreste meines Bruders mit. Ich hatte einen Sarg aus Akazienholz anfertigen lassen. Gemeinsam mit Sebastián und vier unserer Weggefährten aus der Estremadura ließ ich ihn in die Erde hinab.

Als der Grabstein stand, blieb ich allein mit Sebastián dort zurück.

»Wir haben uns niemals verstanden, Rodrigo und ich«, sagte er plötzlich. »Ich glaube, er hat mir immer vorgeworfen, der Bastard Eures Vaters zu sein. Als wäre ich dafür verantwortlich! … Ich frage mich, ob es ihm überhaupt gefallen hätte, hier zu leben.«

»Das habe ich mich auch gerade gefragt«, sagte ich. »Das Haus wäre sicher nach seinem Geschmack gewesen, aber unser Leben … Im Grunde war Rodrigo ein Stadtmensch, wie hätte er mit den Indios zusammenleben können! Er hat niemals versucht, sie zu begreifen oder sich für sie zu interessieren.«

»Trotzdem hat er der Mutter des Kleinen in Tlaxcala das Leben gerettet.«

Ich fuhr aus meinem Trübsinn auf.

»Was sagst du da?«

»Ich mußte ihm schwören, Euch nichts davon zu erzählen, aber es war doch recht mutig! Und nun …«

»Rodrigo hat also Xiuxochitl gerettet, ihrem Wärter die Kehle durchgeschnitten und den Käfig geöffnet?«

»Wenn ich es Euch doch sage! Hat sie es Euch denn nicht erzählt?«

»Er liebte sie also«, murmelte ich, ohne zu bedenken, daß ich laut aussprach, was ich tief in meinem Innern dachte.

Sebastián schaute mich an.

»Schön genug ist sie ja … ich mag mich natürlich täuschen, aber ich denke, er hat es getan, um sich zu beweisen, daß er etwas besser kann als Ihr, vielleicht auch, weil er sich ihr verpflichtet fühlte. Sie hat ihn gepflegt, geheilt, er hatte doch solche Angst, daß man ihm das Bein abnehmen muß! Und außerdem – weiß man denn immer, warum man etwas tut?«

Das Rauschen des Wasserfalls dröhnte in meinen Ohren, es kam mir vor, als heule ein wildes Tier in meiner Brust.

Ich sagte: »Gehen wir.«

An der Tür sprach mich der kleine Luis an.

»Vater!«

Ich schob ihn beiseite und ging zu Xiuxochitl hinauf.

Normalerweise liebte ich es, sie in ihrem Zimmer in die Arbeit vertieft zu überraschen. Sie saß über den schriftlichen Übertragungen, die ihr so viel bedeuteten. Dieses friedliche und eifrige Glück war mein Werk, und jedesmal dankte ich Gott, wenn ich es beim Übertreten der Schwelle betrachten durfte. Jetzt aber stürmte ich hinein wie ein Orkan, packte sie brutal bei den Handgelenken, riß sie hoch und schrie: »Ich will es jetzt wissen. Hast du mit meinem Bruder geschlafen oder nicht?«

Drei Jahre lang … drei Jahre! … hatte ich aus Stolz und vielleicht auch aus Angst diesen Aufschrei zurückgehalten!

Xiuxochitl sagte: »Du tust mir weh.«

Ich ließ sie los.

Sie hockte sich wieder auf ihre Fersen und hob ihren Blick zu mir.

»Ich bitte dich, verzeih mir. Ich hätte dir das niemals sagen dürfen. Aber wie haßte ich euch alle dafür, daß ihr in unsere Stadt gekommen seid, daß ihr euch dort wie die Herren aufführtet! ... Und dann das Massaker von Toxcatl. Der Gedanke an all unsere Toten, die ihr so hinterhältig gemordet hattet. Nicht einmal verteidigen konnten sie sich ... Versteh mich, ich hatte nur dich, an dem ich mich rächen konnte, diese Toten ein klein wenig rächen konnte.«

»Es war also nicht wahr, du hast mich belogen! Kein Tag ist seither vergangen, an dem ich mich nicht gefragt hätte ...«

Sie unterbrach mich.

»Ich habe dich nicht belogen. Er wollte mich. Er bedrängte mich. Wir waren die ganze Zeit zusammen. Du, du warst unterwegs, um die Dörfer dieser Hunde, der Tlaxcalteken zu erobern, die euch jetzt die Füße lecken!«

»Erzähl!«

»Es war nur ein einziges Mal. Danach sind wir nach Tlaxcala gezogen. Was zählt das schon, ein einziges Mal? Für deinen Bruder war ich nur eine Sklavin, und wie mir scheint, achtet ihr eure Sklaven nicht so, wie wir es tun.«

»Mich hast du mit Beschimpfungen zurückgewiesen, als ich dir helfen wollte, warum hast du Rodrigos Hilfe angenommen?«

»Sollte ich ablehnen, was bereits vollbracht war? Als ich die Tür des Käfigs offenstehen sah, bin ich geflohen.«

»Ich hatte ihm verboten, dich anzurühren!«

»Glaubst du, daß so etwas einen Mann aufhält, der eine Frau begehrt?«

»Ich hätte niemals eine Frau angerührt, die mein Bruder ...«

»Du bist du, er war er. Ollintzin, dein großer Fehler ist, daß du in deinem Urteil über andere immer von dir ausgehst, anstatt dich in sie hineinzuversetzen, ganz gleich, ob es um den Kopf, das Herz oder den Körper geht. Du meinst, daß alle so handeln und denken sollten wie du, daß alle den gleichen Atem schöpfen wie du.«

»Hast du ihn geliebt?«

»Red keinen Unsinn!«

»Aber das Kind«, sagte ich, »das Kind?«

»Ich weiß es nicht. Das ist die Wahrheit, Ollintzin, ich weiß es nicht! Und dennoch fließt dein Blut ebenso in seinen Adern wie meines. Das schwöre ich dir ... Und bald wirst du ein zweites haben. Es sei denn, du verlangst, daß wir fortgehen, Luis und ich. Wenn die Erinnerung an deinen Bruder unser Leben zerstören soll ...«

»Xiuxochitl! Was willst du damit sagen? Du erwartest ein Kind? Ein Kind von dir und mir?«

Sie nickte ernst.

Ich sehe sie noch vor mir in ihrem weißen Kleid, die Haare waren schlicht geflochten, ihre unvergleichlichen Augen glänzten wie durch einen Tränenschleier, aber vielleicht habe ich mir diese Tränen seither hinzugeträumt, weil ich mir so sehr ein Zeichen ihrer Rührung wünschte, genau erinnere ich mich nicht mehr ... Wie kann man auch einen Augenblick in Erinnerung behalten, in dem die tiefste Verzweiflung in die überwältigendste Freude umschlägt?

Wie trunken saß ich später bei Tisch. Sobald wie möglich zog ich mich mit Xiuxochitl in unser Zimmer zurück.

»Diesmal kannst du nicht wieder nein sagen, du mußt mich heiraten.«

»Für das Vergnügen ist eine Eheschließung überflüssig, und was kann ich dir Nützliches bieten? Die Männer deines Volkes haben nicht die gleichen Vorstellungen wie die unseren. Wenn bei uns eine Eheschließung nicht ihrer Nützlichkeit wegen erfolgt, so erwarten die Herren von ihren Frauen lediglich, daß sie ihre Sinne reizen, sei es durch Schönheit, besonderes Geschick in der Liebe oder künstlerische Fähigkeiten. Das ist das Entscheidende. Bei euch ... Celestina würde sehr viel besser zu dir passen. Sie leitet deinen Haushalt, sie führt deine Bücher, sie reitet, sie gibt deinen Soldaten Anweisungen, sie kauft deine Kleidung, sie ist schön ... ein wenig dick, aber schön, intelligent, gut und anscheinend sogar reich.«

»Xiuxochitl!«

Sie lächelte.

»Ich werde dir eine Last sein, Ollintzin, aber du hast es so gewollt.«

Noch bevor es dämmerte, weckten mich ihre Schreie.

Ich richtete mich auf. Sie warf sich mit geballten Fäusten im Schlaf hin und her. Ich nahm sie in meine Arme und wiegte sie sanft, bis sie die Augen öffnete.

»Hast du Schmerzen? Ist es das Kind?«

Sie setzte sich auf und strich ihre Haare aus der Stirn.

»Du bist das Kind. Ein Korn entfaltet sich nicht in zwei Monaten zur Blume ... Uhh! Welch ein Alptraum! Ich träumte, ich wäre in Texcoco. Atlixcatzin überraschte mich mit seinem Sohn Tlacolyatl in den Gärten. Sein Gesicht sah fürchterlich aus. Wie Schlangen wanden sich die Adern an seiner Stirn und seinem Hals entlang, wie ein Jaguar kam er mit weit aufgerissenem Gebiß auf mich zu, um mich zu verschlingen ... Das hätte er übrigens in Wirklichkeit auch gern getan. Erinnerst du dich an meine Erzählung?«

»Ja, aber ich weiß noch nicht, wie es weiterging, wie du ihm entkommen bist.«

»Du hättest mich fragen können. Warum hast du mich nicht gefragt?«

»Ein wenig kenne ich dich schon. Hätte ich dich gefragt, so hättest du gewiß geschwiegen.«

Sie preßte ihre schönen Hände gegeneinander.

»Ich glaube ... Meinst du nicht, daß eine Tasse Kakao ...? Ich glaube, das würde mir guttun.«

Sie rief Mia, die auf einer Matte hinter unserer Tür schlief.

Während die Sklavin in die Küche lief, das Getränk zubereitete und wiederkam, verharrte Xiuxochitl schweigend.

Ich stand auf, entzündete eine kleine Öllampe und ging zum Fenster.

Die Nacht näherte sich bereits ihrem Ende, um den See herum stieg ein bläulicher Dunst auf, die Beete, die Xiuxochitl selbst entworfen hatte, begannen sich abzuzeichnen. Es waren zwanzig Beete, jedes stellte ein Symbol der zwanzig Tage des aztekischen Monats dar. Hell leuchteten für *xochitl* – die Blume – gelbe Heliotropblüten und für *ollin* – die Bewegung – zwei breite Streifen weißer Blüten, die sich zu einem X verschlangen. Immer wieder wurde mein Blick von diesen beiden einander gegenüberliegenden Beeten angezogen …

Durch den Genuß ihres Kakaos gestärkt, sagte sie:

»Nachdem mein Herr seinen Sohn und mich entdeckt hatte, befahl er mir, in den Palast zurückzukehren. Während ich dort darauf wartete, daß sein Zorn auf mich niedergehen würde, tat ich genau das.«

»Du tatest was?«

»Ich trank eine große, mit Honig und Vanille gewürzte Schale Kakao. Neben anderen Vorzügen spendet der Kakao Kraft und schärft den Geist. Ach! Ich hatte es bitter nötig. Meine Angst war so groß, ich zitterte, fühlte mich wie ein armes, in ein Gefäß eingeschlossenes Insekt! Jener Mann war nicht mehr mein Herr, er tobte und kochte vor Wut, weigerte sich, mir zuzuhören, wies mich von sich und wünschte meinen Tod. Ja, er wünschte ihn, Ollintzin! Ich konnte es in seinen Augen lesen und wußte, daß er sein Ziel auch erreichen würde. Ich hatte nichts weiter getan, als ein Gedicht gegen ein anderes zu tauschen, aber wenn ein Mann alt und ausgetrocknet ist wie ein Lappen, den man allzusehr ausgewrungen hat, wachsen sein Argwohn und seine Rachsucht ins Unermeßliche. Er würde sich drei Zeugen verschaffen – wie es das Gesetz verlangte – und sie dafür bezahlen, zu schwören, mich ohne meinen Rock mit Tlacolyatl gesehen zu haben, wie wir gerade den süßen, blühenden Zweig der Lust pflanzten. Ich würde verurteilt werden, man würde mich mit diesem jungen Mann, seinem Lieblingssohn, über öffentliche Straßen schleifen, mich erwürgen und anschließend steinigen. All diese Gedanken jagten durch meinen Kopf. Ich dachte an die Schande, die ich über meinen geliebten Vater bringen würde, und ich dachte an meinen eigenen aufgeplatzten, in Staub und Dreck niedergestreckten Leib! Diese gräßlichen Bilder vertrieben meine Angst, das Zittern ließ nach, und ich beschloß, den Palast zu verlassen ... Ich liebte es, mich im Dunkel der Nacht auf der Lagune schaukeln zu lassen. Ein leichtes Boot war stets an der kleinen Anlegestelle vertäut, die Atlixcatzin mir zuliebe am Fuße der vom Palast zum Ufer hinabführenden Terrassen hatte bauen lassen. Ich nahm meinen Schmuck, einige Habseligkeiten und machte mich mit Mia davon. Bitte sag mir, wenn ich dich mit diesen weiblichen Klagen langweile, Ollintzin!«

»Du langweilst mich nicht. Ich nehme an, du hast bei deinem Vater Schutz gesucht?«

»Mein Vater war weit fort, sein Handel hatte ihn nach Michoacan geführt. Und was hätte er trotz seines Wohlstandes und seines Ansehens gegen das Gesetz vermocht? Verflucht hätte er mich. Wer Ehebruch begangen hat, findet nirgendwo mehr Wasser, um sich zu waschen! So sagen wir dazu, weil es für uns, ob arm oder reich, die schlimmste Strafe bedeutet, sich nicht mehr waschen zu können. Bei euch gibt es sicher ein anderes Bild dafür ... Dennoch bin ich zu meinem Vater gegangen. Er besaß mehrere Häuser, in denen er seine Waren lagerte. Wie bei den Pochteca üblich, verteilte er sie gleichmäßig, um weder Neugierde noch Neid zu erregen. Ich versteckte meinen Schmuck in dem Haus, in dem du Fürst Cuauhtemoc getroffen hast, ließ Mia dort zurück und begab mich zu Motecuhzoma, um für mich zu sprechen, bevor mein Herr seine Anschuldigungen vorbringen konnte.«

»Mitten in der Nacht zu Motecuhzoma!«

»Du mußt wissen ... Die Mächtigen handeln nur aus Berechnung. Oder glaubst du, es war die Sorge um mein Glück, die Motecuhzoma bewog, mich Atlixcatzin zu schenken? Sei stets mißtrauisch, wenn man dir ein Geschenk macht. In dem Kästchen aus Jade lauert der Skorpion, im Innern der Frucht das Gift. Motecuhzoma war der Meinung, Atlixcatzin hätte einen schlechten Einfluß auf den König von Texcoco, und so beauftragte er mich ...«

»Du hast deinen Ehemann ausspioniert!«

»Wie üblich sprichst du viel und weißt wenig, Ollintzin. Ich berichtete Motecuhzoma einfach nur, mit welchen Personen mein Herr sich umgab, welche Bemerkungen ihm entschlüpften, das nenne ich nicht ausspionieren ... Nun, es war für seine Diener also nichts Ungewöhnliches, mich zu solch nächtlicher Stunde kommen zu sehen, sie führten mich ohne Einwände zu ihrem Herrn. Seit eurer Ankunft, die unheilvolle Vorzeichen angekündigt hatten, verweigerte Motecuhzoma jede Nahrung. Er streckte sich nicht mehr auf seiner Matte aus. Er verzehrte sich vor Kummer, der Herr der Menschen, sein Herz brannte, als hätte man es in flüssiges Piment getaucht! Furcht war an die Stelle des Schlafes getreten! Verängstigt warf ich mich ihm zu Füßen und küßte die Erde. Meine Worte erzürnten ihn, er beleidigte mich, beschimpfte mich als Dreck und Auswurf, bespuckte mich und trat meinen unwürdigen Körper. Ich war zu einem unglückseligen Augenblick gekommen. Die Zauberer und Wahrsager, die er in euer Lager geschickt hatte, um euch zu verhexen oder wenigstens zur Rückkehr in euer Land zu bewegen, waren unverrichteter Dinge zurückgekehrt. Es schien immer wahrscheinlicher, daß es sich bei diesen Wesen, die den Flüchen und den Zaubersprüchen widerstanden, um Götter handeln mußte. Daher tobte ein furchtbarer Kampf in seinem Innern: Seine religiöse Pflicht zwang ihn, euch sein Zepter zu übergeben, er selbst aber wollte wie jeder Mensch seinen Reichtum nicht abtreten. Und nun wagte ich es, mich in diesen hehren Kampf einzumischen, ich, ein armseliges, dummes, elendes, schamloses Weib! Er begegnete mir mit solchem Widerwillen, daß schließlich auch ich grenzenlose Verachtung für meine jämmerliche Person empfand und nicht länger an der Gerechtigkeit der mir bevorstehenden Strafe zweifelte. Da nahm sein Gesicht plötzlich einen anderen Ausdruck an. ›Jedes Vergehen hat seinen Preis‹, sagte er zu mir. Du mußt wissen, Ollintzin, daß mein Vergehen für ihn nicht darin bestand, daß ich meinen Herrn betrogen hatte, sondern darin, daß ich sein Vertrauen verloren hatte. Es war ihm gleich, ob ich meinen Rock gehoben hatte oder nicht, aber die Angelegenheit als solche und all die unanständigen Situationen, in denen er mich vor sich sah – denn je mehr eine Frau ihre Unschuld beteuert, desto williger unterstellt man ihr Lasterhaftigkeit und Hurerei und damit auch die Bereitschaft, sich auf jedem beliebigen Lager zu wälzen –, all das hatte ihn auf eine Idee gebracht: Ich sollte in euer Lager geschickt werden, mit meinen weiblichen Verführungskünsten die Knospe eines der Euren zum Erblühen bringen und auf diesem Wege feststellen, ob auch dieses edle Teil jene überirdische Macht besaß, die man Göttern zuschreibt. Furchterregend und riesig stellte ich mir die Knospe eines Gottes vor, aber ich hätte mich auf alles eingelassen, um nicht in den Tod gehen zu müssen, denn diese heitere Gelassenheit hatte ich noch nicht erreicht. Daher nahm ich all meinen Mut zusammen und fragte Motecuhzoma demütig, was ich erhoffen könnte, wenn ich ihm eine zufriedenstellende Antwort brächte. Er versprach mir, meinen Herrn zu besänftigen und mir meine Stellung zurückzugeben. Ich glaubte ihm: Motecuhzoma konnte alles. Und dann … Wie soll ich es dir erklären? Ich war wie von Sinnen und fühlte mich in schwindelnde Höhen emporgetragen. Motecuhzoma war doppelzüngig wie eine Schlange: Er tauchte seine Worte in den Honig der Agave, und der, der sie vernahm, sog sie ein wie Nektar, ihre Süße betörte ihn, und so gelang es ihm, auch mich davon zu überzeugen, ich hielte das Schicksal unseres ganzen Volkes in meinen Händen. Ein Gefühl des Stolzes durchflutete mich, nachdem ich mich gerade noch niedriger und stinkender als der Auswurf eines Kojoten gefühlt hatte. Noch in derselben Nacht machte ich mich mit drei Sklaven auf den Weg. Abwechselnd trugen sie mich auf ihrem Rücken, am vierten Tag sah ich euch bereits.«

»Wie wollte Motecuhzoma deinem Ehemann deine Abwesenheit erklären?«

»Unterbrich mich nicht ... Auf dem Weg von Mexico zu eurem Lager kaute ich *peyotl*.«

»Peyotl? Aber das ist doch eine fürchterliche Droge!«

»Weißt du, daß ihr Spanier überhaupt nichts von den Schätzen versteht, die die Götter in der Natur verborgen haben, um den armen Menschen zu helfen? Wir Azteken kennen sie alle, es gibt Pilze, Blätter bestimmter Pflanzen, Körner, Wurzeln. Sie alle haben unter bestimmten Umständen eine wohltuende Wirkung. Sie nehmen dem Geist die Fesseln, sie beflügeln den Körper, sie zeigen uns wunderbare Bilder ... Bilder, die jede Vorstellungskraft übersteigen! Während der langen Zeit des Umherirrens, die unser armes, zerlumptes, ausgehungertes Volk in das Tal von Mexico führte, hielt der Peyotl es aufrecht – ein kleiner Kaktus, dessen getrocknete Spitze das Beste an ihm ist. Sie ruft Wahnvorstellungen und Schwindel hervor, unterdrückt aber auch Hunger und Durst, Peyotl gibt dir Mut, wenn er sich im Körper verteilt. Mein Vater nahm ihn immer, wenn er in ferne Gegenden aufbrach ... Ich kaute den Peyotl, und als ich in eurem Lager ankam, fürchtete ich mich nicht mehr vor euch.«

»Du kamst also geradewegs aus Mexico, als wir uns begegnet sind?«

»Warte! ... Ob Götter oder Menschen, euer Aussehen war

befremdlich: diese blasse Haut, diese Bärte, dieser Geruch und der Lärm, der aus euren Mündern drang! Uhh! Wie streng war euer Geruch, wie laut eure Stimme, und diese gierige Art zu essen, ohne vorher die Finger in Wasserschalen zu tauchen. Und wie ihr euch auf die Frauen warft! Es gab nicht allzu viele. Viel zu wenige für so viele Männer! Zwei Tage lang habe ich euch beobachtet. Dein Anführer und die Hauptleute waren am besten ausgestattet mit Frauen, und vor Frauen hüte ich mich wie vor abscheulichen Krankheiten! Sie hätten mich sofort verdächtigt. Ich schloß auch die Männer aus, die mir allzu widerwärtig waren. Das waren viele. Dann habe ich dich ausgewählt. Du warst der Größte von allen … niemals, niemals zuvor habe ich einen so großen Mann gesehen! Deine Augen waren so blau wie das Wasser unserer Lagune, deine Haare loderten feuerrot wie Flammen, und so dachte ich, daß, wenn ein Gott unter euch weilte, nur du es sein könntest. Außerdem klang deine Stimme schön, und du lachtest nicht so grölend wie die anderen … Macht dich das glücklich, Ollintzin?«

»Du machst mir nicht oft Komplimente.«

Xiuxochitl lächelte.

»Ist es denn kein Kompliment, daß ich mit dir zusammen bin? Du bist besser als alle anderen deines Volkes, du bist aufrichtig.«

»Das hat Cuauhtemoc auch zu mir gesagt. Er benutzte die gleichen Worte wie du … Wie kam es, daß ich ihn bei dir angetroffen habe, während du zu Motecuhzoma gehörtest und sie doch Gegner waren? Warum hast du deinen Herrn verraten?«

»Weil er unser Volk verraten hat! Aber warte, so warte doch … Warum hastest du immer voller Ungeduld weiter? Verrinnt die Zeit für euch schneller als für uns? Nachdem mir die Flucht aus Tlaxcala gelungen war, kehrte ich nach Mexico zurück, ich wollte zu meinem Vater. Mia berichtete mir von seinem Tod. Man hatte seinen Leichnam aus der Lagune gefischt. Mein geliebter Vater! Mia erzählte mir auch, daß am Tag nach meinem Aufbruch zu eurem Lager ein Bote in den Palast meines Herrn Atlixcatzin gekommen war. Kurz darauf hatte man Atlixcatzin erwürgt aufgefunden, er trug eine Blumenkette um den Hals, in der die Schnur versteckt war, mit der man ihn getötet hatte. Diese Art, jemanden zu beseitigen, deutete auf Motecuhzoma hin ... Ich trocknete meine Tränen und begann nachzudenken. Zwei gewaltsame Tode, in meiner unmittelbaren Nähe! Vermutlich war der meine ebenfalls beschlossen. Sobald ich dem Herrn der Menschen Bericht über meine Mission erstattet hätte, würde er mich umbringen lassen, um meine Lippen für immer zu verschließen! Das wurde mir plötzlich klar, und ich versteckte mich. Dann seid ihr mit euren Pferden und euren Kanonen in unsere Stadt eingezogen, und wir haben den Becher unserer Schande bis zur Neige geleert ... So fällte ich meine Entscheidung. Ich wußte, daß Cuauhtemoc ein strahlender Krieger war und die träge Haltung Motecuhzomas verabscheute. Ich suchte ihn heimlich auf. Er glaubte, der Uey Tlatoani hätte mich beseitigen lassen, denn seit der Ermordung Atlixcatzins waren viele Gerüchte im Umlauf. Ich erzählte ihm alles, er beschloß, meine Beziehung zu dir zu nutzen. Den Rest kennst du.«

»Eines möchte ich noch wissen ... Als du mit Cuauhtemoc sprachst, hattest du da nicht selbst ein wenig Lust, mich wiederzusehen?«

»Auch eine Frau hat ihre Schwachen. War es das, was du hören wolltest, Ollintzin?«

* * *

Im August kam Pater Olmedo.

Er taufte die Kaziken und vermählte uns.

Auf dem Vorplatz von San Cristóbal wurde ein großes Fest gefeiert.

Es gab mit Fleisch und Früchten gefüllte Tamales, Tausende

von weißen Maiskuchen, im Feuer geröstete Rehböcke, Hasen, Fasane, Wachteln, Rebhühner aus meinen wildreichen Wäldern, zweihundert Hühner, ganze Kessel voller Bohnen und teuflisch gewürzter Saucen. Dazu wurde reichlich getrunken.

Die Anführer der Dörfer nahmen an dem Festessen teil, und jeder von ihnen erhielt einen Tilmatli und Glasperlen. Sie waren stolz und glücklich, daß ich eine Frau ihres Volkes heiratete, und ich war es noch weit mehr als sie.

* * *

In der zweiten Oktoberhälfte zog ich all meine verfügbaren Männer zusammen und begab mich zu Cortés, um ihn nach Hibueras zu begleiten. Diese Gegend lag an der Grenze zu Yucatán und Guatemala. Anfang des Jahres hatte er Cristóbal de Olid, einen seiner Hauptleute, dort hingeschickt, und Olid machte nun Anstalten, seine Autorität zu untergraben und den Gewinn der Unternehmung selbst einzustreichen … Kühn versuchte er Cortés zu trotzen, wie dieser es einst unserem verehrten Gouverneur von Kuba gegenüber getan hatte. Allerdings hatte Olid keinen einzigen Peso in diese Expedition hineingesteckt, und Cortés war von einem anderen Schlag als Diego Velázquez.

Wir brachen auf, um den Abtrünnigen zu bestrafen.

Wie selten versteht der Mensch, sich mit seinem Glück zufriedenzugeben, und so ließ auch ich mich rasch wieder von der Kampfeslust anstecken. Ich spürte die kraftvollen Waffen in meiner Hand, den schützenden Stahl auf meinen Schultern. Die Naborias hatten sich vergeblich bemüht, meinen Panzer, der zuvor Rodrigo gehört hatte, vom Rost zu befreien. Ich mußte mir eine vollkommen neue Ausrüstung besorgen.

Bei Cholula traf ich auf Cortés' Armee, die in nichts mehr an jene heldenhafte, siegessichere, aber so kleine mittellose

Truppe erinnerte, mit der wir derartige Wunder vollbracht hatten.

Sie glich dem Hofstaat eines Prinzen. Die beträchtliche Anzahl der Reiter ging in der Menge derer unter, die für den Komfort und die Annehmlichkeiten unseres Generalkapitäns zu sorgen hatten. Sein Zelt war mit seidenen und goldenen Tressen besetzt, oben prangten die prächtigsten Federn, um es herum schwirrten Kellner, Mundschenke, Köche, Wundärzte, Barbiere, Kammerdiener, Stiefelknechte, Falkner, Rittmeister, Stallburschen, Musiker, Akrobaten, Jongleure, Komödianten. Hintendrein folgte, um das Erscheinungsbild zu vervollständigen, das ganze Gepäck, das Mobiliar, die Wandbehänge, das Geschirr, Silberzeug, die Badewanne …

Damit sich die Einheimischen während seiner Abwesenheit nicht gegen die fremden Herren auflehnen konnten, hatte Cortés Cuauhtemoc und mehrere aztekische Würdenträger mitgenommen. Ihre herrlichen Sänften und ihr Gefolge ließen den prunkvollen Aufmarsch noch bunter erscheinen. Den Abschluß bildeten die Fußsoldaten, die Naborias und unsere persönlichen Sklaven. Dahinter wirbelte eine grunzende Schweineherde eine weithin sichtbare Staubwolke auf.

In jeder größeren Ansiedlung wurden wir freudig von ehemaligen Gefährten empfangen, die an dem einen oder anderen Ort seßhaft geworden waren und es sich nun gutgehen ließen. Es war ihnen gelungen, sich ein Dorf zuteilen zu lassen, wo ihnen Frauen, Dienerschaft und Arbeitskräfte zu Gebote standen. Diese Bequemlichkeiten wogen das Gold, das ihnen verwehrt geblieben war, hinlänglich auf, und nur widerwillig fetteten sie nun ihre Helme, polierten ihre Schwerter, flickten Wams und Schuhwerk, um unsere Reihen zu stärken.

Sebastián war auf dem Gut geblieben, um die ersten Sprünge unserer Fohlen zu überwachen, aber Tlacateotl, meinen Iyac, hatte ich mitgenommen. Gierig sog er den Wind der fernen Horizonte ein und lechzte nach den möglicherweise bevorstehenden Kämpfen wie ein Wolf nach frischem Fleisch.

Als wir uns in San Cristóbal niedergelassen hatten, hatte mich Tlacateotl vor ein schweres Problem gestellt. Es fiel mir keine Aufgabe ein, die ich einem ehemaligen Krieger der Mexica hätte übertragen können, ohne seine Ehre zu verletzen. Ich bedauerte es beinahe, mich ihm gegenüber verpflichtet zu haben.

Erst als ich ihn mehrmals dabei beobachtet hatte, wie er mit großen Augen um die Pferdeställe strich, kam mir plötzlich eine Idee.

Ich führte ihn zu einer hohen Hecke.

»Siehst du diese Hecke?« fragte ich ihn. »Wenn du diese Hecke mit dem Pferd überspringen kannst, werde ich dir ein Pferd schenken, und du kannst Sebastián helfen. Wir werden ihn bitten, dir eines zu leihen, und du versuchst, seine Ratschläge zu beherzigen!«

Einige Wochen später übersprang Tlacateotl voller Stolz die Hecke.

Als wir ihm das Pferd vor unserem Haus mit gebührender Feierlichkeit übergaben, bereitete er mir eine große Überraschung.

»Ollintzin«, sagte er zu mir, »ich will getauft werden. Dein Gott ist jetzt auch mein Gott.«

»Es macht mich glücklich, mein Sohn, daß die Gnade über dich gekommen ist.«

»Von welcher Gnade sprichst du? Das Pferd ist daran schuld. Als du mir das Pferd versprochen hast, wenn ich es schaffe, habe ich zunächst daran gedacht, meine Götter um Beistand zu bitten. Dann überlegte ich aber, daß euer Gott es verstehen müßte, ein Pferd zu besteigen, da er es euch ja beigebracht hat. Also habe ich zu ihm gebetet, habe ihn angefleht, mir das Geschick zu verleihen, mit dem man diese schrecklichen Tiere zähmt, und er hat meine demütige Bitte erhört! Meine Götter hätten mich nicht erhört, sie kennen keine Pferde, haben uns niemals welche geschickt. Was können unsere Götter gegen einen Gott ausrichten, der auf Pferde steigt? Du hast recht, Ollintzin, dein Gott ist mächtiger, stärker, und Tlacateotl verehrt allein die Stärke!«

Auf diese Weise führte in Neu-Spanien ein feuerroter Fuchs unserem Herrgott eine neue Seele zu, und ich kann versichern, daß es keinen aufrichtigeren und eifrigeren Christen brauner Hautfarbe auf meinem Gut gab als den Iyac Tlacateotl, der nun hier an meiner Seite Richtung Yucatán galoppierte.

Überall begleiteten Blütenzweige und Blumensträuße unseren Triumphzug, Jubel und Festgelage rissen nicht ab, bis wir Coatzacoalco erreichten.

Hier zeigte sich, daß Cortés von den Einheimischen schlecht beraten worden war. Wie wir alle ging auch er davon aus, daß Yucatán an dieser Stelle nicht breiter als etwa zwanzig Meilen war, und beschloß deshalb, es ganz zu durchqueren.

Das erwies sich als äußerst verhängnisvoll.

Wir mußten mehr als fünfzig Brücken bauen, um das Sumpfgebiet zu durchqueren, in dem wir mehrere Monate umherirrten. Als wir endlich aus diesen stehenden, trügerischen, modrigen und von Reptilien bevölkerten Gewässern hinausgelangten, gerieten wir in so dichte, undurchdringliche Wälder, daß wir uns mit Axt und Schwert einen Weg bahnen mußten. Jeder von uns ertrug sein eigenes Leiden, Fieber schüttelte uns, Wunden bedeckten unsere geschundenen Körper, die Vorräte waren aufgezehrt, denn die meisten unserer Schweine waren in den Sümpfen ertrunken, die übrigen längst vertilgt. In den wenigen Dörfern, durch die wir kamen, pflückten wir rohen grünen Mais und genossen ihn wie eine Köstlichkeit gegenüber den Wurzeln und dem abscheulichen Getier, die wir gewöhnlich aßen. Ich hatte die Hoffnung aufgegeben, dieser Hölle zu entkommen und die Meinen noch einmal wiederzusehen. Unser Weg führte uns über Flüsse mit heimtückischer, reißender Strömung, durch finsteren Urwald, an schwindelnde Abgründe und jäh aufragende Felshänge. *Die Seele zwischen den Zähnen*, wie es später ein Chronist beschrieb, schlugen wir uns weiter durch. Selbst zu den schlimmsten Zeiten der Conquista hatten wir nicht solche Leiden durchgestanden, aber diesmal blieb es ein Kampf ohne Ruhm oder Gewinn, alles war vergeblich: Als wir Olids Soldaten endlich aufspürten, war dieser bereits tot.

Ein besonders düsteres Kapitel meiner Erzählung stellt das Ende Cuauhtemocs dar: Er wurde einer Verschwörung gegen uns verdächtigt und auf Befehl von Cortés gehängt ... Das Bild seiner verrenkten, an einem Ast baumelnden Gestalt habe ich aus meinen Gedanken verbannt. Ich höre noch seine Worte: »Du bist aufrichtig, Ollintzin.« Und nur so, als strahlenden jungen Krieger will ich ihn in Erinnerung behalten.

* * *

Bei meiner Abreise hatte sich Xiuxochitls hübscher goldener Bauch kaum sichtbar gewölbt, und ich hatte gehofft, zur Geburt des Kindes wieder zurück zu sein.

Als ich nun mit Tlacateotl und den Männern, die mir geblieben waren, endlich die weißen Zinnen von San Cristóbal erblickte, waren mehr als achtzehn Monate vergangen.

Ich hielt inne und genoß in der strahlenden Maisonne den Anblick des Fleckens Erde, der mir mein Glück bedeutete.

Alles war so, wie ich es hinterlassen hatte: Die Fahne Spaniens wehte am First der Türmchen, die Huipilli der Naborias und der Sklaven flatterten wie weiße Schmetterlinge auf dem Vorplatz. Der Wasserfall warf glitzernde Funken in das Grün, und die edlen Wälder zogen sich bis zu den Bergkämmen, während sich um uns herum die fruchtbaren Ebenen erstreckten.

Ich sagte: »Es ist gut, nach Hause zurückzukehren.«

Tlacateotl stimmte zu.

Er war hager geworden, seine Haut hatte eine gelbliche Farbe angenommen, und eine üble Krätze plagte ihn. Darüber hinaus war er untröstlich über den Verlust seines schönen Fuchses, der wie viele andere verendet war.

Die ganze Zeit über hatte ich nur an meine eigenen Leiden gedacht.

Als ich nun Celestina in Tränen ausbrechen sah, begriff ich, daß diese unselige Expedition auch den Meinen zu Hause große Ängste bereitet hatte.

»Wir hielten dich für tot! Wir hielten euch alle für tot!« wiederholte sie und klammerte sich an mich.

Sanft löste ich mich von ihr.

»Ist Xiuxochitl oben? Das Kind? Ist es ein Junge?«

Sie trocknete ihre Augen.

»Torremayor ...«

Mit einem Mal fror ich bis ins Mark, ich fand keine Worte.

Celestina sagte leise: »Wir haben alles versucht. Im letzten Monat war sie sehr schwach, aß fast nichts mehr. Ich habe Acamapichtli aus Mexico holen lassen. Er ist gekommen, blieb auch bis zur Niederkunft hier, er hat getan, was er konnte. Ich schwöre dir, wir haben alles getan, alles, was in unserer Macht stand! Es war so, als fehlte ihr der Lebenswille, wie schon einmal. Es tut mir so leid, Torremayor. Das Kind ... es war ein Junge ... es ist noch in derselben Woche gestorben. Es tut mir so leid ...«

Ich hörte sie nicht mehr.

Ich war bei ihr, meiner geliebten Xiuxochitl, der Duft ihrer Haut durchströmte mich, ihre Schönheit umgab mich. Ich ließ kein anderes Bild zu, wollte bei ihrem zarten Körper verweilen, ihn voller Leben, bebend in meinen Armen spüren. Dieses Bild trug ich in den Innenhof, setzte mich und bewegte mich nicht mehr aus Angst, es könne davonfliegen.

Sebastián kam, legte die Hand auf meine Schulter und stellte eine Schale Octli neben mich. Dann ließ er mich wieder allein.

Die Frau ist von Natur aus dazu geschaffen, den Kummer zu ertragen. Aber gerade die Tapfersten unter den Männern packt das Entsetzen, wo Wut, Gewalt und Kraft nichts auszurichten vermögen. Ich trank. Zwei Tage lang kam ich überhaupt nicht zu mir und durchlebte ein Delirium, in dem sich die Schrecken unserer Expedition mit dem unendlich größeren Schrecken mischten, der mich hier umklammert hatte.

Am dritten Tag brach ich auf meinem Stuhl zusammen.

Am vierten wachte ich in Celestinas Bett auf.

Noch halb besinnungslos, wähnte ich mich für ein paar Sekunden wieder in jener glücklichen Zeit, in der ich keine andere Sorge hatte, als mich tapfer zu schlagen. Dann aber sah ich sie angekleidet, mit trauriger und ernster Miene an meinem Krankenbett sitzen, und alles kam mir wieder in den Sinn.

Sie erhob sich.

»Ich habe dir Kleider zurechtgelegt. Du wirst jetzt hinuntergehen und etwas essen«, sagte sie. »Du hast auch Pflichten denjenigen gegenüber, die dich lieben.«

Unten war der Tisch für zwei Personen gedeckt.

Mein Herz zog sich zusammen, als ich den großen Tisch fast leer sah, ich wollte beinahe wieder hinaufgehen, aber die Indiofrauen kamen herein, brachten verschiedene Platten, und der Duft eines *chilmolli* hielt mich zurück. Trotz meiner Verzweiflung war ich doch immer noch ein Mensch und hatte Hunger.

Schweigend aßen wir.

Nachdem die Mahlzeit beendet war, holte Celestina aus ihrem Rock ein gefaltetes und versiegeltes Papier hervor und reichte es mir.

»Das ist für dich. Sie hat es mir wenige Tage vor ihrem Tod gegeben.«

Ich nahm den Brief und schob ihn in mein Wams.

»Wo ist Mia?« fragte ich.

»Bei Luis. Der Kleine hat nach dir gefragt, aber ich wollte nicht … Er ist so schön und noch so klein, Torremayor! Diesen Monat ist er sechs Jahre alt geworden.«

Beinahe sieben Jahre war es nun her, daß sie mir im Mondschein in der Nähe von San Juan de Ulúa erschienen war …

Ich ging hinaus.

Auf dem Vorplatz waren die Gärtner am Werk. Sie verneigten sich und hielten den Blick zu Boden gesenkt. Sicher sah ich furchtbar aus. Ich betrachtete die Beete. Wie sehr hatte sie ihre Blumen geliebt! Erneut durchlief mich ein Schauer.

Ich ging weiter, stieg zu der Kapelle empor und ging um sie herum.

Auf einer nahe gelegenen Lichtung hatte ich Magnolien pflanzen lassen. Hier ruhte Rodrigo. Nun stand ein paar Schritte von dem seinen ein weiterer Grabstein, in den ein Kreuz eingemeißelt war. Unter diesem Kreuz, unter diesem Stein, unter der Erde lag Xiuxochitl. Töricht dachte ich, daß die Magnolien gewachsen waren und ihre Zweige bald bis zu ihr reichen würden, dann brach ich am Grabstein zusammen.

Später zog ich den Brief aus meinem Wams und begann ihn zu lesen:

Sei nicht traurig, Ollintzin, wenn ich Frieden gefunden habe. Die Götter haben mir vergeben. Um mein Kind zu retten, habe ich ihrem Festmahl einen Krieger gestohlen. Aber sie haben meine Reue angenommen und gewähren mir den höchsten Tod. Ich weiß es, ich habe es im Traum gesehen, ich werde im Kindbett sterben und ihnen einen ganz kleinen und frischen Krieger zurückgeben. So werde ich unter die göttlichen Frauen aufgenommen, ich werde zu jenen gehören, die mit ihrem Gesang unseren Vater, die Sonne, entzücken und seinen stolzen Lauf begleiten, bis er untergeht. Du bist verärgert. Du wolltest eine Christin aus mir machen, aber was kann ich dafür? Meine Götter tragen mich mit sich fort. Celestina hinterlasse ich meinen Schmuck, dir meine Wandschirme, meine Bilder und meine Gedichte. Wenn Luis alt genug ist, dann lies ihm diese bescheidenen Blüten vor, die von einem einzigartig strahlenden Königreich erzählen, das es nicht mehr gibt. Möge dieser Glanz in deinem Herzen und in dem seinen erhalten bleiben und sich über eure Münder fortpflanzen! Genieße alles, Ollintzin! Unsere geliebten Alten sagen, daß das Leben ein Traum ist, aus dem man im Tode aufwacht. Mit dir habe ich süße Träume geträumt, jetzt werde ich leben.

Xiuxochitl

Ich faltete den Brief zusammen, steckte ihn in mein Hemd, an meine Haut und drückte ihn fest an mich, während ich wie versteinert dastand. Die Leere in meiner Brust wuchs und wuchs, bis sie mich fast erstickte.

Da sah ich plötzlich Mia.

Die Indiofrau tauchte hinter der Kapelle auf, sie hielt Luis an der Hand. Als sie mich sah, hielt sie inne. Der Kleine riß sich los.

Er lief auf mich zu und rief mit greller Stimme: »Vater! Vater!« Als er vor mir stand, umschlang er meine Knie und wiederholte flehend: »Vater! Vater!« Ich bückte mich und hob ihn auf meinen Arm. Er lachte. Seine schwarzen Haare waren schwer und glatt. Sie wehten wie Seidenfransen hin und her. Er hatte eine sehr helle Haut, aber seine Ähnlichkeit mit Xiuxochitl war während meiner Abwesenheit noch deutlicher geworden ... die langen Wimpern, die entzückenden Nasenflügel, die volle Unterlippe ...

Ich nahm diese wie mit einem feinen Pinsel gezogenen Züge gierig in Augenschein, es waren die Züge meiner Liebsten ... Doch auch dieses Kind liebte mich. Ich fühlte seinen warmen, kräftigen Körper vor Freude in meinen Armen zappeln, seine tiefblauen Augen musterten mich, tiefblau wie die meinen und wie Rodrigos ... Und da verlor in meinem abgrundtiefen Leid der quälende Gedanke, der mich all die Jahre verfolgt hatte, mit einemmal jede Bedeutung. Ich preßte Luis an mich. Sein Blut war ihr Blut, sie hatte ihn mir geschenkt, er gehörte zu mir. »Mein Sohn«, sagte ich zum ersten Mal. Und Luis begann zu weinen, weil ich weinte.

MADRID

Ich weiß, daß es eine Sünde ist, sich so etwas vorzustellen, aber ich kann nicht davon ablassen.

Bei heiterem Wetter betrachte ich nachmittags den Himmel und suche nach ihr. Goldene Funken tanzen vor meinen Augen, und manchmal sehe ich sie dann. Ihr offenes Haar umschmeichelt ihren Körper wie in den Nächten unserer Liebe, und voll zärtlicher Leidenschaft treibt sie gemeinsam mit ihren Gefährtinnen die aus den grünen Federn des Quetzal geflochtene Sänfte von Tonatiuh, dem Prinzen des Lichtes, voran. Mein Blick folgt diesem sanften, glitzernden Schaukeln, ich schaue sie an, ja sie, und ich möchte mich an ihre schlanken Beine heften, möchte Schmetterling, Libelle, Mücke, Vogel, Adler oder Kolibri sein, um mit ihr gen Osten zu fliegen, bis die Dämmerung uns beide umfängt, ich möchte ... Die Sonne blendet mich, ein Wimpernschlag – und dann ist sie verschwunden. Vergeblich suche ich das Blau nach ihr ab, nur ein paar kleine Wolkenfetzen, eine weiße Spur ist zu sehen, aber wie gern halte ich diese für ihren Huipilli, den sie so oft für mich abgelegt hat, und sehne mich danach, daß sie sich mir noch einmal hingibt ... Immer wieder, morgen und an vielen anderen Tagen, werde ich vom Fenster meines Gefängnisses aus nach ihr suchen.

* * *

Die Zeit verging.

Als Luis zehn Jahre alt war, brachte ich ihn nach Mexico in die von Pierre de Gand geleitete Schule San José. Pierre de Gand war ein bekannter flämischer Franziskanermönch, der bereits ein Jahr vor unseren Geistlichen nach Neu-Spanien gekommen war, um das Schulwesen zu begründen. Er beabsichtigte, die Kinder der vornehmen Azteken zugleich in ihrer eigenen Sprache und in Spanisch zu unterrichten. Wieder nach San Cristóbal zurückgekehrt, empfand ich die Einsamkeit um so schmerzvoller.

Seit Xiuxochitls Tod hatte ich all meine Liebe Luis gegeben. So fühlte er sich endlich angenommen und folgte mir auf Schritt und Tritt.

Gemeinsam besichtigten wir die Dörfer, deren Bewohner ihn wegen seiner indianischen Anmut und Höflichkeit liebten. Wir durchstreiften die Weinberge und Zuckerrohrplantagen, besichtigten die Mine, jagten Rehe, und als er alt genug war, schenkten Sebastián und ich ihm sein erstes Pferd.

Es war eine Freude, mit ihm zusammenzusein und ihn erblühen zu sehen.

Mehr noch als seine unstillbare Neugier, seine Fröhlichkeit und der Stolz, den er von seinem Vater geerbt hatte, rührte mich die innige Liebe, die er mir jederzeit entgegenbrachte und die weit über die bloße Achtung hinausging, welche ich meinen Eltern gegenüber gezeigt hatte.

Nun, da das Kind in Mexico war, wurde mir schlagartig klar, daß ich noch zu jung und lebenshungrig war, um einfach nur Tag für Tag mein Feld abzuschreiten, auch wenn dies von beträchtlicher Größe war! Ich beschloß, wieder aufzubrechen.

Ich war nicht mehr der mittellose Bursche, der im Hafen von Sevilla mit niedrigen Arbeiten mühsam das notwendige Geld zusammenkratzen mußte, um sich nach Kuba einzuschiffen. Ich war wohlhabend, und durch die reichen Erträge meines Landgutes würde mein Vermögen weiter anwachsen. Daher plante ich meine Unternehmung im großen Stil. Ich begab mich nach Hispaniola, kaufte drei Schiffe, da ich keine zum Chartern fand. Ich rüstete sie auf, warb gemeinsam mit Tlacateotl Seeleute und Soldaten an und suchte Diego de

Ordaz auf, einen von Cortés' Hauptleuten, mit dem ich in Verbindung geblieben war.

Diese Vorbereitungen nahmen mehr als ein Jahr in Anspruch.

In Paria, einem Hafen im äußersten Osten der Terra Ferma*, gegenüber von Trinidad, traf ich mit Ordaz zusammen. Mit seinen sieben Galeeren und meinen drei Schiffen fuhren wir den Fluß Orinoko hinauf. Die Regenzeit begann. Wir waren die ersten Weißen, die diesen Fluß befuhren, und schon bald bekamen wir seine Tücken zu spüren. Außerdem war ich in Hispaniola übervorteilt worden. Der Rumpf meiner Schiffe war von Bohrwürmern zerfressen und ähnelte immer mehr einer löchrigen Honigwabe. Die Seeleute pumpten Tag und Nacht Wasser aus den Laderäumen. Dennoch erreichten wir den Fluß Meta, der in den Orinoko mündet. Da mittlerweile die Trockenzeit den Regen abgelöst hatte, erwies sich der Meta jedoch als unbefahrbar, und so fuhren wir den Orinoko wieder hinunter.

Im Sommer ist die Hitze in diesen Gegenden unerträglich, Fieber greift um sich, zehrt die Menschen aus und macht sie reizbar. Ohne mein Wissen hatte Ordaz ein Massaker an Indios zugelassen. Es kam zu einer erbitterten Auseinandersetzung zwischen uns beiden. In Paria veräußerte ich meine Schiffe gegen eine Handvoll Pesos, entließ die Männer und kehrte mit Tlacateotl nach Hause zurück.

Von dieser Expedition brachte ich nichts weiter mit als eine schillernde Legende, die ich hier wiedergeben möchte, da sie entscheidenden Einfluß auf meine Zukunft und auf das Leben Hunderter Menschen hatte.

Irgendwo in den felsigen Höhen, in denen der Meta entspringt, liegt ein See, an dem, so erzählt man, alljährlich eine Zeremonie abgehalten wurde. Held der Feierlichkeiten war der dortige Herrscher. Am besagten Tag bestrich er seine Haut mit Terpentinöl und wälzte sich in Goldstaub, so daß

* Heute Panama und Kolumbien.

sein Körper aussah wie aus Gold gegossen. In diesen Glanz gehüllt, verließ er nackt seinen Palast, ein Festzug geleitete ihn mit Tanz und Gesang zu einem Kanu, in dem er auf den See hinausfuhr, um dort Gold und Smaragde als königliche Opfergaben zu versenken. Vom Ufer aus beobachteten seine Würdenträger und Untertanen in rauschhafter Verzückung, wie er sich schließlich selbst gleich einem leuchtenden Blitz ins Wasser stürzte.

In uns Barbaren, mit unserem unstillbaren Hunger nach dem edlen Metall, weckt die Pracht des vergoldeten Mannes* die Vorstellung von märchenhaften Reichtümern …

Ich habe zwar »Legende« geschrieben, aber wie oft verbirgt sich nicht hinter einer Legende eine wahre Geschichte. In der gesamten Terra Ferma deckten sich die Erzählungen über den Vergoldeten. Ich selbst hatte sie gesammelt. Wieder verfielen wir dem Reiz des Wunderbaren, den Träumen von Abenteuer und Macht, die mich und viele andere auch ins Unglück treiben sollten.

Im Jahre 1535 schiffte ich mich erneut mit Cortés ein. Er wurde mittlerweile nur noch der *Marquis* genannt. Seine Majestät hatte ihm den Titel Marqués del Valle de Oaxaca verliehen und bedeutende Ländereien übereignet. Trotz dieser offenkundigen Gunstbezeigungen verlor er an Einfluß, da er ständige Zielscheibe von Streitigkeiten in der *Audiencia* war. Diese hatte ihren Sitz in Mexico und war vom Indienrat eingesetzt worden. Sie stellte eine Art Regierung in der Regierung dar, deren Auftrag es war, für Gerechtigkeit zu sorgen und die Interessen der Krone wahrzunehmen.

Durch die Eroberungen kamen immer mehr Beamte des Königs ins Land. Sie kamen aus Spanien und hatten nichts anderes im Sinn, als hier Gesetze anzuwenden, die den hiesigen

* El Dorado, span.: der Vergoldete. Daher auch Eldorado, das sagenhafte und mythische Reich des Goldes.

Gegebenheiten oft nicht gerecht wurden. So herrschte ein unablässiger Konflikt zwischen ihrer blinden Strenge und einer gemäßigten, den Verhältnissen angepaßten Haltung.

Derart in seinen Handlungsfreiheiten beschnitten, packte Cortés die Lust zu neuen Entdeckungen. Aber Gott schien ihm keine weiteren Heldentaten mehr zu gönnen, mit denen er sich hätte brüsten können. Wir fuhren das südliche Meer hinauf und erreichten vollkommen unbewohnte, wüstenhafte Landstriche. Monatelang litten wir schrecklichen Hunger, da die von unserem Anführer zurückgeschickten Schiffe auf Grund gelaufen waren und der von ihnen erhoffte Nachschub an Lebensmitteln ausblieb. Bevor es zum Äußersten kam, retteten uns zwei andere Schiffe. Sie standen unter dem Befehl des kürzlich ernannten Vizekönigs von Neu-Spanien, einer Person, mit der Cortés künftig zu rechnen hatte. Wir hatten ehrgeizige Hoffnungen in diese Expedition gesetzt, nun aber war sie in alltäglichen Notwendigkeiten steckengeblieben und warf uns zurück auf die bescheidene Sorge um unser zerbrechliches Dasein als Mensch.

Da ich jedoch wenigstens einige Kenntnisse über das Meer des Südens gewonnen hatte, unternahm ich drei Jahre später mit Cortés' Einverständnis eine weitere Erkundungsfahrt.

Dieses Mal ließ ich in Tehuantepec zwei große Schiffe bauen, die mich alles Gold kosteten, das Celestina und Sebastián erwirtschaftet hatten. Das erste versank bei einem Unwetter auf der Höhe von Jalisco. Ich widersetzte mich dem Willen der Mannschaft, die, eingeschüchtert vom Tosen dieser unergründlichen See, umkehren wollte, und setzte die Fahrt mit dem zweiten Schiff fort. Wir gelangten in ein Gewässer, das sich als ein riesiger langgezogener Golf* erwies. Ich versuchte, seine Umrisse möglichst genau festzuhalten. Da begann ein unseliges Fieber unter meinen Leuten zu wüten. Niedergeschlagen beschloß ich umzukehren. Wir nahmen Kurs auf Tehuantepec und hielten uns dabei nahe der Küste. Die Zahl der

* Der Golf von Kalifornien.

Toten stieg von Tag zu Tag. Die Streitereien zwischen den Seeleuten und den Soldaten spitzten sich zu. Die Männer des Schwertes und die Männer der See begegnen einander mit Herablassung, und das Verhältnis zwischen ihnen ist stets gespannt. Nun aber wurden diese Spannungen unerträglich; Seeleute und Soldaten machten die jeweils anderen für das gegenwärtige Übel verantwortlich. In der Hoffnung, die Stimmung durch einen saftigen Braten zu verbessern, machte ich einen unverzeihlichen Fehler: Ich hatte in der Nähe ein Waldgebiet mit großem Wildbestand gesichtet und ging mit einigen meiner Leute an Land. Als wir zufrieden über unsere Jagdbeute zurückkehrten, war das Schiff verschwunden. Ich habe nie wieder etwas von ihm gehört. Unser Überleben verdankten wir, meine Gefährten und ich, der Gnade Gottes und meinem Einfallsreichtum, den mich andere scheinbar ausweglose Situationen gelehrt hatten.

Bei unserer Ankunft in San Cristóbal bestanden Tlacateotl und ich nur noch aus Haut und Knochen. Celestina weinte. Das war ich schon gewohnt. Bei jeder Rückkehr von einer Expedition empfingen uns Tränen. Diesmal jedoch kam Wut hinzu. Sie warf mir vor, besessen zu sein vom Drang nach Zerstörung und Untergang. Dies schmerzte mich um so mehr, als Luis dem Ausbruch beiwohnte. Seine Ausbildung bei den Franziskanern war abgeschlossen.

Es folgte eine düstere Zeit.

Ich tat, was alle tun, deren Handlungen nicht von Erfolg gekrönt sind. Ich lehnte mich gegen die Glücklosigkeit auf, schmähte und beschimpfte sie, aber auch meine Wutausbrüche halfen nicht gegen Verbitterung und Untätigkeit. Durch häufige Abwesenheit war ich überflüssig geworden, das Gut funktionierte ohne mich. Nichts ist grausamer für einen Mann als das Gefühl der Nutzlosigkeit. Das machte mich ungerecht und zänkisch.

Cortés war in Madrid, ein Brief von ihm besänftigte mich ein wenig. Am Abend sprachen wir gemeinsam darüber, ich schwelgte in Erinnerungen, mehrere Wochen lang käute ich sie wieder und wieder …

Sollte das Leben also nur noch darin bestehen, sich zu erinnern, sich wie ein Greis in die Vergangenheit zu flüchten?

Dieser Gedanke erschreckte mich, hatte aber auch eine heilsame Wirkung. Ich verwarf die abergläubische Vorstellung, daß all mein Glück auf immer in den Sümpfen von Hibueras untergegangen sei, und sagte mir, daß ein Soldat seine Zukunft vor sich hat, solange er sich auf den Beinen halten kann. Diese Einstellung stimmte mich friedlicher gegenüber den Meinen, denn die Sehnsucht nach einem erneuten Aufbruch keimte in mir auf.

Sebastián blieb das nicht verborgen.

»Wenn Ihr damit liebäugelt, wieder aufzubrechen, so gehe ich mit Euch«, sagte er eines Tages zu mir, als wir allein waren.

»Du würdest fortgehen, deine Pferde allein lassen?«

»Es ist jetzt zwanzig Jahre her … zwanzig Jahre, versteht Ihr! Seit zwanzig Jahren sehe ich zu, wie die Zuchthengste die Stuten bespringen und wie die Fohlen zur Welt kommen. Auch ich habe Lust, mir ein wenig die Beine zu vertreten. Und schließlich haben wir beide zusammen immer gute Arbeit geleistet!«

Noch eine Woche zuvor hätte ich Sebastiáns Äußerung als eine Anspielung auf meine jämmerlichen Unternehmungen verstanden, nun aber beglückten mich seine Worte so sehr, daß mir das Herz weit wurde.

Ich teilte Sebastián meine Pläne mit.

»Erinnerst du dich an jenes Reich des Goldes, von dem ich dir erzählt habe und von dem noch immer so viel gesprochen wird, ohne daß es jemals entdeckt worden wäre? Dort will ich hin … Ich will den Orinoko hinauffahren, wie damals mit Ordaz, und dann den Meta, um den vergoldeten Mann zu finden.«

»Und wenn es ihn gar nicht gibt?«

»Wer hätte, bevor wir hierherkamen, vermutet, daß es Indianer wie die Azteken gibt, Paläste wie in Tenochtitlan, so viel Gold, Juwelen, Schönheit, eine ganze Welt mit eigenen Regeln und Gesetzen, die manchmal weiser sind als die unseren? Und dennoch hat es das alles gegeben, und wir haben es entdeckt! Und auch das Peru der Inka war keine Legende! Warum sollte also der Vergoldete nicht existieren? Warum nicht noch andere Welten, andere Völker, andere Schätze? Wer könnte besser wissen als du und ich, daß das Unvorstellbare möglich ist und die unglaublichsten Träume wahr werden können!«

»Ich frage mich, was Celestina sagen wird. Bei der gegenwärtigen Dürre werden unsere Erträge spärlich ausfallen, und Eure Eisenerzlager ...«

»Ich weiß, die Ader ist erschöpft ... Dieses Mal, Sebastián, werde ich mich nicht unüberlegt ins Abenteuer stürzen. Ich habe nachgedacht, ich werde Seiner Majestät schreiben. Nach all den Jahren, die ich in ihrem Dienst stehe, glaube ich, auf ihre Zustimmung hoffen zu können. Ich werde die Herrschaft über alle von uns entdeckten Länder für mich und meine Nachkommen beanspruchen, ich werde Sicherheiten verlangen hinsichtlich meines Anteils an den möglichen Reichtümern dieser Gegenden, und ich werde mir ausbitten, daß ich allein sein werde und keine anderen Spanier dorthin aufbrechen dürfen, um das Gebiet zu erobern ... Ich habe alles aufgeschrieben, ich werde es dir zeigen. Und schließlich muß die Krone mindestens zwei Drittel der Kosten übernehmen.«

»Es heißt, Seine Majestät befürchte einen baldigen Krieg und befinde sich außerdem in Geldnot.«

»Eben. Das ist genau der richtige Zeitpunkt.«

»Wenn Ihr mich fragt, so ist für einen König kein Zeitpunkt der richtige, um sein Geld herauszurücken!«

»Würdest du denn nicht einen Maravedí hergeben, um hundert Pesos dafür wiederzubekommen?«

»Was für eine Frage!«

»Na also, ungefähr darum geht es für Seine Majestät, und vermutlich wird sie sogar noch weit mehr daran verdienen!«

Mit den gleichen Worten versuchte ich auch Celestina zu überzeugen.

Ich fand sie in dem kleinen Krankenhaus, das sie für die Bewohner unserer Dörfer eingerichtet hatte.

Die Jahre hatten ihrer Energie keinen Abbruch getan, ihre lebhaften Augen blitzten wie eh und je. Sie sprach mittlerweile fließend Nahuatl, hatte sich einen Schüler Acamapichtlis als Mitarbeiter genommen und war stets von einer Traube Indios umringt.

Schweigend lauschte sie meinen Ausführungen, dann umarmte sie mich.

»Mir ist lieber, du bist verrückt als griesgrämig«, sagte sie. »Geh, schreib den Brief, dann werden wir sehen.«

Im Herbst schickte ich das Schreiben ab.

Im darauffolgenden Sommer wartete ich noch immer wie ein Liebhaber, der danach schmachtet, von seiner Angebeteten erhört zu werden. Die Ungeduld schürte mein Verlangen, fegte alle Schwierigkeiten aus dem Weg, bis mir nur noch der sichere Erfolg vor Augen stand.

Im Oktober schrieb ich an Cortés und bat ihn, sich für mein Gesuch einzusetzen.

Nach einer Zeit allzu vertrauensseliger Hoffnung kam nun das Bangen.

Ich wußte sehr wohl, welche Gier der Vergoldete hervorgerufen hatte und wie oft die Suche nach ihm bereits gescheitert war. Aber Fehlschläge kommen anderen zustatten und führen schließlich doch zum Erfolg. Woher sollte ich wissen, ob nicht ein hartgesottener, schlauer Eroberer, dem das Glück holder war als den anderen, gerade das Königreich des Goldes erreichte oder in Besitz nahm, während ich hier zu Hause vor Ungeduld verging? Derlei Überlegungen wälzend, kam es mir vor, als brächte man mich um mein Hab und Gut. Dabei hatte ich weniger das Gold im Sinn als vielmehr die verschenkte Möglichkeit, noch einmal zu beweisen, daß ich nach wie vor zu den Besten zählte – so groß war mein Stolz!

Im Frühjahr kam endlich die Antwort von Cortés. Er riet mir, nach Madrid zu kommen, um meine Angelegenheit persönlich zu vertreten und lud mich ein, bei ihm zu wohnen.

Außerdem teilte er mir mit, daß den letzten Nachrichten des Indienrates zufolge das Reich des Goldes noch nicht entdeckt sei.

Jubelnde Fanfaren zu Ehren unseres Ruhmes klangen mir bereits in den Ohren, ich schwang mich auf ein Pferd, galoppierte zu den Ställen und rief Sebastián zu: »Pack deine Sachen, wir machen uns auf nach Madrid!«

Am Abend las ich Celestina und Luis den Brief vor.

»Ich vermute, du nimmst die Einladung von Cortés an«, sagte sie.

Luis stand auf.

»Vater, nehmt mich mit!«

Ich musterte ihn.

»Dich mitnehmen, mein Sohn? Du weißt nichts von diesem Leben!«

»Ich bin vierundzwanzig Jahre alt. Ihr wart erst zwanzig, als Ihr Spanien verlassen habt, und was kanntet Ihr da schon, außer Salamanca?«

»Ich habe es in meiner Jugend nicht so gutgehabt wie du. Ich dachte ... ich dachte, du bist glucklich hier.«

»Vater! Ich bitte Euch! Wie soll ich jemals wissen, was ich wert bin und ob ich Eurer würdig bin, wenn Ihr mir keine Gelegenheit gebt, es zu erfahren?«

Wie schön er war und wie reizend, die Augen dunkel vor Verlangen. Ach, wie glich er seiner Mutter, und wie gern hätte ich ihm nachgegeben!

Ich seufzte.

»Es ist unmöglich, mein Sohn. Ich habe es Sebastián bereits

versprochen. Celestina kann das Gut nicht alleine führen. Sie braucht einen Mann an ihrer Seite. Wir werden recht lange weg sein!«

Luis setzte sich wieder.

»Verzeiht. Das hatte ich vergessen, das Landgut ... Es wäre so wundervoll gewesen! Zu dritt aufbrechen, mit Sebastián, so wie Ihr damals mit Onkel Rodrigo von der Estremadura aufgebrochen seid!«

»Nimm ihn mit«, sagte Celestina plötzlich. »Er verzehrt sich vor Verlangen und du auch. Ich brauche euch nicht. Das Gut führen? Was tue ich denn anderes, jahrein, jahraus? Sebastián steckt pausenlos bei seinen Pferden, du, Luis, bist erst seit vier Jahren wieder hier, und dein Vater ... Was hast du mir schon geholfen, seit deine Geister dich wieder gerufen haben?«

»Celestina, ich kann nicht zulassen, daß du hier allein zurückbleibst.«

»Aber du gehst ... und willst, daß Luis hierbleibt ... Wie egoistisch du bist! Nimm ihn mit, sage ich!«

* * *

Am siebzehnten September des Jahres 1544 traf unser Schiff in Sevilla ein.

Achtundzwanzig Jahre war es her, daß Sebastián und ich unseren heimatlichen Boden verlassen hatten. Die Rührung war groß, das Staunen nicht minder, und in diesem Durcheinander der Gefühle sind meine Erinnerungen ein wenig in Unordnung geraten. Ganz am Anfang jedoch stand ein unglaubliches Gefühl des Stolzes.

Ich sah mich wieder bei meinem ersten Besuch in Sevilla als junger Bursche in einer dichtgedrängten, ärmlichen Menge stehen. Wie sehr glich sie jener Menge, die nun unter uns vor dem Landungssteg gierig den Geruch des Reichtums einsog, den wir verströmten. Ich erinnere mich, wie ich bewundernd die großen und bedeutenden Männer im Putz ihrer schweren Goldketten und mit ihrem Gefolge von Indios den Steg hinunterschreiten sah ... Heute war ich einer von ihnen!

Fast einen ganzen Monat lang waren wir in Hispaniola geblieben, um Geldangelegenheiten zu regeln und für unsere Garderobe zu sorgen.

Wir hatten den besten Schneider von Santo Domingo aufgesucht. Seine Preise waren atemberaubend, die gelieferte Ware ebenso. Mit feinem Batist und seidenweichem Samt verhalf er sogar Sebastián mit seinem zusammengeflickten Gesicht zu einem vornehmen Aussehen! Und obwohl ich selbst gewöhnlich der Kleidung keinen Wert beimesse, ertappte ich mich dabei, wie ich meine Gestalt mit einigem Wohlgefallen musterte. Was Luis angeht ... als sein Vater muß ich bescheiden darauf verzichten, seine unvergleichliche Erscheinung zu beschreiben!

Wir boten einen mehr als ansprechenden Anblick, als wir uns nun in diesem Aufzug zur besten Herberge von Sevilla begaben, und unser Gefolge tat ein übriges.

Tlacateotl, der mich bei meinen unglückseligen Unternehmen stets begleitet hatte, trug voller Stolz einen prächtigen Tilmatli mit geometrischen Mustern in blau, rot und ocker. Ein buschiger Federschmuck krönte sein von Öl glänzendes Haar. Die Schaulustigen zeigten auf seinen Nasenring und die mit Goldkörnern verzierten Reifen an Handgelenken und Fußfesseln. Hinter Tlacateotl folgten zwei Stallknechte und unsere acht Naborias. Auch sie wurden hinlänglich bestaunt: Um ihre Hüften hatten sie ein weißes Tuch geschlungen, vier von ihnen begleiteten unseren Zug mit Knochenflöten. Als wir die Herberge erreicht hatten, löste ich mich aus der Traube der Bettler und Frauen, die uns umringte, und warf eine Handvoll Goldstücke in die Runde.

Wir blieben einige Tage in Sevilla. Luis wollte alles sehen. Wie schwer mußte es bisweilen für ihn sein, seine Gefühle für die Welt der Sieger und die der Besiegten, denen er gleichermaßen angehörte, miteinander auszusöhnen. Daran dachte ich damals aber nicht. Nun, in meiner Abgeschiedenheit habe ich Muße genug, um darüber nachzusinnen.

Wir besichtigten die Befestigungsanlagen, die die Mauren hinterlassen hatten, und verweilten an den vierzehn Toren, durch die die herrlichen Gerüche des Landes wehten. Wir stiegen zur Spitze der Giralda hinauf, und zum erstenmal nach so vielen Jahren sah ich wieder die silbergrauen Blätter der Olivenbäume, die über den goldenen und purpurfarbenen Weinstöcken in der Sonne glänzten. Wir überquerten den Guadalquivir, um den Stadtteil Triana zu besichtigen. Noch immer führte die gleiche Brückenkonstruktion aus Booten dorthin.

Tlacateotl meinte dazu:

»Ollintzin, baut man in deinem Land keine richtigen Brücken?«

Ich beteuerte ihm, daß dem nicht so sei.

Der Lärm und Schmutz in den Straßen verblüffte ihn.

»Wie kann man in solch einem Schmutz und Dreck hausen?« wiederholte er immer wieder. »Erinnerst du dich noch, Ollintzin, an die Sauberkeit unserer Wege, die vornehme Zurückhaltung unseres Volkes? Man hörte kaum Schritte! Hätten wir uns bei solch einem Geschrei erwischen lassen, so hätten wir Prügel bezogen wie Trunkenbolde … Ich spreche natürlich von Mexico, bevor ihr es neu aufgebaut habt.«

Dafür begeisterte ihn die Blumenpracht der *calle Sierpes* und der Häuser um die Kathedrale. Wo die Natur üppig wuchert, fühlt ein Mexica sich zu Hause.

Ich kaufte einen herrlichen italienischen Brokatstoff und brachte ihn zum Kapitän des Schiffes, das uns hergebracht hatte. Er fuhr nun zurück nach Hispaniola, und ich bat ihn, mein Paket nach Vera Cruz weiterzuleiten, wo einer meiner früheren Weggefährten es übernehmen und nach San Cristóbal zu Celestina bringen würde. Ich legte eine schöne Silberkette mit achtundzwanzig Gliedern dazu und schrieb folgende Zeile dazu: »Ein Glied für jedes Jahr der innigen Freundschaft.«

Da ich einmal im Hafen war, begab ich mich zur Casa de Contratación. Ein Vertreter des höchsten Indienrates empfing mich, verwies mich aber höflich an einen seiner Kollegen in Madrid.

Nachts blühte die Stadt auf wie eine Liebende. Und wie viele Frauen waren auf den Straßen, in den Schenken! Sorglosigkeit und Dreistigkeit vereinten sich zu jener Anmut, die den Sevillanerinnen eigen ist. Tlacateotl begleitete uns, kostete aber nur den Wein und betrachtete mit ernster, anklagender Miene die Koketterie um ihn herum.

»O Tlacateotl!« schalt ich ihn lachend. »Du wirst alt, mein Freund! Ich habe dich schon weniger tugendhaft erlebt.«

»Bei all den Frauen hier leuchten nur die Augen, Ollintzin, sonst nichts.«

Dann ließ er sich dennoch verführen.

Am nächsten Tag, dem letzten vor unserer Abreise, sagte er finster zu mir:

»Ach! Diese Frauen bringen dein Blut in Wallung, aber wie kalt sind sie dabei! Unsere Frauen dagegen verstehen es viel besser, unseren Zweig mit liebevoller Hingabe zum Erblühen zu bringen.«

Dem konnte ich nicht widersprechen.

Von Sevilla aus machten wir uns auf den Weg in unser Dorf.

Je näher wir kamen, desto mehr wuchs meine Erregung. Als die weiten Ebenen der Estremadura auftauchten, wunderte sich Luis: »Vater, warum wird dieses Land nicht bestellt?« Ich wußte es nicht. Ich kannte es nicht anders: Unermeßlich, wild und schroff erstreckte es sich bis hin zu den Bergen. Und ich liebte diese Kargheit.

Wir erreichten das Dorf zu jener Stunde, in der die Einwohner vor der Glut der Sonne in ihre Häuser flüchten. Verlassen lag die Straße zwischen den weißgekalkten Häusern da.

Nur das Summen der Fliegen war zu hören. Mit klopfendem Herzen betrachtete ich unser Haus. Es sah so klein aus, eingekeilt zwischen den Nachbarfassaden, so klein und so leblos!

Sebastián, Luis, Tlacateotl und ich stiegen von unseren Pferden.

»Auf was wartet Ihr, geht hinein, Ihr seid zu Hause!« sagte Sebastián. Joaquina hält sicher gerade ihr Schläfchen.«

Ich trat ein.

Gott möge mir verzeihen! Ich glaube, wenn die anderen nicht draußen auf mich gewartet hätten, wäre ich davongelaufen, um meine Erinnerungen zu retten, die mir zwar keinen Palast vorgaukelten, aber auch nicht eine solche Enge. Die Augen und das Gedächtnis eines Kindes sind armselige Zeugen, oder aber sie klammern sich an winzige Glücksmomente, die alles andere erhellen.

Wie hatte mein Vater seine edle Gesinnung in diesem schäbigen Dämmerlicht unterbringen können? Heute weiß ich, daß der Geist nichts weiter als einen Körper braucht. Selbst in einem leidenden Körper findet er seinen Platz. In diesem Augenblick jedoch packte mich ein schrecklicher Zweifel: War mein Vater tatsächlich so gewesen, wie ich ihn in Erinnerung hatte?

Während ich gegen diese Furcht ankämpfte, tauchte Joaquina zeternd auf der Treppe auf.

Ich hatte eine kräftige, herrische Person in Erinnerung, nun aber hielt ich ein Bündel Haut und Knochen in meinen Armen, ihre Haut war fleckig, das Haar zu einem Knoten frisiert, der nicht dicker als eine Knoblauchzwiebel war.

Sie rieb ihr stoppliges Kinn gegen meinen Bart, brach in Tränen aus, erzählte von unseren Toten, von all ihren Leiden, bis schließlich alles gesagt war und ich endlich zu Wort kommen konnte.

»Joaquina, hast du das Gold und die Briefe erhalten, die ich dir bringen ließ?«

»Was hätte ich sonst essen sollen, wie den Arzt bezahlen, das Haus ausbessern lassen, das an allen Ecken auseinanderfällt! Sebastián hat immer die Olivenbäume und Weinstöcke zurückgeschnitten, nun bringt die Ernte nichts mehr ein ... Auch er hat sich den Kopf verdrehen lassen! Alle brechen auf ... Adieu! Schau zu, wie du fertig wirst! ... Seht Ihr das große Zimmer? Da könnt Ihr hinschauen, alles ist sauber. Es ist im gleichen Zustand wie zu den Lebzeiten Eures Herrn Vaters ... Heilige Jungfrau! Die gute alte Zeit! Erinnert Ihr Euch wenigstens noch? Wenn man weggeht, vergißt man alles und überläßt den anderen die Sorgen.«

»Joaquina, ich habe große Dinge vollbracht für Gott und für unseren König, mein Leben war recht beschwerlich. Hast du meine Briefe gelesen?«

»Als könnte ich lesen!«

»Der Herr Pfarrer ... Ich dachte, der Pfarrer hätte sie dir vorgelesen.«

»Was hätte das geändert? Wenn Ihr glaubt, daß ein Brief alle Mißstände beheben kann ... Aber ja! Wenn man reich ist, rückt das Armsein in weite Ferne!«

Als ich wieder hinaustrat, war das ganze Dorf auf den Beinen und beobachtete uns aus gebührendem Abstand. Vorn standen die Jungen und Mädchen und stießen sich mit den Ellbogen an. Sie starrten auf unsere Indios, die mit ernster Miene auf ihren Fersen hockten.

Sebastián sagte:

»Es sieht so aus, als ob sie uns in unseren schönen Kleidern nicht wiedererkennen.«

»Warte, wir werden es ihnen sagen.«

Ich packte Sebastián bei den Schultern und schob ihn vor mich.

»Freunde«, rief ich. »Das ist Sebastián, der Sohn der Josefa, und ich, ich bin Cristóbal, der Sohn von Luis Valdés Pellejo.«

Wir gingen weiter auf sie zu.

Die jungen Leute und auch die weniger jungen traten beiseite: unsere Namen sagten ihnen nichts. Da löste sich ein

Mann aus der Menge und rief Sebastián zu: »Du bist der Sohn von Josefa? Der, der zu den Inseln aufgebrochen ist?«

»Genau der.«

»Ich, ich bin Antonio Zuazo.«

Mein Vater hatte ihn während der Olivenernte beschäftigt. Als ich klein war, gab mir Joaquina einen Korb in die Hand, und wir schnitten gemeinsam Kräuter für die Suppe. War es möglich, daß dieser gebeugte, zahnlose Mann der dunkelhaarige, fröhliche Bursche von einst war, mit dem ich Eidechsen und Feldmäuse gejagt hatte?

Ich sagte: »He, Antonio! Und mich erkennst du nicht? Du mit deinem scharfen Blick und deiner gefürchteten Steinschleuder?«

Ein zaghaftes Lachen war hier und da zu hören. Sebastián wurde umringt. Die Frauen ... Mein Gott, wie traurig all diese Frauen in Schwarz aussahen! Auch das hatte ich vergessen ... Frauen und Greise kamen jetzt näher und nach ein paar ehrfurchtsvollen Worten über meine Eltern, erzählte einer nach dem anderen von den Todesfällen, den Geburten, den unerbittlich kalten Wintern, den trockenen Sommern, den drückenden Abgaben, erzählte den ganzen Verlauf seines kümmerlichen Daseins.

»Ihr, Señorito, Ihr habt also Glück gehabt, Ihr seid nun reich!«

Ich setzte zu Erklärungen an, wollte darlegen, wie ich zu meinem Wohlstand gelangt war, welch dornenreicher Weg hinter mir lag. Aber welche Vorstellungskraft verlangte ich da von Menschen, deren Welt an der Grenze ihres Feldes aufhörte, wenn sie überhaupt eines besaßen! Man lauschte mir höflich, aber mit leerem Blick.

Da hörte ich mit einemmal Sebastián lospoltern:

»Glück! Das nennt ihr Glück? Blitz und Donner! Es geht nicht um Glück, es geht eher darum, sich ein Herz zu fassen und mutig zu sein bis zum letzten ... Glück! Jahr für Jahr unentwegt sein Leben aufs Spiel setzen, sich blutüberströmt und ausgehungert weiterschleppen, auch wenn man glaubt, es geht nicht mehr weiter, sich durch eisige Höhen quälen, wo der Schnee niemals schmilzt, Hände und Füße erfrieren und absterben, durch Einöden, wo die Seelen der Verdammten hausen, allein den Kampf gegen fünfhundert Feinde auf einmal aufnehmen … Das wollt ihr hier Glück nennen? Wo glaubt ihr, habe ich mir dieses schöne Gesicht geholt? Zum Teufel! Wir haben Gold, ja, aber wir sind dafür durch die Hölle gegangen! Schaut euch diese Indios an. Sie sind aufrichtige Christen und gutmütige Geschöpfe, aber bevor wir ihnen den wahren Glauben brachten, schlitzten sie ihren Gefangenen bei lebendigem Leibe die Bäuche auf. Und auch euch hätten sie das Herz herausgerissen und ihren blutdürstigen Göttern dargeboten nebst einem gutgefüllten Becher euren Blutes. Dann hätten sie euch in Stücke geschnitten und zu Ragout verkocht, alle wie ihr da steht, gekocht und verspeist … Ja, meine Freunde, stellt euch das vor, verspeist hätten sie euch! So wie ihr euch an Weihnachten den Schweinebauch schmecken laßt. Sie hätten eure Knochen abgenagt und sich anschließend die Finger abgeleckt! Das nennt ihr Glück, aber denkt daran, auch dort hätte uns unser Glück hinführen können: in ihre Kessel!«

Die Frauen bekreuzigten sich, scharten eilig ihre Kinder um sich, zupften die Männer am Ärmel, und die Straße leerte sich, die Türen der Häuser wurden geschlossen.

»Hör auf«, sagte ich, »das ist dumm, du erschreckst sie.«

»Um so besser! Dann werden sie vielleicht eher verstehen. Ausgerechnet mir zu sagen, ich hätte Glück gehabt! Auch ihnen stand es offen fortzugehen … Ich war der Ärmste von allen, und Ihr könnt mir glauben, auch unter Armen läßt man einen das spüren, besonders dann, wenn man weder einen Namen noch einen Vater hat. Das soll kein Vorwurf an den Euren sein, aber er hat meiner Mutter nicht gerade ein hübsches Geschenk gemacht, als er sie schwängerte … Und nun kommt der Bastard goldbehangen zurück, und sie sagen, das Glück ist schuld!«

»Sebastián, sie haben recht, du hast tatsächlich Glück gehabt, denn du hast ein anderes Leben gelebt als sie … Aber gut, was machen wir nun?«

»Macht, was Ihr wollt. Ich gehe jetzt auf den Friedhof zu meiner Mutter.«

»Ich dachte, die Frauen könnten uns ein schönes Essen vorsetzen, aber du hast ihnen wohl den Appetit verdorben.«

Sebastián grinste höhnisch.

»Es stört sie, uns so reich zu sehen. Gebt ihnen Geld, und sie werden ohne uns lustiger feiern. Ich warte dort unten auf Euch.«

Wir gingen den Weg zurück, und ich sann darüber nach, daß diese Rückkehr nicht so verlaufen war, wie ich es mir vorgestellt hatte. Ich fühlte mich auf unbestimmte Weise schuldig und wußte doch nicht recht wofür. Da sagte Tlacateotl zu mir: »Ollintzin, jemand folgt uns.«

Ich schaute zurück.

Ein junger Bursche kam angerannt.

»Señor, Señor! Bitte nehmt mich mit!«

Ich betrachtete ihn. Er hatte ein frisches Gesicht, kräftige Schultern und rote Haare.

»Wie heißt du?«

»Gonzalo. Gonzalo Ramirez.«

»Deine Eltern werden dich vermissen, mein Junge. Zwei kräftige Arme, das bedeutet viel hier auf dem Land. Ramirez … Bist du der Sohn von Juan?«

»Sein Enkelsohn, Señor. Mein Vater war Francisco. Sie sind beide tot, meine Mutter auch … Señor, ich flehe Euch an!«

»Du weißt«, gab ich zu bedenken, »daß wir nicht in Madrid bleiben, wir brechen wieder auf, um neue Länder zu entdecken, und es gibt kein waghalsigeres Unterfangen als dieses.«

»Es muß aber auch das schönste sein, sonst hättet Ihr Euch ja nicht dafür entschieden.«

Da gab ich nach.

Gonzalo führte mich zu seinen Vettern, die ihn bei sich aufgenommen hatten. Ich gab ihnen ein paar Geldstücke und nahm ihn mit.

»Wenigstens einer, der nicht taub und blind auf seiner Bank sterben will!« rief Sebastián, als wir wieder mit ihm zusammentrafen.

»Wir werden wiederkommen«, sagte ich, »wir werden wiederkommen. Es sind gute Leute, aber ich hatte nicht bedacht, daß ein Dorf wie eine Insel ist.«

* * *

In Madrid richteten wir uns im Haus des Kommandanten Juan de Castilla ein, das der Indienrat Cortés zur Verfügung gestellt hatte.

Cortés empfing uns mit der ihm eigenen Zuvorkommenheit, und die ersten Tage standen ganz im Zeichen unserer Wiedersehensfreude. Wir schwelgten in der Erinnerung an all unsere Erfolge: nicht der materiellen Güter, mit denen wir vor einer Welt prahlten, die nur nach dem Schein urteilt, sondern des unermeßlichen Reichtums, den wir aus unseren Kämpfen, unserem Geschick und sogar aus unseren letztlich doch glorreichen Niederlagen geschöpft hatten. Mit anderen Worten, wir huldigten jener Zeit, in der uns das Siegen noch vergönnt war.

Cortés kam mir sehr verändert vor.

Alle schleppten wir die Folgen unserer Verletzungen und die Gebrechen eines bis zum Äußersten strapazierten Körpers mit uns herum. An ihm aber zehrten vor allem die hinterhältigen Angriffe, die Niederträchtigkeiten und die Verleumdungen jener Neider, die einen erfolgreichen Mann nicht neben sich ertragen können.

»Torremayor«, seufzte er, »mit dem Ruhm ist es wie mit dem kümmerlichen Wein unserer Dörfer. Man muß ihn jung trinken. Er verdirbt schnell und schmeckt dann sauer. Ich habe Seiner Majestät ein wundervolles Königreich verschafft. Hätte ich jedoch irgendeinen berühmten Vorfahren und stammte nicht aus einer zwar adligen, aber unbekannten Familie, so wären mir ohne einen Handstrich all jene Ehren zuteil geworden, die mir nun verwehrt bleiben. Ich habe Neu-Spanien befriedet und geordnet, ich habe Häfen gebaut, Städte gegründet und das Kreuz errichtet, überall trägt das Land meinen Stempel, und dennoch entzieht man mir die Regierung! Ich habe mehr ausgegeben, als ich jemals besaß, um unseren König und Herrscher zufriedenzustellen, und nun beschuldigt man mich der Unterschlagung, man streitet über die Zuwendungen, die ich von der Krone erhalten habe, und versucht sie mir wegzunehmen. Und das ist noch nicht alles. Ich sage es Euch in aller Bescheidenheit, aber was wir getan haben, findet seinesgleichen nur in den Taten Julius Cäsars, und mein Herz blutet, wenn ich sehe, welche Geringschätzung mir widerfährt. Ein Lächeln Seiner Majestät, das mir die Anerkennung unserer großen Taten zeigte, würde mich mehr entschädigen als jedes vergängliche Gut, aber Seine Majestät scheint den Blick einzig auf Europa zu richten. Die Bedeutung der Eroberungen bemißt er lediglich nach dem Gold, das sie ihm einbringen und von dem er niemals genug haben kann.«

Unser Herrscher, von dem ich trotz dieser bitteren Vorhaltungen so viel erwartete, weilte in Flandern.

Cortés besaß daher die Güte, sich meine Pläne anzusehen und nannte mir die Personen, zu denen ich Kontakt aufnehmen mußte, um bis zu Kardinal Loaisa vorzudringen, der für die Indien-Angelegenheiten zuständig war.

Ich erfuhr nun, was es hieß, sich in Geduld zu üben, eilte von Vorzimmer zu Vorzimmer, verteilte mein Gold, das man mit gnädiger Miene anzunehmen geruhte, wiederholte meine Pläne unzählige Male vor gleichgültigen Personen, die nur ihre Feder zu führen verstanden und nichts zu fürchten hatten als den Zorn ihrer Vorgesetzten. Wie sollte da ihr Blick über jene Mauern hinausreichen, in denen ihre Schreiberei sie festhielt, und wo sollten sie folglich Verständnis für unsere großartigen Ideen hernehmen?

Man sagte mir:

»Señor Torremayor, Ihr habt ein Landgut in Neu-Spanien, Eure Einkünfte sind gesichert. Nicht viele haben es so weit gebracht wie Ihr. Was wollt Ihr mehr?«

Ich schluckte meine Wut hinunter und zwang mich, diesen engstirnigen Wesen so ruhig wie möglich zu erklären, daß ich nicht als Bittsteller kam, sondern im Gegenteil mit der Absicht, für unseren erhabenen König und Kaiser auszuziehen, um seinen Besitztümern weitere Ländereien und noch mehr Schätze hinzuzufügen.

Sie wiesen lediglich auf einen Stapel vergilbter Papiere, die auf ihre Begutachtung warteten.

»Ihr seid nicht der einzige, Señor. Seht, was man uns alles zuschickt. Wir stecken bis zum Hals in Arbeit. Für Euch freilich, die Ihr in diese Länder aufbrecht, gibt es nur das Fortkommen, bei dem einem der Wind um die Ohren pfeift. Euer Vorschlag wird wie all die anderen auch geprüft werden. Aber der Nutzen einer Expedition läßt sich nicht in ein paar Wochen abwägen. Die Entscheidung ist angesichts der vielen problematischen Punkte, die es zu klären gilt, äußerst schwierig. Davon wollen jedoch die Nutznießer leider nie etwas wissen. Für sie ist alles stets ganz einfach!«

Ich stürmte hinaus und verspürte den Wunsch, ihnen darzulegen, daß es noch viel leichter und schneller war, sich den Wams durchlöchern zu lassen!

Cortés beobachtete meine Bemühungen mit nüchterner Miene.

»Ihr müßt Euch wieder verheiraten, Torremayor. Erinnert Ihr Euch, wie ich Euch sagte, eines Tages bräuchtet Ihr einen Fürsprecher? Ihr zogt es vor, auf Eure Gefühle zu hören. Nun denn! Aber jetzt, da Eure Frau tot ist und Ihr ungebunden seid, solltet Ihr wieder vernünftig werden! Ihr stammt aus einer guten Familie, seid ein schöner Mann, seid kräftig und wohlhabend, schon morgen könnte ich Euch eine Witwe oder ein junges Mädchen bringen, deren Verwandtschaft sich für Euer Gesuch einsetzen würde ...«

Frauen traf ich genug auf den Empfängen bei Cortés und auch dort, wo Luis und ich ihn hinbegleiteten. Als Mann schätzte ich anfangs die Aufmerksamkeit, die sie mir schenkten. Es schmeichelte mir, das Gefallen von Leuten zu wecken, die mich als Sohn meines Vaters niemals eines Blickes gewürdigt oder mir die Ehre erwiesen hätten, auch nur ihre feinen Schuhe abzustauben. Jedoch war ich aufgrund meines bisherigen Lebenswandels nicht dazu geschaffen, stunden- oder gar tagelang den Dummen vor Frauen zu spielen, deren Müßiggang mit Geplänkel und Ränkespiel angefüllt war. Rasch wurde ich es müde, den Spiegel abzugeben, in dem sie sich selbst bewunderten und brach mit dieser galanten Gesellschaft. Mein schroffes Verhalten schrieb man meiner kriegerischen Vergangenheit zu. Die Damen waren entzückt und boten mir schmeichelhafte Abenteuer. Aber ihrer Seidenpracht entledigt und mit hochgeraffter Wäsche erwiesen sie sich als schale Kost und hielten nicht im entferntesten meinen glühenden Erinnerungen stand. Bald gab ich ihnen nur noch nach, wenn mein Körper nach Befriedigung verlangte. Außerdem fürchtete ich, mir am Ende noch eine der üblen Krankheiten der Dirnen in den Schenken zuzuziehen. Die Reinlichkeit der Indiofrauen hatte mich anspruchsvoll werden lassen.

Mich wieder verheiraten! Bereits die Vorstellung, eine Ehefrau mit meinen Gewohnheiten vertraut zu machen, erschreckte mich zutiefst! Wie sollte ich einer Spanierin von Stande erklären, daß ich es vorzog, auf Matten statt in Betten zu schlafen, daß ich das Schweigen mehr schätzte als das geistlose Geschwätz, meine indianische Dienerschaft mehr als die madrilenischen Lakaien, deren Unterwürfigkeit an Impertinenz grenzte und mir eine Gänsehaut bereitete. Wie sollte ich ihr erklären, daß mir Essen nur schmeckte, wenn es meine Kehle mit seiner Schärfe reizte, daß ich mein tägliches Bad brauchte … und was hätte sie gesagt, wenn sie mich in unseren Räumen auf meinen Fersen hätte hocken sehen, anstatt in einem Sessel sitzend? Beim Anblick der Tilmatli, die ich zu Hause gern trug, wäre sie laut schreiend davongerannt!

Und so konnte ich mich, trotz der überzeugenden Ratschläge von Cortés, nicht dazu entschließen, eine andere Frau in meinem Leben zuzulassen. Der Platz neben mir war nicht frei, Xiuxochitl nahm ihn noch immer ein, und so wird es bleiben, bis Gott mich zu sich ruft und sie mir wiedergibt.

Im Winter starben zwei unserer Naborias an einer Lungenentzündung, was uns zutiefst betrübte.

Im darauffolgenden Herbst des Jahres 1545 begab sich Sebastián nach Sevilla, um einem Schiff, das nach Neu-Spanien fuhr, einen Brief für Celestina mitzugeben, in dem ich sie um Geld bat.

Alles, was ich mitgenommen und für unseren Aufenthalt für mehr als ausreichend gehalten hatte, war in den Händen der Beamten des Indienrates dahingeschmolzen.

Darüber hinaus fürchte ich, daß wir durch all den Pomp, mit dem Cortés sich umgab, selbst recht verschwenderisch wurden. Sebastián im Spiel, Luis in der Kleidung. Was mich betrifft, so schreckte mich nichts mehr als die Tränen und Szenen, zu denen es kam, wenn ich eines meiner gelegentlichen Liebesabenteuer beendete; und da ich nicht als ungehobelter Kerl beschimpft werden wollte, fühlte ich jedesmal die Verpflichtung, dem Juwelier einen kostspieligen Besuch abzustatten, wenn meine Begeisterung nachließ.

Im Frühling erhielten wir Celestinas Antwort.

Sie schickte uns das gewünschte Geld, und ein Hauch des süßen Duftes Neu-Spaniens wehte zu uns herüber und weckte unsere Sehnsucht.

Ansonsten war das Schreiben weniger erfreulich. Celestina legte mir mit allem Ernst dar, daß es nicht gerade rosig um meine Finanzen bestellt war. Bei meinem Aufbruch hatte ich in Hispaniola den Ertrag meiner Mais-, Zuckerrohr- und Traubenernte für vier Jahre verpfändet. Dieses Abkommen hatte sie nun zu sehr viel schlechteren Konditionen erneuern müssen, da meine Gläubiger die verfahrene Lage witterten, in der ich steckte. Sie ermahnte mich, die von ihr zusammengekratzte Summe mit äußerster Sparsamkeit zu verwalten.

… Deine Ausgaben verblüffen mich. Ist Madrid denn ein Faß ohne Boden? Wie lange willst du die Beamten noch mästen, deren einziges Interesse es ganz offensichtlich ist, dich mit falschen Versprechungen hinzuhalten? Denk an deinen Sohn. Anstatt dich mit unsinnigen Schritten ins Verderben zu stürzen, solltest du lieber zurückkehren …

Zurückkehren? Ich dachte sehr wohl daran. Aber munkelte man nicht, daß Seine Majestät nach Eröffnung des Reichstages nach Spanien zurückkehren würde, um sich von den Beschwerden der Gicht zu erholen? Diese Aussicht hielt mich zurück. Ich weiß nicht, welche kühnen Szenarien ich mir ausdachte, die mir den Zutritt zu unserem Herrscher verschaffen und seinen Blick auf mich lenken sollten. Zurückkehren! Fast zwei Jahre dauerte das Warten jetzt bereits, und ich hatte so viel Geld ausgegeben, daß ich nicht unverrichteter Dinge wieder abziehen und darauf verzichten konnte, zum Reich des Goldes aufzubrechen, jetzt, wo das dritte Jahr so vielversprechend begann!

Sebastián und Luis pflichteten mir bei. Sebastián, weil wir trotz unserer bisweilen heftigen Auseinandersetzungen letztlich stets einer Meinung waren; Luis, weil er in Madrid die Vorzüge seiner Jugend entdeckt hatte und die Annehmlichkeiten zu verlängern wünschte.

Mein schönes Kind besaß den für ein Halbblut typischen Reiz, und sein Erscheinen, seine hochgewachsene, anmutige Gestalt, sein tiefschwarzes Haar und die hellen Augen erregten Aufmerksamkeit. Die Damen unterbrachen ihr Geplapper, und ich meinte zu sehen, wie die Herzen höher schlugen.

Im Februar 1547 nahm mich Cortés beiseite.

»Mein Freund, Ihr könnt Euch freuen. Ich habe eine gute Neuigkeit.«

»Ihr wißt etwas Neues? Mein Anliegen ...«

»Indirekt hat es damit zu tun. Ihr kennt Señora Maria de Villafranca, diese hagere Witwe mit dem scharfen Blick, die von nichts anderem als ihren Prozessen spricht? Ihr verstorbener Gemahl hat ihr fünf Töchter hinterlassen, vier davon müssen noch verheiratet werden. Ein Erbe, das schwer auf ihr lastet! Sie wäre bereit, Juana, die Jüngste, Eurem Sohn zu geben. Die beiden haben sich, wie es scheint, schon häufig bei der Messe in der Kathedrale gesehen, und Luis hat ihr gefallen. Torremayor, jetzt habt Ihr Eure Chance! Die Mitgift kann sich in keiner Weise mit den Gütern messen, die Ihr in Neu-Spanien besitzt, aber Doña Maria ist eine Cousine des Kardinals Loaisa, sie wird Euch Eure *capitulación** verschaffen.«

Luis schien der Heirat nicht abgeneigt. Die Verbindung mit der Familie Villafranca bedeutete eine Ehre für uns. Ich machte meine Aufwartung und stellte den Heiratsantrag. Er wurde angenommen.

Bevor Cortés nach Sevilla aufbrach, um dort seine älteste Tochter zu empfangen, die den Marquis von Astorga heiraten sollte, feierten wir die Verlobung. Der Ring riß ein gewaltiges Loch in meinen Geldbeutel, aber er funkelte herrlich am Finger von Señorita Juana, die überaus hübsch anzusehen war. Ganz im Gegensatz zu ihrer Mutter, einer häßlichen und spröden Frau, die sämtliche Hausangestellten in die Knie zwang. Doch genau von dieser gefürchteten Autorität Doña Marias erhoffte ich die Erfüllung meiner Träume ... Und Luis, den das Benehmen seiner künftigen Schwiegermutter abstieß, tröstete ich damit, daß wir, sobald wir unsere Capitulacíon in der Tasche hätten, den Hut vor ihr ziehen würden und diese Furie

* Die offizielle Erlaubnis des Indienrates, eine Expedition auszurüsten.

damit für immer los wären. Wir würden unsere Matten in Gefilden ausbreiten, wo nicht die geringste Gefahr bestand, ihr jemals wieder zu begegnen!

Cortés' Abreise brachte mich in neue Schwierigkeiten. Wir bezogen die beste Herberge Madrids. Die Verbindung mit der Familie Villafranca machte dies unumgänglich, aber die Kosten waren beträchtlich: Mit den Naborias, den Stallknechten und dem jungen Gonzalo waren dreizehn Mäuler zu stopfen, hinzu kamen der Hafer für unsere acht Pferde, der Stall und die Zuschläge, die jeder Wirt mit Blick auf die mutmaßlich vorhandenen Mittel willkürlich festsetzt.

Außerdem waren die Personen, die Doña Maria mir nun vorstellte, um meine Angelegenheit voranzutreiben, nicht diejenigen, denen ich mein Gold bereits in den Rachen geworfen hatte. So kam es, daß ich, obwohl ich jede Ausgabe sorgsam abwog, bald nicht mehr wußte, wie ich meine Position halten sollte.

»Das ist zu dumm«, sagte Sebastián zu mir. »Schreibt Celestina, daß sie die Aufzucht verkaufen soll.«

»Die Aufzucht verkaufen! Deine Pferde verkaufen!«

»Wißt Ihr eine andere Lösung? Wir geben doch jetzt nicht auf, wo wir beinahe am Ziel sind!«

Ich schrieb Celestina.

Im Dezember erreichte uns die Nachricht von Cortés' Tod. Er war in Castilleja de la Cuesta, nahe bei Sevilla, gestorben.

Wir trauerten um ihn. Ich verlor einen Anführer, wie ihn nur wenige Soldaten gehabt haben oder haben werden, aber auch einen teuren Freund. Ihm verdanke ich alles.

In seinem Testament bat Cortés darum, in Neu-Spanien begraben zu werden und beschwor seine Nachfolger, den Indios Gerechtigkeit widerfahren zu lassen. Wie ich spürte er die üble Wendung, die die Neuankömmlinge unserer Conquista gaben.

Im September des darauffolgenden Jahres empfing mich Kardinal Loaisa höchstpersönlich und teilte mir mit, daß der Indienrat mich zum Gouverneur und obersten General von Las

Vegas del Oro ernannt hatte, da der vorherige Inhaber dieser Titel verstorben war.

Las Vegas del Oro, »Die Ebenen des Goldes«, war ein gewaltiges Gebiet auf der linken Seite des Orinoko-Beckens, begrenzt durch die Flüsse Apure und Guaviare. Der Meta, an dessen Oberlauf man trotz ergebnisloser Suche das Reich des Goldes weiterhin vermutete, floß in seiner gesamten Länge durch die Provinz und mündete dann in den Orinoko.

Strahlend küßte ich die Hände Seiner Eminenz.

Dann verlasen die Schreiber die Klauseln des Vertrags.

Ein Zwölftel des Goldes, des Silbers, der Edelsteine, der Perlen, des sonstigen Metalls und der zu erwartenden Abgaben fiele mir und meinen Erben zu. Ebenso ein Drittel der Gewürze und auch ein Drittel der Ländereien, die ich entdecken und annektieren würde. Ich verpflichtete mich, nach der Einnahme Farmen anzusiedeln, Verteidigungsanlagen zu bauen und Städte zu gründen. Mehrere Klauseln setzten meine Befugnisse hinsichtlich Gerichtsbarkeit und Polizei fest. Die letzte Klausel schließlich bestimmte, daß aufgrund dieser bevorzugten Behandlung die Kosten für die Reise und die von mir geplante Expedition von mir selbst zu tragen seien.

Ich erfuhr auch noch, daß einer der Hauptleute des früheren Gouverneurs kein anderer als Diego Pizarral war. Diese Neuigkeit berührte mich jedoch nicht, so verzweifelt war ich.

Ich verließ den Kardinal, nahm mein Pferd und ritt aus der Stadt hinaus. Lange irrte ich ziellos umher. Einer der ersten Herbststürme fegte über das Land, es regnete. Die Regentropfen kühlten meinen gequälten Kopf, meine Gedanken wurden wieder klarer.

Als ich bis auf die Haut durchnäßt in die Herberge zurückkehrte, stand mein Entschluß fest. Den Brief, den ich nun schreiben mußte, hatte ich bereits entworfen:

Meine geliebte Celestina, ich befinde mich in der widersinnigsten Situation, die man sich vorstellen kann! Endlich hat der In-

dienrat mir seine Zustimmung gewährt zu jenem Vorhaben, in das ich so große Hoffnungen für uns alle setze. Ich werde diese aber ohne Deine Hilfe nicht nutzen können. Ich bin davon ausgegangen, daß die Krone den größten Teil der Kosten übernehmen würde. Nun verhält es sich aber so, daß ich allein für die gesamten Kosten aufkommen muß. Ich brauche mindestens 8000 Dukaten und bitte Dich inständig, mir zu helfen. Du hast meine Vollmacht und Verfügungsgewalt, um das Bestmögliche zu erwirken. Ein Darlehen in solcher Höhe ist ausgeschlossen. Daher sehe ich nur eine Lösung: verkaufe San Cristóbal bis auf das Haus, die Gärten, die Kapelle und unseren Friedhof und schicke mir den Erlös so schnell wie möglich. Du kannst sicher sein, daß der Verkauf des Gutes zu den grausamsten Entscheidungen gehört, die ich je treffen mußte, aber das Angebot des Indienrates ist großartig. Nie wieder würde ich eine ähnliche Gelegenheit erhalten. Damit Du Dir selbst ein Bild der außerordentlich günstigen Bedingungen machen kannst, schicke ich dir anbei eine Kopie des Vertrags.

Ich bin ganz sicher, daß an der Grenze von Las Vegas del Oro, der Provinz, die man mir zugeteilt hat, jenes Reich des Goldes liegt, von dem ich Dir so viel erzählt habe. Du wirst entgegnen, daß andere bereits große Teile dieses Gebiets erforscht haben. Aber sie hatten nicht die Trümpfe, die ich haben werde, wenn ich mich aufmache. Hunger, Erschöpfung und ein ungeschickter Umgang mit den Eingeborenen mußten zwangsläufig zu ihrem Mißerfolg führen. Du kennst mich, es sind weniger die angeblich sagenhaften Reichtümer, die mich in Versuchung bringen, als vielmehr der Wunsch, unserem König und Herrn eine Eroberung zuzuführen, die dem Vergleich mit Mexico standhält. Meine Seele und mein Gewissen sagen mir, daß dies einem Weggefährten von Cortés zusteht, und keinem anderen.

Aber bleiben wir vernünftig. Falls meine Ahnungen und Berechnungen sich als falsch erweisen, so ist das Gottes Wille! Ich werde aber dennoch siegreich aus dem Abenteuer hervorgehen, denn der Gouverneursposten ist mir sicher, er ist auf Luis über-

tragbar und sichert ihm die damit einhergehenden Vorzüge. Bereits diese Stellung bedeutet eine Ehre, die nur sehr wenigen zuteil wird.

Gegenwärtig wird Las Vegas del Oro von einem Aufstand der Indios erschüttert. Sobald ich ihn niedergeworfen habe und wir mit allem Nötigen in der Stadt Navidad eingerichtet sind, wo der frühere Gouverneur residierte, wird die junge Juana de Villafranca zu uns kommen, und wir werden ihre Hochzeit mit Luis feiern. Sie ist ein reizendes Kind, sanft und geistvoll, sie wird Dir gefallen. Denn Dich erwarte ich auch, ja liebe, liebste Celestina, Dich auch. Du fehlst mir sehr. Ist das Gut erst einmal verkauft, bist Du dort nicht mehr so unentbehrlich wie bisher. Es wird ausreichen, einige Leute unseres Vertrauens im Haus zu lassen. Du siehst, ich bin nicht verrückt, ich denke an alles und ganz besonders an unser Glück!

Es wäre mir außerdem unerträglich, vor meinem Sohn das Bild eines armen Mannes abzugeben ...

Bevor ich den Brief abschickte, versuchte ich, das Interesse der Bankiers von Madrid für meine Sache zu wecken. Man entgegnete mir, daß eine Bank kein Kapital für eine Unternehmung zur Verfügung stellt, an der bereits zahllose andere gescheitert waren.

»Ha!« sagte Sebastián. »Selbst wenn diese Herren Recht haben, werde ich nicht ärmer sein, als ich es bei meiner Geburt war. Und wenn sie sich täuschen, werde ich unendlich viel reicher sein als sie!«

Eine unvermutete Hilfe wurde mir von Señor Olano zuteil, dem Gatten unserer Tante Luisa, bei der Rodrigo gewohnt hatte, während ich an der Universität von Salamanca studierte. Mit vornehmer Geste breitete der alte Händler 1 000 Dukaten vor mir aus. Das gestattete uns den sofortigen Aufbruch nach Sevilla, wo wir den Brief an Celestina einem nach Vera Cruz auslaufenden Schiff mitgaben.

* * *

Es war im Hafen, vor dem Zeughaus, wo Sebastián mir Rosario vorstellte.

Mit ihrer krausen Mähne, ihrer langen Nase und ihrer hoch aufgeschossenen, schlanken Gestalt glich sie einer wilden Pflanze. Er hatte sie in einer Schenke entdeckt.

»Das ist eine Frau, die die Röcke hebt«, sagte Tlacateotl.

Alter und Schlemmerei hatten meinem Iyac ein weiches Fettpolster verliehen. Er trug seine Dickleibigkeit mit der Feierlichkeit eines Würdenträgers zur Schau, und sein zwischen den schwergewordenen Lidern hervorleuchtender Blick übte immer weniger Nachsicht.

Zweifellos legte Rosario mit ihrer Dreistigkeit und derben Sprache keineswegs jene Ergebenheit an den Tag, die man von einer Frau erwarten kann, für die man bezahlt. Aber genau dieses ungestüme Wesen fesselte Sebastián.

»Sieh an! Ihr seid verliebt!« stellte Luis lachend fest.

Mein Sohn besaß eine bessere Beobachtungsgabe als ich, der ich ganz in meine Pläne vertieft war.

Seit meiner Ankunft galt mein gesamtes Augenmerk den Vorbereitungen für unsere Reise. Mit dem Vorschuß von Señor Olano und der Garantie des Indienrates konnte ich mich unverzüglich auf die Suche nach geeigneten Schiffen machen, ohne auf das Geld von Celestina warten zu müssen.

Nach zahlreichen Besprechungen mit den Beamten der Casa de Contratación, die die Schiffe nach ihrer Ankunft und vor dem Auslaufen begutachteten und Meister ihres Faches waren, hatte ich mich für Galeeren entschieden. Ich hatte das Glück, daß sie mich auf zwei zum Kauf stehende hinwiesen, die in gutem Zustand waren. Eine Galeere hat den Vorteil, daß sie sowohl mit Segeln als auch mit Rudern fortbewegt werden kann und im Verhältnis zu ihrer Ladefähigkeit einen geringen Tiefgang hat, was sie für die Flußschiffahrt besonders geeignet macht.

Die Probleme, die wir bei meiner Expedition mit Ordaz auf dem Orinoko bekommen hatten, bewogen mich, den Schiffsrumpf mit dünnen Bleiplatten verstärken zu lassen, was in den südlichen Meeren üblich war. Diese doppelte Wandung verhinderte das Wuchern von Pflanzen und das verheerende Werk der Bohrwürmer.

Außerdem kaufte ich noch eine Brigantine.

Zu Beginn des Frühlings erhielt ich über die Vermittlung des Indienrates einen Brief von Celestina und die Summe von 10000 Dukaten.

Gott allein weiß, was die Zukunft Euch bringen wird und bis wohin der Rausch des Abenteuers Dich und die Deinen noch führt, aber ich habe meinen Besitz auf Kuba aufgegeben, meine Ersparnisse zusammengekratzt und San Cristóbal mit allem, was dazugehört, zurückgekauft. So werdet Ihr immer ein Dach über dem Kopf haben. Wenn ein Mann seinen Kopf verloren hat, so hält ihn nichts mehr auf. Eines Tages hättest Du vielleicht sogar noch das Haus verkauft! Ich verpflichte mich, Dir das Gut zum gleichen Preis zurückzuverkaufen, wenn Du Dein phantastisches Königreich gefunden hast. Ich füge eine Kopie meines Testamentes bei, das ich beim Notar von Trinidad hinterlegt habe. Luis und Du, Ihr werdet zu gleichen Teilen darin bedacht. Ich umarme Euch alle drei. Gott sei mit Euch! Celestina.

Tränen hätten mich nicht so zu rühren vermocht wie diese Worte. Nun war ich es, der die Tränen vergoß. Dann tat ich, was jeder Mann tut, ich schob meine Gewissensbisse beiseite, lehnte mich gegen diesen weiblichen Pessimismus auf und schwor mir, ihr eine gründliche Abbitte abzuringen.

Doch war ich unsagbar froh, daß San Cristóbal uns erhalten blieb!

Zwei Monate später waren unsere Vorbereitungen abgeschlossen, die Galeeren und die Brigantine waren gut gerüstet, bis unter das Deck mit der notwendigen Verpflegung vollgeladen: Speck, Stockfisch, Mehl, Trockenfrüchte, Zitronen, Zwiebeln, Öl, Wein, Essig. Ich hatte mir auch eine Menge Tand beschafft, Scheren, Messer, Schellen, Spiegel, Nadeln, Glasperlen, Hemden und einige kurze Umhänge, die für die Kaziken bestimmt waren. Mit diesen Gegenständen hoffte ich die Indios von Las Vegas del Oro wirkungsvoller zu bezwingen als mit Arkebusen und Armbrusten. Derlei Geschenke würden sie eher dazu bewegen, mir bei meinen weiteren Eroberungen zu folgen. Aufgrund meines Ansehens präsentierten sich so viele Seeleute und Soldaten, daß wir gezwungen waren, etliche zurückzuweisen.

Zwei Tage vor der Abreise waren Sebastián und ich dabei, die Riemen für die von mir gekauften Pferde sorgfältig zu überprüfen, da die Tiere am nächsten Tag an Bord kommen sollten, als Sebastián zu mir sagte: »Wenn Ihr nichts einzuwenden habt, kommt Rosario mit uns.«

Ich hob den Kopf und musterte ihn verblüfft.

»Was sagst du da?«

»Ihr habt schon verstanden.«

»Sebastián! Diesmal würde Celestina mich zu Recht einen Verrückten schimpfen! Diese Frau mitnehmen ... auf einem Schiff voller Soldaten! Und was willst du dort unten mit ihr anfangen?«

»Sie will mitkommen, sie hat genug von diesem Leben hier.«

»Das ist es also! Sie will mitkommen und du, du Trottel ...! Du wirst ihr von dem Gold erzählt haben, nehme ich an? Mein armer Freund! Es ist wegen des Goldes, nicht etwa wegen dir!«

»Glaubt ihr, daß ich mir etwas vormache? Mit meinem Gesicht! Sie gefällt mir, sie ist eine verflucht rassige Frau. Fünfundzwanzig Jahre lang habe ich Indiofrauen um mich gehabt. Für Euch gibt es nichts Besseres ... Zugegeben, es gibt keine, die schöner und geistreicher wäre, als die Mutter von Luis es gewesen ist, nicht einmal bei uns! Ich habe stets genommen, was sich mir bot, jetzt aber steht mir der Sinn nach etwas anderem, ich möchte mit einer Frau glücklich sein, könnt Ihr das denn nicht verstehen?«

»Sebastián ...«

»Sie wird Euch keinerlei Ärger machen, das verspreche ich Euch, sonst drehe ich ihr eigenhändig den Hals um!«

»Wenn der Ärger da ist, ist es zu spät. Diese Frau ...«

»Sie ist nicht die erste, die an Bord eines Schiff geht. Es gibt sogar Kapitäne, die Frauen auf Expeditionen mitnehmen, noch dazu richtige Damen! Man muß sich nur Respekt verschaffen, und ich denke, daß Ihr mir da vertrauen könnt. Keiner der Männer wird murren. Und was Rosario selbst angeht, so habe ich sie gewarnt: sie wird keinen Hahnrei aus mir machen! Wenn wir das Gold finden, so kann ich es genausogut mit ihr verprassen wie im Spiel verlieren. Sie ist eine Frau ... Verflucht nochmal! Ihr seid ein Mann, Ihr wißt, wie es ist, wenn eine Frau Euch ...«

»Hol sie her«, sagte ich.

Während ich auf die beiden wartete, ging ich im Laderaum auf und ab.

Hätte Gott mir doch an jenem Tag den Mut eingeflößt, den ich allein nicht aufbringen konnte!

Rosario kam, in ihren Augen lag ein feuriger Glanz, ihr Haar wogte um sie her. Sie küßte meine Hand mit geheuchelter Unterwürfigkeit. Das durch ihren Beruf erworbene Einfühlungsvermögen ließ sie nur allzu deutlich spüren, was ich von ihr hielt.

Kühl betrachtete ich sie.

»Das Land, in das wir fahren, unterscheidet sich gewaltig von Spanien. Die Hitze ist drückend, der Regen schwemmt alles hinweg, es gibt tückische Fieberkrankheiten, die häufig zum Tode führen, und es wimmelt von Insekten, Reptilien und wilden Tieren. Möglicherweise werden wir gegen die Indios kämpfen müssen. Wenn sie dich fangen, werden sie dich töten und essen oder dich als Sklavin behalten.«

»Ich will mitkommen, Exzellenz. Und ich danke Eurer Exzellenz ...«

»Du kannst dich bei Sebastián bedanken. Die Bedingungen lauten: du kaufst dir andere Kleider und kämmst deine

Haare. Wie du das anstellst, ist deine Sache, aber ich werde eine Frau nur dann an Bord akzeptieren, wenn sie sich zurückhält. Sie darf meine Männer nicht von ihrer Arbeit ablenken, wenn du verstehst, was ich meine. Es liegt also an dir. Beim geringsten Problem, das mit deiner Anwesenheit zu tun hat, setze ich dich auf der nächstbesten Insel ab. Das gilt für die Überfahrt ebenso wie für den Aufenthalt in den von mir befehligten Gebieten. Gibt es Klagen über dich, so schicke ich dich zurück. Bist du damit einverstanden? Und du, Sebastián?«

»Wir sind einverstanden«, sagte Sebastián. »Es wird keine Probleme geben.«

LAS VEGAS DEL ORO

Am dreiundzwanzigsten Oktober des Jahres 1549 warfen wir Anker vor Paria.

Wir hatten die Kapverdischen Inseln angelaufen, um unseren Pferden Auslauf zu gewähren und unsere Wasservorräte zu erneuern. Auch Fleisch und frisches Obst nahmen wir an Bord. Die Reise war gut verlaufen, die Schiffe und die Männer hatten sich gleichermaßen bewährt, Rosario hatte mir keinerlei Grund zum Ärger gegeben.

Klaglos hatte sie die Unannehmlichkeiten ertragen, die jede Seereise mit sich bringt. In dunkle Kleider gehüllt, die Haare straff zusammengebunden, verharrte sie gesenkten Blickes auf dem Platz, den ich ihr angewiesen hatte. Sebastián frohlockte. Als ich ihn so glücklich sah, kam mir sogar der Gedanke, er hätte am Ende die richtige Wahl getroffen. Vielleicht paßte eine Frau, die das elende Leben auf der Straße hinter sich gelassen hatte, am besten zu den rauhen Bedingungen, die uns erwarteten.

Paria war zu Zeiten unserer Expedition mit Ordaz eine gut befestigte Siedlung gewesen, nun trafen wir trotz der günstigen Lage an der Mündung des Orinoko eine beinahe verfallene Ortschaft an.

Während die Mannschaft sich auf die Suche nach Lebensmitteln machte, brach ich auf, um einen Indio oder einen Weißen aufzutreiben, der uns auf unserer Fahrt den Fluß hinauf leiten könnte. Ich stieß auf eine Gruppe von Spaniern, die kaum bekleidet waren und auch sonst größte Not zu leiden schienen. Als ich ihnen mitteilte, ich sei der neue Gouverneur von Las Vegas del Oro, warfen sie sich vor mir zu Boden.

Ich hieß sie aufstehen und fragte, was ihnen geschehen sei. Einer dieser Unglückseligen, der ihr Anführer zu sein schien und Fernandino hieß, erklärte mir, daß sie Pächter aus meiner Stadt Navidad waren, von dort aber aufgrund der Schikanen und des Unrechtes geflohen seien, die der Leutnant des verstorbenen Gouverneurs, Kapitän Pizarral, gemeinsam mit anderen Offizieren des Königs und dem *alcalde mayor** an der Bevölkerung verübte.

»Denkt nur, Exzellenz«, sagte Fernandino, »außer den Abgaben, die wir Seiner Majestät dem König schulden, hat Kapitän Pizarral eine Steuer auf Fische, Speck, Honig, Mais und sogar Tierfelle eingeführt, die die Indios uns verkaufen ... das heißt, die sie uns früher verkauften! Die Steuern wandern direkt in seine eigene Tasche und in die seiner Komplizen. Das Verhältnis zu den Eingeborenen ist unerträglich geworden. Kein Tag vergeht, an dem sie nicht eines unserer Häuser anzünden oder Feuer auf unseren Feldern legen. Und Pizarral mit seinem Handel tut alles, damit es so bleibt!«

»Seinem Handel?«

»Die Indios schenken den Offizieren gewöhnlich Frauen, aber sie schätzen es nicht, wenn man diese gewaltsam entführt. Genau das tun aber Pizarral, Ortega, Morla, Verdugo, und die anderen Hauptleute. Sie entjungfern die Mädchen und verfrachten sie nach Kuba, zum Teil sind es fast noch Kinder, und auch Jünglinge sind dabei. Heilige Muttergottes! Trotz seines klangvollen Namens hat man in Las Vegas del Oro noch nicht ein Korn Gold gefunden. Deshalb machen sie jetzt alles zu Geld, was sie vorfinden, und zwar auf ihre unehrenhafte Weise!«

Fernandino und seine Gefährten beabsichtigten, nach Cumana oder auf die Insel Margarita zu ziehen, die beiden ersten spanischen Niederlassungen an dieser Küste. Ich stellte ihnen Hemden und Beinkleider zur Verfügung und überzeugte sie,

* span.: Bürgermeister

mit uns nach Navidad zurückzukehren, wo ich ihnen ein besseres Leben als bisher versprach.

Der Orinoko verzweigt sich in seinem Mündungsgebiet zu unzähligen Armen und Wasserflächen mit unberechenbaren Strömungen. Immer wieder durchsetzen ausgedehnte Sandbänke die gewaltigen Fluten, die den Küstenstreifen auf einer Breite von über zweihundert Meilen überschwemmen und noch mehr als vierzig Meilen in das Landesinnere reichen.

Fernandino hatte einen alten Indio vom Stamm der Arawaks bei sich, die etwas weiter flußaufwärts wohnen. Für eine Schere und eine Glasperlenkette war er bereit, uns zu führen.

Am nächsten Tag brachen wir in dieses Wasserlabyrinth auf. Ich hatte mir ausgerechnet, daß die Jahreszeit günstig sein mußte, denn das Hochwasser sank bereits seit sechs Wochen. Mit seinem scharfen Blick geleitete der Indio unsere Schiffe heil und unversehrt bis zum Hauptstrom des Orinoko. Es traten keine unerwarteten Schwierigkeiten auf, und so brauchten wir für diesen Abschnitt nicht länger als zwei Wochen.

In Paria hatten wir nur sehr wenig Lebensmittel auftreiben können. Der alte Indio schlug vor, mich mit in sein Dorf zu nehmen, um so für Nachschub zu sorgen. Ich machte mich in Begleitung von Tlacateotl, sechs Arkebusiern und vierzehn Soldaten auf den Weg.

Das Dorf lag versteckt am Ende eines schmalen Wasserarms, überall zwitscherten Vögel, deren wunderbar kraftvolle Farben uns an die Volieren Mexicos erinnerten. Die Vegetation wucherte so üppig, daß wir bisweilen Zweige mit unseren Schwertern abschlagen mußten, damit das Boot sich unter dem dichten Gewölbe aus ineinander verschlungenen Bäumen und Kletterpflanzen fortbewegen konnte. Im Dorf wurden wir von dem Häuptling sehr freundlich empfangen und kehrten erst tief in der Nacht mit Fischen, Geflügel und den köstlichsten Früchten an Bord zurück.

Je weiter wir den Orinoko hinauffuhren, desto mehr wich der Dschungel zurück und gab den Blick frei auf sanfte Ebenen und blühende Haine. Damhirsche sprangen umher, im Wasser schwammen wunderschöne, große Fische, deren Schuppen rötlich, golden oder silbern glänzten, aber auch schauderhafte riesige Reptilien: Alligatoren.

Doch ich schenkte diesem Schauspiel kaum Beachtung, denn etwas anderes beschäftigte mich. Bis Paria war es mir gelungen, Diego Pizarral aus meinen Gedanken zu verbannen, die vielen Aufgaben, die meine Ernennung mit sich brachte, hatten mich in Anspruch genommen. Nun aber weckte das von Fernandino skizzierte Porträt meine alte Abneigung, und unheilvolle Ahnungen stiegen in mir auf.

»Mit Sicherheit hat auch er nichts vergessen«, sagte Sebastián. »Weder meine Faust in seinem Gesicht, noch was Ihr ihm in Tepeaca über Celestina gesagt habt. Und schon gar nicht die Gunst, die Euch zuteil wurde, ihm aber versagt blieb.«

Tlacateotl schüttelte den Kopf.

»Zügle dein Temperament, Ollintzin. Deine Wut wird dir sonst zum Verhängnis. Und steck deinen Sohn nicht damit an. Die Schlange muß sich in ihren eigenen Schlingen verfangen.«

Aufgebracht schnitt ich ihnen das Wort ab: »Ich weiß, was ich zu tun habe. Ich bin der vom König ernannte Gouverneur. Diego Pizarral wird sich fügen, oder ich werde ihn dazu zwingen!«

Die Fahrt ging weiter.

Wir kamen zu den *llanos*, die sich erstrecken, soweit das Auge reicht: ein unendlich weites Meer langstieliger Gräser, durchzogen von Bächen und Rinnsalen, in denen Schilf und hohe, krausblättrige Palmen wachsen.

Am Zusammenfluß von Meta und Orinoko hatten wir mit Sandbänken und starken Strömungen zu kämpfen. Doch der

Himmel war uns gnädig, und als wir endlich in der Ferne die Dächer Navidads erblickten, atmeten wir alle auf, denn die Insekten setzten uns furchtbar zu, und viele von uns litten bereits an Fieber und schlimmen Schwellungen.

Der Reihe nach fuhren wir in den von einer Mole geschützten natürlichen Hafen ein. Ich ließ eine Musketensalve abfeuern. Die Bevölkerung strömte bereits herbei. Ich verließ das Schiff gefolgt von Sebastián und Luis. Einige Personen, deren Selbstgefälligkeit auf hohe Ämter schließen ließ, kamen mir entgegen. In vorderster Reihe stand ein fettleibiger Mann, dessen Wams mit goldenen Ornamenten übersät war.

»Torremayor!« rief er.

Ich hatte Mühe, ihn wiederzuerkennen.

Nach dem Tod seines Vaters im Jahre 1529 in Mexico hatte Diego Pizarral Neu-Spanien verlassen und mit vollen Händen sein gewaltiges Erbe verschleudert. In Madrid hieß es, das Spiel und die Wollust hätten ihn in den Ruin getrieben.

Dieser ausschweifende Lebenswandel spiegelte sich in seinem ungesunden Aussehen wider. Aufgedunsen wie eine Schweinsblase stand er vor mir, ein paar dünne schmutziggelbe Strähnen klebten auf seinem schweißnassen Schädel und erinnerten nicht im entferntesten mehr an die blonde und glänzende Haarpracht, auf die er einst so stolz gewesen war. Geblieben waren ihm nur die engstehenden Augen und der abscheuliche, eingebildete und ironische Blick – als wir uns ansahen, las ich in seinen Augen den gleichen Haß, den ich für ihn empfand.

»Wir erwarteten den neuen, vom Indienrat ernannten Gouverneur«, sagte er. »Als die Wachposten Eure Schiffe ankündigten, dachten wir …«

Ich gönnte mir einen lustvollen Augenblick.

»Dieser Gouverneur bin ich«, sagte ich.

Diego blinzelte, faßte sich aber sogleich wieder und sprach mir die nun angebrachten Glückwünsche aus. Dann stellte er mir sein Gefolge vor, den Bürgermeister der Stadt, einen Franziskanermönch, die Hauptleute Ortega und Morla und drei Offiziere des Königs, die die Ein- und Ausfuhr der Waren überwachten, um danach den Anteil des Königs zu bemessen – ein Posten, der alle erdenklichen Betrügereien zuließ.

Zu Pferd zogen wir durch die Hauptstadt von Las Vegas del Oro und ließen uns bejubeln. Die Bevölkerung säumte unseren Weg in einem wogenden, doppelten Spalier.

Am Ende des Hafens lag, den Fluß weithin überragend, die Festung. Sie schien mir in recht gutem Zustand und aus solidem Material erbaut zu sein. Mit ihren hohen, zackigen Türmen, an deren Zinnen die Lilienbanner wehten, zeugte sie sogar von einer gewissen Eleganz, ansonsten gab es in Navidad keine bemerkenswerten Bauwerke, die Kirche war armselig, die Straßen waren morastig, und ich schwor mir, dies schnellstmöglich zu ändern. Indios waren nicht zu sehen.

Der Wohnsitz des Gouverneurs unterschied sich von den übrigen Häusern lediglich durch »den Park«, wie Pizarral die verkommene Anlage hochtrabend nannte.

Wir traten ein. Celestina hätte die Räumlichkeiten für reichlich karg befunden, aber ich hatte dringlichere Sorgen.

Nachdem ich einen Becher Wein mit den anwesenden Persönlichkeiten geleert hatte, übergab ich ihnen die Dokumente, die meine Machtbefugnisse darlegten. Dann erfreute ich die Herren mit der zu diesem Anlaß vorbereiteten Rede: Ich umriß das Verhalten, das ich den Eingeborenen gegenüber verlangte, und schloß mit der Ankündigung, daß ich keine Verschleppungen dulden würde.

»Falls Ihr, Señores, von Indiofrauen wißt, die ihren Familien geraubt wurden, so ratet den für einen solchen Frevel Verantwortlichen, sie unverzüglich zurückzugeben. Geschieht das nicht, so werde ich gezwungen sein, Sanktionen zu verhängen.«

Diego lachte selbstgefällig.

»Eure Exzellenz hat lange genug in Neu-Spanien gelebt, um zu wissen, daß keinerlei Notwendigkeit besteht, diese Frauen zu entführen. Ihre Väter schenken sie uns, und es ist unhöflich, ein Geschenk zurückzuweisen. Außerdem warten diese kleinen Flittchen nur darauf, daß man ihre Glut anfacht!«

Er war schlicht widerwärtig, wie er sein von dem Pfeil bei Otumba leergeräumtes Maul aufriß, und ich wollte gerade zu einer passenden Antwort ausholen, als ein Soldat eintrat und mitteilte, daß eine Abordnung von Pächtern darum bat, zu mir vorgelassen zu werden. ›So kann ich mir alles auf einmal vom Hals schaffen‹, dachte ich, und ließ sie vortreten.

Die ärmlichen Pächter wiederholten die von Fernandino in Paria vorgetragenen Klagen. Sie machten sehr genaue Angaben, wagten jedoch nicht, Namen zu nennen. In Anwesenheit von Pizarral und seinen Helfershelfern verkündete ich, daß ich eine Untersuchung einleiten und die Schuldigen im Falle von unrechtmäßigen Steuererhebungen bestrafen würde.

»Vater, Ihr wart wunderbar!« schwärmte Luis, als wir allein waren. »Jetzt wissen diese Schurken, mit wem sie es zu tun haben.«

Ich selbst war auch äußerst zufrieden.

Wie oft habe ich es schon gesagt: Ich lehne es ab, mich auf diplomatische Winkelzüge einzulassen, und mein Sohn konnte anscheinend ebensowenig mit seiner Meinung hinter dem Berg halten ... Vorausgesetzt, er verschwieg mir nicht aus Respekt, daß man durchtriebene Seelen eher mit scheinbarer Nachgiebigkeit bezwingt, und es besser ist, für einen Dummkopf gehalten zu werden, als sich so aufzuführen, wie ich es getan hatte.

In den darauffolgenden Tagen empfing ich den Klerus der Provinz und übergab den Priestern Wein, Mehl und Meßgewänder, damit sie den Gottesdienst angemessen feiern konnten.

Ich empfahl ihnen auch im Namen Seiner Majestät, sich den Eingeborenen gegenüber nachsichtig zu zeigen und unsere Landsleute daran zu erinnern, daß sie ein Beispiel als gute Christen geben sollten, um so die Bekehrungen zu beschleunigen.

Am dringendsten galt es jedoch den Konflikt zwischen Indios und Spaniern beizulegen.

So bald wie möglich begab ich mich in ihr Gebiet. Ich hatte sie von meinem Kommen unterrichtet, damit ich die Häuptlinge der um Navidad angesiedelten Dörfer gemeinsam antreffen würde.

Früh morgens brach ich mit Luis und Tlacateotl auf, eine starke Eskorte begleitete uns. Unter der Führung von zwei Dolmetschern gelangten wir über ein Gewirr von Pfaden, die sich durch die Sumpfgebiete schlängelten, zu den Llanos. Dort lebten jene Indios, die sich die Herren des Wassers und der Erde nannten, denn sie erlegten alles Getier, das sie zum Leben brauchten, mit zielsicherer Schnelligkeit. Das war aber auch die einzige Fähigkeit, die sie auszeichnete. Sie waren unbekleidet, die Verarbeitung von Metallen war ihnen fremd, und sie verachteten die Feldarbeit. Ihre Häuser, die die Frauen von einem Jagdplatz zum nächsten trugen, bestanden lediglich aus großen Stroh- und Weidengebinden, die auf lange Pfähle gelegt wurden.

Ich stieg vom Pferd, begrüßte die Kaziken, verteilte Geschenke, Hemden und Umhänge, die sie unverzüglich anlegten. So bekam die Unterredung einen etwas zivilisierteren Rahmen.

Die Frauen breiteten Matten aus, und wir kauerten uns darauf nieder. Ganze Schwärme von Insekten und Wespen belauerten uns, wurden aber alsbald durch ein Feuer aus feuchtem Holz ein wenig zurückgedrängt.

Durch die Dolmetscher ließ ich ihnen sagen, daß wir ihnen freundlich gesinnt waren. Ich hätte gern gesehen, wenn Tlacateotl sich ein wenig eingebracht hätte, aber er verharrte regungslos in seinem prächtigen goldgeschmückten Tilmatli und warf nur ab und zu einen verächtlichen Blick in die Runde wie eine beleidigte Gottheit.

Nach einer Mahlzeit, die aus geröstetem Hirschfleisch bestand, verabschiedete ich mich im besten Einvernehmen von meinen Indios. Auf beiden Seiten war man Verpflichtungen eingegangen: Ich hatte versprochen, ihre Lebensform zu achten und es nicht länger zuzulassen, daß man ihnen Schaden zufügte; sie hatten ihrerseits zugesagt, die Siedler mit ihren Jagderzeugnissen zu versorgen und jeden Monat einen großen Markt in Navidad abzuhalten, auf dem ihre schönsten Felle feilgeboten werden sollten. Darüber hinaus wollten sie mir die nötige Arbeitskraft liefern, die ich für den Straßenbau und andere Neuerungen brauchte. Manche von ihnen waren getauft, aber ihre Gesinnung schien sich dadurch nicht verändert zu haben, und so schob ich meine geplante Predigt auf.

Zur Bekräftigung unseres Abkommens übergab mir einer ihrer Anführer zwei seiner Töchter, was mich sehr in Verlegenheit brachte. Da ich den Vater nicht beleidigen wollte, nahm ich sie mit.

Auf dem Rückweg fragte Tlacateotl mich: »Was hast du mit ihnen vor?«

»Ich werde sie den Mönchen anvertrauen. Warum? Quälen dich etwa fleischliche Gelüste, Tlacateotl?«

»Gib die Indiofrauen deinem Sohn. In Madrid hat er sich zu viel mit Frauen herumgetrieben. Sein Blut ist schwer, seine Lanze gereizt, und Rosario ist eine teuflische Frau.«

»Was willst du damit sagen …«

»Die Indiofrauen werden seine Gedanken zur Ruhe bringen … Ich möchte dich bitten, Ollintzin, mich nicht mehr mit zu diesen Barbaren zu nehmen. In Mexico hätten wir sie nicht einmal unseren Urin und unsere Exkremente beseitigen lassen.«

In diesen Ländern geht alles schleppend voran, und die Zeit verrinnt wie Sand zwischen den Fingern.

Ein Jahr war bereits in Las Vegas del Oro vergangen, ohne daß die von mir beabsichtigte Expedition zum Reich des Goldes weiter gediehen wäre.

Ich mußte zunächst Ordnung in der Provinz schaffen, und ich glaube, es ist mir mit Hilfe meiner Leute auch gelungen. Mein Verhalten flößte den Ärmsten unter den Pächtern Vertrauen ein, dennoch gelang es mir nicht, schriftliche Zeugenaussagen über die Machenschaften Pizarrals und seiner königlichen Beamten zu bekommen. Ich gab ihnen jedoch zu verstehen, daß ich über alles im Bilde war und beim geringsten Rückfall den Indienrat verständigen würde. So wähnte ich mich in der Vorstellung, sie niedergezwungen zu haben, während sie hinter meinem Rücken ihre Krallen schärften, um sie in mein Fleisch zu bohren.

Ich werde die Dinge, die mich das ganze Jahr über in Anspruch nahmen, nicht einzeln darlegen. Vor allem mußten wirtschaftliche und verwaltungstechnische Angelegenheiten geregelt werden, was mich schrecklich ermüdete. Ich zog keine weitere Befriedigung daraus als die Gewißheit, meine Arbeit getan zu haben und die Bevölkerung meiner Provinz freundlich gestimmt zu sehen. Letzteres sollte sich jedoch als ein flüchtiges Vergnügen erweisen, denn die Meinung des Volkes ist wankelmütig, und Güte gerät schnell in Vergessenheit, wenn Angst herrscht.

Als ich erklärte, daß der Wohnsitz meines Vorgängers mir für einen Gouverneur nicht angemessen schien und ich deshalb einen neuen bauen wolle, strömten die Indios in Scharen aus der Ebene herbei, und zu Beginn der Regenzeit war das Dach gedeckt. Ohne nach der Herrlichkeit von San Cristóbal zu streben, konnten wir uns in den um einen großen gepflasterten Hof angelegten Räumlichkeiten bequem einrichten. Da meine Augen so viel Wunderbares gesehen hatten, bedachte ich nicht, daß dieses Haus, obgleich es recht bescheiden war, im Vergleich zu allen anderen Bauten von Las Vegas del Oro wie ein Palast wirkte. Auch das wurde mir bei meinem Prozeß zum Vorwurf gemacht. Man beschuldigte mich außerdem, das von mir eingerichtete Dampfbad zu unsittlichen Zwecken benutzt zu haben!

Unsere Naborias und christlichen Indiofrauen hielten das Dampfbad in Betrieb. Rosario überwachte sie. Ich muß gestehen, daß nicht alles nach meinem Geschmack war. Eine richtige Hausherrin fehlte. Luis drängte mich, an Doña Maria zu schreiben, damit sie die Vorbereitungen für die Reise der kleinen Juana träfe und wir endlich die Hochzeit der beiden feiern könnten. Ich versprach ihm, mich gleich nach meiner Rückkehr darum zu kümmern. Seit einiger Zeit trug ich mich nämlich mit dem Gedanken, die Regierungsgeschäfte für eine gewisse Zeit meinem Sohn zu überlassen, um mit Sebastián die Gebiete am Oberlauf des Meta zu erforschen.

Die Vorbereitungen waren abgeschlossen, und wir fieberten in freudiger Erwartung dem Aufbruch entgegen, als meine Kaziken kamen und berichteten, ein feindlicher Stamm bedränge sie von Norden her und bedrohe ihr friedliches Leben. Sie beschworen mich, mein Vorhaben aufzuschieben.

Als Diego Pizarral davon erfuhr, bot er sich an, meinen Platz einzunehmen.

Jedesmal, wenn ich ihm begegnete, stieg die Erinnerung an seinen verhängnisvollen Einfluß auf Rodrigo in mir hoch wie ein fauliger Nachgeschmack.

Ich warf ihm einen abschätzigen Blick zu und erklärte ihm in einem Tonfall, der keine Zweifel zuließ, daß ich seiner Hilfe in keinem Falle bedürfe. Falls ich die Expedition tatsächlich nicht begleiten könne, stünde mit Sebastián oder Luis ein hervorragender Anführer bereit.

Nach dieser Unterhaltung kamen die Gerüchte über Rosario auf.

Fray Toledano, ein Franziskanermönch, trug sie mir zu.

Gott ist mein Zeuge, ich empfinde eine tiefe Verehrung für unsere Franziskanermönche in Neu-Spanien. Aber in jedem Ordensbruder steckt auch ein Mensch, und auf dem welken Gesicht von Fray Toledano suchte man vergeblich nach dem milden Glanz, den fromme Seelen ausstrahlen. Er war mit einem der königlichen Offiziere entfernt verwandt, und ich hatte ihn sogar im Verdacht, ihre Intrigen zu decken. Daher lauschte ich seinen schmutzigen Anklagen mit äußerstem Widerwillen.

Dennoch beschloß ich, Luis und Tlacateotl zu fragen.

»Rosario wird sich hüten, eine Unvorsichtigkeit zu begehen, Sebastián würde sie umbringen. Aber da wir schon darüber reden ... Natürlich ist sie von einem anderen Schlag als die Ehefrauen der Pächter! Und ich glaube auch, daß Ihr Sebastián werdet bitten müssen, sich eine andere Bleibe zu suchen, wenn Señorita Juana erst einmal hier ist, Vater.«

»Hat sie dir Avancen gemacht?«

Luis lachte.

»Da seht Ihr, wie leicht es ist, Mißtrauen zu säen! Selbst Ihr, Vater, kommt noch soweit, mich zu verdächtigen!«

Ich beendete die unangenehme Unterhaltung und suchte Tlacateotl auf.

Er kniff seine vollen Lippen zusammen.

»Jeder Mann soll sich nehmen, was ihm gefällt! Aber alle betörenden Drogen sind nichts gegen eine Frau, die seiner Knospe die Kraft eines blühenden Zwanzigjährigen verleiht, wenn er bereits über fünfzig ist!«

»Das habe ich dich nicht gefragt. Glaubst du, daß Rosario ...«

»Du hast die falsche Entscheidung getroffen, Ollintzin. Man muß den Faden zerreißen, bevor er zu einem dicken Seil wird und einen erwürgt. In Sevilla hätte Sebastián noch auf dich gehört.«

»Tlacateotl, ich will wissen ...«

»Sei beruhigt, sie hat ihren Rock nicht vor mir gehoben. Aber wenn sie es darauf anlegt, hat sie die gesamte männliche

Bevölkerung der Stadt hinter sich. Eine Frau wie sie gehört nicht in dein Haus.«

»Unter meinem Dach habe immer noch ich zu bestimmen! Rosario benimmt sich anständig. Wenn du manche Frauen aus Kuba gesehen hättest, die bei Cortés in Coyoacan ein- und ausgingen!«

»Du bist nicht mehr im Tal von Mexico. Die gute alte Zeit, in der ihr uns besiegt habt und euch alles erlauben konntet, ist vorbei, Ollintzin! Du bist nur noch der Gouverneur einer äußerst mittelmäßigen Provinz. Die hier lebenden Stämme sind eine Beleidigung für mein Volk und die weißen Männer eine Schande für das deine. Der faulige Geruch der königlichen Offiziere verpestet die Luft, lange bevor man sie erblickt, aber sie können Rechenschaft von dir verlangen. Wenn du meine bescheidene Meinung hören möchtest, so bist du es, den sie treffen wollen. Halte den Platz vor deiner Tür sauber, sonst beschmutzt du deinen Mantel.«

Wütend verließ ich ihn, aber ich wußte, daß er recht hatte. Ich begann, Rosario zu beobachten, was ich bisher niemals getan hatte: Ihre Reize waren unübersehbar.

Der Müßiggang hatte ihren Körper fülliger werden lassen, und hübsche Rundungen zeichneten sich unter der Schnürung ihres Kleides ab. Die Arme waren schön, der üppige Haarknoten betonte ihren anmutigen Nacken. Dazu kam jenes wollüstige Wiegen der Hüften, das eine Frau von der Straße niemals ablegt und das jeder Tölpel als eine Art Einladung entziffert.

Voller Unbehagen beendete ich meine Nachforschungen. Ich hatte genug gesehen, um mir die Gefühle der Soldaten und auch der Pächter vorstellen zu können, die ihr Verlangen nur bei Ehefrauen stillen durften, denen das Klima und die harte Arbeit jedes weibliche Aussehen geraubt hatten.

Ein Mann verabscheut es, solche Probleme in Angriff zu nehmen, doch über dieses hier konnte ich nicht hinwegsehen. Ich hielt es nach reiflicher Überlegung für besser, mich direkt an Rosario zu wenden und nicht an Sebastián. Aber meist geht die Rechnung nicht auf, wenn man auf den Verstand einer Frau setzt. Rosario hatte nichts besseres zu tun, als unsere Unterredung eiligst an Sebastián weiterzugeben, und dieser stürmte vor Wut schäumend in meine Räume.

»Wenn irgend jemand auch nur das geringste zu sagen wagt, bringe ich ihn um!«

»Das würde nichts nützen. Aber Rosario braucht nichts weiter zu tun, als das Haus zu hüten, bis das Gerede nachläßt.«

»Habt Ihr jemals Celestina bei Euch festgesetzt?«

»Du vergißt dich, Sebastián«, sagte ich kühl. »Wie kannst du einen solchen Vergleich anstellen ...«

»Ich wollte nur sagen ...«

»Es gibt Dummheiten, die man besser nicht sagt. Deine Rosario ist eine Närrin, und dich macht sie auch noch närrisch. So versteh doch, du Dummkopf! Ich habe nichts gegen sie, und das Ganze richtet sich auch nicht gegen sie, sondern gegen uns!«

Sebastián ging hinaus und warf die Tür hinter sich zu.

Dem Abendessen blieb er fern. Es war eine unselige Mahlzeit. Ich rührte kaum etwas an und wälzte meinen Unmut hin und her.

In der Nacht weckte mich Luis.

»Sebastián ist festgenommen worden. Er hat einen Soldaten niedergestochen.«

Die Untersuchung ergab, daß der Soldat, der zu Pizarrals Getreuen zählte, Gemeinheiten über Rosario von sich gegeben und Sebastián provoziert hatte. Dieser wurde wieder auf freien Fuß gesetzt, aber das Unglück war geschehen.

In der folgenden Woche bat eine Abordnung von Ehefrauen, angeführt von der des Bürgermeisters und der des Richters, um eine Unterredung.

Respektvoll legten sie mir die Gefahren dar, die von einer Person wie Rosario für die Gemeinschaft ausgingen; sie beriefen sich auf Gott und den König, beklagten die Anfälligkeit der Männer sowie die Unwägbarkeiten eines so ungesunden Umfeldes und beschworen den Erhalt ihres häuslichen Friedens.

»Wir bitten Euer Gnaden, etwas dagegen zu unternehmen«, so lauteten die Schlußworte der Ehefrauen von Bürgermeister und Richter. »Es hat bereits einen Toten wegen dieser Person gegeben. Bevor es noch weitere gibt, bevor wir selbst aufgrund unerfüllter Begierden zu Opfern irgendwelcher Gewalttaten werden, möge es Euer Gnaden gefallen, ihre Abreise zu veranlassen.«

Die Ehemänner aller dieser Frauen hatten Indiofrauen aus den umliegenden Gebieten entführt. Sie hatten die armen Mädchen vergewaltigt, ohne daß sich irgend jemand empört hätte ... Während ich ihnen zuhörte, dachte ich voller Bitterkeit, daß nicht so sehr ihre moralische Empörung der Grund dieser Unterredung war als vielmehr mein Verbot der früheren Ausschweifungen, das mich heute zwang, Rosario zu verurteilen.

Sebastián nahm meine Entscheidung erstaunlich ruhig auf.

»Gut«, sagte er. »Morgen bricht ein Konvoi von Lastkähnen nach Margarita auf, um dort Felle zu verkaufen. Sie wird mit ihnen fahren.«

»Sebastián, es tut mir sehr leid. Aber ich hatte dich gewarnt. Du hast uns in die Lage gebracht, in der uns die Pizarrals, die königlichen Offiziere und die reichen Pächter sehen wollten. Der Indienrat wacht sehr streng über die Einhaltung der guten Sitten, zumindest wenn eine Klage eingeht. Und ein Gouverneur muß seines Amtes walten. Wenn ich diesen Frauen nicht nachgebe, werden sie den Rat benachrichtigen. Und weiß Gott, was dann geschehen wird! Aber ich verspreche dir, sie werden mir dafür bezahlen, selbst wenn ich mich ihrer eigenen Mittel bedienen muß.«

Ich reichte ihm eine Geldbörse.

»Gib das Rosario.«

Er grinste höhnisch.

»Ihr habt doch nicht mit ihr geschlafen, soweit ich weiß? Sie ist eine ehrbare Dirne, die Geld nur von demjenigen nimmt, mit dem sie schläft. Vielleicht ist es ja das, was Euch stört? Möglicherweise würdet Ihr sie gar hierbehalten, wenn Ihr mit ihr geschlafen hättet und würdet statt dessen diese Weibsbilder zum Teufel jagen.«

»Scher dich selbst zum Teufel!« schrie ich ihn an.

Am nächsten Tag beobachtete ich von meinem Fenster aus den Aufbruch.

In trotziger Auflehnung trug Rosario ihr schwarzes Haar offen. Wie ein Vlies wallte es bis zur Taille nieder. Ihr grellrotes Satinkleid glich denen, die die Mädchen in Triana trugen. Sebastián ging neben ihr her und trug ihr Gepäck. Eine rauhe Zärtlichkeit für meinen alten Gefährten ergriff mich.

Auch das würde mir Pizarral bezahlen!

Es war Nacht geworden, ich hing immer noch meinen trüben Gedanken nach, als Luis eintrat.

»Vater! Er ist mit ihr an Bord gegangen! Als ich es erfuhr, eilte ich zum Hafen und versuchte, ihn zurückzuhalten. Er weigerte sich, mich anzuhören …«

Mein erster Gedanke war es, den Lastkähnen im Kanu zu folgen und Sebastián mit Gewalt zurückzuholen, selbst wenn ich ihn mit meinen eigenen Fäusten hätte niederschlagen müssen. Ich sprang auf, aber was ein Bruder, ein Freund hätte tun dürfen, war einem Gouverneur untersagt. Ich war an meinen Stuhl gefesselt und mußte in der Stadt bleiben.

»Bitte, laß mich allein«, bat ich Luis.

Fünfunddreißig Jahre … eine so lange Freundschaft, durch so viele Leiden und ruhmreiche Taten gestählt, zerbrach nun wegen einer Dirne, die für einen Real jeder in Sevilla hätte haben können!

Tränen ohnmächtiger Wut liefen mir über die Wangen. Ich verfluchte Sebastián, und ich verfluchte meinen Gouverneursposten. Welch unendliche Mühen hatte es mich gekostet, ihn zu erlangen, und nun spürte ich immer deutlicher, daß ich im Grunde nicht für ihn geschaffen war.

Ich war ganz besessen von von dem Gedanken, mich an Diego Pizarral zu rächen, ja, ihn eigenhändig umzubringen.

Aber die Ereignisse überschlugen sich.

Von Norden her drängten mutige und blutrünstige Krieger in unser Gebiet. Voller Angst hatten unsere Indios ihr Vorrücken beobachtet. Nun hatten sie den Fluß Apure überschritten, und unsere Kaziken riefen uns zu Hilfe.

Mit dem Krieg kannte ich mich aus.

In aller Eile zog ich eine kleine Armee zusammen, teilte sie in vier Kompanien und übernahm selbst das Kommando über eine von ihnen. Die anderen wurden von Luis, Diego Pizarral und Juan Ortega befehligt. In dieser Formation verließen wir Navidad.

Führer wiesen uns den Weg, denn nur Einheimische finden sich in den Llanos zurecht.

Wir stießen auf unsere Indios, die mit Pfeil und Bogen bewaffnet waren. Ich teilte sie als Vorhut ein. Ständig kamen nun mehr Indios hinzu und füllten unsere Reihen. Sie alle waren von Kopf bis Fuß mit roter Erde bemalt und trugen Knochenreifen um Hals und Knöchel. Dieser Schmuck wirkte allerdings grobschlächtig gegenüber dem der tlaxcaltekischen und aztekischen Armeen, und unwillkürlich suchte ich auf den Körpern nach dem Glitzern des Goldes, dem Schillern der Federn und den wundervoll lebendigen Farben …

Am Abend schlugen wir unser Lager auf.

Die Indios erlegten Hirsche und rösteten das Fleisch an Spießen, sogenannten *barbacoas*, die sie über ein Holzfeuer legten.

Lange war es her, daß ich den Vorabend einer Schlacht am Feuer unter dem Sternenhimmel verbracht hatte. Nur Sebastián, ein Becher Octli und ein rauchendes Schilfrohr fehlten zu meinem Glück. Luis war sehr aufgeregt: es war sein erstes Kommando. Er führte zwei indianische Späher zu mir, die ausgekundschaftet hatten, daß die Krieger noch fünf Tagesmärsche von uns entfernt seien und bereits schlimme Verwüstungen angerichtet hätten. Auch sie waren Jäger, und da die Jagdgründe ihres angestammten Gebietes erschöpft waren, hatten sie beschlossen, diese hier zu erobern.

Am Nachmittag des übernächsten Tages sahen wir Rauchwolken am Himmel, die auf ein in Brand gesetztes Dorf deuteten und uns das Vordringen der feindlichen Krieger bestätigten.

Unsere Indios hatten keinerlei Vorstellung von militärischer Strategie und wollten unverzüglich dorthin stürzen. Ich gebot ihrem Lärmen Einhalt. Wir stiegen von unseren Pferden und bewegten uns möglichst lautlos vorwärts. Ich hatte angeordnet, den Pferden Gras ins Maul zu stopfen, um sie am Wiehern zu hindern.

Nach einem Marsch von etwa vier Meilen kamen wir in der Nacht nahe an das niedergebrannte Dorf heran. Von den großen Hütten aus Stroh und Schilf war nur Asche geblieben. Ich hatte gehofft, den Feind überraschen zu können, aber ganz offensichtlich war er von seinen Spähern unterrichtet worden und hatte überall Wachposten verteilt. Der rote Schein der Feuerstellen war hier in der Ebene weithin zu sehen. Wir konnten eine beachtliche Anzahl von Kriegern ausmachen, deren anmaßende Kühnheit uns nicht verborgen blieb: Sie versteckten sich nicht, im Gegenteil, siegessicher erwarteten sie uns.

Wir formierten uns zu einem Halbkreis, Pizarral und Ortega hielten sich mit ihren Kompanien an den Seiten, Luis und ich bildeten die Mitte. Weiterhin auf der Hut, ließ ich den Pferden die mit Schellen behängten Brustriemen anlegen. Dann schickte ich den Notar in Begleitung der Dolmetscher los, um unseren Gegnern die üblichen Forderungen zu unterbreiten. Ein Pfeilhagel ging auf uns nieder. Auch das war üblich. Unsere Indios begannen ihr unbändiges Kriegsgeheul, und wir griffen an.

Wie ich es so oft während der Conquista erprobt hatte, erschreckte auch hier das Erscheinen der Pferde mit ihren Schellen die andere Seite zutiefst. Manche lähmte das Entsetzen derart, daß sie stolperten und in ihre Feuerstellen fielen. Die Flammen fanden Nahrung an dem schwarzen Ruß, mit dem sie sich eingeschmiert hatten, sie wälzten sich am Boden und loderten auf wie Fackeln.

Wir rückten weiter vor, denn eine entschiedene Aktion zu Beginn eines Kampfes rettet meist viele Leben.

Die feindlichen Krieger kamen wieder zu sich, formierten sich neu, Wut fegte die Panik hinweg, ihre Tapferkeit trieb sie uns entgegen und alsbald war der Kampf im Gange. Das Zischen der Pfeile, der Lärm der Arkebusen, die Schellen der Pferde, die Schreie der Indios verbanden sich in meinen Ohren zu berauschender Musik. Meine Jahre fielen von mir ab wie ein schlecht sitzendes Kleidungsstück. Ich vergaß meine schmerzenden Gelenke, meine linke, noch immer ein wenig steife Hand, das Blut pochte in meinen Adern, und meine Begeisterung war wieder da, ich war noch einmal jung, so jung wie lange nicht mehr, und schon klangen mir die Schreie ›Ollintzin! Ollintzin!‹ im Ohr, die mich einst bei jedem Kampf empfingen ... Da vernahm ich sie plötzlich tatsächlich neben mir. Jemand schrie: »Ollintzin! Ollintzin!«

Es konnte nur Tlacatcotl sein. Suchend blickte ich um mich.

Er war rechts neben mir, erstarrt wie eine Reiterstatue, den Blick nach links gerichtet. Ich lenkte meinen Blick ebenfalls dorthin, und im fahlen Licht der Dämmerung sah ich meinen Sohn. Nur eine Sekunde lang sah ich ihn, vielleicht zwei. Ein Pfeil war ihm ins rechte Auge gedrungen, er stürzte vom Pferd, verschwand.

Was ich empfand ...

Läßt sich ein so bitterer, so grausamer Schmerz überhaupt

beschreiben, in Worte fassen? Und wozu auch? Der Kummer gehört dem, der ihn zu tragen hat ... Trotz allem war mir aber klar, daß ich den Schmerz verdrängen und zu Ende bringen mußte, was ich begonnen hatte. Ich mußte tun, was die Soldaten und Indios von mir erwarteten. Ich rief Tlacateotl zu: »Kümmere dich um Luis, nimm ihn mit!«, wehrte ein paar Krieger mit meiner Lanze ab und nahm den Kampf wieder auf.

Die Schlacht dauerte bis zum nächsten Tag. Sie nahm einen guten Ausgang. Wir hatten nur drei Tote zu beklagen ... Mein Gott! Dein Wille geschehe! Aber warum mein schönes Kind, warum? Er war das Licht meiner Dämmerung, ich hatte nur ihn!

Wir nahmen Hunderte von Kriegern gefangen, darunter mehrere Anführer und auch viele Frauen und Kinder. Nachdem ich die Unterwerfung des Feindes besiegelt und ihm das Versprechen abgerungen hatte, künftig unsere natürliche Grenze, den Fluß Apure zu achten, ließ ich die Frauen und Kinder ziehen. Die Männer behielt ich als Pfand, bis die Besiegten in ihre früheren Gebiete zurückgekehrt waren. Die Hälfte unserer Armee und viele unserer Indios begleiteten sie, um die Einhaltung des Vertrages zu überwachen und die von mir festgesetzten Abgaben in Form von Jaguar-, Hirsch- und Tapirfellen mitzunehmen. Ich selbst kehrte mit den übrigen Soldaten, Diego Pizarral und den Gefangenen zurück.

Es war mir nicht vergönnt, Luis noch einmal zu sehen.

Gleich nach seiner Ankunft in Navidad hatte Tlacateotl ihn in einen Sarg legen lassen. Der Deckel war bereits festgenagelt und verplombt. Ich verlor die Fassung. Allein der Gedanke, noch ein letztes Mal den Körper meines Sohnes in die Arme zu schließen, bevor die Erde ihn mir nähme, hatte mich den ganzen Weg über aufrecht gehalten. Ich verlangte nach einer Axt.

»Tu das nicht, Ollintzin«, sagte Tlacateotl zu mir. »Ich bitte dich, tu das nicht. Du weißt, was große Hitze bewirken kann.

Behalte lieber das Bild seiner vollkommenen Schönheit in deiner Erinnerung.«

Am Abend nach meiner Rückkehr kamen die angesehenen Bürger von Navidad und auch viele der übrigen Einwohner zu meinem Haus, um mir ihr Beileid zu bekunden.

Ich ließ sie fortschicken und ordnete an, die Türen zu schließen. Sebastián fehlte mir in diesen Stunden so sehr, daß ich nicht gewillt war, der Stadt ihren Teil der Verantwortung für diese üble Angelegenheit zu vergeben. Auch das wurde später zu meinen Ungunsten ausgelegt. Ich weiß, daß ich unklug handelte. Ich vergaß meine Pflichten als Gouverneur, aber ich bin nun einmal, wie ich bin.

Tlacateotl und ich verbrachten die Nacht am Sarg.

Am Morgen ließ ich meine Brigantine herrichten. Nachmittags geleitete ich den Sarg zum Hafen, die Seeleute brachten ihn auf das Schiff. Unter der Aufsicht des Kapitäns und Gonzalo Ramirez', des jungen Burschen aus meinem Dorf, der mir nun seit acht Jahren seine Treue bewies, fuhr Luis nach Neu-Spanien davon, um im sanften, duftigen Schatten der Magnolienbäume neben Xiuxochitl und Rodrigo die ewige Ruhe zu finden. Das war der Wunsch meines alten Herzens und seither ist kein Tag vergangen, an dem mich dieser Entschluß nicht getröstet hätte.

* * *

In der folgenden Nacht drang Diego Pizarral mit zwei königlichen Offizieren, fünf reichen Pächtern und einigen Soldaten bei mir ein. Ein Sumpffieber hatte mich niedergeworfen, und ich lag in tiefem Schlaf, als mir plötzlich zwei Arkebusen in den Magen gedrückt wurden. Man schimpfte mich Wüstling und Verräter, zerriß meine Kleider, öffnete gewaltsam meine Truhen, bemächtigte sich der Dokumente, die ich dort verwahrte, stahl die Kreditbriefe des Königs, mein Gold und all meine Kostbarkeiten.

Der Lärm hatte Tlacateotl und die Naborias alarmiert, sie wurden massakriert, mein Iyac und ich wurden gefangengenommen. Man stieß uns beide im Hemd nach draußen, mitten in die johlende Menge.

Da ich mich wehrte, auf meiner Unschuld beharrte, ohne zu wissen, wessen ich angeklagt war, schlug man mich nieder. Dann wurden wir in die Festung geschleift, wo wir in einem Verlies landeten, ohne zu begreifen, wie uns geschah.

Später erfuhr ich, daß Diego Pizarral sich die Umstände zunutze gemacht und alle Kriegsgefangenen auf zwei meiner Galeeren verfrachtet hatte. Den Kapitänen zeigte er eine Anordnung mit meiner – gefälschten – Unterschrift und befahl ihnen, nach Margarita zu segeln und ihre menschliche Fracht dort bestimmten Leuten zu überlassen, die zu seinen Getreuen zählten und die Indios nach Kuba schaffen würden.

Drei Stunden nachdem die Galeeren ihre Anker gelichtet hatten, zogen die Männer Pizarrals durch Navidad und verbreiteten, daß ich den Krieg nur geführt hätte, um mich durch Sklavenhandel zu bereichern, den ich zuvor doch so heuchlerisch angeprangert hätte. Sie gingen so weit, Gottes Namen zu mißbrauchen, indem sie die Gerechtigkeit des Allmächtigen priesen, der mich mit dem Tod meines Sohnes bestraft hätte.

Den Soldaten gestatteten sie erneut, sich Indiofrauen aus den umliegenden Gebieten zu nehmen, denn ihnen zufolge behielt ich diese alle für mich. Sie versprachen außerdem, daß Diego Pizarral demnächst mit ihnen zu einer Expedition aufbrechen würde, von der sie goldbeladen zurückkämen. Frauen und Gold! Mehr bedarf es nicht, um einfältige Gemüter aus der Bahn zu werfen.

Die wenigen getreuen und ehrbaren Leute mußten um ihre Familie, ihr weniges Hab und Gut und ihr Leben fürchten; wen Drohungen nicht zum Schweigen brachten, der wurde verprügelt oder sogar öffentlich gezüchtigt.

Nachdem er Zuckerbrot und Peitsche eingesetzt hatte, war

ich ganz in seiner Gewalt, aber er wagte nicht, einen vom König ernannten Gouverneur zu foltern. Deshalb versuchte Diego Pizarral, Tlacateotl genaue Angaben darüber zu entreißen, wo sich das von mir gesuchte Reich des Goldes befinden könnte.

Ich glaubte, den Kelch meiner Leiden geleert zu haben. Als man mir jedoch meinen Iyac wiederbrachte, begriff ich, daß die Quellen des Kummers unerschöpflich sind.

Sechs Monate blieb ich in der Festung. Außer von Fray Toledano, dessen salbungsvolle Predigten mich zur Reue und zum Eingeständnis von Missetaten bewegen sollten, die ich nicht begangen hatte, erhielt ich keine Besuche. Dennoch war es der Franziskaner, der seine Freunde überzeugte, daß es ihren eigenen Interessen abträglich sei, mich zu beseitigen. Ganz im Gegenteil würde meine Überstellung nach Spanien ihnen letztlich die Freisprechung von ihren Freveltaten und die Herrschaft über die Provinz einbringen. Denn eine gut ausgearbeitete Anklage würde dort zu meiner Verurteilung führen. Auf diese Weise könnten sie den Meta ungestört bis zu seinem Ursprung erkunden und die sagenumwobenen Schätze bergen, die ich hatte suchen wollen.

So holte man mich eines Nachts mit einer starken Truppe und feuerbereiten Arkebusen aus meinem Kerker. Dabei hätte ein einziger Mann ausgereicht: ich war halbtot vor Hunger und ausgezehrt vom Fieber. Noch einmal den Himmel zu sehen erschien mir wie eine unaussprechliche Gnade. Man brachte mich auf ein Schiff, zerrte mich unter das Achterdeck und verbarrikadierte es mit Brettern.

Auf offener See gerieten wir in ein furchtbares Unwetter. Wasser drang in das Schiff und jeder glaubte, seine letzte Stunde hätte geschlagen.

Im Angesicht des Todes packte die beiden Hauptleute Pedro Morla und Antonio Verdugo, die mich bewachten, die Angst vor dem Urteil des Allmächtigen. Ihr Gewissen plagte sie, und um sich einen Platz im Paradies zu sichern, befreiten sie mich von meinen Ketten, bekannten ihre Schuld, baten um Vergebung und beichteten mir alle Einzelheiten der von Diego Pizarral angezettelten Verschwörung. Die Gefahr ging vorüber, das Wetter beruhigte sich, sie widerriefen ihre Worte und legten mich erneut in Ketten.

So kam ich schließlich nach Sevilla. Angewidert von der Schlechtigkeit meiner Mitmenschen, vernahm ich nicht einmal das Raunen, das durch die wartende Menge ging. Ich hatte kein goldglänzendes Wams mehr, kein prunkvolles Gefolge, keinen Sohn, keinen Bruder, keinen Freund, ich war allein: ein in Lumpen gehülltes Gerippe. Nur eines war mir geblieben, das aber hält selbst den Elendsten unter den Lebenden aufrecht: mein reines Gewissen.

* * *

Den Gesetzen entsprechend stellte man mich und auch die Hauptleute unter Arrest, bevor wir nach Madrid überführt wurden. Wir mußten versprechen, die Stadt nicht zu verlassen, dann setzte man uns wieder auf freien Fuß. Der Indienrat geriet durch meinen Gouverneurstitel, den mir lediglich ein Gericht absprechen konnte, in Verlegenheit und gewährte mir eine kärgliche Summe, damit ich nicht wie ein Strolch durch die Straßen zöge.

Ich hätte meine Tante Luisa um Hilfe bitten können, aber der Stolz hielt mich davon ab.

Ich fühlte mich jedoch verpflichtet, die Verlobte meines Sohnes aufzusuchen. Von den weitreichenden Beziehungen ihrer Familie erhoffte ich mir auch Unterstützung für meine Verteidigung.

Es wurde mir nicht gestattet, die kleine Juana zu sehen. Doña Maria sprach mir kühl ihr Beileid aus, ließ mir keine Zeit, meine Situation darzulegen, und erklärte mir in ihrer harschen Art und Weise, die sehr gut zu ihrem Schnurrbart paßte, daß das Hinscheiden meines Sohnes die Zukunft ihrer Tochter nicht mehr beträfe, da das Heiratsversprechen unserer Kinder von ihrer Seite bereits vor über einem Jahr aufgekündigt worden sei.

»Ich habe Euch die Gründe in einem Brief dargelegt, den ich im letzten Oktober nach Las Vegas del Oro geschickt habe ... Ein Kuhhandel war das, Señor, der Eurer ruhmreichen Vergangenheit nicht würdig ist! Hättet Ihr mir mitgeteilt, daß Ihr Euer Gut in Neu-Spanien veräußern mußtet, um die Kosten für Euer Unternehmen aufzubringen, wie mir Verwandte von der Insel Kuba zugetragen haben, hätte ich niemals eingewilligt. In unseren Familien schließen wir keine Ehen auf unsicherer Grundlage.«

Ein Bankier hätte keine besseren Worte finden können für die Abfuhr, die sie mir erteilte. Zu guter Letzt wollte sie mir den Verlobungsring zurückgeben. Es war ein schöner, von Gold eingefaßter und von Diamanten umrahmter Saphir. Unter anderen Umständen hätte ich ihn angenommen ... Mir war aber der scharfe Blick Doña Marias auf meine Kleidung nicht entgangen. So schien mir die Rückgabe als ein Almosen, das ich mit dem Stolz des Armen von mir wies. Ich grüßte und ging von dannen.

Angewidert kam ich in meine Herberge zurück und hatte in meinem Ingrimm sogar vergessen, etwas zu essen zu besorgen.

Auf der Schwelle vernahm ich von drinnen eine heisere Stimme. Ich blieb wie angewurzelt stehen.

»... Ja, Leute, einer gegen fünfhundert waren wir, und ohne jede Artillerie! In Otumba war das, im Tal von Mexico ... Wo das ist, Donnerwetter noch mal! Ihr wißt nicht, wo das ist? Kein einziger von euch weiß, wo ...«

Durch die offene Tür schrie ich hinein: »Ich! Ich weiß es!«, und begann zu lachen ... Ach! Dieses Lachen, dieses Lachen, das meine Verzweiflung hinwegfegte! ... Ich stürzte Sebastián entgegen.

Wir umarmten uns, wir hingen aneinander, befühlten uns, beschnupperten uns wie zwei alte Hunde, die einander wiedergefunden haben. Und immer noch stieg das Lachen tief aus meiner Kehle wie ein Schluchzen.

Sebastián trug seinen Weinkrug zu einem Tisch am Ende des Raumes, und ich schilderte ihm sehr gerafft die Ereignisse, denn ich wollte meine Freude genießen.

Er sagte: »Als man Euch vom Schiff brachte, war ich in Cadix. Ich erfuhr alles, als ich wieder nach Sevilla zurückkehrte. Die Füße in Ketten! Nun seid Ihr ebenso berühmt wie Admiral Columbus!«

»Du scherzt! Am Hof in Madrid will man nicht einmal meinen Namen kennen. Weißt du, was ein Notar zu mir gesagt hat: ›Die Leute vom Hof, Exzellenz, werden ausschließlich am Hof gemacht. Und der Hof kennt nur seine Leute!‹ Mit anderen Worten, wenn du nicht zu ihnen gehörst, wenn du keinen vertrauten Umgang mit ihnen pflegst, so bist du an dem Tag, an dem das Gericht oder der König Rechenschaft von dir verlangt, ein Nichts – auch wenn du die Welt in Erstaunen versetzt hast.«

»Habt Ihr Celestina unterrichtet?«

»Ich will nicht, daß sie etwas erfährt. Wenn das Tribunal mich rehabilitiert hat, wenn ich wieder in Amt und Würden bin, wenn man mir zurückgegeben hat, was mir gehört ... Vorher nicht! ... Gonzalo hat Luis auf unserer Brigantine nach San Cristóbal gebracht, Sebastián. Er ist dort bei seiner Mutter und Rodrigo. Ich weiß es sicher, denn die Brigantine ist während meiner Gefangenschaft nach Navidad zurückgekommen. Pizarral ließ sie beschlagnahmen wie auch meine Galeeren, es scheint, als ob der arme Gonzalo ... Luis, Tlacateotl, Gonzalo, unsere Naborias ... Mein lieber, lieber Tlacateotl! Als er sein Leben aushauchte, war mir, als ob unser schönes Mexico ein zweites Mal gequält und entkräftet vor meinen Augen verginge ... So viele Erinnerungen verbanden uns miteinander! ›Ollintzin‹, seufzte er. Zu etwas anderem fehlte ihm die Kraft. Wer wird mich nun noch Ollintzin nennen? Er war so treu, so weise, ich habe nicht genug auf ihn gehört ... Aber sprechen wir nun nicht mehr davon, nicht heute. Heute bist du da, mein Freund, du bist da! … Also, Celestina glaubt, ich sei noch immer in Las Vegas del Oro, und das ist gut so. Ich habe ihr schon zuviel Kummer bereitet.«

Sebastián betrachtete mich.

»Wie Ihr ausseht! Haben diese Schurken Euch denn nichts zu essen gegeben?«

»Oh! Ich habe bereits wieder zugelegt! Als ich die Festung verließ, war ich nur noch Haut und Knochen. Und während der Überfahrt hat das Unwetter fast alle Lebensmittel verdorben. Wir ernährten uns von ein wenig Mehl, das wir in Wasser auflösten und in dem Fett brieten, das ausgelaufen war und das die Matrosen von den Planken kratzten. Eine solche Nahrung bringt einen Mann nicht gerade wieder auf die Beine! Außerdem hatte ich keinen Hunger. Ich sah sie alle zittern, und ich dachte nur, daß Gott mich zu sich nehmen und mich in seiner Güte wieder mit den Meinen vereinen möge.«

»Ihr braucht neue Kleider.«

Ich lächelte.

»Mein Aussehen habe ich der Großzügigkeit des Indienrates zu verdanken, mein Freund.«

»Ich habe noch etwas Gold, Rosario hat nicht alles verschlungen.«

»Ist sie bei dir?«

»Wo denkt Ihr hin! Als ich erfahren habe, wie es um Euch steht, bin ich sofort hierhergeeilt. Ein Beamter des Indienrates hat mir gesagt, wo Ihr seid.«

»Kehrst du nach Sevilla zurück?«

Sebastián schüttelte den Kopf.

»Wo Ihr seid, bin auch ich. Wenn ich dort gewesen wäre, wo ich hingehöre … Donnerwetter noch mal! Wir beide zusammen, wir haben immer gute Arbeit geleistet, wir hätten ihn erledigt, diesen Pizarral!«

»Er wird seinen gerechten Lohn noch bekommen«, sagte

ich. »Wenn ich erst einmal alles preisgegeben habe, was ich weiß ... Und wenn mir keine Gerechtigkeit widerfährt, dann werde ich ihn selbst zur Rechenschaft ziehen. Bis nach Navidad oder sogar noch weiter werde ich gehen, um dieses Schwein vor meinen Füßen kriechen zu sehen. Er wird sich vor Angst besudeln, und dann werde ich ihn töten! Vorher werde ich keinen Frieden finden!«

»Wenn ich bloß bei Euch gewesen wäre ... und alles nur wegen einer Frau! Glaubt mir, ich könnte mit dem Kopf gegen die Wand rennen, und wenn ich mir dabei mein Gesicht vollends ruinierte! Was zählt schon eine Frau, sagt doch, was zählt das schon?«

»So beruhige dich«, sagte ich. »Was zählt, ist, daß du da bist, mein Freund.«

Sebastiáns Gold, eine schwere Kette, die er bei der Räumung Mexicos um den Schenkel einer Indiofrau gewunden entdeckt hatte, zierte nicht länger sein Wams, sondern wurde dazu verwendet, mich aufzupäppeln. Es hat ganz den Anschein, als wäre die Unschuld glaubhafter, wenn sie gut genährt und gekleidet daherkommt!

Wir bezahlten davon auch Anwälte und Mitglieder des Indienrates. Sie steckten das Gold ein, hörten sich meine Erklärungen an und sagten: »Habt Vertrauen.« Je öfter ich diese Worte zu hören bekam, desto unruhiger wurde ich.

Dann kam der große Tag.

Vom Barbier gingen wir zu der Anhörung. Morla und Verdugo, die beiden Hauptleute, die auf dem Schiff Abbitte geleistet und mir die Hände geküßt hatten, waren bereits im Saal. Würdevoll und ernst war ihr Auftreten. Man hatte mir gesagt, daß sie Verbindungen zu bedeutenden Familien hatten. Davon zeugten auch die fein gekleideten, überheblichen Kahlköpfe an ihrer Seite. All das führte mir vor Augen, wie allein und armselig ich war, und schürte meinen Groll.

Die Richter nahmen Platz.

Die Anklageschrift wurde verlesen.

Sebastián zupfte mich am Ärmel und flüsterte mir zu: »Bewahrt die Ruhe, Donnerwetter noch mal!«, aber er war nicht weniger aufgeregt als ich selbst.

Bald hielt es mich nicht mehr auf meinem Platz, ich stand auf.

»Euer Gnaden! Man wirft mir vor, wie ein Tyrann über meine Landsleute geherrscht zu haben, man wirft mir vor, den Einheimischen Rechte zugestanden zu haben, die dem Wohle der Gemeinschaft widersprechen. Man geht so weit, meine verstorbene Gattin, die aztekischen Blutes war, anzuführen, um zu unterstreichen, wie wohlgesonnen ich dem indianischen Volk war. Gleichzeitig aber wirft man mir vor, Menschenhandel mit ihm getrieben zu haben! Wie können Euer Gnaden einem Bericht Glauben schenken, dessen offensichtliche Widersprüchlichkeit nicht nur die schändlichen Lügen meiner Feinde entlarvt, sondern auch ihre elende Dummheit! Und wo ist denn, bitte, die besagte, angeblich von mir unterzeichnete Anordnung, die einheimischen Gefangenen auf meine Galeeren zu verfrachten und sie auf die Insel Margarita zu bringen? Ich würde …«

Man unterbrach mich: Das Unwetter hätte bedauerlicherweise die Truhe, in der die Anordnung und auch alle bei mir vorgefundenen Papiere und Wertgegenstände unter Verschluß gehalten wurden, über Bord gespült. Aber die hier anwesenden Hauptleute Morla und Verdugo hätten die Existenz der Anordnung und auch die Echtheit meiner Unterschrift unter Eid bezeugt … Dann hielt man mir entgegen, daß Wohlwollen und Gewinnstreben einander keineswegs ausschlössen. Es sei nur naheliegend, daß ich mir die Mithilfe der Eingeborenen zunutze gemacht hätte, um mir eine beträchtliche Anzahl an Sklaven zu sichern, da benachbarte Indiostämme stets versuchten, einander zu unterwerfen. Dann drohte man mir an, mich des Saales zu verweisen, wenn ich noch einmal ungefragt das Wort ergreifen würde.

Schweißgebadet und vor Wut zitternd setzte ich mich wieder.

Es folgte ein Wust von Verleumdungen, die von etwa hundert Pächtern gestützt wurden. Sie bestätigten meinen Hang zu Ausschweifungen, meine Prunksucht, meinen Despotismus und andere Abscheulichkeiten. Abgesehen von der Sünde der Sodomie fällt mir nichts ein, dessen ich nicht beschuldigt worden wäre ... Von diesen Ungereimtheiten, diesen Scheußlichkeiten berücksichtigten die Richter letztendlich nur das, was der Indienrat in erster Linie anprangerte: die Deportation der gefangenen Indios auf meinen Galeeren. Ein solches Vorgehen war gemäß der im Jahre 1528 in Toledo unterzeichneten Ordonnanz Seiner Majestät strengstens verboten.

Dies bot den Richtern Gelegenheit zu einer überschwenglichen Lobpreisung unseres edelmütigen Herrschers. An seine »Neuen Gesetze«, die die Sklaverei untersagten, wurde ebenso erinnert wie an die beiden päpstlichen Bullen *Veritas ipsa* und *Sublimis Deus*, in denen Seine Heiligkeit Papst Paul III. 1537 erklärt hatte, daß die Bevölkerung der Westindischen Inseln Vernunft besäße und nicht von den Tieren abstamme – was viele der Einfachheit halber angenommen hatten, um die Sklaverei ohne Skrupel betreiben zu können ...

Hätte man mich gefragt, so hätte ich berichten können, daß zwischen unseren Ländern und der Neuen Welt ein weiter Weg lag und daß die weisen Schriften Seiner Majestät und Seiner Heiligkeit dort kaum Beachtung oder Anwendung fanden. Aber obgleich ich besser als jeder Richter oder Beamte über diese Dinge Bescheid wußte, zwang man mich, auch weiterhin zu schweigen. Ich schmorte auf meiner Bank.

Die Verhandlung endete mit einer Art Requiem. Der Indienrat hatte die Nachricht von Diego Pizarrals Tod erhalten. Er war an einer Krankheit gestorben, die nicht näher bezeichnet wurde, die ich aber leicht erraten konnte. Die Richter sprachen einigen anwesenden Verwandten des Verschiedenen ihr Mitgefühl aus ...

Noch lieber wäre es mir zwar gewesen, wenn ich diesen elenden Hund selbst hätte auslöschen können, um meinen armen Tlacateotl zu rächen, aber die Neuigkeit erfüllte mich aller christlichen Barmherzigkeit zum Trotz mit einem tiefen Glücksgefühl. So sehr genoß ich die Vorstellung von Diegos durch Lasterhaftigkeit vergiftetem, langsam verfaulendem Fleisch, daß ich mein hartes Urteil fast gelassen hinnahm: vier Jahre Festungshaft und die Beschlagnahmung all meiner Güter.

Wir Menschen sind sonderbar.

Obwohl ich nichts weiter besaß als die Kleider an meinem Leib und das karge Land in der Estremadura, demütigte mich gerade der letzte Teil der Strafe aufs tiefste. Ein zweites Mal sprang ich auf.

»Einen Unschuldigen aufgrund der Aussage von ein paar Schurken zu verurteilen genügt Euch also nicht!« schrie ich. »Ihr wagt es obendrein, einen Mann zum Bettler zu machen, der das Aztekenreich erobert und der Krone beträchtliche Reichtümer zugeführt hat! Vergelten die Herrschaften so unser Blut und unsere Leiden?«

»Das Urteil bezieht sich auf kürzlich erfolgte Vergehen und kann nicht durch Taten beeinflußt werden, die dreißig Jahre zurückliegen.«

Da wurde mir klar, daß jeder weitere Einwand zwecklos war.

Wie einen Verbrecher führte man mich ab, und ich sagte zu Sebastián: »Adieu, mein Freund. Wir treffen uns in vier Jahren am Tor meines Gefängnisses.«

»Ich gehe mit Euch.«

»Du weißt, nicht jeder, der will, kommt ins Gefängnis.«

»Dort, wo man Euch hinbringt, gibt es sicher auch ein Dorf. Ich werde mir Arbeit suchen. Auf dem Land finde ich immer etwas, um mein Brot zu verdienen.«

»Du hast Besseres zu tun, als deine Zeit für mich zu vergeuden. Bleib in Madrid, oder geh zurück nach Sevilla. Schlau wie du bist, wirst du im Gold schwimmen, wenn wir uns wiedersehen.«

»Laßt gut sein, ich habe mich entschieden.«

»Sebastián ...«

Der alte Dickschädel wollte nicht hören!

EPILOG

Geräuschvoll drehte sich der Schlüssel im Schloß. Die Tür ächzte in den Angeln, öffnete sich und schloß sich wieder. Sebastián trat an den Tisch.

»Du bist spät dran«, sagte Torremayor. »Es hat schon vor einer Weile zum Angelus geläutet.«

Sebastián nahm das weiße Stofftuch von dem Korb, den er mitgebracht hatte, breitete es über den Tisch und holte ein irdenes Gefäß hervor.

»Bohnen«, sagte er. »Mit gutem, geröstetem Speck, wie Ihr ihn mögt. Und morgen kriegt Ihr Eure Chillis. Señorito Eusebio kommt aus Sevilla zurück. Er hat mir versprochen, Euch welche mitzubringen.«

Er hielt inne, betrachtete den geordneten, von einem violetten Seidenband zusammengehaltenen Blätterstapel, der auf einer der zum Fenster führenden Stufen lag.

»Habt Ihr Eure Lektüre beendet? Seid Ihr zufrieden mit dem, was Ihr geschrieben habt?«

»Zufrieden? Einerseits ja, äußerst zufrieden sogar, aber andererseits … dieser Dummkopf von einem Notar: ›Exzellenz, laßt Euer Herz sprechen!‹ … Mein Herz lechzte ja nur nach dieser Erlaubnis, und aus meiner Feder floß die Tinte wie das Blut aus einer frischen Wunde! All das, was ich in diesem Bericht niedergeschrieben habe, Namen, Kommentare … Manch einer ist für weit weniger auf dem Scheiterhaufen gelandet! Natürlich wird der Notar es auch lesen, es ist, als würde ich mich vor ihm entblößen. Denn ich gebe tatsächlich zuviel von mir preis! Dich allein ließe ich es lesen, denn du weißt alles über mich, aber leider kannst du ja nicht lesen.«

»Werdet Ihr ihn noch einmal überarbeiten?«

»Wen überarbeiten?«

»Euren Bericht.«

»Ich habe es erwogen, war sogar bereits dazu entschlossen. Aber wie müßte ich schreiben, damit Seine Majestät es verstünde? Soll ich meine Schlachten aufzählen, meine Narben, die unzähligen Male, die ich dem Tod mit knapper Not entronnen bin; soll ich das Gold, das Land, die Untertanen beziffern, die ich der Krone zugeführt habe, oder lieber das Vermögen, das ich darauf verwendet habe, unserem Herrscher zu dienen – um dann als Bettler die Hand aufzuhalten: ›Möge es Eurer Kaiserlichen Gnade gefallen, mir in Anbetracht dieser Verdienste und Leiden die Ehre zurückzugeben, die Ihr mir abgesprochen habt!‹ Sollte ich es nötig haben, so etwas zu schreiben? Müßte Seine Majestät diese Verdienste nicht eigentlich kennen? Die Gleichgültigkeit, Sebastián, sie ist unser Schicksal! Denk an unsere Gefährten: die meisten sind verstümmelt, vergessen oder tot. Mit denen, die ihren Lohn erhalten haben, sucht man Streit, hängt ihnen Verbrechen an und legt sie in Ketten! Erst als ich das Niedergeschriebene noch einmal las, habe ich begriffen, daß nicht zählt, was man erreicht hat, sondern allein das, was man ist. Wie sehr habe ich mich um den Gouverneurstitel bemüht! Heute schäme ich mich, ich schäme mich, daß ich stolz darauf war, von Leuten ernannt zu werden, die keine Ahnung von den Dingen haben, die mir wirklich wichtig sind, ich schäme mich, Ehre mit Ehrenämtern verwechselt zu haben … Als ich nach dem Fall Mexicos meinen armen Tlacateotl wiedertraf, der mich voller Verzweiflung bat, ihn zu töten, weil man ihn aus seinem Telpochcalli verstoßen hatte, sagte ich zu ihm: ›Erlaube niemals einem anderen, über deine Ehre zu urteilen.‹ Nun, auch mich hat man aus meinem Telpochcalli verstoßen, man hat mir meine Tilmatli entrissen, mein Gold, meinen Federbusch, aber das alles ist nicht meine Ehre, meine Ehre ist mein Leben, so wie ich es gelebt habe, so wie ich bin. Und niemand kann es mir nehmen. Ein so wunderbares Leben wie das unsere, Sebastián! Wenn einem ein so reiches Leben vergönnt war, betrachtet man die Welt von oben, und man beugt sein Knie vor Gott allein! Mein Entschluß steht deshalb fest: Ich werde großzügig mit meiner Zeit sein, ich werde bezahlen, ohne über den Preis zu streiten. Noch zweieinhalb Jahre muß ich in diesem Gefängnis verbringen. Recht so! Das werde ich morgen dem Notar sagen. Ich werde ihm auch sagen, daß er einen Vertrag vorbereiten soll, mit dem ich dir mein Land in der Estremadura überschreibe, das man mir nun doch gelassen hat. Ich brauche nichts mehr. Wenn ich meine Freiheit wiederhabe, kehre ich zurück nach San Cristóbal. Celestina fehlt mir, die Luft dort fehlt mir, und unsere Indios, und … Alles fehlt mir hier! Das werde ich ihr schreiben. Ich werde ihr nichts mehr aus falschem Stolz verheimlichen.«

»Mir fehlt das alles nicht weniger«, sagte Sebastián. Daher habe ich einen besseren Vorschlag, was wir mit Eurem Land machen. Ich werde es verkaufen. Sobald Ihr wieder frei seid, kaufen wir einen schönen Zuchthengst, einige gute Stutfohlen und nehmen sie mit nach Neu-Spanien. Wir beginnen unsere Aufzucht noch einmal von vorn … Könnt Ihr Euch vorstellen, wie schön das sein wird!«

»Und ob! Über die Felder galoppieren … Sebastián, als unser Vater dich gezeugt hat, da hat er den besten von uns dreien zustande gebracht! Und wenn deine Arbeit erst einmal Gewinn bringt … Das Reich des Goldes ist schließlich noch immer nicht entdeckt, vielleicht werden wir eines Tages, wir beide …«

»Dann bringt Celestina uns um!« sagte Sebastián und lachte.

Glossar

Auiani: Kurtisane, die den Kriegern überlassen wurde, um sie zu »erfreuen« und um ihre Gesänge und Tänze bei den religiösen Feierlichkeiten zu begleiten.

Calmecac: Den Kindern der Würdenträger und des Adels vorbehaltene Schule, in die aber auch die Kinder der *pochteca* aufgenommen werden konnten.

Chalchihuitl: Jadeit von transparentem Grün. Der von den Mexica am meisten geschätzte Stein.

Chilli: Sehr scharfe Paprikaschote.

Chilmolli: Stark gwürztes Ragout.

Ciuacoatl: »Schlange-Frau«. Ihre Funktionen kamen denen eines Premierministers in unseren Staaten gleich.

Ciuapatli: (*Montanoa tomentosa)* Pflanze, die den Frauen als Tee verabreicht wurde, um die Wehen einzuleiten.

Cueitl: Rock aus einem um die Hüften geschlungenen Stück Stoff, der bis zu den Knöcheln reichte und von einem bestickten Gürtel festgehalten wurde.

Huipilli: Fließendes Oberteil mit besticktem Halsausschnitt. *Cueitl* und *huipilli* waren, unabhängig von der gesellschaftlichen Stellung der Trägerin, Hauptbestandteil der weiblichen Garderobe.

Icpalli: Niedriger Sessel ohne Beine und Armlehnen. Rückenlehne und Sitzfläche waren mit Stoff oder Fell bespannt, und das Holz war mit Gold und Edelsteinen besetzt.

Iyac: Krieger, der seinen ersten lebenden Gefangenen gemacht hat.

Iztacpatli: (*Psoralea pentaphylla L.*) Heilpflanze zur Fiebersenkung.

Macehualli: Mann aus dem Volk.

Maxtlatl: Lendenschurz, der mit reichen Stickereien und Fransen geschmückt sein konnte.

Nahuatl: Von den *Nahua* gesprochene und in dem von Mexico beherrschten Reich am weitesten verbreitete Sprache.

Octli: Fermentierter Saft der Agave (heutiger Pulque, der destilliert zu Meskal wird; ebenfalls ein Destillat des Agavensaftes ist der Tequila).

Ollin: Aus dem Kautschukbaum gewonnenes Gummi. Außerdem Zeichen des heiligen aztekischen Kalenders als Symbol des Lebens, der Bewegung, aber auch des Todes, denn zu viel Energie führt zu verderbenbringender Erregung und Abnutzung.

Peyotl: Kleiner Kaktus, dessen getrocknete Spitze viele Alkaloide enthält; die Azteken konsumierten ihn reichlich. Der *peyotl* erzeugt Visionen und vertreibt Angst, Hunger und Durst. (Bei den Azteken war die Trunkenheit – außer bei den Alten – verboten, und der Gebrauch von Drogen war durch uralte Überlieferungen reglementiert.)

Pinolatl: Getränk aus Maismehl, mit Kakao und Salbei.

Pochteca: Fernhandelskaufleute, die aus den abgelegensten Winkeln des Landes kostbare Rohstoffe herbeischafften, um sie gegen Kunstgegenstände einzutauschen. Die *pochteca* bildeten eine aufstrebende Klasse der aztekischen Gesellschaft, die große Privilegien und eine eigene Gerichtsbarkeit besaßen. Sie konnten ihren Handel nur untereinander weitergeben.

Quauhtemalacatl: Gewaltiger Mühlstein, an dem ein besonders hochrangiger Gefangener festgebunden wurde, der dann mit wertlosen Waffen bis zur Erschöpfung gegen vier furchterregende Krieger kämpfen mußte und anschließend geopfert wurde.

Quetzal: Vogel der tropischen Wälder Mexicos mit herrlichem grüngoldenem Gefieder.

Techcatl: Etwa einen Meter hoher, gewölbter Opferstein.

Telpochcalli: Schule für alle, denen der *calmecac* verwehrt war. Da Schulpflicht herrschte, besaß jedes Viertel einen *telpochcalli*.

Temazcalli: Kleiner halbrunder Bau, der zu jedem Wohnhaus gehörte und in dem die Mexica – ganz gleich ob reich oder arm – Dampfbäder nahmen, die zur Körperpflege, kultischen Reinigung, Heilung bestimmter Krankheiten und zur Unterstützung der Geburt dienten.

Teocalli: Tempel.

Teonanaca: Kleine Pilze aus der Gegend von Oaxaca, die gegen Fieber und Gicht wirken, Visionen hervorrufen und eine aphrodisische Wirkung haben.

Tequiua: Krieger, der vier lebende Gefangene gemacht hat; für diese Leistung erhielt er große Vergünstigungen und auch einen Teil der Tributzahlungen.

Tilmatli: Eine Art Umhang aus einem langen rechteckigen Stück Stoff, das die Mexica auf der Schulter oder auf der Brust zusammenknoteten. *Maxtlatl* und *tilmatli* waren, unabhängig von der gesellschaftlichen Stellung des Trägers, Hauptbestandteil der männlichen Garderobe, je nach Status des Mannes unterschieden sie sich jedoch in Farbe, Stickerei, schmückendem Beiwerk und in der Qualität des Gewebes.

Tlacatlaolli: Gericht aus dem Fleisch eines menschlichen Opfers, das mit Mais und Brühe verspeist wurde.

Tlapanhuehuetl: Große heilige Trommel von Huitzilopochtli.

Tlatoani: »Der Sprecher«, bezeichnet einen Anführer.

Tlauhquechol: Roter Löffelreiher.

Tonalli: Das Schicksal einer Person, das die Priester anhand ihres Geburtsdatums weissagten.

Tonalpouhqui: Wahrsagender Priester; kraft seiner Kenntnis der heiligen Bücher bestimmte er bei der Geburt eines Kindes anhand des Tages sein Schicksal (*tonalli*). Auch in anderen entscheidenden Momenten ihres Lebens fragten die Mexica die *tonalpouhqui* um Rat.

Tzompantli: Eine Konstruktion aus senkrechten Pfeilern und waagerechten Stangen, auf welchen die Köpfe der Opfer aufgereiht und in den *teocalli* zur Schau gestellt wurden.

Uey Tlatoani: Titel des Herrschers von Mexico.

Xiuhtototl: Türkisvogel.
Xochitl: Blume.

Um die Lesbarkeit nicht unnötig zu erschweren, wurden alle Worte des *nahuatl* im Singular geschrieben. Mit Ausnahme von *pochteca* und *teonanaca*, die normalerweise im Plural verwendet werden. Die Singularformen lauten *pochtecatl* und *teonanacatl*.

Liste der aztekischen Eigennamen

ACAMAPICHTLI: »Handvoll Schilf«, Arzt (fiktive Figur).

ANAHUAC: Das Reich Mexicos.

ATLIXCATZIN: Hoher Fürst von Texcoco und Gemahl von Xiuxochitl (fiktive Figur).

AXAYACATL: Von 1468 bis 1481 *Uey Tlatoani* von Mexico. Vater von Motecuhzoma II.

CACAMATZIN: Neffe Motecuhzomas und Herr der Stadt Texcoco.

CUAUHTEMOC: »Der herabstürzende Adler«, Sohn von Ahuitzotl, dem Uey Tlatoani von Mexico vor Motecuhzoma II., und Cousin von letzterem. Cuauhtemoc war der letzte Uey Tlatoani von Mexico. Er wurde der Verschwörung angeklagt und auf Befehl von Cortés gehängt.

CUITLAHUAC: Herr der Stadt Iztapalapan. Ein Bruder Motecuhzomas II., der nach dessen Tod zum Uey Tlatoani von Mexico wurde. Ein paar Monate später starb er an den von den Spaniern nach Kuba eingeschleppten Pocken.

HUITZILOPOCHTLI: »Kolibri des Südens«, der wichtigste Gott der Azteken, Gott des Krieges und der in ihrem Zenit stehenden Sonne, oberster Gott der Mexica zur Zeit der Conquista.

MAXIXCATZIN: Einer der vier *tlatoani*, die zur Zeit der Conquista die Republik Tlaxcala regierten.

MIAHUAXIUITL: »Türkis-Blume des Maises«, Sklavin von Xiuxochitl (fiktive Figur).

MICTLAN: Unterwelt, in der die Mexica nach ihren religiösen Vorstellungen schwere Prüfungen bestehen mußten, bevor die Seele in das Omeyocan, den »glücklichen Ort in der Mitte des Himmels«, gelangte.

MOTECUHZOMA II.: Von 1502 bis 1520 Uey Tlatoani von Mexico.

NEZAHUALPILLI: Von 1472 bis 1515 Herrscher von Texcoco.

OMECIUATL: Herrin der Zweiheit.

OMETECUHTLI: Herr der Zweiheit. Im Pantheon der aztekischen Götter gelten diese beiden als das Urpaar, das vier weitere Götter zeugte, von denen alle übrigen Götter und auch die Menschen abstammen.

QUAUHPOPOCA: Herrscher über eine Provinz Mexicos. Er wurde beschuldigt, sich mit Zustimmung Motecuhzomas gegen die Spanier erhoben zu haben, und bei lebendigem Leibe verbrannt.

QUETZALCOATL: Die legendäre »gefiederte Schlange«, Gott-Priester. Die Ankündigung seiner Wiederkehr beunruhigte Motecuhzoma zutiefst und begünstigte zunächst das Vordringen der Spanier, denn sie wurden für den Gott und seine Begleiter gehalten.

TENOCHTITLAN: Zentrales Viertel von Mexico-Tenochtitlan, in dem die ältesten Bauten der Stadt angesiedelt waren. Hier lagen der Palast Motecuhzomas, der Palast Axayacatls und der große *teocalli* von Huitzilopochtli.

TEXCOCO: Zweitgrößte Stadt des Tals von Mexico.

TEZCATLIPOCA: »Rauchender Spiegel«, Gott des Nordens, des nächtlichen Windes, der Nacht und Schutzpatron der jungen Krieger, die ihn liebevoll »unseren Jüngling« nannten.

TIANQUIZTLI: Der große Marktplatz von Tlatelolco.

TLACATEOTL: »Göttlicher Mann«, der mexikanische Krieger, der Torremayor gefangennahm und später sein Freund wurde (fiktive Figur).

TLACOLYATL: Sohn von Atlixcatzin (fiktive Figur).

TLALOC: Gott des Wassers, des Regens, der Pflanzen und der Berge.

TLATELOLCO: Ursprünglich unabhängige mexikanische Stadt auf einer Insel nördlich von Tenochtitlan. Nach ihrer Unterwerfung 1473 wurde sie an Tenochtitlan angeschlossen. In dieser zu einem Viertel von Mexico gewordenen Stadt lagen unter anderem einer der beiden großen Teocalli, der Palast Cuauhtemocs und der Tianquiztli.

TLAXCALA: Kleine, unabhängige Republik, die wie eine Enklave im Reich Mexicos lag und diesem äußerst feindselig gegenüberstand. Hauptstadt: Tlaxcala.

TLAZOLTEOTL: Heißt auch Tlaelquani, die »Vertilgerin des Unrats«. Sie ist die Göttin der fleischlichen Liebe, nimmt aber auch die Beichte entgegen und wäscht den Reuigen von seinen Vergehen rein.

TONATIUH: Die Sonne.

TOXCATL: Einer der achtzehn Monate des aztekischen Sonnenkalenders. In diesem Monat wurde das Fest von Tezcatlipoca gefeiert, bei dem ein junger Mann geopfert wurde. Im Jahre 1520 kam es während der Feierlichkeiten des Toxcatl zu einem Massaker an den Mexica, das Alvarado veranlaßt hatte.

XICOTENCATL: Einer der vier Tlatoani der Republik Tlaxcala.

XICOTENCATL (der Jüngere): Sohn des Obengenannten und Anführer der tlaxcaltekischen Armee.

XIPE TOTEC: »Unser Herr, der Geschundene«, Gott des aztekischen Pantheons, den die Priester verehrten, indem sie sich die Haut der Geopferten überstreiften.

XIUXOCHITL: »Türkisblume«, Torremayors große Liebe (fiktive Figur).

XOCOT: Eine *auiani*, die Motecuhzoma Torremayor schenkte (fiktive Figur).

Inhalt

Für *glückliche* Ohren
ÜBER 6 MONATE PLATZ 1 DER HÖRBUCH-BESTSELLER-LISTE
FRIEDRICH DER GROSSE
Christian Graf von Krockow
FEATURE DER>AUDIO<VERLAG
DONNA W. CROSS DIE PÄPSTIN
HÖRSPIEL DER>AUDIO<VERLAG
Mäuseken Wackelohr
Hans Fallada/Peter Brasch
Ob groß oder klein: Der Audio Verlag macht alle Ohren froh. Mit Stimmen, Themen und Autoren, die begeistern; mit Lesungen und Hörspielen, Features und Tondokumenten zum Genießen und Entdecken.
DER>AUDIO<VERLAG D>A<V
Mehr hören. Mehr erleben.
Infos, Hörproben und Katalog: www.der-audio-verlag.de
Kostenloser Kundenprospekt: PF 193, 10105 Berlin

Colette Davenat

Die Favoritin

Roman

Aus dem Französischen von Christel Gersch

379 Seiten
Band 1558
ISBN 3-7466-1558-5

Asarpay, junge Geliebte der letzten Inkakönige, wird Zeugin des dramatischen Untergangs ihres Volkes im Kampf gegen die spanische Krone. Als sie, lange danach, aus tiefem Haß wie aus uneingestandener Leidenschaft die Gemahlin eines der Konquistadoren wird, naht der Augenblick ihrer Vergeltung. Basierend auf zeitgenössischen Quellen, erzählt Davenat die Geschichte einer schönen, rebellischen Frau, die sich, nachdem sie Furchtbares erlitten hat, die Begierden der Männer für ihre tödliche Rache zunutze macht.

AtV
Aufbau Taschenbuch Verlag

Frederik Berger
Die Geliebte des Papstes
Roman

Originalausgabe

568 Seiten
Band 1690
ISBN 3-7466-1690-5

Italien im ausgehenden 15. Jahrhundert.

Der römische Adlige Alessandro Farnese, dem seine Familie eine kirchliche Laufbahn zugedacht hat, befreit in einem blutigen Kampf die junge Silvia Ruffini aus der Hand von Wegelagerern. Doch die Liebe, die zwischen beiden aufkeimt, wird jäh unterbrochen. Alessandro wird wegen einer Unbotmäßigkeit vom Papst in den Kerker geworfen. Erst drei Jahre später trifft er Silvia wieder. Sie liebt Alessandro noch immer, muß aber zusehen, wie er sich auf ein Ränkespiel einläßt, um Kardinal zu werden, das nicht nur sein eigenes, sondern auch ihr Leben in Gefahr bringt.

Nach seinem Bestseller »Die Provençalin« erzählt Frederik Berger die aufregende Geschichte der Silvia Ruffini, die dem Papst Paul III. vier Kinder gebar und zu einer der schillerndsten Frauengestalten der Renaissance wurde.